Helga Glaesener

Du süße sanfte Mörderin

Helga Glaesener

Du süße sanfte Mörderin

Roman

List

Vorsatzabbildung: Rekonstruktion des Burgbergs in Quedlinburg von H. Wäscher. Entnommen aus: Hermann Wäscher, *Feudalburgen in den Bezirken Halle und Magdeburg*. Henschelverlag Kunst und Gesellschaft, Berlin 1962

Der List Verlag ist ein Unternehmen
der Econ Ullstein List Verlag GmbH & Co. KG

ISBN: 3-471-79420-4

Gesetzt aus der Sabon bei Franzis print & media GmbH, München
Druck und Bindung: Graphischer Großbetrieb Pößneck

Siracusa, im Jahre 1220

Der Dämon hatte einen Hundekopf mit Hauern wie ein Eber. Seine Haut war grün geschuppt, und die Wirbelsäule hatte sich durch seinen Nacken gebohrt, wo sie als starres Gewächs über seinen Hinterkopf in die Stirn wuchs. Dort, wo sein Hintern hätte sein sollen – er war nackt, wie alle Dämonen –, starrte ein zweites Gesicht, über dessen Stirn sich Wülste wölbten und aus dessen Maul Würmer züngelten.

Erasmus litt.

Der Dämon war lebendig geworden, und der nagelgespickte Morgenstern, den er schwang, bohrte sich in Erasmus' Hüfte, wo er mit jedem Schlag einen heftigen Schmerz auslöste. Erasmus war nicht verrückt. Er wusste, dass der Dämon von dem Tafelbild in der Blasiikirche stammte und dass er selbst sich im Paradies befand. In der *Latomia del Paradiso*. Dem Steinbruch des verdammenswerten da Kosta, der sich nicht scheute, die Hölle, die er seinen Gefangenen geschaffen hatte, ein Paradies zu nennen.

Als er sich bewegte, steigerte sich der Schmerz ins Rasende, aber Erasmus wusste, dass es der einzige Weg war, den Dämon zu vertreiben. Er brauchte einen klaren Kopf, und wer wollte denken, wenn ihm die Qualen des Fegefeuers vor den Augen standen?

Die Nacht neigte sich dem Ende zu. Der Eingang der Höhle, in die man sie abends trieb, um sie leichter überwachen zu können, hob sich wie ein Kegel von der Finsternis ab. Bald würden die Aufseher kommen. Vorsichtig drehte Erasmus sich auf die Seite. Ihm wurde übel, als er den fauligen Geruch einatmete, den die Wunde an seiner Hüfte ausströmte. Sie war brandig geworden. Er hatte die weiche, zerfließende graugrüne Masse studiert, wo sein Fleisch wie bei einem vorgezogenen Tod verweste, und weil er die Zeichen kannte, wusste er, dass er bald sterben würde.

Er hatte seinen Schlafplatz mit Bedacht gewählt. Neben ihm lag der Flame, der Baumeister, der mit ihm in Pisa das Unglücksschiff bestiegen hatte, das von da Kosta gekapert worden war. Seine Haare, einst von rotblonder Farbe, jetzt so grau wie der Staub der Steine, die sie schlugen, hingen ihm ins Gesicht. An seinen ruhigen Atemzügen hörte Erasmus, dass er schlief – was in ihm einen giftigen Anflug von Neid weckte.

Der Flame hatte Kraft. Er war bereits im *Paradiso* gewesen, als Erasmus noch in den Kellergewölben des Palazzo gehaust hatte, in dem Alaman da Kosta die Wohlhabenden unter seinen Gefangenen hielt. Aber die sechs Monate, die der Baumeister ihm im Steinbruch voraus hatte, schienen an dem Mann vorübergegangen zu sein. Und das war der Grund, warum Erasmus ihn erwählt hatte. Er brauchte jemanden, der am Leben blieb. So lang, bis Dittmar das Geld schickte.

»Baumeister ...«, krächzte Erasmus. Ihm wurde bewusst, dass er nicht einmal den Namen des Mannes kannte, dem er sein Schicksal anvertrauen wollte. Er stützte sich auf den Arm, eine Bewegung, bei der der Dämon vor Wonne heulte. »Du, he ...«

Der Flame schlief weiter, aber der Junge, der an seiner anderen Seite lag, hob den Kopf. Das Zwielicht des neuen

Tages hatte ihren Schlafplatz erreicht. Erasmus konnte die tief liegenden Augen und das spitze Kinn erkennen, das ihm Widerwillen einflößte, weil es so haarlos und mager wie der Kiefer eines Skelettes hervorstach. Der Junge hatte Glück gehabt. Er war schwach wie ein Mädchen, schlug die Hacke wie ein Mädchen und wäre sicher wie ein Mädchen zugrunde gegangen, wenn der Flame ihm nicht geholfen hätte, die vorgeschriebene Anzahl Steine zu schlagen. Geholfen gegen … ja, gegen was?

Erasmus dachte nicht gern darüber nach. Waren die Lieder, die der Bartlose abends für den Flamen sang, die Gegenleistung? Der Junge hatte eine schöne Stimme – eine Mädchenstimme, aber doch wohlklingend –, und die Schlafhöhle ließ die Töne hallen wie in einer Kirche. Vielleicht half der Flame ihm wegen des Gesangs. Vielleicht aber auch wegen anderer, gottloser Dinge, von denen gelegentlich gewispert wurde.

Erasmus schwitzte vor Schmerz. Der Dämon brachte sich in Erinnerung. Er feixte ihn aus den Felsen an. Die schlaffen Brüste baumelten an seinem Bauch wie Hautlappen. Es war schwierig, das Trugbild zu verscheuchen, und bald, in einem Zeitraum, den man in Tagen oder Stunden messen konnte, würde aus den Fieberphantasien Wirklichkeit geworden sein.

»Ich habe gesündigt!«, krächzte Erasmus heiser. Er schob seine Hand auf die Brust des Flamen und rüttelte ihn.

Der Junge fuhr auf und umklammerte sein Handgelenk. »Lass das!« Sein Griff war so hart wie seine Stimme.

»Er wird sterben!«

»Jeder hier wird sterben.« Das Lachen klang gehässig.

»Aber er könnte gerettet werden!« Erasmus wich vor dem Rattengesicht zurück, das ihn belauerte. »Er *könnte* gerettet werden, wenn er mir einen Dienst erweist. Er …« Warum sprach er mit dem Jungen, der nicht wie ein Junge aussah, sondern wie die Fleischwerdung der schrecklichsten aller Sünden? »Er könnte gerettet werden.«

Entmutigt ließ er sich zurück auf den Boden fallen. Es war vergeblich. Der Dämon hatte sich wieder in die Schatten der Felsnischen zurückgezogen, aber er schlief nicht, er lauerte und wartete seine Zeit ab.

»*Wie* kann er gerettet werden?«

Der Junge kroch um den Schlafenden herum. Seine Sünde war die Gier. Sie funkelte aus den lästerlichen Augen.

Erasmus fühlte, dass ihm keine Wahl blieb. Er zog die Wachstafel, die er sich für ein Versprechen auf die Zukunft von einem der Aufseher erkauft hatte, aus dem Hosenbund. »Ich habe eine Anweisung geschrieben. Für da Kosta. Ich muss nur noch seinen Namen eintragen. Morgen, übermorgen … wenn das Gold kommt, um das ich meine Kinder gebeten habe …« Vierhundertfünfzig Mark Silber. So viel hatte da Kosta für seine Freilassung verlangt. Dittmar würde sich winden, aber Agnes, die Süße mit dem Herzen voller Liebe, würde darauf bestehen, dass er es auf den Weg brachte. Erasmus fühlte seine Augen nass werden, als er an Agnes dachte. Er räusperte sich dumpf. »Der Baumeister kann mit dem Lösegeld freigekauft werden, das meine Familie für mich schickt.«

»Zu welchem Preis?«

»Wecke ihn.«

Der Junge zögerte, und Erasmus nahm die Qual auf sich, sich erneut hochzustemmen. Er schüttelte die magere, nackte Schulter des Flamen. Der Morgen hatte Einzug gehalten. In der Ferne klangen Stimmen. Man kam, sie aus der Höhle zu treiben.

Der Baumeister beendete seinen Schlaf ohne Übergang und war, wie es schien, im selben Moment hellwach.

»Bau mir eine Kirche«, wisperte Erasmus in das staubige Haar. Er sah den Dämon aus der Nische kriechen, und diesmal meinte er sogar, seinen modrigen Atem zu riechen. »Ich habe gesündigt. Eine Kirche aus Stein. Mit meinem Namen beim heiligen Altar …«

Der Baumeister schüttelte seine Hand ab und erhob sich. Er streifte dabei den Dämon, ohne etwas davon zu merken. »Ich baue keine Kirchen.«

Hilflos stierte Erasmus ihn an.

»Er baut – *Brücken*«, flüsterte der Junge.

Brücken. Brücken also. Der Dämon wuchs bis an die Höhlendecke und warf seinen Schatten auf das Kind, das mit ihm verschmolz. Brücken also baute der Mann. Und es war gar nicht der Junge, der das gesagt hatte. Wie sollte ein genuesischer Lustknabe etwas von … von der Brücke wissen, von dieser dreimal verfluchten Brücke …

»Warte!« Erasmus sah, dass der Baumeister gehen wollte. Er umklammerte sein Bein. Wegen der Brücke also quälte ihn der Dämon. Er kannte jede seiner Sünden. Aber Gott in seiner Güte hatte einen Brückenbauer geschickt. »Dann bau mir eine Brücke.«

Der Baumeister wollte fort. Er liebte es nicht, von den Aufsehern an die Arbeit geprügelt zu werden. Er war stolz, und für diese Sünde würde ihn sein eigenes Fegefeuer erwarten. Unter Qualen hielt Erasmus ihn fest.

»Bau mir eine Brücke, Mann. Als Preis für deine Freiheit. Eine Steinbrücke. Über den Sumpf hinter dem Markt von Quedlinburg.«

1. Kapitel

Die warmen Schafslederschuhe, der Mantel, die Kladde mit den Kopien der Stiftsurkunden ... Alena zögerte. Es war einer von diesen Tagen. Irgendetwas würde schief gehen. Sie spürte das wie einen schlechten Geruch. Etwas würde schief gehen. Beunruhigt sah sie sich in ihrem Zimmer um.

Durch das kleine Fenster hörte sie die Pröpstin Bertrade, die im Hof mit den Stalljungen schalt und ihnen Langsamkeit und Faulheit vorwarf. Sie wurde dabei nicht laut. Ihre weinerliche Stimme sickerte dahin wie ein klebriger Strom von Worten. Ein Strom von Worten, der seine Quelle in einem klebrigen Strom von ewig gleichen Gedanken hatte, und manchmal konnte dieser Stumpfsinn einen verrückt machen.

Alena warf einen raschen Blick durch die Fensteröffnung. Die Pröpstin saß bereits auf ihrem Schimmel. Sie war umgeben von zwei Stallburschen und dem uralten, gelbgesichtigen Stallmeister, der in unerschütterlicher Demut zu jedem ihrer Worte nickte. Es war Ende März. Die Frühlingssonne hatte den Hof der Stiftsburg in gleißendes Licht getaucht und warf leuchtende Kringel an die Wände des Kanonissenhauses und auf die Bleidächer des

Doms, der mit seinen beiden Türmen die Burggebäude überragte. Auf dem Rand des Hofbrunnens hatte sich ein Zeisig niedergelassen, der piepsend über die Steine hopste. Es herrschte eine Stimmung, die zur Fröhlichkeit einlud. Aber Bertrade schien dagegen immun. Wahrscheinlich ärgerte sie sich, weil sie keine Lust hatte, sich mit dem Quedlinburger Stadtvorsteher anzulegen, und sicher auch, weil sie warten musste. Alena hörte, wie sie gereizt ihren Namen rief.

Also. Schuhe, Mantel, Kladde. Etwas fehlte. Alena sah sich eilig in ihrem Zimmerchen um, was keinen Aufwand erforderte, denn es war ein Zwergenkämmerchen, in dem ihr Bett, eine Truhe und ein Tisch mit Schemel allen Platz ausfüllten.

Der Hase. Lisabeth hatte ihren bemalten Holzhasen auf der Bettdecke liegen lassen. Ohne Häschen würde sie den Vormittag mit Heulen zubringen, und womöglich würde Maia sie dann in den Ziegenstall sperren, was zwar verständlich wäre, was Lisabeth aber trotzdem nicht gut vertrug.

Alena nahm das Spielzeug, klemmte es zwischen Kladdendeckel und Arm und hastete aus der Tür. Ihr Zimmer lag im Nordflügel des Quedlinburger Frauenstifts, abgeschieden von allen anderen Bewohnern des Stifts. Auf ihrem Flur befand sich nur noch der pompöse Kapitelsaal, in dem die Stiftsfrauen ihre wöchentlichen Versammlungen abhielten, und ganz am Ende, der Treppe gegenüber, eine Rumpelkammer. Die Tatsache, dass ihr Zimmer so ruhig lag und außerdem durch den Küchenkamin mitgeheizt wurde, machte es zu einem begehrenswerten Plätzchen – viel zu gut für ein hergelaufenes Weib, das Schreibarbeiten erledigen sollte, dachte Alena, ja, da hatte Bertrade Recht.

Sie nahm an, dass Sophie, die Äbtissin des Stifts, ihr den warmen Raum wegen Lisabeth zugewiesen hatte. Als sie vor zwei Jahren, am Tag nach Ämilius' Tod, bei den Frauen des Quedlinburger Domstifts um Arbeit gefragt hatte, war Lisabeth ein sterbenskrankes Würmchen mit blauem Gesicht und schwarzen Lippen gewesen, dem man kaum zugetraut hätte, den ersten Tag zu überleben. Aber Lisabeth hatte sich als zäh erwiesen. Wärme und Essen für die stillende Mutter – gutes Essen, das ihnen von den Kanonissen zugesteckt wurde, die den Säugling wie eine Kuriosität bestaunten –, das hatte sie am Leben erhalten.

Alena vermied den Weg über den Hof und nahm die hintere Treppe, die in das Torhaus führte, denn von dort konnte sie ungesehen in den Garten kommen. Nur keinen Ärger. Auch nicht mit einer Pröpstin, die nichts als jammern konnte. Irgendwann würde Bertrade die nächste Äbtissin sein.

Sie gelangte ans Tor und huschte an den Unterkünften der Ritter vorbei zum Garten. Die alte Maia kam ihr mit einer Hacke entgegen, den Rücken so gebeugt, als wäre er sein Lebtag auf das Ende der Hacke zugewachsen. Mürrisch nahm sie Alena den Hasen ab. Lisabeths Geschrei schallte über die Gartenmauer.

»Bis zur Mittagshore«, knurrte Maia. »Dein Balg bringt mich um den Verstand.«

»Bis *spätestens* zur Mittagshore«, versicherte Alena. Keine Schwierigkeit. Bertrade war zu fromm, um das Gebet zu versäumen. Bis mittags würde die Angelegenheit mit dem Stadtvorsteher erledigt sein.

»Mir fallen die Ohren ab«, brummelte Maia. »Ich kenne kein Kind, das so brüllt.«

»Sie hört damit auf, wenn sie ihren Hasen hat. Sperr sie nicht in den Ziegenstall.«

»Sie hat nach mir geschlagen.«

Bertrade musste die Stimmen der Frauen gehört haben. Es gab Getrappel auf dem gepflasterten Weg, der unter dem Tor hindurchführte.

»Bis zur Mittagshore«, versicherte Alena hastig und eilte zum Stall, um sich eines der Pferde geben zu lassen. Ihr tat der Magen weh. Sie hätte etwas essen sollen.

Lisabeth hatte ihr Geschrei zum Glück eingestellt. Die Stiftsfrauen waren geduldig, aber das Gebrüll zerrte an den Nerven, und irgendwann würden sie sich fragen, ob sich Kinderlärm mit ihrer frommen Berufung, für das Seelenheil der verstorbenen Kaiser zu beten, vertrug.

»Ich wünschte, man könnte mir erklären, warum der Stadtvorsteher sich nicht hierherauf bemüht, wenn es etwas zu besprechen gibt«, klagte Bertrade, während Alena den Trittstein neben der Stalltür erkletterte, um das Pferd zu besteigen, und der Ritter, der sie begleiten sollte, sich in den Sattel schwang. Das Haar der Pröpstin wehte weißblond in zarten Strähnen unter ihrem Spitzenschleier hervor. Sie beugte sich gegen den Wind und hielt mit ihren dünnen Fingern den gefütterten Samtmantel, als könne der nächste Windstoß ihn ihr entreißen. Jedem, dachte Alena in ungerechter Abneigung, soll klar sein, dass sie mit diesen lästigen Besuchen über ihre Kräfte beansprucht wird.

Sie mussten trotzdem in die Stadt hinab, weil Dittmar, der Quedlinburger Stadtvorsteher, nämlich schon zweimal von der Äbtissin zur Audienz befohlen worden war und weil er sich jedesmal mit Ausflüchten entschuldigt hatte und weil die Domfrauen es sich nicht leisten konnten, ihn damit durchkommen zu lassen. Quedlinburg war der größte separate Zinszahler des Stifts. Wenn es Quedlinburg gelang, sich vor Zahlungen zu drücken, würde jeder Hanswurst es ebenfalls versuchen.

Der Frühling schlich sich mit seinem Glanz in jeden Winkel. Auch das Zimmer des Stadtvorstehers war von Licht und dem Duft warmer Frühlingsluft erfüllt. Seine Fenster gingen nach Süden hinaus, und da die Märzsonne tief stand, reichten die hellen, weißen Streifen, die sie auf die Bodendielen warf, bis zur gegenüberliegenden Wand.

Bertrade thronte mit Lippen, schmaler als ein Tintenstrich, auf dem lederbespannten Stuhl, den der Stadtvorsteher ihr bereitgestellt hatte. Sie hatte den Stuhl etwas abseits gerückt, sodass Alena dem Vertreter der Stadt allein gegenübersaß. Wahrscheinlich hasste Bertrade die Äbtissin dafür, dass sie sie zu diesem Besuch nötigte.

Dittmar hatte es sich auf der anderen Seite seines wuchtigen Eichentisches bequem gemacht. Seine Hände ruhten gefaltet auf dem Bauch. »Die Weinberge sind bebaut«, sagte er, »und das seit vier Jahren, und niemand hat bisher daran Anstoß genommen.«

Er musterte Alena so finster, als wäre sie eine Küchenschabe in seinem Vorratskeller. Dittmar sah gut aus, trotz seiner vierzig Jahre. Sein Haar war voll und schwarz, ohne den geringsten grauen Schimmer, und er hatte sich die schlanke Figur bewahrt. Die Augen blickten skeptisch wie eh und je. In seinem neuen Amt als Stadtvorsteher hatte Dittmar sich als Geizkragen erwiesen, mit einer gehörigen Portion Sturheit, aber auch mit Scharfblick. Das waren die Eigenschaften, die ihn als Kürschner reich gemacht hatten, und nun setzte er sie für Quedlinburg ein. Es muss mehr als gut um ihn stehen, dachte Alena. Die Leuchter an den Wänden, klotzige Dinger, jeder eine Elle hoch, waren mit Gold überzogen, und die Eichendecke mit zahllosen kunstvoll geschnitzten Blättern übersät, die ein Dutzend Handwerker einen Sommer lang in Arbeit gehalten haben mussten.

Alena riss sich von der Pracht des Raumes los.

»Das Gebiet am Radelberg stand bis zum Tod Kaiser Ottos dem Stift als Weidefläche zur Verfügung«, sagte sie. »Von Äbtissin Agnes für zwanzig Mark Silber bei den Töchtern Bertholds von Hoym eingelöst. Wollt Ihr den Text sehen? Gut, ist auch überflüssig. Der Vertrag wurde 1199 beurkundet, mit Siegel und allem, was dazugehört. Spätere Vereinbarungen, die die alte abgelöst hätten, gibt es nicht. Kommt, Dittmar – Ihr maust in fremden Gärten.«

Der Kürschner weigerte sich zu lächeln.

»Außerdem ist die Stadt mit dem Weinzins in Verzug. Die Hälfte jedes achtzehnten Eimers war vereinbart, den Eimer zu vierundachtzig Kannen bemessen. Davon sind kaum ein Drittel im Keller des Stifts eingegangen.« Alena sah aus den Augenwinkeln, wie Bertrade angewidert die Augen verdrehte.

Dittmar bemerkte es auch. »Nach dem Vertrag sollte der Weinzins *aufgeteilt* werden ...«

»Gewiss. Und zwar zwischen dem Vogt und dem Stift. Deshalb sagte ich ja auch: die Hälfte.«

»Und welchem Vogt wünscht Ihr, dass wir liefern sollen?«, fragte Dittmar mit überlegtem Spott. »Graf Hoyer von Falkenstein oder Eurem ... Caesarius?«

Dem *Mistkerl* Caesarius, das war endlich einmal ein Punkt, in dem sie übereinstimmten. Caesarius galt als das übelste Subjekt, das je in der Stiftsburg Unterschlupf gefunden hatte. Kaiser Otto hatte ihn dort einquartiert, als er sein Land gegen den Sizilianer Friedrich verteidigen musste, und nachdem es Caesarius gelungen war, die Burg für die Welfen zu halten, hatte er sich bei den Kanonissen als Stiftshauptmann festgesetzt und gleichzeitig das Amt des Vogts für sich beansprucht. Die Äbtissin hatte es geduldet, denn sein Ruf hielt ihr neidische Nachbarn vom Leib. Aber bei den Bauern aus der Umgebung war er als Raufbold und Brandstifter gefürchtet und beim Adel wegen seiner Hinterlist verhasst. Selbst Leute, die den Stiftsfrauen wohlgesonnen waren, fanden, dass Sophie ihn nach dem Friedensschluss hätte davonjagen müssen.

»Wem *habt* Ihr geliefert?«, fragte Alena.

»Ich müsste nachsehen.«

»Dann tut es – oder lasst es sein. Die Äbtissin wartet auf die achtundzwanzig Kannen für das Stift, und der Rest ist nicht unsere Sache.« Sie war plötzlich über die Maßen gereizt. Bertrade mit ihrem Was-für-eine-erniedrigende-Schacherei-Gesicht hätte zu Hause bleiben sollen. »Wollt Ihr die entsprechenden Urkunden einsehen?«

»Ich zweifle nicht, dass Ihr jedes Kritzelchen im Kopf habt«, entgegnete Dittmar spitz. Zur Hölle mit ihm.

Alena stand auf.

Es gab einen Knecht in Dittmars Haus, der keine andere Funktion zu haben schien, als die Tür aufzureißen, wenn jemand den Raum verlassen wollte. Bertrade schwebte mit erleichterter Miene an ihm vorbei und ging zur Treppe.

»Du hast einmal zu uns hier unten in die Stadt gehört, Alena«, sagte Dittmar. Er stand so plötzlich neben ihr, als hätte ihn ein Augenzwinkern an ihre Seite befördert.

»Das ist lange her.«

»Und nun raffst du für die Krähen vom Stift ...«

»Für die gottgeweihten Jungfrauen. Wie klug von dir zu flüstern, Dittmar. Die Pröpstin könnte dich mit einem Fingerschnippen von deinem lukrativen Stuhl verbannen. Den Stiftsherrinnen gehört die Stadt und fast jeder Fußbreit Land drum herum. Aber sie sind unter die Räuber gefallen. Und Quedlinburg ist dabei, sich den plündernden Scharen anzuschließen. Wenn du dir diesen Umstand gelegentlich vor Augen führen und außerdem deinen Geiz bezwingen könntest, würden wir beide ein friedlicheres Leben führen.«

Dittmar schüttelte den Kopf. Er wollte sie noch immer nicht gehen lassen. Er stand nicht so frech im Weg wie beispielsweise ein Caesarius, aber Alena spürte, dass ihm etwas auf der Zunge lag. Fragend blickte sie ihn an.

»Ich habe Nachricht bekommen. Von ... über meinen Vater. Er ist in seiner Gefangenschaft verstorben.«

»Ach ...« *Ach* war reine Verblüffung. Der Zorn hinkte

hinterher wie der Bettler dem Almosengeber. Aber er kam, und zwar so überwältigend, dass ihr die Tränen in die Augen schossen. »Dann richte ihm aus, solltest du ihn in deinen Gebeten erreichen, dass ihm Ämilius' Witwe ein langes und heißes Fegefeuer wünscht!«

Bertrade war der Tag verdorben. Mürrisch trieb sie ihr Pferd an. Vorbei an der Marktkirche, die einer Baustelle glich, weil die Quedlinburger in ihrem Hochmut dem Gotteshaus neue, modernere Türme geben wollten. Dann über den schlammigen Marktplatz mit den Schragentischen, wo die Händler einander überbrüllten. Und weiter zu Sankt Blasii, dem alten Stadtkirchlein, das in seiner Schlichtheit den Ansprüchen einer demütigen Gemeinde durchaus hätte genügen können. Aber leider hatten die Leute in der Stadt ja vergessen …

Schluss, dachte Alena streng. Es tat nicht gut, Bertrades Gedanken zu denken. Sie blickte zum Burgberg hinauf, wo über den Domtürmen die Sonne stand. Vom Wind wurde Glockengeläut herübergetragen. Sie hatten sich doch länger aufgehalten als gedacht. Die Zeit des Mittagsgebets stand bevor, und Maia würde warten. Und Lisabeth in feuchten Kleidern sitzen. Hoffentlich nur das. Der Weg stieg an, und der Ritter, der zu ihrer Begleitung abgestellt worden war und das sicher für eine öde Beschäftigung hielt, bequemte sich, zu ihnen aufzuschließen. Sie erreichten die Häuser der Ritter. Früher hatten die Männer alle zum Stift gehört, aber seit Caesarius die Burg schützte, war ein Teil von ihnen in den Dienst der Stadt getreten und ein anderer zu Graf Hoyer gewechselt, dem Mann, dem Caesarius das Amt des Stiftsvogts streitig machte. Und nun wirkte die Hohe Straße nicht mehr wie Stiftsdomäne, sondern als wäre sie bereits Bestandteil der Stadt, und das Hohe Tor, das am Ende der Straße zur Stadt hinausführte, sah aus wie ein Bollwerk.

Bertrade verhielt ihr Pferd. Sie schien plötzlich unschlüssig. Ohne Erklärung änderte sie die Richtung und bog nach rechts ab, wo ein Trampelpfad sich an der Stadtmauer mit dem Wassergraben entlangzog.

»Nicht zum Stift hinauf?«, fragte Alena.

Die Pröpstin würdigte sie keiner Antwort, und als Alena ihr einen verstohlenen Blick zuwarf, sah sie, dass ihr blasses Gesicht mit roten Flecken übersät war. Heilige Madonna. Die Pröpstin war erbost. Regelrecht wütend. Da konnte man nur hoffen, dass dem Sieg über Dittmar – wenn er überhaupt stattgefunden hatte – nicht ein Unglück folgte.

Dem Ritter, der die Aufgabe hatte, die Pröpstin zu schützen, gefiel die neue Richtung nicht. Er war ein älterer, müder Mann. Ein Ritt über freies Land hieß nicht, den Drachen herauszufordern, aber die Kriege der vergangenen Jahre hatte viel entwurzeltes Volk zurückgelassen, das sich von Raub und Totschlag ernährte. Wissen konnte man nie. Und die Pröpstin war eine hochedle Dame, die man keinem Risiko aussetzen durfte. Unglücklich blickte er Alena an.

»Wohin soll es gehen, Herrin?«, fragte sie.

Bertrade zügelte ihren Schimmel. Sie winkte den erstaunten Ritter vorbei und wartete auf ihre Begleiterin. Ihre dünnen Lippen bebten, und das Beben übertrug sich auf die schlaffen Wangen ihres ehemals so hübschen Gesichts. »Ihr wisst es nicht besser!«, stieß sie hervor.

»Was?«

»Ihr ...« Bertrade stotterte vor Erregung. »Ihr ... schreibt und lest, als hättet Ihr eine Erziehung genossen. Ihr redet Lateinisch. Das macht vergessen, dass Ihr aus dem ... Gossenschmutz stammt.«

Nun, nicht direkt aus dem Gossenschmutz – aber nahe daran. Und? dachte Alena steif. Was nun?

»Ich ... es ... Nein, es steht mir nicht zu, Euren Stand zu verachten. Natürlich schlägt in Eurer Brust ein Krämerherz.« Die Worte kamen scharf wie Galle. »Aber Ihr vertretet das Stift … Und Ihr tut das mit einem Mangel an Liebreiz … an Anmut … an Sanftheit. Man muss sich schämen.« Der Busen unter dem blauen Samt wogte. In den Augen der Pröpstin glänzten Tränen. Sie kämpfte gegen ihre Gefühle. »Wir reiten nach Sankt Wiperti!«

Brüsk trieb sie ihr Pferd an. Der Knecht, der gewartet und zweifellos alles mit angehört hatte, folgte ihr verlegen. Alena blickte zur Burg hinauf. Die Glocken des Doms hatten aufgehört zu läuten, aber Maia würde trotzdem weiter auf Lisabeth achten. Das Leben war hart für jedermann. Lisabeth würde sich gedulden müssen. Und Bertrade …

Sie verscheuchte ihre furchtsamen Gedanken. Äbtissin Sophie wusste, wie nützlich die Schreiberin ihrem Stift war, und im Moment kam es nur darauf an.

Vor ihnen lag der Munzeberg mit dem Marienkloster und den Festungshöhlen, die Hoyer von Falkenstein während des Krieges gegen den Kaiser in den Bauch des Berges hatte schlagen lassen. Bertrade bog vor dem Berg ab. Sicher wollte sie zum Stiftskaplan, um ihm ihr Leid zu klagen. Er war der Mann für so etwas. Immer geduldig, immer den Frauen, die für ihn und die anderen Kanoniker sorgten, zugeneigt. Sicher würde er Mitgefühl mit einer Pröpstin haben, die gezwungen wurde, wie ein Marktweib um das Gut des Stifts zu feilschen. Bertrade hielt sich an die Straße, die dem Mühlengraben folgte, und wenig später tauchten die Mauern von Sankt Wiperti auf.

Plötzlich zügelte der Knecht sein Pferd. Er lauschte und hob den Arm. »Reiter. Von vorn.«

»Was für Reiter?«, fragte Bertrade beunruhigt.

Die Männer kamen ihnen entgegen und schnitten ihnen den Weg ab. Trotzdem kein Grund zur Sorge, dachte Alena. Niemand würde in Sicht- und Rufweite des Klosters einen Überfall wagen. Außerdem waren sie nur zu zweit und anständig gekleidet. Der vordere trug einen weichen, rostfarbenen Reisemantel, den er mit einer Tassel über der Brust zusammenhielt, eine braune Hose mit breiten Wadenbändern und einen kurzen, dunkelgrünen Rock. An seinem Sattel baumelte ein Schwert. Ein Kaufmann, dachte Alena, revidierte ihre Meinung aber sofort. Seiner Kleidung fehlte es an Schmuck und ... ja, an Eleganz. Außerdem war seine Frisur unmöglich. Das rötliche Haar hing als wildes Gezaus um seinen Kopf. Dennoch, als er näher kam, sah Alena, dass sein Mantel mit Grauwerk gefüttert war. Wohlhabend musste er also doch sein. Sie konnte ihn nicht einordnen und schlug sich die Überlegungen aus dem Sinn. Sein Begleiter, der wesentlich schlichtere Kleidung trug, war jedenfalls sein Diener.

Als die beiden sie erreicht hatten, hob der Rothaarige den Arm und zeigte an ihnen vorbei zur Stadt. »Ist das Quedlinburg?« Er sprach korrekt, aber sein Dialekt war fremd, weicher als das, was im Stiftsgebiet gesprochen wurde. Und er war müde. Die Fältchen um seine Augenwinkel wirkten wie eingemeißelt. Zweifellos war er weit gereist.

»Ist es, ja«, erwiderte Alena, weil Bertrade schwieg.

Der Fremde fuhr sich mit den Fingern ins Stirnhaar. Er konnte nichts für das Durcheinander auf seinem Kopf. Sein Haaransatz war eine Parade von Wirbeln, von denen jeder in eine andere Richtung strebte. Stumm, die Hand noch immer im Haar, betrachtete er den Teil der Stadtmauer, der sichtbar war, und dann den Berg mit der Burg und dem Dom.

»Ihr befindet Euch im Gebiet des Quedlinburger Domstifts. Die Stadt hat für ehrbare Besucher am Marktplatz eine Herberge errichtet, in der Ihr die Nacht verbringen könnt«, bequemte die Pröpstin sich zu sagen, ob aus Herablassung oder Neugierde wegen des unverkennbar kostbaren Mantels, war nicht auszumachen. Und ließ sich auch in weiterem Gespräch nicht klären, denn aus Richtung des Harzwaldes, aus der auch die Fremden gekommen waren, wurde plötzlich Gelächter laut. Saufgegröle, dachte Alena. Es klang nach Wichtigtuerei und Streitsucht.

Der Rothaarige blieb in die Betrachtung der Stadt versunken, als wäre er unfähig, sich auf mehr als ein Ding zu konzentrieren. Aber sein Diener, ein junger Mann, schwarzhaarig und dunkelhäutig wie die Spanier, fuhr nervös herum. Dort, wo die Klostermauer einen Winkel schlug, stob eine Staubwolke auf. Ein halbes Dutzend Reiter galoppierte mit wehenden Mänteln um die Ecke.

Bertrade lächelte, wobei ihre schmalen Lippen sich wanden wie Plattwürmer. »Ihr braucht Euch nicht zu sorgen, meine Herren. Ich kenne diese Leute. Es sind Ritter unseres Stifts.«

Genau. Und angeführt wurden sie von Caesarius, unschwer zu erkennen an dem schwarzen, gestutzten Bart, der Mund und Kinn einrahmte wie ein Oval. Sein Busenfreund Burchard, breitschultrig und mit einer wehenden blonden Mähne, war bei ihm, und die anderen gehörten ebenfalls zur Stiftsbesatzung. Ihre Bewegungen waren schwammig. Einer schaukelte im Sattel und war offensichtlich sturzbetrunken. Sie wurden aufmerksam und verlangsamten ihr Tempo. Alena sah aus den Augenwinkeln, wie der Ritter, der die Pröpstin beschützen sollte, sich im Nacken kratzte. Offenbar versuchte er abzuschätzen, wie weit die Ankömmlinge noch in der Lage waren zu begreifen, wen sie vor sich hatten.

Caesarius' Meute ritt weiter, bis sie auf ein paar Dutzend Schritt heran war. Einer der Männer brach in albernes Gelächter aus.

Jetzt endlich drehte auch der Fremde sich zu ihnen um. Die Ärmel seines Rockes waren eng geschnitten, und Alena sah, dass sich darunter beachtliche Muskeln spannten.

Kein Schwächling also. Aber er war müde. Seine Bewegungen wirkten langsam und unkoordiniert. Und das war gut so, möglicherweise würde es ihn von törichtem Gehabe abhalten.

Caesarius brachte sein Pferd zum Stehen. Er flüsterte mit Burchard, der mit der Zunge über die Lippen fuhr und breit grinste. Kurzes Getuschel: Die Männer schlossen zu einer Reihe auf, mit der sie die ganze Straße in Anspruch nahmen.

Nein, nichts Böses. Sie wollten nur ein bisschen den Herrn herauskehren. Und sich mit den Fremden prügeln, wenn es sich ergab. Bertrade erkannten sie nicht – oder gaben das zumindest vor. Alena lenkte ihr Pferd an den Wegrand ins Unkraut. »Es lohnt nicht«, sagte sie halblaut.

Die Ritter gaben den Pferden die Sporen. Der südländische Junge schaute auf seinen bewaffneten Herrn. Er trug selbst nichts, sich zu wehren, nur einen Sack, in dem etwas Unförmiges schaukelte. Sie sah seine Augen flackern, und er schien ungeheuer erleichtert, als der Rothaarige ihm winkte, den Weg freizugeben. Bertrades Ritter zögerte. »Herrin?«

Die Pröpstin konnte nicht glauben, was sie sah.

Caesarius brüllte etwas Unflätiges. Im nächsten Moment war er mit seinen Leuten heran. Sie preschten links und rechts an Bertrade vorbei, so knapp, dass sie ihren Mantel streiften. Erschrocken stieg ihr Schimmel auf die Hinterbeine. Staub wirbelte auf und versperrte ihnen die Sicht. Ihr ganzes kleines Grüppchen versank in Staub.

»Man muss vernünftig sein«, sagte Alena, als sie sich ausgehustet hatte und die Stiftsritter in der Kurve hinter dem Burgberg verschwunden waren. Bertrade bemühte sich, ihr Pferd zu beruhigen. Ihr standen Tränen in den Augen. Der Stiftskaplan würde sich noch eine Menge mehr anhören müssen als ihren Zorn über Alena. Aber er hatte keinen Einfluss. Er unterstand Sophies Weisung, und Sophie schützte ihren Hauptmann und ihre Schreiberin.

»Hinter dem Berg rechts?«, fragte der Rothaarige.

»Was?«

»Muss man um die Burg herum, um in die Stadt zu kommen?« Der Mann hatte Augen wie Obsidian, ein poliertes Grau mit blaugrünen Einsprengseln. Augen, dachte Alena, die Grenzen setzen, aussperren.

Sie nickte. Nachdenklich sah sie den Männern nach, die langsam davontrabten. Sie waren unverletzt geblieben – und damit besser dran als viele andere, die Caesarius im Weg gestanden hatten. Und doch. Im Hinblick auf die muskelbepackten Arme bedauerte Alena einen winzigen Moment, dass die Stiftsrüpel sich so billig hatten behaupten können.

»Man kann nichts machen. Es war einer von diesen Tagen«, sagte Alena und hielt Lisabeth fest, die sich ihr aus den Armen winden wollte, weil es beim Herauskämmen des Ziegenstrohs an den Haaren ziepte.

Lisabeth heulte und würde das vermutlich bis zum Einschlafen tun, weil der Ziegenstall sie geängstigt hatte und weil in ihrem Köpfchen kein Verstand war, mit dem sie hätte begreifen können, dass sie nur folgsam sein musste, um dem Ziegenstall zu entgehen.

Alena gab es auf, in dem verhedderten Haar für Ordnung zu sorgen. Ämilius hatte Locken gehabt, ihr eigenes Haar war ebenfalls kraus, und die arme Lisabeth hatte beides geerbt, sodass ihr kleines Gesicht in einem Ball feinster brauner Kringel und Löckchen verschwand. Niemand konnte so etwas bändigen. Sie zog das Kind an sich. Lisabeth rieb die Nase an ihrem Bauch und, welch ein Segen, ihr Schreien verstummte, während sie sich heftig in den mütterlichen Schoß grub, bis sie wie ein Igel darin ruhte. Alena kraulte ihren Nacken und lauschte ihrem Atem. Sie entspannte sich.

»Weißt du, Käferchen«, murmelte sie, »dass der Mann, dessentwegen wir hier leben müssen, gestorben ist? Ich habe das von Dittmar gehört. Und es ist schade, dass du nichts davon begreifst. Für uns ist heute ein Tag der Gerechtigkeit.«

Was hatte Dittmar erwartet, als er ihr vom Tod seines Vaters erzählte? Ihr Zugeständnis, dass nun alles vorbei sei? Erledigt und vergessen? Aber in Wahrheit war überhaupt nichts vorbei. Lisabeth lag hier in ihrem Schoß und konnte kein Wort sprechen und nicht laufen und nichts von dem tun, was zweijährige Kinder für gewöhnlich fertig brachten. Und das war Erasmus' Schuld. »Dittmar kann nichts dafür«, erklärte Alena dem Lockenschopf. »Er ist geizig, aber er hätte niemals zugestimmt, jemanden umzubringen. Nicht für den Brückenzoll am Sumpf und nicht einmal für den Zoll des ganzen Reiches. Das kam von seinem Vater.«

Lisabeth drehte sich, sie wand sich so lange, bis sie hinauf in Alenas Gesicht schauen konnte. Zärtlich drückte Alena ihr einen Kuss auf die Stirn. »Du möchtest das wissen? Gut. Sie sind gekommen, als dein Vater in der Bauhütte arbeitete, das war nachts, da hatte er die meiste Ruhe. Er wollte eine Schablone für den Brückenbogen sägen und dann heimkommen. Aber gegen die Männer, die ihn überfielen, konnte er nicht an. Es müssen mehrere gewesen sein. Ich habe das Winkeleisen gefunden, Käferchen, mit dem er gearbeitet hatte, und es war voller Blut, und der ganze Sand auf dem Boden der Bauhütte war aufgewühlt. Und alles, was er sich ausgedacht hatte, die Zeichnungen und Schablonen, alles war verschwunden.«

Lisabeth lächelte. Ihr Mund war auf der linken Seite gelähmt, ihr Gesicht glich einer Koboldsgrimasse. Auch daran trug Erasmus Schuld. Alena streichelte die taube Stelle.

»Sie haben deinen Vater in den Sumpf geworfen. Davon

bin ich überzeugt. Und ich habe es auch in der Stadt gesagt. Dass Erasmus ihn umgebracht hat. Aber sie wollten nicht einmal glauben, dass er tot ist. Trotz des Winkeleisens. Sie sagten, er wäre irgendwo hingegangen. Als hätte dein Vater uns verlassen können.«

Behutsam nahm Alena Lisabeths Hände, die nach ihrem Kinn griffen, und umhüllte sie mit ihrer eigenen.

»Ich bin die ganze Nacht in den Sümpfen gewesen, um ihn zu suchen. Und wegen der Aufregung und der Angst bist du zu früh aus meinem Bauch gekrochen. In einem Bett aus Moos, das so nass wie ein Schwamm war, mit Eulengekrächze als Beistand, und so schwarz wie eine Sumpfratte. Und nun sage mir einen Grund, warum wir Erasmus nicht die Qualen der Hölle mit dem Fegefeuer gönnen sollten.«

Alena ließ Lisabeth auf das Deckbett rollen, erhob sich, kniete vor der Truhe nieder und begann darin zu wühlen, bis sie den Spiegel fand, der unter ihren Kleidern lag. Sie setzte sich damit auf das Bett und drehte ihn, sodass sie ihr Gesicht im flackernden Licht der Unschlittlampe erkennen konnte.

»Nein, lass …« Sie hielt Lisabeth fest, die nach dem blinkenden Spielzeug griff. Das Licht war schlecht, und der Spiegel zerkratzt. Außerdem war er schmutzig. Alena rieb ihn am Ärmel blank. Nachdenklich betrachtete sie das Gesicht, das ihr entgegenstarrte. Dunkle Haut, dunkle Haare, dichte Augenbrauen. Eine erste senkrechte Falte, die zwischen den Augen eine Zacke schlug wie ein Sprung im Glas. Zu früh, eigentlich, für Falten.

»Lass, Lisabeth.«

Augen, die sich schwarz und abschätzend ins Spiegelblei gruben. Alena zog den Schleier vom Kopf. Sie versuchte, ihre Locken mit den Händen zu ordnen, um dem Gesicht im Spiegel die Strenge zu nehmen. Lisabeth half und wuselte mit den Fingern auf ihrem Kopf. Ein hübsches, kleines Durcheinander fabrizierten sie. Alena nahm Lisabeth in den Arm und starrte erneut auf das Bild. Ein Mund ohne Schönheit oder Hässlichkeit. Eine Nase wie bei jedermann. Immerhin zart gewellte, weiche Locken.

Aber was halfen die Locken gegen die Strenge der Augen.

»Sie hat Recht«, sagte Alena. Lisabeth versuchte den Spiegel zu erwischen und diesmal gab sie ihn ihr. »Unsere Pröpstin hat scharfe Augen, wer hätte das gedacht. Kein Liebreiz, keine Anmut, keine Sanftheit. Macht uns das traurig, Käferchen?«

Lisabeth jedenfalls nicht. Sie lachte, weil sie endlich in Händen hielt, was sie die ganze Zeit hatte haben wollen.

Alena verstaute Kind und Spiegel unter der Bettdecke, blies das Licht aus, streifte die Kleider ab und kroch zu dem warmen Körperchen. Sie kam sich mit ihrem eigenen Gesicht fremd vor. »Das war nicht immer so. Und auch dafür verdamm ich dich, Erasmus«, murmelte sie in das Kinderhaar.

2. Kapitel

Zuerst hörte Alena Pferdegetrappel, dann die unwirsche Frage um Einlass. Offenbar waren die Ankömmlinge unerwünscht. Der Torwächter wollte sie abweisen. Die Stimme, die ihm antwortete, klang tief und heiser vor Ungeduld. Eine weibliche Stimme kam dazu. Agnethe, die Pförtnerin. Sie versuchte zu beschwichtigen. Der Mann, der in die Burg wollte, fuhr sie an wie ein Rüpel. Jemand warf etwas Ruhiges, Vernünftiges ein. Dittmar. Dittmar befand sich auch unter den Leuten am Tor.

Alena fand das erst nach angestrengtem Horchen heraus, denn der Zwinger, durch den die Burg betreten wurde, lag unterhalb der Rückseite ihres Zimmers, und es führte nur eine winzige Schießscharte durch die Mauer. Was Dittmar sagte, ging im Stimmengewirr unter. Er war zu höflich. Sein Begleiter, aufs Äußerste gereizt, überschrie ihn.

Ach Dittmar, warum ausgerechnet heute? Alena stützte die Ellbogen auf und drückte die Handballen gegen die Augen. Sophie hatte von ihr eine Aufstellung über den Stiftsbesitz in Thüringen gewünscht, und die war schwer zu erstellen, weil weder Bertrade noch ihre beiden Vorgängerinnen Listen geführt hatten. Es gab Urkunden, die sich auf Urkunden bezogen, von denen kein Buchstabe mehr existierte. Angaben über Verkäufe, die einmal stattgefunden haben mussten, aber niemals ordentlich niedergeschrieben worden waren. Geschenke unter Freunden. Alles schwammig. Alena war sicher, dass zumindest der Untervogt des Gutes Liebstedt das Stift betrog.

Wie unbequem, einen Besitz betreuen zu müssen, der sich über das halbe Reichsgebiet erstreckte. Klöster bekamen ihre Schenkungen meist aus dem Umkreis. Das Quedlinburger Stift hatte Töchter aus sämtlichen bedeutenden deutschen Adelsfamilien in seiner Obhut gehabt, früher, in seiner glanzvollen Zeit, als es noch von Kaisertöchtern und verwitweten Königinnen geleitet worden war. Das rächte sich nun. Verfluchtes Thüringen. Man müsste reisen können. Selbst nach dem Rechten sehen. Und vielleicht sollte sie Sophie das einmal vorschlagen. Aus Liebstedt müsste ein erklecklicher Zins in Form von Mohn, Hirse und Erbsen kommen. Genug, um die dringendsten Verpflichtungen, zumindest aber die Gnadengaben an die stiftseigenen Hospitäler zu finanzieren. Wenn es denn gelang, ihn einzutreiben.

Die aufgebrachte Stimme störte beim Denken. So viel Wut. Alena kannte den Sprecher, aber sie konnte sich nicht besinnen, wer es war, bis sie aus Agnethes Antwort die Worte »Herr Graf …« heraushörte. Graf Hoyer von Falkenstein, richtig.

Agnethe schien nachzugeben, denn Alena hörte Hoyer ein kräftiges »Na bitte!« brüllen. Die Pferde erklommen den Zwinger. Der Gesprächslärm wurde leiser. Wenn Dittmar zusammen mit Hoyer von Falkenstein kam, dann hieß das … ja, was? Dass Dittmar hoffte, um die Rückgabe der Weinberge herumzukommen, wenn er den alten Streit um die Stiftsvogtschaft wieder aufwärmte?

Hoyer hatte das Amt des Stiftsvogts von seinem Vater übernommen – und gleich mit der ersten Siegelung begonnen, das Stift zu plündern. Er hatte massenweise Privilegien des Stifts verkauft und Ländereien des Stifts gegen Bezahlung zu Lehen vergeben. Er hatte mit jedem Vertrag und jeder Urkunde ungeniert in die eigene Tasche gewirtschaftet. Proteste hatten nichts genutzt, und irgendwann war Sophie der Geduldsfaden gerissen. Sie hatte Hoyer als Stiftsvogt entlassen und stattdessen Caesarius in das Amt gesetzt.

Und das, dachte Alena, hätte sie besser nicht getan. Caesarius hasste Hoyer – war also gegen Sophie loyal. Aber das war auch seine einzige Tugend. Als Sophie sich entschloss, ihm die Domburg anzuvertrauen, hatte sie sich vom Adel der Umgebung isoliert. Und den Streit, der inzwischen um die Vogtei entbrannt war, würde wohl nur der Kaiser lösen können – wenn er sich denn bequemte, einen Gedanken an das ehemals so mächtige Frauenstift zu verschwenden.

Im Hof klang Gelächter auf. Die Domicellae, die ihr Stundengebet für das Seelenheil der im Dom begrabenen Kaiser verrichtet hatten, liefen zum Dormitorium, um die langweilige schwarzweiße Gebetstracht mit den bunten Seidenkleidern zu vertauschen. Den Rest des Vormittags würden die Mädchen beim Unterricht verbringen – lateinische Sprache, Liturgie, Chorgesang, Kirchengeschichte und so praktische Dinge wie Spinnen und Sticken. Sie waren beschäftigt, und somit würde Sophie Muße haben, sich mit Hoyer zu beschäftigen. Der Graf hatte den Zeitpunkt gut abgepasst.

Alena schob die Pergamentblätter von sich und trat zum Fenster. Der Tag war nicht so sonnig wie die vorherigen, über den Harzbergen hing Nebel. Die Mädchen waren in dem rosenumrankten Tor des Kanonissentrakts verschwunden. Und Hoyer schien in den äußeren Hof eingeritten zu sein, denn sie hörte die devote Stimme des Stallmeisters, die wie von einer Klinge zerschnitten abbrach. Im nächsten Moment kam der Graf mit Dittmar in den Innenhof.

Dittmar machte keine schlechte Figur im Sattel, aber gegen Hoyer wirkte er wie ein Äffchen. Der Graf schwang sich mit einer einzigen Drehung seiner Hüfte aus dem Sattel. Sein schwarzsilbernes Haar flog ihm in den Nacken, als er zu den Fenstern hinaufsah, hinter denen er die Äbtissin vermutete. Ungeduldig fuhr er Agnethe an, die ihm nachgeeilt war.

»Wie ich bereits sagte: Sie ist in einer Sitzung.« Die Pförtnerin keuchte, ihr mächtiger Busen bebte, sie war zu schnell gelaufen.

»Dann sagt ihr, sie soll die Sitzung unterbrechen. Oder ... nein, lasst!«

Alena ging zu ihrem Tisch und suchte rasch die Kladde durch, in der noch immer die Kopien über die Urkunden vom Radelberg und die städtischen Abgaben lagen. Denn das war wohl der Grund für das Kommen der beiden Männer, oder? Sie zögerte. War es aufdringlich, ungefragt in den Kapitelsaal zu gehen? Sie hatte Sophie die Einzelheiten über die Besitzverhältnisse am Radelberg erklärt, aber die Äbtissin hatte keinen Kopf für solche Details. Sicher würde sie froh sein, jemanden zur Seite zu haben, den sie fragen konnte.

Alena wurde kaum beachtet, als sie den Kapitelsaal betrat. Zögernd blieb sie stehen. Der lange Raum mit den Holzsäulen, den Wandmalereien und der rotgefärbten Balkendecke wurde von einem breiten, feststehenden Tisch beherrscht, an dem das Stiftskapitel tagte. Etwa die Hälfte der Stühle war unbesetzt, was bedeutete, dass die Kanonissen über Dinge beraten hatten, die nicht für sämtliche Frauen von Interesse waren. Hoyer hatte sich am Fenster postiert, sodass seine Gestalt vom Licht beleuchtet wurde, während Sophie in ihrem dunklen Gebetsmantel fast mit dem Schwarz des Kamins verschmolz.

»Und mehr ist es nicht?«, brüllte er in der Art, wie Männer brüllen, wenn sie vor Frauen stehen, die sie einschüchtern wollen.

»Oh doch, es ist bedeutend mehr!« Sophie brüllte nicht. Ihr Stimme war leise und scharf wie ein Dorn. Sie trat aus dem Schatten zum Tisch, auf dem sie sich abstützte, weil sie die Hüfte schmerzte. »Es ist eine – Unverschämtheit! Caesarius mag in der Stadt gewesen sein. Er mag die Tische der Händler umgestürzt haben – das kann sein oder auch nicht. Ich werde es untersuchen. Aber es ist eine *Unverschämtheit*, dass gerade Ihr Euch darüber zum Richter aufspielt. Vor noch nicht einmal einem halben Jahr ...«

»So ist es immer!« Hoyers Stimme troff vor Hohn. »Der Äbtissin liebstes Kind verwüstet die Stadt, aber ... nichts! Denn vor einem Jahr, vor fünf Jahren, vor hundert Jahren hat es ebenfalls Leute gegeben ...«

»*Eure* Leute, Hoyer!«

»Und einer *Eurer* Leute, Sophie – denn auch die Stadt gehört dem Stift, und die Leute, die dort wohnen, verdienten Eure Anteilnahme wenigstens ebenso wie das ... unmanierliche Vieh, dem Ihr gestattet, hier zu hausen –, einer *Eurer* Leute ist verwundet. Hat ein zerschmettertes Knie und wird nie wieder gehen können, wenn er nicht am Wundfieber krepiert.«

»Ich bin gerührt – Ihr entdeckt Euer Herz für das Volk. Für gerade die Menschen, die vor *Euren* Brandstiftern in meine Stadt fliehen mussten, weil sie den Krieg nicht mehr ertragen konnten, mit dem *Ihr* das Land überzogen habt.«

»Den Krieg der beiden Kaiser. Macht Euch nicht lächerlich! Das ist vorbei. Und Ihr standet auf der falschen Seite und könnt es nicht einmal jetzt zugeben!«

Sophie hatte Schmerzen. Ihr langes, ovales Gesicht mit den Kerben um die Mundwinkel war starr. Ihre Augen funkelten vor Wut, aber nicht einmal die Wut konnte darüber hinwegtäuschen, dass sie eine kranke Frau war. »Meinen

Stock«, schnappte sie, und Wigburg, die Scholastika, stand auf und brachte ihr den Äbtissinnenstab mit dem goldenen Knauf und dem mit ziseliertem Gold beschlagenen Schaft.

»Ich habe Euch angehört. Ihr könnt wieder gehen!« Sie pochte mit dem Stock auf die Holzdielen.

»Herrin, in der Stadt ist ... ist Unrecht geschehen.« Diesmal war es Dittmar, der sich zu Wort meldete. Er räusperte sich, um seine Stimme fester klingen zu lassen, was ihm einen hämischen Blick des Grafen eintrug. »Die Stadt hat nichts getan, nicht das Geringste, was Eurem Hauptmann Ursache gegeben hätte ... was Caesarius hätte verärgern können. Die Stadt hat ein Recht auf ihren Frieden.«

»Das haben wir alle. Und können es trotzdem nicht einklagen!« Da die ungebetenen Gäste keine Anstalten machten, sich zu entfernen, wandte Sophie sich zur Tür.

»Wir haben einen Kaiser!« Hoyer bellte die Worte heraus wie eine Drohung. Unhöflich drängte er sich an Sophie vorbei. Dittmar folgte ihm, nicht ohne Alena, die er endlich bemerkte, einen bitteren Blick zuzuwerfen.

»Jawohl, wir haben einen Kaiser«, nahm Sophie die Worte des Grafen auf, nachdem Alena hinter ihm die Tür geschlossen hatte. »Wir haben einen Kaiser, der in Sizilien lebt, der seine eigene Sprache wie ein Fremder spricht und sich ein Königreich unter den Heiden aufrichtet, während er seine Heimat von einem Kind regieren lässt.«

»Oh ... Sophie. Ihr wart ... wart Ihr nicht unbesonnen? Ihr hättet den Grafen nicht so grob ansprechen dürfen.« Bertrade ließ sich auf einen der Lehnstühle niederfallen und rieb die Wange, als müsste sie einen Schmerz bekämpfen. In ihrem Gesicht glühten wieder die roten Flecken. »Es ist genau, was man Caesarius zutrauen kann. Dieses Benehmen in der Stadt. Ich habe Euch selbst erzählt, wie *empörend* er sich sogar gegen mich betragen hat.«

»Es geht Hoyer nicht um Caesarius. Es geht ihm auch

nicht um Quedlinburg. Er will die Schutzvogtei oder vielmehr die Einnahmen daraus«, schnappte Sophie.

»Vielleicht sollte man sich doch an den Kaiser wenden. Oder an den Papst«, meldete sich Adelheid zu Wort, die schüchterne Kustodin, die die Reliquien und den Stiftsschatz hütete und aussah, als wäre sie gerade erst aus der Schule entlassen worden.

Sophie lachte. Es klang wie das Blöken eines Schafes und war mit einem Hustenanfall verbunden. »Alena?«

»Ja?«

»Ich möchte, dass Ihr in die Stadt reitet. Noch heute. Am besten gleich nach dem Mittagsgebet. Zu diesem Stadtvorsteher. Wie war gleich sein Name?«

»Dittmar.«

»Zu diesem Dittmar also. Ich hätte ihn nie bestätigen sollen. Welche Posten stehen von Quedlinburg noch aus?«

»Ein gutes Dutzend. Am dringlichsten ist die Frage um den Besitz der Weinberge.«

»Am Radelberg?«

Alena nickte.

»Gut. Sorgt dafür, dass die Stadt die Rebstöcke herausreißt. Im Sommer will ich unsere Schafe auf den Hängen haben. Das muss durchgesetzt werden, wenn wir den Plünderern nicht Tor und Tür öffnen wollen.« Sie machte eine knappe Pause. »Ich glaube allerdings ... Es wird nicht nötig sein, unsere Pröpstin mit diesen Misshelligkeiten zu belästigen.« Sie sagte das, ohne Bertrade anzusehen. Welch ein Missverständnis. Der Pröpstin stand nichts als Erleichterung im Gesicht. »Nehmt irgendjemanden mit. Gertrud. Ja, Gertrud von Amford ist alt genug, sich um das Wohlergehen des Stifts zu kümmern. Nehmt sie mit. Ich denke ...« Zum ersten Mal, seit der Graf in das Zimmer eingedrungen war, lächelte sie wieder. » ... das Läuten der Glocken unterfordert die Talente dieses Mädchens.«

Alena kramte in ihrer Truhe. Sie besaß nicht viele Kleider, und in den letzten beiden Jahren hatte sie überwiegend das schwarze angezogen, das sich so problemlos in die Gebetstracht der Kanonissen einreihte.

»Unauffällig, anständig, bescheiden, streng, ein kleines bisschen schon tot«, murmelte sie, während sie an den Stoffen zerrte und sich über den muffigen Geruch ärgerte. Ämilius hatte leuchtende Farben geliebt. Er hatte ihr zur Hochzeit ein rotes Kleid mit Falten geschenkt, die beim Gehen über den Boden schleppten, als wäre sie eine Adelsfrau, was unpraktisch gewesen war, aber umwerfend hübsch ausgesehen hatte. Das rote Kleid wollte sie nicht wieder tragen. Vielleicht bekam Lisabeth eines Tages etwas daraus genäht. Dann war da noch das Grüne. Schlichter, aber anschmiegsam in den Armen und weich im Fall. Es hatte die Farbe des Altsommerlaubes. Mit dem blassbraunen Surcot darüber würde es hübsch aussehen.

Sie legte beides auf das Bett und kramte nach dem Spiegel. Ihr Haar war schwer zu bürsten. Niedliches Gekringel, hatte Ämilius immer dazu gesagt. Sie kämmte, bis ihr die Tränen in den Augen standen und die Locken sich weich um ihr Kinn schmiegten. Und eine Haube? Dann wäre die Qual umsonst gewesen. Nicht einmal die Stiftsfrauen versteckten ihr Haar außerhalb der Gebetsstunden. Alena holte einen gefalteten Spitzenschleier hervor, der von naturweißer Farbe war und sich locker in ihrem Haar feststecken ließ. Prüfend schaute sie in den Spiegel.

»Und warum nun das alles?«, fragte sie streng ihr Spiegelbild. Um Dittmar milder zu stimmen und ihm leichter den Radelberg abtrotzen zu können?

Ihre Augen blickten schwarz und kalt wie Kohle. Rechneraugen, die Vor- und Nachteile kalkulierten. Liebreiz ließ sich nicht über Schleier zaubern. Egal. Ämilius war tot, und Dittmar lohnte keine weitere Mühe. Eilig schlüpfte Alena in Kleid und Überkleid. Sie hob den Surcot, um den Gürtel zu schnallen, und stellte fest, dass sie dünner geworden war. Es gab kein passendes Loch. Mühsam musste sie mit dem Eisendorn ein neues in das Leder bohren.

»Hübsch«, stellte eine Stimme in ihrem Rücken fest.

Alena ließ den Surcot herabgleiten und drehte sich langsam, weil sie sich ertappt fühlte, um. »Zu auffällig?«

»Keineswegs.« Die Scholastika stand in der Tür, selbst gut anzusehen, obwohl sie schon auf die Vierzig zuging und Fältchen ihre Augen umkränzten. Ihr eigenes Haar war unter einer Haube verschwunden, aber sie war schlank und hoch gewachsen und trug enge Unterkleider, die die Brust betonten, mit weiten Ärmeln und dazu einen faltenreichen Surcot, der ihr anmutige Würde verlieh. Ihr einziger Schmuck bestand aus einer Brosche mit einem Drachen aus grüner Jade, dem Wappen ihrer Familie.

Wigburg lächelte. »Es war ein Fehler von Euch, in schwarzen Kleidern herumzulaufen, Alena. Ihr seid noch jung genug, um ein zweites Mal zu heiraten. Auch wenn das für unser Stift ein Verlust wäre und ich es deshalb nicht fördern dürfte. Oh, Gertrud …« Ihr Lächeln schloss das Mädchen, das den Flur herabkam, mit ein. »Hört zu und lernt etwas. Wie wollt Ihr den Stadtvorsteher überreden, dass er die Weinberge herausrückt, Alena?«

Gertrud von Amford war jung. Bedrückend jung. Man sah ihr an, dass sie gerade erst ihre Emanzipation hinter sich hatte, und ihr honigblondes Haar mit dem Silberschappel und die Augen, die so blau wie Glockenblumenblüten schimmerten, trugen nicht dazu bei, ihr Autorität zu verleihen. Neugierig blickte sie sich um.

»Er wird nachgeben müssen«, beantwortete Alena die Frage der Scholastika, »wenn er keinen offenen Streit will. Und der liegt ihm nicht. Dittmar ist jemand, der verhandelt.«

»Schön.« Wigburg machte ihr den Weg frei. »Haltet die Ohren offen, Gertrud, und lernt, wie man raffgierigen Mannsbildern auf die Finger klopft. Es gibt keine Fähigkeit, die wir im Stift dringender bräuchten. Auch wenn Bertrade und dem halben Kapitel darüber das Herz bricht. Und …«

»Ja?«, fragte Alena.

»Es gefällt mir, wie Ihr diese Dinge regelt. Das wollte ich Euch schon lange sagen.«

Gertrud war anders als Bertrade. Die Schragentische auf dem Marktplatz erweckten ihr Vergnügen, und die Bänder, Gürtel, Tasseln, Fibeln und Broschen – die sie leider nur aus dem Abstand des Pferderückens betrachten konnte – rissen sie zu Ausrufen des Entzückens hin. Sie bestaunte den Mut der Handwerker, die auf den schmalen Gerüsten an der Marktkirche balancierten und in schwindelnder Höhe mit Hilfe von Winden und Seilrollen Steine für die neuen Türme hinaufzogen, und hielt sich eine halbe Ewigkeit bei einem Mann auf, der Karneolpuppen zum Verkauf bot. Den Schmutz des Marktes, den Gestank aus den Abflussrinnen und den rüden Ton beim Handeln nahm sie so wenig wahr wie die unfreundlichen Blicke der Leute, die der Kanonissin hinterherschielten.

»Was werden wir sagen?«, fragte sie, als sie den Markt verlassen hatten und in die Bockstraße einbogen, an deren Ende Dittmars Haus stand.

»Zum Stadtvorsteher?«

»Ja. Stimmt es, dass er … unverschämt zur Äbtissin war?«

»Graf Hoyer war unverschämt. Der Stadtvorsteher ist kaum zu Wort gekommen.«

»Aber er will dem Stift das Land stehlen.«

»Es ist noch nicht sicher, was er will. Mit jemandem wie Dittmar kann man reden«, wiederholte Alena, was sie schon der Scholastika erklärt hatte.

Gemeinsam ritten sie unter dem Torbogen hindurch und hielten ihre Pferde im Innenhof von Dittmars Haus an. Ja, Gertrud war geradezu herzzerreißend jung. Es gefiel ihr, dass der Stallbursche die Forke sacken ließ und sie mit offenem Mund anstarrte, und sie registrierte mit Entzücken, wie sich das Gesicht des jungen Mannes, der die Säcke von Dittmars Wagen lud, mit Blut übergoss. Der Ritter, der sie begleitete, hüstelte leise, als er ihr aus dem Sattel half.

Dittmars Geschäfte schienen glänzend zu gehen. Er hatte sein Lager erweitert. Fast der gesamte rechte Gebäudetrakt diente nun als Vorratshaus, in dessen offenem Teil mehrere mit Planen bespannte Handelswagen abgestellt waren. Dem Tor gegenüber, separat und von Haus und Scheune durch Brandschutzmauern getrennt, befanden sich Küche und Schlachthaus. Links, über eine Steintreppe erreichbar, der Eingang zum Wohntrakt.

Gertrud hob den Kopf. »Sie singen«, stellte sie erstaunt fest. Nicht sie, *jemand* sang. Und zwar … Alena horchte. Ausnehmend schön. Eine Frau? Die Töne waren zart und hoch, aber schwer einer Stimmlage zuzuordnen. Sie folgte Gertrud und dem Ritter die Stufen hinauf und trat durch die Tür in die Wohnhalle, die fast das gesamte untere Stockwerk des Kürschnerhauses belegte. Ein junger Mann saß vor einem Kamin aus grau gesprenkeltem Mamor, im Arm eine Reiseharfe, deren Saiten er zupfte. Er war gekleidet wie ein Edelmann, in ein hagebuttenrotes, mit Vögeln bedrucktes Gewand, das bis zu seinen Schuhen reichte, und mit einer Samtkappe, unter der schimmernd die schwarzen Locken hervorquollen. Als Alena den Raum betrat, hatte er gerade aufgehört zu singen. Seine langen Fingernägel sprangen mit fabelhafter Geschwindigkeit über die Saiten der Harfe und zauberten eine Melodie, die den Ohren schmeichelte und gleichzeitig traurig stimmte. Südländische Musik, die zu Herzen ging. Der Junge schien trotz seiner Jugend ein Meister auf seinem Instrument zu sein. Kein Wunder, dass sich das ganze Haus um ihn sammelte. Der alte Mann, der den Hallenboden hätte fegen sollen, schmiegte das Kinn an den Besenstiel und wiegte selbstvergessen seinen Oberkörper.

»Wer ist das?«, wisperte Gertrud, von neuem und noch nachhaltiger entzückt.

Alena schüttelte den Kopf. »Ich habe ihn gestern schon gesehen. Bei St. Wiperti. Er wollte mit seinem Herrn nach Quedlinburg.« Und da waren sie bei Dittmar gelandet. Es handelte sich also doch um einen Kaufmann. Einen Fernhändler vielleicht. Mit exotischen Gewohnheiten, denn wer nahm ausgerechnet einen Sänger mit auf seine Geschäftsreisen?

Der Junge mit der Samtkappe hob den Kopf. Sein mageres Gesicht hatte die scharfen Konturen verloren. Er sah Gertrud, umfasste mit einem Blick ihre hübsche Gestalt und senkte den Kopf mit neuem Eifer über das Instrument. Wieder begann er zu singen, und allein die Sprache, die weder das harte Latein des Kirchengesangs noch den bäurischen niederdeutschen Dialekt verwandte, betörte die Ohren.

»Aucun ont trouvé chant par usage,
mes a moi en doune ochoison
Amours, qui resbaudist mon courage
si que m'estuet faire chançon.
Car amer me fait dame bele et sage
et de bon renon ...«

»Französisch. Sieht so aus, als wenn er aus Frankreich kommt«, hauchte Gertrud. Aber etwas an dem Text schien für die Ohren behüteter junger Mädchen unpassend zu sein, denn sie errötete, lächelte zweifelnd und wandte den Blick zu den Wänden. In diesem Moment kamen zwei Gestalten die schmale Treppe herab, die die Dienerschaft aufscheuchten und den Sänger am Kamin vereinsamen ließen. Eine von ihnen war der Fremde, der zu dem Harfenspieler gehörte, die andere Agnes.

»Was?«, murmelte Alena geistesabwesend auf Gertruds Frage. Die Kanonissin hatte die beiden auf der Treppe entdeckt. »Nein, das ist die *Schwester* des Stadtvorstehers. Seine Frau ist vor einiger Zeit gestorben.«

»Sie sieht nett aus«, kommentierte Gertrud, aber sie schielte schon wieder heimlich nach dem Sänger.

Agnes sah allerdings nett aus. Ihr hellbraunes Haar floss in sanften Wellen zur schlanken Taille herab. Sie lächelte, und ihre Bewegungen waren so natürlich und lebhaft wie die eines jungen Kätzchens. Alena sah, wie ihre Augen aufblitzten, als der Fremde eine Bemerkung machte. Sie lachte herzlich und ließ sich von ihm bei der Hand nehmen, um nicht über die letzten Stufen zu stolpern. Agnes entbehrte gewiss nicht des Liebreizes.

Als sie Alena und Gertrud erblickte, sprach sie ein paar rasche Worte zu ihrem Gast und eilte ihnen entgegen.

»Besuch vom Stift ... Herrin, seid willkommen. Herzlich willkommen in diesem Haus. Und du, Alena, wie schön ...«

Alena erwiderte ihr Lächeln und hatte ein schlechtes Gewissen, weil sie zu Dittmar so hässlich über Erasmus' Tod gesprochen hatte. Da Gertrud immer noch dem Gesang des fremden Jungen lauschte und sich auch sonst nicht zuständig zu fühlen schien, übernahm Alena das Anworten.

»Ich dachte, du lebst jetzt in Groß Orden, Agnes.«

»Das war auch so, aber ... hast du nicht davon gehört? Mein Mann ist letzten Sommer verstorben. Ein Sturz mit dem Pferd. Auf dem Weg nach Halberstadt. Er ... wollte immer so viel so schnell erledigen.«

Agnes trauerte um ihren Gatten. Das Lächeln, das ihre Augen leuchten ließ, war verschwunden. Ein verlegenes Schweigen entstand. »Mein Vater ist auch tot.«

»Ja, Dittmar hat mir davon erzählt.«

»Es war ein schlimmes Jahr. Es war ... es war *nur* schlimm.«

Der Sänger hatte sein Lied unterbrochen. Er stimmte die Harfe nach, was aber nur wenige Augenblick dauerte. Schon füllte seine melancholische Stimme wieder den Raum.

»Ist Dittmar zu Hause?«

Agnes schüttelte den Kopf. »Aber er muss jeden Moment zurückkommen. Er ist zur Herberge. Das Gepäck holen. Der Mann aus Sizilien ... aber das hast du sicher auch noch nicht gehört. Dieser Herr dort ...« Sie deutete auf den Fremden, der es sich inzwischen hinter einem Tisch an der Längsseite des Saals bequem gemacht hatte. »Er war mit Vater in der grässlichen Gefangenschaft. Wir haben ihn gebeten, bei uns zu wohnen. Sonst kann uns ja niemand etwas erzählen ... wie es war ... am Ende.« Agnes brach ab. Unbehagen stand plötzlich in ihrem Gesicht. Wahrscheinlich war ihr eingefallen, dass Ämilius' Witwe keine Neigung haben mochte, mit ihr Erasmus' Tod zu beklagen.

»Der Junge, den er mitgebracht hat, hat eine hübsche Stimme.«

Agnes nickte. »Möchtest du ihn kennen lernen?«

»Ich höre ihm ja schon zu.«

»Den Mann aus Sizilien, meine ich. Das heißt, eigentlich stammt er aus Flamen, und deshalb spricht er deutsch, wenn auch mit sonderbarer Aussprache. Aber er ist überaus freundlich. Du *musst* seine Bekanntschaft machen! Entschuldigt Ihr uns für einen Moment, Herrin?«

Gertrud nickte geistesabwesend, und Agnes zog Alena mit sich. Jedenfalls schien Dittmar ihr nichts von Alenas hässlichem Ausspruch vom Vortag erzählt zu haben, denn sonst wäre nicht einmal sie so freundlich gewesen.

Der Fremde schien noch immer müde zu sein. Er hielt die Augenlider gesenkt und hatte die Beine, die von enormer

Länge waren, von sich gestreckt, als wolle er im nächsten Moment einschlafen.

»Maarten ...« Agnes wartete, bis er die Augen öffnete. Sie seufzte schuldbewusst. »Ich hätte darauf bestehen müssen, dass Ihr Euch ausruht. Er hat eine lange Reise hinter sich, Alena. Von Genua bis zu uns herauf. Und der ganze weite Weg von Nordhausen in einem Tag, und heute früh ist er sofort wieder aus dem Bett, um nach Gernrode zu reiten. Wegen des Steinbruchs. Maarten ist Baumeister. Hatte ich das erwähnt?«

»Ich glaube nicht.«

»Und dies hier ...« Agnes wandte sich an den Fremden, der Anstalten machte aufzustehen. »... ist Alena. Alena wohnt oben bei den Domfrauen. Sie beten für die Kaiser.«

»Besonders für die, die lang genug verstorben sind, um sich ihrer warmen Herzens zu erinnern«, ergänzte Alena mit einem schwachen Lächeln, das der Fremde erwiderte.

»Es scheint, dass die junge Frau vom Stift sich an Serafinos Gesang erfreut. Sollte ich ihr etwas zu trinken bringen lassen?«, fragte Agnes nervös.

»Das würde sie sicher freuen.«

»Dann ... nimm doch Platz hier, Alena. Ich weiß gar nicht, wo Dittmar bleibt. Oh ... Meinald ...«

Agnes breitete die Arme aus, als ein Kind mit seiner Amme die Treppe herabkam. Ihr eigenes? Wahrscheinlich. Dittmar war zweimal verheiratet gewesen, aber beide Ehen waren kinderlos geblieben. Außerdem sah der Junge Agnes ähnlich. Runde Pausbäckchen und warmes, braunes Haar. Agnes eilte den beiden entgegen.

Und blieb dann doch auf halber Strecke stehen, weil die Tür aufflog und Dittmar mit einem Diener und Gepäck im Schlepptau hereinkam. Eilig flüsterte sie ihm etwas zu. Dittmar hatte die Treppe hinaufgewollt. Nun änderte er wenig begeistert die Richtung. Er nickte dem Baumeister zu, zog sich einen Schemel heran und wandte sich an Alena. »Du bist also wieder da. Schön. Obwohl ich gehofft hatte, du würdest dir mit deinem Besuch wenigstens bis morgen Zeit lassen.«

»Was mir selbst am liebsten gewesen wäre. War das nötig – mit dem Grafen zu kommen und alles durcheinander zu wirbeln? Du hast genau auf die Stelle gedrückt, an der es die Äbtissin am meisten schmerzt. Beklag dich nicht, wenn dir meine Nachrichten jetzt nicht gefallen. Ich bin nur die Taube, die das Brieflein trägt.«

»Dann bist du also nicht hier, weil die alte Hexe sich für ihren Caesarius ...«

»Ich bin gekommen, damit du dir an den Weinbergen nicht die Nase blutig stößt.«

Agnes hatte Gertrud einen Becher Wein verschafft und kam nun mit ihrem Sohn auf dem Arm zurück. Sie setzte sich neben Alena. Den mürrischen Gesichtsausdruck ihres Bruders übersah sie. »Wie alt ist dein Mädchen jetzt?«

»Ziemlich genau zwei Jahre.«

»Dann ist sie nur wenig älter als Meinald. Du solltest ... nein, du *musst* sie unbedingt einmal mitbringen.«

Agnes schien von Lisabeths Leiden nichts zu wissen. Aber Dittmar? Wahrscheinlich. Er zeigte sich unangenehm berührt. Vielleicht missfiel ihm auch nur Agnes' Freundlichkeit.

»Gib mir einfach den Radelberg«, sagte Alena zu ihm. »Darum kommst du sowieso nicht herum. Du hättest dich nicht an Hoyer wenden dürfen. Allein dafür würde Sophie dir am liebsten den Hals umdrehen.«

Agnes wunderte sich. »Was ist denn mit ...?«

»Graf Hoyer ist Schutzvogt des Stifts«, unterbrach Dittmar seine Schwester. »Er ist dazu ernannt worden. Die Sache war rechtskräftig, und jeder außer der Äbtissin meint, dass ihm das Amt zusteht.«

»Und jeder sollte wissen, dass die Äbtissin das Recht hat, ihren Vogt einzusetzen oder davonzujagen. Auch das ist Gesetz, Dittmar.«

»Und genau da liegt der Fehler. Frauen dürften solche Macht nicht haben. Sie können damit nicht umgehen.«

Alena lehnte sich zurück. Ihr kribbelte der Magen. »Sie dürften, sie dürften nicht ... Am Ende hat die Äbtissin ihren Caesarius, und der wird dafür sorgen, dass den Anweisungen der Stiftsfrauen Folge geleistet wird. Wir brauchen nicht über das Universum zu debattieren.«

»Du drohst?«

»Ich breite die Flügel aus und amtiere als dein Schutzengel.«

»Es gibt Schwierigkeiten, ja?« Ängstlich hielt Agnes ihren kleinen Sohn fest und versuchte im Gesicht ihres Bruders zu lesen.

Es wurde still. Nur die Stimme des Harfenspielers füllte das Schweigen. Der Fremde, der Baumeister, schien nicht mehr ganz so müde zu sein. Er beobachtete den Sänger. Vielleicht hatte er auch Gertrud im Visier, die sich mit ihrem Becher auf die Kaminbank gesetzt hatte und sich gar nicht mehr zu erinnern schien, warum sie hier war.

»Maarten wird eine Brücke bauen«, sagte Dittmar.

Alena verstand ihn nicht.

»Maarten. Er ist Baumeister. Und er wird die Brücke über den Sumpf bauen, die Ämilius geplant hat.«

»Die Brücke? Aber ...«

»Dazu ist er hierher gekommen.«

»Warum soll plötzlich wieder eine Brücke gebaut werden? Du kannst sie ebenso wenig brauchen wie dein Vater.«

»Er hat sie sich aber gewünscht – mein Vater«, gab Dittmar ungeduldig zurück.

Alena verstand ihn noch immer nicht. Sie merkte, dass der Baumeister jetzt *sie* beobachtete. Und Agnes und Dittmar ebenfalls. Dittmar besaß den Zoll an der Langen Brücke, die hinüber zur Neustadt führte und die jeder benutzen musste, der nach Aschersleben oder Magdeburg oder sonstwo in den Osten wollte. Er grub sich selbst das Geld ab, wenn er eine weitere Brücke über den Sumpf erlaubte. Deshalb war Ämilius doch gestorben. Um diesen verdammten Brückenzoll. Weil er die Brücke hatte bauen wollen, die den Zoll der Langen Brücke gemindert hätte, und weil Erasmus keinen legalen Weg sah, den Bau zu verhindern.

Agnes setzte ihren Sohn auf die Erde. »Ich weiß, was du über unseren Vater denkst, Alena. Aber das ist nur, weil du ihn nicht so gut kennst wie wir. Er hat sehr aufs Geld gesehen, aber er hätte sich niemals dazu hinreißen lassen …«

»Du bist verbohrt wie ein Esel«, fiel Dittmar seiner Schwester ins Wort. »Egal, was du denkst, meinem Vater hat das mit Ämilius Leid getan. Weil zugegebenermaßen er es war, der ihm das Leben schwer gemacht hat. *Schwer gemacht*, sage ich. Aber angetan hat er ihm nichts.«

Alena stand auf.

Dittmar griff nach ihrem Handgelenk, mit dem sie sich am Tisch hochstemmte. »Die Brücke ist seine Sühne, weil er es bedauerte, Ämilius so viele Steine in den Weg gelegt zu haben.«

»Du meinst, sein Loskauf, weil er ein Feigling ist, der seine Sühne nicht tragen mag.« Alena hörte ihre eigene Stimme wie durch einen Berg von Kissen. Sie machte sich so heftig frei, dass Dittmars Fingernagel über ihren Handrücken ratschte.

»Du solltest nicht …«

»Meine und deine Zeit verschwenden. Richtig, Dittmar. Das hast du schon vorhin bemerkt. Den Radelberg oder Caesarius. Mit dieser Frage solltest du dich auseinander setzen. Und du hast dafür Zeit bis Mittwoch nach Palmsonntag.«

Vielleicht hatte Gertrud sie aufstehen sehen. Sie kam mit schuldbewusstem Gesicht heran und folgte Alena aus dem Haus. Der Sänger schickte ihnen seine traurige französische Weise hinterher, die Alena jetzt nur noch auf die Nerven ging.

Sie ritten durch die Stadt zurück, aber Gertrud mochte erst Fragen stellen, als sie das Hohe Tor hinter sich gelassen und den halben Weg zur Burg erklommen hatten. »Ihr seid zornig?«

»Nein. Dafür gibt es keinen Grund.«

»Und doch seid Ihr es. Ihr solltet Euer Gesicht sehen«, widersprach Gertrud, die sich vielleicht von französischen Liedern ablenken ließ, aber nicht dumm war.

»Ich habe mich geärgert, aber es spielt keine Rolle.«

»Dann wird der Stadtvorsteher uns den Weinberg zurückgeben?«

»Ja«, sagte Alena. »Das wird er. Das – oder bluten.«

Sophie rief Alena erst am Abend zu sich, als Lisabeth schon schlief. Das Gespräch fand in ihrem privaten Audienzraum statt, und es war niemand außer Wigburg und Agnethe, die Torwächterin, anwesend. Also sollte es inoffiziell sein.

»Hat die Stadt sich besonnen?« Sophie stand an der Wand. Aber sie hatte die drei Frauen an einem Tischchen in der Mitte des Raums Platz nehmen lassen, und nun begann sie, auf ihren Stock gestützt, um sie herum durchs Zimmer zu wandern. Milchiges Mondlicht fiel durch das Fenster und traf ihre Gestalt am Ende jeder Runde.

»Ich habe Dittmar bis Mittwoch Zeit gegeben, darüber nachzudenken«, sagte Alena.

»Und Euer Eindruck?«

»Ich glaube, dass er einlenken wird.«

»Und wenn nicht?«

Ja, was dann? Alena war müde. Ihr Magen tat weh. Sie

hatte den Brei, den es zur Abendmahlzeit gab, nicht herunterbekommen. Es war nicht recht, dass Erasmus, der Mörder, sich durch den Bau einer Brücke Ablass seiner Sünden verschaffte.

»Dann wird etwas geschehen müssen«, meinte Wigburg.

Sophies Stock pochte im Gleichklang ihrer Schritte. »Die Quedlinburger sind stupid wie das Vieh. Der Weingarten gehört ihnen nicht, und sie benötigen ihn auch gar nicht. Sie haben ausreichend Grundstücke, um Wein anzubauen. Sie wollen ihren Willen durchsetzen.«

»Männer neigen dazu«, seufzte Agnethe, die schon an die sechzig Jahre alt und der ewigen Streitereien müde war. Ihr fülliger Leib drückte gegen die Lehnen. Unbehaglich versuchte sie, in eine bequemere Position zu rutschen.

»Wenn wir den Starrsinn dulden, dann reduzieren sie *jedes* unserer Rechte, bis sie Quedlinburg als Eigentum und sich selbst als Herren der Stadt betrachten.« Sophies Stock klopfte ein hartes Klapp. »Die Leute sind wie Kinder, die nach Schlägen schreien, um zu wissen, wann sie es zu schlimm treiben.«

»Sie fürchten unseren Stiftshauptmann.« Wigburg hatte das Kinn auf die Hand gestützt. Sie sah nachdenklich und nicht besonders froh aus. »Aber Caesarius kennt kein Maß. Er prügelt und zerstört, einfach weil es ihm Spaß macht. Wenn er jetzt von uns den Auftrag bekäme durchzugreifen, wenn er dächte, er hätte die Billigung des Stifts …«

»Er ist ein Rohling«, erklärte Agnethe angewidert. »Ich habe mir berichten lassen. Der Mann, dem das Knie zerschlagen wurde, hat ihm nicht mehr Anlass gegeben als die Bitte, seinen Tisch zu verschonen.«

»Nicht nur Caesarius ist so. Hoyers Männer haben das Gleiche getan und alles andere Kriegsvolk, das wir im Land hatten, auch.« Sophie nahm ihre Wanderung wieder auf. »König Otto hat Aschersleben niederbrennen lassen. Die gesamte Stadt, weil sie das Pech hatte, auf den Sizilianer zu setzen! In Halberstadt bauen sie seit vierzig Jahren, um ihren Dom und die Kirchen wieder aufzurichten, die der Braunschweiger Löwe zerstört hat. Die Regeln des Krieges stammen von den Männern, und wer sich ziert, geht unter. Aber das wollen die Quedlinburger nicht wahrhaben. Wenn die Stadt sich manierlich verhielte, wäre es einfach für mich, Caesarius zu zügeln.« Das Mondlicht nahm dem Gesicht der Äbtissin die Strenge. In den Worten blieb sie erhalten. »Manchmal ist es barmherziger, eine Wunde mit dem Brenneisen zu heilen, als endlos daran herumzukurieren«, sagte sie hart.

Das mochte wohl sein. Nur durfte man dabei nicht an Menschen wie Agnes denken, die Kinder auf dem Schoß hielten und sich zu Tode fürchteten. Alena legte die Hand auf den schmerzenden Magen.

»Die Quedlinburger müssen ihr Korn mahlen«, sagte sie. Sie wusste selbst noch nicht genau, worauf sie hinauswollte. Wigburg beobachtete sie mit einem erwartungsvollen Lächeln. Verdammtes Magenweh. »Es gibt die Gröpermühle und die Steinmühle, die der Stadt gehören, und dann die Mühle von Sankt Wiperti und unsere eigene. Caesarius bräuchte nicht in die Stadt. Vielleicht würde es reichen, der Stadt ihre Mühlen zu zerstören. Dann müssen sie nachgeben.«

»Oder Hunger leiden. Nein, das könnten sie nicht.« Wigburg stand auf. Sie schob der Äbtissin ihren Stuhl hin, und diesmal nahm Sophie es dankbar an.

»Die Mühlen also?« Die Äbtissin entspannte sich. Ihr zerfurchtes Gesicht wurde milder. »Ihr habt kluge Ideen, Alena, und sicher ist es kein Versehen, dass Ihr uns gerade in dieser schweren Zeit geschickt wurdet. Ich will kein Blutvergießen. Der Himmel weiß, dass ich es verabscheue! Ich will Frieden in meinem Land. Aber es kann keinen Frieden um den Preis des Domstifts geben. Und deshalb werden wir den Quedlinburgern – sollten sie nicht einlenken – die Mühlen zerstören. Ja, so ist es gut.«

Die Sitzung in dem kleinem Kreis war beendet. Agnethe verabschiedete sich mit einem schwesterlichen Kuss von der Äbtissin und begab sich zu ihrem Zimmerchen, das wenige Schritte entfernt auf demselben Flur lag.

Wigburg, die mit den Schülerinnen im Dormitorium schlief, begleitete Alena auf den Hof. Der Mond stand weiß und rund über dem Kanonissenhaus. Man brauchte keine Lampe. Die Himmelslichter tauchten alles in ein kaltes Licht.

»Ihr habt Sorgen«, stellte die Scholastika fest.

»Ich ... nein. Nein.« Überrascht sah Alena sie an. »Sorgen sind, ohne Bett zu sein und nicht zu wissen, wo die nächste Mahlzeit herkommt.«

»Schon wieder so vernünftig. Nur dass ein leerer Magen manchmal besser zu ertragen ist als das, was einem zu Herzen geht. Ihr habt den Quedlinburgern kein Unrecht getan, Alena. Im Gegenteil. Wenn sie nichts als die Mühlen verlieren, haben sie Glück gehabt.«

»Das weiß ich.« Alena verschränkte die Arme um den Leib. Sie konnte sich nicht besinnen, wann jemand das letzte Mal nach ihren Sorgen gefragt hatte. Die Scholastika lächelte sie an und machte noch immer keine Anstalten zu gehen, obwohl die Schlafenszeiten kurz waren, wenn man für die Kaiser beten musste. Sie schien auf eine Antwort zu warten.

»Es ...« meinte Alena zögernd. »... ist ein Mann in die Stadt gekommen. Ein Baumeister aus Flamen.«

»Und?«

»Er will die Brücke über den Sumpf bauen, die mein verstorbener Mann geplant hatte. Er hat den Auftrag von Erasmus bekommen. Dem Vater von ...«

»Ich weiß. Von unserem widerspenstigen Stadtvorsteher.« Wigburg kam näher, sodass sie direkt vor Alena stand. Forschend blickte sie sie an. »Aber der Mann soll verschollen sein. Und die Stadt hatte die Idee einer Brücke aufgegeben. Warum soll sie jetzt trotzdem gebaut werden?«

»Erasmus hat wohl gedacht, er könne sich mit der Stiftung von seinen Sünden freikaufen.«

Die Scholastika legte ihren Arm um Alena. Alena konnte sich auch nicht besinnen, wann sie das letzte Mal einen Arm um ihre Schulter gespürt hatte oder überhaupt von jemandem außer ihrer Tochter berührt worden war. Dass es der Arm einer Edelfrau war, machte es ihr ein bisschen peinlich, aber sie konnte sich dem Trost trotzdem nicht entziehen.

»Von der Sünde des Mordes, ist es das, was Ihr meint? Ich weiß, die Gerüchte haben damals auch die Burg erreicht. Seid Ihr sicher, dass es wirklich dieser Erasmus war, der Euren Mann ums Leben gebracht hat?«

»Nicht mit eigener Hand. Dazu war er zu schlau. Aber er hat mit Ämilius gestritten, und ich habe ihn am Tag vor dem Mord fluchen hören, dass er die Brücke verhindern würde. Um jeden Preis. Erasmus war noch geiziger als sein Sohn. Er war … krank vor Geiz. Außerdem …«

»Außerdem?«

»Ämilius hatte keine Feinde. Jedermann mochte ihn. Wer hätte ihn überfallen sollen?«

»Ich verstehe.« Wigburg ließ Alena los. Das Mondlicht machte ihre Züge jung. Sie musste einmal unglaublich hübsch ausgesehen haben. »Wisst Ihr, wer den Nutzen davon hätte, wenn der Sumpf überbrückt würde – abgesehen von Erasmus?«

»Die Stadt«, sagte Alena verwundert.

»Ja. Aber nicht zuerst. Die Brücke würde in direkter Linie die Laufenburg mit dem Süden Quedlinburgs verbinden.

Und die Laufenburg – gehört Graf Hoyer.« In Wigburgs Mundwinkel stahl sich ein Lächeln. »Hoyers Haus, das neue, das er sich in Quedlinburg hat errichten lassen, liegt in der Word, und zwar genau dort, wo die Sumpfbrücke ihren Einlass zur Stadt haben würde. Richtig?«

Alena nickte.

»Also würde es vor allen Dingen Graf Hoyer angenehm sein, wenn er einen so bequemen Weg zwischen seinen Wohnsitzen hätte. Ihr habt Recht, Euch über diese Brücke zu ärgern, Alena. Ich werde mit der Äbtissin sprechen. Und dann … ich glaube wirklich nicht, dass Ihr noch einen Gedanken an die Brücke verschwenden müsst.«

3. Kapitel

Maia nannte es verächtlich den Palmsonntagsfirlefanz. Nicht wert, sich darum zu kümmern. Aber Alena mochte ihre Sorglosigkeit nicht teilen.

Sie sah von Maias Garten aus, wie Caesarius' Männer Waffen putzten, wie sie Harnische reinigten, ölten und mit weichen Tüchern polierten und Helme mit Sand scheuerten. Am Fuß der Burg, dort, wo der freie Platz zum Westendorf war, fanden Scheinkämpfe statt, die von Burchard geleitet wurden und bei denen es herging, als stünde man bereits im Krieg.

Zweifellos hatte der Fleiß der Männer verschiedene Gründe. Einer davon mochte sein, daß der Burghauptmann die Gelegenheit nutzte, seine Unentbehrlichkeit zu demonstrieren. Ein anderer ihre Freude am Kampf. Aber die Sorge, dass das Stift mit dem Bischof von Halberstadt in eine Fehde geraten könnte, gehörte sicher ebenfalls dazu.

»Es wird ein schlechtes Jahr. Ist jetzt schon zu warm, wird alles verdorren«, behauptete Maia, während sie die Rinnen in den Boden schlug, in denen sie das Saatgut ausbringen wollte. Maia erwartete von keinem Jahr etwas anderes als Schlechtes. Alena nahm Lisabeth auf, die bis zu den Ellbogen in der feuchten Erde wühlte, und trug sie trotz ihres

Protests aus dem Garten. Sie mochte nicht in den Hof, wo Caesarius mit eisigem Spott den Burgbediensteten Plätze für einen eventuellen Kampf zuwies, aber auch nicht bei Maia bleiben, und so wandte sie sich zur Ausfallpforte, die in den äußeren Ring der Burgbefestigung führte. Dort ging es über Felskuppen abwärts bis zu einem zweiten Mauerring, von wo man in die Ebene hinabsehen konnte.

Lisabeth gefiel es, auf der Mauer zu sitzen. An dem Platz, an dem sie standen, hatte der felsige Boden einen Buckel, sodass Alena ihre Tochter bequem halten und in die Tiefe sehen lassen konnte. Quedlinburg lag zu ihrer Linken. Vor ihnen, trübe und im Moment wegen der Frühjahrsüberschwemmung ein einziger See, das Sumpfgebiet, das das Bodetal und den Raum zwischen den beiden Bodearmen füllte. Jenseits der Bode wuchsen ausgedehnte Auwälder, aber auf der Stadtseite, wo die Quedlinburger das Bauholz für die Neustadt geschlagen hatten, gab es nur noch sumpfige Wiesen mit Wasserblänken und Sträuchern, die ihre Zweige aus dem Schlamm reckten. Irgendwo in diesem Morast mussten die Gebeine des armen Ämilius ruhen.

Alena hörte, wie hinter ihnen das Tor knarrte. Den Arm um Lisabeths Taille drehte sie sich um. Die Sonne stand über der Burg. Sie musste blinzeln, um zu erkennen, wer den Hang zu ihnen hinabstieg.

Es war der flämische Baumeister.

Lisabeth begann zu zappeln, weil sie gern über die Mauer gerutscht wäre, so unvernünftig, als gäbe es weder Stürze noch Knochenbrüche. Alena nahm sie auf ihre Hüfte. »Der Baumeister aus Flamen – was für eine Überraschung. Nur fürchte ich, Ihr habt Euch verlaufen. Die Wohnung der Äbtissin liegt im Innenhof. Außerdem seid Ihr entweder zu früh oder zu spät, denn im Moment ist gerade Gottesdienst im Dom.«

»Und sie betet dort für die verstorbenen Kaiser, ich weiß.«

Der Flame übersprang einen Spalt im Fels und erreichte das Plätzchen, wo sie standen. Natürlich hatte er sich *nicht* verlaufen. Der Mauerring lag abgeschieden. Er musste am Tor und auch bei Maia im Garten gefragt haben, um zu erfahren, wo Alena steckte. Vermutlich kam er auf Dittmars Bitten, und das durfte man ihm nicht übel nehmen, denn die Brücke würde für ihn etliche Jahre Arbeit bedeuten.

Lisabeth jammerte wegen des verwehrten Sturzes, und Alena setzte sie zu Boden und drückte ihr ein abgebrochenes Felsstückchen in die Hand. Der Flame hatte sich neben sie gestellt und stützte sich mit den Händen auf die Mauer. Er studierte Quedlinburg und anschließend die Quedlinburger Neustadt mit der halbfertigen Nikolaikirche. St. Nikolai war ein imponierender Bau, doppelt imponierend, wenn man bedachte, dass allein die Neustädter Bauern das Geld für das Gotteshaus zusammengekratzt hatten. Nicht mehr lange, und die Siedlung würde sich zu einer eigenen kleinen Stadt gemausert haben. Natürlich interessierte der Baumeister sich auch für den Sumpf zwischen den beiden Bodegräben, den er für Erasmus überbrücken wollte.

»Lasst mich raten«, sagte Alena. »Dittmar hat Euch geschickt, weil er befürchtet, das Stift würde ihm die Brücke verbieten.«

»Genau.« Der Flame war ein großer Mann, größer sogar als Dittmar, und Alena hatte ihn als Hünen in Erinnerung, aber jetzt sah sie, dass seine Schultern schmal und seine Glieder knochig waren. Seine Haut war trotz der frühen Jahreszeit dunkel gebräunt, wie oft bei Leuten, die im Freien arbeiteten. Aber um die Handgelenke war das Fleisch in einem breiten Ring weißlich und vernarbt, und auch die Hände selbst waren von zahllosen kleinen Narben gezeichnet. Erinnerungen an Sizilien vermutlich.

»Dittmar will, dass Ihr mir klarmacht, wie unvernünftig mein Betragen ist?«

»In etwa, ja.«

»Dann richtet ihm aus, dass er meinen Einfluss auf die Äbtissin überschätzt. Er ist ... gering.«

Der Sumpf musste es dem Flamen angetan haben, denn er betrachtete ihn so gründlich, als fasziniere ihn jedes einzelne Wassertröpfchen. Was beschäftigte ihn? Suchte er den besten Platz für seine Widerlager?

»Ihr solltet ...«

»Ich verabscheue Sümpfe«, erklärte der Baumeister.

»Ach. Dann solltet Ihr froh sein. Zumindest diesem könnt Ihr den Rücken kehren.«

»Weil Euer Einfluss auf die Äbtissin doch größer ist, als Dittmar glauben soll?« Er lächelte, ohne sie anzublicken.

»Blödsinn. Sophie – die Äbtissin – hat im Gegensatz zu dem, was man in der Stadt erzählt, einen nüchternen Verstand, und jede ihrer Entscheidungen trifft sie ausschließlich danach, ob sie dem Nutzen des Stifts dient. Es ist allerdings wahr, dass die Brücke ihr ungelegen kommt. Sie wird sie verbieten. Und daher könnt Ihr nach Hause gehen und Eure Sachen packen, Baumeister.«

»Maarten. Mein Name ist Maarten.«

»Schön. Kehrt in Eure Heimat zurück, Maarten.«

Nicht nur die Stadt und der Sumpf – auch das Land südlich, wo die Harzberge wie lindgrüne Maulwurfshügel unter dem blauen Himmel ruhten, interessierte den Flamen. Es war ein herrlicher Anblick. Die Luft roch nach Frühling. Der Wasserlauf der Bode glitzerte und spiegelte den Himmel wider. Überall schossen Frühlingsblumen aus dem Boden.

»Ihr mögt das?«, fragte Alena. »Laßt Euch von dem friedlichen Anblick nicht täuschen. Vor fünfzehn Jahren lagerte dort unten Kaiser Philipps Heer, das habe ich bereits miterlebt. Danach kam Hoyer von Falkenstein. Dann Friedrich aus Sizilien – der hätte die Burg beinahe gestürmt – und anschließend Otto von Braunschweig. Vier Kriege in fünfzehn Jahren. In jedem wurden Städte und Höfe niedergebrannt. Die hohen Herren sind am Ende abgezogen, aber sie haben uns verwüstetes Land zurückgelassen – und Leute wie Caesarius. Wünscht Euch nicht zu bleiben. Dies ist ein gewalttätiges Land.«

Lisabeth ließ ihren Stein fallen. Sie hatte in dem Surcotsaum des Flamen ein neues, verwirrendes Spielzeug entdeckt und griff mit ihren schmutzigen Fingerchen danach.

»Und das Waffenrasseln vor der Burg …«

»Seht Ihr, da steht uns schon der nächste Streit ins Haus. Lass, Lisabeth!« Alena hob ihre Tochter auf die Mauer zurück, und Lisabeth freute sich, weil sie zwischen den Mörtelkrümeln einen blauschillernden Käfer entdeckte. »Das Getümmel findet jedes Jahr statt und dient zur Vorbereitung auf den Besuch des Bischofs von Halberstadt. Am Palmsonntag wird er auf einem Esel hierher geritten kommen, demütig wie seinerzeit der Heiland, und anschließend möchte er beschenkt und so reich bewirtet werden, dass er seinen schmerzenden Hintern wieder vergessen kann.«

»Auch so kann man sich die Zeit vertreiben.«

»Nur daß es uns leider sehr teuer kommt«, entgegnete Alena düster.

»Hat er einen so gewaltigen Magen?«

»Er kommt ja nicht allein. Der Bischof bringt seine halbe Diözese mit. Wenn der Heiland mit solcher Begleitung Jerusalem betreten hätte, dann hätte sein Volk keinen Platz zum Palmwedelschwenken gehabt. Allein für den Fisch, der gebraten wird, muss das Stift fünfundzwanzig Mark Silber ausgeben. Außerdem wünscht der Bischof Kerzen und goldenen Altarschmuck zum Geschenk. Er ist habgierig wie Judas.« Alena wusste selbst nicht, warum sie das alles erzählte. Es spielte keine Rolle, was der Baumeister Maarten aus Flamen von den Quedlinburger Stiftsfrauen und ihren Fehden hielt. Er sollte nur einsehen, dass er keine Brücke würde bauen können.

»Und da möchte ihm die Äbtissin mit dem Schwert eins überziehen?«

»Sie schließt die Tore. Sie ist eine friedfertige Frau. Aber der Bischof wird sich beim Heiligen Vater beklagen ...«

Der Baumeister lachte auf.

»Es ist nur komisch, wenn man nicht dazwischensteckt. Bischof Friedrich hat die Äbtissin exkommuniziert. Kein Scherz. Sie hat beim Papst dagegen protestiert, und der Papst hat ihr Recht gegeben. Er *wollte* es. Aber sein Legat ist auf dem Weg hierher verschollen. Es hat Monate gedauert, bis man überhaupt erfuhr, dass er auf der Reise gewesen war, und dann musste Sophie von neuem appellieren, und der Bischof ... Lasst Euch nicht langweilen. Es ist eine Geschichte ohne Ende. Der Halberstädter Bischof will Sophie absetzten und mit einer willigeren Äbtissin die geistliche Herrschaft über das Stift ausüben – was bis jetzt allein dem Papst zusteht. So sieht es aus, und deshalb schließen hier bis Montag früh die Tore. Werdet Ihr gehen?«

»Was?«

»Verlasst Ihr die Stadt? Werdet Ihr in Eure Heimat zurückkehren?«

»Wenn die Brücke fertig ist, ja.«

Alena atmete einmal tief durch. »Maarten, Ihr ... strengt mich an. Die Äbtissin wird den Bau der Brücke nicht erlauben – aus ihren eigenen Gründen. Und Dittmar, oder die Stadt, falls sie überhaupt hinter ihm steht, wird mehr Ärger bekommen, als sie schlucken kann. Es ist *töricht.*«

»Kann schon sein.« Der Baumeister schien zu finden, dass er sich genug unterhalten hatte. Er verabschiedete sich, indem er Lisabeth den Käfer, den sie verfolgte, auf den ungeschickten Daumen setzte, und Alena blickte ihm nach, wie er mit seinen langen Beinen die Felsen überwand.

Am Ende wurde es doch nicht der übliche Palmsonntagsfirlefanz. Zwischen Vesper und Completorium, als die Sonne sich zur Spitze der Marienkirche neigte, wurde das Gejohle am Fuß der Burg durch scharfe Rufe unterbrochen. Alena, die Lisabeth in ihrer Kammer mit der Abendgrütze fütterte, horchte auf. Agnethe sprach mit einem männlichen Besucher, dem sie nicht allzu viel Zuneigung entgegenzubringen schien, denn ihre Stimme klang frostig.

Alena konnte nicht herausfinden, wer auf den Burghof kam, weil Lisabeth zu schreien begann, als sie aufstehen wollte. Aber die Äbtissin schien sie nicht zu brauchen, denn niemand klopfte, um sie zu holen.

Die Nacht verbrachte Alena in einem Wechsel aus Wachsein und Dämmern, wobei sie von konfusen Träumen geplagt wurde. Wenn sie daraus aufschreckte, musste sie an Dittmar denken. Hoffentlich gab er in der Sache mit den Weinbergen nach. Er *musste* nachgeben! Denn wenn Caesarius den Auftrag erhielt, die Mühlen niederzubrennen – wer wollte dafür einstehen, dass er nicht auch die Menschen dort umbrachte? In Caesarius' Augen galt ein Menschenleben so viel wie der Schmutz unter seinen Füßen. Alena nahm an, dass die Stadt beim Verlust der Mühlen einlenken würde. Aber wenn es Tote gab … Sie wälzte sich endlos im Bett.

Die Glocken, die die Kanonissen und ihre Schülerinnen zur Nachtmette riefen, rissen Alena erneut aus dem Schlaf. Als es kurz darauf, noch lange vor Anbruch des Morgens, klopfte, lag sie hellwach in den Kissen.

»Alena? Alena! Die Äbtissin muss Euch sprechen. Seid Ihr wach? Kommt bitte sofort. Drüben in den Audienzraum.« Agnethe stand mit übernächtigtem Gesicht in der Tür. In ihrer Hand schwankte eine Lampe. »Ich gehe schon voraus. Seid so gut und beeilt Euch.«

Lisabeth begann zu wimmern und sich im Bett zu drehen.

»Und ermahnt das Kind zur Ruhe.« Hinter der Pförtnerin klappte die Tür.

Alena kroch aus dem Bett, tastete nach ihren Sachen und zog sich an. Dann kniete sie vor ihrer Tochter, die inzwischen hellwach auf der Decke saß, nieder.

»Lisabeth ...« Es war töricht. Das Mädchen verstand sie nicht und hätte sie nicht einmal verstanden, wenn ihr Köpfchen so klar wäre wie bei anderen Kindern ihres Alters. Aber das wussten die Stiftsfrauen nicht, weil ihre Schülerinnen mindestens acht Jahre alt waren, wenn sie zu ihnen kamen.

»Komm.« Alena steckte Lisabeth in ihre Kleider. Bei Maia im Gärtnerhaus zu liegen würde ihrer Tochter nicht gefallen, aber wenigstens war sie dort so weit vom Kanonissenhaus entfernt, dass sie nicht störte, wenn sie schrie.

Sie tasteten sich stolpernd durch den dunklen Flur, aber draußen kamen sie ohne Lampe aus, da kein Wölkchen den Mond verdeckte. Alena eilte zum Garten. Das Gärtnerhaus lag am äußersten Ende des Stiftsbergs hinter den Ställen, und normalerweise war es dort stockfinster. Aber der Vollmond hatte den Garten wie mit Silberstaub gepudert, und alles leuchtete.

Maias Bett – wenn man den Strohhaufen, auf dem sie schlief, so bezeichnen wollte –, Maias Bett befand sich im hintersten Eck des Gärtnerhäuschens. Sie schlief zwischen den Hacken, Spaten, Säcken und Karren, die sie zu ihrer Arbeit brauchte. Dort zog es am wenigsten, und sie hatte gern ein Auge auf ihre Geräte. In den Schuppen hinein konnte der Mond sein Silber nicht streuen, denn Maia hatte die Tür geschlossen, und Alena schob sie nur einen Spalt weit auf, um das Nötigste zu erkennen. Sie tappte in die Dunkelheit, ging langsamer und blieb nach wenigen Schritten stehen.

Ihr kroch plötzlich die Röte ins Gesicht. Maia war nicht

allein. Alena hörte ein Schnaufen und das unterdrückte Murmeln einer Männerstimme. Stroh raschelte, und Maia gab sonderbare Laute von sich. Die krumme, fromme, alte Maia vergnügte sich mit einem Mannsbild? Du liebe Güte, dachte Alena.

Was also? Wieder fortgehen? Das kam nicht in Frage. Im Kanonissenhaus wartete die Äbtissin.

Und Maia ...

Was dort aus der dunklen Ecke drang, hörte sich nicht nach Lust und Hingabe an.

»Maia?« Alena zögerte – und wagte sich noch einen Schritt weiter in den Schuppen hinein. Aus Maias Mund kam ein klägliches Wimmern. »Wo bist du, Maia?«

Das Jammern der alten Frau wurde lauter. Eine Männerstimme stieß einen Fluch aus, und Maia schrie auf. Alena lief zur Tür zurück und trat sie mit dem Fuß nach außen.

Das Licht des Mondes reichte noch immer nicht bis an das Ende des Schuppens. Aber es war hell genug, ein hässliches Schauspiel zu stören. Alena sah, wie eine ... nein, wie zwei Gestalten sich aufrafften. Die Männer torkelten. Das waren Betrunkene. Maia begann hemmungslos zu weinen.

»Raus!«, fauchte Alena.

Der eine Mann, der erste, der auf sie zukam, trug langes, helles Haar, das im Mondlicht leuchtete. Alena drückte Lisabeth fester an sich und trat zur Seite. »Ihr seid betrunken, Burchard!«

»Bin ich ... Süßes ...« Er lallte und lachte.

Burchards Begleiter war Caesarius. Alena hielt ihn ebenfalls für betrunken, denn in anderem Zustand hätte er Maia kaum belästigt. Aber dem Burghauptmann merkte man nichts an. Gerade aufgerichtet, dunkel wie der wilde Reiter, der in den Nächten die Harzwege unsicher machte, näherte er sich. Seine Hände zitterten, als er nach Alena tastete, das war das einzige Zeichen, dass mit ihm etwas nicht stimmte.

»Fass mich nicht an!« Zurückweichen ging nicht. Alena stand mit dem Rücken zur Wand.

Caesarius verhielt sich stumm, und gerade deshalb kam er Alena noch bedrohlicher vor als sein Kumpan. Mit unsicherer Hand griff er nach ihrer Schulter und dann nach ihrer Brust. Alena ließ Lisabeth zu Boden rutschen. Sie packte mit beiden Händen seine Handgelenke.

»Versucht es, Caesarius«, flüsterte sie heiser. »Die Äbtissin hat mich gerufen. Deshalb bin ich unterwegs. Wenn ich nicht komme, verlangt sie Erklärungen. Sie hat Ärger mit Hoyer Falkenstein, aber wenn unter ihrem Dach ehrbare Frauen belästigt werden ...«

Caesarius war zu betrunken, um zuzuhören. Burchard mischte sich ein. »Dasch is ...« Fahrig drängte er sich zwischen Alena und seinen Hauptmann. »Ärger ...«, nuschelte er. Wie klug, wie einsichtsvoll von ihm.

Alena spürte, dass Caesarius sie anstarrte. Wie betrunken war er wirklich? Er ließ sich von Burchard fortziehen, und Alena sah ihnen nach – den beiden einander stützenden Gestalten mit dem blonden, leuchtenden und dem nachtschwarzen Haar.

»Du bist mutig.« Maia hatte sich aufgerafft und zur Tür geschleppt. »Aber vergessen werden sie's dir nie.« Die alte Frau versteckte sich neben dem Türrahmen, damit man sie von draußen nicht sah. Ihre Zähne klapperten, und sie zitterte unter der Lumpendecke, mit der sie notdürftig ihre Nacktheit verhüllte.

»Sie sind betrunken. Morgen werden sie sich an gar nichts mehr erinnern. Ich habe Lisabeth dabei, Maia. Du musst sie zu dir ins Stroh nehmen. Die Äbtissin hat nach mir geschickt.«

»Mutig – und eigensinnig«, brummte Maia. Sie nahm Lisabeth vom Boden auf und hielt sie so, dass ihr Gesichtchen beschienen wurde. »Dein Kind ist nicht richtig im Kopf, das solltest du einsehen, Alena. Der Herrgott hatte es zum Sterben vorgesehen. Es ist unvernünftig, wie du dich an sie klammerst. Wenn du klug wärst ...«

»Maia!«

Die alte Frau zuckte zusammen und verkoch sich in ihrer Decke.

»Du ... Lege sie zu dir schlafen«, flüsterte Alena. Es war nicht richtig, Maia anzuschreien. Sie hatte kaum mehr Verstand als das Kind auf ihrem Arm. »Ich hole sie, sobald ich bei der Äbtissin fertig bin.«

Es war fast wie am Abend zuvor. Wieder saßen Agnethe und Wigburg am Tischchen, aber dieses Mal war auch Gertrud dabei, die ehrfürchtig und eingeschüchtert auf der Stuhlkante hockte. Alle schwiegen, als Alena eintrat. Was auch immer zu besprechen war, die Frauen schienen es bereits erledigt zu haben. Und warum warteten sie dann noch?

»Da seid Ihr also«, stellte Sophie fest. Sie stand wieder am Fenster, aber nun nahm sie eine Lampe auf, kam damit zu Alena, blieb vor ihr stehen und beleuchtete ihr Gesicht.

Kein Grund sich zu fürchten, dachte Alena, während ihr das Blut ins Gesicht stieg und ihr Herz zu pochen begann. Was gab es? Lisabeth? Hatten die Kanonissen sich an ihrem Gebrüll gestört und entschieden, dass ein Kleinkind nicht in ein Stift heiliger Jungfrauen passte? Nein. Um ihr das mitzuteilen, hätten sie keine nächtliche Sitzung einberufen.

»Ihr habt Augen wie schwarze Kristalle.« Sophie ließ die Hand sinken und stellte die Lampe fort. »Und Ihr seht alles damit, nicht wahr?«

»Ich ... nein. Wenn das stimmte, wäre es gut.«

»Ihr seht alles, und Ihr vergesst nichts.«

Es war besser zu schweigen. Wenn ein Tribunal stattgefunden hatte, musste man abwarten, was es zum Thema gehabt hatte. Alena spürte die Augen der anderen Frauen in ihrem Rücken.

»Ich habe noch nie erlebt, dass Ihr den Inhalt einer Urkunde nachschlagen musstet oder eine Anweisung vergesst oder eine Zahl oder einen Namen«, murmelte Sophie. »Ihr tragt Eure Aufzeichnungen bei Euch, aber Ihr werft nie einen Blick hinein. Wie macht Ihr das?«

»Ich weiß nicht. Wenn es in meinem Kopf ist, ist es dort.«

»Und es ist ein kluger Kopf. Welch ein Jammer, Alena, dass Ihr nicht von besserer Herkunft seid.« Sophie wandte sich mit einem Ruck ab und nahm ihre unruhige Wanderung wieder auf. »Ich brauche Euch. Für eine besondere Aufgabe. Ich möchte, dass Ihr nach Halberstadt reitet.«

Die meisten Sorgen sind wie Irrlichter, dachte Alena. Sie narren ohne Böses zu tun. Man darf ihnen keine Aufmerksamkeit schenken.

»Bischof Friedrich hat einen Boten geschickt. Er bittet mich zu einem Gastmahl in seine Stadt. Zu einem Gastmahl! In das Haus dieses ... Intriganten!« Sophie knurrte entrüstet. »Der Mensch hat mich exkommuniziert. Und hat auf dieser Ungeheuerlichkeit beharrt, bis der Heilige Vater selbst ihn in die Schranken wies. Jahrelang mussten wir um die Spendung der Sakramente bangen. Jahrelang war mir jede Krankheit wie der erste Schritt ins Höllenfeuer. Der Mann ist eine Schlange. Und er krümmt sich weiter nach seinem Naturell. Wenn Friedrich freundlich tut und mich zu einem Mahl bittet, dann nur, weil er etwas besonders Hinterhältiges plant. Ich *kann* nicht hingehen. *Gerade* weil er es wünscht. Aber Bertrade ist zu dumm ...«

Agnethe zog missbilligend die Augenbraue hoch.

»Sie ist die Pröpstin des Stifts«, erklärte Sophie, ohne sich darum zu kümmern. »Sie wird an meiner Stelle gehen wollen, und es gibt keinen vernünftigen Grund, es ihr zu verwehren. Natürlich kann sie nichts zusagen, ohne vorher meine Einwilligung einzuholen, und damit sie es auch wirklich nicht tut, wird Wigburg sie begleiten. Wigburg und Gertrud – und Ihr, Alena. Ich möchte, dass Ihr meine Augen und meine Ohren seid, wenn der Bischof seine Netze spinnt.« Sophie stöhnte ungeduldig. »Es ist hassenswert, so agieren zu müssen.«

Agnethe nickte. »Und Bertrade …«

»Ich sollte freundlicher über sie sprechen. Ja.« Der Stock reichte nicht mehr. Sophie brauchte den Rand des Fenstersimses, um sich auch mit der anderen Hand abzustützen. »Bischof Friedrich will das Stift in die Klauen bekommen, um seine Schulden zu bezahlen. Etwas anderes zu glauben wäre Narretei. Er hat uns für Montag eingeladen. Ich werde ihm den Dienstag zusagen. Ihr, Gertrud, Ihr sollt einfach anwesend sein und zuhören.«

»Das werde ich tun«, antwortete das Mädchen schüchtern.

»So, und damit genug. Lasst die Glocken läuten. Es ist Zeit zur Fürbitte für die Kaiser.«

4. Kapitel

Bischof Friedrich erwartete die Delegation des Frauenstifts auf dem gepflasterten Platz vor dem Petershof. Sein eckiges, vorstrebendes Kinn gab ihm einen Anschein besonderen Eifers, aber die Bewegungen, mit denen er die Stufen seines Palastes hinabstieg, waren steif, als hätte er die Gicht. Gemessen schritt er den Frauen entgegen. Er ließ sich dazu herab, der Pröpstin persönlich aus dem Sattel zu helfen, mit einer großen, gezierten Geste, aber zu lächeln begann er erst, als Bertrade ihm ein nervöses: »Ihr müsst schon verzeihen – diese Umständlichkeiten ...« entgegenhauchte. Ängstlich wie ein Kind, das auf Schelte wartet, blickte sie ihn an.

»Ich weiß schon, ich weiß, mein Liebe.« Der Bischof verkniff sich jede möglicherweise geplante Bemerkung über das verwehrte Palmsonntagsfest, und Bertrade atmete erleichtert auf. Triumph straffte ihre schlaffen Wangen. Man konnte also doch miteinander reden. Man mußte sich nur so betragen, wie es sich für einen gut erzogenen Menschen gehörte. Sie deutete mit ihrer schlanken Hand auf die Rosettenfenster des neuen Doms, auf die das Sonnenlicht fiel, und begann zu schwärmen. Das farbige Glas hatte eine erstaunliche Leuchtkraft. Bertrade erwähnte das, und sie bestand darauf, dass die Farben kräftiger leuchteten als die der

Quedlinburger Domfenster, was sicher mit den neuen Techniken der Glasbläser zusammenhing. Welch ein beeindruckender Lobpreis des Herrn und welch ein Glück für die Halberstädter, dass sie von einem so kunstsinnigen Mann geleitet wurden.

Der Bischof reichte ihr die Hand und führte sie die Stufen hinauf in seinen Empfangssaal, den er für ein festliches Essen hatte herrichten lassen.

»Wie hübsch – seht nur, all die Blumen hier«, flüsterte Gertrud Alena zu und deutete auf den Fußboden, der mit Vergissmeinnicht- und Primelblüten übersät war. »Ich kann nicht glauben, dass der Bischof dem Stift böse ist. Vielleicht will er einlenken.«

»Oder den Braten weich kochen, bevor er ihn zwischen seine Zähne schiebt«, entgegnete Alena trocken.

Gertrud schloss sich Wigburg an, und Alena verschwand ans Ende der Tafel, wo sie mit den weniger angesehenen Gästen speiste, wie es ihrem Rang entsprach. Ihr gegenüber saß ein pausbäckiger Halberstädter Kleriker, der sich Berge von den gebratenen Brassen und Kapaunenpastetchen aufladen ließ.

Diener eilten umher. Der bischöfliche Truchsess benannte die Speisen und begann mit klingender Stimme aufzuzählen, was als Nächstes aus der Küche kommen sollte. Aal in pikanter Suppe, falscher Stör vom Kalb, Hypocras nach Art des Languedoc ... Das waren Sachen, die Alena nicht einmal dem Namen nach kannte. Ohne den geringsten Appetit starrte sie auf die Schüsseln. Warum bewirtete der Bischof sie so großzügig? Um das Stift wegen seines Geizes zu beschämen? Oder tat ihm die Äbtissin Unrecht, wenn sie ihm unehrenhafte Motive unterschob? Vielleicht wollte er doch nur den Streit beenden?

Während Alena geröstetes Brot zerbröselte und an den Krümeln kaute, versuchte sie zu horchen, was oben an der

Tafel gesprochen wurde. Sie hörte nur Brocken, die keine Bedeutung hatten. Tratsch über Leute, die sie nicht kannte. Artigkeiten. Gemeinsames Entzücken über einen Narren in hautengem Kostüm, der zahmen Spott über die Geistlichkeit von sich gab und mit den Glöckchen an seiner Kappe klingelte. Bischof Konrad hatte den Mann vor unendlicher Zeit von den Kreuzzügen mitgebracht. Bischof Konrad – das musste Friedrichs Vorgänger gewesen sein. Konrad von Krosigk. Ein Verwandter von Bertrade. Ein Onkel? Man fand zueinander. Konrad hatte der Halberstädter Kirche eine silberne Weihebrotschale aus Byzanz geschenkt, die Friedrich mit der Steinigung des Stephanus hatte schmücken lassen.

Alena hörte auf, an ihrem Brot zu knabbern. Sie beobachtete die Kanonissen, die ihre Finger in die dargebotenen Wasserschalen tauchten, sich an Leinentüchern die Hände trockneten und miteinander und mit den Kanonikern schwatzten. Sie sahen in ihren hübschen Kleidern glücklich wie Kinder aus. Hatte Sophie womöglich etwas übersehen? Einen Überdruss an dem Streit, den sie seit Jahren ausfocht, der aber ihre Mitschwestern nur noch ängstigte?

Alena sah aus den Augenwinkeln, wie jemand sich erhob. Wigburg zwängte sich am Stuhl ihrer Tischnachbarin vorbei. Sie wollte kein Aufsehen erregen, aber irgendetwas stimmte nicht mit ihr. Sie hielt den Kopf gesenkt und beeilte sich, zur nächsten Tür zu gelangen.

»Habt Ihr gar keinen Hunger?« fragte der Pausbäckige, seine erste Bemerkung an die Tischnachbarin, seit er zu essen begonnen hatte. Alena hob in einer nichts sagenden Geste die Schultern und stand auf.

Die Tür, die Wigburg benutzt hatte, führte in einen langen Flur mit hohen, unverputzten Wänden, der nur durch wenige Schartenfenster unter der Decke erhellt wurde. Beim letzten Fenster stand die Schulmeisterin. Sie stützte sich mit einer Hand an der Wand ab.

»Um Himmels willen!« entfuhr es Alena. Rasch lief sie zu ihr hin. Das Gesicht der Scholastika war so nass geschwitzt, dass sich das Stirnband ihres Gebindes dunkel gefärbt hatte. Die Haut um ihre Nase schimmerte bläulich, und die Schlagader entlang des Halses spannte sich, als wolle sie platzen. Wigburg rang nach Atem.

»Dieses ... kriecherische Mistvieh«, keuchte sie, während sie gleichzeitig am Halsausschnitt ihres Kleides zerrte. Alena half ihr und lockerte das Gebinde unter dem Kinn.

»Er ...« Wigburg hustete, und das Blau ihres Gesichts wurde dunkler. »Er will Bertrade ...« Alena wollte in die Halle stürzen um Hilfe zu holen, aber Wigburg hielt sie fest. »Er ... will sie zur Äbtissin machen.«

»Wie sollte er das fertig bringen? Die Kanonissen sind in der Wahl ihrer Äbtissin frei. Ich glaube, Ihr solltet Euch gerade stellen, Herrin.«

Wigburg gehorchte.

»Habt Ihr etwas gegessen, das Euch nicht bekommen ist?«

Die aufrechte Haltung schien der Scholastika gut zu tun. Sie schüttelte den Kopf. »Die Aufregung ... Sonst nichts.«

Ihr bekam also die Aufregung nicht? Alena hatte noch nie erlebt, dass jemand vor Aufregung fast erstickte, aber die Scholastika schien sich nicht allzu sehr um den eigenen Zustand zu sorgen. Sie bemühte sich, ruhiger zu atmen.

»Er ... hat Einfluss. Sieht aus wie ... ein Schaf. Ist aber gerissen. Und wird versuchen ... es durchzusetzen.«

»Das wird die Äbtissin ...«

»Ach, Sophie!« Die Domfrau sog Luft durch die Nase ein und schien sich ein wenig zu entspannen. »Sophie ist stark. Aber ihr fehlt ...«

Das Feingefühl? Der Takt im Umgang mit den Menschen, mit denen sie zu tun hatte?

»Wir sind keine Familie.« Der Kanonisse gelang ein mühsames Lächeln. »Es ist ein ... Sammelsurium. Alles unterschiedliche Interessen. Krosigks. Falkensteins. Meißen. Friedenburg. Die Dekanin gehört zu Hoyer. Osterlind und Gertrud auch. Und Mabilia. Alles Falkenstein. Es war klug von Sophie ...« Wigburg machte eine erschöpfte Pause, sprach aber bald weiter. » ... Gertrud ins Vertrauen zu ziehen. Gertrud ist gescheit. Ehrgeizig. Kann sicher einmal das Stift regieren. Hoyer will, dass sie Äbtissin wird. Und deshalb ...«

» ... versucht Sophie, Gertrud zu ihrer Verbündeten zu machen?«

Wigburg nickte. Sie richtete sich auf und zog ihr Gebinde wieder fest.

»Werdet Ihr überhaupt nach Hause reiten können?« fragte Alena besorgt.

»Es ist ... nichts. Gleich vorüber. Die Aufregung. Kein Grund zur Sorge.« Wigburg wollte in den Saal zurück. Aber als sie die Tür geöffnet hatte, blieb sie stehen. Der Bischof war gerade dabei, Bertrade Wein nachzuschenken. Sein Finger in dem engen, roten Handschuh, auf dem der goldene Bischofsring glänzte, war abgespreizt. Er machte eine Bemerkung, die Bertrade zum Lachen brachte, und als sie sich zu ihm beugte, um das Glas entgegenzunehmen, versprühte sie Liebreiz, als wär's ein Regenguss.

»Sie ist wirklich zu dumm«, murmelte Wigburg angewidert. »Er mästet sie, damit sie schlachtreif wird, und sie dankt es ihm mit einem Gackern.«

Es wurde Nachmittag, ehe die Frauen das Stift wieder erreichten, und Alena beeilte sich, in den Garten zu kommen. Maia hatte die Gemüsebeete umgegraben. Die Wege dazwischen waren vom Regen aufgeweicht, sodass man in der Erde einsank. Alena watete durch den Matsch, ärgerte sich, dass sie sich die Schuhe beschmutzte, und rief nach der

Gärtnerin. Maia meldete sich nicht. Der Garten war verwinkelt angelegt, und Alena suchte in jeder Ecke, auch hinter dem Ziegenstall, wo Maia Petersilie und Minze anbaute. Sie fand aber nichts als einen zerrupften Strohkorb, der an der Mauer lehnte.

»Maia?« Sie lugte in den Schuppen und warf einen kurzen Blick in den Ziegenstall. Als sie auch dort ohne Erfolg blieb, machte sie sich auf den Weg zur Küche. Eigentlich hatte das Stallgesinde in dem Kellergewölbe mit dem riesigen Schlot, den Kesseln, Spießen, Haken und blankgescheuerten Tischen nichts zu suchen. Maia war auch nicht dort, und der Koch, der nervös die Zartheit eines Bundes Forellen prüfte, scheuchte Alena wieder hinaus.

Sie kehrte zum Garten zurück. Lisabeth hatte eine unruhige Nacht verbracht. Vermutlich war sie Maia mit ihrem Geschrei auf die Nerven gegangen. Aber würde Maia sie deshalb ... ja, was? Fortbringen? Erneut stand Alena zwischen den Beeten und starrte auf die Rillen, die Maia mit dem Spaten für die Aussaat gezogen hatte. Sie spürte, wie ihr Magen sich verkrampfte und wie die elenden Schmerzen kamen, die sie immer quälten, wenn sie sich Sorgen machte. Aber es gab keinen Grund sich zu sorgen. Die Tage waren länger geworden. Wahrscheinlich hatte Maia Lisabeth nach der Arbeit in die Stadt mitgenommen, um jemanden zu besuchen. Maia würde auf Lisabeth Acht geben, auch wenn sie sie nicht mochte und ihre Existenz für überflüssig hielt. Sie erhielt für das Aufpassen einen Pfennig im Monat. Das war eine Menge Geld.

Als Alena in den Burghof zurückkehrte, waren die Pferdejungen dabei, die Tiere zu striegeln, auf denen die Kanonissen nach Halberstadt geritten waren. Einer von ihnen, ein hoch aufgeschossener Bengel mit kurzem Haar und den ersten Spuren eines Bartes, reinigte am Trittstein seine Bürste. Alena fragte ihn nach Maia.

»Weiß nicht.« Stumpfsinnig zog der Junge die Bürste über die Steinkante. Wahrscheinlich wusste er niemals irgendetwas.

»Maia ist in die Stadt.«

»Ach.« Alena wandte sich an den zweiten Pferdejungen, der Dreck von den Pferdebeinen schrubbte und ihr die Auskunft gegeben hatte. »Seit wann?«

»Nachdem Caesarius zurückgekommen ist.« Der Junge grinste. Er sah aus, als wolle er etwas Interessantes erzählen. Aber Alena war nicht nach Klatsch zumute.

»Hatte sie ein kleines Kind dabei?«

»Den Schreihals mit den Locken? Nee.«

»Dann ist sie ohne das Kind fort?«

»Jedenfalls hatte sie niemanden bei sich, als sie zum Tor runter ist. Also kann sie sie wohl auch nicht mitgenommen haben, außer sie hatte sie unter ihrem Rock versteckt«, gab der Junge witzig zurück.

»Das Mädchen ist bei den Ziegen eingesperrt.« Jetzt wusste er plötzlich doch etwas, der Stumpfsinnige.

»Unmöglich. Dort habe ich gerade nachgesehen.«

»Maia sperrt sie aber immer dort ein. Weil ihr das Gebrüll auf die Nerven geht. Heute auch. Hab ich gesehen, als ich unsren Besen gesucht hab.«

Alena ließ die Jungen stehen. Sie rannte quer über Maias Rillenbeete zum Ziegenstall zurück. Als sie die Tür aufstieß, empfing sie ein Meckern. Das Stift hielt ein halbes Dutzend Ziegen, und der Stall, den sie sich teilten, war winzig klein. Alena musste die Tiere hinausdrängen, um das Stroh abzusuchen.

Natürlich war Lisabeth *nicht* dort. Sie brüllte sich die Kehle aus dem Hals, wenn man sie im Stall einsperrte, und sie würde *ganz sicher* dort nicht einschlafen. Wahrscheinlich hatte der Junge alles durcheinander gebracht. Als sie schon gehen wollte, fand Alena doch noch etwas. Unter einem Streifen verklumpten Strohs lag ein bunt bemalter Gegenstand – Lisabeths Hase.

Langsam nahm Alena das Spielzeug auf. Hatte es eine Bedeutung, dass der Hase im Ziegenstall lag? Schon wieder meldete sich ihr Magen. Was hatte der Junge gesagt? Maia war gegangen, nachdem Caesarius zurückgekehrt war. Hatte er damit etwas andeuten wollen? War Maia vor Caesarius davongelaufen?

»Mist, verdammter!« Alena stolperte aus dem Stall, den Hasen im Arm, und lief zur Hauptburg hinüber. Würde jemand wie Caesarius sich um jemanden wie sie oder Maia überhaupt kümmern? Waren sie wichtig genug, um an ihnen Rache zu üben für eine Demütigung im Suff, an die er sich wahrscheinlich nur noch bruchstückhaft erinnerte? Die Pferdejungen waren verschwunden. Alena blieb vor dem langen Fachwerkhaus mit der Bruchsteinausfachung und den schwarzen Balken, in dem die Kriegsmannschaft der Burg untergebracht war, stehen und horchte.

Bei den Rittern schien eine Feier im Gange zu sein. Durch die Fenster drangen Gesprächsfetzen, die von Lachsalven und weinseligen Gesängen unterbrochen wurden.

Und vom Klang einer Kinderstimme?

Sie lauschte, bis ihr die Ohren wehtaten. Mit der Hand auf dem Magen suchte Alena die Fenster ab. Das Kinderstimmchen, falls sie es sich nicht bloß einbildete, war zu leise. Wahrscheinlich kam es gar nicht aus dem Ritterhaus, sondern aus dem Haupttrakt der Burg. Alena lief durch das Tor, das die Höfe teilte. Ja – ein kleines Kind brabbelte. Sie eilte über den Platz und stieß die Tür zum Wohntrakt der Kanonissen auf. Dem Gesinde war der Aufenthalt dort verboten. Was tat's. Das Treppenhaus war weiß getüncht und mit frommen Bildern bemalt. Ein sorgenvoller Noah blickte vom Rand seiner Arche einer Taube nach, die hinter der Treppenbiegung entschwand.

Lisabeth saß auf der obersten Treppenstufe auf dem Schoß eines jungen Mädchens und sabberte an einem Kanten weißen Brotes. Alena blieb stehen, als sie die beiden erblickte. Die Domicella hatte einen Elfenbeinkamm in der Hand und kämmte damit Lisabeths Haar, und sie musste das schon ziemlich lange tun, denn die Locken waren kein bisschen mehr verklebt. Lisabeth ließ sich die verhasste Prozedur ohne Protest gefallen, was sicher an dem süßen Brot lag.

Vergeblich versuchte Alena sich an den Namen der Domschülerin zu erinnern. Sie sah noch jung aus, zwölf oder dreizehn Jahre vielleicht, das ließ sich schlecht sagen, weil sie außerordentlich dürr war und noch ein richtiges Kindergesicht hatte. Ihre Haare hingen lang und dünn über knochigen Schultern. Das Kleid war prunkvoll, selbstverständlich, aber ihr Gesicht durch Entzündungen verunreinigt, und als das Mädchen Lisabeth anlächelte, zeigte sich eine Zahnlücke.

Alena war gerührt und verlegen zugleich. Die Schülerin hatte sie noch immer nicht bemerkt. Absichtlich laut nahm sie die nächsten Stufen.

»Oh!« Das Mädchen wäre aufgesprungen, wenn es nicht Lisabeth auf dem Schoß gehalten hätte, und auch das rührte Alena. Gewiss waren die Domschülerinnen unterschiedlich, aber sie konnte sich nicht besinnen, jemals eine von ihnen durch ihre Anwesenheit eingeschüchtert zu haben.

»Es hat ihr im Stall nicht gefallen. Sie hat geweint«, erklärte das Mädchen.

Lisabeth blickte von dem Kanten auf und begann zu zappeln, um auf den Arm ihrer Mutter zu gelangen.

»Ja, sie ist eine Plage«, antwortete Alena. Sie nahm Lisabeth entgegen. »Du hast mir Sorgen gemacht, Käferchen«, murmelte sie in das braune Haar. Und sagte, weil das Mädchen weiterhin auf den Stufen sitzen blieb und sie anstarrte: »Ich danke Euch, dass Ihr sie zu Euch genommen habt, Herrin, aber ich fürchte, man wird Euch beim Unterricht vermissen.«

»Ich bin krank.« Das Mädchen lächelte schief. »Ich *war* krank. Aber jetzt geht es mir schon besser.«

»Das freut mich.«

»Heißt sie Käferchen? So etwas ist doch gar kein Name für einen Menschen.«

»Sie heißt Elisabeth.«

»Und warum spricht sie nicht?«

»Ich weiß nicht. Vielleicht wartet sie, bis ihr ein gescheiter Gedanke kommt.«

Das Mädchen lachte. »Mein Name ist Osterlind.«

»Und Ihr habt Kinder gern?«

Das Strahlen verriet mehr als jedes Wort.

»Sicher werdet Ihr einmal selbst Kinder haben«, meinte Alena. Das Mädchen sah aus, als hätte es sich gern noch weiter unterhalten, aber ihr Gespräch hatte schon lange genug gedauert. Wigburg würde es nicht schätzen, wenn eine ihrer Schülerinnen – eine kranke dazu – auf kalten Treppenstufen die Zeit mit einer Bediensteten und ihrem Kind vertat. Und außerdem war es besser, wenn gewisse … Grenzen nicht überschritten wurden.

Alena trug Lisabeth in den Hof hinab, und mit jedem Schritt, den sie tat, wandelte sich ihre Erleichterung in größeren Zorn. Maia hätte Lisabeth nicht allein in dem grässlichen Stall zurücklassen dürfen. Man sollte sie dafür zur Rede stellen, und Alena hatte auch vor, das zu tun, aber Maia konnte das Mädchen nicht leiden und deshalb würde sie sie vermutlich weiter vernachlässigen. Es war nötig, etwas zu unternehmen.

Alena grübelte nicht zum ersten Mal darüber, wem sie ihre Tochter für die Zeit anvertrauen konnte, in der sie beschäftigt war. Oft hatten diese Überlegungen bei Susanna geendet, der Frau von Gerolf, dem Zimmermann, den Ämilius in seine Bauhütte geholt hatte, um die Balken für die Brücke zu sägen. Soweit Alena wusste, hatte Gerolf seit Ämilius' Tod keine Arbeit mehr gefunden, was daran liegen mochte, dass er seine Sorgen gern im Bier ersäufte. Susanna würde sich über einen zusätzlichen Gelderwerb freuen.

Lisabeth hatte sich den Bauch mit dem süßen Brot voll gestopft – sie brauchte also kein Abendessen. Und daher gab es keinen Grund, den Besuch bei Susanna aufzuschieben. Also machte Alena sich mit ihrer Tochter auf den Weg zum Zwinger.

Sie war erstaunt, nicht einen der üblichen Torwächter am äußeren Tor zu finden, sondern Caesarius selbst. Er lehnte an einem der Fensterchen, die sich zur Innenseite des Zwingers öffneten, und hielt ein Trinkhorn in der Faust. Es war Alena unangenehm, ihm zu begegnen, besonders da man das Fallgatter herabgelassen hatte und sie ihn bitten musste, es für sie wieder heraufzuziehen. Unsicher schaute sie zur Sonne. Aber die weiße Scheibe stand noch links vom Wipertikloster, es war also nachmittags, sie hatte sich nicht getäuscht. Alena wäre trotzdem umgekehrt, wenn ihr nicht so viel daran gelegen hätte, mit Susanna einig zu werden. Kein Ziegenstall mehr für Lisabeth!

»Willst du runter zur Stadt?« Caesarius lümmelte sich auf die Fensterbrüstung.

»Ist es noch früh genug?«

Er grinste. »Sicher. Immer doch, Schätzchen. Richard, Ludolf, macht ihr den Weg frei. Zieht das Gatter hoch.«

Seinen Worten war nichts zu entnehmen. Keine Spur Feindseligkeit. Er war wohl doch zu betrunken gewesen, um sich an den Vorfall mit Maia zu erinnern.

Alena wartete, bis die Männer das Gatter so weit gehoben hatten, dass sie sich darunter bücken konnte, und eilte den Weg hinab. Susanna wohnte in einem Gässchen hinterm Markt. Es war der vertraute Weg. Die Ritterstraße entlang in Richtung Blasiikirche. Sie kam an dem Haus vorbei, das Ämilius hatte kaufen wollen, sobald die erste Rate für die Brücke bezahlt worden war. Ämilius hatte ein Auge fürs Solide gehabt. Das Ständerwerk des Hauses war mit Backsteinen ausgefacht, warm, zugfrei, ein guter Platz für eine Familie. Die Hausfrau, die inzwischen dort eingezogen war, hatte aufgefädelte Knoblauchzwiebeln in das kleine Fenster gehängt. Es roch appetitlich nach Abendbrot. Man durfte gar nicht drüber nachdenken, was hätte sein können.

Alena ging langsamer. Lisabeth war auf ihrem Arm eingeschlafen, das machte sie doppelt schwer, und sie bemühte sich, das Mädchen in eine bequemere Position zu schieben. Es waren erstaunlich wenig Leute in den Gassen. Eine Magd schleppte sich mit dem Wassereimer ab. Unter einem Torbogen schlief unter einem zerschlissenen Mantel eine Bettlerin mit einem Säugling. In diesem reicheren Teil der Stadt lebten kaum Handwerker, aber Alena wunderte sich, dass sie keine Händler sah, die ihren Geschäften nachgingen. Oder Hausfrauen, die sich in den Türen unterhielten. Wenigstens Kinder hätten um die Häuser toben sollen. Wahrscheinlich hatten die Gottesdienste begonnen, und die Leute waren in die Kirchen verschwunden. Aber merkwürdig war das schon: Eine ganze Stadt plötzlich von Frömmigkeit befallen?

Und dann wurde es doch wieder lebendig. Als Alena sich dem Marktplatz näherte, sah sie, dass sich vor der St.-Benedikt-Kirche halb Quedlinburg zusammengefunden zu haben schien. Vielleicht wurde irgendein Zins eingesammelt, oder Dittmar hatte die Leute zusammengetrommelt, um etwas bekannt zu geben. Ein neues Stadtgesetz, Änderung der Marktordnung. Er liebte das.

Lisabeth war schwer wie ein Kälbchen. Alena schob sie

höher zur Schulter und verschränkte die Arme um ihre Beine. Sie hatte die erste Gruppe erreicht und versuchte etwas aus den Gesprächsfetzen herauszuhören. Fragen mochte sie nicht. Man gehörte dazu oder man gehörte nicht dazu. Wer zwei Jahre lang den verhassten Domfrauen gedient hatte, gehörte auf keinen Fall mehr dazu.

Vorn bei der Kirchentreppe wurde in ein Horn geblasen. Dittmars schwarzer Kopf erschien, neben ihm standen andere Männer. Die meisten waren Kürschner. Einflussreiche Leute. Die Elite der Stadt, wie sich unschwer an den teuren Pelzmänteln erkennen ließ. Einer von ihnen hob die Hand, damit Dittmar sprechen konnte. Zumindest hatte es im ersten Moment so ausgesehen. Aber anscheinend wollte der Mann nur die Menschen beruhigen, denn gleich darauf verschwanden sie alle hinter dem Haupttor der Kirche.

Alena spürte einen Stoß im Kreuz. Sie hatte nicht aufgepasst. Irgendwie war sie zwischen die Menschen geraten, die plötzlich alle nach vorn zur Kirchentreppe drängten. Den Arm um Lisabeths Kopf versuchte sie sich gegen den Strom zu behaupten. Jedermann um sie herum drängelte plötzlich, als gäbe es bei der Kirche Almosen zu ergattern. Mit einem Mal traf sie ein Knuff. Alena hörte eine Stimme, die ihr kräftig und deutlich das Wort »Misthure« ins Ohr brüllte.

Misthure – das konnte bedeuten, dass sie jemandem im Weg stand. In der Stadt nahm man es nicht so genau mit dem Reden. Aber die Misthurenstimme polterte weiter. » … scherst dich einen Dreck … nicht besser als sie … «

Zu der Stimme gesellte sich eine zweite, weibliche. Alena konnte nicht verstehen, was die Frau schrie. Sie hörte den zornigen Tonfall, und im nächsten Augenblick stolperte sie, weil ihr jemand die Faust in den Rücken boxte. Sie konnte sich nur mit Mühe auf den Beinen halten und krallte ihre Hände in Lisabeths Kleider.

Ein Schrei brandete auf. Vorn auf der Kirchentreppe ging

das Schauspiel weiter. Ein Mann wurde die Stufen hinaufgeschleppt. Kein Händler, ein armer Schlucker in zerrissenen Kleidern. Es schien ihm nicht besonders gut zu gehen, denn er schleppte sein linkes Bein nach und bewegte sich, als hätte er Schmerzen.

Stimmen brandeten auf: »Der Müller!« Das sorgte für einen Moment Ruhe. Alles Volk starrte zur Steintreppe, wo der Kranke von seinen Helfern zum Kirchenportal geführt wurde. Als er sich in der Tür umdrehte und der Menge kurz zuwinkte, sah Alena, dass seine gesamte linke Gesichtshälfte ein blutiger Brei war.

Der Müller also.

Der Müller war zusammengeschlagen worden. Und das bedeutete …?

Sie zog Lisabeth so dicht an sich heran, als könne sie mit ihr verschmelzen und sich dabei unsichtbar machen. Wenn der Müller zusammengeschlagen worden war und das Volk sich deswegen auf dem Marktplatz sammelte, dann bedeutete das, dass Caesarius nicht hatte warten können. Die Frist für Dittmar hatte bis Mittwoch gelten sollen. Danach hätte man mit ihm sprechen müssen, um ihm den Ernst der Lage zu erklären. Und dann, dann erst hätte Caesarius das Recht gehabt, etwas zu unternehmen. Aber anscheinend war ihm das Warten langweilig geworden oder Sophie hatte nicht begriffen, wie wichtig es war, die Frist einzuhalten.

»Domschlampe!« Alena spürte, wie jemand ihr mit einem Ruck den Schleier vom Kopf riss. Das Stoßen der Leute war kein Zufall. Man hatte sie erkannt, und das Schimpfen galt ihr persönlich. Sie wurde von einem weiteren Schlag an der Stelle zwischen Ohr und Nacken getroffen und spürte, wie ihr die Tränen in die Augen schossen.

»Dreckerte Domsau!«, kreischte die Frauenstimme.

Lisabeth schlief wie ein Engelchen. Oh Himmel, was hatten sie in der Stadt gehört? Dass Alena, die Abtrünnige,

Befehl gegeben hatte, die Mühlen zu verbrennen? Aus Hochmut? Oder schlimmer noch: aus Rache wegen Ämilius?

Alena sah eine Faust auf sich zukommen, schmutzig, behaart und so gnadenlos wie ein Hammer. Sie drehte die Schulter, um Lisabeth zu schützen. Aber es kam nicht zu dem Schlag.

Zwischen der Faust und Alena tauchte plötzlich ein rostfarbener Mantel auf. Wieder wurde sie gepackt, aber diesmal war es ein Griff, der nicht wehtat, sondern sie in eine bestimmte Richtung drängte. Das rostfarbene Tuch schien mit einem Mal von allen Seiten zwischen ihr und den wütenden Menschen auf dem Markt zu sein.

Alena ließ sich führen. Mit der Rechten umklammerte sie Lisabeths Körper, mit der Linken hielt sie ihr Köpfchen. Sie hörte, wie die Leute hinter ihr herbrüllten und ihren Namen benutzten wie ein besonders derbes Schimpfwort. Quedlinburg befand sich in Raserei wegen der Mühle.

Und, dachte Alena bitter, während sie im Schutz des Mantels über ihre eigenen Füße stolperte, als Caesarius mir das Tor geöffnet hat, als er sagte, es wäre reichlich Zeit – da hat er *gewusst*, was mich erwartet. Er hat *gewollt*, dass ich in Schwierigkeiten komme. Sie merkte, wie ihr die Tränen aus den Augenwinkeln quollen.

»Da entlang.«

Sie hatte inzwischen begriffen, daß es der Baumeister war, der ihr geholfen hatte. Aber er führte sie nicht in die Richtung, in der Dittmar wohnte. Alena wurde wachsam und versuchte stehen zu bleiben. »Wohin wollt Ihr?«

»Nicht quer durch die Stadt jedenfalls. Das wäre unvernünftig.« Er schob sie weiter.

»Und wohin dann? Was … wollt Ihr überhaupt von mir?«

»Da rüber.«

Da rüber war ein windschiefes, in die Jahre gekommenes

Tagelöhnerhaus aus Lehmflechtwerk. Sie befanden sich hinter dem Kornmarkt, ganz in der Nähe des Hauses, in dem Susanna wohnte.

»Ich muss aber …«

»Das könnt Ihr auch – nur nicht jetzt.« Der Baumeister stieß die Tür des Lehmhauses auf. Es war ein elendes Hüttchen. Ein einziger Raum mit unverputzten Wänden, von denen der Lehm krümelte. Tageslicht drang nur durch ein Loch im Dach, das gleichzeitig dem Abzug des Rauchs diente. Er schob Alena über die Schwelle und zog die Tür hinter sich zu, und da das Holz verzogen war, geschah es mit einem ordentlichen Knall.

»Ihr könnt sie auf das Bett legen.«

Der Knall hatte Lisabeth aufgeweckt. Sie begann zu weinen und wäre Alena aus den steifen Armen gerutscht, wenn sie sich nicht eilends mit ihr auf der zugewiesenen Bettkante niedergelassen hätte. Alena wäre lieber stehen geblieben. Sie hätte der ganzen Hütte mitsamt dem Baumeister am liebsten den Rücken gekehrt. Aber nicht mit einer widerspenstigen Lisabeth, die sich wand wie ein Wurm.

Der Baumeister zog einen eisernen Stab aus dem Dachgebälk – er war groß genug, um an jeder Stelle der Hütte das Dach berühren zu können – und stocherte die Glut auseinander, die in einer steinernen Umfassung in der Mitte des Raumes glomm. Asche flog auf. Darunter lagen Reste glimmenden Holzes. Er verschwand ins Freie und kam einen Moment später mit einem Bündel Scheite wieder.

»Es war nicht so schlimm, wie es aussah.«

»Ah ja?«

»Sie regen sich wegen der Mühle auf. Aber das wird sich geben. Ich bin zu einem unglücklichen Zeitpunkt in die Stadt gekommen.«

Der Baumeister nickte und schichtete die Scheite kunstvoll aufeinander. Als die Flammen wieder ordentlich hochschlugen, meinte er: »Kommt mir alles ein bisschen unglücklich vor. Die Stadt hat keine Mühlen mehr. Und der einzige Müller, der noch lebt, sieht aus, als könne er sein Lebtag keinen Sack mehr heben.«

Alena sah ihm zu, wie er die Hände in einer Holzschüssel wusch, die auf einem Tisch in der Ecke stand. Danach benutzte er ein sauberes Handtuch, das mit rosa Blüten bestickt war. Die rosa Blüten deuteten darauf hin, dass Agnes ihn versorgte. Sicher kamen von ihr auch die Bettdecken, die über den beiden Betten an der Längsseite des Raumes lagen. Hübsch zartgrün eingefärbt mit dunkelgrünen Knicken, wo die Wäsche beim Färben gefaltet gewesen war.

»Stimmt es, dass die Idee, die Mühlen niederzubrennen, von Euch stammt?«, fragte der Baumeister, während er das Blütenhandtuch akkurat über eine Wäschestange hängte.

»Wer sagt das?«

»Es tönt von allen Dächern.«

Und wie kamen sie darauf? Ebenfalls durch Caesarius? Hatte er das herausposaunt, während er die Mühlen anzündete? Eine kleine Bosheit, die sich so bequem in das grausame Geschehen einfügen ließ? Wenn dem so war …

Dann muss er sich an die Sache mit Maia und mir erinnern, dachte Alena. Einen anderen Grund, sie zu hassen, besaß er nicht. Sie ließ Lisabeth, die neugierig nach dem prallen Federkissen angelte, von ihrem Schoß gleiten. »Es hätte schlimmer kommen können.«

»Gewiss. Dieser Caesarius hätte zum Beispiel die ganze Stadt niederbrennen können.«

»Eben.«

»Was?«

»Eben. Er hätte die Stadt niederbrennen können. Er hätte sie in Blut schwimmen lassen können. Oh … bitte, spart Euch den Vorwurf.« Alena hörte den Überdruss in ihrer eigenen Stimme. »Vor dem Mühlenbrand gab es eine Legion goldner Brücken. Dittmar hätte nur eine davon zu beschreiten brauchen, und nichts wäre passiert.«

Der Baumeister lehnte sich gegen die Tischkante. Er verschränkte die Arme und musterte Alena mit einem sonderbaren Blick. Dem Blick eines Mannes, der eine ganz besonders eklige Made entdeckt. Ganz recht, Herr Baumeister. Ihr beherbergt ein Monstrum ohne Gefühl und Liebreiz.

»Ich muss gehen.«

»Jetzt noch nicht.« Er langte hinter sich, holte einen Krug vom Tisch, schüttete etwas Goldenes in einen Holzbecher und reichte ihn Lisabeth, die danach griff, ihn aber natürlich nicht halten konnte. Sie hatte Durst, und Alena blieb nichts übrig, als ihr zu helfen.

»Ich kannte einen Mann ...«

»Ihr braucht mir nichts von Euch zu erzählen, Baumei ...«

»Maarten. Wir waren übereingekommen, dass Ihr Maarten zu mir sagt. Der Mann, den ich meine, hat mit mir gemeinsam in einem Steinbruch gearbeitet. In Sizilien. Ihr wißt schon ... wo Erasmus war. Aber bevor er in den Steinbruch kam, war er in der Nähe von Syracus für ein Verlies zuständig, in dem er von den Gefangenen Auskünfte über ihre Situation erfragen musste.«

»Erfragen.«

Maarten nickte. »Dieser Mann hat mir etwas erzählt, was ihm rätselhaft vorkam. Er sagte, es gibt Leute, die unter jedem Schmerz stumm bleiben.«

»Das ist nicht rätselhaft.«

»Nein. Rätselhaft ist, auf welche Weise man sie dennoch zum Sprechen bewegen kann.« Der Holzbecher war leer, aber Lisabeth hatte Geschmack an dem Getränk gefunden. Es roch nach Honig, und sie begann zu jammern, weil sie mehr davon wollte. Der Baumeister griff nach seinem Krug. »Er – der Schinder – hat den Widerstand dieser Leute gebrochen, indem er sie freundlich behandelte. Mit ihnen redete, ihre Wunden verband, sich nach ihrer Familie erkundigte. Nicht die Tortur – seine Anteilnahme hat sie gesprächig gemacht.«

»Es wird die Erleichterung gewesen sein.«

»Und das Unvermögen, tröstenden Händen zu widerstehen. Ja.«

»Was für gescheite Freunde Ihr habt, Maarten. Und mit welch tiefsinnigen Gedanken.«

»Allerdings gab es auch Ausnahmen«, meinte der Baumeister, ohne auf ihren ironischen Ton einzugehen. »Männer, die bis zum Ende mutig waren.«

»Und?«

»Das waren die Bedauernswerten. Die wirklich armen Hunde. Ich glaube, dieser Aspekt seines Geschäfts war es auch, der dem Schinder am meisten zu schaffen gemacht hat. Die Helden, die Männer, die standhaft blieben und die wir alle dafür lieben und bewundern sollten – sie waren die Einzigen, die sich in seiner Kammer zu Tode bluteten.«

»Herr Baumeister ...«

»Maarten.«

»Ich verstehe nicht, was Ihr mir sagen wollt, Maarten.«

»Ich rede nur so dahin. Sturheit – das ist ein Kuriosum, das mich fesselt. Recht haben müssen um jeden Preis. Immer den Willen durchsetzen. Findet Ihr es nicht manchmal anstrengend, mit jedermann im Streit zu liegen?«

Alena erhob sich. Ihr Nacken, dort, wo der Schlag sie getroffen hatte, schmerzte wie die Hölle, aber sie konnte Lisabeth aufnehmen, und sie würde auch in der Lage sein, sie zur Burg zurückzutragen. Selbst wenn sie nicht über den Marktplatz konnte, sondern den Umweg über die Gassen oben bei St. Ägidius nehmen musste.

Der Baumeister half ihr nicht, aber sie bekam die Tür auch mit dem Ellbogen auf.

»War das mit den Mühlen wirklich Eure Idee?«, fragte er, als sie in die Sonne trat.

Sie sah ihn über die Schulter an, ohne zu lächeln. »Sicher war's das.«

Der Abend hatte mit lässigen Pinselstrichen blassblaue Streifen über und rosa Streifen auf die Dächer von St. Wiperti gemalt. Die Sonne warf letzte goldene Markierungen auf die Wiesen des Brühl. Als Alena das Tor der Domburg erreichte, hörte sie zu ihrer großen Erleichterung kein Gegröle mehr aus der Wachstube. Sie rief, und der übliche Wächter kam herab und kurbelte an der Winde, um sie hereinzulassen. Er tat ihr einen Gefallen, denn niemand hatte um diese Zeit mehr Recht auf Einlass, und sie bückte sich rasch unter dem Gatter hindurch. Lisabeth hing über ihrer Schulter und kaute an ihren Haaren.

Erschöpft schleppte Alena sich den Zwinger hinauf. Es fiel ihr schwer zu denken. Caesarius war ein Problem. Er hatte mehr getan, als ihr einen widerwärtigen Schrecken einzujagen. Er hatte den Leuten zugetragen, wer für die Zerstörung der Mühlen verantwortlich war, und sie dann mitsamt dem Kind schutzlos zu ihnen in die Arena geschickt. Er hatte ihr den Krieg erklärt.

Und nun? Fortgehen? Und für Unterkunft und Brot und saures Bier bei einem Bauern schuften, der ihr in jedem Hungermonat Lisabeths nutzlose Esserei vorwerfen würde? Oder in die Stadt zurück oder in irgendeine andere Stadt, wo jedermann sie verachtete, und dort um Arbeit betteln, die sowieso knapp war? Und niemals etwas sparen können?

»Wir kleben an ihnen, wie die Fliegen am Mist«, flüsterte sie Lisabeth zu. »Denn wir müssen für deine Zukunft sorgen. Wenn deine Mutter einmal tot ist und du allein zurechtkommen musst …« Der letzte Gedanke reichte, um ihr erneut die Tränen in die Augen zu treiben. »Bis dahin müssen wir jedenfalls ein Haus haben, in dem du wohnen kannst, und einen Menschen bezahlen können, der für dich sorgt.« Ihre Tränen erschreckten Lisabeth. Sie verzog das Gesicht und begann mit den Fäustchen nach ihrer Mutter zu schlagen. »Schon gut«, murmelte Alena. »Ist schon alles gut. Ich werde mit Sophie reden. Die Äbtissin hat uns gern. Vielleicht kann sie helfen. Oh verdammtes …«

Im Ritterhaus herrschte Stille, die Fenster des Saales waren dunkel. Wahrscheinlich waren die Männer von den Gewalttätigkeiten und Saufereien müde geworden. Alena schlich in ihre Kammer hinauf. Sie holte ein Schälchen kalten Brei aus der Küche und fütterte Lisabeth. Während sie ihr das Essen zwischen die Lippen schob, lauschte sie dem Gesang der Kanonissen aus dem Dom, der ihr an diesem Abend besonders rein und beruhigend vorkam.

Lisabeth war so müde wie die Ritter. Sie ließ sich widerstandslos unter die Decke verfrachten, und kurz darauf verkündete ein leises Schnarchen, dass sie eingeschlafen war.

Alena rieb sich den Nacken. Der Gesang der Domfrauen war verklungen. Als sie ans Fenster trat, sah sie niemanden mehr als die alte Dekanin, die still wie eine der hölzernen Heiligen am Zimmer ihres Fensters im Erdgeschoss des Kanonissentrakts saß. Sie war eine alte Frau, zittrig und manchmal sabbernd, die man selten zu Gesicht bekam. Ihre Aufgabe – die Aufsicht im Dormitorium und im Chordienst – hatten Wigburg und die anderen Kanonissen übernommen. Unbeweglich starrte sie in den Hof hinaus. Vielleicht dachte sie an die Zeit, als sie selbst als kleines Mädchen dort gespielt hatte. Nutzlosigkeit ist ein Fluch, ging es Alena durch den Kopf, und ihr wurde das Herz schwer, als sie ihre schlafende Tochter ansah.

Wigburgs Stimme schallte gedämpft durch die Fenster des Dormitoriums. Im Schlafsaal wurden die Kerzen gelöscht.

Stille trat ein, und nur die Nachtampel spendete noch mildes Licht.

Alena vergewisserte sich, dass Lisabeths Augen geschlossen und die Lider ruhig waren, und machte sich auf den Weg.

Zaudernd stand sie kurz darauf vor der Tür, die in Sophies private Zimmer führte. Sie glaubte den Geruch von Ölen und Kräutern und den Medikamenten wahrzunehmen, mit denen Agnethe Sophies Beschwerden linderte. Kümmel, Zitronenmelisse, Anis, Arnika ... Sie mochte diese Gerüche nicht. Besonders der eine war ihr verhasst, der an abgestandenes Blut erinnerte. Gedanken an die Hütte ihrer Mutter tauchten auf, an die heimlichen Besucherinnen, die sich in die Ecken drückten und mit hellen, furchtsamen Augen warteten, dass Alenas Mutter Zeit für sie hatte. Alena hatte das verabscheut.

Und nun? Sie presste die Handballen gegen die Schläfen. Das Gespräch mit der Äbtissin würde sie möglicherweise in Teufels Küche bringen, wenn Sophie sich nämlich über ihre Empfindlichkeit ärgerte. Caesarius hatte eine der Burgbewohnerinnen durchs Tor gehen lassen. Niemand konnte ihm nachweisen, dass er dabei eine böse Absicht gehegt hatte. Und Sophie brauchte ihren Hauptmann so dringend. Jede läppische Entschuldigung würde ihr willkommen sein. Dennoch. Der Besuch in der Stadt hätte ohne das Eingreifen des Baumeisters böse Folgen gehabt, und wenn man nicht den Mumm zeigte, sich zu wehren ... Forsch klopfte Alena gegen die Tür.

Nichts. Sophie schien ihr Zimmer verlassen zu haben. Vielleicht verbrachte sie den Abend mit Agnethe oder im Kreis ihrer Kanonissen. Oder sie war noch einmal hinab in den Dom gegangen, um zu beten. Das konnte sein. Sophie hielt sich oft in der Krypta auf, in der die Gebeine der Königin Mathilde aufbewahrt wurden.

Also bis morgen warten? Alena schüttelte den Kopf und

kehrte in den Hof zurück. Aber als sie das schwere Portal des Doms aufdrückte, sah sie, dass ihr der Weg zur Krypta versperrt war. Im vorderen Teil der Kirche, bei der Brüstung oben im Chor der Apsis, standen zwei Gestalten, Kanonissen in den weiten, schwarzen Mänteln, wie sie für den Chordienst vorgeschrieben waren. Die beiden Frauen stritten miteinander. Alena konnte zwar keine Worte verstehen, denn die Domfrauen hatten ihre Stimmen gesenkt, wie es sich im Gotteshaus gehörte, aber Alena sah, wie die eine wütend mit den Armen gestikulierte und die andere erschrocken einen Schritt zurückwich.

Du meine Güte, dachte Alena. Die Apsis sah aus wie eine Bühne, auf der ein Mysterienschauspiel stattfand – mit allen dramatischen Beigaben. Nur war dieses Schauspiel kaum für die Augen irgendeiner Zuschauerschaft bestimmt. Sicher war es besser zu verschwinden. Falls Sophie tatsächlich in der Krypta war und betete, würde der Lärm sie heranlocken, aber dann wäre sie kaum in der Stimmung, die Sorgen ihrer Schreiberin wohlwollend zu erwägen.

Als Alena die Tür schließen wollte, hörte sie, wie eine der Kanonissen zu weinen begann. Die andere fuhr sie an, und das Weinen steigerte sich zu einem heftigen Schluchzen.

Lautlos ließ Alena die Tür ins Schloß klappen. Wieder im Hof drehte sie sich unentschlossen einmal um sich selbst. Nein, sie glaubte doch nicht, dass Sophie in der Krypta betete. Die Äbtissin bewegte sich mit ihrem Hüftleiden langsamer als normale Leute, aber sie hätte genügend Zeit gehabt, der hässlichen Auseinandersetzung ein Ende zu setzen.

Ihre Unruhe trieb Alena ein zweites Mal zu Sophies Wohnung. Auf halber Höhe der Treppe bemerkte sie, wie das Domportal sich öffnete, und sie beeilte sich ins Haus zu schlüpfen. Besser, man sah sie nicht, weil ... Weil Caesarius mir einen hundsgemeinen Schrecken eingejagt hat, dachte sie, und inzwischen macht mich die Fliege an der Wand nervös. Lauter als angebracht pochte sie gegen Sophies Tür, aber es rührte sich immer noch nichts.

Mit schwerem Herzen kehrte sie in ihre eigene Kammer zurück, zog sich aus und schlüpfte neben Lisabeth unter die Decke. Als sie gerade selbst einnicken wollte, froh, dass der Tag zu Ende war, erscholl auf dem Hof ein entsetzlicher Schrei.

Alena stand mit ihrer Tochter auf dem Arm im Dom und starrte auf das Blut, das in Rinnsalen die Stufen hinabsickerte. Der Dom wurde durch Fackeln und jede Art Lampen erhellt, die in der Eile zusammengerafft worden waren. Kanonissen hasteten in flüchtig übergeworfenen Mänteln durch den Kirchenraum, und das Klappen ihrer Schuhe gab die monotone Begleitmusik zu dem Drama, das sich zugetragen hatte. Keine von ihnen sprach. Nur die Stimme der Äbtissin unterbrach gelegentlich das verstörte Schweigen.

Sophie stand neben der Treppe und erteilte Anweisungen. Man brauchte Tücher, Wasser und blutstillende Kräuter. Man brauchte eine Trage. Man brauchte die Männer aus dem Ritterhaus für den Transport. Und vor allem brauchte man Agnethe. Jemand – die Kustodin – sollte gehen und die Pförtnerin suchen und ihr sagen, dass ein Unfall passiert war. Und warum, bei allen Heiligen, war das noch nicht geschehen? Dachte denn niemand nach?

Mit verweintem Gesicht machte Adelheid sich auf den Weg.

Alena starrte auf die Gestalt, die in grotesker Verrenkung auf den Stufen lag, und fragte sich, ob blutstillende Kräuter überhaupt noch etwas bewirken würden. Bertrades Gesicht war so weiß wie ihre Tunika, und ihre Lippen geöffnet wie bei einer … man mochte es nicht sagen, aber wie bei einer Toten. Der Schleier hing in den Stangen des Treppengeländers, und ihr weißblonder Zopf hatte sich mit dem

Blut vollgesogen, das ihr aus dem Mund sickerte. Eine der Kanonissen, die Kellermeisterin Anna, hatte ihren Mantel über den nackten Unterleib der Pröpstin ausgebreitet, denn der Sturz hatte Bertrade in denkbar unschicklicher Entblößung zurückgelassen. Anna verbarg mit dem Mantel, was die frommen Domfrauen, die über die Freuden des Leibes nichts wussten, wohl mehr schockierte als der Unfall selbst. Das wirklich Schlimme aber konnte er nicht verbergen.

Gebannt starrte Alena auf die riesenhafte Beule, die sich unter dem Mantel abhob. In Bertrades Unterleib steckte ein Messingleuchter. Ein goldenes, monströses, dreiarmiges Ding mit Blätter- und Blütenranken, das die Ursache für die Blutung war, die den See am Ende der Treppe zusammenfließen ließ. Alena hatte dem Flüstern der Kanonissen entnommen, dass der Leuchter normalerweise auf dem Hauptaltar oben im Chor stand, und nun hatte er sich mit seinem mehrere Zoll langen Dorn in Bertrades Leib gebohrt und musste ihr schreckliche innere Verletzungen zugefügt haben.

»Nein, nicht berühren!«, fuhr Sophie Wigburg an, die Bertrades Zopf aus dem blutenden Gesicht heben wollte. *Nicht berühren* schien Alena eine kluge Anweisung. Unter den Kanonissen verstand Agnethe am meisten von Krankenpflege, und es war sicher gut auf sie zu warten.

Im Hof erklangen Männerstimmen. Jemand hatte Caesarius geweckt, und der Hauptmann stürmte in den Dom. Er sah schlimm aus, kein Wunder, hatte man ihn doch aus dem Rausch geweckt. Sein Gesicht war aufgeschwemmt, der Rock mit Weinflecken übersät, das Kinn strotzte von Bartstoppeln.

»Nicht berühren!«, wiederholte Sophie scharf, als er sich ebenfalls zur Pröpstin beugte.

»Sie muss ja wohl weg hier. Was ist ihr denn passiert?«

Caesarius sprach schwerzüngig, und Sophies Mund verzog sich vor Widerwillen.

»Schickt zwei Eurer Männer, die nüchtern genug sind, keinen Schaden anzurichten. Und lasst sie ein Brett mitbringen, damit wir die Pröpstin transportieren können. Aber das geschieht erst, wenn die Wunde versorgt ist. Lasst Eure Leute solange draußen warten.«

Caesarius zuckte mit den Achseln und verschwand.

In der Tür begegnete er Adelheid, die Agnethe im Schlepptau hatte. Anders als ihre Mitschwestern scheute die Pförtnerin sich keineswegs, das blutige Unglück unter dem Mantel genauestens in Augenschein zu nehmen. Sie tastete den Bauch ab, in dem der Dorn des Kerzenleuchters steckte, und nun zeigte sich, dass die Pröpstin zumindest am Leben war. Mit einem Blutschwall kam ein gedehnter Seufzer aus dem Mund der Verletzten. »Ich brauche jemanden, der mir hilft«, erklärte die Pförtnerin und hob die Augen.

Alena setzte Lisabeth vor dem Altar des heiligen Servatius ab. Nach Agnethes Anweisung packte sie zwei der drei rankenverzierten Füße des Leuchters und zog langsam, genau wie Sophie sie anwies, den Dorn aus der Wunde. Es war ein schweres Unterfangen, denn der Leuchter wog so viel, dass sie mit aller Kraft zupacken und ziehen musste. Verhakt hatte er sich auch, und es war kein Wunder, dass Bertrade während der Prozedur die entsetzlichsten Schreie ausstieß. Dem Dorn quoll ein Blutschwall nach, und Agnethe ließ sich von Wigburg hastig Blätter reichen, die sie auf die Wunde presste.

Hirtentäschelkraut, dachte Alena, als sie Reste einer weißen Blütenkrone zwischen den Blättern entdeckte. Sie musste zum zweiten Mal an diesem Abend an ihre Mutter denken. Angeekelt verscheuchte sie die Erinnerung. Agnethe bedeckte die Wunde mit mehreren Schichten Leinentüchern und wies Alena und Wigburg an, die Verletzte zu drehen, um den Verband befestigen zu können. Nur an ihren zitternden Händen merkte man, wie ihr das Stöhnen der Leidenden an die Nerven ging.

Sophie, die immer noch steif wie der Schatten ihres eigenen Stabes auf der Treppe stand, fauchte Adelheid an, nach Caesarius' Männern zu sehen. Mit einem neuerlichen Weinkrampf machte die junge Frau sich auf den Weg.

Agnethe erhob sich von den Knien. »Keine Ahnung, wie viel Hoffnung man machen kann. Die Tücher halten das Blut zurück, aber ich fürchte, es strömt in die Bauchhöhle. Bertrade muss in die Krankenkammer, und von da an darf sie auf keinen Fall mehr bewegt werden.«

Verstört schauten die Frauen den Männern nach, die wenig später mit Hilfe eines dicken Brettes und unter den Kommandos der Pförtnerin die Pröpstin aus dem Dom trugen.

»Es war ein ... Unglück. Ein *schlimmes* Unglück.« Sophie sagte das. Ihre stockenden Worte hallten im Dom wider, und vielleicht war das der Grund, warum sie sich anhörten wie eine Predigt des Kaplans. Alena starrte auf den Leuchter, den sie vor den Stufen abgelegt hatte. An dem Dorn, der so lang wie ihre Hand war, klebte das Blut der Pröpstin und außerdem etwas Schleimiges. Bertrade musste viel Pech gehabt haben, dass sie genau auf die Metallspitze gefallen war, und dann auch noch so unglücklich, dass der Dorn sich senkrecht in ihren Leib bohrte. Bei dem Riesengewicht des Geräts hatte sie es zweifellos an ihren Bauch gepresst, als sie damit die Treppe hinabgestiegen war, und eigentlich hätte der Dorn ihr bei dem Sturz die Brust oder das Gesicht verletzen müssen. Aber es konnte natürlich auch sein, dass der Leuchter ihr erst entglitten und sie ihm dann nachgestürzt war. Dann war diese Art Verletzung vielleicht möglich.

»Ein schlimmer Unglücksfall, ja«, murmelte Wigburg. Sie

stand neben Alena, die Arme fest um die Brust geschlungen und von einer Gesichtsfarbe, als wäre ihr schlecht.

»Wieso ist sie überhaupt mit diesem schrecklichen Ding herumgelaufen?« Anna hob ihren Mantel, den jetzt niemand mehr brauchte, von den Stufen auf. Der Stoff war mit Blut durchtränkt. Sie wendete ihn und hielt ihn ans Licht, und Alena überlegte beklommen, wie unbeliebt die Pröpstin bei ihren Mitschwestern sein musste, wenn ein ruinierter Mantel mehr Bedauern verursachte als ihr furchtbares Schicksal.

Sophie klopfte mit dem Stock auf den Steinboden. »Es ist geschehen. Alles Grübeln, wie Bertrade den Unfall durch Umsicht hätte verhindern können, hilft überhaupt nichts. Die Pröpstin braucht unsere Fürbitte im Gebet, und ich erwarte, heute nacht jedermann auf den Knien zu sehen.«

Keine Fragen über das Wie und Warum des Unfalls. Und nicht die geringste Verwunderung über die sonderbare Art der Verletzung. Verwundert verließ Alena die Kirche.

5. Kapitel

Bertrade überlebte die Nacht, allerdings unter schrecklichen Qualen. Alena konnte nicht schlafen, weil sie ihre Schreie hörte, und wenn die Kranke verstummte, hörte sie die Schreie trotzdem weiter, als hallte in ihrem Kopf ein endloses Echo.

»Sie erwacht gelegentlich, aber sie ist nicht bei Sinnen«, erklärte Agnethe am Morgen den Kanonissen, die im Hof auf den Beginn des zweiten Chordienstes warteten. »Ständig zerrt sie an den Verbänden, wodurch natürlich alles nur noch ärger wird. Ich musste ihre Hände an die Pfosten des Bettes binden, die heilige Madonna vergebe mir.«

Adelheid weinte, und im Dom wurde Gebet um Gebet gesprochen. Von St. Wiperti kam ein heilkundiger Kanoniker ans Lager der Kranken und besprach sich mit Agnethe und anschließend beide zusammen mit Sophie. Man sah die Äbtissin mit betroffenem Gesicht vor den Gebeinen der heiligen Mathilde knien. Agnethe flößte der Kranken nach Anweisung des Kanonikus einen Trank aus Eidotter, Mutterkraut, Essig und Zimt ein, der den inneren Blutfluss stillen sollte. Aber Bertrades Blut zeigte schwarze Flecken und hatte einen wächsernen Rand, und das bedeutete, dass die Schwarzgalle abstarb. Man musste befürchten, dass sie aus dem Leben scheiden würde, wenn Gott in seiner Barmherzigkeit es nicht anders vorsah.

Gertrud war es, die Alena davon erzählte, nachdem sie frisches Leinenzeug ins Krankenzimmer gebracht hatte. »Sie stöhnt und kreischt wie abgestochen«, erklärte sie schaudernd, aber nicht allzu bedrückt. Alena hörte sie kurz darauf mit einigen Mädchen am Brunnen lachen.

War es schicklich, die Äbtissin in diesen schweren Stunden mit den Sorgen einer Schreiberin zu behelligen? Es war wiederum Abend geworden, und Alena saß an ihrem Fenster, während die Lampe auf der Truhe schwarzen Rauch verpaffte. Die Lampe brennen zu lassen, obwohl es keine Arbeit mehr zu erledigen gab, war eine Verschwendung, aber eine, die Alena nicht zu kümmern brauchte, da Adelheid das gesamte Stift großzügig mit Tran und Unschlitt versorgte.

Alena betrachtete ihre Tochter. Lisabeth bewegte im Schlaf ihren Mund, die eine Hälfte, die nicht gelähmt war. Locken perlten im Überfluss auf ihre kleine Stirn. Sie hatte eine schöne, flaumig weiche, goldbraune Haut. Es war einfach, sie zu lieben. Aber irgendwann würde die Haut runzlig werden und die Locken strähnig und grau, und die weißen Zähnchen würden zu schwarzen Stumpen werden, und für diese Zeit musste vorgesorgt werden. Und deshalb konnten sie das Stift nicht verlassen.

»So ist es nämlich, Lisabeth«, flüsterte Alena. »Wir sind gefangen. Und ob wir uns gern oder ungern mit den Leuten aus der Stadt anlegen, spielt überhaupt keine Rolle, egal wie großartig dieser Baumeister tut. Man könnte wütend werden, wenn jemand so daherredet.«

Sie ging zum Fenster, weil sie Schritte hörte. Agnethe schlurfte über das Pflaster. Die Torwächterin hatte nur kurz geschlafen und den Rest des Tages wieder an Bertrades Bett verbracht. Vermutlich kam sie vor Müdigkeit fast um. Alena sah, wie sie mit bleiernen Beinen die Treppe erklomm. Sophie schlief ebenfalls noch nicht. Alena hatte gesehen, wie sie vor Stunden den Dom betreten hatte. Bisher war sie noch nicht zurückgekehrt. Wenn die Äbtissin sich ohnehin die Nacht um die Ohren schlug, dann war jetzt vielleicht doch eine gute Zeit, mit ihr zu sprechen. Lisabeth schlief tief und fest, und Alena zögerte nicht länger.

Sie fand die Äbtissin in der Krypta vor dem Grab der Stiftsgründerin. Sie saß auf einem wackligen Schemel und hatte die Augen ernst und selbstvergessen ins Nichts gerichtet. Der Schleier war auf ihre Schultern herabgesunken, und ihr schlohweißes Haar leuchtete im Licht der Altarkerzen, die sie für Bertrade entzündet hatte.

Scheu verharrte Alena in der offenen Tür. Sie wäre wieder davongeschlichen, wenn Sophie sich nicht mit einem Mal umgewandt hätte. Die alte Frau erhob sich mit Hilfe ihres Stabes, aber sie schien Alena nicht zu erkennen, denn sie fragte mit brüchiger Stimme: »Wer ist das?«

Alena ging über den mit Tonplatten gefliesten Fußboden zu ihr hin. »Es tut mir leid, Herrin. Ich sehe, dass ich Euch bei der Andacht störe.«

»Ihr seht, dass ich in der Krypta sitze. Stören tut Ihr keineswegs. Im Gegenteil. Vielleicht ist es eine Fügung, dass Ihr gekommen seid. Tretet näher, sodass ich Euer Gesicht sehen kann. Ihr seid … Ja, warum seid Ihr eigentlich hier?«

»Der Pröpstin geht es schlecht?«, fragte Alena ausweichend.

Sophie nickte. »Die Wunde reicht tief in die inneren Organe. Sie hat hohes Fieber und spricht irre. Der Dekan meint, wir müssen uns darauf einrichten, dass sie stirbt.«

»Hat sie etwas zu dem Unfall sagen können?«

»Es scheint um eine Nichtigkeit gegangen zu sein. Ein Streit über einen blinden Fleck auf dem Leuchter. Kindisch und lächerlich – wenn die Sache nicht so tragisch geendet hätte. Bertrade hatte den Fleck während des Gottesdienstes entdeckt und sich darüber geärgert und mit der Kustodin gestritten. Und ihn dann anscheinend höchstpersönlich entfernen wollen. Lächerlich. Starrsinnig. Aber es ist nicht an mir zu richten. Nicht, wenn es um Starrsinn geht.« Das Letztere klang zutiefst erschöpft.

»Wer hat die Pröpstin gefunden?«

»Ich selbst. Ich habe den Fall gehört – Himmel, als wäre der Altar selbst die Stufen hinabgestürzt –, bin aus der Krypta geeilt und habe sie auf der Treppe liegen sehen.«

»Dann hat die Pröpstin Glück gehabt, denn bis zur Vigiliae wäre kaum noch jemand in den Dom gekommen. Sie wäre wahrscheinlich verblutet.«

»Ja«, bestätigte die Äbtissin düster. Einen Moment lang hing sie ihren Gedanken nach. Dann schaute sie plötzlich auf. »Gibt es etwas, was Euch beunruhigt?«

»Ich ... Nein. Oder vielmehr, doch. Ich bin gekommen, um mit Euch wegen Caesarius zu sprechen.«

»Und eben aus diesem Grund hätte ich Euch rufen lassen. Euch hat tatsächlich eine Fügung gesandt. Was habt Ihr auf dem Herzen?«

»Die Mühlen, Herrin. Caesarius hat sie niedergebrannt, aber noch vor Ablauf der Frist, die wir der Stadt ...«

»Ich weiß. Ich weiß, Alena. Als wenn ich das übersehen könnte. Der Mann ist ... eine Frechheit. Ein Rindvieh, das ohne Verstand den eigenen Stall niedertrampelt! Und wenn ich ihn hinauswürfe?« Das war keine Frage, die eine Antwort erheischte. Sophie stand auf. Ihr Stab begann das übliche Klacken, als sie den Raum durchmaß. »Er bedauert. Oh ja, wenn man es ihm vor den Schädel nagelt, dann begreift er es und bedauert. Aber welche Alternative haben wir?«

Auch auf diese Frage war es besser zu schweigen.

»Wir haben keine.« Ein letztes Klack. Sophie blieb stehen und drehte sich um. »Keine außer Hoyer. Ihm steht das

Amt des Schutzvogts zu, und er würde es mit Freuden wieder ergreifen. Hoyer oder Caesarius. Der eine, weil er das Amt geerbt hat, der andere aus Gewohnheitsrecht. Einen Außenseiter, einen dritten Mann könnten wir nicht durchsetzen. Caesarius ist ein Dummkopf. Aber Hoyer würde uns binnen einer Generation mit seiner Raffgier ausgeplündert haben. Er würde dem Stift den Todesstoß versetzen. Das ist factum!«

»Ist Dittmar ... Haben die Leute in der Stadt sich schon zu der Sache mit den Mühlen geäu ...«

»Die Stadt ist nicht unser Problem.« Sophie seufzte. »Hoyer! Der Graf hat mich aufgesucht. Er empört sich mit der Scheinheiligkeit eines Judas, weil wir das Stadtrecht gebrochen haben. Mord und Brandschatzung wirft er uns vor. Wisst Ihr, was er plant?«

Alena konnte nur den Kopf schütteln.

»Er will zum König gehen. Zu Heinrich. Der König verbringt Ostern in Nordhausen.«

»Und er will ...«

» ... ihm ans Herz legen, eine neue Äbtissin für das Stift zu berufen. Eine aus der Falkensteinschen Sippe, die sich von Hoyer lenken lässt.«

Und wie günstig für ihn, dass die Pröpstin im Sterben liegt, dachte Alena beklommen. Bertrade hätte einen Anspruch auf das Äbtissinenamt gehabt. Nun stand alles offen. »Was kann man tun?«

»Das ist es, warum ich sagte, Euch hat eine Fügung gesandt. Ich grüble die ganze Zeit darüber. Alena, ich will, dass Ihr zum König reitet.«

Alena schwieg benommen.

»König Heinrich ist leider noch ein Kind. Und die Männer, die ihn beraten, Konrad von Winterstetten, Eberhard von Waldburg ... sie haben kein Interesse an Quedlinburg. Sie werden dem Recht geben, der ihnen zuerst in den Ohren liegt – und der sie am großzügigsten bezahlt. Ihr müsst reiten, Alena. Mit einem würdigen Geschenk im Beutel. Mit mehr, als Hoyer bieten kann. Und das noch heute nacht.« Begeisterung überkam die Äbtissin. Es war, als fiele die Müdigkeit von ihr ab wie Wolle unter der Hand des Scherers. »Alles ist eine Frage der Schnelligkeit. Ich kenne diese Leute, habgieriges Gesindel, oh ja! Zu Mathildes Zeiten hatte das Stift im Kaiser einen *Schutzherrn*, aber inzwischen ... Der Erste, der kommt, der Erste, der sie festlegt, wird den Sieg davontragen.«

»Aber wäre es nicht ... befremdend, Herrin? Ich meine, wenn jemand wie ich vor den König träte – ohne Namen und Herkunft. Ein ... Niemand. Sollte nicht eine der Kanonissen reiten? In meiner Begleitung vielleicht?«

»Das können wir nicht wagen. Begreift Ihr nicht? Alles, was ich eben gesagt habe – dass wir schnell sein müssen –, ist Hoyer inzwischen zweifellos auch klar geworden. Nach Nordhausen geht es quer durch den Harz. Hoyer wird fliegen wie der Wind. Und Ihr selbst müsstet ebenfalls Tag und Nacht reiten – die meiste Zeit durch öde Einsamkeit. Und wenn es jemanden gäbe, dem daran läge, dass die Botin nicht ankommt ...« Sophie gab ihr Zeit, um ihre Worte zu überdenken. »Was wäre, wenn ich jemanden wie Wigburg in die Nacht schickte, und sie würde nicht ankommen? Für Hoyer wäre das ein Festgeschenk. Äbtissin Sophie schickt eine ihrer Jungfrauen in himmelschreiende Abenteuer. Ein weiteres Ding, das uns in Verruf brächte. Es tut mir leid, Alena. Es ist mehr unsere Sache als Eure. Und ich würde Euch nicht in die Gefahr schicken, wenn ich einen anderen Weg wüsste oder wenn es weniger wichtig wäre. So aber muss ich Euch bitten zu gehen.«

Alena zögerte. Die Interessen des Stifts waren auch ihre eigenen. Das wusste sie selbst am besten. »Ich habe eine Tochter, für die ich Sorge trage.«

»Den Schreihals aus dem Garten. Ich weiß.« Die Stimme der Äbtissin klang, als würde sie lächeln, unerwartet weich. »Sie scheint einen kräftigen Willen zu haben. Und zähe Stimmbänder.«

Auch Alena musste lächeln, aber sie wurde sofort wieder ernst. »Wenn mir etwas geschähe, wenn ich mich nicht mehr um sie kümmern könnte …«

»Dann werde *ich* das besorgen.« Die Äbtissin trat auf Alena zu, bis sie genau vor ihr stand. Sie legte ihr die Hand unter das Kinn, hob es an und sah ihr direkt in die Augen. »Ich sage das nicht einfach so dahin. Es ist ein persönliches Versprechen. Das Geringste, auf das Ihr Anspruch habt, und ich hoffe, dass ich es nicht werde einlösen müssen. Aber Ihr könnt Euch darauf verlassen. Und um jedes Risiko zu mindern, werde ich Euch einen Begleiter mitgeben. Einen fähigen Mann, der sich in den Bergen auskennt, der Euch beschützen kann und der Euch Zugang zum König verschaffen wird.«

Alenas Begleiter hieß Romarus. Seine linke Gesichtshälfte war vom Nasenflügel über die Augenhöhle bis unter das glatte, schwarze Haar ein einziger Narbenwulst. Was auch immer ihn getroffen haben mochte, es musste sein halbes Gesicht umgepflügt haben. Die Entstellung wurde von einer Fackel beleuchtet, die er in der behandschuhten Faust trug. Licht und Schatten tanzten auf der Verstümmelung, und er stierte misstrauisch zu Alena, die über den Hof auf ihn zukam. Seine breiten Lippen stülpten sich vor. Er sah aus wie ein Gnom, den ein Missgeschick aus dem Dunkel seiner Höhle gespült hat. Keineswegs begeistert. War das der beste Mann, den Sophie für ihre Mission hatte auftreiben können?

Alena fühlte mit den Fingern nach dem Beutelchen unter ihrem Mantel, in dem sie den Flakon mit dem Tropfen Milch der Jungfrau Maria aufbewahrte. Sophie ließ ihr kostbares Bestechungspräsent von einer Frau überbringen, die weder einen Titel noch den Liebreiz besaß, der Männern das Herz umstimmte. Und den Weg zum König sollte ihr ein Mann öffnen, dessen Hässlichkeit sogar Dämonen in die Flucht geschlagen hätte. Wahrhaftig, die Äbtissin besaß eine wunderliche Art, ihre Leute auszuwählen.

Romarus saß auf einem nachtschwarzen Rappen. Er musste ein Ritter sein, denn er litt unter einem Buckel und trug dennoch ein Kettenhemd, das zweifellos nach Maß für ihn gefertigt worden war, und wer, außer einem Ritter, würde sich solch eine Waffenkleidung leisten? Offenbar hatte er, was das Pferd anging, auch für Alena bereits eine Wahl getroffen, denn sie hörte den Pferdeknecht, der eine dunkel gescheckte Stute aus dem Stall führte, fragen, ob es so recht sei.

»Ich brauche einen anderen Sattel. Einen Männersattel«, sagte Alena.

Aus dem Mund des Gnomen kam ein Gnatzen. Er lebte nicht auf der Stiftsburg, eine Gestalt wie seine übersah man nicht. Aber er musste in der Nähe wohnen, anders hätte er nicht so rasch auf die Burg kommen können. Nur – warum ein Fremder statt Caesarius oder einer seiner Mannen? Hatte Sophie mit der Verwüstung der Mühlen ihr letztes Stück Vertrauen zu ihrem Hauptmann verloren? Egal. Alena war froh, dass der Mann, mit dem sie die nächsten Tage und Nächte verbringen würde, nicht zu Caesarius gehörte.

Der Knecht hatte die Lederriemen des neuen Sattels festgezurrt, und Alena bestieg das Pferd. Augenblicke später hatten sie die Domburg hinter sich gelassen. Die Nachtluft tat ihr gut. Der Wind blies ihre Haare aus dem Gesicht und die Sterne glitzerten verheißungsvoll, was ihr ein kurzes, überschwängliches Gefühl von Freiheit gab. Als sie das

Wipertikloster mit seinen niedrigen Wirtschaftsgebäuden hinter sich gelassen hatten, hielt Romarus an.

»Hat keinen Sinn, den normalen Weg zu nehmen. Hier entlang. Durch das Wasser.« Ein paar Dutzend Schritt vor ihnen glitzerte es. Der Mühlengraben, der seinen Bogen um den hinteren Teil des Klosters geschlagen hatte und nun wieder auf die Straße stieß.

»Durch das Wasser also. In Ordnung. Und wie dann weiter?«

Romarus wollte lostraben, aber Alena griff ihm in die Zügel.

»Und dann«, schnauzte er sie an, »wenn es der Dame gefällt, auf Umwegen in Richtung Harz.« Er kehrte ihr die verstümmelte Gesichtshälfte zu. Mondlicht fiel darauf, und man konnte deutlich die Stiche erkennen, wo ein ungeschickter Wundarzt die Fleischlappen aneinander genäht hatte. Romarus hielt den Kopf still und belauerte sie aus den Augenwinkeln. Sie nahm an, dass er sehen wollte, wie sehr sein Anblick sie schockierte.

»Es gefällt der Dame«, gab sie zurück. »Vorausgesetzt, die Umwege führen nicht über das Feld, sondern durch das Stückchen Wald an der Bode.«

»Wo es verdammt nass ist.«

»Und außerdem verdammt zugewachsen und verdammt durchlöchert. Vor allem aber verdammt einsam.«

»Ihr seid keine Dame. Ihr flucht.«

»Ganz recht, Romarus. Und da nun auch das klar ist, können wir weiterreiten.«

»Ich hätte sowieso den Weg durch den Bodewald genommen«, knurrte der Gnom beleidigt.

Er drängte sich mit seinem Pferd vor sie, aber das war in Ordnung, denn er machte einen weiten Bogen um die Höfe, die zwischen ihnen und dem Fluss lagen, genau wie sie es selbst getan hätte.

Was waren Hoyers Gedanken – vorausgesetzt er hatte wirklich einen Hinterhalt im Sinn? Zog er den Auwald als Reiseroute in Betracht? Es gab dort einen Trampelpfad, einen krummen, von Wurzeln durchzogenen Weg, den die Stiftsköhler im Lauf der Jahre getreten hatten, als sie ihre Holzkohle zur Burg und in die Stadt brachten. Wussten Leute wie Hoyer etwas von den Pfaden der Köhler? Alena glaubte das nicht. Hoyer würde sich darauf beschränken – vorausgesetzt, er lag wirklich irgendwo auf der Lauer –, die gewöhnlichen Harzstraßen zu beobachten.

Romarus kannte sich aus. Er wählte ihre Richtung mit dem Instinkt eines gejagten Tieres. Und er wusste von Pfaden, von denen anständige Leute nicht einmal ahnten, dass sie existierten. Romarus musste im Wald gelebt haben, und zwar über lange Zeit. Wegen seiner Verstümmelung? Oder weil er unredlichen Geschäften nachgegangen war? Spielte alles keine Rolle.

Alena folgte ihm in einen steinigen, gurgelnden Bach, der aus den Bergen kam und ständig seine Richtung wechselte, sie aber ein gutes Stück vorwärts brachte. Irgendwann verließen sie den Bach und erklommen einen Hang, der wie die verwitterte Haut eines Drachen im Mondlicht lag. Inzwischen überzogen Wolken den Himmel, und sie mussten absteigen und ihre Pferde am Leder führen. Schließlich erreichten sie ein Plateau, wo sie wieder in den Sattel kletterten und eine Zeit lang einem ordentlichen Weg folgten. Gerade als Alena sich entspannte und ihren Gedanken nachzuhängen begann, hielt Romarus an. Er deutete den Abhang hinab in ein Loch, das Alena wie die Pforte zur Hölle erschien. »Dort runter.«

»Oh …«

»Freude an der Reise?«

Alena zwinkerte ihm zu. Sie hätte ihm erklären können, dass sie ihre Kindheit in den Wäldern verbracht hatte – nicht hier, sondern ein Stück weiter östlich. Vielleicht missfiel ihr der Weg und der Grund ihrer Reise, aber den Rest, den Geruch der Harze und der vermodernden Blätter und das Lichtspiel des Mondes im Blätterwerk, genoss sie. Aber das ging den hässlichen Mann nichts an.

Kurz nachdem sie den Grund der Senke erreicht hatten, tauchte seitlich zwischen den Bäumen ein riesiger Schatten auf. Die Pferde schnaubten, und Romarus legte sein Schwert über die Knie. Er spähte umher, aber der Bär oder was immer sonst sich im Unterholz herumtrieb war nicht hungrig oder hatte schlechte Erfahrungen mit Menschen gemacht. Irgendwann gab es ein Krachen im Buschwerk, das sich rasch entfernte. Dann war der Schatten fort.

Als über den Baumwipfeln im Osten der Morgen graute, hielten sie an. Mit einer Grimasse stieg Alena aus dem Sattel und setzte sich auf einen Felsbrocken, der neben einer Quelle lag. Ihr tat das Kreuz weh, wahrscheinlich ein erstes Anzeichen, dass der Dienst bei den Stiftsfrauen sie verweichlichte.

»Immer noch Spaß?«, feixte Romarus.

Sie zuckte die Achseln. »Jedenfalls müsste Hoyer die Nase eines Wolfs haben, um uns hier zu entdecken.« Sie brach Romarus ein Stück von dem Brot ab, das Sophie ihr hatte einpacken lassen. Ein Laib Brot, ein Schlauch mit Met, ein Kleid aus feiner, enzianblauer Wolle für den Besuch bei den Ratgebern des Königs. Die Kanonissen handelten stets praktisch.

»Hoyer Falkenstein *hat* die Nase eines Wolfs. Aber er erwischt uns nicht, weil er an den falschen Stellen lauert«, nuschelte Romarus mit vollem Mund.

»Wenn er es überhaupt tut.«

»Klar tut er. Hoyer mag das – anderen Leuten in die Suppe spucken.«

Im Morgenlicht sah Romarus noch abstoßender aus. Der

Wundarzt musste betrunken gewesen sein, als er versucht hatte, das Gesicht des Ritters zu flicken. Die ganze linke Hälfte war ein Auf und Ab von unregelmäßigen Narben in aufgequollenem, rotem Fleisch, das sich rhythmisch bewegte, als er sein Brot kaute. Die Höhle, in der das linke Auge gelegen hatte, war ebenfalls zugenäht.

»Wie schafft Ihr es, mit einem Auge so scharf zu sehen?«, fragte Alena.

Es gab eine Pause, die sich unangenehm lang hinzog. »Indem ich es doppelt so weit aufreiße. Oder ich … ich schiel durch meine Hühneraugen.«

»Wie gescheit von Euch.«

»Ja, was?« Romarus spuckte den Rest seines Bissens aus. »Aber wie man so sagt: lieber ein hässliches Gesicht, als eine hässliche Seele.« Er grub seine Zähne erneut in den Kanten.

»Das ist nicht nur gescheit, das ist weise. Ihr seid ein Weiser, Romarus. Die Seele ist ein kostbares Ding. Was erzählen sie denn so in der Stadt von meiner hässlichen Seele?«

Romarus kaute und grunzte. »Sie sagen, dass Ämilius was Besseres verdient hätte.«

»Das sagen sie also.« Alena erhob sich und stemmte die Hände ins Kreuz. Die Pause war ein Fehler gewesen. Sie spürte ihren Rücken, als wäre jeder Zoll einzeln blau geschlagen worden. Die Pferde standen an der Quelle, aber sie stupsten nur noch ihre Mäuler ins Wasser. Es war Zeit weiterzureiten.

»Zeit, weiterzureiten«, meinte sie.

Der Gnom friemelte mit den Fingern das Brot aus seinem Mund, untersuchte es, pickte ein Steinchen heraus und schob den Rest in seinen Rachen zurück. Er schielte mit dem einsamen Auge zu ihr hin. »Sie zerreißen sich das Maul darüber. Wie über alles. Klatsch- und Tratschgesindel. Könnte man überlegen, ob man auf so was überhaupt achten soll.«

»Das tu ich gar nicht.«

»Weil man ja sowieso nichts daran ändern kann.«

»Eben.«

»*Mir* rufen sie nach, ob ich meine Fratze nicht bei den Dämonen auf der Blasiikirche zur Schau stellen will. Ich furz drauf«, erklärte der hässliche Ritter.

»Was der Beweis ist, dass Ihr wirklich weise seid.«

Romarus nickte und grinste. »So weise wie Ihr, Herrin. Nicht weniger, aber auch nicht mehr. Ich würd versuchen, drauf zu furzen, im Ernst.« Er suchte mit dem Auge den Himmel ab. »Wird gutes Wetter. Noch durch ein Tal, dann kommen wir zu einer Bergarbeitersiedlung, und dann treffen wir auf die Straße nach Rottleberode. Das ist die große Straße. Und die müssen wir von da an leider auch benutzen. Aber das ist nur noch ein Katzensprung.«

Romarus brauchte sein verlorenes Auge nicht. Er fühlte den Hinterhalt. Rottleberode lag vor ihnen, der letzte große Ort im Harz, und vielleicht hatte ihn das misstrauisch gemacht. »Hier oder nie«, murmelte er und reckte seinen buckligen Körper im Sattel. »Wartet!«

Sie waren sowieso schon langsam geritten, aber nun bestand er darauf, dass Alena anhielt. Sie konnten die Straße vielleicht fünfhundert Schritt einsehen, eine Schneise im zarten Grün des Waldes, die in einer lang gezogenen Biegung zwischen den Bäumen verschwand.

Romarus deutete mit der Hand zum Berg. »Ist nicht weiter schlimm, da hochzureiten. Wird vielleicht eine Stunde länger dauern. Aber möglicherweise eine Ewigkeit kürzer, wenn nämlich Hoyers Bande wirklich da vorn lauert. Hinter der Biegung kommt 'ne Kurve, da wird's so eng wie das heilige Nadelöhr. Gefällt mir nicht. Gefällt mir überhaupt nicht.«

Alena vertraute ihm. Wieder ging es bergan, aber diesmal

taten sich keine wundersamen Wege auf, die ihnen den Ritt erleichterten. Bodenspalten machten ihnen zu schaffen, und Spinnweben, die im Nachmittagslicht glänzten und Büsche und Bäume miteinander verwoben, legten sich klebrig auf Haare und Kleider. Die Plackerei dauerte aber nur kurze Zeit. Danach hatte Alena das Vorrecht, einen Hinterhalt aus luftiger Höhe zu betrachten.

»Wir können nicht wissen, ob es Hoyers Leute sind.« Skeptisch musterte sie die Straße, die unter ihnen lag. Genauer: einen Felsblock, der die Straße verengte und der so riesig war, dass er einem halben Dutzend Bewaffneter, die sich dahinter verbargen, Sichtschutz bot.

Romarus nickte und schüttelte gleichzeitig den Kopf. »Jedenfalls ist's nicht, was sich gewöhnlich in den Wäldern rumtreibt. Dafür sind sie zu gut bewaffnet. Und gekleidet. Seht Euch mal den Kerl beim Busch an, den Blutroten. Was der für einen Waffenmantel trägt. Und …« Nachdenklich studierte er die Gestalten. »Sie sind vermummt.«

»Sie tragen Kapuzen. Das ist nicht ungewöhnlich.«

»Aber wir haben kein Wetter dafür. Außerdem tragen sie *alle* ihre Kapuze über dem Kopf.«

Er kroch rückwärts wie ein Krebs zu ihren Pferden zurück. »Keine Schwierigkeit, sie zu umgehen.« Gelenkig sprang er in den Sattel.

»Und? Denkt Ihr, Hoyer ist langsamer als seine eigenen Leute? Wenn seine Männer hier den Weg bewachen, wird der Graf längst beim König sein.«

»Ich gebe auf, wenn ich das mit eigenen Augen gesehen habe.«

Alena lächelte in das kriegerische Gesicht. »Nicht einmal dann. Wir würden Eure hässliche Visage und meine hässliche Seele aufbieten und trotzdem versuchen, den König zu umgarnen. Das haben sie verdient, meine ich. Die Frauen vom Stift.«

»Ist es das dort hinten?« fragte Alena.

Sie hatten über ihren beschwerlichen Umweg Rottleberode erreicht und waren dann in halsbrecherischem Galopp, der retten sollte, was vermutlich gar nicht mehr zu retten war, aus dem Schatten der Berge ins sanfte Hügelland des Vorharzes geritten, bis ihre Straße eine wesentlich größere kreuzte, die von Pferdehufen und Karrenrädern förmlich umgepflügt worden war. Den Kaiserweg, wie Romarus ihr erklärte.

Was Alena mit *das dort hinten* bezeichnet hatte, war eine Stadt, die sich an einen Hang schmiegte und um die sich in einer großzügigen Schleife ein Fluss herumwand. Ein bisschen wie Quedlinburg. Und wie in Quedlinburg gab es auch eine Burg, die hier allerdings innerhalb der Stadt lag. Aber mit einer eigenen wehrhaften Mauer und einem eigenen Dom, der sich schwarz vom Abendhimmel abhob.

»Das ist Nordhausen, ja. Aber wir werden heute nicht mehr da reinkommen, weil …« Romarus hob die Stimme, um ihren Protest zu übertönen. »Weil wir erst zu Mathilde müssen.«

»Oh! Zu Mathilde. Das leuchtet mir ein. Natürlich. Zu Mathilde.«

»Sie ist meine Cousine«, erklärte Romarus biestig. »Es hat keinen Sinn, an die Tür des Königs zu klopfen, als hätte man in dieselben Windeln geschissen. Man braucht jemanden, der sich auskennt und der einem die Wege bahnt. Großartiges Getue nutzt da gar nichts.«

»Ihr … habt Recht, ja. Großartiges Getue nutzt nichts. Ärgere ich Euch, Romarus?«

»In einem fort!«

»Sagt mir, wie Mathilde uns helfen kann.«

»Sie gehörte zu den Stiftsfrauen vom Heiligen Kreuz.« Romarus war kein Wortedrechsler. Es kostete Mühe, ihm zu entlocken, auf welche Weise seine Cousine mit dem deutschen König in Verbindung stand. Sie brauchten dafür den ganzen Weg von der Kreuzung bis kurz vor die Stadt.

In Nordhausen, erklärte er, hatte es ein Frauenstift gegeben, genau wie in Quedlinburg. Es hatte St. Crucis geheißen, und Mathilde war dort als Dekanin tätig gewesen. Ihr und den anderen Kanonissen hatten der Dom und die Burg gehört, und sie hatten dort gelebt, bis Kaiser Friedrich vor zwei Jahren das Frauenstift in ein Domherrenstift umgewandelt hatte.

»Aus welchem Grund?«, wollte Alena wissen.

»Wir müssen da drüben hin.« Romarus wies auf einen Gebäudekomplex, der ein Stück vor ihnen auf einem grasbewachsenen Felssporn lag. Ein bescheidenes Anwesen. Fachwerkhäuschen und Ställe, eine turmlose Kirche, und alles umgeben von einer Mauer.

»Ist das ein Kloster?«

»Kloster Neuwerk. Da lebt Mathilde jetzt. Sie hat den Schleier genommen, weil ... irgendwo musste sie schließlich hin, als das Stift aufgelöst wurde. Und unsere Familie hatte in letzter Zeit viel Pech.«

»Mit welcher Begründung hat der Kaiser das Frauenstift umgewandelt?«, wiederholte Alena ihre Frage.

»Begründung!« Romarus äffte das Wort nach, als hätte sie etwas besonders Einfältiges gesagt. »Es gab einen *Grund* oder vielmehr – ein paar Dutzend Gründe. Nämlich Äcker, Weinberge, Gehöfte und Dörfer, die dem Stift gehörten. Und außerdem gab es einen Propst, der einen Mann kannte, dem der Kaiser zu Dank verpflichtet war. Der Kaiser war großzügig. Er schenkte das Stift dem Propst und seinen Domherren, und Mathilde ...«

Mathilde war mit ihren Mitschwestern davongejagt worden und in dem Kloster gelandet, dessen Tor sie jetzt erreichten. Man lebte in einer verdrießlichen Welt. Romarus klopfte, und Alena hörte, wie er der Nonne, die das Schiebefenster öffnete, den Namen seiner Cousine zuflüsterte.

Als das Fensterchen wieder zugeschoben wurde, richtete er sich im Sattel auf und kratzte sich den Nacken unterm Kettenhemd. »Sie hat was Besseres verdient als diese verfluchte Zelle da drinnen. Mathilde ist von Haus aus eine Gräfin und dazu eine mit einem Herzen wie die heilige Emma. Als ich aus dem Kampf kam, meinem letzten, da hat sie mir mit eigenen Händen die Salbe auf den Dreck geschmiert, der mal mein Gesicht gewesen ist. Na ja. Ich mein, was sie mit Mathilde gemacht haben, kann man nicht mehr ändern. Aber in Quedlinburg, wo Hoyer nun das Gleiche plant … Ihr begreift?«

»Ich begreife, dass Ihr ein gutes und gerechtes Herz habt, Romarus.«

»Den Teufel hab ich«, schniefte der hässliche Mann gerührt.

Sie mussten lange warten, ehe man sie in das Kloster einließ. Und als Alena den Dachreiter sah, der die Kirche anstelle eines Turmes schmückte – das Zeichen, dass sie sich in einem Zisterzienserkloster befanden –, begriff sie, welches Wunder es war, dass man ihnen überhaupt geöffnet hatte. Die Zisterzienserinnen hatten wahrscheinlich ein Bündel Probleme bekommen und etliche Zugeständnisse machen müssen, als man sie nötigte, die mächtigen Bewohnerinnen des Frauenstifts in das Regiment ihres Ordens einzubinden.

Mathilde erwartete sie in einem kahlen Raum, der nur mit einem Tisch und ein paar Schemeln möbliert war. Eine zierliche Frau, die in ihrer Nonnentracht versank, als hätte sie sie von einer sehr viel größeren Schwester geerbt. Als die Besucher eintraten, sprang sie auf. Es sah aus, als wolle sie sich auf Romarus stürzen, aber gleichzeitig hielt sie sich am

Tisch fest, als müsse sie sich an ihrer eigenen Lebhaftigkeit hindern. Es war ein Kampf. Am Ende blieb sie an ihrem Platz, streckte ihrem Cousin dafür aber den Kopf mit dem langen Hals entgegen. Ihre Augen leuchteten.

Romarus grinste sie an und ließ sich so bekümmert auf der anderen Seite des Besuchertisches nieder, als hätte er selbst seine Cousine aus dem Stift in die Enge der Klosterzelle verbannt. Verlegen deutete er auf eine Figur, die auf dem Tisch stand. »Das ist von dir, Mathilde, ja? Freut mich. Ich mein, dass du immer noch schnitzt. Du hast ein feines Händchen dafür. Hab ich immer gesagt. Gute, geschickte Hände.«

Es handelte sich um einen hölzernen Ritter, der auf einem Pferd saß und mit einer Lanze in der Hand in den Kampf zu stürmen schien. Der Ritter trug eine winzige Rüstung einschließlich Helm und Nasenschutz, und das Pferd Zaumzeug, an dem man sogar Nasen- und Stirnriemen unterscheiden konnte. Alles aus einem einzigen Holzklotz herausgeschnitzt. Aber das war nicht das einzig Besondere. Das Pferd hatte ein Gestell mit Rädern unter den Hufen, so dass man es fortbewegen konnte.

»Sieht fast aus wie echt«, urteilte Romarus und rollte den kleinen Ritter auf der Tischplatte. Ja, das Spielzeug gefiel ihm, und seine Cousine freute sich darüber. Ihr breiter, roter Mund schob sich zu einem Lächeln auseinander, bis ihr ganzes Gesicht strahlte.

»Für gewöhnlich schnitze ich Kreuze oder die Mutter Gottes mit dem Kinde und manchmal Buchdeckel und Reliquienkästchen«, erklärte sie. »Aber ich dachte mir … ich hatte *gehofft*, dass du kommst, Romarus. Ich wollte es dir schenken.«

»Und nun bin ich ja auch da«, erwiderte er, während er den Ritter auf die Handfläche setzte. Er schielte sie mit seinem einsamen Auge an. »Leider nicht nur zum Besuch,

Mathilde, sondern weil ich einen Auftrag habe, obwohl ich auch ohne das gekommen wäre, denn du weißt ja ...« Er verhaspelte sich und schluckte. »Jedenfalls komme ich heute wegen der Domfrauen aus Quedlinburg. Sophie von Brehna, du weißt ja, die Äbtissin – sie hat mich auf den Weg geschickt. Ich soll ihrer Schreiberin – das ist Alena, hier, dieses Mädchen ... Ich soll Alena helfen, damit sie so schnell wie möglich vor den König kommt. Alena hat ein Geschenk für ihn, und dieses Geschenk soll ihn davon abhalten, Sophie aus dem Amt zu jagen.«

Mathilde nickte zu der konfusen Zusammenfassung.

»Hast du noch Einfluss?«, fragte Romarus hoffnungsvoll.

Die Nonne ächzte traurig. Ihr Hals verschwand im Kragen ihrer Kutte wie der Kopf einer Henne im Federkleid. »Man müsste sehen«, murmelte sie. Es klang nicht ermutigend. »Alles ist anders geworden, lieber Romarus. Die Domburg ist zum Intrigantennest verkommen. Dietrich von Hohnstein ...«

»Das ist dieser Propst, der ihnen das Stift genommen hat«, unterbrach Romarus sie, damit Alena im Bilde war.

»Genau. Dietrich ist wie Haman, der Heuchler. Er bespitzelt sogar die Asseln unter dem Stein. Wer Dietrich gegen sich hat, der kann nicht einmal den *Wunsch* nach einer Audienz an die geeignete Stelle tragen.« Traurig blickte sie ihn an. »Wie viel Zeit ist denn vorhanden?«

»Gar keine mehr«, sagte Alena. »Graf Hoyer von Falkenstein – der Dietrich von Quedlinburg«, ergänzte sie mit einem schwachen Lächeln, »ist vermutlich schon in der Stadt, und er wird alles daransetzen, vor uns mit den Männern zu sprechen, die den König beraten.«

»Ach, die Arme. Ich meine Sophie. Es war so eine Freude für sie, Äbtissin zu werden. Und was hat sie bekommen? Nichts als Ärger. Grausame Zeiten sind das.« Der runzlige Hals tauchte aus dem Kuttenkragen wieder auf. »Vielleicht… Ich müsste etwas erfragen!« Mathilde sprang so flattrig auf, dass sie mit der Kutte am Sitz des Schemels hängen blieb. Unter Gepolter stob sie aus dem Raum. Es dauerte lang, bis sie zurückkehrte, aber sie machte ein hocherfreutes Gesicht.

»Wie ich dachte! Morgen ist Karfreitag, Herrin, und das bedeutet, dass sich alles, was Titel und Namen hat, zu den Prozessionen und zur Messe drängen wird. Wie oft kommt schon ein König nach Nordhausen! Sie werden ihn umschwärmen wie die Motten. Damit er trotzdem einige Augenblicke stiller Andacht genießen kann, hat man beschlossen, für ihn eine private Messe zu zelebrieren. Heute abend im Dom. Und die Äbtissin und die Priorin unseres Klosters sind dazu eingeladen.«

»Zu einer privaten Andacht?«, wunderte sich Alena.

»Nichts im Leben eines Königs ist *privat*, so wie Ihr und ich es verstehen, meine Liebe«, sagte Mathilde, und es klang, als erschauere sie ein wenig bei der Vorstellung. »Welcher Art ist das Geschenk, das Sophie für den König bestimmt hat?«

Alena zog das Lederbeutelchen aus ihrem Ausschnitt, öffnete es und entnahm den Flakon. »Eine Reliquie. Das Fläschchen enthält einen Tropfen der Milch der Mutter Gottes.«

Mathildes Unruhe wich einem Moment ehrfürchtigen Staunens. »Ein fürstliches Geschenk, wirklich, ja. Sophie hat sich noch nie lumpen lassen. Am Ende muss man auch sehen, was man erreichen will. Jedenfalls…« Sie erinnerte sich an das, was sie berichten wollte. »Die Reliquie wäre ein plausibler Grund, Euch zu der Messe mitzunehmen. Ein Tropfen Milch der Mutter Gottes! Und keine Fälschung. Das würde Sophie nicht dulden. Ihr müsst Euch umziehen, Mädchen. Ihr seht unmöglich aus! Die Äbtissin ist bereit, Euch mitzunehmen, aber das geht nicht in diesem Aufzug.

Konrad von Winterstetten ist ein Mann mit Geschmack. Ihr *habt* etwas? Wir werden sehen …«

Alena folgte der ungestümen Nonne. Als sie schon im Flur war, kam ihr eine Idee. Sie kehrte noch einmal zu Romarus zurück. »Würde es Euch etwas ausmachen …« Um Vergebung bittend lächelte sie ihn an. »Würdet Ihr mir Euren Ritter leihen, Romarus?«

Das Kleid fühlte sich so kühl und glatt an, dass man meinen konnte, man striche über flüssiges Metall. Alenas Finger waren um den hölzernen Ritter gefaltet, aber ihre Handgelenke lagen am Stoff, und gelegentlich bewegte sie sie, und dann spürte sie die Seide über ihre Haut streichen. Sie wunderte sich nicht länger, warum die Domfrauen ihr Privileg, außerhalb der Gottesdienste private Kleider tragen zu dürfen, so heftig verteidigten. Seide war wie die Zärtlichkeit streichelnder Hände. Unwillkürlich musste sie an Ämilius denken. Wahrscheinlich wäre er stolz gewesen, wenn er sie hätte sehen können, hier im Nordhausener Dom, unter Menschen, die jeden Tag in seidenen Kleidern verbrachten und gähnten, weil sie an den Luxus gewohnt waren und ihn nicht mehr spürten. Und in Anwesenheit eines Königs natürlich …

Der König gähnte am ausgiebigsten. Die Augen in dem Kindergesicht tränten vor Müdigkeit. Verstand der kleine Heinrich die in lateinischer Sprache vorgetragenen Worte und Gesänge? Jedenfalls schienen sie ihn nicht sonderlich zu interessieren. Er war zehn Jahre alt und langweilte sich, und das Einzige, was zeitweilig seine Aufmerksamkeit gefangen nahm, war die Wandmalerei im Hintergrund der Apsis, wo Salome das Haupt des armen Johannes auf dem Tablett darbrachte.

Der kleine König hatte seinen Platz dicht am Altar. Er war von wichtigen Leuten flankiert, und die weniger wichtigen

– wie die Äbtissin des Neuwerker Klosters und ihr Quedlinburger Gast – standen seitlich von ihm im Kirchenschiff. Alena sah, wie die Augen des Königs gleichgültig die Reihen inspizierten. Sie nahm die Finger vom hölzernen Ritter und ließ ihn, nur ganz wenig, auf dem Handrücken rollen. Bildete sie es sich ein oder lächelte Heinrich?

Der Gottesdienst dauerte ewig. Alena bekam lahme Beine und Kopfschmerz vom Weihrauchduft und der durchdringenden Stimme des Bischofs, der die Messe zelebrierte. Man hatte nicht jeden Tag einen König zu Gast. Der Gottesdienst geriet ausführlich. Nur kippten dem Ehrengast ständig die Augen zu, und der in blassrotem Purpur gekleidete Edelmann an seiner Seite musste ihn dezent anstoßen. War das Konrad von Winterstetten? Mathilde hatte erzählt, der Erzieher des Königs wäre ein stattlicher Mann. Der Purpurne sah gut aus. Mit gelockten haselnussbraunen Haaren, die sich in weichen Wellen auf seine Schultern ergossen.

Es war vorbei. Eine Hymne wurde angestimmt. Die Chorherren priesen den Herrn, und der König schreckte zusammen und erhob sich und ließ sich von dem Purpurnen zur Treppe schieben. Und nun?

Alena hielt den kleinen Ritter vor der Brust. Die Äbtissin hatte es einzurichten gewusst, dass Sophies Abgesandte ihren Platz an einer Stelle bekam, die der König bei seinem Gang aus dem Dom abschreiten würde. Hatte der müde Heinrich sich tatsächlich für das Spielzeug interessiert? Er kam näher, aber er schritt direkt hinter dem Bischof, der die Messe zelebriert hatte, und sein Kopf war hinter der Kasel verschwunden.

Alena ließ den hölzernen Ritter zu Boden fallen.

Es gab ein auffälliges Klack, und sie hoffte, dass nicht allzu viel an dem kleinen Kunstwerk zu Bruch gegangen war. Der Ritter war auf die Räder gefallen und – welch ein Glück – er rollte auf seinem Pferd den Gang hinab.

Kleine, mit Ringen beladene Finger streckten sich nach dem Spielzeug aus. Der Zug geriet ins Stocken. Der Bischof drehte sich um und gab dabei den Blick auf seinen König frei. Bedauernd untersuchte Heinrich die Lanze, deren Spitze bei dem Sturz abgesprungen war.

»Es tut mir Leid.« Alena ging auf den König zu. Ja, das wagte sie tatsächlich, und sie schämte und fürchtete sich, weil sie so entsetzlich aufdringlich war. Sie bückte sich nach der Lanzenspitze, und als sie sich aufrichtete, sah es einen Moment lang so aus, als wolle der Purpurne sie vom König wegdrängen. »Die Hand des Ritters hat eine Öffnung«, erklärte sie hastig. »Man könnte einen neuen Stab schnitzen und ihn hineinschieben. Dann wäre es wieder heil.«

Der kleine König nickte. Er war ein wirklicher König, denn er wollte Alena das Spielzeug, wenn auch widerstrebend, zurückgeben.

Sie schüttelte den Kopf. »Wie dumm von mir, es fallen zu lassen. Der Ritter sollte ein Geschenk für die kleinen Gräfinnen im Stift zu Quedlinburg sein. Aber wenn er Eurer Hoheit gefällt ... Die Mädchen verehren Ritter auf Pferden, wie sie alles verehren, was tapfer und gut ist. Aber sie haben genügend ...«

»Genügend anderes zu spielen?«, ergänzte der Purpurne an Stelle des Königs ironisch.

»Genügend anderes, ja.« Der Mann im Purpurgewand machte sich über sie lustig, das war nicht zu übersehen. Wer sich auslachen ließ, durfte keinen Respekt erwarten. »Seid Ihr Konrad von Winterstetten, Herr?«

»Vortrefflich geraten.«

»Und Ihr auch, Herr, denn es stimmt, ich bin gekommen, unserem König lästig zu fallen. Allerdings war es erst für morgen geplant.« Konrad lachte, aber er hatte keine Lust, sich so spät am Abend die Sorgen eines Frauenzimmers an den Hals zu laden. Er drehte den Kopf mit den prachtvollen braunen Locken, um den Bischof zu bitten weiterzugehen.

»In Qued ... wo Ihr herkommt, wohnen kleine Gräfinnen?«, fragte der König.

»*Noch* wohnen sie dort.« Alena lächelte ihn an, und in diesem Moment hätte sie alles dafür gegeben, etwas von Agnes' Liebreiz zu besitzen. Oder auch nur den von Bertrade. »Sie leben in einer Burg mit einem Brunnen und einem Garten, in dem sie spielen können, und sie beten für die Kaiser und ihren König und bemühen sich, gute Sitten zu lernen, damit sie einmal brave Ehefrauen werden. Nur wird das wohl nicht mehr lange andauern, denn man will sie aus ihrer Burg vertreiben.«

»Das ist Politik, mein König.« Konrad hatte keine Lust auf Quedlinburger Querelen.

»Wer will sie denn vertreiben?«, fragte Heinrich. Sein Gesicht war das eines zehnjährigen Jungen mit Zahnlücken, aber es steckte plötzlich ein Zug Sturheit darin. Und warum nicht, bei einem Vater, der keine Scheu hatte, sich selbst mit dem Heiligen Stuhl in Rom anzulegen.

»Ein mächtiger Mann aus der Nachbarschaft. Ein Graf. Wir fürchten, dass er bald selbst hier vorsprechen wird. Er will Eure Hoheit überreden, die gute Äbtissin Sophie zu verjagen, die die kleinen Gräfinnen beschützt. Und wenn die Äbtissin nicht mehr da ist, um auf die Mädchen Acht zu geben, werden sie zweifellos bei nächster Gelegenheit selbst aus ihrer Burg vertrieben.«

»Meint Ihr nicht, dass Ihr übertreibt?«, fragte der Purpurne mit nachsichtigem Lächeln.

»Nicht in dieser Sache, Herr, nein.«

»Wir wollen, dass die Äbtissin bleibt«, erklärte Heinrich bestimmt.

Die Großen von Nordhausen hatten sich um den König und die impertinente Bittstellerin geschart. Es gab einige unter ihnen, Männer in der schwarzen Tracht der Chorherren, die machten finstere Gesichter. Wie klein die Welt doch war und wie verflochten die Interessen. Sie versuchten Konrad auf sich aufmerksam zu machen. Zweifellos bemerkte er ihre Verstimmung.

»Da unser König es so wünscht …« Reizten ihn die bösen Mienen? »Gunther!« Er wandte sich an einen Mann in seiner Nähe. »Bringt die Frau zu meinen Räumen. Sie soll dort warten, bis ich Zeit habe, mich mit ihrem Anliegen zu befassen.«

»Er hat es getan, Romarus. Er hat einen Brief aufgesetzt, dass die Sache mit den Mühlen gerecht war und dass niemand seine Nase in die Angelegenheiten des Stifts stecken darf. Er hat es feiner ausgedrückt, und der Brief, den er mir für Sophie mitgegeben hat …« Alena klopfte auf das Brustbeutelchen, in dem nun das Pergament des Königs steckte. » …ist versiegelt. Aber er hat mir den Inhalt vorgelesen und erklärt.«

Alena war von der Äbtissin in einem vornehmen, doppelstöckigen Haus am Rand des Nordhausener Marktplatzes abgeliefert worden, und dort wartete Romarus in einem gemütlichen Zimmerchen, in dem ein weißer Hund vor einem Kaminfeuer döste und eine alte, ebenfalls weißhaarige Frau in einem Stuhl saß und ein Tuch mit gelben Sternen bestickte. Die Stickerin tat, als höre sie nichts.

»Ihr wart vor dem König!«, rief Romarus, während sein Auge in der verschrumpelten Höhle sich vor Entzücken weitete.

»Ich war vor dem König. Und ich habe ihn gesprochen, und er hat mir zugehört und, – welcher Mensch kann das von sich behaupten – er ist aufgeblieben, obwohl er sterbensmüde war, nur um persönlich meinen Brief zu siegeln. Der König hat ein Siegel, Romarus. Er hat es mit der eigenen Hand in das Wachs gedrückt, und ich trage es hier über meinem Herzen.« Sie pochte auf die Stelle.

»Und Ihr redet, als hätte man aus einer Quelle einen Pfropfen gezogen.«

»Ich kann nicht anders.« Ihr taten die Gesichtsmuskeln weh vom Lachen. »Hoyer wird nichts mehr ausrichten.«

»Nein, und das wird ihn schmerzen, darauf könnt Ihr Euer Leben setzen, denn ich habe den Hund gesehen.« Romarus strahlte, soweit ihm seine Verstümmelung das erlaubte. »Er war auf dem Weg ... na, ich denke, zur Domimmunität. Jedenfalls hatte er einige von diesen schwarzberockten Krähen dabei, den Domherren. Und er muss mit ihnen gefeiert haben, als hätte er den Fisch bereits am Haken, denn er war sturzbetrunken. Alena, diese Art Enttäuschung ist die scheußlichste. Ihr *müsst* Sophie davon berichten. Das wird ihr altes Herz wärmen.«

Ja, das würde es. Die Weißhaarige am Kamin lächelte versonnen über ihren Sternen. Wahrscheinlich lächelten Mathilde und die hilfsbereite Äbtissin der Zisterzienserinnen ebenfalls. Wie unglaublich und wie gerecht und befriedigend zugleich, dachte Alena, dass Hoyer seine Niederlage einer Handvoll alter Weiber verdankt.

Sie brachen am nächsten Morgen in aller Frühe auf. Mit den Schweinehirten verließen sie die Stadt, und nun, da sie keine Rücksicht mehr auf Feinde nehmen mussten, die sie aufhalten könnten, schrumpfte der Weg vor ihnen zusammen. Hinter Rottleberode nahmen sie noch einmal den Umweg über den Höhenkamm in Kauf. Alena wollte kein Risiko eingehen. Wer konnte wissen, ob Hoyers Männer nicht noch immer am Felsen warteten? Danach benutzten sie die Harzstraße. Es wurde dennoch ein mühsames Vorwärtskommen, denn durch die Schneeschmelze war der Handelsweg an etlichen Stellen überschwemmt, und dort mussten sie auf wildes Gelände ausweichen. Sie schafften es bis zu einem Tal, in dem die Bode von Westen her wieder auf die Straße stieß und sie teilte. Der Fluss schlug in diesem Tal einen Bogen, und die Furt und das Innere des Bogens, das dahinter lag, waren mit Schneewasser gefüllt, sodass es aussah, als stünden sie vor einem See.

»Heute noch rüber?«, fragte Romarus und betrachtete überwältigt von Abneigung die Straße, die in dem See verschwand. Keinem tiefen See natürlich. Er war ein Hindernis, das man überwinden konnte. Das Wasser würde natürlich kalt sein. Und wenn ein Pferd stolperte und einer von ihnen nass wurde ... Außerdem setzte der Mangel an Schlaf ihnen zu. Aber noch eine Nacht im Freien?

»Da, wo die Kastanien stehen, scheint die Straße wieder aus dem Wasser herauszuführen«, meinte Alena.

»Ja, aber wir können sie sowieso nicht weiter benutzen, denn wenn wir uns an den Bodelauf halten, landen wir irgendwann wieder im Wasser. Zu viel Schnee. Alles überschwemmt. Wir müssen höher.« Romarus musterte den Berg, der sich hinter dem See abweisend in den Himmel schob.

»Ich habe keine Lust, hier zu übernachten. Lasst uns durchreiten.«

Der Ritter verzog das Gesicht, und da es ihr inzwischen vertraut war, konnte sie die Grimasse, die er schnitt, als Erschöpfung deuten. »Ihr habt was von einem Esel, Mädchen. Immer mit dem Kopf voran, keine Mauer zählt. Vernünftige Leute würden sich eine gemütliche Höhle suchen und in aller Ruhe am nächsten Tag weiterreisen. Es läuft uns nichts mehr davon.«

»Wenn wir uns beeilten, könnten wir die Nacht in einem Bett verbringen.«

»Die letzten Stunden der Nacht. Und wahrscheinlich nicht einmal das, denn sie werden nicht so leichtsinnig sein, jemandem bei Dunkelheit die Burg zu öffnen.«

»Sophie sitzt auf Nadeln. Sicher lässt sie schon nach uns Ausschau halten. Sie würden uns das Burgtor mit Rosen schmücken und im Zwinger goldene Teppiche ausbreiten. Kann es sein, dass Ihr schlappmacht, Romarus?«

»Genau wie sie in der Stadt gesagt haben: stur«, brummelte der Ritter. Er drückte seinem Schwarzen die Hacken in die Weichen und folgte dem Weg – gekennzeichnet durch Wagenfurchen und Abdrücke von Stiefeln und Hufen – in das strudelnde Wasser. Vorsichtig trieb er sein Pferd an, und er war klug genug, ihm selbst die Richtung zu überlassen. Alena folgte dem Ritter. Einen bangen Moment überlegte sie, was geschehen würde, wenn sie bei einem Sturz ins Wasser das Pergament verdarb. Die Überlegungen vergingen in den eisigen Fluten von selbst. Sie zog den Rock bis auf die Oberschenkel, und trotzdem wurde er nass, denn an der tiefsten Stelle reichte das Wasser ihr bis zur Taille. Zähneklappernd hielt sie sich an der Mähne fest.

»Ihr habt es so gewollt«, kommentierte Romarus, als sie den See verließen. Er deutete nach vorn. Es gab einen kümmerlichen Pfad, der vom Hauptweg abzweigte. Er war steil und mit faulendem Laub übersät, also sicher rutschig. Sie mussten absteigen und die Pferde am Zügel führen und sich die Kehle heiser reden, um sie zum Weitergehen zu bewegen. Alles dauerte viel zu lang.

Als sie den Hang geschafft hatten, blieb Romarus stehen. »Wir kriegen's nicht hin, Mädchen. Bald wird es dunkel, und ich schlaf schon im Stehen. Ich hab nicht Euren unruhigen Geist, der mich vorwärts treibt. Ich weiß nur eins: Dieses Gestrüpp ist voller Spalten und Höhlen und Senken, und wenn wir …«

»Schon gut, ja.« Der Himmel hing wie ein Trauerlaken über den Bäumen. Es würde nicht nur dunkel werden, sondern wahrscheinlich auch regnen. »Wisst Ihr ein Plätzchen zum Schlafen, Romarus?«

»Ich weiß überall ein Plätzchen. Ihr befindet Euch gewissermaßen in meiner Wohnstube. Und ich verspreche ...« Seine Fratze entspannte sich, wurde zu einem wonniglichen Lächeln. »Ihr werdet mehr kriegen als ein dreckiges Loch in der Erde.«

Es war tatsächlich mehr als ein dreckiges Loch. Romarus' Höhle hatte einen Eingang, durch den man erhobenen Hauptes gehen konnte, und drinnen war so viel Platz, dass man ein ganzes Haus hätte unterbringen können. Ein Unterschlupf, der offenbar bei Reisenden beliebt war, denn Alena sah die Überreste mehrerer Feuer.

»Die Pferde bleiben draußen«, bestimmte Romarus. Er schob die vorhandenen Steinkreise mit dem Fuß auseinander und begann sich mit den besten Steinen eine eigene Feuerstätte zu bauen, während Alena die Pferde an einer jungen Ulme festband. Sie schälte in dünnen Streifen Rinde ab und sammelte anschließend einen Arm voll Holz.

»Keine Angst vor Kobolden oder dem wilden Reiter?«, fragte Romarus, als sie zurückkehrte.

»Nur Angst, mich totzufrieren.«

Alena ließ das Holz neben dem Steinkreis fallen. Es war inzwischen fast dunkel. Sie konnte den hässlichen Ritter nur noch als Schemen erkennen. Romarus begann Steine aneinander zu reiben, setzte den Zunder in Brand und machte Feuer. Als die Flammen aufloderten, sah Alena, dass die Höhle noch höher war, als sie gedacht hatte. Sie besaß eine gewölbte Decke wie die französischen Kirchen, die jetzt überall nachgebaut wurden, und man konnte sich einbilden, dass der Allmächtige sich in diesem Berg inmitten seiner Schöpfung ein eigenes Gotteshaus errichtet hatte. Die Wände waren keineswegs schwarz, sondern schimmerten in einem glänzenden, hellen Silbergrau, und am Felsen hinten in der Höhle leuchteten enzianblaue Kaskaden, als hätte ein übermütiger Maler Eimer mit Farbe an die Wand geschüttet.

»Dann stimmt es, dass Ihr im Wald aufgewachsen seid?«

»Was?«, fragte Alena.

»Weil Ihr keine Angst habt, allein draußen zu sein. Deshalb mein ich. Außerdem sagen sie das in der Stadt.« Es war Romarus peinlich, beim Ausfragen ertappt zu werden. Er hantierte mit dem Stock, den er sich zum Zurechtschieben der glühenden Äste gesucht hatte. »Ist hier eine der schönsten Höhlen im Harz. Ziemlich trocken. Und nicht so muffig. Aber ein Jammer, dass der Eingang offen liegt. War früher bewachsen, bis jemand das Buschwerk abgehauen hat. Jetzt geht's hier zu wie auf dem Markt. Jeder, der von Norden kommt, macht in der Höhle Rast. War mal gezwungen, zwei Nächte im Regen zu schlafen, weil sie nicht weiterziehen wollten.«

»Ihr mögt keine Gesellschaft.«

»Genau.« Umständlich schob Romarus einen Ast zurück, der krachend auf den Steinkreis gefallen war. »Da gibt's einen See.«

»Wo?«

»Hinten in der Höhle. Oder vielmehr: Da hinten gibt's Gänge, durch die man kriechen kann, und die bringen einen zu dem See. Der ist so groß wie halb Quedlinburg und schwarz wie die Nacht. Aber wenn man ein guter Schwimmer ist, kann man ihn durchschwimmen.«

»Ihr seid durch einen Höhlensee geschwommen? Im Ernst?«

»Mit einer Fackel in der Hand, und glaubt mir, das war verdammt schwierig. Außerdem gab es etwas Lebendiges im Wasser.«

»Ihr macht Euch lustig.«

Romarus saß etwas von Alena entfernt, nun rückte er näher und senkte vertraulich die Stimme. »Ich würde nicht wieder hineinsteigen, Alena, ganz bestimmt nicht. Das Ding ist mir an der Wade langgeschrappt, und es hat mir mit seinen Schuppen bis zum Oberschenkel die Haut aufgerissen. Ich hab mir in die Hosen geschissen, und das mein ich wirklich so.«

»Warum seid Ihr überhaupt …«

»Warum tut man, was man tut? Mir war so zumute. Der See war groß und still und … Das versteht Ihr nicht. Auf der anderen Seite vom See konnte man durch ein Loch den Himmel und ein Stück von einem Baum sehen. Nichts sonst als Himmel und den Baum, aber trotzdem kam es mir … lärmend vor. Klar? Der See war Friede.«

»Ihr wolltet gar nicht hindurchschwimmen.«

»Nein. Aber als ich mit dem Untier zusammenkam, bin ich trotzdem geschwommen, als säß mir der Teufel im Nacken. Ich bin rüber zum Loch, weil es der einzige Punkt war, an den man sich halten konnte. Da bin ich raus aus dem Wasser …«

»Und dann hat der Baum Euch doch gefallen?«

»Ach, Alena. So ein grausames Tier an den Waden. So ein fürchterliches Schicksal. Man sieht die Welt hinterher mit anderen Augen. Im Übrigen war der Ausblick wirklich wunderschön.« Romarus seufzte. Seine Hand schob sich wie aus Versehen auf die von Alena. Sie zog die Knie an, legte ihre Arme darum und rückte ein wenig von ihm ab.

»Alena?«

»Ja?«

»Würde es Euch gefallen, wenn ich ein wenig zu Euch …«

»Es ist sündig.«

»Wärme zu suchen, wenn man friert?« Die Stimme des Gnomenritters klang verletzt.

»Auf einen See zu schauen und zu grübeln, wie schön es wäre, sich zu ersäufen. Es kostet das Seelenheil. Seid froh, dass Euch der Höhlenwurm gekratzt hat.«

Romarus lachte. »Findet Ihr mich hässlich, Alena?«

»So hässlich wie die Nacht, aber selbst wenn Ihr aussehen würdet wie Siegfried – ich würde Eure Hand nicht auf meiner haben wollen. Ich habe mein Herz einmal fortgegeben, und das war gründlich, und ein zweites Mal kommt nicht in Frage.«

»Und Ihr könntet Euch nicht vorstellen …«

»Nein.«

»Ich bin nicht reich, aber ich habe ein Dach über dem Kopf und ein kleines Dorf, das mir gehört.«

»Trotzdem: nein. Es wäre nicht möglich, versteht Ihr? Nicht nach Ämilius.«

»Sie sagen, Ihr habt ihn behext. Aber ich glaube, in Wahrheit hat er Euch behext«, bemerkte Romarus bitter.

»Und damit habt Ihr ein weiteres Mal bewiesen, dass Ihr weiser seid als sie alle.« Alena erhob sich. »Das Holz wird nicht reichen. Nein, Romarus, bleibt sitzen. Ich vertrete mir die Füße und sammle dabei ein paar Äste auf. Mir macht das nichts. Ich habe den Wald am Abend gern.«

Es war aber nicht mehr Abend, es war bereits Nacht geworden. Alena reckte sich und gähnte. Mond und Sterne waren hinter Wolkenknäueln verschwunden. Aber sie fühlte den Wald, seine würzigen Gerüche und Schatten, als wäre er ein lebendiges Wesen. Ein Nachtvogel sang, dem drohenden Regen zum Trotz. Leider war ihr Rock immer noch nass. Das merkte sie, als sie in den ersten Windzug kam. Trotzdem. Romarus brauchte Zeit, sich zurechtzufinden. Das Begehren, das Männer zu den Frauen trieb, war stark. Nur jetzt keinen Ärger.

Verfroren wanderte Alena in das gegenüberliegende Waldstück und machte sich daran, den Boden nach Zweigen und Ästen abzusuchen. Sie beschäftigte sich so lange damit, bis sie meinte, der Ritter müsste wieder einen klaren Kopf haben. Einer der aufgeklaubten Äste war lang und handlich. Eine gute Waffe. Alena mochte ihr eigenes Misstrauen nicht, aber der Ast wanderte doch auf ihr Holzbündel.

Romarus war glücklicherweise eingeschlafen. Er hatte sich nach Art kleiner Kinder am Feuer zusammengerollt. So leise wie möglich ließ Alena ihr Holz neben die Steinumfassung des Feuers gleiten. Romarus gab keinen Laut von sich. Das war gut. Er war so erschöpft, dass er schlafen würde, bis sie ihn weckte. Er hatte sich nicht einmal zugedeckt.

Alena hielt in der Bewegung inne und drehte den Kopf. Tatsächlich. Romarus' Mantel lag neben dem Feuer, unordentlich, als hätte er ihn beim Niederlegen von sich geworfen. In der Höhle war es nicht so kalt wie draußen, aber seine Hose war nass. Niemals hätte er auf etwas Wärmendes verzichtet, was genau neben ihm lag.

Sie überlegte sich das, mit einem ziehenden Gefühl im Magen. Und sie tat es einen Augenblick zu lang. Plötzlich war ein Geräusch hinter ihr. Alena gelang es, den Fäusten, die sie packen wollten, zu entkommen, aber nur, weil sie ihren Mantel fahren ließ. Sie rollte sich zur Seite, und der Mantel flog über sie. Der Angreifer wollte sie unter dem Stoff begraben und packen, aber sie stieß mit den Füßen nach ihm, und es gelang ihr, den Mantel abzustreifen und ihn – wie klug, Mädchen – nicht einfach fortzuschleudern, sondern aufs Feuer zu werfen. Im nächsten Moment war es stockdunkel. Alena versuchte sich zu retten, erst auf Knien, dann aufrecht. Der Angreifer – nein, es war nicht nur einer, es waren wenigstens zwei – hatte den Mantel aus den Flammen gerissen. Die Wolle hatte Feuer gefangen. Beißender Qualm hing in der Luft. Einer von ihnen stand hustend am Höhlenausgang, um ihr den Fluchtweg zu versperren. Der zweite rieb sich die tränenden Augen. Und dass sie das erkennen konnte, lag daran, dass das Feuer wieder aufzulodern begann.

Alena stand mit dem Rücken zum Fels im hintersten Eck der Höhle. Romarus hatte während des Kampfes keinen Ton von sich gegeben. Er musste tot sein, sonst hätte der Tumult ihn geweckt. Aber er hatte ihr etwas hinterlassen. Mit fliegenden Fingern tastete Alena sich am Fels entlang. Sie fand einen Spalt im Gestein, aber er war zu eng, um sich hineinzuzwängen. Keine Zeit mehr zum Suchen. Der hustende Mann hatte sie entdeckt. Nur seine tränenden Augen hinderten ihn daran, sofort zu ihr zu stürzen.

Alena sackte zu Boden. Sie verachtete sich selbst für die erbärmliche Angst, mit der sie sich gegen den Stein drückte. Die Felswand verjüngte sich nach unten. Wie ein Kaninchen vor den Hunden duckte sie sich und schob sich in das Loch. Es war mehr als ein Loch. Alena streckte den Arm aus und fand keinen Widerstand. Mit zusammengepressten Zähnen, die Beine voran, schob sie sich in das Versteck. Ihr Kleid riss. Verfluchter Romarus. Sie hoffte, seinen Zugang zum See entdeckt zu haben, aber wie war es ihm möglich gewesen, sich durch diese Enge zu quetschen?

Alena hielt den Atem an. In der Höhle wurde es heller. Die Männer hatten sich eine Fackel zurechtgemacht, mit der sie die Wände ableuchteten. Sie hörte ihr Fluchen. Und eine der Stimmen erkannte sie. Glaubte sie zu erkennen. Der Gang, durch den sie sich Zoll um Zoll schob, während ihr das Gestein die Haut abschürfte, verbreiterte sich wieder. Sie kam an eine Stelle, an der sie sich aufsetzen konnte. Zitternd kauerte sie in ihrem Gefängnis, den Kopf auf den Knien. Sie schätzte, dass sich etwa fünf Fuß zwischen ihr und der Fackel befanden. Man würde sie finden. Sie musste weiter, sonst würden die Männer sie kurzerhand ausräuchern.

Folgen konnten sie ihr nicht. Nicht durch diesen Spalt. Durch den war sie kaum selbst gekommen, und sie war ausgesprochen mager. Und Romarus mit seinem Buckel?

Romarus hätte das auch nicht geschafft. Dann hatte sie vermutlich einen anderen Gang entdeckt.

Mit eingezogenem Bauch zwängte Alena sich weiter. Ihr war schwindlig, und sie merkte, dass sie aufgehört hatte zu atmen. Sie zwang sich zur Ruhe. Die unmittelbare Gefahr war vorbei. Der Gang, durch den sie kroch, war glitschig und führte abwärts. Durchaus möglich, dass er in den See mündete. Sicher wurde der See nicht nur aus einem Zugang gespeist. Manche Höhlen waren löchrig wie Käse. Wenn sie Glück hatte, kam sie also zum See. Nur stecken bleiben durfte sie nicht. Sich niemals so einzwängen, dass sie nicht mit eigener Kraft wieder herauskam. Das würde schlimmer sein als alles, was ihr in der Höhle blühte.

Sie lag jetzt auf dem Rücken, die Füße voran, und zog sich mit den Hacken und schob mit den Händen. Irgendwann stießen ihre Füße ins Nichts. Sie musste das Ende des Gangs erreicht haben. Was lag dahinter? Ein Abgrund? Aufsetzen konnte sie sich nicht. Und sie konnte auch nicht herausfinden, was unter oder hinter ihren Füßen war. Es gelang ihr, sich zu drehen. Mit dem Gesicht am Boden schob sie sich weiter. Bald baumelten ihr Beine ins Leere. Aufhören? Zurückkriechen und warten, bis die Männer verschwanden? Vielleicht einen ganzen Tag oder zwei oder noch mehr, bis sie irr vor Durst wurde?

Was würde jemand wie Sophie für ein Kind wie Lisabeth tun? Es an Maia übergeben, um es großziehen zu lassen? Und später eine Ecke in der Küche zum Schlafen und die Abfälle aus den Stiftsmahlzeiten, um nicht zu verhungern? Wie lange würde Sophie überhaupt die Macht haben, ihr zu helfen? Allein das Alter der Äbtissin begrenzte die Zeit. Gab man einem Menschen ohne Verstand eine Pfründe? Und wie sollte Lisabeth die verteidigen?

Alena schob sich weiter, immer hoffend, dass ihre Füße irgendwo Halt fänden. Als sie nur noch mit dem Oberkörper im Gang steckte, hielt sie inne. Sie fasste einen der zahllosen, kleinen Steine, über die sie gekrochen war, scheuerte sich den Ellbogen blutig, als sie ihn am Körper vorbei zum Abgrund schob und ließ ihn hinabfallen.

Ein lautes Platschen antwortete ihr. Gut.

Mit einem Seufzer und einem letzten Gedanken an Lisabeth ließ sie sich fallen.

Romarus hatte Recht gehabt: Der Anblick war traumhaft schön. Bergkuppen, auf denen Bäume mit Kronen im lichten Frühjahrsgrün wuchsen, ein See, den die Morgensonne mit Silber überzog und – gar nicht einmal so weit entfernt, in einem Ausschnitt zwischen zwei Bergen – die Ebene, in der Quedlinburg lag.

Ohne Pferd trotzdem ein gutes Stück Weg. Und erst einmal musste sie aus ihrer luftigen Höhe herabsteigen.

Alena saß auf einem kleinen, grasbewachsenen Vorsprung, den sie mit einem Besenginster teilte. Sie hatte die Arme fest um den zitternden Körper geschlungen. Ihre Kleider waren zerrissen, und die Fetzen klebten an ihr, ohne sie zu wärmen. Ihr war noch kälter als in dem Höhlensee, der ihr das Leben gerettet hatte. Nur ihr Kopf glühte. Sie war krank, genau wie damals, als sie Ämilius gesucht hatte, und sie wusste das. Am liebsten hätte sie sich zusammengerollt und sich niemals mehr gerührt. Aber Lisabeth wartete. Und deshalb war es nötig, sich einen Plan zu machen. Einen Plan, der leicht zu merken war.

Sie musste den Berg hinab, am besten an der ausgewaschenen Rinne entlang, in der das Wasser abfloss, wenn der See überlief. Dann wusste sie, wo sie ankommen würde. Und anschließend möglichst gerade nach Norden. Immer nach Norden. Und hoffentlich bezog sich der Himmel nicht.

6. Kapitel

Um Himmels willen, Ihr seht ja aus wie der Tod.« Wigburg stand in der Tür zu Alenas Kammer und schüttelte den Kopf. »Seid Ihr sicher, dass Ihr mit in die Stadt kommen wollt?«

Alena nickte. Sie hatte eine Woche lang nichts getan als zu schlafen und zu essen und konnte kaum glauben, wie zittrig sie trotzdem noch war. Aber sie litt nur noch an trockenem Husten und einem Schmerz in der Brust, der bereits am Abklingen war. Dumm, sich deswegen so anzustellen.

Die Scholastika war in ihre Kammer gekommen, um Bescheid zu geben, dass die Kanonissen sich anschickten, nach Quedlinburg aufzubrechen. Skeptisch betrachtete sie Alena. »Es ist natürlich ein Augenblick des Triumphs, und Ihr habt ihn verdient. Aber denkt Ihr nicht ... Schon gut. Ich verstehe Euch. Ich verstehe es wirklich. Man bekommt zu selten den Lohn für das, was man geleistet hat. Aber wie konntet Ihr einen Text, den man Euch nur einmal vorgelesen hat, so perfekt im Gedächtnis behalten? Einen *lateinischen* Text. Stellt Euch vor, Ihr hättet es *nicht* gekonnt! Alles im Wasser verloren. Ihr ... Wartet. Tragt Ihr ein Gebinde? Nein? Das ist gut. Mit dem Schleier kommt Euer schönes Haar wenigstens ein bisschen zur Geltung. Ich bewundere

Euer Gedächtnis, Alena. Und Euren Verstand. Schade. Ich meine, dass Euch die Blässe nicht steht …«

Wigburg betrachtete sie so prüfend, als wäre sie eine ihrer Schülerinnen. Sie selbst war wie immer vollkommen gekleidet. Streng, ohne anderen Schmuck als ihre Brosche mit dem Jadedrachen, die sie mitten auf die Brust geheftet hatte. Aber Alena mochte das. Die Scholastika war für sie die würdigste Vertreterin des Stifts.

»Ihr habt für uns Euer Leben aufs Spiel gesetzt, Alena. Wir verdanken Euch … unermesslich viel. Vergesst das nicht, wenn Ihr gleich in der Stadt seid. Haltet Euch gerade und seid stolz. »

Ich habe mein Leben aufs Spiel gesetzt und mich dabei erkältet, dachte Alena. Aber Romarus hat seines tatsächlich verloren. Ihre ohnehin schlechte Stimmung sank auf einen Tiefpunkt. Der bucklige Ritter hatte – schlimm genug – nicht einmal ein anständiges Grab bekommen, denn die Stiftsleute hatten zwar die Höhle, aber nicht seinen Leichnam gefunden, sodass man annehmen musste, dass Romarus von seinen Mördern irgendwo verscharrt worden war.

»Die Urkunde wird im Haus … Alena? Die Urkunde wird beim Stadtvorsteher gesiegelt«, erklärte Wigburg, während sie die Kammer verließen. »Sophie wollte eine Unterwerfung auf dem Marktplatz mit Pomp und Stolz, aber ich habe davon abgeraten. Die Stadt wird nach dem Willen des Königs die Weinberge zurückgeben müssen, und außerdem muss sie in Zukunft ihr Korn in unseren Mühlen mahlen lassen. Das wird bitter genug. Wir brauchen nicht auf ihrer Würde herumzutrampeln.«

Richtig, dachte Alena. Und wahrscheinlich hätte das Stift ein Bündel Probleme weniger, wenn es von jemandem geleitet würde, der wie Wigburg etwas von Menschen verstand. Aber das ging sie nichts an.

Im Hof neben der Tür mit den Heckenrosen saß Osterlind. Die Domicella schien Lisabeth aus dem Garten geholt zu haben, denn das Mädchen saß auf ihrem Schoß und bekam wieder einmal – den Mund voller Gebäck – die Haare gekämmt. So etwas, dachte Alena missmutig, darf nicht sein. Das konnte ihr als Hochmut ausgelegt werden.

»Ich komme gleich. Ich muss erst noch meine Tochter in den Garten zurückbringen.«

Wigburg nickte abwesend.

Die Kanonissen, die bei der Siegelung in Dittmars Haus anwesend sein sollten, warteten im äußeren Hof und bestiegen zum Teil schon ihre Pferde. Alena beeilte sich. Als sie zurückkehrte, sah sie Caesarius, der der Äbtissin in den Sattel half. Für Sophie war das Reiten eine Strapaze. Sie hätte ebenso gut einen Wagen benutzen können, aber sicher kam ihr das Eingeständnis ihres schlechten Gesundheitszustands wie eine Schwäche vor. Sophie verabscheute nichts so sehr wie Schwachheit.

Caesarius schwang sich in den Sattel. Alena sah kurz sein Kopfnicken und die Hand an seiner Stirn, als er die Ritter antrieb, zu einer Reihe aufzuschließen. Sie wollte sich abwenden und sich um ihr eigenes Pferd kümmern, als wie ein Irrlicht in der Dunkelheit eine Erinnerung in ihr aufzuckte. Der Mann in der Höhle – wie er sich die tränenden Augen rieb und seinen Komplizen anfuhr, weil sie das Opfer nicht finden konnten.

Ihr Herz begann zu klopfen.

Caesarius?

Nein, das war unmöglich. Diese verdammte Krankheit hatte aus ihren Erinnerungen einen Pamps geknetet, in dem Wahrheit und Einbildung nicht mehr zu unterscheiden waren. Der Stiftshauptmann würde den Domfrauen niemals in den Rücken fallen. Sein Wohl hing an dem Sophies. Es wäre verheerend für ihn gewesen, wenn die Äbtissin abgesetzt worden wäre. Er konnte nicht der Mann in der Höhle gewesen sein, denn das wäre gegen jede Logik. Irritiert hörte Alena zu, wie Caesarius einen seiner Männer anschnauzte. Dann rief er sie selbst zur Eile. War der Blick, den er ihr zuwarf, sonderbar?

Ich bin noch immer krank, ich hätte im Bett bleiben sollen, dachte Alena, während ihr Herz schon wieder raste. Sie hustete und merkte, dass es sie Mühe kostete, gerade im Sattel zu sitzen. Eine wunderbare Feier würde das werden. Und das Ärgerlichste war, daß sie nicht einmal wusste, weshalb sie so versessen darauf gewesen war, an ihr teilzunehmen.

Dittmar trug seine Niederlage mit Anstand. Er hatte die Fußbodenfliesen schrubben lassen, sodass sie majestätisch blau wie der Nachthimmel bei Vollmond glänzten. Er hatte den Kamin mit Blumen geschmückt und an den Wänden Tapisserien aufgehängt, die Damen mit Schleppenkleidern in blühenden Gärten zeigten. Der Wein, den er den Stiftsdamen kredenzte, wurde in Bechern aus dunkelgrünem Noppenglas serviert und schmeckte so süß und schwer, als käme er aus den teuren Anbaugebieten des Südens, vielleicht sogar aus Palästina. Man vertrank also ein Vermögen und tauschte dabei mit kühler Stimme Förmlichkeiten aus.

Dittmar brauchte die Schmach der Stadt nicht allein zu erdulden. Er hatte ein Dutzend Fernhändler und Kürschner an seinen Tisch geladen. Nur Graf Hoyer fehlte. Sicher hatte er keine Lust gehabt, sich nach seiner Niederlage zur Schau zu stellen, und das war gut so, denn die Äbtissin machte unentwegt spitze Bemerkungen über seine Person.

Agnes hatte die Rolle der Hausfrau übernommen und sorgte unerschüttert liebenswürdig für jeden Gast. Selbst für den, den mittlerweile jedermann in der Stadt hasste.

»Alena, du siehst … *schrecklich* aus. Und dabei hieß es immer, du hast nur eine Erkältung. Ich hätte dich besuchen sollen. Ich wünschte, ich hätte es getan, egal, was Dittmar sagt«, wisperte sie in Alenas Ohr, während sie ihr Wein einschenkte. Ihr ganzer Körper duftete nach Maiglöckchen, als hätte sie darin gebadet.

»Es ist wirklich nur eine Erkältung«, gab Alena ebenso leise zurück. Sie verfluchte ihren Husten, der jedermanns Blicke auf sie lenkte. Dittmar hatte Recht, wenn er seiner Schwester den Besuch in der Burg verbot. Agnes würde in Zukunft eine Menge mehr für ihr Mehl zahlen müssen. Begriff sie das nicht? War ihr das egal? Mit Dittmar und seinem Ach-du-hast-dich-auch-hierher-getraut-Blick konnte sie umgehen, mit Agnes' Freundlichkeit nicht.

Sophie erhob sich. Sie verlas die Anordnungen des Königs – erst auf Lateinisch und dann in deutscher Übersetzung – und erklärte mit frostiger Stimme ihre Forderungen. *Punctum contra punctum*. Sie war Reichsfürstin. Manchmal vergaß man das, aber nicht an diesem Nachmittag. Jedes Wort, das sie sprach, hörte sich an wie der Schlag eines Schmiedes auf den Amboss. Die Gesichter an der Tafel versteinerten.

Es dauerte lange, ehe die Äbtissin fertig war. Sie hatte in ihrem Forderungskatalog sämtliche Ansprüche des Stifts an die Stadt aufgelistet, die jemals existiert hatten. Ein kluger Schachzug. Dann wusste man, worüber man verhandelte, wenn die nächsten Querelen kamen. Bertrade hätte sich wahrscheinlich bei solchem Krämergeist gewunden, aber sie lag ja immer noch in der Krankenkammer und war damit beschäftigt, sich an ihr Leben zu klammern, und in diesem Fall war das ein Glück.

Alena trank in zahllosen kleinen Schlucken, um zu verhindern, dass ihr Rachen austrocknete und sie einen neuen Hustenanfall bekam. Der schwere Wein bekam ihr nicht und stieg ihr wie eine Sturmflut zu Kopf. Und zerfraß ihre Magenwände. Als Sophie geendet hatte, litt sie unter

Krämpfen und hatte ein entsetzliches Brennen im Bauch. Dittmar stand auf und antwortete. Er stelzte in einem Brei von Höflichkeiten, die er vorher mit den anderen Männern formuliert hatte. Als er fertig war, und nachdem auch der Stiftskaplan von St. Wiperti noch seine Meinung über Demut vor der gottgefälligen Ordnung von sich gegeben hatte, wurde Essen aufgetragen.

»Komm mit.« Agnes stand erneut hinter Alena. »Du brauchst etwas gegen deinen Husten.«

Jemand reichte fette Brühe an ihnen vorbei auf den Tisch. Dämpfe von Rindfleisch und scharfen Gewürzen stiegen auf, und Alena wurde augenblicklich schlecht. Sie sprang auf und folgte ihrer Gastgeberin die Treppe hinauf. Es blieb nur zu hoffen, dass keine der Stiftsdamen einen falschen Schluss daraus zog.

Agnes führte sie in einen freundlichen Raum mit einem breiten Bett aus Kirschholz, auf dem grüne Decken und Kissen lagen. Die Truhe davor war von mehreren getrockneten Rosensträußen bedeckt, deren Geruch den Raum füllte. Wahrscheinlich war es ihre Schlafkammer. Sie nötigte Alena aufs Bett, hielt wie durch Zauberei plötzlich einen Zinnbecher in der Hand und gab Alena daraus zu trinken.

»Die Domherrinnen sind gelehrte Frauen, aber manche Dinge verstehen wir im Volk besser. Wenn sie eine Erkältung so kurieren, dass du nach einer Woche noch immer wie das blasse Elend herumläufst ... Haben sie dich zur Ader gelassen?«

»Ja.« Und die Kräuter der Kanonissen wirkten ausgezeichnet, wenn man bedachte, in welcher Verfassung sie aus dem Harz zurückgekehrt war. Agnethe war eine begabte Heilerin. Aber das mochte Alena jetzt nicht diskutieren. Es klopfte. Ein flachbrüstiges Mädchen huschte ins Zimmer und flüsterte seiner Herrin etwas ins Ohr.

»Probleme mit der Täubchenfüllung. Ich muss nach

unten.« Agnes schüttelte bedauernd den Kopf. »Trink den Becher auf jeden Fall ganz leer. Und danach versuche ein bisschen zu schlafen.«

»Agnes, wenn Dittmar wüsste ...«

»Ach, Dittmar!« Sie lachte. »Ich mag dich, Alena. Schon immer. Du bist so ... geradeheraus. Und ich lasse mir von niemandem vorschreiben, wen ich gern haben darf und wen nicht.« Agnes schlüpfte durch die Tür, und Alena hörte, wie sie mit ihrer weichen Stimme der Magd Anweisungen gab.

Vorsichtig stand sie auf. Die Hände auf dem Magen stellte sie sich ans Fenster und beobachtete Dittmars Knechte, die auf einem leeren Frachtwagen Würfel spielten. Agnes. Es war unmöglich, von jemandem wie Agnes nicht bezaubert zu sein. Sie war so liebevoll, daß es einem Tränen in die Augen treiben konnte. Und ihr Bett ... Nein, dieser Versuchung durfte man nicht nachgeben. Wahrscheinlich wunderten die Domfrauen sich schon, wohin ihre Schreiberin verschwunden war.

Schwerfällig ging Alena zur Tür. Als sie sie öffnete, sah sie, dass sich noch jemand vor der grässlichen Feier ins obere Stockwerk verkrochen hatte. Auf der anderen Seite des Flurs stand eine Kammertür offen. Ein Mann saß dort mit gespreizten Beinen auf einem Schemel, in der Linken einen dünnen Meißel, in der Rechten einen Fäustel. Der Baumeister. Alena wollte weitergehen, aber er hatte sie bereits erblickt und hob grüßend die Hand.

Widerwillig trat sie näher. Die Kammer war kleiner als die von Agnes und von sämtlichen Möbeln befreit. In ihrer Mitte lag, auf einen Holzblock gekippt, eine mannshohe Statue oder vielmehr ein Sandsteinblock, aus dem eine Statue werden sollte. Das Gesicht war schon herausgemeißelt und der Körper in Umrissen fertig. Die Füße standen auf einer runden Platte, die ebenfalls grob zurechtgemeißelt war. Alena wanderte um die Statue herum. Sie betrachtete mehrere Pergamentbögen, die dahinter auf dem Fußboden lagen und mit Kohlezeichnungen bedeckt waren.

»Erasmus, ja?«

»Ich dachte mir, dass es Euch nicht gefällt.«

»Oh, Ihr habt geschickte Hände. Hat Agnes Euch darum gebeten?«

Der Baumeister schwieg. Natürlich hatte er auf Agnes' Bitten hin gearbeitet. Wer außer der süßen Agnes würde auf die Idee kommen, den toten Erasmus in Stein besitzen zu wollen.

»Es ist ähnlich geworden«, meinte Alena.

»Das kann ich nicht beurteilen. Ich habe ihn anders kennen gelernt.«

»Dünner?«

»Sehr viel dünner.«

Auf den Kohlezeichnungen trug Erasmus einen prächtigen Mantel aus Pelzwerk und seine Fellmütze, die er immer bis in den Sommer auf dem Kopf behalten hatte, weil er früh kahl geworden war. Seine Mimik war würdevoll und väterlich.

»Ich hoffe, sie will ihn nicht in ihre Halle stellen!« Alena wollte gehen. In ihrem Magen hockte ein wildes Tier, das ihre Schleimhäute zerbiss. Es war ... unerträglich, wie erhaben Erasmus sie aus dem Stein anstarrte.

»Die Figur soll auf die Brücke.«

Alena war schon fast durch die Tür. Nun drehte sie um. »Es wird keine Brücke geben. Ich dachte, ich hätte Euch das erklärt.«

Er schwieg.

»Das Gelände zwischen den Bodearmen gehört dem Stift, und Sophie hat bereits gesagt, dass sie die Brücke nicht will.«

»Ich weiß. Eine von ihren Frauen war bei Dittmar, um ihm deswegen die Hölle heiß zu machen. Aber offenbar liegt ein Irrtum vor. Ich meine, was diese Besitzverhältnisse angeht.« Der Baumeister setzte den Meißel an und hieb mit genauem Augenmaß einen Steinsplitter aus dem Block. Er ließ sich Zeit dazu, ein Mensch, der seine Arbeit liebte und es genau mit ihr nahm. »Die Grafen von Falkenstein haben den Sumpf …« Noch ein Schlag. »… gegen irgendetwas eingetauscht. Schon vor einer Weile.« Kritisch prüfte der Baumeister, was er soeben geschaffen hatte. Erasmus' Nase hatte an Willenskraft gewonnen. Etwas von seiner Lebensgier war mit dem letzten Schlag hineingeraten. »Es gibt eine Urkunde«, sagte der Baumeister. »Und deshalb …« Krach. Noch mal Krach. »… ist die Sache abgemacht. Es lohnt nicht, sich weiter darüber die Köpfe heiß zu reden.«

»Hoyer Falkenstein? *Ihm* gehört der Sumpf?«

»Sieht so aus.« Den Flamen beschäftigte die Nase, die plötzlich so irritierend an Erasmus erinnerte, als hätte man unter dem Sandstein seine Leiche bloßgelegt.

Alena kehrte in den Raum zurück. Sie bedeckte das Steingesicht mit den Händen. »Ich verstehe Hoyer, und ich verstehe Dittmar. Aber was hat Erasmus für *Euch* getan, dass Ihr so versessen darauf seid, ihm diese Brücke hinzustellen?«

Der Baumeister seufzte. Sie fiel ihm lästig. Ganz offensichtlich. »Er hat … für mein Leben bezahlt.«

»Oh! Ich will Euch nicht betrüben. Zweifellos ist Euer Leben eine Brücke wert, selbst wenn sie dreihundert Fuß Sumpf überspannen muss. Aber wenn Ihr darüber nachdenkt, Maarten – Erasmus hatte bei allem, was er tat, nur sein eigenes armseliges Wohl im Sinn. Ihr braucht Euch nicht in Dankbarkeit zu verausgaben.«

»Keine Dankbarkeit. Das ist ein Geschäft.«

»Und Ihr seid ein gewissenhafter Mann. Jemand, bei dem man an den Mauern sein Winkelmaß ausrichten kann. Ich wette darauf.«

Die Geräusche, die aus der Halle heraufdrangen, wurden

lauter. Man schien mit dem Essen fertig zu sein, und alle sprachen plötzlich durcheinander.

»Diese Brücke würde kein Spaß werden, Maarten. Der Untergrund zwischen den Bodearmen ist nicht nur versumpft, er ist von Löchern und Senken durchzogen wie ein Käse. Es gibt Stellen, da könntet nicht einmal *Ihr* stehen. Für die Nikolaikirche, die in der Neustadt gebaut wird, haben sie vor dem Steinfundament ein anderes aus Erlenstämmen legen müssen, damit sie nicht wegsackt. Und ihr Baugrund liegt höher und ist durch einen Damm geschützt und wurde schon vor über vierzig Jahren trockengelegt. Wenn Ihr Erasmus' Brücke tatsächlich bauen wollt – plant dafür die nächsten Jahre Eures Lebens ein.«

»Wenn es so schlimm ist, warum wollte Euer Mann die Brücke dann bauen?«

Alena schüttelte ungeduldig den Kopf. »Er hatte den Auftrag angenommen, bevor er den Untergrund kannte. Und als er die Vorarbeiten machte ... ich könnte Euch ein Brevier seiner Flüche zusammenstellen. Matsch, nichts als Matsch. Von Herbst bis Frühling ein stinkiger Brei, und im Sommer wird man von den Mücken aufgefressen. Ihr würdet es hassen!«

Der Flame lachte. Er hatte keine Ähnlichkeit mit Ämilius. Das Lachen von Ämilius war offen und herzlich gewesen. Es hätte sich niemals gegen jemand anders gerichtet. Der Flame machte sich lustig.

Alena nahm die Hände von der Statue. »Ich werde das verhindern, Maarten. Es tut mir leid, weil ich nichts gegen Euch habe. Aber eher steht Erasmus von den Toten auf, als dass ich zulasse, dass diese verdammte Brücke gebaut wird.«

»Ihr seht nicht so zufrieden aus, wie Ihr solltet«, meinte Sophie.

Alena wusste selbst nicht, wie sie mit ihrem Pferd neben

das der Äbtissin geraten war. Agnes' Medizin hatte ihren Husten gestillt, aber ihr drückte das Gehirn gegen den Schädel, als wolle es ihn auseinander sprengen, und vor dem Abschied hatte sie sich übergeben müssen. Ihr Mund brannte noch von der Magensäure. »Ich bin ... doch ja. Es ist gut gelaufen«, stammelte sie lahm.

»Wir haben einen Sieg errungen, mein Kind. Mit dem Brief des Königs stehen wir besser da als je zuvor. Ihr habt ein Meisterstück vollbracht. Und ich bin bis jetzt noch nicht dazu gekommen, Euch gebührend zu danken. Ich möchte Euch zu einem Essen im Refektorium einladen. Aber ...« Sie überlegte. »... das reicht nicht. Habt Ihr keinen Wunsch, den ich Euch erfüllen könnte?«

Überrumpelt schüttelte Alena den Kopf. Die Äbtissin wollte freundlich sein, aber ihr fiel nichts ein. Eine Weile ritten sie schweigend nebeneinander her. Sie verließen die Stadt, und die Höfe des Westendorfs tauchten auf. Die Siedlung am Fuß des Burgbergs fühlte sich zum Stift gehörig. Überall am Weg und in den Gärten sah man freundliche Gesichter. Warum konnte Quedlinburg nicht wie das Stiftsdorf sein?

»Doch.«

»Bitte? Ja?« Sophie merkte sofort auf.

»Ich meine, ich hätte schon einen Wunsch.«

»Dann äußert ihn.«

»Könnte man nicht ...« Alena spann den Gedanken, der ihr in den Kopf geschossen war, so folgerichtig weiter, wie sie es vermochte. »... ein Hospital errichten? Für Quedlinburg? Es wäre ein gottgefälliges Werk und eine nützliche Geste.« Sie hatte *freundliche* sagen wollen, und vielleicht hätte sie das auch tun sollen, aber Sophie war nicht beleidigt. »In dem Winkel zwischen der Neustadt und der Bode«, fuhr Alena fort. »... gibt es ein ideales Plätzchen. Es ist abseits gelegen, aber doch so nah, dass die Quedlinburger die Armen und Siechen nicht aus dem Sinn verlören.«

»Ihr meint die Stelle, wo Euer Gatte damals die Brücke zu bauen begonnen hat?«

Alena nickte.

»Aber wie sollten wir das bewerkstelligen? Alle Handwerker sind am Bau der Nikolaikirche oder mit dem Ausbau der Marktkirche beschäftigt. Ich glaube kaum, dass die Stadt es schätzen würde, wenn wir ihr die Arbeiter wegnähmen.«

Die Äbtissin irrte sich. Zumindest was die Nikolaikirche anging. Es hieß, dass dem Schäfer, der am meisten für den Bau gespendet hatte, das Geld knapp geworden war. Nun musste an Handwerkern gespart werden. Viele Männer hatten im Frühjahr gar keine Arbeit mehr bekommen. Und genau das war ja das Problem. Die Männer würden sich darum reißen, wenn man ihnen Arbeit anbot. Dem ersten Baumeister, der ihnen seine Bauhütte öffnete, würden sie zusagen. Für eine Brücke so bereitwillig wie für eine Kirche oder … ein Spital.

Alena erläuterte Sophie die Lage der Bauleute. »Wir bräuchten gute Zimmerleute, eventuell einen Steinmetz, einen Schmied, der die Werkzeuge in Ordnung hält, ein paar Rohbossierer und Schindelleger und Handlanger. So ein Hospital ist nicht schwer zu bauen. Gerade Wände und ein Dach. Man bräuchte kein Meister zu sein, um das hinzubekommen.«

»Und wer soll das tun? Ich meine, die Baustelle leiten?«

Alenas Pferd scheute vor einem auffliegenden Vogel. Sie klopfte ihm den Hals und bemühte sich um einen geraden Sitz im Sattel. »Ich kenne jemanden. Gerolf. Das ist ein Zimmermann aus der Stadt, der für meinen Mann gearbeitet hatte. Ich glaube, er steht im Moment nicht im Lohn.« Ganz sicher nicht, denn er soff ja wie ein Loch.

Sophie dachte nach. Wäre es hilfreich, ihr zu erzählen, dass Dittmar mit Hoyer nun doch noch die Brücke bauen wollte? Dass er das aber nicht konnte, wenn er keine Arbeiter dafür bekam? Die Äbtissin würde vor Zorn kochen, wenn sie erfuhr, dass Hoyer und Dittmar sich schon wieder gegen sie auflehnten. Die Vorstellung machte Alena Angst. Der Friede mit der Stadt stand auf tönernen Füßen. Es war besser, wenn die Äbtissin reinen Herzens ein Hospital stiftete. Und vielleicht würde sich alles andere dann finden.

Lisabeth war todmüde, aber sie weigerte sich zu schlafen, und so war Alena gezwungen, sie zu Maia in den Stall zu bringen, als sie der Einladung der Äbtissin folgte. Übel gelaunt kreischte Lisabeth hinter ihrer Mutter her und schlug nach der Gärtnerin. Ein bisschen Verstand muss doch in ihrem Kopf sein, dachte Alena, während sie über die Gartenwege lief. Sonst würde sie sich nicht erinnern, wie ungern sie bei Maia ist. Der freundlichen Osterlind lächelte sie jedesmal entgegen. Lisabeth wusste also Menschen zu unterscheiden. Ob ihr das Glück bringen würde, stand allerdings in den Sternen.

Das Essen im Refektorium erwies sich als steife Angelegenheit. Die Äbtissin hatte sämtliche Kanonissen zur Teilnahme gebeten, sogar die alte Dekanin war aus ihrem Zimmer getragen worden, und es rührte Alena, dass man ihretwegen solche Umstände machte. Aber Überschwang gehörte nicht zur Lebensart des Stifts. Sophie lobte noch einmal Alenas Verdienste, es gab ein kurzes Erinnern an Bertrade, deren Lebenslicht nur mühsam glomm und die weiterhin in die Gebete mit eingeschlossen werden musste, dann begann die Mahlzeit. Nach den Regeln des Benedikt und des Augustinus, die das Stift befolgte, war das Sprechen während des Essens verboten, und außer dem Scharren der Löffel hörte man nur die Kanonisse, die hinter dem

Pult stand und zur Erbauung der anderen aus der Heiligen Schrift las.

Sophie war eine sparsame Esserin, aber freundlich genug, ihrem Gast und den Stiftsfrauen ausreichend Zeit zum Sattwerden zu lassen. Nachdem der letzte Löffel niedergesunken war, erhob sie sich und beendete das Mahl. Gemurmel setzte ein, wurde aber plötzlich durch einen lauten Ruf unterbrochen.

»Wartet. Nein, bleibt noch!«

Überrascht blickten die Domfrauen zum oberen Teil des Tischs, wo die Dekanin zusammengekrümmt wie eine Bucklige in ihrem tragbaren Ledersessel kauerte. Ihr Körper war in weiße Seide gehüllt, und der knöcherne Kopf mit einem weißen Schleier bedeckt. Alles, was sie trug, war weiß, sogar ihre Hände, die in engen Handschuhen steckten. Aber gerade dadurch wirkte das braune Gesicht mit den Altersflecken und Runzeln wie etwas Schmutziges. Die Alte richtete ihre lauernden Augen auf die Äbtissin. Alena konnte den Ausdruck nicht deuten. Sie sah, dass Sophie zögerte. Die Äbtissin konnte mit dem Ausruf der Dekanin nichts anfangen. Normalerweise sprach die Frau kein Wort, als hätte ihre Frömmigkeit sie über jeden Wunsch nach Geselligkeit erhoben. Endlich nickte Sophie und ließ sich in ihren Stuhl zurücksinken.

Die Greisin streckte gebieterisch ihre Hand aus. Sie verharrte so, bis der Kanonissin, die vorgelesen hatte, aufging, dass die alte Frau die Heilige Schrift vom Pult haben wollte. Hastig brachte sie ihr das Gewünschte.

»Die Sprüche Salomos, des Sohnes Davids, wie sie im siebenten Kapitel geschrieben stehen.« Die Dekanin blätterte. Sie hielt das Buch weit von sich, um mit ihren schlechten Augen die Buchstaben entziffern zu können und reckte dabei den Hals, was sonderbar aussah, weil ihr Kopf normalerweise wie ein Kürbis direkt auf ihren Schultern ruhte. Ihre Stimme war erstaunlich kraftvoll, und die jüngeren Mädchen starrten sie in unverhohlener Neugierde an.

»Vom Fenster meines Hauses,
durch das Gitter habe ich ausgeschaut …«

Die Dekanin übersetzte den Text ins Deutsche, eine weitere Absonderlichkeit, aber vielleicht war ihr wichtig, dass auch die Domicellae, deren Lateinkenntnisse noch unvollkommen waren, sie verstanden.

»Da sah ich bei den Unerfahrenen,
da bemerkte ich bei den Burschen
einen jungen Mann ohne Verstand.
Er ging über die Straße, bog um die Ecke
und nahm den Weg zu ihrem Haus.
Und als der Tag sich neigte,
in der Abenddämmerung,
um die Zeit, da es dunkel wird
und die Nacht kommt …«

Die alte Frau hob ihre Kugeläuglein und blickte direkt zu Sophie, als habe sie eine Botschaft für sie. Sie sprach auswendig weiter und behielt Sophie mit dem starren Blick einer Eule im Visier.

»Da! Eine Frau kommt auf ihn zu,
im Kleid der Dirnen mit listiger Absicht.
Voll Leidenschaft ist sie und unbändig …«

»Nein … Nein! Luitgard!« Sophie unterbrach den Vortrag mit schneidender Stimme. »Was soll das? Wir haben genügend gehört. Maria, Ihr könnt das Buch wieder an Euch …«

Die Dekanin umkrallte die Bibel. Hastig fuhr sie fort:

»Ihre Füße blieben nicht mehr im Haus.
Nun packt sie ihn, küsst ihn,
sagt zu ihm mit keckem Gesicht ...«

»Luitgard. Die Kinder! Es schickt sich nicht ...« Sophie stützte sich auf die Tischkante. »Agnethe!«

Aber nicht Agnethe, sondern Wigburg sprang auf und holte die beiden Männer, die vor der Tür lümmelten.

»... habe Decken über mein Bett gebreitet,
bunte Tücher aus ägyptischem Leinen ...«

Die Dekanin wurde lauter, als sie die Männer bemerkte, die neben ihren Stuhl traten und nach den Trageschlaufen griffen.

» ...Leinen ... aus ägyptischem Leinen ...«

kreischte sie. Agnethe kam Wigburg zu Hilfe. Sie redete auf die Greisin ein, während eines der Mädchen hysterisch loskicherte.

Die Diener trugen die zeternde Frau hinaus, wobei einer von ihnen dreckig durch seine Zahnlücken grinste. Alena blickte in Sophies Gesicht und wusste, dass sie ihm das nicht vergessen würde. Die Äbtissin wartete wie vom Donner gerührt hinter dem Tisch, bis Agnethe die Tür geschlossen hatte. Auch dann blieb sie noch eine Weile stumm.

Endlich raffte sie sich auf. »Die Dekanin ... leidet unter der Verwirrtheit des Alters. Sie weiß manchmal nicht, was sie redet. Das Essen ist jetzt beendet. Die Domicellae gehen und bereiten sich auf das Kompletorium vor! Das Kapitel bleibt zu einer kurzen Sitzung.«

Wigburg wies einige der jüngeren Kanonissen an, die Mädchen zu begleiten. Sie selbst mochte nicht gehen. »Um Himmels willen«, klagte sie, als der Raum sich geleert hatte. »Verwirrt ist gar kein Ausdruck! Wie konnte die arme Luitgard sich nur an dieses anstößige Zeug erinnern? Hat sie das *auswendig* gelernt?«

»Ich glaube nicht, dass die Mädchen verstanden haben, worum es ging. Es sind doch *Kinder*!« unterbrach Adelheid sie mit hochrotem Kopf.

»Eben. Und Kinder wissen nie alles, aber von allem etwas, und diese Mischung ist … absolut unbekömmlich!«

Agnethes Doppelkinn bebte. »Wozu die Aufregung? Eine verwirrte Frau hat eine unschickliche Passage aus den Sprüchen Salomos gele …«

»Genau.« Sophies Stimme brachte die Diskussion zum Verstummen. »Und es tut nicht Not, dass wir diese … Verwirrung breitreden. Schluss damit. Die Dekanin wird sich eine Weile in ihrer Kammer aufhalten und dort speisen, bis es ihr wieder besser geht. Je weniger Klatsch entsteht, desto besser, besser auch für die alte Frau.« Die Äbtissin verfügte die Verbannung wie ein Dekret über die Köpfe der Kapitelmitglieder hinweg. Auch diesmal keine Debatte. »Was uns Sorgen bereiten muss, ist der Alltag. Es gibt Güter, die immer noch nicht ihren Fronzins zahlen. Alena, Ihr hattet erwähnt … Was war das?«

»Liebstedt zahlt nicht«, gab Alena gehorsam das Stichwort.

»Genau. Bitte berichtet.«

Dieser Teil des Essens war in der Einladung nicht vorgesehen gewesen, und Alena dankte im Stillen für die Gnade ihres guten Gedächtnisses. Die Stiftsfrauen blieben stumm wie Fische, während sie über Haferzins, Käse und trächtige Sauen referierte. Aber sie strapazierte ihren Kopf umsonst. Die Frauen starrten auf die Tischplatte, und als

Alena fertig war, wusste sie, dass keine einzige ihr zugehört hatte. Nicht einmal Sophie.

»Es wird also getratscht?«

Das war die Frage der Äbtissin, als die Schreiberin geendet hatte. Alena sackte still auf ihren Stuhl zurück und fragte sich, ob es besser wäre, den Raum zu verlassen, aber niemand schien das von ihr zu erwarten, und sie wollte nicht auffallen.

»Tja«, meinte Wigburg, als keine Antwort kam. »Es wird immer getratscht, wenn Frauen allein leben. Wenn *Männer* allein leben übrigens auch. Das bleibt nicht aus.«

»Und worüber bitte?«, kläffte Agnethe.

Sophie hob die Hand. »Unsere Dekanin ist alt und verschroben geworden. Aber es beunruhigt mich, wenn sie solche Verse zitiert. Das hat sie bisher nie gemacht.«

»Jedenfalls war es eine kluge Entscheidung, sie in ihrem Zimmer zu lassen, bis sich ihre Verwirrung gelegt hat. Meiner Meinung nach«, sagte Wigburg.

»Man könnte Caesarius und seine Ritter anweisen, für die Nacht anderswo Wohnung zu nehmen.« Sophie sprach langsam, wie zu sich selbst. »Denn darauf lief es hinaus, was Luitgard meinte. Sie empört sich über Caesarius und seine Männer. Der Bischof von Halberstadt hat vor Jahren ihre Anwesenheit als einen der Gründe genannt, warum er eine andere Quedlinburger Äbtissin wünscht. Seine Verdächtigungen waren unverschämt und entbehrten jeder Grundlage ...«

»Meine Güte, ja«, seufzte Wigburg.

»... aber das kann niemand ermessen, der hier nicht wohnt. Wir können uns keinen Skandal leisten. Und Luitgards Verdienst ist, dass sie uns daran erinnert hat.«

»Männer sind sowieso keine angenehme Gesellschaft. Man fühlt sich immer so ... beobachtet«, murmelte eine der jüngeren Kanonissen mit dem Gesicht einer Spitzmaus.

»Nur – wie soll Caesarius das Stift schützen, wenn er an irgendeiner fernen Stelle wohnt?« Sophies ewige Angst. Aber sie hatte, im Gegensatz zu den jüngeren Kanonissen, auch miterlebt, wie die Stiftsfrauen im Streit zwischen Otto und Friedrich aus ihrem Heim vertrieben worden waren. Gewalt – ein überwältigendes Instrument im Streit der Mächtigen. Und Hoyer war durchaus der Mann, der mit dem Schwert Tatsachen schaffte.

Am Tisch herrschte beklommenes Schweigen. Sophie war die Herrscherin des Stifts. Alena war sich dessen noch nie so bewusst wie in diesem Augenblick. Man erwartete von der Äbtissin die Antwort auf die Frage, die sie selbst gestellt hatte. Hatte sie das Stift nicht bisher um jede Klippe gesteuert?

»Ich werde darüber nachdenken. Ich werde mit Luitgard sprechen und sie bitten ... sie anweisen, dieses Thema nicht mehr außerhalb der Kapitelsitzungen zu erwähnen. Dann wird man sehen.«

Der nächste Morgen weckte Alena mit einem knarrenden Geräusch. Die Decke ihres Zimmers war mit Sonnenflecken übersät, im Hof lachte jemand, und die Rolle, über die das Brunnentau lief, quietschte. Alena zog Lisabeth an sich heran. Wider jede Erwartung fühlte sie sich plötzlich ausgeruht und voller Tatendrang.

Die Äbtissin hatte sie noch in der Tür des Refektoriums gebeten, den Bau des Hospitals in Angriff zu nehmen. Die Reaktion einer tatkräftigen Frau, die sich bedroht fühlte. Sophie wollte der Stadt den Gnadenakt schon am kommenden Sonntag bekannt machen, und dafür benötigte sie die wichtigsten Details, wie die Größe des Spitals und die Bauzeit. Natürlich konnte Alena die Bauarbeiten nicht offiziell beaufsichtigen, das musste eine der Kanonissen tun. Aber Sophie erwartete, dass ihre Schreiberin sich um alles kümmerte, besonders um das Finanzielle, sodass es keine Probleme gab. »Und das ist eine Ehre, Käferchen, und ein weiteres Ding, mit dem wir uns unentbehrlich machen«, flüsterte Alena in Lisabeths zierliche Ohrmuschel.

Ihre Tochter drehte sich um und schloss wieder die Augen. Sie raffte ihren Hasen an sich und suchte mit ihrem Hinterteil Alenas Körper. Erst als sie wieder dicht bei ihrer Mutter lag, war sie zufrieden. Alena küsste sie zärtlich.

Sophie hatte sich entschlossen, Gertrud mit dem Bau des Hospitals zu beauftragen, und das war eine kluge Entscheidung, denn es würde vielleicht Hoyers Zorn wegen der Brücke dämpfen, wenn er hörte, dass seine Nichte diese ehrenvolle Aufgabe bekommen hatte. Alena hoffte, dass es so war. Und Hoyer hatte Einfluss auf Dittmar und Dittmar unter Umständen auf den Baumeister.

Lisabeth begann an ihren Fingern zu lutschen – erstes Anzeichen, dass sie hungrig war. »Ist gut«, murmelte Alena. »Wir holen dir weißes Brot aus der Küche der Kanonissen und stopfen dich damit voll, bis du platzt. Und ...« fügte sie nach einigem Nachdenken hinzu. »... deine Mutter wird auch essen, damit sie endlich wieder einen dicken Bauch bekommt und einen Gürtel tragen kann.«

Und dann würden sie gemeinsam in die Stadt gehen. Alena wollte Gerolf fragen, ob er bereit sei, den Bau des Spitals zu leiten, und bei der Gelegenheit würde sie Susanna bitten, auf Lisabeth aufzupassen. Dann war auch die Gefahr des Ziegenstalls gebannt.

Es würde ein guter Tag werden. Den Tanz der Sonnenflecken an der Decke nahm sie als ein gutes Omen.

»Ein Spital?«, fragte Gerolf und schaute so dümmlich, als hätte Alena von ihm verlangt, einen Heidentempel zu bauen. Als sie mit Gertrud und der kleinen Lisabeth in seine Hütte getreten war, hatte er auf dem einzigen Bett seiner

Behausung gelegen und mit seiner löchrigen Hose und dem nackten Oberkörper den denkbar schlechtesten Eindruck gemacht. Alena spürte, dass Gertrud sich wunderte. Sie war selbst enttäuscht. Als Ämilius Gerolf für die Brücke eingestellt hatte, war er ihr wie ein fleißiger Mann vorgekommen, der wusste, was er wollte. Sie hatte nicht geahnt, dass er *derart* heruntergekommen war.

Susanna scheuchte ihre beiden Kinder zur Seite und wischte eifrig mit der Schürze über einen wackligen Schemel. Sie bemühte sich um ihre Gäste so freundlich, wie Alena es von ihr in Erinnerung hatte. Aber Gerolf ... Sein Gesicht war aufgeschwemmt und die Nase violett verfärbt von der Sauferei.

»Ein Spital ist nichts wie ein großes Haus.« Der Zimmermann war aus seiner Verwunderung erwacht. Sein umnebeltes Hirn begann die Chance zu wittern. »Das ist nicht schwer zu bauen. Ein paar Mauern und ein Dach darauf ...«

»Und außerdem ein akkurat ausgerichtetes Fundament mit einem Sockel aus ordentlich behauenen Steinen und auf den Zoll zugeschnittenen Bohlen und einem gut durchdachten Ständerwerk ...«

»Ich weiß, wie man 'n Haus baut«, erklärte Gerolf beleidigt.

»Wisst Ihr das wirklich noch?«

Gerolf hatte sich vom Bett erhoben und schnürte mit zittrigen Fingern sein Wams. Die arme Susanna schaute ängstlich dabei zu, und er schien ihre Blicke noch deutlicher zu spüren als die von Alena oder der jungen Domfrau, denn er schielte mehrere Male zu ihr hinüber.

»Also ...«, begann er.

»Was war Eure letzte Arbeit, seit Ämilius tot ist?«

»Ich ... ich konnt nicht arbeiten. Es gibt zu viel Zimmerleute in der Stadt. Für die Nikolaikirche hatten sie Arnulf und Paul und für St. Benedikt Zacharias und seine Söhne, und den Rest haben sie mit Lehrlingen und Gesellen gemacht.«

Und an der Seite der Gesellen hatte er nicht bauen wollen? Das war eine traurige Entscheidung, wenn man bedachte, dass er eine Familie zu versorgen hatte. Zumindest hätte er an den Häuschen mitarbeiten können, die für die Bauern in der Neustadt aus dem Boden gestampft wurden.

Lisabeth begann zu quengeln. Sie hatte ein kleines Mädchen entdeckt, das unter dem Tisch mit Strohhalmen spielte, und gab erst Ruhe, als Alena sie vom Arm ließ. Das Haus musste bessere Tage gesehen haben, denn es besaß einen richtigen Boden aus Lehm. Den hatte Susanna sauber gefegt, so wie sie die ganze Hütte mit dem Herd und dem wenigen Geschirr auf dem Wandbord rein gehalten hatte. Das Mädchen unter dem Tisch hatte einen Strohhalm in den Mund gesteckt und saugte daran, und Lisabeth kroch zwischen den Tischbeinen zu ihm hin.

»Bruchstein gibt's in der Feldmark, in dem Steinbruch, der Gizzo gehört. Der würde uns sicher dort schlagen lassen. Jetzt, wo St. Nikolai das Geld ausgegangen ist, wüsst er ja nicht, wo er seinen Stein sonst loswerden soll.« Gerolf wurde eifrig. »Und Holz könnten wir aus den Wäldern von der Äbtissin holen. Da hätten wir auch kaum Anfahrt. Ich weiß, wer in der Stadt Arbeit sucht. Ein paar Steinbrecher, die sich auch aufs Zurechthauen der Steine verstehen. Im Fundament muss es ja nicht so kunstvoll sein. Aber den Sockel kriegen die auch hin ...«

»Es ist mir nicht daran gelegen, billig zu bauen, Gerolf. Nicht *nur*. Ich will ...« Alena überlegte. »Es muss sauber gearbeitet werden. Und es muss schnell gehen. Du weißt, zwischen der Stadt und dem Stift hat es Zwietracht gegeben, und die Äbtissin möchte das Spital als Zeichen ihrer Gnade stiften. Aber nicht in zwei oder drei Jahren, sondern so bald wie möglich. Am besten noch in diesem Herbst. Deshalb brauchen wir alle, aber wirklich *alle* Männer der Stadt, die sich aufs Bauen verstehen und verfügbar sind.«

»Das ist nicht schwer.« Gerolf fuhr sich durch das schüttere Haar. »Alle?«

»Jeden Zimmermann, jeden Steinmetz, jeden Versetzer und jeden Handlanger, der schon einmal für eine Bauhütte gearbeitet hat. Und den besten Werkzeugschmied, der zu bekommen ist. Alles innerhalb der nächsten beiden Tage.«

»Das kann ich machen.« Gerolf nickte verwundert. »Nur bräuchte ich jemand ... Ich versteh mich nicht auf Zahlen. Wegen der Abrechnungen.« Das konnte Alena sich vorstellen. Ämilius hatte in jeder Höhe und auch in Teilbeträgen addieren können und sogar die komplizierten Regeln der Multiplikation angewandt, und so hatte er für die gesamte Brücke einen Kostenvoranschlag erstellen können, als man ihn darum gebeten hatte. Aber Ämilius war auch ein Mann mit einem regen Geist gewesen. Die meisten Bauleute hieben Kerben in Hölzer und rechneten wöchentlich ab und damit Schluss. Das funktionierte, würde die Äbtissin aber kaum befriedigen.

»Die Kosten werde ich selbst berechnen – einmal im Voraus, und dann werde ich während des Baus kontrollieren. Verschwendet wird nichts, Gerolf.«

»Ich könnte dabei helfen«, warf Gertrud ein. Sie saß auf der Kante des Schemels, den Susanna ihr angeboten hatte, und lächelte unternehmungslustig wie ein Frosch, der den Teich entdeckt. Gertrud hatte von der Äbtissin Anweisung bekommen, dass sie bei dem Unternehmen etwas lernen sollte, und nun schien sie begierig, damit anzufangen. Wie alt war sie? Fünfzehn?

»Es könnte Euch langweilen, Herrin«, versuchte Alena ihre Begeisterung zu dämpfen. »Aber wenn Euch das nichts ausmacht ...«

Gertrud schüttelte den hübschen Kopf.

Dann war nur noch die Sache mit Lisabeth zu bereden. Sie saß unter dem Tisch und hatte mittlerweile einen der Strohhalme ergattert. Susannas Tocher kniete neben ihr. Es schien ein freundliches Kind zu sein. Die beiden stritten nicht, sondern bestaunten einander. Besonders Lisabeth staunte, denn sie hatte noch nicht viele Kinder in ihrer Größe gesehen. Jedenfalls nicht so nah. Susanna besaß auch eine ältere Tochter, ein hoch aufgeschossenes Mädchen von etwa sieben Jahren, das sich an den Rock ihrer Mutter schmiegte. Anscheinend war dort ein sicherer Platz, denn sie lugte neugierig aus den Falten. Mit einem Stich im Herzen erinnerte Alena sich, dass für sie selbst der Rock ihrer Mutter eine verbotene Sache gewesen war. Ihre Mutter hatte es nicht gemocht, wenn man sie berührte.

»Ich könnte auch *Eure* Hilfe gebrauchen, Susanna. Ich suche nämlich jemanden, der meine Tochter hütet, wenn ich zu tun habe. Leider muss ich oft aus der Burg fort, und ich habe dort oben niemanden …« Alena war nicht darauf vorbereitet, dass Gerolfs Weib in Tränen ausbrechen könnte. Es machte sie verlegen und einen Moment wusste sie nicht weiter. »Lisabeth … Lisabeth ist nicht einfach zu versorgen. Sie wurde ohne Verstand geboren, und sie kann nicht sprechen und nicht laufen. Sie weint oft und ist zornig und braucht …«

Susanna hatte sich die Tränen fortgewischt. »… sie braucht jemanden, der sie gern hat?«

Ja, genauso war es, Alena merkte, wie ihr plötzlich selbst die Tränen in die Augen stiegen, und auch das machte sie verlegen.

»Jeder braucht das«, sagte Susanna.

Lisabeth hatte die Zehen ihrer kleinen Spielkameradin entdeckt und ließ den Strohhalm fallen. Ungeschickt patschte sie auf die runden Füßchen.

»Ich würde sie nachts und an den Sonntagen und Feiertagen selbst bei mir haben, wenn ich nicht gerade verreist bin. Für die Pflege könnte ich Euch vier Kupferpfennige im Monat geben. Und Essen würde sie natürlich mitbekommen.«

Das ältere Mädchen, das sich noch immer an die Mutter drängte, bekam leuchtende Augen. Genügend Essen also, dachte Alena, dass es auch für die anderen Kinder reicht. Die Frauen in der Kanonissenküche schielten nicht auf den Krümel.

»Wo soll denn das Hospital überhaupt hin?« Gerolf hatte nachgedacht und mischte sich wieder in das Gespräch.

»Vor den südlichen Stadtrand. An die Stelle jenseits des Sumpfgebiets, wo Ämilius seine Bauhütte hatte.«

»Bei der alten Bauhütte?«

»Ist etwas dagegen einzuwenden?«

»Ich ... nein. Nur ...« Er suchte den Blick seiner Frau. »Ich wundere mich nur. Ich mein ... es liegt kein Segen auf dem Ort. Ämilius ...«

»Ämilius würde es nicht stören, wenn dort, wo er gestorben ist, ein Spital errichtet würde. Er hatte ein Herz für die Armen.«

»Na ja, und tot ist tot«, sagte der Zimmermann.

»Richtig. Und, Gerolf ...«

»Ja?«

»Ihr müsst aufhören zu trinken. Das Stift kann keinen Baumeister brauchen, der krumme Mauern errichtet, weil er es nicht schafft, Winkel und Lot richtig einzusetzen.«

»Das tu ich!«

»Und wenn nicht ... Ich sage Euch das jetzt gleich, damit Ihr Bescheid wisst. Ich arbeite für die Domfrauen, und ich muss dafür sorgen, dass sie bekommen, was ihnen zusteht. Wenn ich Euch betrunken sehe – dann wird jemand anders das Spital fertig bauen.«

»Hier soll es sein?«, fragte Gertrud. Sie saß in ihrem himbeerroten Surcot auf dem gefleckten Schimmel und begutachtete den Bodearm, auf dem in rauhen Mengen die herzförmigen Blätter der Seekanne schwammen. Hinter dem Flüsschen lag der Sumpf und jenseits des Sumpfes ein zweiter Flussarm, der sich mit dem ersten ein Stück aufwärts wieder zusammentat und die Stadt durchfloss.

Von der Stelle, an der sie standen, konnte Alena sowohl die Fachwerkhäuser der Stadt als auch die Domburg sehen. An diesem Frühlingsmittag bot beides ein Bild beschaulicher Eintracht. Der Sonnenschein ließ die Strohdächer ebenso leuchten wie die Bleiplatten der Stiftskirche. Und der Krieg, dachte Alena, findet in den Köpfen statt, und wenn in den Köpfen Friede wäre, dann würden auch keine Mühlen brennen. Die Steinmühle, oder vielmehr die verkohlten Überreste des riesigen Mühlenrades und der Mauern standen auf der anderen Seite des versumpften Landes wie eine Anklage.

»Ist hier denn überhaupt genügend Platz?« Gertrud blickte sich um. Sie standen auf dem kreisrunden Flecken, auf dem Ämilius vor dreieinhalb Jahren die Bäume gefällt hatte, um Platz für seine Bauhütte zu schaffen. Man konnte noch die Eckpfeiler des Hauses und Reste des gemauerten Ofens sehen. Aber der größte Teil des Platzes war von Unkraut überwuchert. Ein Ort wie ein vernachlässigtes Grab. Alena schien nicht die Einzige zu sein, die so fühlte, denn sie sah, dass der Ritter, der sie und Gertrud begleitete, sich bekreuzigte. Niemand sprach mit ihr darüber, aber es schienen über Ämilius' Tod eine Menge Gerüchte im Umlauf gewesen zu sein.

»Nein, dieser Platz ist zu klein. Außerdem liegt er zu dicht am Wasser«, antwortete sie Gertrud. »Aber wir werden hier die Bauhütte errichten. Die gefällten Bäume können dann über die Bode direkt hierher geliefert und hier bearbeitet werden. Das spart Arbeitskraft. Das Spital, denke ich, sollte dort drüben stehen.« Sie zeigte auf eine Stelle, die hinter ihnen lag. »Dreißig Fuß breit und fünfzig Fuß lang – das wäre eine vernünftige Größe. Und es sollte eine separate Küche haben, damit bei einem Unglück nicht das ganze Haus abbrennt. Und eine Wohnung für den Spitalvorstand. Die könnte im Winkel an das Spital angebaut werden, mit einem Kamin dazwischen, der dann gleich beide Räume wärmt.«

»Ein Kamin ist wichtig. Alte Leute frieren schnell«, sagte Gertrud. Eine blonde Locke hatte sich aus dem Gebinde in ihre Stirn gestohlen, sie sah verwegen wie ein sizilianischer Pirat aus. »Außerdem brauchen wir gut schließende Fensterläden. Wigburg sagt, wer krank ist und im Zug sitzt, holt sich eine zweite Krankheit dazu. Und eine dicke, feste Bohlentür. Ich hasse den Winter!«

Alena lachte. »Aber das Häuserbauen macht Euch Freude?«

»Ich freue mich, dass endlich etwas geschieht, was nichts mit Zank und Streit zu tun hat.« Die hübsche Gertrud sah plötzlich nicht mehr so verwegen aus. Ein bisschen traurig und ein bisschen verdrossen.

»Es tut mir Leid. Ihr sitzt zwischen allen Stühlen, wenn Graf Hoyer und das Stift sich miteinander anlegen«, meinte Alena mitfühlend. Und fügte mit schlechtem Gewissen hinzu: »Ich hoffe, er wird gegen den Bau des Spitals nichts einzuwenden haben.«

»Und wenn, dann wäre es nicht schlimm. Nein …« Gertrud wurde wieder munterer, und die Locke hüpfte, als sie sich im Sattel zu Alena umdrehte. »Mein Onkel will, dass das Stift ihm aus den Schulden hilft, die er wegen der Lauenburg machen musste – doch, ich weiß das. Als ich im letzten Sommer zu Hause war, wurde darüber gesprochen. Aber mir ist das Stift wichtiger als die dumme Burg. Ich bin …

gern hier, und ich möchte, dass es wieder so groß und berühmt wird wie zur Zeit der Königin Mathilde.«

Alena lächelte direkt in die strahlenden Augen. »Das freut mich. Denn es könnte sein, dass Euer Onkel sich auch über das Spital aufregen wird.«

»Egal. Alles egal!« Gertrud wollte nichts mehr von Sorgen wissen. Sie hatte auch genug davon, Bauplätze anzuschauen. So schnell, wie der Ritter es gestattete, ritten sie durch den warmen Frühlingswind zur Neustadt zurück. Alena machte einen kleinen Umweg, sodass sie an der Nikolaikirche vorbeikamen. Es gab tatsächlich kaum noch Arbeiter auf der Baustelle. Einige Versetzer mauerten lustlos auf einem Gerüst, aus dem wie die Beine eines Riesen die beiden Kirchtürme wuchsen. Ämilius hätte bei dem Anblick wahrscheinlich das Herz geblutet. Ein Gotteshaus zu Ehren des Allmächtigen zu bauen wäre sein Traum gewesen, aber bei St. Nikolai war bereits ein Baumeister angestellt gewesen. Deshalb hatte Ämilius ja auch die Brücke bauen wollen. Der Nachweis seiner Fähigkeiten und vielleicht der Schritt zu einer eigenen Kirche.

Sie ritten zwischen den Karren und Fußgängern den Steinweg hinab, der durch die Neustadt führte. Obwohl er mit Sand aufgeschüttet worden war, sodass er wie ein Deich aus dem Boden ragte, versanken die Tiere mit den Hufen im Boden, und die Karrenführer fluchten, weil ihre Räder sich zäh wie in Honig bewegten. Sumpfland eben. Maarten würde keine Freude am Bau seiner Brücke haben. Genau genommen tat man ihm einen Gefallen, wenn man ihn da-ran hinderte.

An der Langen Brücke, dem Nadelöhr, das die Neustadt mit der Altstadt verband, standen Dittmars Männer, um den Passanten in die Säcke und Körbe zu sehen und den Wegezoll einzutreiben. Im Vorbeireiten sah Alena, wie eine Hand voll Pfennige in den Sack eines Zöllners rutschten, und sie dachte mit neuem Groll an Erasmus. Wem mochte er den Zoll seiner Blutbrücke zugedacht haben? Dittmar? Der Stadt? Nein, sicher eine Spende an eine der Quedlinburger Kirchen. Blutgeld eben, dachte Alena bitter. Aber so weit würde es nicht kommen. Nicht einmal der Erzengel Gabriel konnte ohne Arbeiter eine Brücke bauen.

Sie war so in ihren Groll vertieft, dass sie kaum merkte, wie sie den Marktplatz erreichten.

»Alena, nicht so schnell. Seht doch mal …« Gertrud zügelte ihren Schimmel und deutete zum Mühlenbach. Die verbrannte Steinmühle stand auf einer Wiese, die sich an den Marktplatz anschloss. Auf dieser Wiese hatte die Kanonisse jemanden entdeckt. »Dort hinten – seht Ihr? Der fremde Herr, der bei dem Stadtvorsteher wohnt. Der Baumeister.« Sie blickte aber nicht zum Baumeister, sondern zu dem jungen Mann in roten Kleidern, der mit wiegenden Schritten durch das Gras ging. Zu dem Sänger des Flamen mit den unanständigen französischen Liedern. Nein, das kam nicht in Frage!

Aber Gertrud war mit einem Mal ungeheuer flink. Bevor Alena protestieren konnte, hatte sie ihr Pferd angetrieben und lenkte es in Richtung Wiese. Dem Ritter ruckten die Augenbrauen hoch. Er hüstelte vorwurfsvoll, aber man konnte ja wohl kaum quer über den Markt hinter dem Mädchen herbrüllen. Alena trieb ihr Pferd an und folgte Gertrud.

Sie hatte gedacht, dass der Flame mit seinem Sänger den Sonnenschein genießen wollte, der die Wiesen übergoss und die weißen Märzenbecher zum Leuchten brachte. Es war das richtige Wetter für einen Spaziergang. Nun sah sie, dass er ein Richtscheit und Messleinen bei sich trug. Sein Sänger kniete zwischen den Wiesenblumen um einen angespitzten Pflock in die Erde zu treiben.

Gertrud befand sich in Verlegenheit. Sie hatte die Männer erreicht, aber nun fiel ihr nichts zu sagen ein, denn eine Domfrau konnte schlecht mit Leuten – mit Männern! –, die sie kaum kannte, ein Gespräch beginnen, und sie hatte ganz offensichtlich keinen Grund, zu sein, wo sie war. Befangen ließ sie ihr Pferd tänzeln.

Der Baumeister hatte seinen Sänger am Ufer postiert und ihn den Pflock in der Böschung zwischen die Märzenbecher treiben lassen. Ein zweites Holz stand ein Stück aufwärts des Baches. Für den dritten Pflock, den er selbst in der Hand hielt, suchte er noch den geeigneten Platz. Er ging ein paar Schritte, hockte sich nieder und maß mit dem Auge die Entfernung zu dem Pflock am Ufer. Aber auch das Areal jenseits des Sumpfes, wo die Reste von Ämilius' Bauhütte standen, fand sein Interesse. Es sah so aus, als suche er eine gerade Flucht über die beiden Pflöcke hinüber zur Hütte. Was für einen Sinn sollte das haben?

»Ich hoffe, es macht Euch nicht nervös, wenn ich zuschaue«, meinte Alena. Sie musste etwas sagen, denn sie und ihre beiden Begleiter saßen wie dumm auf den Pferden, und hinter der Wiese lag nichts als ein Freihof, der zu Hoyers Gut gehörte und wohin sie auf keinen Fall konnten. Schön hatte Gertrud das hinbekommen.

»Es macht mich …« Der Baumeister kniff die Augen zusammen, um seinen Blick zu schärfen. »… nicht im Geringsten nervös.« Er trieb das angespitzte Holz mit der Faust in die Erde. Skeptisch, die Zungenspitze an der Lippe, beurteilte er das Ergebnis, während Alena auf seinen Nacken hinabsah, in dem sich das rotblonde Haar kräuselte.

Gertrud sagte leise etwas zu dem Sänger, und er antwortete sichtlich geschmeichelt. Das Mädchen lachte. Alena drehte sich zu den beiden um, aber sie konnte nicht verstehen, worum es ging, denn sie sprachen französisch oder italienisch. Der Sänger warf spielerisch das Ende seiner Messleine in die Luft. Sein Gesicht war überhaupt nicht mehr mager. Sein Herr musste ihn im Überfluss mit Essen versorgen, und er schien es bis zum Platzen in sich hineinzustopfen. Er setzte Fett an. Aber die Augen hatten noch denselben hungrigen, ständig wachsamen Blick, den Alena nicht mochte.

»Wenn Ihr …«

Sie wandte ihre Aufmerksamkeit wieder dem Baumeister zu. »Bitte, was?«

»Ihr steht mir im Weg.«

»Oh.« Alena lenkte ihr Pferd zur Seite und sah zu, wie der Flame mit dem Richtscheit einen rechten Winkel an seinen Pflock anlegte. Er blickte zu dem Jungen, pfiff ungeduldig und deutete in die Richtung, die der Schenkel seines Winkelmaßes wies. Mit einem Grinsen verließ der Sänger seinen Platz an Gertruds Seite. Maarten kommandierte ihn herum, und er marschierte durch das Gras, bis sein Herr den rechten Platz für den nächsten Pflock gefunden hatte. Aber es schien immer noch alles zu ungenau. Maarten nahm eine Messleine auf und korrigierte pedantisch den Sitz der Hölzer. Es ging ihm um jeden Zoll. Vergeblich versuchte Alena, den Sinn seiner Konstruktion zu begreifen. Die vier Hölzer bildeten miteinander ein Rechteck. Zumindest so viel konnte sie erkennen.

»Ihr plant hier das Widerlager für die Brücke, die Ihr nicht bauen werdet?«, fragte sie.

»Was?«

Ämilius war auch oft in Gedanken gewesen, aber nie so unhöflich, deshalb eine Frage unbeantwortet zu lassen. »Soll hier das Fundament für ein Widerlager entstehen?«

Maarten schüttelte den Kopf. Er begab sich auf die andere Seite seines Rechtecks und wieder maß er mit dem Auge eine Flucht auf die andere Seite des Sumpfes. Er schien den Stamm anzupeilen, der in Ufernähe aus dem Sumpf ragte.

Das einzige Relikt von Ämilius' Brücke. Der Stamm hatte der Beginn eines Pfahldammes für den ersten Pfeiler sein sollen.

Seinen letzten Pflock schien der Baumeister besonders zu lieben. Er umkreiste ihn und veränderte seinen Platz um die Breite eines Fingernagels. Alena sah, wie der Sänger zu Gertrud schielte, aber der Junge traute sich nicht an ihre Seite zurück. Vielleicht war sein Herr doch strenger, als es auf den ersten Blick schien, oder er hatte Angst vor den bösen Blicken des Ritters bekommen.

Maarten kehrte zu Alena zurück oder vielmehr, er kehrte zu einer Wachstafel zurück, die er im Gras liegen gelassen hatte. Sorgfältig ritzte er mit einem Eisengriffel mehrere Figuren hinein. Keine Zeichnungen oder Zahlen, nein – Krakelchen ohne Bedeutung. Nicht einmal die Kanonissen, die gelehrter als die Priester waren und lateinisch schrieben und sprachen, als wäre es ihre Muttersprache, benutzten solche Zeichen.

»Und nun wisst Ihr, wie hoch der Himmel ist und ob morgen die Sonne scheint«, sagte Alena.

Maarten sah geistesabwesend von seiner Tafel auf. »Nun weiß ich, wie breit der Fluss ist.«

»Dadurch, dass Ihr Rechtecke ausmesst? Das ist lächerlich.«

»Dreihundertzweiundfünfzig Fuß und acht Zoll – gemessen zwischen dem Stab am Ufer und dem eingerammten Baumstamm drüben.« Er lächelte sie an, aber weil er gegen die Sonne blickte, hatte er Falten über der Nasenwurzel, was ihm ein dünkelhaftes Aussehen gab.

»Dreihundertzweiundfünfzig Fuß und acht Zoll.«

»Vielleicht auch sechs oder zehn Zoll.«

»Und das findet Ihr heraus, indem Ihr ein Rechteck absteckt und über den Fluss blickt.«

»Ich habe begnadete Augen.«

»Der Fluss misst an der Stelle, die Ihr Euch vorgenommen habt, dreihundertsiebzig Fuß. Es ist dieselbe Stelle, die Ämilius ausgesucht hatte, und ein Dutzend Männer haben zwei Tage und Unmengen von Messleinen und Holzflößen gebraucht um das herauszufinden.«

»Serafino!« Der Baumeister blickte über die Schulter. Er rief etwas in der zischenden Sprache der Italiener, und der Junge begann die Messleinen aufzurollen.

»Wie bringt Ihr es fertig, über ein Rechteck die Breite eines Flusses zu bestimmen?« Alena verachtete sich selbst für ihre Neugier. Aber der Baumeister hatte mit seiner Berechnung ziemlich genau getroffen, und vielleicht sogar genauer als Ämilius mit seinen Messleinen und Flößen. Das Rätsel war zu geheimnisvoll, um es zu ignorieren.

»Es interessiert Euch?«

»Darum frage ich.« Ungeduldig winkte Alena dem Ritter, dass er warten solle.

Maarten hielt seine Wachstafel so, dass sie darauf schauen konnte, und begann neben seine Kritzel Linien zu ritzen. Die Wellen des Flusses, darüber legte er ein Dreieck, und am Ufer des Flusses platzierte er in das Dreieck sein Rechteck. Die fünf Pflöcke und der Stamm bekamen Buchstaben.

»Begreift Ihr die Zeichnung?«

Sie nickte.

»Es geht um Verhältnisse.«

Alena nickte wieder. Aber sie wusste nicht, was Verhältnisse waren, und der Baumeister wusste, dass sie es nicht wusste, und amüsierte sich darüber, und langsam stand ihr das Gefühl, sich zum Narren zu machen, bis zum Hals.

»Stellt es Euch so vor. Angenommen, Ihr schenkt in Eurem Bemühen um Mildtätigkeit ...« Genau, er machte sich lustig. » ... einer Familie von zehn Menschen zwei Brote und einer anderen Familie von fünf Menschen ein Brot und einer dritten Familie von zwanzig Menschen ...«

»Vier Brote.«

»Gepriesen sei Euer Sinn für Gerechtigkeit und Zahlen – dann haben im Verhältnis alle dasselbe bekommen. Die Strecke zwischen dem Stock und dem Stamm am Ufer steht zu dieser Strecke hier – seht Ihr? – im selben Verhältnis wie ...« Er ritzte eine Linie auf der Wachstafel nach. »... wie diese Strecke zu der kleinen. Das ist ein Geheimnis der *geometria*, die sie in Arabien lehren, und wenn man es kennt, erspart man sich nasse Füße und jede Menge Ärger über durchhängende Messleinen. Serafino! Vergebt, Herrin, aber ich habe zu tun.«

»Ich bin keine Herrin.«

»Das weiß ich.«

»Und ich gebe auch nicht vor, eine zu sein, indem ich mich mit bunter Dienerschaft umgebe.«

Der Mann unterbrach seine Geschäftigkeit. Er griff in Alenas Zaumzeug, und endlich einmal hatte sie seine volle Aufmerksamkeit. »Hör zu, Mädchen. Ich bin Steinmetz. Meine Begabung besteht darin, Steine aufeinander zu schichten, sodass etwas Sinnvolles und Schönes daraus entsteht, und in aller Demut: Mehr will ich nicht. Dienerschaft ist keine Frage von Dünkel, sondern von Finanzen. Machtgier dagegen ... Eine unglückselige Selbstvergötterung, über der der Blick fürs Wesentliche verloren geht.«

Gertrud rief. Sie warf dem Italiener mit dem unpassenden Engelsnamen ein letztes Lächeln zu und folgte dem Ritter in Richtung Markt.

»Wenn die Finanzen stimmen, Herr Baumeister ...« Männer hassten Frauen, die das letzte Wort behielten, aber trotzdem. »... dann ist Demut keine Tugend, sondern ein Daunenkissen!«

Verärgert ritt Alena von dannen. Ihre gute Laune war dahin, und es half auch nicht, dass Susanna ihr eine fröhliche Lisabeth übergab, die sich offensichtlich glänzend amüsiert hatte. Einzig Gerolfs Mitteilung, dass er während ihrer Abwesenheit den Zimmermann Fridiger und zwei seiner Söhne für das Spital hatte anwerben können und dass sonst alle guten Männer an den beiden Kirchenbauten bleiben wollten, hob ihre Stimmung ein wenig.

Als sie in die Burg einritten – inzwischen war es später Nachmittag –, kam ihnen Wigburg entgegen. Ihr Gebinde hing schief, ein Zeichen, dass sie ziemlich aufgeregt sein musste. Sie wartete, bis Alena und Gertrud über die Reitsteine abgesessen und der Ritter im Ritterhaus verschwunden war. Dann teilte sie ihnen mit gedämpfter Stimme mit, dass irgendwann zwischen Prima und Tertia die Dekanin in ihrem Bett entschlafen war.

Ja, Lisabeths Tag musste himmlisch gewesen sein. Sie war so müde, dass sie nicht einmal mehr ihre Grütze essen wollte. Freiwillig kroch sie unter die Decke und ließ sich von Alena zudecken, bis nur noch ihr Krauskopf und das Gesichtchen mit den Fingern im Mund zu sehen war. Alena lächelte auf sie herab.

»Es geht dir gut. Deine Mutter behütet dich, und wenn etwas schief geht, bringt sie es in Ordnung, merkst du das?« Lisabeth merkte gar nichts, aber das schadete nichts, solange sie nur glücklich war. Jeder Augenblick Glück war wie ein Pfennig im Sparstrumpf. Alena kniete vor dem Bett nieder. Sie fuhr mit den Händen durch die Locken. »Hast du das mitbekommen, Käferchen? Dass die Dekanin tot ist?« Es ging sie beide nichts an. Sie verdienten ihr Geld damit, dass sie die Ausgaben und Einnahmen des Stifts überwachten, und über den Rest brauchten sie sich keine Gedanken zu machen. Trotzdem.

»Es gefällt mir nicht«, flüsterte Alena. »Sie war eine überhebliche alte Frau, aber … Sie bringt das Stift in Verlegenheit – und am nächsten Tag ist sie tot.« Lisabeth suchte nach dem Hasen. Alena gab ihn ihr, und das Mädchen schloss die Augen.

Vielleicht wäre Luitgards Tod weniger beunruhigend, dachte Alena, wenn ihr Psalm nicht mit jenen dummen Worten begonnen hätte: *Ich schaute aus dem Fenster* ... Luitgard hatte oft aus dem Fenster gesehen. Beispielsweise auch an jenem Abend, als die arme Bertrade ihren Unfall hatte. Dumm, daraus etwas schließen zu wollen? Ja, es war dumm und überflüssig. »Nur wäre mir besser zumute, wenn sie einen Tag mit dem Sterben gewartet hätte. So lange, bis sie ihre Worte erklären konnte.«

Lisabeth begann zu schnarchen, und Alena drehte sie behutsam auf die Seite. Sie seufzte.

Ihre Knie taten weh. Sie erhob sich und setzte sich an den Tisch. Dort stand noch die Schüssel mit Lisabeths Grütze, und Alena fiel ein, dass sie seit dem Morgen nichts gegessen hatte. Das ging nicht an. Der Sänger wurde fett und sie selbst immer dünner. Pflichtschuldig löffelte sie das Schälchen aus.

Es gab Interessanteres, als sich über die Dekanin den Kopf zu zerbrechen. Zum Beispiel ein Dreieck über einem Fluss. Sie schob die Breischüssel beiseite und zeichnete die Figur mit dem Finger in den Staub ihres Tisches. Sie konnte sich an alles erinnern, auch an die Buchstaben der Pflöcke, obwohl der Baumeister sie in seinen Erklärungen gar nicht benötigt hatte.

Verhältnisse also. Verhältnisse waren einfach zu begreifen, wenn es um Menschen und Brote ging, aber wie sollte man mit Verhältnissen die Länge einer Strecke herausfinden? Alena nahm ihre Wachstafel, löschte die Nachschrift des Königsbriefes und zeichnete den Fluss mit seinen Figuren auf. Sie wollte nicht in Fuß oder Zoll denken, das war zu kompliziert. Aber man konnte sich vorstellen, dass die Breite des Flusses der Zahl der Personen entsprach, die Brote haben sollten, und die Strecke zwischen den vertikalen Pflöcken der Anzahl der Brote, die sie bekommen sollten.

Alena hatte keine Messlatte, aber sie verschwendete einen Streifen Pergament, indem sie möglichst gleichmäßige Abmessungen an den Rand eintrug. Dass es keine Zollmaße waren, spielte keine Rolle, weil sie ja nur in Verhältnissen dachte. Zehn Brote entsprachen zehn Teilstrichen. Zehn Teilstriche über den Fluss gehörten zu fünf Teilstrichen zwischen den parallelen Pflöcken ... Sie grübelte. Striche und Verhältnisse. Schwierigkeiten machten die krummen Zahlen. Man konnte etwas durch zwei oder durch sieben teilen, aber wie teilte man durch den siebten Teil eines Teiles? Sie änderte ihre Zahlen. Ja, wenn man sich günstige Zahlen zurechtlegte, stimmte es. Die Abmessungen auf ihrem Pergament bewiesen, dass der Baumeister seinen Fluss tatsächlich ausmessen konnte, ohne sich nasse Füße zu holen. Alena wischte die Zeichnung fort und trug sie in neuen Proportionen ein. Es war ... unglaublich. Ämilius wäre vor Begeisterung außer sich geraten.

Irgendwann begann ihre Lampe zu flackern, und Alena schob die Verhältnisse von sich. Ihr Kopf rauchte genauso wie die erlöschende Flamme. Sie zog ihre Kleider über den Kopf und schlüpfte zu Lisabeth unter die vorgewärmte Decke. »Der Baumeister ist klug, mein Mädchen.« Das musste man ihm zugestehen. Auch wenn er halsstarrig war und darauf beharren würde, die Brücke zu bauen, über die Erasmus das Fegefeuer verließ. Und wenn er dabei so trickreiche Einfälle hatte wie den mit den Verhältnissen, dann musste man vor ihm auf der Hut sein. Man musste verdammt aufpassen.

Alena schloss die Augen. Die Erinnerung an rotblonde Haare, die sich über einem gebräunten Nacken kräuselten, begleitete sie in den Schlaf.

7. Kapitel

Die Beerdigung fand am Montag nach Misericordias Domini statt. Die Dekanin erhielt ihr Grab auf dem Friedhof der Stiftsdamen, wo sie zwischen ihrer Vorgängerin und einem an Drüsenschwellung verstorbenen Mädchen unter einer Ulme zu liegen kam.

Die Sonne sandte ihre Strahlen ungebrochen von einem lichtblauen Himmel. Niemand brachte es fertig, Tränen um ein altes Weib zu vergießen, das die meiste Zeit in der Kammer verbracht und an seinem letzten Abend alle vor den Kopf gestoßen hatte. Die Worte des Kaplans, die etwaigen Kummer stillen sollten, prallten an den Gesichtern der Domfrauen ab wie Regen am Stein. Luitgard schien keine Freunde besessen zu haben. Nur die Frau, die den Dienst bei ihr versehen hatte, klagte mit echten Tränen, die ohne Unterlass über ihre verschrumpelten Wangen rannen.

Es fehlt den Kanonissen nicht nur an Trauer, sie nehmen übel, dachte Alena, während sie die Gesichter beobachtete, die verkniffen an dem offenen Loch vorbeistarrten. Luitgard hatte mit ihren letzten Worten das Stift… ja, beschmutzt.

Als Schmutz mussten die Domfrauen ihre letzten Worte empfunden haben, mit denen Luitgard nichts gesagt und doch so vieles angedeutet hatte. Vielleicht hatten ihre Vorwürfe tatsächlich auf die Anwesenheit der Ritter in der Burg gezielt, obwohl Alena sich kaum vorstellen konnte, dass eine der Kanonissen sich mit einem Ritter … Aber was wusste man schon. Jedenfalls hatte die Rezitation einen ordentlichen Wirbel hervorgerufen. Und das mochte wieder mit der Entblößung zusammenhängen, mit diesem schockierenden Bild, das Bertrade ihren Mitschwestern nach dem Unfall geboten hatte und das ihnen sicher im Gedächtnis haftete wie eine Nisse im Haar. An einem Ort wie der Quedlinburger Stiftsburg besaßen Frauen keinen Unterleib.

Erdkrumen fielen auf das frische, gelbe Holz, und die Dekanin verschwand mit ihrer ungeheuerlichen Anklage unter den feuchten Brocken.

»Ihr schaut und schaut und sagt fast nie ein Wort.« Wigburg stand hinter dem Tor des kleinen Kanonissenfriedhofs und wartete, vielleicht weil sie nicht mehr hören mochte, wie vorn im Zug den Neffen der Verstorbenen mit steinerner Miene erklärt wurde, welch einen Verlust das Stift durch den Tod ihrer Tante erlitten hatte.

»Es war ein trauriger Tod. Sie hätte in jemandes Armen sterben sollen«, meinte Alena.

»Ist sie das nicht? Ich dachte, diese Frau, ihre Dienerin …«

»Nein. Sie war gegangen, Lavendelöl zu holen, weil die Dekanin das Bettzeug stickig fand, und als sie wiederkam, war ihre Herrin tot.« Alena hatte plötzlich ein schlechtes Gewissen, weil sie sich nach Dingen erkundigt hatte, die wissen zu wollen offenbar niemand anders in den Sinn gekommen war.

»Das ist bitter.«

»Ja«, sagte Alena. Und doppelt bitter war es für die misstrauische Gans, die die Dekanin in der Zeit, in der Bertrade ihren Unfall hatte, am Fenster sitzen sah. *Ich habe durch das Gitter meines Fensters geschaut …*

»Ihr grübelt schon wieder.«

»Das ist etwas Schreckliches an mir. Mein Mann hat sich schon darüber verwundert. Ich frage mich nur …« Alena zögerte. Zögerte einen endlosen Moment, in dem sie nicht entscheiden konnte, was schwerer wog: die Bürde ihrer Zweifel oder die Stimme, die davor warnte, sich in Dinge einzumischen, die sie nichts angingen und mit denen sie alle Welt nur aufregen würde. Eine alte Frau hatte an einem Fenster gehockt, als ein Unfall geschah, und ein paar Tage später hatte sie Skandalöses aus der Bibel vorgelesen, und noch einen Tag später war sie tot gewesen. »Es tut mir leid, dass die Dekanin nicht glücklicher gestorben ist«, schloss sie lahm.

»Und dass sie nicht mit mehr Mitgefühl beerdigt wurde, ja. Luitgard hat mit ihrem Auftritt jedermann verärgert. Aber im Grunde …« Wigburg stieg neben Alena die Pferdetreppe hinauf. Um sie herum trippelten die Domicellae, die nach der Sonne schielten und nach unsichtbaren Melodien zu tanzen schienen. »Im Grunde hat sie nur an einer Wunde gezwackt, die seit Ewigkeiten in den Klöstern schwärt und nicht zu heilen ist. Seht Euch die Mädchen an, wie sie nach dem Neffen, diesem hübschen, blonden Jungen an Sophies Seite, schielen, als gäbe es nichts Aufregenderes in der Welt als einen sprießenden Männerbart. Viele von ihnen heiraten, aber einige bleiben hier. Und unter denen gibt es etliche, die nachts … von Salomo träumen. Ich fürchte, Luitgard hat uns nicht wegen irgendwelcher Dinge verstört, die geschehen sind, sondern gerade wegen der ungeschehenen.«

»Und doch will zum Beispiel Gertrud lieber hier im Stift bleiben als heiraten.«

»Hat sie das gesagt?« Wigburg lachte. »Und hat sie Recht damit? Aus Eurer … erfahreneren Sicht? Ihr seid die Einzige hier, die beide Seiten kennt.«

Alena errötete, und die Schulmeisterin dämpfte ihre Stimme, als sie den entrüsteten Blick der Domfrau mit dem Spitzmausgesicht bemerkte. »Bleibt Alena. Seid klug. Kriecht den Männern nicht auf den Leim. Euer Leben hier ist gesichert und unabhängig, und … ich habe den eigensüchtigen Wunsch, Eure unterhaltsame Gesellschaft bis an mein Lebensende zu genießen.«

Osterlind zumindest bestätigte die Meinung ihrer Schulmeisterin, wenn auch ohne es zu wissen. Sie kam in ihrem Gebetsmantel aus dem Dom gelaufen, als Alena in die Stadt hinabwollte, um Lisabeth heimzuholen, und ließ die Schultern hängen, als sie hörte, dass das kleine Mädchen in Zukunft nicht mehr im Garten spielen würde.

»Wenn sie tagsüber in der Stadt ist, stört sie weniger«, erklärte Alena.

»Mich hat sie nie gestört.« Osterlind sah bockig aus, aber ihre Miene hellte sich sofort wieder auf. »Irgendwann werde ich eigene Kinder haben. Viele. Meine Tante sagt, wir sind eine fruchtbare Familie. Und … ich will Mädchen haben. Die bleiben einem länger. Aber Jungen auch. Ich will Mädchen *und* Jungen. Mein Bruder musste schon mit sieben Jahren von zu Hause fort. Er hat schrecklich geweint.«

»Wie alt seid Ihr gewesen, als Ihr ins Stift gegangen seid?«, fragte Alena.

»Zehn. Aber das war nicht so schlimm – ich meine für mich – weil Gerburg schon hier war. Sie ist meine Cousine.« Gerburg schien das Mädchen mit den Zöpfen zu sein, das zu ihnen herübersah. »Mit den Mädchen kann man mehr anfangen. Aber die Jungen braucht man wegen der Linie. Und wegen des Erbes.«

Brav, dachte Alena und beeilte sich fortzukommen. Es war noch früh am Tag, aber nach der Beerdigung würde sich bestimmt niemand mit Verwaltungsangelegenheiten beschäftigen wollen, und sie hatte sich vorgenommen, den Nachmittag mit Lisabeth in der Bodeau zu verbringen.

Sie hätte auch den nächsten Tag noch an der Bode verbummeln können, denn die Domfrauen hielten zwar ihre monatliche Kapitelsitzung ab, die diesmal den ganzen Vormittag und den größten Teil des Nachmittags ausfüllte, aber sie besprachen nichts, wofür Alena gebraucht wurde. Es regnete jedoch, und so setzte Alena sich in die kleine Kammer hinter der Bibliothek, in der in einer Truhe die Stiftsurkunden aufbewahrt wurden, und versuchte eine Urkunde zu enträtseln, die die Einlösung der Güter in Marsleben durch die Äbtissin Agnes betraf. Das Dokument war noch nicht alt, aber etwas musste mit der Tinte schief gegangen sein, denn wichtige Worte waren bereits verblasst. Normalerweise hätte es Alena Spaß gemacht, die Sätze zu rekonstruieren, doch an diesem Vormittag hatte sie Schwierigkeiten, sich zu konzentrieren. Die Spitalbaustelle geisterte durch ihren Kopf. Sie musste die Bauleute verpflichten, bevor Maarten es tat, und am liebsten hätte sie das selbst und ohne Umschweife in die Hand genommen. Aber Sophie hatte ausdrücklich Gertrud mit der Aufsicht des Baus beauftragt, und Alena hatte den Eindruck, dass die junge Kanonisse ihre Aufgabe ernst nahm. Gertrud war schwer einzuschätzen. Trotz ihrer Jugend war sie nicht dumm. Es ging nicht an, sie vor den Kopf zu stoßen. Womöglich wurde sie eine der nächsten Äbtissinnen. Man musste taktvoll sein und Acht geben, sie nicht an die Seite zu drängen.

Der Tag dümpelte vorüber, und auch am nächsten Morgen musste Alena sich gedulden. Das Leben im Stift hing an den Gebetszeiten, und das machte sie im Moment schier verrückt. Ungeduldig wartete sie im Burghof auf das Ende der Mittagshore. Durch die Fenster konnte sie den Wechselgesang zwischen den Kanonissen und dem Stiftskaplan hören. Es war eine friedliche, in sich ruhende Musik, die die Gedanken zum Himmel lenkte – aber nicht, wenn man einen Spitalbau plante und vor Unternehmungslust platzte.

Gerolf sollte mit den Bauarbeitern, die er angeworben hatte, gegen Mittag auf dem Bauplatz erscheinen, damit Lohn und Arbeitszeit abgesprochen werden konnten. Der Lohn würde zum Teil aus Naturalien bestehen müssen – das war günstiger, wenn man wie die Kanonissen über Gehöfte verfügte, die ihren Zins in Hühnern, Eiern und Ähnlichem entrichteten. Außerdem musste man verhandeln, inwieweit die tägliche Verpflegung in den Lohn eingehen sollte. Siebzehn Hühner für einen Zimmermann oder Versetzer pro Woche oder eine Kuh auf vierundzwanzig Tage – so hatte Ämilius für seine Brücke kalkuliert. Die Handlanger bekamen weniger. Etwa ein Viertel des Zimmermannslohns? Alena konnte sich nicht erinnern. Gerolf würde es aber wissen, und sie wollte ihn fragen, bevor die Bauleute erschienen. Herrje, es gab so viel zu ordnen. Und Gertrud sang das vierte Mal an diesem Tag ihre Gebete.

Endlich kamen die Kanonissen aus dem Dom. Gertrud verließ so eilig, wie das fromme Ritual es erlaubte, die Reihe ihrer Mitschwestern, zog, während sie zum Kanonissenhaus lief, den Andachtsmantel aus und erschien wenig später in ihrem himbeerfarbenen Surcot wieder auf dem Hof. Welch ein Glück – sie hatte Spaß daran, ein Haus zu bauen. Und welch ein Glück ebenfalls, sie brauchte keine Ewigkeiten, um sich zurechtzumachen.

Gerolf erwartete sie zwischen den Eckpfeilern der alten Schutzhütte, aber er war nicht allein, wie sie abgemacht oder wie Alena es zumindest erhofft hatte, sondern hatte einen Mann an seiner Seite. Einen untersetzten Kerl mit blaugeäderten Tränensäcken, Bärenpranken, einem Bauch, der ihm über den Gürtel hing, und eitler, selbstzufriedener Miene.

»Das ist Fridiger«, stellte Gerolf vor. Er blickte betreten, als wäre ihm die frühe Anwesenheit seines ersten Zimmermanns ebenfalls nicht recht.

Fridiger nahm die Mütze vom Kopf. Das war das einzige Zeichen seines Respekts. Wichtigtuerisch musterte er Alena und Gertrud und machte ein Gesicht, als gäbe es etwas zu mäkeln, noch bevor die erste Abmachung getroffen war.

»Und das sind seine Söhne«, ergänzte Gerolf, wobei er auf zwei junge Männer deutete, die unten am Bodearm standen und taten, als würden sie furchtbar Wichtiges begutachten.

»Wir sind es gewohnt, im Stücklohn zu arbeiten«, erklärte Fridiger.

»Ach.« Alena gab ihm den hochmütigen Blick zurück. »Und das Stift ist es gewohnt, fehlerlose Arbeit zu bekommen. Bevor Ihr Bedingungen stellt, Fridiger, solltet Ihr berichten, was Ihr bisher geleistet habt, damit ich beurteilen kann, ob Ihr hier überhaupt von Nutzen seid.« Das war reichlich von oben herab, und Fridiger ärgerte sich. Aber, dachte Alena, wenn ich jetzt schon zulasse, dass sie sich aufführen wie die Könige, dann werden sie mir während des Baus auf der Nase herumtanzen. Versuchen würden sie es sowieso. Schon weil sie es mit Frauen zu tun hatten.

Fridiger schob die Lippe vor, aber er schluckte seinen Ärger hinunter. Das konnte sich schnell ändern, wenn er herausbekam, dass es noch jemanden gab, der Leute anwarb. Man durfte den Bogen nicht überspannen.

»Niemand wird bei diesem Bau übervorteilt«, meinte Alena versöhnlicher. »Und wenn Ihr Eure Arbeit so gut ausführt, wie man es von einem erfahrenen Zimmermann erwarten kann, sollt Ihr auf Eure Kosten kommen. Aber zunächst wird die Abrechnung auf Tageslohn gemacht. Und sagt bitte nicht, das sei ungerecht«, fügte sie mit einem Lächeln hinzu, »weil ich sonst auf den Gedanken kommen könnte, Ihr wolltet den frommen Domfrauen Glimmer für Gold verkaufen.«

»So was tu ich nicht.« Fridiger war beleidigt, aber er schien auch beeindruckt, und so war es vielleicht richtig gewesen, ihm frühzeitig über den Mund zu fahren. Alena sah, dass aus Richtung Neustadt ein kleiner Trupp Männer herüberkam, und Fridiger und seine Söhne gingen den Ankömmlingen entgegen.

»Der fremde Baumeister, dieser Flame …«

»Bitte?« Alenas Nerven zuckten, als sie sich Gerolf zuwandte.

»Der ist zu mir gekommen. Gestern abend. Anscheinend hat er mitgekriegt, dass hier was gebaut werden soll und dass wir dafür Leute suchen. Und …«

»Ja?«, drängte Alena.

»Er kam mir nicht besonders erfreut vor.«

»Hat er etwas gesagt?«

»Nein. Er hat mich ausgefragt, wer das Spital baut und wo es stehen soll und so. Und … eigentlich blieb er ganz ruhig und friedlich. Aber unter dem Samt … Ich mein nur so. Bei manchen gilt: Je ruhiger, desto schlimmer.«

»Warum sollte der Baumeister etwas gegen das Spital haben?«, fragte Gertrud.

Alena sah die Männer herankommen und nahm das Mädchen zur Seite. »Wir brauchen nicht darüber nachzudenken, was ihm passt oder nicht. Aber … könntet Ihr vielleicht ein paar Worte an die Männer richten, bevor wir das Gedinge aushandeln? Über den Segen, den das Spital für die Stadt bringt? Und wie gottgefällig es ist, sich an einem Bau für die Armen zu beteiligen? So etwas?«

Gertrud nickte und lachte leise. Der Streit mit Fridiger schien ihr ebenso wenig unangenehm wie Gerolfs Andeutungen. Sie warteten, bis die Männer sich ins Gras gesetzt hatten, und dann hielt die Kanonisse eine reizende kleine Predigt über den Herrn, der die Krüppel heilte und die Barmherzigen segnete, und Alena beglückwünschte sich zu ihrem Einfall. Dass eine der Domfrauen sich herabließ, mit Männern zu sprechen, von denen die meisten kaum die Namen ihrer Großeltern wussten – und das in einer Weise, als erfülle man Hand in Hand die Wünsche des Allmächtigen: So etwas machte die Bauleute stolz bis zur Verlegenheit.

Danach war es einfach, vom Roden und Planieren des Bauplatzes zu sprechen, von den Zufahrtswegen und der Bauhütte, die eingerichtet werden musste, und dass das alles noch vor Pfingsten zu geschehen hatte. Zehn und eine halbe Stunde Arbeitszeit täglich, erklärte Alena. Und eine wöchentliche Entlohnung, die zu einem Drittel in Naturalien, zu einem weiteren Drittel in Geld und zum letzten Drittel in der Verpflegung auf der Baustelle abgegolten werden würde.

»Und Kleidung?«, fragte ein älterer Mann mit Bart.

»Kleidung …« Alena zögerte. Sie konnte sich nicht besinnen, dass Ämilius jemals von Kleidung gesprochen hätte. »Das sind Einzelheiten, die das Stift mit dem Baumeister aushandeln wird.«

Gerolf hatte bisher zu all ihren Ankündigungen geschwiegen, und Alena war darüber ein bisschen enttäuscht, denn wenn der Baumeister zeigte, dass er mit dem Auftraggeber einig war, stützte das seine Autorität. Wenn er nur dasaß und schwieg – hatte das nicht den Anschein, als stünde er unter der Fuchtel der Domfrauen? Sie warf ihm einen verstohlenen Blick zu und sah, dass er seine Hände über den Knien verkrampft hatte. Schweißperlen standen auf seiner Stirn, und er sah krank aus.

»Wie lang ist die Essenszeit?«, wollte der Mann mit dem Bart wissen. »Und wie lange müssen wir am Sonnab …« Er brach ab. Um ihn herum wurde plötzlich getuschelt, und er warf einen Blick über die Schulter, um zu sehen, was los war.

Alena, die immer noch stand, konnte ohne Schwierigkeiten über ihn und die Bauleute hinwegsehen. Mit umwölkter Stirn blickte sie auf die Gestalt, die über die Wiese auf den Bauhüttenplatz zuschlenderte. Na wunderbar, dachte sie bitter.

Gertrud zupfte an ihrem Ärmel. »Was will der Flame hier. Glaubt Ihr, es gibt Ärger?«

Das konnte man nicht wissen. Maarten blieb vor dem alten Ofen stehen und ließ sich auf den Mauerresten nieder. Mehr als zwanzig Fuß lagen zwischen ihm und dem Trupp der Bauleute. Er stützte die Arme auf die Knie und tat, als wäre ihm die Unruhe, die er verursachte, gar nicht bewusst. Und nun? Wollte er sich bei der ersten Gelegenheit einmischen und die Leute abwerben? Die Männer drehten sich wieder zu Alena um.

»Wegen der Essenszeiten ...«, erinnerte der Bärtige.

»Wie immer und überall. Zwei Stunden.« Ämilius hatte zwei Stunden für angemessen gehalten. Er war keiner, der seinen Leuten etwas über Gebühr abverlangte. Zwei Stunden Pause täglich mussten also üblich sein. Alena wurde schmerzhaft bewusst, dass sie alles, was sie über die Abläufe einer Baustelle wusste, in den vier Jahren, die sie mit Ämilius verheiratet gewesen war, abgeschaut hatte. Niemand hatte ihr wirklich etwas beigebracht. Es gab nur ihre Erinnerung daran, was Ämilius gesagt und getan hatte. Und das schien jetzt, wo der flämische Baumeister vor ihr saß und ihr kritisch zuhörte, kläglich wenig zu sein.

»Ich würd da gern noch mal über den Stücklohn reden.« Fridiger räusperte sich und warf so auffällig, dass auch der Dümmste ihn verstehen musste, einen Blick zum Ofen.

»Was liegt Euch denn auf dem Herzen?«, fragte Alena resigniert.

»Stücklohn ist üblich.« Der Mann grinste frech.

»Stücklohn ist ... eine Erfindung des Teufels, Fridiger. Sie macht, dass Steine liederlich gehauen und Stämme schief gesägt und krumm eingesetzt werden.« Und trotzdem würde er seinen Stücklohn durchsetzen. Selbst wenn der Flame stumm wie ein Heidengötze auf seinem Ofen sitzen blieb – der Konkurrent war anwesend, und die Bauleute zogen ihre Schlüsse daraus, und höchstwahrscheinlich lagen sie richtig. »Aber Stücklohn ist in Ordnung«, sagte Alena, »wenn jeder auf dieser Baustelle im Auge behält, dass wir an einem Haus des Erbarmens bauen und dass die Arbeit für den Allmächtigen mit hingebungsvollem Herzen und unablässigem Fleiß dargebracht werden muss. Bei Pfuscherei werden alle auf Tageslohn zurückgestuft.«

»Und das ist gerecht«, geruhte Gerolf ihr endlich einmal beizuspringen.

Es brachte nichts sich aufzuregen. Die Männer zierten sich kurz, dann nickten sie. Alena sah zu, wie Gerolf sie mit einem Handschlag in Lohn nahm und jedem einzeln zum Abschied sagte, wann er ihn auf der Baustelle erwartete. Sie zögerte kurz. Dann ging sie zum Ofen.

»Und wieder einmal Ihr. Willkommen auf der Baustelle. Was treibt Euch hierher, Maarten? Der Wunsch, mir die Steine zurechtzuschlagen?«

Er war so höflich oder so hinterhältig aufzustehen, und sie war gezwungen, zu ihm aufzuschauen, als er antwortete. »Nein, Herrin, ich baue keine Häuser. Nur Brücken. Obwohl das Angebot verführerisch ist.«

»Steine zu schlagen?«

»Euch mit schludriger Arbeit in die Verzweiflung zu treiben. Ihr hättet auf den Stücklohn nicht eingehen dürfen. Das hat noch nie funktioniert.«

»Wie dumm von mir. Und wie freundlich von Euch, mich darauf hinzuweisen. Brennt Euch sonst noch etwas auf der Seele?«

»Ein Ratschlag für jeden Tag. Das reicht.« Er lächelte sie an, mit einem Kranz von Fältchen um die Augen.

»Der von gestern war billig«, sagte Alena. »Vier Strecken, die zueinander im Verhältnis stehen. Zehn zu fünf wie zwei zu eins. Das ist so simpel, dass die Mädchen in der Domschule es verstehen würden.« Allerdings nur, solange die Strecke an den äußeren Pflöcken eine Länge hatte, durch die man komfortabel teilen konnte. Bei dem Sumpf war das nicht der Fall gewesen, und Alena verabscheute sich für ihre Selbstgefälligkeit.

»Jedenfalls …«, meinte der Flame gedehnt. »wünsche ich Euch für das Spital alles Gute.«

»Ihr kennt Euch in Eurem eigenen Herzen nicht aus, mein Herr. Ihr wünscht mir die Pest an den Hals. Hat Euch niemand über die Tugend der Ehrlichkeit unterrichtet? Die Sache ist so: Bis dieses Spital mit Dach und Deckel steht, werdet Ihr jeden Stein für Eure Brücke selbst zurechthauen und jeden Baum selbst zersägen müssen und … Wenn man es genau überlegt – Ihr habt den Armen von Quedlinburg ein Dach über dem Kopf verschafft. Macht Euch das nicht froh? Was ist eine Brücke gegen ein Spital? Ihr seid die Ursache für ein Werk der Barmherzigkeit. Könnte Euer untadeliges Gewissen sich davon nicht beeindrucken lassen? Denkt an Florenz. Die Sonne in Italien soll einen so viel wärmeren Glanz haben.«

Der Baumeister begann zu lachen. »Lasst es, Herrin. Ihr baut Euer Spital, ich meine Brücke.«

»Die Sonne … Florenz …«

»Muss warten.« Er nahm ihr nichts übel. Gut gelaunt zwinkerte er ihr zu. »Und seht zu, dass Ihr Euren Leuten den Stücklohn wieder abhandelt. Sonst ziehen sie Euch das Fell über die Ohren.« Er trug keine Mütze, die er hätte ziehen können. Sein rotblondes Haar leuchtete wie ein Fanal, als er über die Wiesen zur Neustadt zurückging.

Sophie war sparsam mit Anerkennung. Umso stärker zählte ihr Lob. Sie bat Alena nach der Vesper zu sich, um ihr mitteilen zu lassen, dass der kleine König einen Boten geschickt hatte. »Der König will wissen, wie es um das Stift steht. Und, Alena, es ist das erste Mal, dass ein König sich um unser Wohlergehen sorgt, seit die letzte Äbtissin aus königlichem Geblüt verstorben ist. Ihr müsst ihn beeindruckt haben. Ihr seid … bemerkenswert.«

»Der König ist jung und will gern das Richtige tun.« Alena verkniff sich ein Lächeln.

Sophie hatte ihren Stuhl an das Fensterchen rücken lassen. Sie sah in den Hof hinaus, wo einige Domicellae tobten und kreischten. Auf ihren blutleeren Lippen lag ein Lächeln. Bedauernd wandte sie sich von dem Bild ab und langte nach einem in Rindsleder gebundenen Buch, in dem sie, wie Alena wusste, die Stiftsangelegenheiten festhielt. Alena wollte ihr zu Hilfe eilen, denn das Buch hatte ein ordentliches Gewicht, aber die Äbtissin winkte ab.

»Meine Krankheit beschränkt sich auf die Hüfte«, erklärte sie trocken. »Habt Ihr Eure Unterlagen dabei?«

Alena schlug ihre Kladde auf und versuchte sich zu erinnern, welche Vorschläge sie zu Liebstedt gehabt hatte.

Sophie fuhr mit dem Finger über die Zeilen. »Wir haben lange keinen Honig aus Gera bekommen.«

Wir könnten uns in dem Honig ertränken, wenn die Liebstedter sich bequemten, ihren Fronzins zu leisten, wie es ihre Pflicht ist, dachte Alena. »Gera zahlt in Honig, Mohn, Hirse, Erbsen und Hopfen. Und in Geld. Sechs Mark Freiberger Silbers. Das Geld haben wir zu Lichtmess bekommen. Den Rest bringen sie zur Ernte. Sie sind immer etwas später als die anderen, aber sie zahlen.«

»Der Honig aus Gera ist himmlisch.« Die Äbtissin seufzte. Sie blätterte in ihrem Buch, ohne auf die Seiten zu schauen. Nach einer Pause, in der die Mädchen im Hof sich vor Lachen schier ausschütteten, meinte sie: »Es sieht so aus, als habe Bischof Friedrich vor, an den Papst zu appellieren.«

»Bischof Friedrich von Halberstadt?«

»Ja. Der Mann ist besessen. Er lebt für meinen Untergang.« Sophie ließ das Buch in den Schoß sinken. Wieder schaute sie zum Fenster hinaus, diesmal aber ohne zu lächeln. »Wisst Ihr, wie lange der Palmsonntagsstreit schon dauert? Achtzehn Jahre! Achtzehn Jahre, in denen Boten geschickt und Gremien zusammengerufen wurden, als gäbe es kein dringenderes Problem auf Erden. Friedrich hat sich weder dem Bischof von Meißen beugen wollen noch den Äbten von Pforta und Celle oder dem Bischof von Havelberg, die alle vom Papst zu Schiedsrichtern in unserem Streit bestimmt worden waren. Er hat den Heiligen Vater mit seinem Starrsinn erzürnt, und Innozenz wollte ihm die Leviten lesen. Zu diesem Zweck hatte er seinen Legaten aus Rom geschickt. Wenn der Mann auf der Reise nicht umgekommen wäre, Alena, dann hätte Friedrich sich ihm beugen müssen, und der ganze Streit wäre schon vor Jahren beigelegt worden. Manchmal denke ich, der Böse selbst hat hier seine Finger im Spiel. Bischof Bernhardin war ein mutiger und ehrenhafter Mann. Er hätte Friedrich Einhalt geboten.«

Das Kindergeschrei verstummte mit einem Schlag. Wigburgs Stimme ertönte, gleich darauf eine andere, klagende, die an Bertrade erinnerte. Mit einem Ausdruck des Bedauerns schaute die Äbtissin zum Fenster, wandte sich aber gleich wieder ab. »Ihr wolltet mir von Gera berichten.«

»Gera zahlt. Aber aus Liebstedt kommt seit Jahren kein Fron.«

»Ich fürchte, Ihr musstet mich schon hundertmal daran erinnern. Sie betrügen uns also?«

»Ich bin davon überzeugt. Jemand müsste dorthin reisen und sich kümmern.«

»Tut das, bitte.«

»Ich danke Euch, Herrin. Ich werde so bald wie möglich aufbrechen. In … zwei Wochen.«

»Nicht schon heute oder gestern?« Alena hatte das seltene Vorrecht, die Äbtissin lachen zu sehen. Aber Sophie wurde sofort wieder ernst. Sie schob ihr Buch beiseite. »Ich habe gehört, Ihr seid dabei, Bauleute zu werben.«

Verblüfft starrte Alena sie an.

»Hoyer von Falkenstein war hier und hat sich bei mir beschwert. Das spielt keine Rolle. Er beklagt sich, wenn ein Vöglein über sein Dach trippelt. Aber … Ihr scheint es eilig zu haben mit dem Spital.«

»In dreißig Tagen ist Pfingsten. Bei einem großen Bau wie dem Spital muss man früh im Jahr beginnen.«

»Und außerdem?«

»Bitte?« Alena fühlte sich plötzlich, als schlitterte sie über Eis. Ihr wurde siedend heiß. »Hat der Graf … sich über etwas Besonderes beklagt?«

»Er ist der Ansicht, dass wir einen Überfluss an Spitälern haben und nur Gesindel anziehen, wenn wir noch ein weiteres bauen. Dummes Zeug. Ich weiß nicht, was ihn quält. Und deshalb frage ich: Spinnt Ihr Intrigen, Mädchen?«

Alena spürte, wie sie bis unter die Haarwurzeln errötete. Kein Geplänkel mehr über Liebstedt oder Honig aus Gera. Nichts mehr über den Bischof. Wahrscheinlich hatte es von Anfang an auf die Brücke hinauslaufen sollen.

»Ihr *spinnt* Intrigen! Es ist allerdings ein betrübliches Schauspiel, einen Spatz nach einer Schlange hacken zu sehen. Worum geht es Euch und Hoyer?«

Alena stotterte. Sie brachte es nicht fertig, die Äbtissin anzusehen. »Er könnte verärgert sein, weil …« Es ließ sich nicht vermeiden: Umständlich erläuterte sie die Sache mit der Brücke, die die Stadt nun doch bauen wollte und auch konnte, weil das entsprechende Gelände dem Grafen gehörte, und wie sie deshalb die Arbeiter angeworben hatte, um den Bau der Brücke zu verhindern. Es war dumm gewesen, Sophie im Unklaren zu lassen.

Die Äbtissin schwieg, als Alena fertig war. Ihre Hände mit den hervorquellenden Adern lagen auf den Stuhllehnen. Sie musterte Alena. »Das ist die eine Hälfte der Geschichte. Und sonst? Worin besteht *Euer* Interesse?«

In dem düsteren Zimmer, das nach Salben und Krankheit roch, hörte sich Alenas Verzweiflung um Ämilius' Tod und ihre Wut auf seinen Mörder wie eine Geschichte aus dem Küchenkeller an.

»Ich erinnere mich an diesen Erasmus. Und auch an Euren Mann. Das ist also Eure Meinung über seinen Tod? Ihr glaubt, dass dieser Kürschner Euren Gatten ermorden ließ?« War Sophie zornig? Alena konnte es nicht entscheiden. Die Aufregung raubte ihr das Gehör für feine Untertöne.

»Andere Leute – Strauchdiebe oder betrunkene Raufbolde – hätten gestohlen und vielleicht Tische umgestoßen oder Feuer gelegt. Aber der Mann, der Ämilius umgebracht hat, hat seine Schablonen und Risszeichnungen an sich genommen. Die Wachstafel, auf der seine letzten Berechnungen standen. Er hat alles mitgenommen, was irgendwie mit der Brückenplanung zusammenhing und einem Nachfolger hätte dienlich sein können. Ämilius ist umgebracht worden, damit die Brücke nicht gebaut wird. Er ist von Erasmus umgebracht worden.«

»Und nun will der Kürschner sich mit einer Brücke den Weg aus dem Fegefeuer erkaufen. Möglich wäre das, viele Leute handeln so. Allen voran die Herrscher und Könige.« Mühselig stützte Sophie sich auf die Stuhllehnen und stemmte sich hoch. »Dennoch kann ich Euer Verhalten nicht billigen. Ihr habt nicht das Recht … Selbstverständlich habt Ihr nicht das Recht, das Stift in Eure privaten Angelegenheiten hineinzuziehen.« Die krummen Schultern bebten ein wenig, als Sophie sich abwandte. »Es missfällt mir, dass Ihr mich benutzt. Aber vor allen Dingen missfällt mir, dass Ihr einen Krieg beginnt. Es missfällt mir *Euretwegen*. Auf so etwas ruht kein Segen. Ich würde dem Bau der Brücke am liebsten zustimmen, damit Ihr Vernunft annehmt und mit dieser unseligen Sache abschließt.« Die Äbtissin langte nach ihrem Stab und ging ein paar Schritte. »Aber das geht nicht, denn ich habe verboten, dass diese Brücke gebaut wird. Die Stadt hat meine *ausdrückliche* Anweisung. Und die kann ich nicht zurücknehmen, ohne ein Bündel neuer Aufsässigkeiten zu provozieren.«

Alena bewegte sich nicht. Sie vermied sogar das Atmen.

»Und Ihr denkt ... Seht mich an!« Sophie hörte auf, zur Wand zu sprechen. »Ihr denkt, wenn die Arbeiter mit dem Spital beschäftigt sind – das würde ausreichen, um den Bau der Brücke zu unterbinden?«

»Wie sollte jemand eine Brücke bauen, wenn er keine Arbeiter hat? Es ist unmöglich«, sagte Alena.

8. Kapitel

Bertrade starb nicht. Manchmal hörte man aus dem Krankenzimmer ein Kreischen, als hinge jemand in der Folter, das war, wenn ihre Verbände gewechselt oder sonst eine unangenehme Pflegemaßnahme vorgenommen wurde. Das Geräusch ging den Dombewohnern jedes Mal durch Mark und Knochen, und eine der Kanonissen, die die jüngeren Mädchen zum Chordienst in den Dom geleitete, erklärte ihrer schockierten Zuhörerschar bei einer solchen Gelegenheit: »Bedenkt, wie endlich das Leben ist. Ein paar Dutzend Jahre – dann gibt es nichts mehr als faulendes Fleisch.«

Das war fromm gemeint, bewirkte aber nur, dass eines der Mädchen einen Weinkrampf bekam und der Gottesdienst sich verspätete.

Allen Befürchtungen zum Trotz blieb Bertrade am Leben. Ihr Zustand schwankte zwischen klareren Momenten, in denen sie ihre Dienerschaft durchs Zimmer scheuchte, und Zeiten äußerster Verwirrung. Sie rief nach ihrem Onkel – in welchem der beiden Zustände ließ sich nicht bestimmen – und verlangte nach einem Medicus, der einige Tage später tatsächlich angereist kam. Der Mann ließ sie zur Ader, beschaute ihren Urin und verabreichte ihr Aloe zur Darmreinigung – nichts anderes also, als was Agnethe auch getan hatte. Trotzdem schien sich Bertrades Zustand von da an zu bessern.

Auf ihre Bitten, oder vielmehr auf ihre Befehle, die sie kreischend wie eine Furie vortrug, wurde der Medicus für einige Wochen als Gast in die Domburg gebeten. Sophie ließ ihm ein Zimmerchen im Ritterhaus freiräumen. Unter der Hand wurde gemunkelt, dass die schlimmen Verletzungen und vor allem die Schmerzen Schaden an Bertrades Verstand angerichtet hatten, denn sie schnauzte jedermann, der in ihr Zimmer kam, an. Schlimmer als ein Marktweib, wie Agnethe meinte.

Die Pförtnerin stand mit Wigburg im Flur vor dem Kapitelsaal und nutzte die Pause zwischen zwei Sitzungen, um ihren Ärger loszuwerden. Es ging auf den Abend zu. Die erste Sitzung hatte weit länger als geplant gedauert, was nur bedeuten konnte, dass es bei der Wahl der neuen Dekanin Unstimmigkeiten gegeben hatte. Gereizt deutete Agnethe in den Hof, wo zwei Gehilfen des Medicus eine Truhe über den Platz schleppten. »Sie führt sich auf wie eine Verrückte. Als hätte ich noch nie einen Verband angelegt oder einen Heiltrank gerührt.«

»Vielleicht gefällt's ihr ja, ein Mannsbild um sich zu haben«, bemerkte Wigburg mit einem Gähnen.

Alena, die neben den beiden Stiftsfrauen stand und mit ihrer Kladde im Arm auf den Beginn der nächsten Sitzung wartete, fühlte sich fehl am Platz, wie meist, wenn sie sich zwischen den Kanonissen aufhielt und nichts Konkretes zu tun hatte.

»Aber dann hätte sie einen schlechten Geschmack«, ergänzte die Scholastika, nachdem sie selbst zum Fenster hinausgeschaut hatte. »Du meine Güte. Wenn er hinken würde, müsste man Adelheid bitten, ihn mit Weihwasser zu bespritzen. Hat er nicht etwas Diabolisches? Etwas regelrecht Gruseliges?«

»Was er tut, scheint Bertrade jedenfalls zu helfen. Wir müssen dankbar dafür sein«, erklärte Agnethe großzügig.

»Und für seine Visage kann er nichts. Ihr habt so Recht. Diese Sitzungen machen mich verrückt. Hundertmal dieselbe Leier und Empfindlichkeiten bis zum Überdruss.«

»Jedenfalls haben wir eine neue Dekanin, und das sollte Euch freuen, Wigburg, denn es erlöst Euch von einigen Eurer Pflichten.«

»Jutta. Ein Kniefall vor Meißen«, Wigburg schnaubte abfällig. »Und ein höchst überflüssiger dazu.« Sie war ungewöhnlich schlecht gelaunt, und Alena atmete auf, als die Glocke endlich zur Sitzung rief.

Sophie war unerbittlich. Obwohl den Frauen die Lustlosigkeit in den Gesichtern stand, beharrte sie darauf, sämtliche Einnahmen und Ausgaben seit Jahresbeginn zu besprechen. Alena versuchte sich kurz zu fassen, aber trotzdem gähnten die Kanonissen, während sie sprach, hinter ihren weißen Händen. Alle waren müde und froh, als Alena die Kladde endlich zuschlug und Sophie die Sitzung für beendet erklärte.

»Ich würde gern noch etwas ansprechen.«

Doch jemand, der sich um die Stiftsfinanzen sorgte? Alena wartete. Aber Jutta, die Frau, die gesprochen hatte, wandte sich an die Äbtissin. »Da ich nun für die Disziplin unter den Mädchen zuständig bin …«

»Heilige Madonna!«, murmelte Wigburg deutlich hörbar.

»Sie sind uns anvertraut zu dem Zweck, sie zu einem gottgefälligen Leben heranzuziehen. Ihre Eltern haben sie in unsere Obhut gegeben. Lauter kostbare kleine …«

»Wollt Ihr nicht zu dem kommen, was Euch beunruhigt, Jutta?« Sophies Frage klang ätzend. Sie hatte keine Geduld mit Phrasen. Leise schlich Alena zur Tür.

»Mich beunruhigt, dass noch immer Männer im Stift wohnen. Das ist es! Und ich denke schon, dass diese Frage ein wenig von unserer Aufmerksamkeit in Anspruch nehmen kann.«

Ein Moment des Schweigens folgte, in dem jeder das Gesagte verdaute. Dadurch klang das Klappen der Tür doppelt laut.

Heilige Madonna, aber wirklich! dachte Alena und schlich auf Zehenspitzen in ihre Kammer zurück.

»Habt Ihr gelauscht?«, fragte Wigburg.

»Bitte? Ich ... nein.«

»Wie schade, dann muss ich Euch jetzt alles erklären. Kann man hier wirklich nicht hören, was im Kapitelsaal gesprochen wird? Es wurde herumgebrüllt wie bei den verdammten Seelen in der Hölle.« Wigburg lehnte sich ans Fenster. Ihre schlechte Laune schien verflogen. »Unsere neue Dekanin wünscht, dass die Ritter aus der Stiftsburg verschwinden. Zum Schutz der Tugend und dies und das und alles.«

»Oh.« In Alenas Ohren klang das wie himmlische Harfentöne. Aber warum kam Wigburg damit zu ihr?

»Wir haben uns auch Gedanken gemacht, wo man Caesarius und seine Männer unterbringen könnte – schön dicht bei der Burg, damit er im Notfall kurze Wege hat, und schön sicher, damit ihm die Quedlinburger nicht den Hals umdrehen können, wenn er sich das nächste Mal schlecht benimmt. Darauf würde er nämlich bestehen, wenn er schon fortmüsste. Und wir haben auch etwas gefunden. Einen Hof in Quedlinburg. Groß genug für seine Leute. Aus massivem Stein. Von allen Seiten mit einer Mauer umgeben.«

»Ich glaube, ich kenne das Haus. In der Pölle?«

Wigburg nickte. »Es wäre ideal. Nur hat die Sache leider einen Haken. Es hat gerade erst einen neuen Herrn bekommen.«

»Wen?«, fragte Alena. Sie wusste es. Sie wusste es, bevor die Scholastika es aussprach. »Den Baumeister?«

»Den Baumeister und ein paar Dutzend andere Männer, die vor wenigen Tagen in die Stadt geströmt sind. Anscheinend hat er sie aus seiner Heimat nachkommen lassen. Steinmetzen und Zimmerleute. Sophie war ... überhaupt nicht erfreut, als sie das hörte. Und nun haben wir neben Caesarius ein zweites Problem. Nämlich die Brücke. Jetzt ist es die Äbtissin, die die Brücke nicht mehr dulden will. Und deshalb werde ich Euch morgen brauchen, Alena.«

»Pölle? Nein, Hölle sollte man es nennen. *Infernushof*. Wenn der Mann hartnäckig ist, wird er uns von hier aus nämlich die Hölle heiß machen«, meinte Wigburg, als sie ihre Pferde vor dem Tor aus derben Eichenstämmen zügelten, das aussah, als könne es dem Stoß eines Rammbocks standhalten. Eine unverputzte Mauer aus Bruchstein umgab den Hof. Sie war so hoch, dass man sie nicht einmal vom Pferd aus überschauen konnte. Alena hatte das Haus nie von innen gesehen, weil die Leute, die in der Pölle wohnten, nicht nur arm waren, sondern auch gern unter sich blieben. Ihre Väter waren irgendwann gemeinsam nach Quedlinburg gekommen, um das Gebiet östlich der Stadt trockenzulegen, hatten aber nie Anschluss an die Alteingesessenen gesucht. Der Mann, der das Haus erbaute, hatte sich selbst der Einsamkeit preisgegeben, als er sich für die Pölle als Wohnplatz entschied, und vielleicht war genau das sein Wunsch gewesen, denn sein Haus wirkte wie ein Igel mit aufgestellten Stacheln.

»Ein Steinsetzer!«, murrte Caesarius verächtlich.

»Ein Steinsetzer – und eine Schar kräftiger Bauleute, wenn es stimmt, was Agnethe gehört hat. Unterschätzt sie nicht. Tut mir den Gefallen«, warnte Wigburg ihn.

Gertrud entfuhr ein Seufzer. Der Seufzer galt vermutlich dem Sänger, der ebenfalls hinter der Mauer lebte. Man konnte sehen, wie wenig ihr diesmal der Auftrag der Äbtissin behagte. Aber Sophie hatte entschieden, dass Gertrud erwachsen genug war, um die Scholastika zu begleiten, und zum Erwachsensein gehörten nun einmal auch unangenehme Dinge.

Das Tor war nur angelehnt. Sie konnten Stimmen dahinter hören. Aber Caesarius hielt sich trotzdem nicht damit auf, den Türklopfer zu benutzen. Hochfahrend stieß er das Tor mit dem Fuß auf und ritt in den mit Sand ausgestreuten Hof.

Er hatte auf der Stelle ein aufmerksames Publikum. Acht oder zehn Männer entluden mit nackten Oberkörpern einige Reisewagen. Es waren ausnahmslos Kerle mit ausgeprägten Muskeln, die ihre Lasten so lässig stemmten, als wären es Daunenkissen. Die meisten hatten eine dunkle Hautfarbe – Italiener oder Franzosen, vielleicht auch Spanier, schätzte Alena. Aber sie hoben keinen Hausrat aus den hölzernen Wagenkästen. Die Kisten, die schon geöffnet waren, enthielten in Späne verpackte Werkzeuge. Fäustel, Steinäxte, Viehmäuler, Kellen, Maurerhammer, Flechen, Schlageisen, Meißel … In einer flachen Kiste lagen mehrere runde Eisenspulen, die aussahen wie die Umlenkrollen, die Ämilius ihr am Kran bei der Nikolaikirche gezeigt hatte.

Also sollte die Brücke tatsächlich gebaut werden. Nichts, was der Flame bisher gesagt hatte, hätte es nachdrücklicher kundtun können als die bis zum Rand gefüllten Kisten. Das war Material für eine ganze Bauhütte. Sogar ein Schmiedeamboss lehnte in einem der Wagenkästen. Kein Mensch hätte eine Bauhütte von Italien nach Quedlinburg transportiert, wenn er nicht fest entschlossen war, etwas wirklich Großes damit anzufangen.

»Der Kram kommt wieder weg!« Caesarius winkte flüchtig einmal über den Hof. »Ihr habt bis morgen Zeit, dann seid Ihr verschwunden.«

Glaubte er tatsächlich, den Stiftswillen so einfach durchsetzen zu können? Die Südländer starrten ihn an, als sei er eines der exotischen Tiere aus den Käfigen des sizilianischen Kaisers. Einer von ihnen sagte etwas in einer fremden Sprache und wies zur Haustür auf der anderen Seite des Hofes.

Das Wohnhaus imponierte genau wie der ummauerte Hof. Die Wände bestanden aus sorgfältig zurechtgeschlagenen Sandsteinklötzen. In den unteren Geschossen reihten sich schießschartenartige Löcher. Die Fenster weiter oben waren zwar größer, aber immer noch zu klein, als dass ein erwachsener Mann sich hätte hindurchzwängen können. Alles war auf eine mögliche Verteidigung hin errichtet. Das Dach war zum Schutz vor Brandpfeilen sogar mit teuren gebrannten Ziegeln gedeckt.

Einen Nahrungsmittelvorrat hatten sie auch. Zwischen Haus und Mauer stand eine ins Erdreich hinab vertiefte Scheune, durch deren offene Tür man eine Wand mit Säcken und dunkelbraunen Bierfässern erkennen konnte. Und für das Trinkwasser gab es einen eigenen, überdachten Brunnen. Der Erbauer des Hofes hatte sich eingerichtet, als wolle er in seinem Heim das Armageddon erwarten. Wenn Maarten tatsächlich jede Menge Geld verschwendet hatte, um sich solch eine Festung ans Bein zu hängen – hieß das nicht, dass er bereit war, für seine Brücke zu kämpfen? Musste man das nicht mit einem einzigen, flüchtigen Blick begreifen?

Wigburg begriff es. Sie warf Caesarius, der großspurig um die Wagen ritt, einen gereizten Blick zu.

»Plunder!« Der Stiftshauptmann ärgerte sich, dass die Bauleute nichts taten als ihn anzuglotzen. Er trat gegen eine Kiste, die kipplig auf der Ladefläche eines Karrens stand, und ein Berg von Nägeln ergoss sich mit Geschepper in den Sand.

Nägel waren mühsam zu hämmern. Einer der Bauleute,

vielleicht der Schmied, denn er hatte Oberarme wie Baumstämme, erwachte aus seiner Stumpfheit und schritt mit finsterer Miene zur roten Tür. Caesarius begann zu grinsen.

Es war aber nicht Maarten, der mit dem Schmied zurückkehrte. Es war überhaupt kein beeindruckendes Mannsbild. Ein Kerl, kaum größer als Alena, geschmeidig wie ein Äffchen, von der Sonne verbrannt und mit Lachfalten, die sein ledriges Gesicht wie Radspuren durchfurchten. Im Gegensatz zu seinen Kameraden trug er einen knöchellangen Surcot.

»Was ein Überraschung. Besuch!« Er grinste bei den Worten, die er in einem fremdartigen Dialekt sprach, so nachdrücklich, dass die Falten bis zu den Ohren wanderten.

»Du bist das? Du hast diesen Müll hierher karren lassen?« Caesarius lenkte sein Pferd direkt vor den Schmächtigen und erreichte, dass er einen Schritt zurückweichen musste. Der Mann tänzelte an ihm vorbei und betrachtete stirnrunzelnd den Berg Nägel.

»Ihr verschwindet von hier«, erklärte Caesarius. »Und zwar alle. Und so schnell wie ein Hundefurz! Kapiert?«

Der Mann schob mit der Fußspitze ein paar Nägel durch den Sand. »Ich bin …« Er hob das braune Gesicht zu Caesarius, wobei seine Augenbrauen bis unter den Haaransatz wanderten. »… der Steinmetz Moriz von Limoges. Ich komme aus Florenz, eine Stadt, wo mehr Menschen leben, als 'ier in die letzten tausend Jahr gelebt 'aben. Und ich 'abe dort ein Brücke gebaut, auf die der 'eilige Vater selbst seinen Fuß setzte, und er segnete mich mit seine 'ände. Und dies 'ier …« Er wies auf einen zweiten Mann, der inzwischen ebenfalls in den Hof getreten war, aber im Gegensatz zu ihm hoch gewachsen und kräftig war. »Dies ist Neklas, der besser mit Euch reden könnte als ich, wenn der 'errgott ihm nämlich den Wunsch gegeben 'ätte, weil er aus Kortrijk stammt. Auch Neklas 'at an die florentinische Brücke gebaut. Er ist mit mir in diese … Örtchen gekommen, um es mit eine Prachtwerk zu schönen. Wir 'aben uns dazu entschlossen. Nicht gern, aber wir 'aben. Und nun gibt es nur zwei Leute, die uns ab'alten können, das zu tun.«

Moriz warf sich in die Brust. Er machte eine Pause, in der er sich des Beifalls seiner Kameraden versicherte, indem er ihnen zuzwinkerte. Wahrscheinlich fand er sich großartig. In Wahrheit war er … zum Weinen dumm. Alena sah, wie Caesarius' Schwerthand den Oberschenkel hinaufkroch.

»Der eine, Monsieur, ist Maarten, unsere *maestro di geometria* aus Flamen. Der seid Ihr nicht. Und der andere … ist der 'errgott.«

Alena hatte Caesarius zuschlagen sehen. Er trennte, wenn er nüchtern war, einem Rotkehlchen im Flug den Kopf ab. Diesmal zog er langsamer. Vielleicht machte ihm die letzte Sauftour zu schaffen oder sein Talent versoff allmählich im süßen, burgundischen Rotwein. Jedenfalls brauchte er einen Moment länger als gewohnt, um das Schwert aus der Scheide zu ziehen. Er hätte den vorwitzigen Steinmetz dennoch erschlagen, wenn Gertrud nicht entsetzt aufgeschrien – und wenn ihn nicht jemand am Arm gepackt hätte.

Die Hand am Arm war mehr als eine Geste. Sie hielt den Hauptmann eisern und unerschütterlich fest. Caesarius versuchte herumzufahren, aber es gelang ihm erst, als der fremde Reiter ihn losließ.

»Was auch immer der Grund sein mag …« Der Mann, Maarten, lächelte in die wutverzerrte Fratze. »… nicht in meinem Hof. Ich verabscheue Blutvergießen.« Er ließ den Arm fahren. »Ihr kommt von der Domburg? Darf ich Euch ins Haus bitten? Dort lässt es sich besser sprechen, und für die Frauen ist es bequemer. Moriz, wolltest du Schablonen aufreißen? Wir reden später.«

Der Baumeister trug keine Waffe, und was er sagte, hörte sich so friedlich an wie das Bölken eines Lamms. Aber

Lämmer ritten keine rassigen Pferde, ihre Fäuste waren nicht wie Eisen, und gemeinhin besaßen sie auch nicht die Autorität, andere Menschen mit einem Kopfnicken an die Arbeit zu scheuchen. Caesarius kam mit dem Widerspruch nicht klar.

»Wenn mir jetzt vielleicht noch jemand aus dem Sattel helfen könnte?«, erkundigte Wigburg sich kalt. »Caesarius, glotzt nicht. Ihr könnt Euch drinnen weiterzanken.«

Der Stiftshauptmann hatte Kieferknochen wie ein Bluthund. Er bewegte sie, und einen Moment lang sah es aus, als wolle er damit zuschnappen. Aber Wigburgs Macht war erstaunlich: Nach einer Pause, in der alles möglich war, beugte er sich und sprang aus dem Sattel.

Der Baumeister hatte das kleine Zwischenspiel aufmerksam beobachtet, und Alena meinte ein Lächeln in seinen Mundwinkeln zu sehen. War er töricht genug zu glauben, er habe gewonnen? Die Blamage dieses Augenblicks würde gerächt werden, aber nicht an der Domfrau, sondern an den anderen Beteiligten, die unter niemandes Schutz standen. Man war hier nicht in Italien, wo die Städte sich aufführten wie die Herren der Welt. Wie dumm von ihm, das nicht zu begreifen.

Caesarius hatte Wigburg aus dem Sattel gehoben, und Maarten reichte Gertrud die Hand. Er wollte auch Alena helfen, aber sie übersah den ausgestreckten Arm und ließ sich in den Sand hinabrutschen.

Das Haus war nicht nur von außen ein Wehrbau. Die beiden unteren Stockwerke bildeten eine Halle, die an sämtlichen Seiten mit einer Galerie versehen war, und wer dort oben stand, konnte sich durch die Fenster bestens verteidigen. Wahrscheinlich konnte man sogar bis auf die Straße schießen. Caesarius' Augen wanderten die Wände entlang, und Alena war sicher, dass er sich jedes Detail merkte.

»Es ist etwas durcheinander hier.« Maarten entschuldigte sich mit einer vagen Gebärde. Aber natürlich war nichts in seinem Haus durcheinander. Es mochte einem ungeschulten Auge so erscheinen, denn das Brückenmodell in der Mitte des Raumes bot einen seltsamen Anblick, ebenso wie die Tische mit den zurechtgesägten Schablonenstücken, von denen die Holzspäne rieselten wie Puderschnee. Unter der Galerie war der Boden mit Gips bestreut, und in dem weißen Pulver waren Brückenteile – zweifellos Brückenteile, auch wenn man sie nicht als solche erkennen konnte – im natürlichen Maßstab aufgerissen.

Alena folgte den Frauen ins Obergeschoß hinauf – nicht ohne einen letzten Blick auf das Brückenmodell geworfen zu haben. Maarten plante keine Holzbrücke. Er wollte aus Stein bauen. Sein Modell basierte auf einem gemauerten Fundament, auf gemauerten Pfeilern und darauf aufgesetzten, ebenfalls gemauerten Rundbögen.

Die Treppe, die sie hinaufstiegen, mündete in einen zweiten Raum, der allerdings nur die Hälfte der Erdgeschossfläche beanspruchte. Er war durch Teppiche wohnlich gemacht worden. Farbenprächtige Stücke mit sonderbaren Motiven. Auf einem sah Alena einen Mann, der auf ein Tuch mit hölzernen Verstrebungen gebunden worden war und damit in den Himmel stieg. Auf einem anderen, noch absurder, saß ein gekrönter Jüngling in einem geschlossenen Behälter aus Glas, mit dem er auf den Grund eines Meeres hinabgelassen worden war, wo er mit dem König der Fische plauderte.

Aber nicht nur gewebte Abstrusitäten schmückten das Heim des Baumeisters. Unter einem Bogenfenster stand ein Tischchen mit Spielzeugen. Alena blieb vor einem Ständer aus rotem Gold stehen, auf dem eine Kugel mit einem Vogelspiel ruhte. Aus der Kugel ragte eine Röhre, und am Ende der Röhre saß eine Vogelmutter, deren Flügel mit Drähten an ihrem Körper befestigt waren. Auf einer zweiten Röhre, die wie ein Baum aussah und die erste umschloss, befand sich ein Nest mit zwei Vogelkindern. Unterhalb des Nestes reckte sich an einem Stab eine züngelnde Schlange. Sicher hatte das Röhrensystem einen Sinn, und es wäre verlockend gewesen, diesen Sinn zu erfahren …

»Ihr wünscht also, unseren nutzlosen Sumpf mit einer ebenso nutzlosen Brücke zu überbauen, Baumeister.« Wigburgs Stimme durchschnitt die Stille. Sie schritt bis ans Ende des Raumes und blieb vor dem Teppich mit dem Meereskönig stehen. »Aber Sophie, die Äbtissin unseres Stifts, die nicht nur die Herrin Quedlinburgs, sondern auch eine Reichsfürstin ist und unter dem Patronat des deutschen Königs steht, wünscht, dass der Bau dieser Brücke unterbleibt. Ich denke, Ihr werdet klug genug sein, für Euch den richtigen Schluss daraus zu ziehen.«

»Ein alter Mann musste ohne den Trost der heiligen Sakramente sterben, und in seinen letzten Zügen versuchte er, ein gutes Werk zu tun. Es gelingt mir nicht zu begreifen, Herrin, wo der Stein des Anstoßes liegt.«

»Das braucht Ihr auch nicht.« Sie sprach ungeheuer hochmütig. »Quedlinburg gehört dem Stift – mit Mann und Maus. Die Äbtissin ordnet an, was sie in ihrer Weisheit als richtig empfindet, und damit genug.«

»In ihrer Weisheit.« Maartens Lächeln, mit dem er Alena streifte, litt an einem gewissen Überdruss.

Sein Sänger, der bartlose Serafino, tauchte auf. Er trug ein Tablett vor sich her, auf dem bauchige Silberbecher standen. Gertrud nahm ihm einen ab, nippte am Wein und dankte ihm mit einem ausgiebigen Lächeln, das nur sie selbst für herablassend halten konnte.

»Weisheit, Baumeister, ja.« Auch um Wigburgs Geduld stand es nicht zum Besten. Ungeduldig wedelte sie den Sänger beiseite. »Sagt einfach, wie viel.«

»Wie …? Oh! Und ich hatte erwartet … Ich hatte wirklich gehofft, es gäbe unter dem rauhen Putz ein hehres Glimmern zu entdecken. Ich bin empfänglich für so etwas. Kein einziger Grund, der *überzeugen* könnte?«

Das war nicht amüsant. Caesarius beobachtete den Flamen mit dem scharfen Auge des Sperbers. Es missfiel ihm, dass der Baumeister tat, als wäre Gold kein Argument. Es war sogar für den Kaiser ein Argument, und das Gestrüpp am Wege der Mächtigen sollte sich allein beim Klang des Wortes ducken. Außerdem gab es einen simplen Weg, das Problem mit der Brücke zu lösen. Alena war überzeugt, dass dem Stiftshauptmann dieser Gedanke wie Trommelschläge im Kopf hämmerte. Man brauchte diesem Mann doch nur ein Eisen in den Leib zu rammen, dann würde sein Gesocks sich verkriechen wie die Schaben vor dem Licht!

Wigburg schüttelte den Kopf. Sie war blass um die Nasenflügel, und ihr fehlte die Geduld für Wortfechtereien. »Wie viel?«

»Wirklich nicht, Herrin. Ihr angelt mit dem falschen Wurm.«

»Dann ...?« Sie atmete schwer, und Maarten wies auf einen Stuhl. Gereizt schüttelte sie den Kopf. »Ihr ... stochert in einem Wespennest. Warum lasst Ihr Euch nicht raten? Unsere Äbtissin hat Bischöfen und Königen und sogar ihrem Kaiser Trotz geboten.« Wigburg unterbrach sich, um Luft zu holen. »Blut und Tränen ...«, brachte sie heraus. »Das bekommt Ihr. Ich sage das nicht, um zu drohen. Aber ... ich verschwende meine Worte. Gertrud!«

Das Mädchen zuckte zusammen und wandte errötend den Blick von der Treppe, wo der Sänger stand. Sie kam, und Caesarius begleitete die beiden Frauen mit einem Wolfsgrinsen zur Treppe. Das mit dem Blut und den Tränen musste ihm gefallen haben. Eine Verheißung besserer Tage.

»Es funktioniert, indem man den Flüssigkeitsspiegel erhöht.« Maarten trat hinter Alena und goss den Rest von

Gertruds Wein durch eine Öffnung in die Kugel des Vogelmysteriums. Die Schlange hob sich mit ihrem Stab, aber bevor sie das Vogelnest erreichen konnte, breiteten sich wie durch Zauberei die verdrahteten Flügel der Vogelmutter aus. Die Schlange hielt inne.

»Was für ein trauriges Schauspiel«, sagte Alena. »Eine Ewigkeit, in der die Vögel in Angst vor der Schlange ausharren müssen.«

»Eine Ewigkeit voller Triumph. Denn die Schlange hat keinerlei Aussicht, das Nest jemals zu erreichen.«

»Außer man hieße Caesarius und schlüge – patsch – mit der Hand darauf.« Alena schlug nicht. Sie strich über den Kopf der Vogelmutter. »Eure Brücke würde die Lauenburg, die Graf Hoyer gehört, mit seinem Haus am Rand der Stadt verbinden. Ich habe keine Ahnung, ob ihm das strategische Vorteile im Falle eines Kampfes böte, aber es erweckt den Eindruck … es *verstärkt* ganz erheblich den Eindruck, er wäre Herr der Stadt. Das Gebiet, auf dem die Brücke gebaut werden soll, gehört ihm schon. Er wird auch die Brücke selbst für sich in Anspruch nehmen. Am Ende wird jedermann, der über den Harz nach Quedlinburg kommt, über Hoyers Brücke und an Hoyers Leuten vorbei in die Stadt einreiten – wenn Hoyer es ihm gewährt. Ihr fügt den Domfrauen Schaden zu.«

»Und das ist der Gram, der an Eurem Herzen nagt? Es hat nichts mehr damit zu tun – kein bisschen –, dass Euch die Aussicht quält, Erasmus' höllisches Feuer könnte zu barmherzig ausfallen?«

»Damit auch. Doch.«

Alena betrachtete die Äuglein der Schlange, die aus blitzblanken, ausdruckslosen Steinen bestanden. Selbstverleugnung war ein Mysterium der Heiligen. Vielleicht noch eine Gnade, die Menschen wie Agnes umleuchtete. In ihrem eigenen Herzen stach er wieder, der schwarze Dorn des Hasses.

Es tat ihr weh, den Baumeister damit zu kränken. Es tat ihr weh, dass er ihr die Schuld an seinen Schwierigkeiten gab und sie zweifellos für ihre Sturheit verachtete. Aber noch mehr schmerzte es sie, an Ämilius zu denken und sich Erasmus vorzustellen, wie er sich mit feistem Gesicht die Hände rieb in jener Ewigkeit, in der er eigentlich für seine Sünden büßen sollte.

»Hütet Eure Vogelkinder, Maarten. Jenseits von Eurem oder meinem Eifer.« Sie stupste das Nest mit dem Finger an und drehte sich mit einem trüben Lächeln um. »Ihr solltet ihnen erklären, und besonders dem Kleinen mit dem fröhlichen Mundwerk, dass der Mechanismus der Drähte in den Flügeln empfindlich ist und leicht zu brechen, wenn ihm Gewalt angetan wird.«

Wigburg schwieg, bis sie die Stadt hinter sich gelassen und das Westendorf erreicht hatten. Sie hatte sich beruhigt und konnte wieder leichter atmen. Fröhlicher erschien sie trotzdem nicht.

»Vielleicht hätten wir umgänglicher mit ihnen sein sollen«, wagte Gertrud zu sagen. »Es kam mir so vor, als hätte der Baumeister gern mit uns gesprochen.«

»Es kam mir vor, als hätte jemand anders gern mit jemand anders gesprochen«, erwiderte Wigburg frostig.

»Ich … verstehe Euch nicht.« Der Sänger hätte zweifellos Ergötzen gehabt an der rosigen Farbe, die auf den Wangen des Mädchens erglühte und einen so hübschen Kontrast zu ihrer weißen Haut bildete.

Wigburg schob verdrießlich die Lippe vor. »Lasst die Finger von solchem Kram, Gertrud. Reichen uns nicht die Gespenster, die unsere Dekanin aus ihren kranken Träumen gerufen hat? Himmel noch mal. Wirrköpfe, wohin man tritt!«

»Ich habe überhaupt nicht verstanden, was Luitgard

damals sagen wollte«, protestierte Gertrud mit feuchten Augen.

»Ein Mangel an Gelehrsamkeit, der sich von selbst beheben wird«, prophezeite Wigburg kühl. »Ich glaube kaum, dass dieses Thema schon zu Ende gebracht worden ist.«

9. Kapitel

Sophie war nicht da, als sie in die Burg zurückkehrten. Den Grund erfuhr Alena nicht, denn Jutta gab ihre Erklärung im Flüsterton ab, als wolle sie nicht, dass Alena etwas davon mitbekam. Außerdem bat sie Wigburg und Gertrud mit sich. Nur die beiden. Weder Caesarius noch Alena waren erwünscht. Das sagte sie ausdrücklich und laut. Und Alena ging zum ersten Mal auf, welche Macht mit dem Amt der Dekanin verbunden war. Wenn weder die Äbtissin noch die Pröpstin verfügbar waren, regierte die Dekanin das Stift. Luitgard war dazu nicht in der Lage gewesen, aber Jutta schien ihrer neuen Aufgabe mit Feuereifer nachzugehen. Und Jutta mochte sie nicht leiden. Da konnte man nichts machen.

Alena zögerte. Sie hatte keine Lust, in ihr kaltes, dunkles Zimmer hinaufzugehen. Auch die Urkunden hinter der Bibliothek hatten ihre Faszination verloren. Es war aber zu früh, um Lisabeth zu holen. Möglich, dass Jutta doch noch nach ihr verlangte, und dann stand Ärger ins Haus.

Unentschlossen lenkte sie ihre Schritte zum Kanonissenhaus, wo sich im linken Flügel in einem der unteren Räume Bertrades Krankenlager befand. Sie hatte selbst keine Ahnung, was genau sie dort wollte, und als sie auf der Steinschwelle stehen blieb und mit einem misstrauischen »Wer ist da?« empfangen wurde, bereute sie ihre spontane Eingebung bereits.

Bertrade war nicht allein. Hinter ihrem Bett, in einer mit Blumenranken ausgemalten Nische, in der ein Klappstuhl aufgestellt worden war, saß mit übergeschlagenen Beinen der Medicus. Er schien gedöst zu haben, aber bei Bertrades Frage reckte er neugierig den Hals über seinem Pelzkragen.

»Ich kann nichts sehen. Wer ist das? Die Schreiberin? Was wollt Ihr? Wer hat Euch hergeschickt?«

Eine Menge Fragen. Aber jemand wie Bertrade wurde von jemandem wie Alena auch nicht besucht. Und so hatten diese Fragen ihre Berechtigung. »Ich hörte, dass es Euch besser geht, und ich wollte kommen, um Euch zu sagen, wie froh ich darüber bin.« Es klang anbiedernd und anmaßend.

»Froh wäret Ihr gewesen, wenn ich im Dom verblutet wäre. Ihr steckt doch alle zusammen. Raus hier! Verschwindet!«

Beklommen wich Alena zurück.

»Pater Ignatius! Kommt das Weib näher? Ich kann sie nicht mehr sehen!« Die Stimme schraubte sich bei diesen Worten in die Höhe.

Der Medicus sprang auf die Füße. Er zischelte seiner Patientin etwas Beruhigendes zu und bedrohte Alena gleichzeitig mit giftigen Blicken. Erschrocken schlich sie von dannen.

Vielleicht hatte Bertrade wieder einen ihrer wirren Momente gehabt, aber überzeugt war Alena nicht davon.

Sophie blieb dem Stift auch die nächsten Tage fern. Gertrud, von Alena gefragt, murmelte etwas von dem Kloster Brehna, das Sophies Bruder dem Stift geschenkt hatte, und von Disziplinschwierigkeiten. Sie schien bekümmert. Anstatt ins Haus zu gehen, wohin sie ursprünglich wollte, fragte sie: »Habe ich eigentlich etwas getan – vor ein paar Tagen im Infernushof –, was nicht passend gewesen wäre?«

Alena wurde vorsichtig. »Wenn die Scholastika es meint.«

»Und Ihr? Ihr seid doch auch dabei gewesen.«

»Nun, ich … weiß nicht. Vielleicht hättet Ihr weniger verschwenderisch mit Eurem Lächeln sein sollen.«

»Ihr glaubt also auch, ich hätte den Sänger ermutigt?«

Alena wand sich. »Nicht wirklich.« Und wenn, dann ging es eine Stiftsschreiberin nichts an. Gertrud war so umwerfend ehrlich. Aber was, wenn sie in ein, zwei oder fünf Jahren ihre Ehrlichkeit bereute? Wenn es ihr peinlich war, mit jemandem vom Gesinde ihre Sorgen besprochen zu haben? »Ihr seid so hübsch, Herrin. Jeder, den Ihr anlächelt, freut sich und benimmt sich entsprechend.«

»Aber dann hatte Wigburg keinen Grund sich so aufzuregen. Sie sagt, ich muss unterrichten. Sie hat das vor Sophie durchgesetzt. Wusstet Ihr das schon?« Gertrud zog eine Grimasse. »Virgil und die Kirchengeschichte. Auf Lateinisch. Das ist nichts als Schikane. Und es bedeutet, dass ich fast gar nicht mehr mit zum Spitalbau kommen kann. Ich komme überhaupt nicht mehr raus. Ich … Werdet Ihr mir erzählen, wie es dort weitergeht?«

Alena versprach es und machte sich noch bedrückter als zuvor auf den Weg zur Baustelle. Als sie die Ritterstraße hinabgegangen und fast bei der Blasiikirche angelangt war, wurde sie von Pferdegetrappel aufgeschreckt. Sie flüchtete die Stufen hinauf und drehte das Gesicht zur Seite, als sie sah, dass Caesarius zusammen mit Burchard und einer Hand voll anderer Männer die Gasse hinabpreschte. Die Fußgänger brachten sich in Sicherheit, eine Katze wurde in den Dreck geschleudert, Schmutz spritzte in jede Richtung.

Alena drückte sich an die Kirchenmauer. Ihr perlte plötzlich Schweiß auf der Stirn. Sie hatte keine Ahnung, wie weit Caesarius noch an sie dachte. Aber sie wollte auf keinen Fall seine Aufmerksamkeit erregen.

Als die Männer vorüber waren, folgte sie ihnen langsam

zum Markt. Im Schatten von St. Benedikti flatterten Hennen neben einem Karren, der umgeworfen in der Schmutzrinne lag. Die Ritter waren längst davon. Sie hatten einen blassen Bengel in einem notdürftig geflickten Wams zurückgelassen, der sich hinter dem Ohr kratzte und unglücklich auf seinen geborstenen Käfig und die hüpfenden Hühner starrte.

Alena eilte weiter zur Baustellte. Sie hatte Gewissensbisse. Nach Recht und Ordnung war Gerolf für die Arbeit auf der Baustelle zuständig, und *er* würde sich verantworten müssen, wenn seine Leute schludrig hantierten. Andererseits war Alena klar, dass sie ihre Arbeit bei den Domfrauen vor allem deshalb durch alle Stürme hatte behalten können, weil sie dafür sorgte, dass die Unternehmungen, an denen sie beteiligt war, erfolgreich verliefen. Die Kanonissen verließen sich darauf.

Aber ihre Sorgen schienen unnötig gewesen zu sein. Gerolf war gut vorangekommen. Seine Männer hatten aus Holzgeflecht und Lehm eine Bauhütte und einen Unterstand zum Kochen errichtet. Die Fläche, auf der das Spital errichtet werden sollte, war gerodet und begradigt und die Fundamentgräben gezogen worden. Susanna stand vor dem provisorischen Herd des Unterstands und kochte in einem Eisenkessel etwas, was wie Ziegenfleisch roch. Sie winkte Alena zu. Lisabeth spielte mit ihren Töchtern.

»Es geht voran«, brummelte Gerolf, als hätte jemand das in Zweifel gestellt.

»Ja, das sehe ich.« Alena ging zu den Gräben. Sie waren sauber im rechten Winkel gezogen worden, soweit man das mit dem Auge beurteilen konnte. Als sie in die knapp drei Fuß tiefe Senke blickte, stellte sie allerdings fest, dass auf dem Grund eine schlammige Brühe schwamm. »Müsste das nicht trocken sein?«

»Blödsinn«, gab Gerolf respektlos zurück. »In einer Baugrube steht immer Wasser. Besonders wenn es geregnet hat.«

Es hatte tatsächlich geregnet. Vor zwei Tagen. Aber hätte das Wasser nicht längst weggesickert sein müssen? Und war es ein Problem, wenn es das nicht tat? Alena hatte keine Ahnung.

»In die Gräben füll ich Bruchstein rein. Mit Mörtelguss, dann hält das, egal was mit dem Wassser ist. Ich hab schließlich schon mehr als ein Haus gebaut.«

Alena nickte zweifelnd. »Aber bei der Nikolaikirche haben sie es anders gemacht. Sie haben Pfähle eingerammt. Pfahlgründung, so, glaube ich, hat Ämilius das genannt.«

»Ist 'ne Menge Arbeit und kostet 'ne Menge Geld. Bruchsteinfundament hält genauso gut.« Die Antwort kam ruppig. Gerolf ärgerte sich, weil sie ihm Rat erteilen wollte. Besonders da Fridiger, der neben dem Fundament das Bohlensägen überwachte, ihm höhnische Blicke zuwarf.

»Ihr müsstet die Baugrube in der ganzen Breite und Länge ausheben, wenn Ihr so ein Pfahlfundament legen wolltet, stimmt das?«

»Nun erkläre es ihr schon.« Susanna war zu ihrem Mann getreten, mäuschenstill und besorgt. Gerolf spuckte in den Graben. Er sah elend aus, aber er roch nicht nach Wein.

»Man muss sich einig sein, wer einen Bau leitet und die Entscheidungen trifft«, murmelte er, ohne eine der beiden Frauen anzusehen. Da hatte er Recht. Und am Ende, dachte Alena resigniert, besteht mein ganzes Wissen aus Bruchstücken, genauso wie der Haufen Steine, den Gerolf für das Fundament bereitgestellt hatte.

»Ihr steht für die Gründung ein? Ihr könnt mir garantieren, dass sie hält?«

»Ich weiß, wie man baut.«

»In Ordnung.« Alena ließ es dabei bewenden. Sie ging ein paar Schritt und wandte sich mit der Hand über den Augen der anderen Seite des Sumpfes zu, die sie wenigstens ebenso sehr interessierte.

Auf der Wiese vor Hoyers Grundstück hatte sich etwas getan. Dort stand jetzt ebenfalls eine Hütte, oder vielmehr drei Hütten – eine größere, flankiert von zwei kleineren, mit denen sie die Innenwände teilte. Die linke Hütte wurde von einem in aller Eile hochgezogenen Schlot aus Stein überragt. Das musste die Schmiede sein, die Maarten brauchte, um seine Werkzeuge schärfen und reparieren zu lassen. Sie schien bereits in Betrieb zu sein, denn es stieg Rauch aus dem Schlot. Der Haupthütte und dem rechten Gebäude fehlten noch die Türen. Einige von Maartens Männern hoben in einer Ecke hinter der Schmiede eine Grube aus, wohl die Kalkgrube, in der der Ätzkalk gelöscht wurde. Der geschwätzige kleine Steinmetz – wie hieß er gleich? – kommandierte zwei Männer, die aus vorgefertigten Hölzern einen Kran zusammenbauten. Seine Stimme schallte gedämpft über den Sumpf. Er schien unaufhörlich in Bewegung zu sein und tanzte mit den übertriebenen Gesten eines Gauklers um seine Leute und den Kran.

Gerolf räusperte sich. Er war hinter Alena getreten und schneuzte sich ausgiebig in den Ärmel. »Tja«, meinte er, »sieht gut aus und ist auch gut, solange sie den Mühlgraben benutzen dürfen. Aber wenn der gesperrt werden sollte – ich mein ja nur –, dann müssten die jeden Stamm einzeln um St. Wiperti und den Munzeberg herum und durch die Stadt transportieren. Das ist 'ne Menge Arbeit. Braucht viele Leute und kostet 'nen Haufen Geld.«

»Der Flame baut nicht aus Holz. Er plant eine Steinbrücke.«

»Holz muss er trotzdem haben – für die Gerüste, für die Leitern und Laufbrücken, um den Kalkofen und die Schmiede zu feuern, für die Gründung ...«

»Wo, denkst du, werden sie ihren Stein herholen, Gerolf?«

»Der nächste Steinbruch ist der von Gizzo, wo unsere Steine ja auch herkommen. Man kann natürlich in Gernrode schlagen lassen – falls die Äbtissin das erlaubt. Oder bei Michaelstein oder Wendhusen. Aber das ist weit weg. Wenn sie auf Steine angewiesen sind ... Also ich würd ihr Problem jedenfalls nicht gern haben. Für jeden Stein einen Eselskarren, und das über Meilen.«

Alena nickte geistesabwesend. Die Äbtissin von Wendhusen war eine ehemalige Stiftsdame. Und der Abt von Michaelstein ... Sie meinte sich zu erinnern, dass er zu einer Untersuchungskommission gehört hatte, die einen Zwist zwischen Hoyer und dem Stift entscheiden musste. Und hatte er sich nicht für Sophie eingesetzt?

»Wo wohnt gleich dieser Gizzo?«, fragte sie.

Gizzos Haus war ein erbärmlicher Unterschlupf, gemessen an dem Reichtum, den sein Steinbruch ihm einbringen musste. Er wohnte in einem Bau aus Holzstämmen, etwas größer als gewöhnlich, aber doch nur Holz, und das Dach war mit schlichtem Stroh gedeckt. Entweder war er ein Geizhals oder ein Verschwender, den die Gläubiger ausgenommen hatten.

Wohl eher ein Geizhals. Mit einem ins Gesicht gemeißelten Grinsen, als wäre er des Königs Narr, strich er um Alenas Stuhl und versuchte zu taxieren, wie viel Geld er den Stiftsfrauen abverlangen konnte für das Recht, den Steinbruch allein benutzen zu dürfen. Alena bot ein Viertel von dem, was Gerolf für die Spitalssteine ausgegeben hatte.

»Es geht um die Brücke über den Sumpf? Doch, doch. Dem Stift behagt sie nicht, das spricht sich herum ...« Gizzo redete nicht wie ein normaler Mensch. Er *säuselte*, und Alena stand auf, weil sie es nicht länger ertragen konnte, ihn um ihren Stuhl schleichen zu sehen.

»Ganz recht, Gizzo, die Brücke behagt dem Stift nicht.

Nur – was geht *Euch* das an? Seid Ihr auf ein Abenteuer aus? Dann stürzt Euch ruhig in jedes Unglück, das Euch in den gierigen Sinn kommt. Lasst Euch mit dem Flamen ein. Nehmt sein Geld. Er braucht zwei Jahre, bis seine Brücke fertig ist. Und danach, Gizzo – danach könntet Ihr das lange Gedächtnis der Domfrauen bewundern.«

»Ich weiß, wo mein Zuhause ist.« Alenas Unfreundlichkeit hatte den Steinbruchbesitzer gegen die Kante seines Pults geweht. Beleidigt blätterte er in einem Stapel Pergamentbögen. »Die alleinige Nutzung des Steinbruchs ... es ist mir angenehm. Ich bin gern gefällig. Ihr müsstet mir allerdings eine Mindestzahl von Tagen garantieren.« Er nannte Zahlen. Zahlen taten Alena wohl. Flüchtig fragte sie sich, wie das Stift ihre Eigenmächtigkeit einschätzen würde. Sie würde Gertrud informieren. Und nach ihrer Rückkehr Sophie. Dann war es wahrscheinlich gut.

Alena hatte ihr Pferd vor Gizzos Haus an einen Salweidenstrauch gebunden, dessen pelzige Blütenkätzchen von Bienen umsirrt wurden. Vorsichtig, um nicht gestochen zu werden, löste Alena die Zügel – und fuhr zu Tode erschrocken zusammen, als sich ohne Vorwarnung eine Hand auf ihre Schulter legte.

Ihr erster Gedanke war Caesarius. Ihr fiel ein Stein vom Herzen, als sie sich umdrehte und sah, dass es Maarten war. Nur Maarten, zum Glück. Der Flame nahm ihr die Zügel fort und band sie wieder in den Strauch. Er sagte kein Wort. So wie in Gizzos Gesicht das Lächeln festgefroren war, saß in seinem die Wut. Alenas Erleichterung verflog. Er packte sie am Arm und schob sie vor sich her, den Sandweg hinab, der an Gizzos Haus vorbeiführte, und dann in Richtung Stadtwall.

»Ich gehe gern mit Euch. Ihr braucht mich nicht herumzuzerren.«

Maarten machte lange Schritte. Es kümmerte ihn nicht, was sie sagte, und es kümmerte ihn nicht, dass sie stolperte und ein paar Mal fast gefallen wäre, weil er viel zu schnell lief.

Flüchtig überlegte Alena, ob sie um Hilfe rufen sollte. Der Flame war wütend wie Samson an der Säule. Gab es doch Grund, sich vor ihm zu fürchten? Aber auf dem abseits gelegenen Weg war niemand zu sehen außer einer Alten mit einem Klumpfuß, und die humpelte zum Marktplatz und blickte auffällig in die andere Richtung.

Vor dem Tor zum Judenfriedhof blieb der Flame stehen.

»Nein!« Alena versuchte sich aus seiner Hand zu winden. Sie hatte nicht die geringste Lust, mit einem Kerl, der vor Wut außer sich war, auf einen Friedhof zu gehen. Auf einen *Juden*friedhof. Die Christenfriedhöfe waren Schauplätze eines geregelten Lebens mit Spaziergängern und Händlern, die ihren Geschäften nachkamen, aber bei den toten Juden war es selbst mittags so einsam wie in den Auwäldern bei Nacht.

Maarten schubste sie durchs Törchen. Sie stolperte zwischen die Judengrabsteine, die senkrecht standen und sich aneinander drängelten, als hätten sie sich erhoben, um Zuschauer des kommenden Streits zu sein. Alena zog den Ärmel ihres Surcot über die Schulter zurück und sah zu, wie Maarten das Holztor mit dem Hacken in den Rahmen zurückrammte.

»Was, verdammich, soll das werden?« Er nahm ihren Arm und drückte sie auf die Kante eines der Leichensteine. Ihre Hand, mit der sie sich abfing, bekam einen langen Kratzer, und die Grünfäule ruinierte ihren Surcot. Einen der beiden Surcots, die sie eigens hatte anfertigen lassen, um bei der Arbeit für die Kanonissen einen anständigen Eindruck zu machen.

»Ihr wart bei Gizzo!«

»Das habt Ihr ja gesehen. Und es ärgert Euch, und das wiederum freut mich. Ich dachte schon, Ihr hättet einen Pakt mit der Hölle, daß Euch nichts aufhalten kann.«

»Ihr habt ihn breitgeschlagen? Sicher. Was hat ihn bewogen? Die Furcht, irgendwann in Caesarius' Messer zu laufen?«

»Seine Gier. Das verlässlichste aller Laster. Ihr müsstet reich wie Salomo sein, um jetzt noch an seine Steine zu kommen. Und selbst dann würde er sie Euch nicht geben, denn *Ihr* werdet Quedlinburg verlassen, aber das Stift bleibt. Sagt Eurer Brücke ade. Findet Euch damit ab. Wer hat Euch übrigens zugeflüstert, dass ich zu Gizzo wollte?«

Maarten schwang das Bein über eines der Grabmäler und setzte sich rittlings darauf, was ein schlechtes Benehmen war, auch auf einem Judenfriedhof. Er starrte eine ganze Weile über sie hinweg zum Horizont. »Ihr ... macht mir Schwierigkeiten.«

»Das war der Zweck meines Besuchs bei Gizzo. Bevor Ihr mein Kleid verdorben habt, hat es mir übrigens noch ein klitzekleines bisschen Leid getan. War es Fridiger, der geplaudert hat? Ihr braucht Euch nicht zu zieren. Der Kreis der Treulosen auf meiner Bauhütte ist klein.«

Der Flame nagte an seiner Lippe. Er beobachtete den Himmel, wo Starenschwärme einen verwirrenden Zickzack flogen. Er brütete etwas aus. »Also ...«

»Ja?«

»Ich will, dass Ihr verschwindet. Ich will, dass Ihr Eure Sachen packt und auf Nimmerwiedersehen fortgeht.«

»Ach!«

» ... und ich bin bereit, dafür zu bezahlen. Ich ... zwanzig Mark in Silber. Lest Eurem Mann dafür Seelenmessen oder verschafft Eurer Tochter ein anständiges Leben oder tut, was Ihr wollt.«

So, dachte Alena, zwanzig Mark beträgt der Marktwert

meines Gewissens. So viel wie ein Rübenacker mit einer Hütte darauf. Sonnenschein umhüllte den jüdischen Friedhof. Dass sie fror, lag an der Kälte ihres eigenen Herzens. Sie stand auf. »Besten Dank. Ihr seid enorm großzügig, Baumeister. Kann sein, dass ich den Rest meines Lebens bedauere, nicht die Hand aufgehalten zu haben. Haltet mir aber zugute – Erasmus hat nicht einmal ein Grab, auf dem ich tanzen könnte.«

Sie nahm zum zweiten Mal den Weg durch die Neustadt, um Lisabeth von der Bauhütte abzuholen. Ihr Herz klopfte wie ein Hammer, und sie hatte Tränen in den Augen, deren Ursache ihr selbst unklar war. Langsam schritt sie über die Wiese zur Baustelle. Sie hatte erwartet, dass die Arbeiter längst zu Hause waren. Stattdessen standen Gerolf, Fridiger und die anderen Männer am Stiefelgraben und starrten über den Sumpf. Susanna war bei ihnen, ihre Kinder hingen an ihrem Rock. Lisabeth saß abseits im Gras und lutschte an den Fingern.

Alena nahm ihre Tochter hoch und ging auf die Rücken zu, die in den verschiedenen Grau- und Brauntönen der billigen Arbeitswolle nebeneinander standen. Sie schnupperte. In der Luft hing der Geruch verbrannten Holzes.

»Was ist los?«, fragte sie, als sie neben Susanna stand. Die Antwort erübrigte sich. Auf der anderen Seite des Sumpfes brannten die Bauhütten.

»Sie sind wie der Sturm gekommen. Die Männer hatten kaum Zeit, sich zu wehren. Sie haben Fackeln auf die Dächer geworfen – und im nächsten Moment stand alles in Flammen«, flüsterte Gerolds Frau.

»Caesarius?«

»Ich glaube.«

Das Feuer schlug so hoch, dass der Rauch bis in die Wolken stieg. Männer schöpften Wasser aus dem Mühlenbach, gaben es in einer Reihe weiter, und die letzten rannten damit zu den Häusern, aber es war vergebliche Mühe.

»Tote?«, fragte Alena.

»Das konnte man von hier aus nicht erkennen. Jedenfalls Verwundete. Sie haben sie da drüben zur kaputten Mühle geschleppt.«

Der kleine Schwarze – Moriz hieß er, das fiel Alena plötzlich wieder ein –, Moriz kommandierte die Männer mit den Eimern zu einer bestimmten Stelle des Feuers. Ein Mann mit einer Mönchskutte stand vor dem brennenden Gebäude, die Hände im Gebet zum Himmel gestreckt. Moriz rannte gegen ihn und schubste ihn beiseite. Sie hörten über den Sumpf sein Gefluche. Sie wollen die Werkzeuge bergen, dachte Alena. Ein Wagemutiger traute sich zur Tür, aber Moriz rief ihn zurück. Seine überschnappende Stimme wurde eins mit dem Prasseln und Brechen der brennenden Wände. Das Dach der Schmiede fiel ein.

»Dahinten kommt der Flame«, bemerkte einer von Fridigers Söhnen.

Alena kehrte dem Brand und ihren eigenen Bauleuten den Rücken und ging in die Stadt zurück. Ausnahmsweise blieb sie stumm auf Lisabeths Geplapper. Sie verwünschte Caesarius mit jeder Faser ihres Herzens.

Dittmar wäre nicht gekommen, wenn er gewusst hätte, dass Sophie im Kloster Brehna weilte, davon war Alena überzeugt. Sie hörte ihn nur zufällig, weil sie in ihrer Kammer saß und Lisabeth mit gequollener Hirse fütterte, als er am Stiftstor pochte. Der Wächter ließ ihn ein. Alena horchte, aber Agnethes vertraute Stimme blieb aus. Wahrscheinlich war sie bei den anderen Kanonissen und betete mit ihnen im Vespergottesdienst.

Lisabeth ging es mit dem Füttern nicht schnell genug. Sie schnappte nach dem Holzlöffel, und der Brei schwappte auf ihre Beine. Das meiste lief weiter auf die Bettdecke, und hätte sie Verstand besessen ... »Wenn du Verstand hättest, würde ich dir jetzt den Hintern versohlen!«, ärgerte sich Alena.

Sie kratzte ihrer Tochter die Schmiererei so gut es ging von den Beinen und fütterte weiter. Lieber wäre sie ans Fenster getreten, um zu sehen, wie Dittmar im Hof empfangen wurde, aber Alena wollte nicht, daß Lisabeth zu kreischen begann. Angespannt lauschte sie.

Sie meinte zu hören, wie das Tor zuknallte, das die beiden Innenhöfe voneinander trennte. Sonst kam kein Laut. Nur der Gesang der Kanonissen tönte durch die Fenster des Doms, diesmal allerdings stotternd und unrein und mit vielen Unterbrechungen. Scheinbar hielten die Kanonissen keinen Gottesdienst ab, sondern eine Chorübung.

»Sollen wir nachschauen, Lisabeth? Es geht uns nichts an, aber zu sehen, was los ist, kann nicht schaden.« Alena stellte das leere Schüsselchen auf die Truhe und schnappte sich ihre Tochter.

Sie hatte richtig gehört. Das Tor zum Hof der Ritter war zugeschlagen, und als sie daran rüttelte, stellte sie fest, dass es von außen versperrt worden war. Warum? Das hatte es noch nie gegeben.

Alena horchte, aber sie hörte nur eine dünne, weibliche Stimme aus dem Dom, die den Part des Priesters nachahmte, und den Domfrauenchor, der darauf antwortete. Wiederholung. Unterbrechung. Wiederholung.

Während der Unterbrechung meinte Alena, verhaltenes Gelächter aus dem Ritterhof zu hören. Unentschlossen stand sie am Tor. Es ging sie nichts an, was auf der anderen Seite passierte. Vielleicht hatte Dittmar die Burg wieder verlassen, weil Sophie nicht da war. Oder er wartete auf das Ende der Chorübung. Aber warum hatte Caesarius dann das Tor verschließen lassen?

»Es geht uns nichts an, Herzchen«, flüsterte Alena. Außer

dass es ihr Leid tat, wenn Agnes Kummer bekommen sollte. Und Dittmar war bei aller Sturheit ein guter Mann. Ämilius hatte ihn gern gehabt. Aber was sollte sie tun? Gegen das Tor hämmern?

Natürlich konnte sie die Domfrauen über den Gast informieren. Das wäre in Ordnung. Aus der letzten Reihe heraus agieren und dabei schön auf der Hut sein. Wenn es ein Problem gab, dann hatte … die Dekanin es zu lösen. Lisabeth begann zu heulen, als Alena in Richtung Brunnen ging, weil sie eine Waschaktion befürchtete. Alena schwenkte zur Domtür ab, und sie verstummte.

Die Domfrauen hatten einen Doppelchor gebildet, der die beiden Seiten des Kreuzaltars säumte. Jutta stand in der Nähe der Kryptatür bei den älteren Frauen, eine Miene entrückter Frömmigkeit auf dem Gesicht. Sie würde sich nicht freuen, gestört zu werden. Flüchtig blickte Alena sich nach Wigburg um, aber die Scholastika schien vom Chordienst freigestellt worden zu sein.

Man konnte nicht verborgen in der letzten Reihe wirken, wenn man einen ganzen Chor zum Verstummen brachte. Die Frauen spitzten neugierig die Ohren, als Alena zu Jutta trat. Im Dom schien selbst ein Flüstern zu hallen.

»Dittmar, der Stadtvorsteher von Quedlinburg, ist in die Burg gekommen. Er scheint jetzt drüben bei den Rittern zu sein.« Wie nichts sagend das klang. Die Dekanin zog die Brauen hoch, und Agnethe knurrte: »Dann kann er ja wohl warten, oder?«

»Caesarius hat die Tür des Ritterhofs gegen den Innenhof versperrt.« Damit wussten die Kanonissen alles, was Alena wusste. Sie trug keine Verantwortung mehr. Sie konnte jetzt zurück in den Schutz der letzten Reihe, wo sie nicht mehr in Caesarius' Blickfeld stehen würde.

»Er hat die Tür versperrt?« Die Kanonissen hatten ihre Notenblätter niedersinken lassen, und Jutta schien klar zu werden, dass die Frauen eine Reaktion von ihr erwarteten. »Der Mann ist also vorn im Hof?«

»Ich vermute es. Man hört keinen Ton.«

»Ich … wünsche zu wissen, warum man mir seine Ankunft nicht meldete. Es wird ja wohl einen Grund geben, warum er gekommen ist. Ich denke … Wir werden die Chorübung beenden. Ja. Ich verstehe auch nicht, warum der Hauptmann einfach das Tor verschließt.«

Die Kanonissen ließen die Dekanin mit ihren Fragen nicht allein. Ein halbes Dutzend Frauen, alle zum Kapitel gehörig, bildeten einen Kreis um sie, während die Jüngeren den Dom verließen. Alena wartete im Hintergrund.

»Dieser Mensch ist gewalttätig.« Juttas Stimme flatterte. »Wenn er den Hof versperrt hat … Das könnte bedeuten … Es gefällt mir nicht.«

»Er ist anmaßend genug, sich *alles* herauszunehmen, wenn Sophie nicht da ist«, meinte Agnethe düster.

»Man darf ihm das nicht erlauben.«

Sie glucken beieinander wie Hühner, die den Habicht sehen, dachte Alena ungeduldig. Dabei haben sie Macht. Die Macht alles zu tun. Jedenfalls hier in der Burg.

Gertrud kam in den Dom zurückgelaufen. »Die Tür ist *tatsächlich* versperrt. Ich habe dagegen gehämmert …«

»Mädchen!«, protestierte Adelheid schwach.

»Aber sie tun auf der anderen Seite, als würden sie es nicht hören. Sie haben uns eingeschlossen.«

»Unglaublich!« entfuhr es Jutta.

Die anderen Frauen nickten, Agnethe so heftig, dass ihr Schleier auf die Schultern rutschte, sodass sie ihn wieder in die Stirn ziehen musste. Sie eilte davon und kehrte wenig später mit einem Bund alter, vom Polieren glatt gewordener Schlüssel zurück.

»Sie trauen sich«, dachte Alena zufrieden. Da es ihr niemand verwehrte, folgte sie den Frauen in die Krypta. Im

Südteil der Gruft, versteckt in einer Nische in der Nähe des Kaiserinnengrabes, befand sich eine kleine Tür, in die Agnethe einen ihrer Schlüssel steckte. Das Törchen wurde sicher nicht oft benutzt, denn als sie es öffneten, standen sie vor Efeuranken, in denen eine fette Spinne ihr Netz gebaut hatte.

Agnethe schob den Efeu beiseite. Um sie erhob sich ein schattiges Quadrat mit hohen, grünbemoosten Mauern. Wie eine Schar geschäftiger Enten wanderten die Kanonissen hinter der Dekanin um die Apsis herum.

Es herrschte noch immer Schweigen, als sie den Ritterhof erreichten, und gerade diese Stille flößte Alena Furcht ein, denn der Hof war voller Menschen. Caesarius und seine Ritter kehrten ihnen den Rücken zu. Sie hatten einen Halbkreis gebildet und begafften etwas, das sich innerhalb dieser Runde abspielte. Ein Mann mit grauem, zum Zopf gebundenen Haar stieß einen anderen – den löwenmähnigen Burchard – mit dem Ellbogen an, aber ohne einen stärkeren Laut von sich zu geben als ein unterdrücktes Lachen.

Ganz still war es doch nicht. In der lauen Frühsommerluft hing ein leiser Ton. Ein Summen wie von unendlich vielen …

Du lieber Himmel, dachte Alena. Ihr wurde übel. Jutta hatte schlechtere Ohren, oder sie war langsamer von Begriff. Sie räusperte sich, erst leise, dann etwas lauter und fragte, indem sie ihrer Stimme einen scharfen Klang zu geben versuchte: »Was, bitte, geht dort vor sich?«

Einen Moment schien es, als würde der Ring der Ritter sich dichter zusammenziehen. Dann trat Caesarius zurück – und gab den Blick auf zwei gefesselte Gestalten mit Knebeln im Mund frei, die von einem Bienenschwarm umsummt wurden. Es waren Dittmar und ein Freund von ihm, der pockennarbige Kürschner aus dem Gässchen in der Nähe von St. Ägidii. Sie standen stocksteif. Ihre Augen waren so weit aufgerissen, dass die Pupillen wie farbige Kreise im Weiß standen. Über ihre Haare, Gesichter und die geknebelten Münder bis hinein in die Ausschnitte ihrer Surcots rann zähflüssiger gelber Honig, auf dem die Insekten krabbelten. Ein Heer zorniger Summer.

»Man ... soll das unterbinden. Sofort!« Jutta hielt die Hand vor den entsetzten Mund. Sie starrte auf Burchard, der einen Strohbesen wie eine Lanze in der Hand hielt. Die Borsten troffen vor Honig. Scheinbar hatte er die gefesselten Quedlinburger damit gestoßen oder die Bienen aufgescheucht, um das Spektakel unterhaltsamer zu gestalten.

»Ich bitte Euch, Dekanin – ein Scherz.« Caesarius grinste mit breitem Lächeln. »Männerscherze. Wie bedauerlich, wenn wir Euch stör ...«

»Verscheucht die Bienen. Gießt Wasser über die Männer. Und bindet sie vor allen Dingen endlich los!« Agnethe kochte vor Empörung. Ihr Doppelkinn zitterte, jede Gutmütigkeit war aus ihrem Gesicht gewichen. Die Fäuste in die Seiten gestemmt, die Brust herausgedrückt, erinnerte sie in diesem Moment an das Urbild aller strafenden Mütter.

Achselzuckend gab Caesarius seinen Leuten einen Wink. Die Bienen anzulocken war leichter gewesen als sie wieder fortzuscheuchen. Der Mann mit dem grauen Zopf trug den Bienenstock heran, in dem sie die Insekten herangeschafft hatten, und tropfte Honig aus seinem Eimer auf das Einflugloch. Ein zweiter zerschnitt die Fesseln – nicht ohne selbst gestochen zu werden. Adelheid zuckte unter seinem Fluch zusammen.

Dittmar und sein Begleiter, endlich befreit von den Fesseln, stürzten zum Pferdetrog und warfen sich kopfüber ins Wasser. Ihre Kleider blähten sich über ihren Rücken, und die Bienen umzischelten sie ärgerlich. Endlich wandte die Masse von ihnen sich dem tropfenden Honigtopf, den Honiglachen auf der Erde und dem Bienenstock zu.

Alena biss sich auf die Lippe, als sie Dittmars Gesicht aus dem Trog wieder auftauchen sah. Er war unzählige Male gestochen worden – allein an den Stellen, die man sehen konnte. In seinen Augen stand haltloses Grauen. Er hörte gar nicht zu, als Jutta ihn mit hilfloser Förmlichkeit in den Kapitelsaal bat. Wortlos schwang er sich aufs Pferd. Er besaß gerade noch die Beherrschung zu warten, bis sein Freund das Gleiche tat, dann machte er sich davon. Am Ende des Zwingers ritten sie bereits im Galopp.

»Das war … unglaublich!« Juttas Stimme zitterte, aber sie hielt Caesarius' herablassendem Grinsen stand. Obwohl, sein Grinsen galt gar nicht der Dekanin. Und besonders herablassend war es auch nicht. Alena trat behutsam einige Schritte zurück, drehte sich um und verschwand um die Mauerecke. Kitzelnde Schweißperlen standen auf ihren Schläfen. Sie hörte Caesarius sprechen. »Kein Grund, sich aufzuregen … nötig, dass man Ordnung hält … winzig kleine Lektion …«

Lisabeth rekelte sich und umklammerte mit der Hand den Ausschnitt von Alenas Kleid. Der Schweiß sammelte sich an ihrem kleinen Fäustchen. Alena stand mit solch zitternden Knien vor dem Törchen, dass sie ihre Tochter zu Boden setzen und sich an die Mauer lehnen musste. Caesarius hatte die Domschreiberin unter den Kanonissen entdeckt, die einzige Person, die nicht im Chor gesungen hatte, als sie Dittmar quälten – und seine Schlussfolgerungen gezogen.

»Wir haben Schwierigkeiten, Käferchen«, flüsterte sie elend.

10. Kapitel

Von der Schmiede stand nur noch der Schlot, Maartens Bauhütten waren bis zum Grund niedergebrannt. Wenn man über den Sumpf sah, konnte man natürlich nicht jedes Detail erkennen, besonders da die Sumpfgräser in der Wärme der letzten Tage in die Höhe geschossen waren, aber außer angekohlten Baumstämmen schien von den Gebäuden nichts mehr übrig zu sein.

»Manchmal geht's eben nicht, wie man will«, philosophierte Gerolf, unschlüssig, wem seine Solidarität zu gelten hatte. Sein Herz litt wohl mit den Bauleuten.

»Haben sie ihre Werkzeuge retten können?«, fragte Alena.

»Das weiß man nicht. Jedenfalls waren sie noch einen ganzen Tag beschäftigt, Sachen fortzutragen. Sie haben einen Mönch dabei, der hat dort unten am Ufer für den toten Versetzer eine Messe …«

»Es hat also doch Tote gegeben?«

»Einen Toten. Sag ich ja. Und ein paar Leute mit Schmissen und Verbrennungen. Alles in allem ist's noch gnädig abgegangen. Wenn man Caesarius kennt, mein ich.«

»Wahrscheinlich.« Alena drehte sich nach Lisabeth um, die mit Susannas Tochter in einer flachen Pfütze panschte. Diese Bewegung war in den letzten Tagen zwanghaft geworden. Caesarius hatte nicht nur sie selbst gesehen, sondern auch ihre Tochter. Konnte man wissen, was ihm in den gehässigen Kopf kam? Lisabeth zog den schwarzen Matsch durch ihr Gesicht, ungläubig beäugt von ihrer Spielkameradin. Sie war ein glückliches Kind, seit sie unter Susannas Fittichen lebte. Kein Quäntchen zusätzlicher Verstand im Kopf, aber glücklicher. Nur, wie konnte man dieses Glück behüten? Begriff jemand wie Caesarius, wie verletzlich eine Mutter durch ihr Kind war? Sogar durch ein Kind wie Lisabeth?

»Ich muss ran und was schaffen.« Gerolf hob die Hand und schlurfte zu seinen Leuten zurück. Er schlurfte, jawohl. Aber er roch nicht nach Bier, und damit hielt er sich an ihre Abmachung. Alena setzte sich ins Gras. Sie hätte auch zur Burg zurückgekonnt, aber dann hätte sie Lisabeth bei Susanna zurücklassen müssen, und ...

Wieder kreisten ihre Gedanken um Caesarius. Sie nahm Steinchen in die Hand und zielte damit auf die Wasserlinsen. Ihr war zum Heulen zumute. Fast bis zum Mittag saß sie am Ufer des Stiefelgrabens und wäre wahrscheinlich noch länger dort geblieben, wenn nicht plötzlich ein Schatten das Ufergras verdunkelt hätte.

»Es ist schwierig, Euch zu erreichen.«

»Und Ihr schafft es dennoch immerzu. Setzt Euch nur, Maarten, obwohl es wahrscheinlich besser wäre, Ihr würdet gehen. Wir bringen einander Unglück.«

Er ließ sich im Gras neben ihr nieder. Seine Füße – er hatte äußerst große Füße – steckten in Stiefeln aus braunem Rindsleder, und die waren zweifellos einmal sehr teuer gewesen. Warum verbiss sich jemand, der so reich war, in ein Abenteuer, das ihm nichts als Ärger einbrachte? Warum packte er nicht einfach seine Männer und verschwand?

Alena beobachtete ihn aus den Augenwinkeln. Er betrachtete das gegenüberliegende Ufer, den Schauplatz seiner Niederlage. Aber sie suchte vergeblich nach den Anzeichen des Zorns, mit dem er sie auf dem Judenfriedhof überschüttet hatte. Keine Wut mehr? Nichts, was rumorte und sich Luft verschaffen wollte? Unmöglich, entschied sie. Alles in den Topf hinein und Deckel drauf – das war die Art, wie er mit seinem Unglück umzugehen versuchte. Ämilius war anders gewesen. Er hatte gelächelt, wenn ihm zum Lächeln zumute war, und jeder Ärger oder Zweifel, jede Überraschung und jede Anteilnahme hatten sich ohne Verzug auf das empfindsame Gesicht übertragen. Maarten rechnete sich aus, was möglich war und was nicht, Ende, Schluss. Eine Einstellung, mit der man planen konnte. Aber nichts, was Trost oder Wärme versprach.

Alenas Sehnsucht nach Ämilius wuchs plötzlich ins Unermessliche. Sie wandte den Blick ab und biss wie Lisabeth auf den Nagel ihres kleinen Fingers, um zu verhindern, dass ihr die Tränen in die Augen stiegen.

»Etwas verkehrt?«

»Nein.« Beschämt ließ sie den Finger sinken. »Es … tut mir nur Leid, was mit Eurer Baustelle passiert ist. Das wollte ich sagen.«

Er reagierte nicht. Er zuckte nicht einmal die Achseln.

»Habt Ihr gehört, wie es Dittmar geht? Hat er sein Abenteuer auf der Burg verwunden?«

»Er kaut noch daran. Auch der andere, der Pockennarbige, der bei ihm war.«

»Der Kürschner.«

»Ja. Übrigens hat der Mann sich darauf versteift, dass er unter den hilfsbereiten Kanonissen die Domschreiberin entdeckt hat, die der Stadt üblicherweise das Leben sauer macht. Er ist ihr dankbar. Dittmar hält es allerdings für ausgeschlossen, dass die Schreiberin irgendetwas Gutes für ihn tun würde.«

»Und das macht ihn so bewundernswert. Gut und Böse

liegen vor seinen Augen wie Licht und Finsternis. Wo andere Leute herumstolpern und sich nicht zurechtfinden, sieht er die Wahrheit wie mit Riesenbuchstaben an die Wand gemalt. Nur dass er in Sophies Abwesenheit zur Burg geritten ist – das war zu dämlich von ihm. Was hatte er erwartet?«

»Er hat gelernt«, meinte Maarten nachsichtig. Er sah schlecht aus. Übermüdet. Unter seinem Kinn war ein kleiner, blutverkrusteter Schnitt. Jemand wie Maarten schnitt sich nicht beim Rasieren. Die Gelassenheit, die er zeigte, war Tünche. Er hatte einen Mann verloren, und das ging ihm an die Nerven. Alena wunderte sich, warum er seine Zeit an eine von denen verschwendete, die dafür verantwortlich waren.

Er lächelte sie an. »Habt Ihr schon einmal darüber nachgedacht, in welchen Schwierigkeiten Ihr selbst jetzt womöglich steckt?« Sein Lächeln sollte den Worten das Beängstigende nehmen. Es war fürsorglich gemeint, und Alena spürte, wie ihr Herz wieder zu rumpeln begann.

»Ich denke darüber nach, was Ihr von mir wollt. Aber ich komm nicht drauf. Besinnt Ihr Euch, dass ich die Frau bin, die Euch den Steinbruch weggenommen hat? Susanna, warum heult Lisabeth?«

Alenas Tochter hockte im Klatschmohn neben der Bauhütte und brüllte wie am Spieß, unbeholfen getröstet von ihrer kleinen Spielgefährtin. Susanna ließ das Sieb mit den Kutteln fahren und ging zu den Kindern.

»Der Pockennarbige …«

»Er ist Kürschner. Warum nennt Ihr ihn nach dem, was ihn hässlich macht? Susanna …« Alena stand auf. Lisabeth brüllte immer noch und schien sich nicht trösten lassen zu wollen.

»Der Kürschner ist der Meinung«, erklärte Maarten, der aufsprang und mit ihr ging, »dass Caesarius Euch nach der Befreiungsaktion mit einem … besonderen Blick bedachte.«

»Mit besonderem Blick! Ihr versteht nichts vom Dom und seinem Machtgefüge, Maarten. Ich bin Caesarius' guter Geist. Ich sorge dafür, dass die Kassen der Domfrauen voll genug sind, um ihnen und ihm ein luxuriöses Leben zu ermöglichen. Das weiß er auch, denn eigentlich erfülle ich *seine* Aufgaben, aber er ist zu stupid oder zu faul, um Zahlen zu addieren, die größer sind als die Anzahl seiner Finger. Mir passiert nichts. Lisabeth …«

Lisabeth wechselte mit Gebrüll von Susannas Arm auf den ihrer Mutter. Da sie keinen Verstand hatte, konnte man sie nicht fragen, was ihr fehlte, aber das Geheule ließ sich nicht einmal mit Zärtlichkeiten stillen.

»Ich glaube, es ist etwas mit dem Finger«, meinte Susanna.

Alena schnappte die Hand und fand, dass der Daumen dick und rot angeschwollen war. »Es ist ein Stachel drin. Lass, Lisabeth. Lass. Es hilft nichts zu schreien.« Lisabeth war anderer Meinung. Sie kreischte und wehrte sich mit beträchtlicher Kraft, als Alena mit den Fingernägeln nach dem Stachel griff. »Es ist ein Bienenstachel, Lisabeth. Und ich kann ihn dir nicht …«

Maarten packte erst Lisabeths Handgelenk und dann das ganze Kind, als es seiner Mutter vom Arm zu rutschen drohte.

»Siehst du«, sagte Alena, als sie den Stachel entfernt hatte. »Es ist nur ein kleines Pech, kein Unglück. Morgen ist alles wieder gut.« Sie streckte die Arme aus, aber Maarten schwenkte das Mädchen auf seine Schultern.

»Wir machen einen Spaziergang. Zur Bode.«

Lisabeth griff erschreckt in die rotblonden Locken. Sie zauderte mit großen Augen – aber das Geschrei, das Alena erwartet hatte, blieb aus. »Einmal zur Bode und wieder zurück«, bestimmte Maarten und setzte sich in Bewegung.

»Ihr nehmt Geiseln.«

»Jungfrauenraub ist das Laster der Drachen.«

»Sie wird Euch auf die Schultern pinkeln, sobald sie sich von ihrem Schreck erholt hat«, versicherte Alena. »Schau dir die Wolken an, Lisabeth. So dicht kommst du im Leben nicht mehr dran.« Sie wartete, bis sie ein Stück von der Baustelle entfernt waren, bevor sie weitersprach. »Was wollt Ihr von mir, Maarten? Ich verabscheue Eure Brücke immer noch, und daran wird sich auch nichts ändern. Außerdem bin nicht mehr *ich* Euer Problem, sondern Caesarius.«

Lisabeth vergaß über der Aussicht, die sich ihr bot, den Bienenstich und die Gefahren einer hohen Position. Sie ließ Maartens Haare los und begann nach den Zweigen und Blättern über ihren Köpfen zu angeln. Maarten legte fürsorglich seine Hand auf ihren Rücken.

»Entweder hört Ihr nicht zu oder Ihr verschließt die Augen vor dem, was ist, Alena. Ihr habt Caesarius eine lange Nase gezeigt. Wieso glaubt Ihr, daß er Euch das vergessen würde?«

»Und in Wahrheit seid Ihr gar kein Drache, sondern Lancelot, der den Witwen und Waisen zu Hilfe eilt?«

»Ich bin ein Wurm, der mit Euch im selben Schlamassel zappelt. Und ich brauche Eure Hilfe. Allerdings – beachtet, wie ehrlich ich bin – es ist nicht sicher, ob Ihr Euch einen Gefallen tut, wenn Ihr sie mir gewährt.«

»Dann spart Euch die Worte.« Kein Liebreiz. Man kann nicht herausholen, was nicht drinsteckt.

Maarten lief mit seinen langen Beinen, ohne darüber nachzudenken, wie schwierig es für kleinere Menschen sein könnte, Schritt zu halten, und Alena war froh, als er am Bodeufer endlich stehen blieb. Sie hatte Seitenstechen und ließ sich mit einer Grimasse im Ufergras nieder.

Maarten setzte sich ebenfalls, mit Lisabeth zwischen den Knien. Er hatte ein hübsches Plätzchen ausgesucht. Das Bodewasser schäumte in weißen Strudeln an ihren Füßen vorbei, und da die Bode hier vor der Stadt noch rein und sauber war, konnten sie sehen, wie über die Kiesel am Flußgrund Fische sprangen.

»Ich brauche jemanden, der Caesarius aus der Burg lockt.«

»Was?« Alena ließ die Hände sinken.

»Aus der Burg. Ich muss den Mann ohne seine Leute erwischen.«

»Damit Ihr … ? Nein, Maarten. Nein! Auf keinen Fall!«

»Nicht um ihm den Schädel einzuschlagen«, erklärte er verdrossen.

»Schädel einschlagen fände ich schön. Nur würde es mir im Moment nicht passen. Nichts würde mir im Moment passen, was meine Schwierigkeiten im Stift vergrößert.«

»Ich will ihm …«

» … ins Gewissen reden? Er besitzt keins.«

»Aber eine schwache Stelle. Jemand, der jemanden kennt, hat Dittmar etwas erzählt, und Dittmar hat mit mir darüber gesprochen, und … Es gibt eine Möglichkeit, Caesarius in Schwierigkeiten zu bringen.«

»Ach.« Alena schlüpfte aus ihren Sandalen und streckte die Füße in die Wasserstrudel. Sie pflückte eine gelbe Blume und hielt sie Lisabeth zum Spielen hin, aber ihre Tochter interessierte sich mehr für Maartens Stiefel. »Ich bin nicht sicher, ob ich es wissen will. Ihr hättet also die Möglichkeit, ihm zu schaden?«

Maarten nickte. »Caesarius hat … Er hat etwas getan, was ihn bei seiner Herrschaft in ein ziemlich schlechtes Licht setzen könnte. Oder vielmehr, er hat es wahrscheinlich nicht getan, aber man könnte es so darstellen, dass jeder glauben würde, er hätte. Und damit ist er – nach sorgfältigem Abwägen und Hin und Her und allem Drum und Dran – erpressbar.«

Nicht umbringen, sondern nur verleumden also. »Aber wozu braucht Ihr *mich*?«

»Wie ich schon sagte: Wir haben Schwierigkeiten ihn zu erwischen. Ihm dampft – wie Moriz sich ausdrückt – der Hintern. Er traut sich nur noch in Gesellschaft aus der Burg. Wir brauchen ihn aber ohne seine Kumpane. Es muss alles so diskret geschehen, dass niemand etwas davon erfährt.«

»Weil es sich im Schmuddligen besser erpressen lässt.«

»Genau.«

»Und wenn er über Eure Drohung lacht?«

Lisabeth hatte die Dotterblumen neben Maartens Stiefel entdeckt und erzürnte sich in dem Versuch, sie zu erschlagen. Vielleicht erinnerten sie sie an die Biene. Jemand, der schlug ohne zu begreifen, wohin, lebte gefährlich. Wenn Caesarius sich nicht erpressen ließ, würde er vor Wut kochen. Er würde auf Maarten wütend sein, auf Dittmar, falls der überhaupt mit in dieser Sache steckte, aber vor allen Dingen auf die Domschreiberin, die ihm ständig in den Rücken fiel. Davon war Alena überzeugt.

Maarten fing Lisabeths Hand ein, als eine Biene sich in ihre Reichweite verirrte. Ihre Finger zuckten streitsüchtig. »Wenn ich in Eurer Haut steckte …«

»Das tut Ihr nicht, Maarten. Wie könnte ich Euch erreichen, für den Fall, dass ich mich für Euren Vorschlag erwärme, was nicht sehr wahrscheinlich ist?«

»Es gibt ein Mädchen in der Küche. Sie heißt Brigitta. Ihre Tante arbeitet in Dittmars Haushalt. Brigitta würde uns Nachricht geben.«

»Klein, Hasenscharte und still wie ein Stein im Schlaf? Ich kenne sie.«

Alena stand auf und bückte sich nach Lisabeth. Sie versuchte sich zu bücken. Aber ihr wurde schwindlig, und ihr leerer Magen erinnerte sie daran, dass sie die Morgenmahlzeit hatte ausfallen lassen. Sie stützte sich mit dem ausgestreckten Arm an einen Weidenstamm. »Euer Rat?«

»Was?« Maarten beobachtete sie. Sie konnte das nicht ausstehen.

»Der eine Rat pro Tag, den Ihr mir geben wolltet. Ihr wart auf meiner Baustelle, und gewiss habt Ihr zu nörgeln.«

»Eure Gründung ist ein Schlamassel.«

»Weil?«

»Sie hält, wo das Erdreich gelb ist. Aber an den schwarzen Stellen habt Ihr ... la boue ... modder ...«

»Matsch.«

Er nickte. »Dort sackt Euch alles weg. Ihr müsst Pfähle einrammen, so tief, bis sie auf solidem Grund stehen. Aber sorgt dafür, dass sie unterhalb des Grundwassers bleiben. An der Luft fault das Holz. Und ...«

»Ja?«

»Wenn sie die Stämme für die Balkenlage über dem Sockel aussuchen ...« Er hob sich Lisabeth wieder auf die Schultern. »Auf Eurer Baustelle herrscht ein Durcheinander von frischem und abgelagertem Holz. Alles kreuz und quer. Ihr solltet überhaupt kein frisches Holz benutzen, aber wenn es sich nicht vermeiden lässt, dann sorgt dafür, dass sie es nur an Stellen einbauen, an denen es später problemlos auswechselbar ist.«

»Er hat dich auf seine Schultern gesetzt, sodass du in die Wolken schauen konntest«, sagte Alena, »aber du solltest dich deshalb nicht von ihm um den Finger wickeln lassen.« Sie waren auf dem Heimweg und hatten sich in einem lauschigen Eckchen zwischen Büschen niedergelassen, deren rosa Blüten betäubend nach Frühling rochen. Alenas Knie zitterten, und das hatte damit zu tun, dass Lisabeth in den letzten Monaten größer und schwerer geworden war, aber auch mit dem Essen. Mit Alenas Widerwillen gegen Essen. »Die Sorgen schnüren mir den Magen zu«, erklärte sie ihrer Tochter. Lisabeths gesunder Mundwinkel war von dem gelähmten nicht mehr zu unterscheiden. Beide hingen schlaff herab. Erstaunlich, wie wach sie trotzdem noch schaute. Sie lag auf dem Rücken, und Alena lächelte auf sie herab.

»Es hat dir gefallen, dass er dich getragen hat, ja? Du hast dich auf seinen Schultern stark gefühlt. Aber wenn du Verstand hättest, Käferchen – und das hast du nicht und niemand wirft es dir vor –, dann würdest du hinter den roten Apfelbacken den Wurm entdecken. Wir sollen Caesarius für deinen Freund in eine Falle locken und vielleicht – ich sage ausdrücklich *vielleicht* – gelingt das, und wiederum *vielleicht* sind die Argumente des Baumeisters stichhaltig genug, den Hauptmann in die Knie zu zwingen, und *vielleicht* siegt Caesarius' Verstand dann über seine Wut, und er gibt klein bei. Beachte jedoch, dass das Risiko für jedes einzelne dieser *Vielleichts* bei uns beiden läge.«

Lisabeth lächelte sie voller Wärme an, und Alena küsste sie, von dem Gefühl überwältigt, es wäre Ämilius, der sie aus den braunen Augen anschaute.

»Es könnte sich trotzdem lohnen, das Risiko auf sich zu nehmen«, fuhr sie fort, »denn wir stecken bis zum Hals im Mist, das müssen wir gerechterweise zugeben. Lisabeth, was ist? Ich weiß, dein Finger hat wehgetan, und du warst tapfer und hättest die Biene erschlagen, wenn man dich gelassen hätte. Du hast ein Herz wie ein Drachentöter. Gib mir das Händchen, Lisabeth.«

»Die Sache hat noch einen weiteren Haken«, fuhr Alena fort, während sie sich hinlegte und Lisabeth in ihren Arm nahm. »Und dein Freund mit den breiten Schultern weiß das und hatte zu Recht ein schlechtes Gewissen deswegen. Caesarius hält *jetzt* vielleicht still. Aber irgendwann wird die Brücke fertig sein oder besser noch, ihr Bau wird aufgegeben, und dann werden die Leute sich in alle Winde zerstreuen, und wir zwei werden mit Caesarius und dieser Erpressung allein zurückbleiben. Die Zeit gräbt den Flüssen neue Läufe, und Umstände ändern sich, und mit einem Mal könnte Caesarius' Schmuddelgeheimnis nicht mehr wichtig sein. Oder Caesarius findet andere Gönner, sodass er sich um keine Peinlichkeit mehr sorgen muss. Vielleicht ist das Geheimnis auch von der Art, dass wir es in einigen Jahren nicht mehr preisgeben können, weil man uns sonst fragen würde, warum wir so lange geschwiegen haben.«

Gemeinsam sahen Mutter und Tochter zu, wie die Wolken sich in Fabeltiere verwandelten, die einer Karawane gleich über das glitzernde Blei des Domdachs zogen.

Wagen oder nicht wagen?

Es war spät, als Alena sich aufraffte und zur Burg zurückkehrte. Die Schatten der Bäume waren lang geworden. Sie kamen ihr vor wie warnende Finger, die zur Burg wiesen.

Caesarius war allgegenwärtig. Ob das an Alenas sorgenvoller Aufmerksamkeit lag, die ihn jetzt überall aufspürte, oder ob er es darauf anlegte, ihr über den Weg zu laufen – sie fühlte seine Blicke im Nacken wie klebrige Spinnenbeine.

Unruhig grübelte sie über Lisabeth. War es gut, das Kind aus der eigenen Obhut in die von Susanna zu geben, die sie im Ernstfall nicht besser verteidigen konnte als ein Spatz das Küken gegen den Habicht? Oder war es im Gegenteil wie eine Herausforderung für den Stiftshauptmann, das Mädchen ängstlich unter den eigenen Flügeln zu behalten? Machte es ihn womöglich erst auf Lisabeth aufmerksam? Wollte er überhaupt etwas gegen Alena unternehmen oder hatte er sie bereits vergessen? Jede Menge Fragen, und auf keine gab es eine Antwort.

Alena entschloss sich, Lisabeth weiterhin zur Baustelle zu

bringen. Am ersten Morgen, an dem sie es wieder tat, verschwand Caesarius aus der Burg – was sie beunruhigte, weil er die letzten Tage ständig dort herumgelungert hatte. Sie ging in die Kammer hinter der Bibliothek und versuchte etwas Vernünftiges zu tun, indem sie den Wust der Urkunden nach Hinweisen auf das Kloster Brehna durchforschte. Wenn Sophie zurückkehrte, würde sie unter Umständen über das Kloster Verfügungen treffen wollen, und dann wäre es gut, informiert zu sein, auch über die umliegenden Besitztümer …

Alena horchte. Keine der Männerstimmen im Hof gehörte zu Caesarius. Nur Köche und Küchenjungen, die sich über das Fett einer Sau unterhielten, die der Hirte zur Burg gebracht hatte und die nun abgestochen werden sollte. Zu mager und zu oft gescheucht. Falsch gefüttert. Nichts als Sehnen und Knochen.

»Oh, Mist, Mist!« Alena schob ihre Wachstafel so heftig zurück, dass sie über den Tischrand kippte und sich in den Spalt dahinter klemmte. Sie presste die Handballen gegen die Schläfen und bildete sich ein, Caesarius lachen zu hören, obwohl das Gespräch im Hof sich weiterhin um Sauen, Eicheln und Fett drehte. Was konnte es schaden, Brigitta aufzusuchen? Zumindest konnte sie sich einmal ansehen, was für eine Art Mädchen sie war.

Brigitta nahm Schweineköpfe aus. Sie hockte abseits der lärmenden Kochgemeinschaft auf einem Dreibein vor einem kniehohen Bottich, pulte das Gehirn aus den Knochenschalen und schob sich versunken Teile der grauen Masse in den Mund. Kauen und pulen, während ein Streifen spärlichen Lichts durch das Fensterchen oben an der Decke auf ihre Hände fiel.

»Gibt es noch etwas zu essen?«, fragte Alena.

Brigittas Augen waren von demselben stumpfen Grau wie

das Gehirn, das sie mit ihrem klebrigen Messer schnitt. Sie deutete auf den Eimer, und Alena drehte sich der Magen um. Stumm stand sie da, fehl am Platz, von jedermann begafft und bemerkt. Etwa ein Dutzend Männer und Frauen hantierten in der Küche, alle emsig mit dem Abendessen beschäftigt. Auf dem riesigen Tisch in der Mitte des Raums wurden Reiher und Gänse ausgenommen, am Spieß drehte sich rohes Fleisch, und es stank bis in den letzten Winkel nach Essig.

»Essen gibt es zu den Zeiten, in denen es für jedermann Essen gibt«, rief der Koch, dessen Kopf unter dem schütteren Haar rötlich wie Krabbenfleisch glänzte. Er bückte sich an dem Regalbrett mit den Töpfen vorbei, das an Ketten von der Decke baumelte, und schnauzte: »Das gilt auch für Leute, die sich so hochgeboren fühlen, als wären sie selbst in königlichen Kissen geboren.«

Na schön und besten Dank auch, dachte Alena.

Brigitta hob schwerfällig die Lider. »Ich bring Euch was in Eure Kammer.« Ihr Murmeln war kaum zu verstehen.

»Nur wenn man dich hier entbehren kann. Es ist nicht wichtig.« Alena ließ ihre Augen über die bemalten Tonkrüge und die Stangen mit den Fischhaken schweifen, an denen die Fischleiber glänzten. Die Küche war wie eine Festung in der Festung, und sie hatte es versäumt, sich mit den Bewohnern anzufreunden, ging ihr plötzlich auf. Sie hatte selten nach Essen gefragt, was jedermann wie Hochmut vorkommen musste, denn wer vom Gesinde verzichtete freiwillig auf Leckerbissen? Und sie war auch nicht auf Plaudereien in die gemütliche Wärme gekommen. Kein Wunder, wenn die Leute ihr Stolz unterstellten. Natürlich würden sie mit einer wie ihr nicht herumtratschen. Über das, was zum Beispiel Burchards Page dem Pferdejungen erzählt hatte und der wieder dem ersten Küchenmädchen und die wieder … und so weiter. Eine Frau, die nicht ordentlich aß, obwohl man fabelhaft kochte, konnte kein ordentlicher Mensch sein.

»Schreiberin?«

»Was?« Die Fischleiber waren vor ihren Augen blind geworden. Nun schreckte sie auf und schaute sich nach der Stimme um. Die gesamte Küche spitzte die Ohren. Alle starrten zu einem pausbäckigen Jungen, der oben an der Treppe stand.

»Caesarius will Euch sprechen.«

»Mich?«

»Hat er gesagt. Er wartet in dem gelben Raum neben den Ställen – ich kann Euch führen, wenn Ihr nicht wisst, wo. Aber es muss sofort sein, der Hauptmann hat eine Menge zu tun.« Wichtigtuerisch zog der Junge die Augenbrauen hoch, was wohl heißen sollte, dass auch er selbst keine Zeit zu verschwenden hatte. Er war schon älter, siebzehn, achtzehn. Wahrscheinlich Knappe in Erwartung des Ritterschlags. Er machte allerdings nicht den Eindruck, als wäre er im Rahmen einer Verschwörung unterwegs. Wenn Caesarius eine Gemeinheit vorhatte, dann würde er das Opfer doch nicht vor dem gesamten Küchengesinde zu sich rufen lassen?

Alena folgte dem Jungen in den Hof.

Der gelbe Raum entpuppte sich als niedrige Kammer mit nur wenig Licht, das durch eine dreieckige Aussparung in der Verkleidung des Fachwerks fiel. Der Boden war mit Stroh bestreut, an der Wand hingen Bretter mit langen, rostigen Nägeln, an denen Pferdegeschirr und verschiedene Arten von Bürsten baumelten. Den Namen hatte der Raum von der hässlichen gelben Farbe, mit der der Putz überstrichen war, und der einzige Grund, jemanden hierher zu laden, war, dass er ohne eigenen Eingang blind hinter dem Pferdestall lag und dass man jeden Ankömmling bemerkte, der sich in die Nähe verirrte.

»Tretet näher, Alena.« Caesarius lächelte breit. »Alena – was für ein hübscher Name. Hat man Euch nach der den Männern geneigten Magdalena genannt? Nein, bleibt, keine Sorge. Ich plane nichts als ein Pläuschchen unter Freunden. Verschwinde, Gerrik.« In der gelben Kammer standen einige Schemel, und er bot ihr einen davon an, aber sie schüttelte den Kopf. »Zugegeben ...« Der Hauptmann entblößte sein Gebiss, das ungewöhnlich weiß und vollständig war. »Es hat mich nicht gefreut, dass Ihr meinen Spaß mit den Bienen gestört habt, aber ich bin keiner, der übel nimmt. Ihr wollt Euch wirklich nicht setzen?«

Caesarius kraulte seinen schwarzen Backenbart und besetzte den Platz zwischen Alena und der Tür. Er ging gemächlich, hatte dabei aber den lauernden Blick einer besonders boshaften Katze. »Wir haben gemeinsame Interessen. Ich habe Euch hierher geholt, weil ich es an der Zeit finde, diesen erfreulichen Umstand einmal deutlicher zu betonen.«

Alena schwieg.

»Wir mästen uns beide am domfräulichen Speck. Ich bitte Euch, ist das keine Grundlage? Natürlich dienen wir ihnen auch – in aller Demut und Redlichkeit und so weiter. Und außerdem ... Außerdem wünschen wir beide die Brückenbauer zum Teufel. Reicht das nicht für eine Freundschaft?«

Alena fühlte, wie ihre Lippen steif wurden. Sie konnte nichts dagegen tun. Ihre Gesichtsmuskeln formten eine Maske des Abscheus, und obwohl sie sich zur Seite drehte, damit Caesarius nicht allzu viel davon sah, musste er es bemerken.

»Schon gut, ich weiß, dass es keine Herzensbindung ist. Eine magere Kuh wie Ihr passt sowieso nicht in den ... Glanz meiner Hofhaltung.« Caesarius trat hinter Alena und legte die Hände auf ihre Schultern. Ihr wurde heiß vor Ekel, als sie seine Finger spürte. »Widerspenstig. Immer nur widerspenstig! Betrachtet es leidenschaftslos. Wir beide gehören zusammen. So wie der Acker den Haufen Mist duldet – und es stört mich nicht, mich mit einem Acker zu vergleichen …«

»Was wollt Ihr von mir?«

Caesarius' Finger wanderten in ihren Nacken und auf ihre Haut.

»Ich will, dass Ihr aufhört zu kläffen. Finis. Euer Spaß, Alena, liegt im Geldraffen. Meiner ist das Spiel mit der Stadt und ihrem Grafen. Es vertreibt mir die Langeweile. Ich hindere Euch nicht, und ich wünsche im Gegenzug …« Urplötzlich riss er an ihren Locken, und ihr Gesicht flog hoch, sodass sie ihn anschauen musste. »Wenn ich mir einen Spaß erlaube oder mich sonstwie vergnüge – dann schaut Ihr gefälligst weg und haltet die Klappe. Ist es mir *nun* endlich gelungen, mich verständlich zu machen?«

Jemand, der mutiger oder redlicher gewesen wäre, hätte protestiert. Alena konnte das nicht. Sie musste an die Küche denken und fragte sich, wie weit das Wegschauen in der Burg bereits Gewohnheit geworden war. Es war idiotisch gewesen zu denken, Öffentlichkeit würde vor Caesarius Schutz bieten.

»Seid Ihr eine Hexe?«

»Was?«

Caesarius ließ sie los und drehte sie zu sich um. »Ich frage nur. Jeder weiß, dass Eure Mutter dem Leibhaftigen den Hintern küsst. Solche Frauen, Weiber, die sich etwas auf ihre Schlauheit einbilden, und dazu gehört Ihr auch …« Er grinste auf sie herab. »… sind gemeinhin noch dämlicher als die anderen. Soll ich Euch etwas verraten?«

Alena schielte sehnsüchtig zur Tür.

»Euer Ämilius …« Caesarius lachte, als er sah, wie sie zusammenzuckte. »Es hat mich schon immer amüsiert, wie sicher Ihr über seinen Tod seid. Erasmus. Natürlich musste es Erasmus sein. Erasmus, weil er ein Mann ist, ja? Ihr rennt so bescheuert Eure Furche wie ein Klepper mit Scheuklappen. Nichts auf die Weiber und so ... Nur unsere gute Bertrade ist klüger. Sie schreit Zeter und Mordio, sobald ein Frauenzimmer in ihre Nähe kommt.«

»Was wisst Ihr über Ämilius?«

Caesarius wusste gar nichts. Er hatte seine Giftpfeile aufs Geratewohl abgeschossen und grinste, weil er ihre Achillesferse entdeckt hatte.

»Alena!«

Sie hielt noch einmal inne, schon auf halbem Weg zum Hof.

»Überschätzt das nicht. Ich meine, Eure Unentbehrlichkeit. So schwierig ist es auch nicht, diesen verdammten Fronzins zu verwalten. Und Sophie ist keine Frau, die verschütteter Milch hinterherweint.«

»Ihr hätte nicht gehen sollen«, sagte Brigitta, als sie das Schüsselchen mit gequollenem Weizen und eingeweichten Pflaumen auf Alenas Truhe absetzte. Ihre sonderbaren glanzlosen Augen fixierten einen Punkt über Alenas Kopf.

»Er hat mir nichts getan, nur leere Worte und ein bisschen Angeberei.«

»Dann könnt Ihr Euch freuen.« Brigittas Tonfall ließ deutlich werden, dass sie kein Wort glaubte.

»Ich habe mich mit ihm geeinigt. Oder vielmehr: Er hat seine Bedingungen gestellt, unter denen er mich in Frieden lässt. Und ich kann damit leben. Dittmar und die anderen sind erwachsene Männer. Sie müssen auf sich selbst achten. Das geht mich nichts an.«

Brigitta zuckte mit keiner Wimper. Trotzdem fühlte sich Alena von ihrer Verachtung wie von einer Welle überschwemmt.

»Bestelle Dittmar von mir, er soll Caesarius nicht in die Quere kommen. Mehr kann ich für ihn und die Stadt nicht tun.«

Brigitta ging so schweigsam, wie sie gekommen war. Und Alena machte sich auf den Weg zu Lisabeth.

Es gab keine Eingebung. Keine blitzartige Erkenntnis von Gefahr.

Alena war wie immer durch die Stadt zur Baustelle gelaufen, hatte Lisabeth geholt und sich mit ihr auf den Heimweg gemacht. Sie passierte die Ritterstraße und verließ die Stadt durch den südlichen Torbogen, der von wildem Wein überwuchert wurde und an diesem Nachmittag so einsam lag, als führe er in ein verwunschenes Königreich. Hinter dem Tor verzweigte sich der Weg. Rechts ging es am Stadtgraben entlang zum Munzeberg, links zu den Katen des Westendorfs. Alena nahm den Weg geradeaus, der in einem Bogen zur Burg hinaufführte. Dort, hinter der ersten Biegung, erwischte Caesarius sie.

Er lenkte seinen Rappen hinter einem bröckligen Mauerabschnitt hervor, schlug ihm die Hacken in die Weichen und schnitt ihr den Weg ab. Außer der Tatsache, dass er sich verborgen gehalten hatte, gab es kein Anzeichen, dass er Böses im Sinn hatte. Das und sein Lachen. Alena fasste Lisabeth fester. Links ging es steil abwärts, rechts wuchs ein dichtes Bollwerk aus Heckenrosen. Sie hatte keine Möglichkeit auszuweichen, es gab nur den Weg zurück, auf dem Caesarius sie aber nach wenigen Schritten eingeholt hätte. Alena versuchte trotzdem die Flucht. Sie schob Lisabeth zwischen die Heckenrosen und bemühte sich hinterherzukriechen. Es war eine nutzlose Anstrengung, bei der sie sich in den Dornen verhedderte und ihr Kleid zerriss. Lisabeth begann zu weinen. Im nächsten Moment fühlte Alena sich von einer kräftigen Hand am Surcot gepackt. Sie wurde durch den Sand geschleift, drehte sich und sah Hufe vor den Augen wirbeln. So schnell, fuhr es ihr durch den Kopf. So endgültig. Ein Tritt wie ein Hammerschlag traf sie in die Rippen, schleuderte sie durch die Luft und ließ sie halb betäubt liegen.

Sie war zwischen den Heckenrosen aufgekommen und rappelte sich mühsam auf die Knie – aber sie bekam keine Luft. Während sie den Hals reckte, fast verrückt vor Angst und Atemnot, sah sie Caesarius auf sich zukommen. Nein, nicht Caesarius, das war Burchard. Seine Haare umströmten ihn wie flüssiges Gold. Sie waren zu zweit. Und es ging um kein Geplänkel mehr, sondern um Mord. Lisabeths Heulen war verstummt. Burchard hatte sie auf sein Pferd gerissen und hielt ihr den Mund zu. Seine breite Hand erstickte das ganze kleine Gesicht.

Alena begann zu atmen oder vielmehr, sie sog in Panik die Luft ein und hustete und wollte auf Burchard zustürzen. Aus den Augenwinkeln sah sie Caesarius kommen – ein Schemen in dem Brei aus Schmerz und Angst, der ihren Blick trübte –, und über ihr verdunkelte sich der Himmel. Der Ritter zwang sein pechfarbenes Pferd auf die Hinterbeine.

Es war vorbei. Alena drängte sich an Burchards Stiefel, in der Hoffnung, dass seine Nähe ihr Schutz vor den tödlichen Hufen bieten könne, aber sie wusste, dass es vorbei war. Nur noch ein Hinauszögern. Burchard fluchte. Er trat und traf sie an derselben Stelle, an der vorher der Huf gelandet war.

Ihr eigener Schrei war für Alena wie ein fremdes Geräusch, das eine Welle von Echos in ihrem Schädel auslöste. Und doch konnte sie unterscheiden, dass sie nicht die Einzige war, die ihren Schmerz in den Himmel brüllte. Sie lag wieder auf den Knien und horchte betäubt und unfähig zu irgendeiner Bewegung auf einen rasselnden Laut höchster Qual. Caesarius' Pferd, eben noch finster wie eine schwarze Flut vor ihr aufgerichtet, sackte zusammen und rollte auf die Seite. Eine Blutfontäne schoss aus seinem Hals. Die Spritzer besudelten Alenas Surcot.

Sie schrie ein zweites Mal, als jemand sie unter den Achseln packte und mit einem heftigen Ruck von der Straße zerrte.

Das schwarze Pferd war erschlafft. Unter seinem Leib schaute ein heller, weicher Stiefel hervor – der von Caesarius. Er war eingeklemmt. Und um ihn herum … Alena vergaß Caesarius. Sie riss sich von den Armen los, die sie hielten, und suchte Lisabeth. Burchard war ein Stück weit den Burgpfad hinauf geflohen. Er schwang seine Streitaxt in der Faust, mit der freien Hand presste er Lisabeth auf den Widerrist seines Pferdes. Fassungslos beobachtete er, was seinem Hauptmann geschah. Alena wollte hinter ihm herstürzen. Wieder wurde sie festgehalten, und diesmal klang ihr der eigene Schrei spitz und klar in den Ohren. Sie fasste nach ihrer Seite und stöhnte.

»Bleib, Mädchen«, meinte eine bedächtige Stimme. »Wäre möglich, der Kerl tut ihr was an, wenn man ihn bedrängt.«

Alena erstarrte, als sie den Sinn der Worte begriff.

Jedermann schien plötzlich auf seinem Platz zu verharren, als wären sie Komödianten, die sich auf einer Bühne zurechtgestellt hatten und auf den Beginn des Spiels warteten. Caesarius hatte sich unter seinem Pferd hervorgearbeitet. Er wurde von jemandem – von Maarten – auf die Füße gezogen. Maarten drückte ihm ein Messer gegen die Kehle. Unter der Klinge rann Blut hervor, und Caesarius stand plötzlich still wie Lots Weib. Gegenwehr wäre auch zwecklos gewesen, denn um ihn und Maarten hatten sich ein Dutzend Männer aus der Bauhütte geschart. Jeder trug einen Hammer oder eine Axt oder etwas Ähnliches, und sie schienen entschlossen, von den Waffen auch Gebrauch zu machen. Der drahtige Moriz wog eine Spitzhacke in den Händen. Er sah keineswegs mehr lächerlich oder wehrlos aus.

»Ist sie in Ordnung?«

Maarten hatte das gefragt, und Alena fühlte den Mann in ihrem Nacken nicken. Sie riss sich los, lief wenige Schritte, blieb aber sofort wieder stehen. »Burchard ... gebt sie mir!«

Der Mann mit den schönen Haaren stierte sie unsicher an. Wahrscheinlich wollte es ihm nicht in den Kopf, dass ein Kind ohne Verstand irgendeinen Wert als Geisel besitzen konnte, aber offensichtlich war es so. Also legte er, als Alena einen weiteren Schritt tat, die Schneide seiner Axt quer auf Lisabeths Hals. Wieder stand Alena da und konnte nichts tun.

Maarten rief seinen Männern etwas auf Französisch zu. Zwei von ihnen rannten zum Tor hinab und kehrten kurz darauf mit Pferden zurück.

»Caesarius – befehlt Eurem Mann, dass er hier auf Euch warten soll. Und sagt ihm, er soll das Kind in Ruhe lassen.« Der Burghauptmann zögerte, es war ihm anzusehen, wie er überlegte, welche Spielchen man mit tumben Handwerkern wagen könne – ein Gedanke, den er teuer bezahlte. Ungläubig sah Alena, wie Maarten ihm das Messer vom Hals quer über die Wange zog. Eine klaffende Wunde tat sich auf.

»Wa ... warte hier«, blaffte der Ritter entsetzt. Vielleicht ging ihm jetzt erst auf, wer die Männer waren, die ihn überfallen hatten, und welche Wut in ihnen kochen mochte. Über seine linke Gesichtshälfte strömte Blut. Sein schwarzer Bart wurde feucht und der teure, aquamarinblaue Surcot verfärbte sich mit.

»Also bitte.« Maarten hielt Caesarius so, dass er den Mund an seinem Ohr hatte. »Und nun sag ihm, er soll das Kind zu Boden setzen.«

Burchard schüttelte den Kopf, bevor Caesarius Zeit zu reagieren hatte. Das Kind war sein einziges Pfand, ob mit Verstand oder ohne. Und möglicherweise auch die einzige Garantie, dass man seinen Hauptmann nicht einfach niederstach, selbst wenn Caesarius das jetzt nicht begriff. So oder ähnlich mussten seine Gedanken sein, denn er schüttete heftig den Kopf. »Kann ich nicht, nein.« Er überlegte fieberhaft. »Ich lass sie runter, aber zuerst müsst ihr Caesarius freigeben und fortgehen.«

Maarten flüsterte Moriz etwas zu. Alena sah, dass der Franzose eine dünne Messleine aus einem Beutel an seinem Gürtel zog. Ein Stück davon schnitt er ab und band dem Stiftshauptmann damit die Hände zusammen. Aus dem Rest wand er eine Schlinge, die er Caesarius über den Kopf streifte. Das Ende wickelte sich Maarten um die Faust. Er stieg auf eines der Pferde.

»Neklas, bande lui les yeux!«

Der Mann, der bisher auf Alena geachtet hatte, trat vor und zog ein rotweiß gewürfeltes Tuch aus dem Ärmel, mit dem er Caesarius die Augen verband. Er musste enorme Kräfte besitzen, denn es gelang ihm, den blinden Hauptmann in den Sattel eines zweiten Pferdes zu hieven. Insgesamt hatten sie fünf Tiere geholt. Moriz bestieg das dritte, Alenas Beschützer das vierte, ein dünner Mann mit Kräuselbart das letzte.

Alena trat zu Maarten und griff ihm ins Zaumzeug. »Ich will meine Tochter zurück.« Ihr tat die verdammte Seite weh, sie konnte noch immer kaum atmen und weinte still und verzweifelt.

»Ihr bekommt sie wieder. Könnt Ihr reiten?«

»Wozu?«

»Ich versprech's Euch. Ihr bekommt sie zurück.«

Das waren Worte, so wertvoll wie ein Tropfen Wasser in einer Feuersbrunst. Leben erloschen mit einem Handstreich, und Lisabeths Leben zählte in den Köpfen der Domritter weniger als der Dreck unter den Hufen ihrer Pferde. Alena ließ sich von Maarten hinter Neklas auf den Pferderücken helfen und hoffte, dass die Männer etwas mit Sinn und Verstand planten. Neklas benutzte keinen Sattel. Sie konnte sich gut an ihm festhalten. Der grimmige Schmerz, der bei jedem Tritt des Pferdes in ihre Seite schnitt, war eine willkommene Betäubung gegen den Schmerz ihrer Seele. Sie klammerte sich an Neklas und konnte nicht aufhören zu weinen. Sie hatte Lisabeth nicht schützen können. So wenig wie Ämilius.

Der Ritt dauerte fast eine Stunde, wobei Alena in den wenigen Momenten, in denen sie die Augen öffnete, das Gefühl hatte, dass sie Umwege machten. Irgendwann hielten die Pferde, und sie standen an einem sich kräuselnden Bergsee, in dessen Uferwasser Granitblöcke lagen und in dem sich schwarz die Ulmen spiegelten. Um sie herum erhoben sich die Harzer Berge.

»Alles in Ordnung?«, fragte Maarten, während er zusah, wie Neklas ihr vom Pferd half.

»Sorgt dafür, dass ich meine Tochter zurückbekomme.« Alena schlang die Arme um ihren Oberkörper und versuchte ihre lädierten Rippen zu stützen, während sie zu dem Höhleneingang ging, durch den der schwarze Moriz den Stiftshauptmann schob. Als sie ihnen folgen wollte, kam ihr eine gebückte ältere Frau mit einem langen Zopf entgegen, in den Waldblumen eingeflochten waren. Die Frau lächelte verlegen und verschwand zwischen den Bäumen.

Die Höhle war klein, wurde aber verschwenderisch von künstlichem Licht erhellt. Auf einem abgeplatteten Felsen stand in einer Wachspfütze eine riesige Kerze von zwei oder drei Pfund Gewicht, wie es sie sonst nur auf den Altären der Dome gab. Ihr lodernder Schein beleuchtete eine Lagerstatt aus gehäufeltem Laub und Gras, wie man sie sich erbärmlicher kaum denken konnte, aber das Gras war mit einem sauberen Laken bedeckt und mit Kissen und Decken ausgepolstert. Es roch nach Feuchtigkeit und kaltem Rauch.

»Ich hatte gehofft … so gehofft, Euch wiederzusehen«, krächzte eine Stimme, zittrig wie Espenlaub.

Alena trat an das Lager. Sie biss die Zähne zusammen und ließ sich auf die Knie nieder, die Hand fest auf die Rippen gepresst. »Und ich war sicher, dass Ihr tot seid. Ich hatte keinen Funken Leben mehr in Euch gespürt, Romarus. Ich dachte, Ihr hättet Euch aus dem Leben gestohlen und mich und die arme Äbtissin ihrem Schicksal überlassen.« Die Riesenkerze beleuchtete ein leichenweißes Gesicht. Alena beugte sich vor und küsste die Stirn des buckligen Ritters, die Stelle über dem zugenähten Auge.

»Kein Grund zum Heulen, Verehrteste. Ich bin dabei, wieder auf die Füße zu kommen«, brummelte Romarus. Er versuchte, ihr die Tränen aus dem Gesicht zu wischen, aber seine Finger zitterten so heftig, dass er ihr fast mit dem Nagel das Auge geritzt hätte. »Freut mich jedenfalls, dass ich nützlich sein kann. Freut mich sogar ungeheuer. Dies Schwein, verdammtes.«

Alena ertrug es nicht länger zu knien. Sie stellte sich neben Romarus' Lager und sah zu, wie Neklas auf Maartens Wink die Kerze ausblies. Damit Romarus' Zustand verborgen blieb? War das der Grund? Maarten nahm Caesarius die Binde ab.

Der Hauptmann stand im ersten Moment da wie ein Blinder. Als sich seine Augen an das Dämmerlicht gewöhnt hatten, wollte er auf das Lager zustürzen, aber Maarten hielt ihn fest.

»Was …« Caesarius fuhr herum. »Was soll das?«

»Ein Geschäft. Eines, das mir selbst noch mehr zuwider

ist als Euch. Wenn Ihr meinen Vorschlag annehmt, seid Ihr ein freier Mann. Wenn Ihr ablehnt übrigens auch. Aber dann werdet Ihr Schwierigkeiten an den Hals bekommen, wie sie Euch in Euren schlimmsten Träumen nicht heimsuchten. Ihr könnt sprechen, Romarus.«

»Das ist nicht Romarus. Die Fratze ist tot.« Caesarius wollte wieder vortreten. Diesmal packte Maarten grober zu. Dem Ritter entfuhr ein Schmerzenslaut.

»Eieiei – er jault wie eine Katze und ist blind wie eine Fledermaus.« Romarus schaffte es, sich auf den Ellbogen zu stützen. Sein Gesicht verzerrte sich, und jetzt sah er grausiger aus als die scheußlichste Steinmaske von St. Blasii. »Ich *lebe,* Mann. Doch. Und ich bin bereit – nein, es wird mir eine Wonne sein – jedem, der es wissen will, zu verkünden, dass *Ihr* es wart, der mich überfallen und in diesen scheußlichen Zustand versetzt hat. Von Hoyer bestochen oder was immer man sich ausdenken wird.«

»Das ... ist erlogen.«

»Und? Spielt es eine Rolle?« Romarus freute sich schamlos. »Kann mir nicht vorstellen, wer Eurem Leugnen Glauben schenken würde. Seid ein Lügner. Ist so bekannt wie das Ave Maria.«

»Damit kommt Ihr nicht durch. Meine Ritter werden bezeugen, dass ich auf der Burg war, während Ihr ...«

»Natürlich, und jedermann wird den Mund aufreißen vor Gähnen. Euer Haufen, Caesarius, hat einen traurigen Ruf. Keine Schaufel Mist gäbe man für ihren Schwur. Ich dagegen, Romarus, hässlich wie die Nacht, aber mit dem treuen Herzen des Christophorus gesegnet ...«

Caesarius versuchte ein drittes Mal vorzustürzen, und diesmal holte Maarten aus. Er benutzte keine Waffe. Er schlug zu, und seine Hand musste mit Blei ausgegossen sein, denn der Hauptmann lag ein ganze Weile am Boden, ehe er zu stöhnen und sich aufzurappeln begann. Er wankte zur Höhlenwand, wo er stehen blieb, um sich abzustützen. »Ihr seid krank. Und bald werdet Ihr tot sein, Romarus.«

»Ja. Heute oder in drei Monaten oder in zwanzig Jahren. Das liegt in der Hand des Allmächtigen, und weder er noch ich werden Euch mitteilen, wenn es geschieht. Ihr werdet niemals sicher sein. Ist das nicht komisch, Caesarius?«

»Natürlich könnt Ihr zur Äbtissin gehen und Euch beschweren«, bemerkte Maarten nüchtern. »Aber dann wird Romarus Sophie an sein Lager bitten und ihr erzählen … was auch immer Euch schaden könnte.«

So hatte er sich das also ausgedacht. Und das sollte funktionieren?

»Die Binde, Neklas.« Maarten schien der Sache plötzlich überdrüssig. »Wir kehren zur Burg zurück. Betet zu Eurem Schöpfer, Caesarius, dass Euer Mann dem Mädchen kein Haar gekrümmt hat. Befehlt ihm, sie freizugeben, dann könnt Ihr verschwinden. Aber …« Noch einmal setzte er seine Hand in Bewegung, diesmal um den Ritter zu sich hinzudrehen. »Sobald Alena oder Dittmar oder irgendjemandem aus der Stadt oder von der Bauhütte ein Leid geschieht … Ihr seid erledigt. Ich schwöre Euch das.«

Alena blieb zurück, als die Männer das dunkle Loch verließen. Sie brachte es nicht mehr fertig zu knien, aber sie umfasste die Hand des Kranken.

»Wer war es denn nun wirklich, Romarus? Wer hat uns in Wahrheit überfallen?«

»Ihr seid so hübsch mit Euren Haaren …« Das kurze Gespräch schien den Kranken zu Tode erschöpft zu haben. Er brabbelte mehr, als dass er sprach. »Wollt Ihr … mich nicht doch noch heiraten? Meine Visage …«

»Psst …« Sie legte die Hand auf seinen Mund. »Habt Ihr erkannt, wer Euch das in der Höhle angetan hat?«

Romarus' Atem ging schwer. »Caesarius. Dachte ich.

Aber der Hund … hat keinen Nutzen. Ist Sophies Mann. Kann mir nicht vorstellen …«

»Ich weiß. Psst. Ist auch gar nicht wichtig.«

» … habe ein Dorf, Alena. Wollt Ihr mich nicht doch …«

»Psst«, sagte sie.

11. Kapitel

Alena erwachte – und konnte sich nicht besinnen, wo sie war. Sie lag in einem Bett, so riesig, dass sie sich darin ausstrecken konnte, ohne das Fußteil zu berühren. Ohne auch nur in die Nähe des Fußteils zu kommen. Die Größe war nicht der einzige Komfort des Bettes. Es hatte zwar keinen Baldachin zum Schutz gegen Ungeziefer, dafür aber Decken, weich wie die Luft an einem Sommerabend und so bauschig, dass man darin ertrank.

Alenas nächster Gedanke galt Lisabeth und der dritte – als sie sich nämlich bewegte, um das Mädchen zu suchen – ihren geschundenen Rippen. Lisabeth schlief mit rosigen Wangen und den unvermeidlichen Fingern im Mund. Alena hatte also Zeit und Ruhe sich aufzusetzen und ihre Seite abzutasten.

»Madonna«, murmelte sie und kroch umständlich wie ein Krebs aus den Federn.

Sie erinnerte sich undeutlich, dass man sie am Abend zuvor durch das Zimmer mit dem Vogelspiel in diesen Raum gebracht hatte, und vermutlich befand sie sich in der Kammer des Baumeisters. Ihr Füße standen auf glatt polierten Dielenbrettern, die honiggelb schimmerten und vom Morgenlicht gewärmt wurden. Sie war umgeben von Wänden, auf die in Safrantönen Ritter und Edelfrauen gemalt waren, die dem Minnegesang lauschten oder sich im Tjost die Glieder zerschlugen.

Mit der Hand an der schmerzenden Seite wanderte Alena über die Dielen zu einem Schragentisch, auf dessen Platte Pergamentbögen ausgebreitet waren – erstaunliche Mengen von Bögen, wenn man bedachte, dass für jeden einzelnen ein Schaf hatte sterben müssen. Es handelte sich um Bauzeichnungen. Details der Sumpfbrücke, mit Rußtinte, Stechzirkel und Winkelmaß auf die Oberseite der Blätter aufgetragen. Die Zeichnungen waren mit denselben sonderbaren Krakelchen versehen, wie sie der Baumeister auf seiner Wachstafel benutzt hatte, und Alena kam zu dem Schluss, dass es sich dabei um Maßzahlen in irgendeiner fremden Schrift handeln musste. Vielleicht benutzten sie in Italien solche Zahlen. Sie hob die Bögen an. Maarten musste all die Wochen, seit er in Quedlinburg war, wie ein Verrückter gearbeitet haben. Blatt lag auf Blatt. Er schien die gesamte Brücke fertig geplant zu haben – Auflager, Pfeiler, Bögen, sogar die Nischen für die Brückenheiligen waren auf den pergamentenen Blättern vorgezeichnet.

Einige Zeichnungen schienen allerdings älteren Datums zu sein. Sie lagen auf einem gesonderten Stapel und waren im Gegensatz zu den anderen aufgerollt. Alena zog die Enden auseinander. Sie zeigten Ansichten fremder Brücken. Eine davon vermutlich die, die Maarten in Florenz gebaut hatte, denn darüber stand in steilen Buchstaben *Ponte alla Carraia,* und das hörte sich in Alenas Ohren italienisch an. Die Pfeiler, Bögen, Flächen und Abstände waren ebenfalls mit den sonderbaren Krakeln versehen, für die der Baumeister eine Vorliebe hatte. Maßzahlen, ohne jeden Zweifel.

Ganz zuunterst der Pläne ertastete Alena etwas Hartes, Voluminöses. Erstaunt zog sie ein mit einem lederbezogenen Holzumschlag versehenes Buch hervor. Steinmetzen konnten nicht lesen. So etwas lernten Klosterinsassen und Frauen von edler Herkunft und gelegentlich Mädchen, deren Mütter aus dem Kloster entlaufen waren, um sich mit ihren Hurenböcken zu vergnügen, aber keine Männer, die ihr Leben im Staub der Steinmetzhütten verbrachten. *De architectura libri decem* entzifferte Alena die verblichene Schrift des Deckblatts. Bücher über Architektur also. Sie blätterte, verstand wenig, weil der Text in einem altertümlichen Latein verfasst war und von unbekannten Ausdrücken wimmelte, und legte die Kostbarkeit zurück. Der Baumeister war ein leichtsinniger Mann. Nicht einmal im Stift lagen Bücher ohne Aufsicht auf irgendwelchen Tischen herum.

Er besaß noch ein zweites Buch, oder vielmehr eine Reihe dünner, zusammengefasster Blätter, deren Text diesmal in einer völlig unverständlichen Sprache verfasst war. Im Text wimmelte es von Skizzen und geometrischen Zeichnungen. Alena ließ ihre Rippen los und fuhr mit dem Zeigefinger über eine verwirrende Konstruktion in bunten Farben, die wie eine Maschine aussah. Räder und spitze Zähne, genagelte Hölzer, eine Säge, die sich unter Wasser zu befinden schien, da sie mit wellenförmigen Linien bedeckt war, und einen Baumstamm zersägte. Wie konnte man unter Wasser Holz zersägen? Und welchen Nutzen hätte das?

Alena schob das Buch mitsamt dem anderen unter die Pergamentbögen zurück. Ah! Die Zeichnungen von Erasmus mit seiner abscheulichen Pelzmütze lagen ebenfalls zwischen den Blättern. Sie widerstand der Versuchung, sie in der Hand zu zerknüllen und kehrte ihnen den Rücken.

Was brauchte ein flämischer Baumeister, der durch eine italienische Brücke zu Reichtum gekommen war, noch zu seinem Wohlbefinden?

Auf einem Tischchen unter einem der Fenster stand, vom Sonnenschein zum Leuchten gebracht, eine mit Wasser gefüllte Messingschüssel. Daneben lag ein Handtuch. Ein Spiegel aus Speckstein. Ein gebogenes Rasiermesser mit einem Elfenbeingriff, auf dem ein Zentaur tanzte. Ein Seifenschälchen, aus dem es nach schweren, fremden Gewürzen roch. Alena tunkte den Finger in die Seife, roch daran und verzog die Nase. Das abstruseste Gerät, das der Baumeister zur Reinigung benutzte, war ein Wassergießer in Form eines Mannes, der auf einem Löwen ritt.

»Benutzt es«, empfahl eine Stimme von der Tür. »Ihr seht fürchterlich aus.«

Alena hob den Specksteinspiegel. Ihr Schleier war fort, wahrscheinlich lag er zwischen den Kissen im Bett oder hing irgendwo in den Heckenrosen. Das Blut, das aus dem Hals des Pferdes geschossen war, hatte sie ins Haar getroffen, so dass es in Strähnen zusammenklebte. Dicke Kleckse waren auf Hals, Stirn und Wange gelandet und ließen sie aussehen wie nach einer Wirtshausschlägerei. Aber am unangenehmsten berührte sie der Anblick ihres Gesichts: Die schwarzen Augen, die sich in den Höhlen verkrochen wie lichtscheues Gesindel. Die mageren Wangen, die sich unter der Fülle des Haars verloren. Das eckige Kinn. Ämilius musste den Verstand verloren haben, jemanden wie sie zu heiraten.

Maarten räusperte sich. »Wenn es tröstet: Zumindest ist kein Tropfen von Euch.«

Sie löste die Augen von ihrem Bild.

»Das Blut. Es ist nicht von Euch.«

»Ich … ich sollte überhaupt nicht hier sein. Ist Euch gar nicht der Gedanke gekommen, Maarten, dass ich nicht hier sein dürfte? Ich höre das schon: Die Schreiberin der heiligen Jungfrauen vertreibt sich die Nächte mit italienischen Steineklopfern. Ich hätte daran denken müssen, aber da ich gestern so konfus war, hättet auch Ihr es für mich tun können. Ich verschwinde. Ich …« Alena sah sich nach Lisabeth um, die immer noch selig schlief. »Ich hätte nie hierher kommen dürfen.«

»Ihr wart ein bisschen aus der Fassung.«

»Ich hätte ...«

»Ihr habt dummes Zeug geredet und so viele Tränen über Lisabeth vergossen, dass sie fast ertrunken wäre. Es war vernünftig, dass Ihr erst einmal ausgeschlafen habt. Agnes war bei den Domfrauen und hat ihnen von einem Unfall erzählt und dass Ihr bei ihr übernachtet habt und heute zurückkehrt.«

»Gut. Und genau das werde ich jetzt tun. Ich verschwinde. Und ... vielen Dank für das Bett. Es ist leider vom Blut ...«

»Wir essen gerade.«

»Wenn das eine Einladung ist: Nein, danke. Lisabeth ...«

»Wir essen und haben genügend auf dem Tisch. Und Lisabeth schläft tief und fest.«

Das stimmte. Trotz des Lärms plinkerte sie nicht einmal mit den Lidern. Der Weg zur Burg hinauf würde beschwerlich sein. Besonders für jemanden, der seit einem Tag nichts gegessen hatte und ein schweres Kind schleppen musste.

Das Bild des Tisches mit den Bänken an den Längsseiten versetzte Alena einen Stich. Maurer, Zimmerleute, Steinmetzen – alle saßen vereint um die schmalen Holzplatten auf den Tischschragen und luden sich mit schwieligen Händen Fleisch, Gemüse und Soße auf ihre Fladenbrote. Nur sprach jetzt nicht mehr Ämilius in seiner bedächtigen Art den Tischsegen, sondern ein greisenhafter Mönch, der murmelte, als müsse er sich eines leidigen Geschäfts entledigen.

Die Männer rückten auf der Bank zusammen und machten Platz für ihren Baumeister und den Gast.

»Das ist es also, was Ihr an Leuten habt?« Alena nahm

Maarten den Krug mit Met ab, den er ihr reichte. »Dann solltet Ihr Euch häuslich einrichten, denn mit so wenigen Männern wird die Brücke zu Eurem Lebenswerk werden. Danke nein, ich brauche nicht mehr als etwas Brot.« Sie stellte den Krug beiseite.

»Ich habe Arbeiter aus der Pölle angeheuert.«

»Meinen Glückwunsch. Nein, kein Geflügel und *nein*, auch keine Erbsen.« Sie sah zu, wie Maarten auf ihr Fladenbrot nicht nur Hühnerschenkel und Erbsen, sondern auch ein Stück Kalbsbrust, Rotkraut und Sauerkohl häufte und einen schrumpligen Winterapfel daneben legte. »Ich bin beeindruckt. Ihr habt eine reichhaltige Küche.«

»Dann esst.«

»Sie werden froh sein, dass sie Arbeit haben, die Männer aus der Pölle, meine ich. Allerdings haben sie noch nie etwas Kunstvolleres gebaut als die Umrandung ihrer Feuer. Sie wissen weder wie man Steine haut noch wie man Mörtel gießt oder eine Fleche schlägt. Ihr werdet ihnen jeden Handgriff dreißigmal erklären und hundertmal zeigen müssen.«

»Ich bin geduldig. Soll ich Euch sagen, Alena, weshalb ich zugelassen habe, dass Ihr mit zu Romarus reitet? Weil ich wusste, dass Ihr nichts gebrochen habt. Und wisst Ihr, woher ich das wusste? Zwischen Euren Rippen und Eurer Haut befindet sich keine Faser Muskel oder Fleisch. Man fühlt jeden einzelnen Knochen, wenn man Euch anfasst. Esst bitte.«

»Und lesen könnt Ihr auch noch.« Alena riss ein Stückchen Fleisch vom Hühnchenschenkel ab. »Ich war so unverschämt, in Euren Sachen zu wühlen. *De architectura libri decem.* Das hört sich an, als wäre aus dem Steinesetzen eine Kunst gewor … Schon gut, ich esse, seht Ihr? Manche schlingen herunter, andere speisen mit Genuss. Es schmeckt mir.« Alena schluckte an dem trockenen Fleisch, das ihr wie ein Pfropfen durch die Speiseröhre ging. Sie brauchte mehrere Schlucke von dem Bier, um den Bissen herunterzubekommen. Vorsichtig tupfte sie mit dem Finger einen Tropfen fort, der ihr das Kinn hinunterrann. »Ihr könnt also lesen?«

»Nein.«

»Wenn Ihr nicht lesen könnt ...« Sie hielt inne. Der Mann, der ihr gegenübersaß – der Bärtige, der mit bei Romarus gewesen war –, aß Hammelfleisch, von seinen Fingern troff das Fett in bräunlich gelben Tropfen. Es machte Alena nichts aus, dass er sich den Mund am haarigen Arm abwischte. So hatte Ämilius es getan, und so machte es jedermann, wenn er nicht gerade in seidenen Betten geboren war. An diesem Morgen erfüllte der Anblick sie mit Brechreiz. Sie schob das Fladenbrot fort.

»Warum schleppt Ihr Euch mit Büchern ab, wenn Ihr sie nicht lesen könnt?«

»Aus Liebe.« Maarten lächelte sie an. »Vitruvius – das ist der Mann, der die Bücher geschrieben hat, ein Römer – Vitruvius hat sämtliches Wissen der Römer in seiner *architectura* zusammengefasst. Und sie wussten mehr, viel mehr als wir heute. Bautechnik, Architektur, Arithmetik ...«

»Was ist Arithdingsda?«

»Rechnerei. Formeln. Gut, wenn man sich mit Proportionalitäten befassen muss.«

»Dann könnt Ihr also doch lesen? Oder wie erfahrt Ihr von den Geheimnissen dieses ...«

»Vitruvius. Serafino kann lesen.«

Der Bärtige hörte den Namen, drehte sich um und rief dem Sänger etwas zu, worauf über beide Bänke ein Lachen ging. Der Bärtige begann zu klatschen, die anderen fielen ein. Mit einem geschmeichelten Lächeln holte der Sänger seine kleine Harfe und drehte an den Stimmwirbeln.

»Zumindest kann er die Buchstaben zusammenlesen. Der Mönch hört ihm zu, begreift es und übersetzt es mir.«

Der Mönch, das war der greisenhafte Mann an der anderen Seite des Tisches, der das Tischgebet gesprochen hatte. Er trug eine schwarze, geflickte Kutte, auf deren Brust ein Spitzhammer eingestickt war. Schweigsam kauerte er vor einem Schälchen Hirsebrei, den er mit zittrigen Händen in seinen Mund löffelte.

»Er gehörte zu den Frères du pont. Französische Mönche. Sie haben die Römer studiert und nach ihren Angaben die Brücke in Avignon gebaut. Die Königin der Brücken, Alena. Einundzwanzig Bögen bei einer Länge von dreitausend Fuß. Das ist dreimal so lang wie die neue Brücke von London. Und London ist schon eine Pracht.«

»Aucun ont trouvé chant par usage …« sang Serafino, und es war ein Jammer, dass zu seiner feinen Stimme so laut geklatscht wurde. Sein Lied schlug Bögen ergreifender Sehnsucht von den traurigen Gerüchen des Sauerkohls zu den Gefilden der Liebe. Es ließ sich nicht verhindern: Ämilius war wieder im Raum.

»Hört Ihr zu?« Maarten fasste sie am Arm. »Ich sagte, alles in allem ist die Sache mit Caesarius nicht schlecht ausgegangen.« Er ließ sie los und fegte mit der Hand zum hundertsten Mal die rotblonden Strähnen aus der Stirn.

Die Luft roch nach Sägespänen, die Männer redeten entlang des langen Tischs, und wenn sie lachten, klang es jedesmal wie ein Poltern. Ämilius wurde leibhaftig, und Alena verspürte einen Moment lang das schmerzliche Bedürfnis aufzustehen und ihm Met nachzugießen, wie sie es früher getan hatte.

»Wir sind Euch zu Dank verpflichtet.«

»Dank?«

Maarten nickte. »Ohne Euch hätten wir Caesarius kaum erwischt.«

»Ich habe Euch nicht geholfen. Ich wollte auch gar nicht. Brigitta sollte Euch das ausrichten.«

»Sie war hier. Aber nur um uns zu sagen, dass Ihr dabei seid, in Teufels Küche zu geraten.«

»Oh!«

»Sie scheint Euch gern zu haben.«

»Dann werde ich mich bei ihr bedanken.« Alena schob das Essen in die Mitte der Tischplatte. Umständlich stand sie auf und stieg über die Bank. Maarten folgte ihr, als sie zu seiner Kammer zurückging.

»Ihr wollt wirklich schon fort?«

»Was ist das nur?«

»Was ist was?« Höflich hielt er ihr die Tür auf.

»Eure Freundlichkeit. Ihr überschüttet mich damit. Ich kriege kaum noch Luft. Ich ... Auf dem Friedhof wart Ihr mir angenehmer.«

Maarten folgte ihr durch die Tür, und Alena, die immer noch an ihrer Sehnsucht nach Ämilius litt, konnte sein Lächeln kaum ertragen. Der Flame war nicht wie Ämilius. Nicht so gütig, nicht so sanft. Aber er war stark genug, um Schutz zu bieten, und ihr Bedürfnis nach Schutz war geradezu überwältigend. Man musste sich vorsehen. Durfte nicht das Verlangen nach Sicherheit – nach scheinbarer Sicherheit! – mit Herzensdingen verwechseln. Alena setzte sich zu Lisabeth auf die Bettkante und zog sie zu sich auf den Schoß, um sie vorsichtig zu wecken.

Maarten ging vor ihr in die Hocke. Er umfasste ihre Hände, und sein Lächeln wurde zu einem schrägen Grinsen: »Ihr habt Recht. Die Sache ist: Ich brauche den Steinbruch. Die Transporte bringen mich um.«

»*Deshalb* seid Ihr freundlich. Gut. Ich bin erleichtert, dass ich's endlich begreife. Ihr bekommt ihn nicht.«

»Ich will Euch nicht noch einmal beleidigen, indem ich Euch Geld anbiete ...«

»Danke.«

»Also wirklich nein? Endgültig?«

»Erasmus hat ...«

»... angeblich Euren Mann umgebracht. Was macht Euch so sicher, dass das stimmt? Dittmar ...«

»Der Zustand der Bauhütte macht mich sicher. Ämilius' Mörder hat seine Schablonen und seine Risszeichnungen an sich genommen. Die Wachstafeln, auf denen seine letzten Berechnungen standen. Er hat alles mitgenommen, was irgendwie mit der Brückenplanung zusammenhing und seinem Nachfolger hätte dienlich sein können. Nicht die Werkzeuge, die er hätte verkaufen können. Nicht die Eisentöpfe. Seine Planung.«

»Das ist allerdings ...«

»Es ist der Beweis! Dem Mörder ging es um die Brücke. Und nur für Erasmus war sie von Nachteil. Es tut mir Leid, Maarten. Es tut mir Leid, dass ich Euch solche Schwierigkeiten ... Es ... Ich kann Euch nicht helfen.«

Er hielt sie nicht mehr auf. Er half ihr noch, Lisabeth die Treppe hinunterzutragen, dann waren sie einander los.

»Ihr habt Euch benommen wie ein Schaf.«

Alena lag auf ihrem Bett. Sie war so erschöpft, dass sie weder Schritte noch das leise Quietschen ihrer Kammertür gehört hatte. Erschrocken fuhr sie auf.

Normalerweise hätte sie sich gefreut, Wigburg zu sehen, aber heute kam ihr die Scholastika so ungelegen wie ein Regenschauer unter freiem Himmel. Alena hatte sich bei Maarten das Blut fortgewaschen, aber ihr Gesicht fühlte sich vor Müdigkeit so zerknittert an, als wäre eine zweite Haut darüber gespannt, die nicht richtig passte. Am liebsten hätte sie den Nachmittag neben Lisabeth auf ihrem Bett verschlafen. Die Worte der Schulmeisterin rissen sie aus dieser Lethargie.

»Habe ich etwas falsch gemacht, Herrin?«, fragte sie, während sie aufsprang und ihre Kleider ordnete.

»Stimmt es, dass Ihr gerade vom Stadtvorsteher kommt?«

»So ungefähr«, murmelte Alena mit einem schlechten Gewissen, von dem sie annahm, dass es wie ein Kainsmal auf ihrer Nase klebte.

»Und stimmt es auch, dass Ihr *so ungefähr* bei ihm und seiner Schwester die Nacht verbracht habt?« Das war keine Frage. Das war ein Vorwurf und eine Aufforderung zur Wahrheit. Ach Agnes, dachte Alena überdrüssig. »Ich ... es tut mir leid. Es war ... ein Durcheinander.«

Wigburg schloss die Tür. »Ein Durcheinander, über das sich ganz Quedlinburg das Maul zerreißen wird. Die Domschreiberin verbringt ihre Nächte bei fremden Männern! Ich hatte nicht gedacht, dass gerade Ihr zu Eseleien neigt. Jetzt bitte alles. Von Anfang an.«

Von Anfang an war nicht möglich. Es sei denn, sie würde das Komplott um Romarus und Caesarius verraten. Einen Moment lang kämpfte Alena mit der Versuchung, genau das zu tun und den Sumpf der Heimlichkeiten und Unehrlichkeit zu verlassen. Wigburg hätte vielleicht sogar Verständnis gehabt. Aber Sophie? Und konnte man von Wigburg erwarten, Geheimnisse vor ihrer Äbtissin zu haben?

Alles zu verworren, dachte Alena und begann eine neue, kleine Lüge, die von einem Sturz handelte, bei dem sie sich die Rippen angeschlagen hatte, und dass die Bauleute sie aufgelesen und mitgenommen hatten, und dass Agnes in ihrer Sorge für ebendieses vermaledeite Durcheinander gesorgt hatte.

»Zeigt mir Eure Seite.« Das war ein Befehl aus dem Misstrauen heraus, und Alena fühlte sich tiefer verletzt, als sie es für möglich gehalten hätte. Sie streifte den Surcot ab und hob das Kleid.

»Seid Ihr krank?«

»Nein, es ist nichts gebrochen. Nur bei dem Sturz blaugeschla ...«

»Das meine ich nicht. Ihr seid halb verhungert.«

Errötend ließ Alena den Stoff herabfallen. »Das ... täuscht. Ich war immer dünn. Und in letzter Zeit hatte ich viel zu tun und bin manchmal nicht zum Essen gekommen, aber ich habe schon selbst ...«

»Ihr werdet die nächsten Wochen im Refektorium speisen. Betrachtet das als Anweisung. Nach der Mittagshore und nach der Vesper. Gütiger Himmel, zu viel zu tun, um zu essen! Als hätten wir nicht genügend andere Sorgen.« Wigburg hielt inne. Die Falten zwischen ihren Augen milderten sich. »Schaut nicht so betreten. Ich reiße Euch nicht den Kopf ab. Aber Ihr habt von allen möglichen Zeitpunkten den unglücklichsten gewählt, Euch und das Stift in ein schlechtes Licht zu rücken. Wisst Ihr, was die Äbtissin und mich so lange in Brehna aufgehalten hat?«

Die Scholastika war Sophie also in das missliebige Kloster nachgereist? Alena schüttelte den Kopf.

»Zwei Nonnen, die ...«, Wigburg verzog ironisch die Mundwinkel, » ... gesegneten Leibes waren. Zum Glück *nur* zwei, muss man bei den Zuständen, die in Brehna herrschten, sagen. Sophie hat buchstäblich den Stall auskehren müssen. Brehna hatte sein eigenes Sodom im Stroh zwischen den Klosterpferden errichtet. Es wurde gehenkt und gebüßt und alles getan um Ordnung zu schaffen, und vor allem wurde jedermann zum Schweigen genötigt. Aber Hoyer weiß Bescheid. Es ist, als hätte er seinen persönlichen Dämon in jedem Winkel, der dem Stift gehört. Die Stallburschen baumelten noch nicht am Strick, da war er schon unterwegs um mit seiner bösen Zunge in den sächsischen Kemenaten Gift zu verspritzen. Und natürlich jammert der Bischof von Halberstadt wieder über das lüsterne Fleisch der Frauen, und natürlich schreibt er wieder an Rom, wie notwendig es ist, das Stift von strenger, männlicher Hand auf dem Pfad der Tugend zu halten. Er hat es sich auch nicht versagen können, das dumme Geschwätz über Sophie und Caesarius wieder aufzukochen.«

»Sophie?« Alena war so verwundert, dass ihr der Ausruf laut entfuhr. Erschrocken legte sie die Hand auf den Mund, aber Wigburg hob nur belustigt die Augenbrauen.

»Abstruses Geschwätz. Nicht mehr. Schon einmal vom Heiligen Vater zurückgewiesen, aber Verleumdungen haben ein zähes Leben. Und natürlich wetzen sie jetzt überall die Zungen. Wie ich schon sagte: Kein glücklicher Zeitpunkt für die Frauen des Doms, sich in Unternehmungen verwickeln zu lassen, die in den Betten fremder Männer enden. Schon gar nicht … Er hat ein respektierliches Drumherum, dieser *maestro di geometria*, eh?«

»Bitte?«

»Muskeln, Manieren. Und dazu genügend Verstand, um amüsant zu sein, wenn man sich nicht gerade über ihn ärgern muss. Ihr seid nicht im Kloster, Alena. Kein Pochen in der Brust?«

»Wenn man sich nicht gerade über ihn ärgern muss, genau wie Ihr sagtet.«

Wigburg lachte. »Ich habe Euren Ämilius kaum gekannt. Was hatte er an sich, das ihn so turmhoch über jeden Mann erhob?«

»Eine … Sanftmut des Herzens.« Alena schoss das Blut ins Gesicht. Ämilius war kein Thema für Wigburgs Spott. Sie ärgerte sich, dass ihr die Worte herausgerutscht waren.

»Sanftmut. Ich hätte jede Eigenschaft im Verdacht gehabt. Aber nicht Sanftmut.« Wigburg spottete nicht. Sie wunderte sich und schien gerührt. »Werdet Ihr verhindern können, dass Erasmus' Brücke ihm zum Hohn gebaut wird?«

»Das weiß ich nicht. Der Baumeister will eine Steinbrücke bauen. Aber er hat keinen Steinbruch in der Nähe. Schwer zu schätzen, wie weit er bereit ist, sich durch lange Transportwege zu ruinieren. Außerdem …«

»Caesarius. Ich weiß. Ich habe schon davon gehört. Sophie ist wütend. Und sie hat Recht. Solche Eigenmächtigkeiten dürfen nicht sein.« Wigburg zuckte die Schultern und traf Anstalten zu gehen.

»Darf ich etwas fragen?«

»Ja?« Die Schulmeisterin blieb in der Tür stehen, als Alena sie noch einmal anredete.

»Wer hat Euch gesagt, wo ich gestern übernachtet habe?«

Wigburg maß sie mit einem langen, undeutbaren Blick. Alena tat die Frage bereits Leid, aber die Scholastika beantwortete sie doch noch. »Vielleicht solltet Ihr ein Auge auf das krumme Weib aus dem Garten haben. Keine Sorge. Sie hat behauptet, zu niemandem außer mir davon gesprochen zu haben, und ich habe ihr streng untersagt, auch nur das kleinste Sterbenswörtchen weiterzuklatschen. Schaden ist also noch nicht angerichtet. Aber sie scheint Euch nicht leiden zu können.«

Lisabeth musste zu Susanna, denn nach dem verschlafenen Nachmittag war sie hellwach, und so konnte Alena sie während des Vesperessens nicht im Zimmer lassen. Diese gemeinsamen Mahlzeiten, dachte sie voller Unbehagen, würden das Leben enorm verkomplizieren, wenn sie natürlich auch eine Ehre darstellten und ihre Position stärkten und womöglich Caesarius von weiteren Gemeinheiten abhielten.

Susanna war entgegenkommend und auch bereit, Lisabeth für die Nacht zu sich zu nehmen, als sie ihr die Situation erklärte. Aber Alena schüttelte den Kopf. »Von morgens bis nach der Vesper, das reicht.« Es gab keinen Grund für ihre Ablehnung, nichts außer dem Wunsch, nachts etwas im Arm zu halten, das warm und lebendig war und sie brauchte. Sie schämte sich ihrer Selbstsucht. Lisabeth gefiel es bei Susanna.

Da sie bereits in der Stadt war, besuchte Alena auch gleich die Baustelle. Die Fundamentgräben waren inzwischen alle gezogen. Und es gab tatsächlich unterschiedlich gefärbten Baugrund, gelben Sand und schwarze, matschige Stellen, genau wie Maarten gesagt hatte. Alena nahm ein Brett, das als provisorische Messlatte diente, und stieß es in den Morast. Ihr war bewusst, dass die Männer zu ihr herüberschielten, und sie spürte auch Gerolfs finstere Blicke.

Das Brett ließ sich so tief in den Schlamm stoßen, dass Alena sich bücken musste, um es zu halten. Sie sah, dass Gerolf zu ihr geschlendert kam, die Messleine über der Schulter, den Rock über den Gürtel geschürzt. Alena ließ ihn erst gar nicht zu Wort kommen.

»Ihr meint es gut, ich weiß, Gerolf, und Ihr sollt wirklich nicht das Geld zum Fenster hinauswerfen. Aber ich bin der Meinung, wir sparen an der falschen Stelle. Die Domfrauen legen Wert darauf, dass alles ohne Probleme läuft. Rammt Pfähle ein, wo es schlammig ist, und baut darüber Euer Fundament. Lieber ein bisschen teurer, dafür ohne Risiko.«

»Ich glaube kaum …«

»Es ist nicht Euer Geld.« Alena lächelte in das mürrische Gesicht. Sie tat alles, um Gerolfs Ansehen nicht zu gefährden. Und sie fand, während ihre Nerven langsam zu kribbeln begannen, dass er das ruhig mit ein wenig Entgegenkommen honorieren konnte.

»Ich seh da keinen Sinn drin. Der Bruchstein füllt das schon aus.«

Und wenn Gerolf Recht hatte? Wenn Maartens Geplauder über sumpfige Stellen nur eine kunstfertige Rache für den Steinbruch war? Alena schaute an dem Zimmermann vorbei zum anderen Ufer des Sumpfes. Drüben hatten sie die Arbeit ebenfalls wieder aufgenommen. Zwei Männer rammten unter Moriz´ Aufsicht mit Holzklötzen Pfähle in den Schlamm. Ein Damm für die Baugrube des Widerlagers. So hatte Ämilius auch begonnen – nur auf dieser Seite des Sumpfes, natürlich. Das war günstiger gewesen, aus welchen Gründen auch immer, aber dem Flamen leider verwehrt, da dieses Stück Land dem Stift gehörte. Setzte Maarten darauf, dass der Widerstand gegen seine Brücke verpufft sein würde, bis er hier ankam?

»Gründet die Mauern auf Pfähle. Im schlimmsten Fall beschert Euch das ein paar Tage länger Arbeit, und darüber solltet Ihr froh sein«, ordnete Alena an.

Auf dem Heimweg musste sie sich beeilen. Sie war unsicher, wie spät es war, aber als sie ihr Zimmer betrat, begannen die Domglocken zu läuten, und sie nahm an, dass sie das Ende des Vespergottesdienstes verkündeten. Eilig zog Alena ihren grünen Surcot an. Der braune wäre besser gewesen, aber sie war noch nicht dazu gekommen, die Flecken von den Friedhofssteinen herauszuwaschen, und wahrscheinlich würde sie sie auch gar nicht herausbekommen, und irgendwann würde sie einen Teil ihres eisern ersparten Geldes für ein neues Kleid ausgeben müssen.

Im Hof öffneten sich Türen, aber das Geplapper der Mädchenstimmen kam nicht aus dem Dom. Alena legte ihren Schleier um und sah aus dem Fenster. Mit einem Seufzer entspannte sie sich, als sie sah, daß der schwarze Zug den Dom erst betrat. Was tun mit der geschenkten Zeit? Nun, da gab es schon etwas. Erfreulich würde es allerdings kaum werden.

Die Tür zum Gärtnerhaus war angelehnt. Alena öffnete sie, bis ein breiter Streifen Licht wie ein weißer Weg über den Lehmboden zu Maias Strohhaufen fiel. Maia hatte die Fensterläden über ihrem Lager aufgestoßen, sodass sich im hinteren Drittel der Scheune zwei Lichtwege trafen. Die Gärtnerin saß auf ihrem Lumpenbett, den Kopf mit den grauen Zöpfen gesenkt, und flickte mit einer Knochennadel das grobe Gewebe ihrer Schürze. Sie nahm keine Notiz von ihrer Besucherin. Nicht einmal, als Alena sich neben sie setzte. Eine Weile sah Alena zu, wie die Nadel sich hob und senkte und wie silbrige Läuse über das nackte Bein der alten Frau huschten.

»Ich sitz hier neben dir, Maia.«

Nichts.

»Und ich wüsste gern, warum du mir zu schaden suchst.«

Keine Antwort. Maia nähte die Zacken des Lochs nach, in so winzigen Stichen, wie es mit dem groben Material möglich war. Sie war eine geschickte Näherin. Die gelbe Nadel bewegte sich mit der Anmut eines Schiffes, das durch die Wellen gleitet.

Alena nahm Maia Schürze und Nadel aus der Hand und legte sie neben sich, ein Stück weit weg, wegen der Läuse. »Ist es, weil ich dir Lisabeth nicht mehr bringe? Weil dir das Geld fehlt? Bist du mir deshalb böse?«

Maia faltete ihre Hände und presste die Lippen zusammen wie ein gescholtenes Kind. Oder ... angstvoll? Angst hat einen Geruch, dachte Alena. Der alte Körper neben ihr dünstete ihn aus wie Knoblauchschweiß. »Ist Caesarius bei dir gewesen?«

Noch immer kein Wort, aber die verschränkten Finger wurden weiß, und die blauen Adern hoben sich aus der Haut, als wären es Würmer. Alena stand auf. Sie streifte eine Wanze ab, die über ihren Rock wieselte, und sagte: »Du kannst schweigen, bis dir die Zunge festklebt, Maia. Aber klug ist das nicht. Wer zwischen zwei Gräben tanzt, muss irgendwann fallen. Und Caesarius weiß nichts von Dankbarkeit.«

»Wegen dem Balg ist es jedenfalls nicht.«

»Ach!« Alena, die bereits gehen wollte, kehrte noch einmal um. »Nicht wegen dem … Balg. Also doch Caesarius? Was hat er dir versprochen? Oder angedroht?«

»Weil ich dein Balg sowieso nicht ausstehen kann.« Blanke Not schimmerte aus den Augen der alten Frau. »Du hättest es ersäufen sollen. Nichts als ein Fresser. Hochmut, sich dran zu klammern. Du mit deinem Starrsinn. Sich mit dir einzulassen! Hau ab. Scher dich weg, dass man mich nicht mit dir zusammen sieht!«

Alena tat wie geheißen. Sie scherte sich weg, aber sie konnte nicht verhindern, dass ihr Herz von neuem zu rasen begann.

Es wäre noch Zeit gewesen, in ihr Zimmer zurückzukehren. Stattdessen lief Alena an den Zwiebelbeeten vorbei zur Ausfallpforte, als könne ein Blick über das Land ihr helfen, wieder Luft zu bekommen. Sie hatte Pech. Jemand hatte die Pforte verriegelt und mit einem blanken Vorhängeschloss versehen, dessen Ketten sich durch zwei daumendicke Eisenringe zogen. Gefangen, dachte Alena, während sie die Mauer hinaufschaute. Aber nicht von Steinen, sondern von ihren eigenen Lügen und Heimlichtuereien.

Entmutigt schlenderte sie den Weg zurück. Durch die Fenster des Doms hob eine männliche Stimme zum *Kyrie eleison* an. Etwa die Hälfte des Gottesdienstes musste vorüber sein. Mit halbem Ohr hörte Alena den Antwortgesang der Domfrauen. Das Mahl im Refektorium, danach Lisabeth nach Hause holen, und dann, wenn alles gut ging … schlafen und an nichts mehr denken müssen. Plötzlich blieb sie stehen. Brigitta, das Mädchen aus der Küche, stand am Brunnen und kurbelte mit ihren mageren Armen den Eimer herab.

Vorsichtig blickte Alena sich um. Sie trat so beiläufig wie möglich zum Brunnen und flüsterte: »Du warst aufmerksamer, als ich es verdient habe.«

Das Mädchen bewegte die Kurbel nicht langsamer und

nicht schneller. Gleichmütig befestigte es die Kette und zog den Eimer über den Rand.

»Dafür danke ich dir.«

»Ihr dankt mir am besten, wenn Ihr mich nicht beachtet.«

Das war schroff, aber wahr. Nichts Verschwörerisches, kein Zeichen des Erkennens, das Anlass zum Misstrauen bot. Caesarius und Männer – sollten sie sie beobachten – mussten glauben, dass die Schreiberin einer besonders stumpfsinnigen Magd einen Auftrag erteilt hatte.

Brigitta nahm den Eimer und wollte gehen. Wider Erwarten blieb sie dann doch noch einmal stehen und richtete das Wort an Alena: »Eins von den Dommädchen ist vorhin in den Garten gegangen. Sie sah ... komisch aus – in meinen Augen. Mich geht das nichts an, aber ich will's doch sagen.«

Und mich geht's auch nichts an, dachte Alena, während sie ihr nachsah. Schon ihre eigenen Sorgen waren überwältigend. Sie hatte nicht die geringste Lust, sich auch noch fremde aufzuhalsen. Widerwillig machte sie sich trotzdem auf den Weg.

Der Kanonissengarten hatte seinen Eingang hinter den Sträuchern bei der Apsis. Mehrere Schlehdornbüsche versperrten die Sicht, aber Alena meinte im Weiß und Grün der Blüten einen zartrosa Schimmer zu sehen. Vorsichtig lugte sie durch die Zweige. Der Garten bestand aus Blumenbeeten, einigen niedrig wachsenden Obstbäumen und vor allem aus sorgfältig unterteilten Einfassungen, in denen Heilkräuter wuchsen. Er war hauptsächlich Agnethes Reich, aber natürlich benutzten ihn auch die Schülerinnen, die hier ihr Grundwissen über die Heilkräfte der verschiedenen Kräuter und Pflanzen erwarben.

Eine von ihnen saß auf einer steinernen Gartenbank vor der Außenmauer.

Und nun? Das Mädchen hätte beim Chordienst sein sollen. Aber vermutlich gab es einen Grund, warum sie stattdessen im Garten saß, denn sonst hätte man sie bereits gesucht. Die kleinen Edelfrauen kamen im Stift nicht einfach abhanden. Ihr Tagesablauf war so kontrolliert, dass sie nicht einmal atmen konnten, ohne dass jemand Notiz davon nahm. Alena wäre so leise davongeschlichen, wie sie gekommen war, wenn ihr nicht Brigittas seltsame Worte in den Ohren geklungen hätten. Widerstrebend trat sie durch das Tor.

Das Mädchen auf der Bank fuhr so heftig zusammen wie ein ertappter Dieb, als Alena es ansprach.

»Osterlind?« Alena lächelte, um den Aspekt des Ertappens zu überspielen. »Ich dachte, jedermann wäre im Dom?«

»Mir war nicht gut.« Osterlind hielt einen stachligen Zweig in der Hand, den sie nun zu Boden warf. »Aber inzwischen ist mir schon wieder besser.«

»Von der frischen Luft.«

»Ja.«

»Ihr seht aber noch immer ein wenig … blass aus. Eigentlich sogar entsetzlich blass. Sollte ich vielleicht lieber jemanden rufen?«

Osterlinds Zöpfe flogen, als sie heftig den Kopf schüttelte. Ihre Füßen standen in einem Kreis von Nadeln, die sie von dem Zweig abgestreift haben musste. Ihre Finger waren vom Saft der Rinde bräunlich verfärbt. Mit einem Mal wurde es Alena siedend heiß. Sie bückte sich nach dem, was von dem Zweig noch übrig war, und hielt ihn gegen das Licht. Einzeln stehende Nadeln, auf der oberen Seite glänzend dunkelgrün, unten matt, flach, weich, am unteren Ende gedreht. Entsetzt suchte sie mit den Augen den Garten ab – und fand einen Eibenbaum an der Mauer.

»Habt Ihr daran gekaut?« Sie fasste das Mädchen bei den Schultern und vergaß Respekt und Höflichkeit. »Habt Ihr etwas davon in den Mund genommen? Um Himmels willen ...« Sie schüttelte das Kind. »Mach den Mund auf, bevor ich alles zusammenbrülle! Osterlind ...«

»Nein. Hab ich nicht.« Das Mädchen brach in Tränen aus, und Alena ließ von ihr ab und umfasste besänftigend ihre Hände.

»Eibennadeln«, sagte sie so ruhig wie möglich, »und Eibensamen und Eibenholz sind das Giftigste, was man sich vorstellen kann. Hundert Nadeln töten ein Pferd. Fünfzig einen Menschen. Hat Euch das nie jemand erklärt? Jede Mutter erzählt das ihrem Kind.«

»Ich habe sie doch nur in der Hand gehalten.«

»Und die müsst Ihr jetzt gründlich waschen.« Alena beobachtete zweifelnd das verheulte Gesicht. »Ihr habt ganz sicher nichts im Mund gehabt? Auch nicht die Finger?«

»Ich habe nur hier gesessen, weil ich Bauchschmerzen hatte, wegen meiner ... meiner Beschwerden ... meiner Monats ...«

Alena nickte.

»Und da habe ich aus Langeweile den Zweig abgebrochen. Ich habe mir gar nichts dabei gedacht.«

Es war schwer, die Tränen zu trocknen, die dem erschrockenen Mädchen über das picklige Gesicht liefen.

»Ist ja nicht schlimm. Es tut mir Leid, daß ich so heftig war. Ich hatte gedacht, Ihr wüsstet, wie giftig das Zeug ist. Lasst bitte die Hände weg von Eiben und ...« Alenas Augen flogen über den Garten, während sie besänftigend aufzählte, was sie sah. »Hände weg von Efeubeeren. Hände weg von Mauerpfeffer – das ist das Gelbe dort. Von Nachtschatten ...« Du liebe Güte, der Kräutergarten der Kanonissen war geeignet, eine Horde Tataren zu vergiften. Natürlich auch zu heilen, bei weisem Gebrauch, und wer würde weiser damit umgehen als die gelehrten Domfrauen.

»Ihr sagt doch niemandem etwas?«

»Ist Euch übel?«, fragte Alena.

»Nein. Und meine Bauchkrämpfe sind auch schon fast weg. Die Scholastika hat gesagt, sie gibt mir dagegen etwas zu trinken, wenn der Gottesdienst vorbei ist.«

Alena blickte auf den geharkten Gartenweg. Sah es aus, als wären einige der Nadeln angekaut und ausgespuckt worden?

»Und außerdem muss ich jetzt gehen. Ich sollte mich umziehen, bevor ich in den Garten gehe, aber ich hatte keine Lust dazu.«

»Und Ihr hattet wirklich nichts davon im Mund?«

Osterlind war nicht mehr blass, sondern feuerrot im Gesicht, als sie den Kopf schüttelte und mit geschürzten Kleidern davonlief.

Alle Sorgen waren überflüssig gewesen. Als Alena wenig später zwischen den Domfrauen an dem langen Tisch mit dem weißen Tischlaken saß, ging es Osterlind ausgezeichnet. Sie aß gebratenen Aal, und es gab nicht das geringste Anzeichen, dass ihr etwas fehlen könne.

Alena konzentrierte sich auf ihr eigenes Essen. Der Tisch der Kanonissen war wie immer reichlich gedeckt. Die Frau, die das Essen hereintrug, hatte ihr eine Grütze hingestellt, in der Lauchstückchen, Milch und Käse schwammen. Sie benutzte die Schüssel für sich allein, denn selbstverständlich wurde keinem der Stiftsmädchen zugemutet, mit ihr das Geschirr zu teilen. Alena gefiel Wigburgs Idee immer weniger.

Sie spürte die Blicke der neuen Dekanin, die sich zweifellos wunderte, was die Dienerschaft, selbst wenn sie noch so nützlich war, an der Tafel der Kanonissen zu suchen hatte. Wahrscheinlich unterschob sie ihr ungebührlichen Ehrgeiz. Zu wissen, dass Wigburg jeden Bissen, den sie sich in den Mund schob, zählte, verhalf Alena auch nicht zu mehr

Appetit. Sie aß langsam und mit vielen Pausen und hörte zu, wie die Kanonisse hinter dem Pult die Heilige Schrift zitierte. *Jede andere Sünde, die der Mensch tut, bleibt außerhalb des Leibes. Wer aber Unzucht treibt, versündigt sich gegen den eigenen Leib.*

Als die Äbtissin aufstand, um die Mahlzeit zu beenden, schob Alena erleichtert ihr Schüsselchen zu den anderen in die Mitte des Tisches.

Sophie hatte nicht viel zu bemerken. Die Stadt wollte das Pfingstfest begehen und hatte zu diesem Zweck Kirchen und Straßen mit Birkengrün geschmückt, das aus den stiftseigenen Wäldern geholt worden war – was auf ein altes Gewohnheitsrecht zurückging und deshalb nicht zu beanstanden war. Sie hatten auf dem Ratsplatz eine Laube errichtet und luden die Kanonissen zum Pfingstbier ein. Dieser Einladung würde man allerdings nicht nachkommen. Das Treiben auf dem Markt verführte zur Leichtlebigkeit und war mit dem frommen Trachten der Stiftsdamen nicht zu vereinbaren. Das Kapitel plante vielmehr eine Zeit besonderer Andacht und Belehrung …

Enttäuschte Mädchengesichter, wohin man blickte.

Die Sünden von Brehna rächten sich bis ins Zentrum des Stifts.

12. Kapitel

Alena machte sich an ihre Arbeit, der sie in den vergangenen Wochen viel zu wenig Aufmerksamkeit geschenkt hatte. Anhand des Vorjahres stellte sie Listen auf. Noch nicht geliefert waren: Aus Sman sechsunddreißig Mark Querfurter Silber, aus Ballersleben drei Scheffel Mohn, drei Scheffel Hirse, vier Scheffel Erbsen und zwanzig Scheffel Hopfen vom vergangenen Jahr, aus Brunlake Pacht von einer Mühle (einen Soliden Aschersleber Münze), aus der Neustadt vierundzwanzig Hühner und dreißig Denarien, aus Gera ... genau – Sophies geliebter Honig, je nach Beschaffenheit des Jahres.

Dagegen standen die Forderungen der Klöster, der Patronatskirchen und Hospitäler, die Präbenden der Kanonissen ... Ich habe seit Ewigkeiten nicht mehr mit der Kämmerin gesprochen, dachte Alena. Weiß der Himmel, was sie ausgibt und verteilt. Die Kämmerin war eine seelenvolle Frau mit einer Neigung zu den milden Weinen Istriens und der festen Zuversicht, dass sich alle finanziellen Dinge von allein regelten, wenn man nur lange genug abwartete. Es war leichtsinnig, sie sich selbst zu überlassen. Anna, die Kellermeisterin hatte im Vorübergehen über ausstehende Weinabgaben geklagt, auch da musste nachgefragt werden.

Geld, dachte Alena, während sie die Liste der Einkünfte mit den Verbindlichkeiten des Stifts verglich. Geld brauchen wir nötiger als Hühner oder Getreide. Es war ein Segen, dass sie in diesem Jahr von der Palmsonntagsfeier verschont geblieben waren. Sonst hätte man sich wieder mit dem hassenswerten Gedanken befassen müssen, die Gehöfte in Ihlewitz zu veräußern oder zu verpachten. Daran waren sie schon im letzten Jahr nur knapp vorbeigeschlittert.

Alena besprach ihre Listen mit Sophie und erhielt die Erlaubnis, nicht nur Liebstedt, sondern sämtliche Stiftsgüter zu besuchen. Und zwar gemeinsam mit Gertrud, die, ob mit oder ohne Zustimmung der Scholastika, von ihrer Lehrtätigkeit wieder befreit wurde. Bertrade ging es besser, niemand rechnete mehr mit ihrem baldigen Tod, aber sie lebte in ihrer Kammer wie in einer Festung, die sie gegen jedermanns Eintritt verteidigte. Nur die Dienerin, ihre ehemalige Amme aus Krosigk, durfte um sie sein, und der sonderbare Medicus, der allmorgendlich ihren Urin prüfte und ihr Kräuteraufgüsse und Abführmittel einflößte. Alena nahm an, dass Sophie die gescheite Gertrud auf das Amt der Pröpstin vorbereitete – auch wenn sie sich nicht vorstellen konnte, wie eine mächtige Frau wie Bertrade aus ihrem Amt gedrängt werden sollte. Aber noch stand ja offen, ob sie überhaupt wieder gesund werden würde.

Die nächsten drei Wochen waren Gertrud und Alena damit beschäftigt, die Stiftsdörfer und Gehöfte abzureiten, in dem Versuch, Naturalienabgaben in Denare und Brakteaten umzuwandeln. Alena wetzte ihre spitze Zunge am Geiz der Pächter und Untervögte, und Gertrud erinnerte an den frommen Zweck der Domstiftung. Alles in allem, dachte Alena, sind wir kein schlechtes Gespann.

Am Ende der drei Wochen setzten sie sich in den leeren Kapitelsaal, um zu vergleichen, was sie erreicht hatten.

»Wir müssen nach Liebstedt, und zwar bald. Wenn wir

dort in die Scheunen schauen, in einem Moment, in dem sie es nicht erwarten, und ihnen dann unsere Forderungen nachweisen, könnten wir dem Stift … also zumindest würden uns die Zahlungen an das Leprosenhaus nicht mehr drücken. Ich denke, es hätte etwa den Gegenwert«, meinte Alena.

Gertrud zog die Mappe mit den Urkunden zu sich herüber. »Quedlinburg kommt zu gut davon«, urteilte sie kritisch. »Die zahlen nicht mehr als ein Pfund Silber für den Erhalt der Viehbrücke und für die Nutzung der Allmende an der Straße nach Groß Orden. Das ist weniger …«

»Quedlinburg besitzt keine Mühlen mehr. Wir profitieren davon, dass sie in den Stiftsmühlen mahlen lassen müssen. Wir nehmen ihnen jede Menge Geld ab. Ich denke, es gleicht sich aus.«

»Ihr wollt es im Guten mit ihnen versuchen?«, fragte Gertrud nachdenklich.

»Ich wäre froh, wenn es ohne Blutvergießen abgehen würde. In der Stadt wohnen vor allem Händler. Über Geld und Privilegien kann man mit ihnen reden, diese Sprache verstehen sie, aber nicht über Tote.«

»Und doch haben sie bei den Mühlen und auch bei der Brücke nachgegeben.«

»Nachgegeben ja, aber nicht vergessen.« Alena gähnte. Ihr rauchte der Kopf. Es ging auf den Abend zu, das bedeutete ein weiteres Mal das bedrückende Essen im Refektorium.

»Ich kann mich nicht erinnern, ob sie uns in Ditfurt Geld anstelle der Ferkel zugesagt haben oder …« Gertrud verstummte.

Sie hatten die Tür zum Flur wegen der ungewöhnlichen Hitze der letzten Tage offen stehen lassen. Nun hörten sie plötzlich einen lautstark vorgetragenen Protest. Dem Protest folgte ein Augenblick Stille, dann erklang die scharfe

Stimme der Äbtissin, die sich über etwas ärgerte. Die erste Stimme – die von Bertrade – antwortete. Erst gemessen, aber binnen weniger Worte steigerte sie sich in ein Gekreisch, das durch Mark und Knochen ging. Mit einem schuldbewussten Zwinkern ließ Gertrud die Listen im Stich und huschte zum Flur. Ihre Erziehung hielt sie davon ab, sich zum Fenster hinauszuhängen, aber sie versuchte vorsichtig, am Rahmen vorbeizuspähen.

»Sophie will ... sie will, dass der Medicus geht – darüber streiten sie. Er steht in der Tür ... er ist ärgerlich. Sophie bittet, nein, sie *befiehlt* ihm, in ihr Amtszimmer zu kommen.« Ja, das hörte Alena auch. Sophie konnte ihre Stimme nicht mäßigen, wenn sie sich ärgerte. »Es sieht so aus ... er weigert sich. Er ... ich glaube, er will sie daran hindern, zu Bertrade zu gehen. Er will Sophie ... Was bildet der sich ein ... Jutta sieht aus, als würde sie gleich tot umfallen.«

»Die Dekanin ist auch im Hof?«

Gertrud nickte. »Und Wigburg.« Sie lehnte den Kopf an den Fensterrahmen und lauschte. Der Streit wurde wieder leiser ausgetragen. Alena hörte nur noch Wortfetzen, die sie nicht verstehen konnte, aber sie sah, wie das Mädchen die Lippen zu einem Pfiff spitzte. »Wigburg ist ... sie ist *mächtig* wütend. Der Medicus ... Donner noch mal! Da ist Bertrade.«

Beklommen begab Alena sich nun doch an Gertruds Seite. Sophie stand im Glanz des Sonnenlichts, das den Hof überflutete. Ihr schilfgrünes, viel zu dickes Kleid klebte an ihrem Körper, und ihr Gesicht leuchtete krebsrot, als hätte sie einen Sonnenstich. Bertrade stand in der Tür zur Krankenkammer, die sie seit ihrem Unfall bewohnte. Sie war so schwach wie ein Windelkind und musste sich an der Tür stützen. Tränen liefen über ihr von der Krankheit ausgezehrtes Gesicht, und in Alenas Abneigung mischte sich Mitgefühl.

»… ist unerträglich und für Eure Genesung keineswegs förderlich. Ich muss Euch um Vernunft bitten.« Das war Sophie.

»Genug Vernunft, um mir den letzten Schutz nehmen zu lassen?«, kreischte Bertrade zurück. Ihre Stimme schwankte. Ein Küchenbursche stand steif hinter dem Brunnen und glotzte zu den aufgeregten Frauen. Noch vor wenigen Wochen hätte Bertrade sich eher umbringen lassen als vor der Dienerschaft ein solches Schauspiel zu bieten.

Jutta versuchte auf die Pröpstin zuzugehen, hielt aber inne, als sie ihre abwehrende Hand sah. »Ihr braucht keinen Schutz, Bertrade, *wir* sind doch hier, Eure Mitschwestern. Agnethe kennt sich mit Kräutern aus. Wir sind von Herzen besorgt …« Sie redete und redete mit aller Überzeugungskraft, die sie aufbringen konnte. Bertrade hörte gar nicht zu. Ihre Schultern waren herabgesackt und ihr Blick haftete auf Sophie mit der Hoffnungslosigkeit eines Verurteilten, der vor seinem Henker steht. Ihre Hand lag auf der Stelle am Unterleib, an der sie verwundet worden war. Plötzlich drehte sie sich um und verschwand in ihrer Kammer. Der Medicus blieb im Hof zurück wie der verlorene Sohn. Angesichts der erzürnten Äbtissin schien ihn der Mut zu verlassen. Als Sophie es ihm befahl, folgte er den Frauen widerspruchslos zur Treppe. Der Küchenjunge grinste und flüchtete erleichtert in sein Küchengewölbe, wo er zweifellos den aufregendsten Tratsch auf den Weg bringen würde.

»Sie tut mir Leid. Ich glaube nicht, dass sie etwas dazukann. Ich meine, zu diesen … Anfällen. Agnethe sagt, das kommt alles von den Kräutern, die sie nehmen musste, als sie die schrecklichen Schmerzen hatte.« In Gertruds Stimme klang ungewohntes Mitgefühl. Sie ging in den Kapitelsaal zurück und ließ sich auf ihren Stuhl fallen. »Agnethe hat Bertrade Mittel geben müssen, die sehr gefährlich waren. Sonst wäre sie jetzt wahnsinnig oder tot, hat Agnethe gesagt.«

»Tja, es ist schlimm.«

»Vielleicht ist sie das auch wirklich – wahnsinnig. Wisst Ihr, dass sie glaubt – und deshalb will sie ja auch den Medicus bei sich behalten … Sie glaubt, sie hätte sich ihre Wunde nicht durch den Sturz beigebracht. Sie glaubt, jemand hat ihr den Leuchter in den Leib gestoßen!«

»Und *wer* sollte …?« Nein. Es interessierte Alena brennend, aber die Frage war ungehörig.

»Wollt Ihr meine Meinung hören?« Gertrud stützte das Kinn in die Hände. »Bertrade ist eine von denen, die in *Träumen* leben. Träume von Ritterlichkeit und von Kaisern und Königen, die das Stift beschützen und all diesen Kram. Aber Sophie weiß, dass wir uns das Träumen nicht leisten können und hält auch nicht hinterm Berg damit, und Bertrade nimmt ihr das übel, und Sophie nimmt ihr übel, dass sie übel nimmt. Versteht Ihr? Bertrade ist wütend, weil Sophie ihr alles kaputtredet. Und nun, wo sie krank ist, bildet sie sich ein … na ja.«

Gertrud saß aufmerksam da. Sie wartete so vertrauensvoll auf Alenas Kommentar, als ginge es um die Finanzen des Stifts. Befangen wandte Alena sich ab. Der Dorn des Leuchters war auf Argwohn erregende Art in Bertrades Leib gefahren. Sophie hatte den Sturz der Pröpstin mit angehört und zugegeben, dass sie es war, die Bertrade gefunden hatte. Und nun behauptete Bertrade, Opfer eines Mordanschlags gewesen zu sein, und ließ keine der Domfrauen mehr an sich heran.

Nein, das Stift war kein Ort des Friedens mehr.

Als Alena Lisabeth abholte, überreichte Susanna ihr ein in Leinen eingeschlagenes Paket. »Vom Baumeister. Er hat es durch seinen Parlier abgeben lassen. Mehr weiß ich auch nicht.«

Susanna wollte nicht neugierig sein. Sie schwatzte weiter

und gab Alena einen gedeckelten Tonbecher mit einem Sud aus Brennnesselsaft, Wollblumensaft und Nussbaumrinde, weil Lisabeth unter Würmern litt. Susanna hatte sich zwei Stühle und eine Truhe aus hellem Ahornholz mit einem bemalten Deckel fertigen lassen, die sie an der breitesten Wand ihrer Hütte aufgestellt hatte. Sie würde sicherlich Stillschweigen darüber bewahren, dass die Stiftsschreiberin Geschenke bekam.

Als Alena das Päckchen zu Hause aufs Bett legte und auseinander schlug, fand sie ein tannengrünes Kleid und darunter einen Surcot aus feiner, beiger Wolle.

»Ach du meine Güte.« Mit einem Seufzer schob sie Lisabeths Ärmchen von ihrem Hals. »Was fällt ihm ein? Er sollte …« Sie schob die Kleider von sich, setzte sich aufs Bett und nahm ihre Tochter auf den Schoß. »Er sollte uns in Ruhe lassen. Nein, fass es nicht an – der Stoff muss teuer wie die Sünde gewesen sein. Siehst du, wie fein das gewebt ist? Und wie weich?«

Lisabeth zappelte sich frei, legte die Wange auf den Stoff und lächelte selig. Alena musste lachen. »Weißt du, was ich glaube, Käferchen? Er will keine Schulden bei uns haben. Darum ersetzt er uns das Kleid, das er auf dem Friedhof ruiniert hat. Damit sind wir ihm aus dem Sinn. Keine Verpflichtungen mehr. Wir sind *ihm* aus dem Sinn, und er ist *uns* aus dem Sinn. Soll er tun, was ihm beliebt, das geht uns nichts mehr an. Wir packen das Tuch in die Truhe und vergessen es vorerst, und in ein paar Jahren werden wir etwas Hübsches für dich daraus nähen.«

Sie schlug Kleid und Surcot wieder ein und verstaute sie auf dem Boden ihrer Truhe.

Die nächste Woche verging wie die beiden vorherigen, nämlich mit der Kontrolle des Stiftsbesitzes. Alena wäre gern unverzüglich nach Liebstedt aufgebrochen, aber aus der

Mark Lausitz kam eine Meldung über eine Seuche unter dem Rindvieh, und da sie der schlimmen Nachricht misstraute, machte sie sich auf den Weg, um nachzuschauen. Sie ritt allein, weil es eilte und Gertrud bei den Vorbereitungen zur Totenfeier an der Gruft König Heinrichs helfen sollte.

Unter den Lausitzer Rindern war tatsächlich eine Krankheit ausgebrochen, aber der Untervogt hatte hinsichtlich ihrer Ausmaße übertrieben, und Alena stritt sich mit ihm – zäh und ohne Liebreiz –, bis er ihr zumindest zwei Drittel des Fronzinses zusicherte.

Der Untervogt war ein aufgeblasener Kerl mit groben Manieren gewesen, und Alena atmete auf, als sie eine knappe Woche später wieder den Burgweg hinaufritt. Sie schwitzte, denn die Sonne knallte seit Tagen auf das Land herab, und als sie in ihrem Zimmer war, zog sie erleichtert den Surcot aus und ließ sich auf das Bett fallen. Ihr taten von dem Ritt alle Knochen weh. Sie hielt es aber trotzdem nur kurze Zeit dort aus, denn Lisabeth wartete.

Als Alena sie von der Bauhütte abholte, inspizierte sie gleich den Fortschritt am Fundament. Gerolf hatte die Pfähle einschlagen lassen, und damit gab es eine Sorge weniger. Alena nahm Lisabeth. Als sie mit ihr den blumengeschmückten Marktplatz überquerte, fiel ihr ein, dass am nächsten Tag das Johannisfest gefeiert werden würde, also versprach sie ihrer müden, mürrischen Tochter einen gemeinsamen freien Tag.

Fast sah es so aus, als würde sie dieses Versprechen nicht halten können. Das Kapitel traf sich am Abend außer der Reihe, um Alenas Bericht anzuhören und anschließend in einer hitzigen Beratung, die mit dem Fronzins gar nichts mehr zu tun hatte, zu entscheiden, ob die Kanonissen die Einladung der Stadt zum bevorstehenden Johannisfest ablehnen sollten. Sophie grollte immer noch über das dünkelhafte Betragen der Quedlinburger und hätte am liebsten jegliche Beteiligung genau wie zu Pfingsten verweigert. Aber die Kanonissen sehnten sich nach Abwechslung. Am Ende einigte man sich auf eine ausgedünnte Mitwirkung, was bedeutete, dass die Domfrauen an einem von den Wiperti-Kanonikern geleiteten Gedenkgottesdienst zu Ehren des Täufers teilnehmen würden, den Festlichkeiten der Stadt, insbesondere den Johannisfeuern und dem Abschreiten der Felder, aber fernbleiben würden.

Sie raufen sich zusammen, dachte Alena erleichtert, als sie sich lange nach Sonnenuntergang zu ihrer Tochter ins Bett legte.

Sophie machte ein saures Gesicht, als sie am nächsten Vormittag über den Hof schritt, um die Stiftsmädchen in ihren Festkleidern zu begutachten. Auch Groll kann Einsamkeit bedeuten, dachte Alena, als sie die hinkende Frau beobachtete, die streng an den fröhlichen, unternehmungslustigen Mädchen vorbeischritt. Es gab am Aussehen der Jungfrauen nichts zu bemängeln. Die neue Dekanin hatte die Pflichten ihres Amts zurückerobert und ihre Schützlinge bis in die Haltung der Fingerspitzen kontrolliert. Wahrscheinlich musste sie sich so aufspielen, um zu beweisen, dass ihre Aufgaben eben doch nicht nebenbei von einer Scholastika miterledigt werden können. Sie würde es schwer haben. Wigburg war bei den Mädchen beliebt gewesen – Jutta fehlte das Talent, freundschaftliche Bande zu knüpfen.

Alena setzte sich zu Lisabeth aufs Bett zurück. Sie wollte die Feier nicht im Gefolge der Stiftsfrauen besuchen. Je ferner sie sich von ihnen hielt, umso weniger würde es auffallen, wenn sie nach dem Gottesdienst in der Stadt blieb. So wartete sie und flocht Lisabeths Haare, während die Domfrauen ihre schimmernden weißen Pferde mit den gelockten Mähnen bestiegen und in Begleitung der Ritter den Hof verließen.

Lisabeths Haut war vom Spielen im Freien braun gebrannt. Als Alena sie kritisch betrachtete, fand sie, dass sie mit der dunklen Haut einem Kobold noch ähnlicher sah als gewöhnlich.

»Wir werden dir Blumen ins Haar stecken, Käferchen – doch, das wird dir gefallen. Du bekommst dein hübsches Kleid an, und in der Stadt kaufe ich dir Eierkuchen mit Honig. Und wenn das Gelärm uns auf die Nerven fällt, werden wir ... schwimmen gehen. Wir setzen uns ans Bodeufer und paddeln mit den Füßen.« Es war ein Tag der grenzenlosen Möglichkeiten. Lisabeth – ob mit oder ohne Verstand – schien das zu begreifen, denn sie lachte begeistert mit ihren spitzen, schiefen Zähnchen.

Sie verließen die Burg mit einem Umweg zu dem Besenginster, der in einer Ecke des Hofs blühte. Während Alena Lisabeth die gelben Blüten ins Haar steckte und den Kobold damit in eine Fee verwandelte, glaubte sie für einen kurzen Moment – so kurz, dass man es getrost als Täuschung hätte ansehen können – hinter ihrem Rücken einen lachsroten Surcot zu sehen, der durch das Tor hinaus in den Ritterhof wirbelte. Sollte etwa eines der Mädchen in der Burg zurückgeblieben sein?

»Sie sind alle in der Stadt und wenn nicht, dann hat Wigburg ... nein, dann hat Jutta geregelt, was geregelt werden muss.« Lisabeth drängelte auf Alenas Arm. Sie war aufgeregt wegen der Blüten, und was auch immer sich ereignen sollte, es sollte *jetzt* geschehen. Alena lachte über ihre Tochter. Hungrig auf Abenteuer, so war Lisabeth, und Ämilius hätte das gefallen, auch wenn ihm selbst alles Ungebärdige abgegangen war.

Der Hof der Ritter lag einsam. Nur ein o-beiniger Junge war damit beschäftigt, vor den Ställen mit einem Reisigbesen Unrat zu Häuflein zusammenzukehren. Als er Alena sah, blickte er unwillkürlich in Richtung des Kanonissengartens.

Also hatte es den roten Surcot wirklich gegeben, und etwas musste den Stallburschen derart erstaunt haben, dass er erwartete, sie würde der Trägerin folgen.

Lisabeth war überhaupt nicht enttäuscht, als Alena die Richtung änderte und zum Garten ging. Ein Abenteuer war so gut wie das andere. Das Törchen war auch diesmal angelehnt. Und wieder war es Osterlind, die diesmal zwischen den Beeten kauerte und sich in der fetten, schwarzen Erde ihr Kleid verdarb. Alena beeilte sich. Die Eibe stand entgegengesetzt, aber ihr war trotzdem mulmig zumute.

»Osterlind, alle sind in der Stadt. Was tut Ihr hier allein? Ich … habe Euch schon wieder erschreckt«, entschuldigte sie sich, als das Mädchen zusammenfuhr. »Aber ich dachte … ich wunderte mich.« Und zu Recht. Osterlinds Gesicht war von Tränen aufgequollen, die Nase glänzte und tropfte, und sie sah hässlicher aus als je zuvor. »In der Stadt hättet Ihr mehr Freude als hier«, schloss Alena lahm.

Osterlind zog mit viel Geräusch die Nase hoch.

»Weiß irgendjemand …«

»Hulda. Meine Dienerin. Ich habe ihr gesagt, wo ich bin. Mir geht es nicht gut und deshalb … Ich ergehe mich im Garten.«

»Und ruiniert dabei Euer Kleid.« Man konnte dieser Hulda Bescheid geben, dass sie gefälligst ein Auge auf ihren Pflegling haben sollte. Die Mädchen gehörten nicht zu Alenas Aufgaben. Sie ärgerte sich, weil sie in die Stadt wollte. »Gibt es etwas, was Euch Sorgen macht?«

Osterlind schüttelte den Kopf. Eine verlorene Haarsträhne zog sich durch ihre Tränen.

»Oder tut Euch etwas weh?«

»Alena …«

»Ja?« Sie wechselte Lisabeth auf den anderen Arm und wartete.

»Ich würde … Glaubt Ihr nicht auch, es wäre ehrbarer,

ein … Leben der Keuschheit zu führen als zu heiraten? Das hat doch der Apostel Paulus gesagt. Er hat doch gesagt, es wäre besser, unverheiratet …«

»Darüber macht Ihr Euch Gedanken?«

»Bestimmt ist es anständiger. Jedenfalls für einige Frauen. Es ist doch … reiner … oder?« Bang schaute Osterlind sie an.

»Heiraten oder im Stift bleiben – eines hat seinen Zweck wie das andere, nach meiner Ansicht«, erklärte Alena diplomatisch. »Am besten fragt Ihr die Scholastika oder die Dekanin.« Susanna würde sagen, wenn die jungen Mädchen Butter stampfen und Ferkel füttern müssten, hätten sie keine Zeit, sich das Herz mit überflüssigem Kram zu beschweren.

»Wieder besser?«

Osterlind nickte.

»Heiraten ist auf jeden Fall gut, denn es ist der beste Weg, an Kinder zu kommen, und Kinder habt Ihr doch so gern. Und der Heiland hatte sie auch gern, und deshalb kann nichts Schlimmes daran sein. Und wenn Ihr nicht heiraten solltet, dann gibt es auch andere Wege glücklich zu sein.« Und damit Schluss.

Alena verließ den Garten, wie sie gekommen war. Sie sah noch, dass Osterlind sich wieder auf die Steinbank setzte und hoffte, dass die Dienerin sich bald auf ihre Pflichten besann.

Die Stadt hatte sich geschmückt, und da Dittmar der Stadtvorsteher war und die harsche Zurechtweisung der Stiftsfrauen vermutlich seinen Stolz quälte wie ein Dorn im Fleisch, waren die Häuserfassaden unter den Blumengirlanden, dem Birkengrün und den bunten Bändern kaum noch zu erkennen. In dem Dreieck zwischen Kirche und Judengasse hatten die Quedlinburger Metfässer und

Schanktische aufgebaut und rings um den Marktplatz standen Buden aus Holzgestellen, die mit Stoffplanen abgedeckt waren und in denen Stoffe, Schmuck, Küchengerät, Waffen und allerlei Luxusdinge wie Seife und Samtbänder ausgestellt wurden.

Als Alena kam, war der Marktplatz allerdings wie leer gefegt. Nur ein paar Gaukler lümmelten in ihren bunten Röcken vor den Schanktischen und prosteten sich gegenseitig zu. Alena wanderte über einen Teppich aus Schilf und Blumen, während aus der Kirche die Stimmen um das obligatorische Spiel von Johannes und der schönen, bösen Tochter der Herodias drangen. Die Stadtkirche war zu klein, um alle Besucher zu fassen. Die Türen standen offen, und in respektvollem Abstand von den bewaffneten Stiftsknechten, die auf die Pferde aufpassten, saßen Hörige und Bettler und lauschten dem Spiel. Sie lauschten mit erstaunlicher Aufmerksamkeit, ohne die üblichen Unterhaltungen.

Alena blieb stehen und versuchte die dramatisch vorgetragenen Worte zu verstehen. Sprachen die Akteure des Spiels etwa deutsch? Ja, und der Mann, der gerade nach dem Tanz der schönen Salome verlangte, bewunderte mit Ausdruck und Gefühl und unter kräftigem Beifallsgejohle ihren prallen Hintern. Offenbar hatte die Stadt sich ein weiteres Mal das Recht auf das Mysterienspiel abtreten lassen, und nun führten sie es als Volksspektakel auf statt in den üblichen frommen lateinischen Wendungen, und das würde die Äbtissin ärgern, wie es sie schon im vergangenen Jahr geärgert hatte.

»Geht uns alles nichts an. Wir essen Eierkuchen, Lisabeth.« Alena kehrte der Kirche den Rücken. Auf die Eierkuchen musste sie allerdings warten, denn der Mann, der sie in einer Pfanne neben den Auwiesen buk, war zum Johannisspiel entschwunden, und sein Sohn kratzte sich die behaarte Wade und erklärte umständlich, dass er nur da sei, um das Feuer zu hüten und die Fliegen vom Teig zu scheuchen.

Alena ging weiter zur Wiese und ließ sich mit Lisabeth hinter einigen Brombeersträuchern im Gras nieder. Dittmar hatte die Trümmer der verbrannten Mühle abtragen lassen. Lediglich ein verkohlter Fleck war von dem Überfall zurückgeblieben, und auch der wurde bereits von Gras und Bocksbart zugewuchert. An der Außenwand der neu errichteten Schmiede stapelten sich die rußigen Hölzer, alle sorgfältig auf Ofenlänge gestutzt. Die Spuren der Zerstörung würden von der Wiese schnell verschwunden sein, und irgendwann auch aus den Köpfen der Leute.

Alena widmete sich der zweiten Veränderung, die die Auwiese erfahren hatte – Maartens Brücke. Seine Leute mussten in den vergangenen Wochen bis zum Umfallen gearbeitet haben. Sie hatten es während Alenas Abwesenheit geschafft, das Ufer durch Baumstämme abzudämmen, die Baugrube auszuheben und das gesamte Widerlager zu mauern. Und etwa acht Fuß weiter in der Mitte des Mühlengrabens stak bereits der Holzpfahldamm für den ersten Pfeiler. Damm und Widerlager waren durch eine Behelfsbrücke verbunden, und vor der Brücke lag ein Berg aus Bruchsteinen, mit denen sie vermutlich den Pfeiler mauern wollten.

Alena atmete tief den süßen Duft des gemähten Grases ein. »Weißt du, wie es riecht, Lisabeth? Wie Sommer und keine Sorgen mehr.« Sie legte sich ins Gras, verschränkte die Arme unter dem Kopf und genoss die kleinen, festen Hände ihrer Tochter, die wie ein Riesenkäfer über sie hinwegkrabbelte, und es tat ihr beinahe Leid, als sie die Menschen aus der Kirche strömen hörte.

Ein Weilchen tat sie, als merke sie nichts von dem Treiben, das auf dem Markt einsetzte, denn hinter ihren Büschen blieb sie vorerst allein. Aber dann kam ein Jüngling in Begleitung eines blumenbekränzten Mädchens und eines kreischenden kleinen Bengels, der seine Kreise um die beiden zog, weil niemand ihn beachtete, und damit war die Ruhe dahin.

Die drei waren nur der Beginn eines Überfalls auf die Au. Als Alena Lisabeth ihren Eierkuchen kaufte, hatte sich halb Quedlinburg im Gras niedergelassen, die Männer in sauber gewaschenen Röcken, die Frauen im Sonntagsstaat. Eine von ihnen, ein Weib mit breiten Hüften und künstlichen Locken, trug Fischaugen im Gürtel – als Imitat für die Perlen, die sie sich nicht leisten konnte. Alena schnitt Lisabeth eine Grimasse und ging mit ihr an dem Fischaugenweib vorbei zum Fluss. Der Eierkuchen hatte eine Honigfüllung gehabt, sodass ihre Tochter dringend eine Reinigung brauchte.

Aber Lisabeth hatte keine Lust auf Waschen und begann zu brüllen, als Alena ihr das Gesicht und die Hände säuberte. Sie machte sich schwer wie ein Sack und strampelte, als ginge es um ihr Leben, und wieder einmal ging Alena auf, wie schwierig das Leben werden würde, wenn Lisabeth noch zwei, drei Jahre älter war. Lisabeth musste Laufen lernen. Aber wie sollte man jemandem das Laufen beibringen, dessen Beine immer nur einknickten, wenn man sie belastete? Alena war in Schweiß gebadet, als sie ihr Kind die Uferböschung hinaufschleppte.

»Ich 'elfe, Madame. Ihr erlaubt?« Der französische Parlier, Moriz, tauchte zwischen den Büschen auf. »Ich nehme sie. Armes petite. 'at sie sich von die Schreck er'olt? Bonté du ciel! Sie ist krabbelisch wie eine Laus.«

»Ich weiß, Moriz. Und besten Dank auch, aber …«

»Ihr kommt allein zurecht. Gewiss. Ihr betet das wie eine Rosenkranz. Sacrebleu! Sie kratzt.«

Der Parlier ließ sich von Lisabeths Fingernägeln nicht schrecken. Fürsorglich trug er sie in den Schatten der Schmiede und setzte sie zwischen die Blumen. »Was willst du, eh? Meine ’ut? Sie will das ’ut ’aben. Es ist aus Limoges. Dort ’aben sie die beste ’üte von Frankreich und die beste Tuche außerdem. Du ’ast eine gute Geschmack. Non, non, nicht kauen …«

Alena ging ein paar Schritte und warf einen Blick in die Schmiede. Körbe mit Nägeln, Eisendübeln, Klammern und eisernen Zugankern standen an den Wänden, und auf einer Bank neben dem Schlot lagen die Werkzeuge, die geschärft werden mussten. Normalerweise hatte jeder Handwerker zwei Garnituren Werkzeug, da sich die Schneiden schnell abnutzten, und eine davon war in der Regel beim Schmied. Aber das, was auf dieser Bank lag, sah neu aus. Und es waren auch bei weitem nicht so viel Äxte und Hämmer, wie man es bei einer Baustelle von solcher Größe hätte erwarten können. Wahrscheinlich bewahrten die Männer ihre Sachen lieber im Infernushof auf.

Da die Tür zur Bauhütte nur angelehnt war, schaute Alena auch dort hinein. Der Innenraum war größer als bei Ämilius’ Hütte. Der hintere Teil wurde von einer Pyramide sorgfältig behauener Steine gefüllt, sicher die Steine für den ersten Brückenbogen. Der vordere diente der Planung: Eine Gipsplatte für den Aufriss und ein Tisch mit Zirkeln und Winkelmaßen und Aufzeichnungen von Schablonen. Aber auch hier schien nur das Nötigste vor Ort aufbewahrt zu werden. Maarten traute dem Frieden mit Caesarius nicht. Der Lichtstrahl fiel auf einen ungeschnittenen Pergamentbogen, auf dem eine Ansicht des Holzgerüstes zu sehen war, auf die der Brückenbogen gemauert werden sollte. Sorgfältig nummerierte Streben und Rundhölzer.

»Es ist ein Jammer, äh?« Moriz steckte seinen Kopf neben den von Alena. »Wir wollten nach Carcassonne. Dort soll ein Brücke über die Aude. Imaginez-vous – ein wunderschöne Brücke. Wir ’aben bereits im Kopf, wie sie aussehen soll. Kühn wie ein Regenbogen. Ein ’errliches Land, ein ’errliches Fluss. Aber Maarten ’at sich in den Kopf gesetzt, ’ier seine Jahre zu vergeuden.«

»Ihr solltet ihm zureden.«

Alena lächelte darüber, wie der kleine Parlier die Augen verdrehte. Sie schlenderte zur Sandgrube, die die Arbeiter zum Kalklöschen nutzten. »Wie viele Bögen plant Maarten für die Brücke?«

»Dreiundzwanzig.«

»Dreiundzwanzig Bögen. Und für jeden muss ein Gerüst errichtet werden, und über jedes Gerüst müssen ... ja, Ihr braucht abgerundete Steine. Ihr könnt Bögen doch nicht mit Quadern bauen, stimmt’s? Man braucht einen Tag, um einen Quader zu schlagen, wie lange werdet Ihr erst an den Bogensteinen sitzen? Bogensteine für dreiundzwanzig Brückenbögen! Lieber Moriz, vergesst das herrliche Land, dieses ...«

»Carcassone. Ich kann es nicht vergessen. Es ist meine ’eimat. Aber wir werden nicht ...«

»Wir werden hier nicht in Ewigkeit sitzen, denn wir bauen die Sumpfbrücke mit Bruchstein. Casse-toi, Moriz! Tu déranges.« Maarten stand plötzlich hinter ihnen, auf dem Arm die kleine Lisabeth, die ihn anstarrte, als wäre er ein erschreckend großes, aber auch bestaunenswertes Tier. Alena hätte gern gewusst, ob Lisabeth sich an ihn erinnerte. Der Baumeister trat zur Seite, sodass sein Parlier sich mit dem üblichen Grinsen, das diesmal von einem anzüglichen Heben der Augenbrauen begleitet wurde, davonmachen konnte.

Eine verlegene Pause trat ein. »Ich hoffe, es stört Euch nicht, dass ich einen Blick in Eure ...«

»Nein, tut es nicht. Hier gibt’s keine Geheimnisse. Ich bringe Euch Eure Tochter. Sie verspeist Schmetterlinge.«

»Das kann nicht sein. Lisabeth versucht es, aber sie ist zu langsam um sie zu fangen. Was hast du?« Alena untersuchte die geballten Fäustchen ihrer Tochter. »Kein Schmetterling, ein Käfer. Braves Mädchen. Nein, er läuft nicht mehr. Gib ihn mir. – Ihr wollt also mit Bruchstein bauen, Maarten?«

»Wie ich gesagt habe. Auch wenn es mir nicht gefällt. Bruchstein ist praktisch und billig und lässt sich schnell verarbeiten. Aber er hat keinen ... Glanz.«

»Wozu braucht Ihr Glanz? Ihr wollt einen stinkenden Sumpf überbrücken, damit Ihr ein Versprechen erfüllt.«

Sein Kopfschütteln war herablassend. »Davon versteht Ihr nichts.«

»Ich versuch's. Moriz hat gesagt, Ihr wollt über diesen Fluss in Frankreich eine Brücke bauen, die wie ein Regenbogen aussieht. Habt Ihr das im Kopf? Regenbögen?« Sie sah an seinem ablehnenden Blick, dass er ihr misstraute. »Ich würde es wirklich gern wissen. Für Ämilius war die Brücke nur das Treppchen zu seinem Traum. Und sein Traum war eine Kirche.«

»Wenn ich eine Brücke sehe ...« Maarten beobachtete sie immer noch, aber sie war voller Aufmerksamkeit. » ... dann denke ich an Abgründe, die überwunden werden. An Klüfte, die zu überspannen sind. Für mich ist die Brücke ein Symbol. Jedes Bauwerk ist ein Symbol. Die Burg steht für Herrschaft, der Dom für das Streben zu Gott, Mauern für Schutz ... Mir gefällt das Symbol der Brücke am besten.«

»Weil Ihr keine Klüfte liebt.«

»Ich wusste, dass Ihr lachen würdet.«

»Nein. Eigentlich ist mir mehr zum Weinen zumute. In dieser Stadt wimmelt es von Klüften, und Brücken werden hier mit Füßen getreten. Das wißt Ihr doch. Einer Eurer Männer ist tot, und wenn es nach Caesarius gegangen wäre, dann gäbe es hier nur noch verbranntes Holz. Ich wünschte Euch, dass Ihr nach Carcassonne gehen könntet, nicht meinet-, sondern Euretwegen. Gebt mir Lisabeth.«

Alena hatte Caesarius unter den Menschen vor der Kirche entdeckt. Er stand neben der Äbtissin, die sich mit dem Stiftskaplan unterhielt, und blickte zu ihnen herüber – nicht so penetrant, dass es auffiel, aber sein Blick klebte an der Wiese.

»Wir werden beobachtet. Caesarius steht bei der Kirche. Er hat uns im Visier«, sagte sie.

Maarten drehte sich langsam um. Es machte ihm nichts aus zurückzustarren, und der Stiftshauptmann wandte sich ab. Achselzuckend kehrte Maarten sich wieder zu Alena. »Lasst ihn schauen. Es ist gut, wenn er uns beieinander sieht. Das erinnert ihn daran, dass Ihr nicht allein in der Welt steht.«

»Was ein Vorteil ist, solange Romarus lebt. Du meine Güte, er kommt hierher.«

»Im Ernst?«

»Nein, er kommt nicht«, sagte Alena. Caesarius drängte sich zwischen die Zuhörer, die sich um den italienischen Sänger geschart hatten. Er war grob wie immer und kümmerte sich nicht darum, wen er anrempelte. Die Leute wichen zurück, und die Frauen zogen ihre Kinder an sich. Als sie Platz machten, sah Alena plötzlich etwas glänzend Rotes zwischen den einfachen Kleidern der Zuhörer auftauchen. Niemand aus dem Volk trug so strahlende Farben. Eine der Kanonissen musste sich unter das Volk gemischt haben.

»Was gibt es?«

Alena schüttelte den Kopf. Sie blickte angestrengt zu den Menschen und Serafino hinüber, der noch immer auf seinem Fass saß und sein Lied vortrug. Einige Leute verließen den Kreis, als spürten sie, dass es Ärger geben würde. Das rote Kleid gehörte Gertrud. Die Kanonisse stand plötzlich ganz allein auf einem freien Fleck. Alena bemerkte den hingerissenen Ausdruck auf ihrem Gesicht, der sich unvermittelt in Erschrecken wandelte, als sie Caesarius erblickte.

»Was …?« Maarten drehte den Kopf.

Caesarius packte Serafino, so viel konnte man von der Wiese her sehen, aber nicht, was er mit ihm tat. Ein Mann mit seinem Kind verstellte ihnen plötzlich den Blick. Sie hörten nur den Schrei des Jungen, dann war es still, und im nächsten Moment sahen sie Serafino mit einem noch schrilleren Laut zu Boden fliegen.

Caesarius fasste Gertrud am Arm. Sie sagte etwas, bekam eine Antwort und ließ sich von dem Ritter fortziehen. Nein, sie ging freiwillig mit ihm. Die Äbtissin hatte die Unruhe bemerkt und den Hals gereckt, um zu sehen, was beim Bierstand los war. Gertrud ging zu ihr und den anderen Kanonissen hinüber, ängstlich darauf bedacht, harmlos zu wirken, und Caesarius folgte ihr im Schatten ihres Kleides. Die Menge schloss sich um den Sänger, und Sophie nahm ihr Gespräch mit dem Kaplan wieder auf.

Neklas, der wie ein Turm in der Menge um Serafino stand, hob beruhigend die Hand, und Alena hatte das Gefühl, nach einer Ewigkeit des Luftanhaltens endlich wieder atmen zu können. Maarten starrte noch immer zu dem Menschenauflauf und dann auf Moriz, der zu ihnen gerannt kam. Diesmal unterhielten die beiden sich ausschließlich französisch.

Alenas gute Laune war dahin. Sie nahm Lisabeth. Niemand machte sich die Mühe, sie zu verabschieden.

Ich habe ihn gewarnt, dachte sie, als sie mit Lisabeth den Markt verließ. Darauf wird Caesarius sich spezialisieren. Kleine Gemeinheiten. »Was ist das?« Lisabeth umklammerte mit ihren Fingerchen ein Lederarmband. »Hast du das von Moriz? Oder von dem Baumeister? Egal«, sagte sie bedrückt. »Wir werden es ihm später zurückgeben.«

»Schmierig«, schnaubte Gertrud außer sich vor Wut. »Als wäre ich irgendeine … Straßendirne. Ich könnte Euch meinen Arm zeigen – da ist ein blauer Fleck, so groß wie ein Äbtissin-Agnes-Brakteat. Aber was sollte ich machen? Mich aufführen wie ein Straßenmädchen vor all den Leuten? Seid Ihr *sicher*, dass dem Sänger nichts passiert ist?«

»Eine Platzwunde am Hinterkopf. In ein paar Tagen wieder in Ordnung«, wiederholte Alena, was sie auf ihrem Heimweg aus dem Getuschel der Leute mitbekommen hatte. Es war ihr nicht recht, dass Gertrud sie in ihrer Kammer besuchte, aber sie konnte das Mädchen auch schlecht hinauswerfen.

»Caesarius hatte überhaupt keinen Grund! Der Junge – was weiß ich, wovon er gesungen hat? Na schön, Liebeslieder. Vergangenen Winter ist Walther von der Vogelweide hier gewesen, und er hat ebenfalls Liebeslieder gesungen, und die Äbtissin hat ihm zugehört und ihn sogar auf ein paar Tage eingeladen. Sämtliche Edeldamen, die es sich leisten konnten, holten ihn in ihre Kemenaten. Warum ist es unschuldig, wenn Walther die Liebe besingt und ein …«, Gertrud fuchtelte mit den Händen, » … ein Verbrechen …«

»Caesarius hatte es nicht auf den Sänger oder Euch abgesehen. Er meinte den Baumeister, zu dem der Junge gehört«, unterbrach Alena sie.

»Und das gibt ihm das Recht …«

»Jedenfalls ist es jetzt ausgestanden.« Alena wollte nicht die Vertraute des Mädchens sein. Irgendwann würde sich das rächen. Sie wünschte, Gertrud würde hinab zu den anderen Kanonissen gehen, die sich bereits im Hof zum Gebetsgang sammelten.

»Nein, es ist nicht ausgestanden.« Auf Gertruds Lippen stahl sich ein Lächeln. »Die Scholastika hat ihre Augen überall. Sie hat alles gesehen, und sie hat getobt – aber nicht mit mir.« Immer noch lächelnd lehnte sie sich gegen den Tisch und stützte sich mit den Händen ab. »Wigburg ist ins Ritterhaus gegangen. Ich habe sie schreien hören. Nun – nicht *schreien.* Aber sie kann auf eine Weise leise sprechen, dass man das Gefühl hat, sie brüllt einen in Grund und Boden. Huh! Er hat sich nicht mehr viel zu sagen getraut. Ich wünschte…« Gertrud war weise genug, zumindest ihre unfrommen Wünsche für sich zu behalten.

Die Dekanin rief unten im Hof verschiedene Mädchennamen. Scheinbar vermisste sie einige der Schülerinnen.

»Habt Ihr gehört, wie er es aufgenommen hat, Alena? Ich meine den Sänger. Ist er sehr gekränkt?«

Alena zögerte. Und entschied sich preiszugeben, was sie in der Stadt hatte tratschen hören. »Sollte den Jungen überhaupt etwas schmerzen, dann ist es sicher nur sein Brummschädel. Seine Gefühle …«

»Ja?«

»Er scheint nicht viel Stolz zu besitzen. Und außerdem ist er … von einer besonderen Art.« Die Leute auf dem Markt hatten dafür ein drastisches Wort, das aber sicher nicht in Gertruds Ohr gehörte. »Dem Jungen geht das Gefühl für Frauen ab, denn man … man hat ihm …«

Das Mädchen starrte sie an ohne zu begreifen.

»Sein früherer Herr in Italien hat ihn schlecht behandelt. Ihm fehlt, was den Mann ausmacht.«

»Oh.«

»Sein Herr wollte, dass er seine helle Stimme behält. Und deshalb hat er aus ihm einen Kastraten gemacht.« Ja, dachte Alena, und wenn man es gesagt bekommt, dann wundert man sich über die eigene Taubheit und Blindheit. Sie hörte Jutta laut nach Osterlind rufen.

»Einen … Aber … das macht keinen Unterschied. Caesarius hätte ihn trotzdem nicht so schlimm behandeln dürfen«, stammelte Gertrud. Fahrig stand sie auf und strich ihr Kleid glatt. Alena rechnete es ihr hoch an, dass kein gekränkter Stolz, sondern nur Mitleid ihre Züge beherrschte.

»Ich glaube, man wartet auf Euch«, meinte sie taktvoll.

Sie folgte Gertrud bald, weil sie vor dem Abendbrot noch Lisabeth fortbringen musste. Als sie die Treppe herabkam, standen die Kanonissen zu ihrem Erstaunen immer noch beieinander. Jutta war ins Kanonissenhaus zurückgegangen. Sie lehnte an einem der oberen Fenster und schüttelte den Kopf.

Alena blieb stehen.

Sophie, die mit Wigburg sprach, hatte eine steile Falte auf der Stirn, und die Mädchen tuschelten ohne ihr gewöhnliches Gekichere. Von einem unguten Gefühl beschlichen suchte Alena nach Osterlind. Die Domicellae trugen bereits ihre golddurchwirkten Seidenschleier für den Gottesdienst, und einige hatten Alena den Rücken zugekehrt, aber sie glaubte doch, dass sie Osterlind erkannte hätte, wenn sie in der Gruppe gewesen wäre. Voller böser Ahnungen machte Alena sich auf den Weg zum Garten.

Das Törchen stand diesmal sperrangelweit offen.

Alena atmete auf. Osterlind saß lebendig und munter auf der Steinbank an der Außenmauer des Gartens. Oder vielmehr, sie saß auf der Lehne der Bank. Die Füße auf der Sitzfläche, was nicht für die guten Manieren der kleinen Gräfin sprach, aber das brauchte Alena nicht zu interessieren. Als Osterlind sie bemerkte, schreckte sie auf wie aus einem Traum. Ihre Augen waren geweitet, ihr Hals vorgestreckt wie bei einem Vogeljungen, das dem Wurm der Eltern entgegenhungert. Ohne ein Wort zu sagen stellte sie sich plötzlich hin. Sie erklomm die Lehne, schwang sich mit erstaunlichem Geschick auf den Mauersims und sprang in dem Moment, in dem Alena zu schreien begann, hinab ins Leere.

»Sie hat mich gesehen und ist von der Mauer gesprungen.« Was mehr konnte man sagen? Alena blickte in die Augen der Äbtissin, die aussahen wie versteinert. Sie versuchte zu ergründen, ob Gefahr drohte. Nahm die Äbtissin ihr übel, dass sie … ja, was? Dass sie Osterlind nicht auf irgendeine Weise von dem Sprung abgehalten hatte? Nein, Osterlinds Sprung hätte sie nicht verhindern können, aber sie hätte vorher etwas über ihr seltsames Betragen erzählen müssen. Was hatte das Mädchen bedrückt? Es war ihr ums Heiraten gegangen. Hatte irgendeine Verbindung ins Haus gestanden, vor der sie sich fürchtete?

»Ihr meint also, es war mit Sicherheit kein Unfall gewesen? Nein …« Sophie stellte Tatsachen zusammen. Sie bemühte sich, Sinn in das Unfassbare zu bringen und tat es mit der Verbissenheit eines pflichtbewussten Menschen. Ihre Schultern waren gebeugt, was Alena noch nie bei ihr gesehen hatte. Osterlind lebte, aber sie befand sich in kritischem Zustand. Knochen waren gebrochen, sie übergab sich und antwortete auf keine Frage. Sophie hatte sie zu Bertrade ins Krankenzimmer schaffen lassen und gleichzeitig nach St. Wiperti geschickt, damit die heilkundigen Brüder kamen und Agnethe zur Seite standen. Außerdem hatte sie einen Boten zur Falkenburg gesandt. Ihre wichtigsten Pflichten waren erledigt. Nun hatte sie Alena kommen lassen.

»Und das Mädchen hat kein Wort gesprochen? Nichts, was Aufschluss geben könnte? Ich weiß, Ihr habt das schon gesagt.«

»Sie sprach davon – nicht vor ihrem Sprung, aber als ich sie heute vor dem Fest kurz getroffen habe – vom Heiraten. Sie wollte wissen, ob es besser wäre zu heiraten oder ein Leben in Frömmigkeit im Stift zu führen. Vielmehr, sie schien bereits zu dem Schluss gekommen zu sein, dass ein Leben im Stift ihr eher zusagen würde.«

Alena wartete auf eine Bemerkung. Sie fühlte, dass die versteinerten Augen einzuschätzen versuchten, und wieder kam sie sich kläglich unzulänglich vor. »Sie schien nicht besonders glücklich zu sein, aber ich hatte andererseits auch nicht den Eindruck …«

»Osterlind war selten glücklich.« Sophie seufzte plötzlich aus tiefster Seele. »Bringt mir meinen Stock, Alena. Ich möchte, dass Ihr mich auf den Eilikaturm begleitet. Nein, lasst, noch brauche ich Euren Arm nicht.« Sie humpelte zur Tür, als wäre jede Annahme von Hilfe ein weiteres Eingeständnis der eigenen Untauglichkeit.

Die normalerweise akkurat geharkten Wege des Kanonissengartens waren von den aufgeregten Domfrauen zertreten worden. Auf den daneben liegenden Blumenbeeten hatten ihre Schuhe Abdrücke in der krümeligen Erde hinterlassen. Blumen und Kräuter waren niedergetrampelt worden. Agnethe würde beim Anblick ihres geliebten Gartens Qualen leiden.

»Hier, schließt damit auf.« Sophie reichte Alena den Schlüssel, den sie aus einem Eisenkästchen auf ihrem Schreibtisch genommen hatte.

Sie waren vor dem Eilikaturm stehen geblieben, der in Kriegszeiten Verteidigungsfunktion hatte, augenblicklich aber verschlossen war, da die Kanonissen ihren Garten nicht mit Caesarius' Männern teilen wollten.

»Hinauf?«, fragte Alena, als der schwarze, muffig riechende Schlund des Treppenhauses sich vor ihnen auftat. Sophie nickte. Ihre Hand umklammerte das Geländer und jede Stufe musste für ihre schiefe Hüfte eine Tortur bedeuten. Und doch schien sie die Plackerei bereits zum zweiten Mal an diesem Tag unternommen zu haben, denn Alena sah in den Lichtstreifen, die durch die Schießscharten fielen, dass der Staub auf dem Holzgeländer verwischt war.

Sophie wollte nicht ganz hinauf zur obersten Plattform. Etwa in der Mitte des Turms blieb sie auf einem Treppenabsatz stehen. Die Schießscharten waren dort zu Fensterchen verbreitert. Sie beugte sich, so weit ihre Hüfte es gestattete, hinaus. »Schaut Euch das bitte an. Dort links, wo die Büsche stehen. Sie *muss* in den Büschen aufgekommen sein – sonst wäre sie mit Sicherheit tot. Seht Euch die Stelle etwas unterhalb der Büsche an. Etwa auf halber Höhe zum äußeren Bering.«

Alena gehorchte. Osterlind musste eine Heerschar von Schutzengeln an der Seite gehabt haben. Zwischen den Felsen wuchsen Steinblumen, Moos und Unkraut, die sich dort ihren Lebensraum erobert hatten. Aber nur an einer einzigen Stelle hatten es zwei zusammenstehende Büsche zu wirklicher Größe gebracht. Und genau dort war das Mädchen aufgeschlagen. Man konnte deutlich die abgebrochenen Zweige und Äste erkennen. Alena suchte mit den Augen das Terrain unter den Büschen ab. Endlich fand sie, was Sophie aufgefallen sein musste. Gelbe Fetzen. Etwas wie zerrissener Stoff oder ... »Pergament?«, fragte Alena.

»Ich halte es für möglich. Das Kind muss die Fetzen in den Händen gehalten haben, als sie sprang, oder sie hat sie vorher hinabgeworfen.«

»Ich kann mich nicht besinnen, ob sie etwas in den Händen hielt.«

Sophie nickte. Sie begann den Abstieg, und da er ihre volle Kraft erforderte, sprach sie erst wieder, als sie den Turmboden erreicht hatten. Alena wollte ihr die Tür aufhalten, aber die Äbtissin schüttelte den Kopf.

»Unter der Treppe. Ich wäre Euch dankbar, wenn Ihr Euch in die Spinnweben bückt. Dort muss sich ein Schlüsselloch befinden, das zu einem Türchen gehört. Nein, weiter rechts, ganz hinten in der Ecke.«

Alena kniete unter den Stufen. Ihre Hand fuhr über klebrigen, feuchten Staub. Sie sah kaum etwas, spürte nur, dass ihr Insekten über die Finger liefen. Endlich ertastete sie eine ovale Stelle in der Mauer, die sich in die Wand hineinversenkte und sich glatt und kühl wie Metall anfühlte.

»Ich glaube, ich habe das Schlüsselloch gefunden, aber hier ist keine Tür. Das Loch steckt mitten im Putz.«

Sophie lachte erheitert. »Nehmt. Hier, ich gebe Euch einen Schlüssel. Schließt es auf.«

Auch das war leichter gesagt als getan. Erst griff der Schlüssel nicht, dann sperrte er sich gegen jede Drehung, als wäre das Schloss eingerostet, was vermutlich auch der Wahrheit entsprach. Als Alena es endlich schaffte, den Schlüssel zu bewegen, schwang knarrend und quietschend eine Tür auf. Nein, keine Tür. Ein Zwergentörchen, so niedrig, dass man auf allen vieren hindurchkriechen musste, wenn man hinauswollte.

»Ich brauche Euch nicht zu ermahnen, keiner Seele etwas von diesem Ausgang zu erzählen? Ich weiß, Alena. Wartet. Der Abstieg ist von hier aus schwierig. Von unten würde man leichter an die Fetzen kommen. Aber dafür müsste man das Wachtor passieren, und ich will nicht, dass die ganze Burg über das, was Osterlind dort verloren hat, Bescheid weiß. Ich will keinen Klatsch, versteht Ihr?«

»Ich bin sofort zurück.« Alena zwängte sich ins Freie. Es dämmerte und ging rasch auf den Abend zu. Wahrscheinlich hatte Sophie diese Zeit mit Absicht gewählt, denn die Männer, die auf den beiden unteren Türmen Wache schoben, würden müde sein und kaum das sichere Gestein in ihrem Rücken inspizieren.

Auf Händen und Füßen hangelte Alena sich zu den Pergamentfragmenten, die über die buckligen Felsen geweht waren und sich in Ritzen und Spalten verfangen hatten. Auf den ersten Fetzen warf sie einen neugierigen Blick. Sie spürte, wie ihr der Hals eng wurde. »Himmel!«, entfuhr es ihr. Den nächsten und übernächsten Schnipsel inspizierte sie ebenfalls. Dann war ihr die Neugierde vergangen. Sophie würde keine große Freude an ihrem Fund haben.

Mit übermüdeten Gesichtern saßen Wigburg und Jutta auf ihren Stühlen. Die Augen der Dekanin waren vom Weinen gerötet, Wigburg hatte das Gesicht in die Hände gestützt. Auf dem Tisch in der Mitte des Audienzraumes stand ein fünfarmiger Kerzenhalter, und auf die Köpfe der himmlischen Boten, die ihn umflatterten, tropfte stumpfes, gelbes Wachs. Die Flammen huschten über die Schmierereien auf den Pergamentfetzen, als reckten sie sich ihnen in obszöner Neugier entgegen.

Schmierereien, das ist das rechte Wort, dachte Alena. Jemand hatte auf das Pergament Männer und Frauen gezeichnet, die sich ihrem gemeinsamen Vergnügen hingaben. Aber nicht, als wenn sie sich liebten. Nicht, als wenn sie auch nur irgendein zärtliches oder respektvolles Gefühl füreinander hegten. Die Bilder – es waren Skizzen, mit beachtlichem Talent und äußerst detailliert gezeichnet – hatten alle eines gemein: Die Frauen darauf erlitten Demütigung und Gewalt. Alena hatte sich zweimal damit befassen müssen: Als sie die zerissenen Bögen einsammelte und als sie die Teile auf dem Tisch der Äbtissin zu möglichst kompletten Zeichnungen sortierte. Nun vermied sie den Anblick. Sie fühlte sich beschmutzt und seltsamerweise auch wie unter Anklage. Keine der Domfrauen sagte etwas, aber sie schienen zutiefst bestürzt über das hässliche Gesicht der körperlichen Liebe, die sie nie kennen gelernt hatten.

»Es ist widerlich«, sagte Alena.

»Ja, *widerlich.*« Sophie wiederholte das Wort, als wäre es ein Nagel, mit dem man das Geschmier auf die Tischplatte rammen könnte. »Die Frage ist: Wie kommt so etwas in den Besitz einer Insassin der Domschule?«

»Man hätte nie erlauben dürfen …« Jutta sprach mit verstopfter Nase. » … dass *Männer* in der Burg leben. Natürlich befanden wir uns in Not. Dennoch … Männer …« Sie wischte mit dem schönen weißen Ärmel ihres Kleides die

Tränen fort, die ihr schon wieder aus den Augenwinkeln quollen. »Männer sind ungehobelt. Grob. Ich meine nicht die Mönche. Aber die Ritter und Kriegsknechte …«

»Gewiss. Die Ritter.« Wigburg hob die Hände vom Gesicht. »Wir hatten Krieg und Kriege machen aus Männern …«

»Sie sind weniger förderlich für die Tugend, als wir uns immer erhoffen. Jawohl«, bestätigte Sophie grimmig.

»Aber keiner unserer Ritter würde sich mit Tinte und Feder abgeben«, fuhr Wigburg nüchtern fort. »Für einen Bogen Pergament kann ein Mann sich drei Tage lang besaufen oder durch die Dörfer huren. Verzeiht, Sophie. Aber was haben wir davon, wenn wir die Augen verschließen. Dieses Pergament stammt aus einer Schreibstube, und wahrscheinlich aus der Schreibstube des Doms. Dorthin hat kein Mann Zutritt, und vom Gesinde natürlich auch niemand. Ich denke, wir sollten uns mit dem Gedanken vertraut machen, dass Osterlind sich möglicherweise selbst von Dingen hat fesseln lassen …«

»Die sie überhaupt nicht kannte?«, fiel Sophie ihr scharf ins Wort.

»Die sie nicht … kannte. Die sie *ganz sicher* nicht kannte. Macht es nicht schlimmer, als es ist, Sophie! Wir haben Hoyer auf den Fersen wie der Hase den Bluthund. Es ist der falsche Augenblick, sich selbst zum Fraß vorzuwerfen. Sich – und das Mädchen. Wir müssen auch an Osterlind denken.«

Sophie wurde noch blasser.

»Osterlind hat die Schmierereien gezeichnet, weil sie möglicherweise etwas gesehen hat, was sie besser nicht gesehen hätte, und weil es ihre Gedanken beschäftigte«, sprach Wigburg mit trockener Stimme weiter.

»Es gibt Bücher mit … schockierendem Inhalt in der Bibliothek«, stotterte Jutta.

»Die jedermann zugänglich sind?«

»Nein, natürlich nicht. Und man könnte in diesen Büchern auch nicht solch … grässliche Dinge finden. Es sind mehr lehrhaft ausgeführte …«

»Diese *grässlichen* Dinge tragen sich in unseren Küchen und Ställen zu, und die Ställe haben Fenster!« erklärte Wigburg brüsk.

Aber nicht auf solche Weise, dachte Alena. Und wenn doch, dann nicht zu einer Zeit, in der sich die Domicellae außerhalb des Dormitoriums aufhalten. Außerdem: Das Widerwärtige der Zeichnungen lag in den beschämenden Details – und die hätte ein Mädchen nicht durch ein Astloch in der Wand beobachten können. Wenn man aber davon ausging, dass jemand Osterlind die Zeichnungen zugespielt hatte, dann stellte sich die Frage, zu welchem Zweck.

Jutta hatte sich hinter einer beleidigten Miene verschanzt. Wigburg kaute auf der Lippe. Und Sophie stand noch immer starr hinter ihrem Tisch. Endlich wischte sie die Zeichnungen mit den Händen zusammen und zerknüllte sie zwischen den knochigen Fingern. Sie ging zu ihrem Kamin, der trotz der heißen Jahreszeit brannte, und die Frauen sahen zu, wie das gelbe Pergament in den Flammen aufblühte und verglomm.

»Ich werde mit dem Kind sprechen, wenn es sich von seinem Sturz erholt hat«, erklärte die Äbtissin. »Bis dahin dringt nichts aus diesem Zimmer. Osterlind hat sich in einem Moment verwirrter Traurigkeit von der Mauer gestürzt. So soll es jedermann hören.«

Die Eltern des verunglückten Mädchens kamen am folgenden Nachmittag. Was sie mit der Äbtissin besprachen, blieb ein Geheimnis, aber der Medicus, der Bertrade behandelt hatte, wurde in die Burg zurückgeholt und kümmerte sich um die Kranke. Die Stimmung war schwül wie die Luft vor einem Gewitter, und am Nachmittag floh Alena zu ihrer Baustelle. Sie machte einen Umweg um die Stadt herum, und der Spaziergang tat ihr gut. Zum ersten Mal seit Osterlinds Sprung von der Mauer hatte sie das Gefühl wieder atmen zu können.

Gerolf hatte angefangen, die Fundamentgräben mit Bruchstein zu füllen und mit Mörtel auszugießen, und seine Zimmerleute standen in Staub und Spänen und sägten die Balken für den Fußboden zurecht. Zwei standen und sägten. Die anderen Männer saßen im Schatten der Bauhütte und tranken Met aus ihren Lederschläuchen.

»Ist gerade Pause oder Arbeitszeit?«, fragte Alena.

»Es ist heiß«, antwortete Gerolf ausweichend.

»Das mag an der Jahreszeit liegen. Gerolf – bei der Brücke da drüben sitzt auch niemand herum. Ich will Euch nicht ins Geschäft pfuschen, aber die Domfrauen sind fleißige Menschen und dulden keinen Schlendrian. Sophie kann sich jederzeit entschließen nachzuschauen, wie es auf ihrer Baustelle vorangeht.«

Gerolf nickte. Seine Hände steckten wieder am Gürtel. Er starrte über den Sumpf, als wären die Brückenbauer schuld an dem Ärger, den sie ihm machte. »Ich weiß gar nicht, was das soll«, murrte er. »Sie haben damit angefangen, eine Mauer zu bauen. Seit wann muss man eine Baustelle mit einer Mauer schützen?«

Alena beschattete die Augen. Der Brückenbauplatz wimmelte von Männern in kurzen Röcken, die Körbe schleppten, Kalk brannten oder löschten, Mörtel anrührten oder Steine versetzten. Sie hatte zwar gehört, dass Maarten Männer aus der Pölle in Lohn genommen hatte, aber nicht, dass es so viele waren. Wenigstens sechzig Mann schufteten wie die Ameisen, um eine Mauer hochzuziehen, die an den Ufern des Bodearms begann und sich schützend um die Bauhütten und die Baugrube mit dem Widerlager legte.

»Es hilft ihnen sowieso nicht«, knurrte Gerolf. »Sie müssen vor ihren Herren in den Staub, sonst schickt man sie zur Hölle. Vor ihren *Herrinnen,* meine ich natürlich. Wenn sie sich vor den Domfrauen demütigten und sich anständig betragen würden, bräuchten sie auch keine Mauer, und wenn sie es nicht tun, dann hilft sie ihnen auch nicht.«

»Wenn sie so weiterarbeiten wie jetzt, werden sie die Mauer in drei Tagen so hoch gezogen haben, dass kein Pferd mehr darüber kommt«, schätzte Alena. Sie starrte über den Sumpf. Fast die gesamte Bautruppe war mit der Errichtung der Mauer beschäftigt. Der Bärtige schien den Bautrupp anzuleiten, jedenfalls zeigte er hierhin und dorthin, und der Wind trug seine Befehle herüber, und einmal, als eine Karre mit Ätzkalk umkippte und der unvorsichtige Träger zum Wasser hüpfte, sein Gelächter.

Maarten stand mit Moriz und Neklas im flachen Wasser des Mühlengrabens. Sein rotblondes Haar, das er vergeblich mit einem Lederband zu bändigen versuchte, wehte im Wind. Breitbeinig stemmte er sich gegen das Wasser, die Hand im Nacken. Neklas machte offensichtlich ernsthafte Bemerkungen, und Moriz fuhrwerkte mit den Händen in der Luft herum, was zum Teil der Erläuterung seiner Ideen und zum Teil der Verscheuchung der Mücken zu dienen schien. Maarten hörte beiden aufmerksam zu.

Tja, so ist das. Er liebt seine Arbeit, und trotz Mücken und Hitze genießt er, was er tut, dachte Alena in einem Anflug von Neid. Maarten trug denselben kurzen, ärmellosen Rock wie seine Männer. Seine Haut war verbrannt wie ihre, und er scheute sich nicht, ein Stück weit in den Sumpf zu waten, um die Festigkeit des Untergrunds an einer strittigen Stelle eigenhändig nachzuprüfen. Moriz reichte ihm dazu mit ausgestreckten Armen eine Messlatte. Völlig verdreckt kehrte Maarten nach mehreren Stichproben in den Mühlengraben zurück. Er lachte über eine Bemerkung, die Moriz machte, und legte sich flach ins Wasser, um den Schmutz abzuspülen. Vielleicht ist das der Grund, dachte Alena, warum seine Italiener und Franzosen ihm vom Zentrum des Weltgeschehens ins abgelegene Quedlinburg gefolgt sind.

Gerolf schnäuzte sich missbilligend die Nase. »Eine Baustelle ist keine Burg, und Steinmetzen und Zimmerer sind keine Kriegsknechte. Der Flame ist hochmütig, und sein Hochmut wird ihn ins Verderben reißen«, prophezeite er düster.

»Ihr redet, als wenn Ihr etwas wüsstet.«

»Nur was die Spatzen von den Dächern pfeifen. Dass nämlich das Recht den Mächtigen gehört und dass Leute wie wir ihnen keinen Anlass zum Zorn bieten sollten. Und jedem vernünftigen Menschen reicht das.« Gerolf hatte genug von dem Gespräch. Er kehrte zur Bauhütte zurück und scheuchte seine faulen Zimmerleute überlaut an die Arbeit.

13. Kapitel

Osterlind hatte beide Arme und Handgelenke sowie einen Hüftknochen gebrochen, außerdem litt sie unter rasenden Kopfschmerzen und musste sich oft übergeben, aber davon abgesehen erholte sie sich mit erstaunlicher Geschwindigkeit. Alena dachte manchmal, dass das Mädchen dieses Wunder vielleicht auch der Umsicht des Medicus zu verdanken hatte, den niemand außer Bertrade im Stift haben wollte. Der Mann war mit seinen scheelen Blicken und der Fistelstimme kein angenehmer Umgang, aber sie hörte, dass er in einer berühmten Schule in Salerno gelernt haben sollte, und zwar bei einem Afrikaner namens Konstantin, der als Meister der Heilkunde gefeiert wurde. Er tat Dinge, die Agnethe niemals in den Sinn gekommen wären. Dazu schien er ein demütiger Mann zu sein, denn er verzieh den Domfrauen den Hinauswurf und widmete sich seiner neuen Patientin mit derselben Hingabe wie vorher der Pröpstin. Die Domfrauen bezahlten ihn allerdings auch großzügig.

Alena wurde auf ihn aufmerksam, als sie über den Ausgaben der Kämmerin brütete, die Weine aus Tirol – wo auch immer das sein mochte – bezahlt, aber nie deren Eingang im Stiftskeller verzeichnet hatte.

»Vorsicht! Achtung bei den Stufen. Und langsam. Immer langsam!«, mahnte der Medicus.

Die Pröpstin war im Begriff, das Krankenzimmer zu verlassen. Sie hatte sich vollständig angekleidet, und unter dem in kunstvolle Falten gelegten Schleier quoll ihr weißblondes Haar so duftig und locker wie in früheren Zeiten hervor. Es sah so aus, als wolle sie wieder ihre Zimmer im Flügel der Prälatinnen beziehen. Jedenfalls trug ihre Amme Kissen und Daunendecken hinter ihr her.

Alena wandte sich wieder ihrer Arbeit zu. Es wurde Nachmittag, und sie hatte gerade mit Sorge entdeckt, dass die Kämmerin in rauhen Mengen Gewürze bestellt hatte – besonders die begehrten Beeren des *piper nigrum,* die unweit des Paradieses wuchsen und daher ein Vermögen kosteten, und das unmäßig teure Konfekt aus der Apotheke von Braunschweig –, als sie erneut Unruhe im Hof vernahm. Diesmal verkniff Alena sich das Hinausschauen. Graf Hoyer war in den Hof eingeritten. Er wünschte die Pröpstin zu sprechen, und seine arrogante Stimme, die den Hof erschütterte, hätte ein Lämmlein zum Rasen gebracht. Wohl ein Dutzend Mal erklärte ihm Agnethe – ständig unterbrochen von Hoyers Knecht, der unverschämt nach dem Pferdejungen rief –, dass die Pröpstin krank sei und dass sie sicher alles Mögliche wünsche, aber nicht, mit einem Besuch belästigt zu werden, der ihre Genesung hindere. Hoyer antwortete ein einziges Mal – und das so knapp und von oben herab, dass Alena Agnethes Zorn in ihren eigenen Adern rollen fühlte: Gerade auf Wunsch der Pröpstin sei er zur Burg hinaufgekommen, und man möge ihm bitte nicht die Zeit stehlen.

Am Ende erschien Bertrades Amme im Hof. Alena konnte der Versuchung nicht länger widerstehen und warf nun doch noch einen Blick aus dem Fenster. Die Frau führte den Grafen in seinem smaragdgrünen, mit Jagdfalken bestickten Waffenrock zur Wohnung ihrer Herrin hinauf, und

Agnethe sah ihnen offenen Mundes nach. Sie war nicht nur empört – sie war erschüttert.

Alena setzte sich wieder an ihre Aufzeichnungen, aber es fiel ihr plötzlich schwer, sich auf die Worte und Zahlen zu konzentrieren. Was bedeutete Hoyers Besuch bei der Pröpstin? Dass Bertrade sich wieder gesund genug fühlte, um sich in die Belange des Stifts einzumischen? Und dass sie ihre Kräfte gegen Sophie einsetzen wollte? Ihre immer noch eingeschränkten Kräfte? Wenn es ihr um einen Machtkampf ging, warum wartete sie dann nicht, bis sie vollständig genesen war? Weil das Schicksal ihr einen günstigen Wurf in die Hand gegeben hatte? Die Äbtissin war wieder einmal verreist. Wollte Bertrade das nutzen? Sie hatte mehrere Tage gemeinsam mit Osterlind im Krankenzimmer zugebracht. Hatte sie womöglich etwas erfahren, das sie gegen Sophie ausspielen wollte?

Alena starrte auf das, was sie über die Stiftsausgaben der vergangenen drei Monate aufgelistet hatte. Sie schrieb schnörkellos, mit eckigen Buchstaben und nicht entfernt so schön wie die Kämmerin, aber dafür deutlich lesbar. Eines der wenigen Dinge, für die sie ihrer Mutter dankbar war. Exaktheit. Gründlichkeit. Unübertroffene Eigenschaften, wenn man gezwungen war, mit leckem Boot durch Untiefen zu kreuzen. Warum lud die Pröpstin so offiziell, dass das gesamte Stift es mitbekommen *musste*, den geschmähten Grafen zu sich in die Burg? Das war doch wie ein Blasen zum Angriff. Oder … Alena strich grübelnd mit dem Zeigefinger und dem Daumen die Feder ihres Federkiels glatt. Die Pröpstin glaubte, dass man versucht hatte, sie umzubringen. War sie von solch höllischer Angst besessen, dass sie die erste Abwesenheit der Äbtissin nutzen wollte, um … Ja, um was?

Nutzlose Gedanken, die zu nichts führten. Leute wie wir, dachte Alena, sind wie die Bauern auf dem Schachbrett. Wir warten ab, bis wir von unserem Platz verschoben und je nach den Notwendigkeiten des Spiels gefeiert oder geopfert werden. Bertrade hatte einen Zug getan, man musste sehen, was folgte.

Zorn, Schmerz und eiserne Haltung malten sich auf Bertrades Gesicht, als sie zur Vespermahlzeit auf dem mit Kissen gepolsterten Stuhl der Äbtissin Platz nahm. Durch das schräg stehende Licht der Sonne war das Refektorium heller erleuchtet als gewöhnlich bei den Abendmahlzeiten, und der weiße Putz, der im vergangenen Sommer auf die Wände aufgetragen worden war, reflektierte die Strahlen. Trotzdem hatte Alena das Gefühl, in Dunkelheit zu versinken, als sie sich auf ihrem Stuhl am untersten Ende der Tafel niederließ. Noch nie hatte sie sich so heiß aus dem ehrwürdigen Saal fortgesehnt. Bertrade inspizierte jedes Fleckchen und jede Person im Saal wie eine nach langer Reise zurückgekehrte Herrscherin, die nun feststellen wollte, ob etwas veruntreut worden war. Es schien ihr nur recht, dass sie damit das Essen verzögerte und jedermann warten ließ, bis die Suppe kalt wurde.

Ihr Blick blieb an Alena haften. Mit umwölkter Miene stellte sie Jutta eine Frage, und es war deutlich, dass die Antwort ihr missfiel. Das Essen wurde aufgetragen, aber Alena fühlte sich unter den Augen der Pröpstin wie unter der Tatze einer Katze. Wigburg schien in ihrer Kammer zu speisen oder zu fasten. Es gab also niemanden, der Alenas Anwesenheit verteidigt hätte. Sie sah, wie Bertrade nach dem Essen, während die Mädchen sich von den Tischen erhoben, die Dekanin mit Fragen überhäufte und floh.

»Ich habe auf Euch gewartet.« Brigitta war aus einer Nische des Kapitelflurs hervorgeschlüpft wie der Nickelmann aus dem Schilf, und Alena verfluchte ihr klopfendes Herz.

»Du hättest in meiner Kammer warten können.«

Brigitta erwiderte nichts. Sie folgte Alena ins Zimmer, holte einen verschrumpelten, braungelben Apfel aus dem Ärmel und legte ihn auf Alenas Bett. »Das habt Ihr von mir haben wollen, deshalb bin ich hier – falls jemand mich oder Euch fragt.«

»Es wäre auch möglich, dass du mich besuchen wolltest – falls jemand fragt.«

»Nicht in einer Burg, in der Caesarius herrscht.« Es war unmöglich, aus Brigittas trüben Augen etwas herauslesen zu wollen. Alena setzte sich auf ihr Bett und wies einladend auf den Schemel, aber das Mädchen schüttelte den Kopf. »Ich bin gekommen, weil ich dachte, dass Ihr wahrscheinlich noch in die Stadt hinabgeht.«

»Um Lisabeth zu holen, ja.«

»Gewiss würde es nicht auffallen, wenn Ihr … kurz zu Agnes gehen würdet. Oder zum Baumeister.«

»Um ihnen *was* auszurichten?«

Brigittas trockene Lippen zeigten die Andeutung eines Lächelns, das aber mehr Hass als Fröhlichkeit enthielt. »Caesarius hat seinen Knappen losgeschickt. Rupert. Der ist aber nicht in seinen normalen Kleidern gegangen, sondern hat alte Lumpen angezogen. Sachen, die er sonst nicht mal mit der Mistgabel anfassen würde. Rupert ist ein eitler Kerl, der tut das nicht zum Spaß. Und er ist so vorsichtig den Zwinger hinabgeschlichen, dass man wissen kann, er hat was Verbotenes vor. Vorhin ist er zurückgekehrt, und Caesarius hat Burchard gerufen, und beide haben sich Bericht erstatten lassen.«

»Worüber?«

»Das weiß ich nicht. Man erzählt mir ja nicht *alles*.« Sieh da, sie konnte ironisch sein. »Jedenfalls hat Caesarius in die Küche um Wein geschickt. Und die, die ihm den Wein servierten, sagen, dass seine schlechte Laune wie weggeblasen ist. Er säuft mit seinen Kerlen, und sie freuen sich ein Loch in den Bauch.«

»Er hat etwas vor.«

Brigitta nickte.

»Aber das kann alles Mögliche sein.«

War es da wieder, das verächtliche Zucken? »Die ehrwürdige Äbtissin hat gestern die Burg verlassen, und sie bleibt nicht lange fort, denn für Freitag hat sie schwarzen Karpfen bestellt. Wenn Caesarius etwas plant, was sie nicht billigen würde, dann müsste er es in dieser Zeit erledigen. Zwischen heute und übermorgen abend.«

Alena überlegte. »Ich könnte mich an die Kanonissen wenden«, meinte sie zögernd. »Sophie hat Vertreterinnen, die in ihrer Abwesenheit das Stift leiten. Sie könnten Caesarius ...«

Brigittas Lippen kräuselten sich abfällig, und Alena hielt inne. Das Mädchen hatte Recht. Weder Bertrade noch Jutta würde auf Alenas Bitten oder Warnungen etwas geben.

»Ich werde mit Wigburg sprechen.«

»Die Scholastika ist verreist«, erklärte Brigitta kurz.

»Aber ich habe sie doch zur Tertia noch ...«

»Sie ist los, Verwandte besuchen. Eine von den Dienerinnen ist nach der Mittagshore in die Küche gekommen und hat gesagt, dass wir keine Quittenwaffeln mehr backen sollen. Die isst aber nur die Scholastika. Die anderen mögen das nicht. Also ist sie verreist, und wahrscheinlich für länger. Werdet Ihr dem Baumeister Bescheid sagen?«

»In Ordnung«, gab Alena nach. »Er kann sich mit Dittmar besprechen, und dann können sie tun, was sie für nötig halten.«

Brigitta gönnte ihr kein Abschiedswort. So lautlos wie ein Mäuschen entschwand sie durch die Tür.

Es war noch hell und Susanna nicht daheim. Alena musste Lisabeth daher von der Baustelle holen. Gerolf schien sich ihren Rüffel zu Herzen genommen zu haben, denn sämtliche Arbeiter waren am Zusägen und Verlegen des Bohlenbodens. Lisabeth kroch ihr entgegen, zapplig, mit den umständlichen Bewegungen eines Krebses, aber sie kam vorwärts und platzte beinahe vor Stolz, als sie Alenas Knie erreichte. Alena schwang sie durch die Luft und setzte sich mit ihr ins Gras, und eine Zeit lang vergaß sie über Lisabeths Begeisterung Caesarius und seine Intrigen. Irgendwann ging ihr Blick aber doch über den Sumpf. Auch die Brückenbauer nutzten die langen, hellen Sommerabende. Die Mauer, mit der sie ihre Baustelle schützten, reichte den Männern schon bis zur Brust. Der Schmied stand im Licht seines Feuers und schärfte Werkzeuge, während aus dem Schlot der Schmiede der Rauch stieg. Moriz lehnte in der Tür zur Bauhütte. Er unterhielt sich, und Alena nahm an, dass sein Gesprächspartner Maarten war, denn sie konnte den Baumeister nirgends entdecken. Missmutig besann sie sich wieder auf Brigittas Botschaft.

Sie nahm Lisabeth auf die Hüfte und trug sie in die Stadt zurück. Der Marktplatz war längst von Buden geräumt, und die Bauern, die Eier und das Frühgemüse verkauft hatten, waren mit ihren Karren davongezogen. Der Henker kehrte mit einem Reisigbesen Eierschalen und Gemüsereste in die Marktrinnen. Von der Baustelle hallte das Hämmern des Schmiedes herüber.

»Wir schulden ihnen die Warnung, nicht wahr, Lisabeth?« Alena neigte inzwischen dazu, Brigitta Recht zu geben. Der Schmiss, den Caesarius von Maarten eingefangen hatte, heilte schlecht, und der Schmerz musste ihn ständig an seine Blamage erinnern. Es hatte also einige Wahrscheinlichkeit, dass seine Pläne der Baustelle galten.

Ein weißhaariger Mann in brauner Kutte mit einem Stab

in der Hand verließ die Bauhütte. Der blinde Mönch. Er wurde von einem seiner Kameraden über die Wiese geführt, und Alena entschloss sich, die beiden nach dem Baumeister zu fragen.

»Maarten?«, echote der Mönch mit rollendem *r*. Wie dumm. Natürlich verstand er nichts von dem, was sie sagte, bis auf dieses eine Wort. Alena nickte, und natürlich konnte er auch das Nicken nicht sehen und der Junge, der ihn führte, grinste sich eins. Er wies zur Bauhütte, und Alena verabschiedete sich. Das Licht wurde rosig, die ersten Anzeichen der Dämmerung, sie musste sich beeilen. Sie wollte auf keinen Fall so spät zur Burg zurückkehren, dass sie um besonderen Einlass bitten musste.

Maarten stand mit Stößel und Flacheisen in seiner Hütte. Seine Haut war von weißem Staub bedeckt, sein Rock fleckig von Schweiß. Er pfiff vor sich hin, während er rhythmisch das Flacheisen über die Oberfläche eines Steines trieb.

Alena räusperte sich. »Hört Ihr niemals auf zu arbeiten, Maarten? Ich glaube, die Sehnsucht nach Carcassonne bringt Euch um.«

Er lächelte, ohne seine Arbeit zu unterbrechen. Es ist lange her, dachte Alena, dass ich mit einem Mann allein zwischen den Gerätschaften einer Bauhütte gestanden habe. Maarten war dabei, einen Stein zu behauen, der die doppelte Größe eines Ochsenkopfes hatte und so weiß schimmerte, als wäre er der Grundstein für ein Feenschloss. Aber es konnte kein Grundstein sein, denn er besaß eine unregelmäßige Form. Alena ließ Lisabeth vor den Holzschablonen auf den Boden gleiten, wo sie sich müde und zufrieden zusammenrollte, und trat näher.

»Ich hatte mir vorgestellt, wenn man *maestro di geometria* geworden ist und römische Bücher über Architektur liest, fällt einem der Meißel aus der Hand.«

Maartens Lächeln vertiefte sich. Er nahm einen Lappen aus einem Wasserbottich und wischte damit den Staub von seinem Stein. Der Block hatte eine Stufe und war auf der gegenüberliegenden Seite abgeschrägt. Er musste für eine besondere Stelle in der Brücke geplant sein, denn er passte weder in einen Bogen noch in eine gerade Mauer.

»Oder zumindest hätte ich angenommen, dass Eure Kunstfertigkeit sich nur mit Brückenfiguren und ähnlich Kompliziertem befasst. Warum behaut Ihr einfache Steine?«

»Das ist es eben, Alena – Ihr seht einen Klotz und sonst nichts. Aber dies hier …« Er blies einen Staubrest so zärtlich fort, als wäre es Puder auf der Haut einer schönen Frau. » … ist nicht irgendein Stein. Es ist der *Kämpferstein*. Er ist die Verbindung zwischen dem Widerlager und dem ersten Brückenbogen. Der Stein, auf dem die Last des gesamten Bogens ruht. Der Kämpfer muss mehr Druck aushalten, als alle anderen Steine zusammen.« Winzige Steinsplitter stoben davon, als Maarten sich wieder ans Glätten machte. »Und deshalb …« Noch einmal knallte der Fäustel auf das Eisen. » … schlage ich ihn selbst zurecht, und er bekommt mein Zeichen.«

Alena sah sich nach Lisabeth um, aber die Schläge schienen sie nicht zu stören. »Ihr habt ein Zeichen?«

»Mein Siegel. Wie jeder gute Steinmetz.« Maarten drehte sich um, suchte aus seinem Werkzeug einen kleineren Meißel und schlug damit eine stilisierte Lilie in die Seitenfläche des Steins.

»Das ist es?«

Er nickte.

»Wie hübsch. Dann ist die Brücke von Florenz ein Blumenmeer?«

»Ich sagte doch: Ich schlage nur die Kämpfer. Und gelegentlich den Schlussstein.«

»Und die Brückenheiligen.«

»Die auch. Richtig.«

Alena schaute zu, wie Maarten eine andere Fleche auswählte. Sie war am scharfen Ende mit Zähnen versehen, sodass sich auf dem weichen Sandstein ein sonderbares Lochmuster entwickelte. Es sah schön aus. Die Italiener hatten reizvolle Arten, ihre Mauern zu verzieren. Kein Wunder, dass die fahrenden Sänger, die gelegentlich das Stift besuchten, von den italienischen Häusern schwärmten.

Lisabeth begann sich zu regen, und Alena nahm sie auf und setzte sich mit ihr auf einen Klappstuhl, wo das Mädchen gleich wieder einschlief. »Habt Ihr etwas Neues von Romarus gehört?«

Maarten schüttelte den Kopf. »Nicht seit drei oder vier Tagen. Seit letztem Sonntag.«

»Und da ging es ihm …?«

»Schlecht.«

»Das habe ich befürchtet. Ein Wunder, dass er überhaupt noch lebt. Kann es sein …« Alena packte Lisabeths nackte Füßchen, die so grau und staubig wie der Boden der Bauhütte waren. »… dass Caesarius sein schlechter Gesundheitszustand zu Ohren gekommen ist?«

Die Fleche fuhr weiter über den Stein, aber das Lächeln verschwand von den Lippen des Baumeisters. »Rührt er sich?«

»Es sieht so aus. Er hat sich Wein aus der Küche bestellt und führt sich so fröhlich auf, dass jeder anständige Mensch eine Gänsehaut bekommt.« Knapp erzählte Alena, was sie von Brigitta erfahren hatte. Sie kommentierte nichts. Nur dass die Äbtissin für zwei oder drei Nächte fort war, betonte sie. Das kam ihr wichtig vor.

Maarten seufzte aus tiefster Seele. Widerwillig legte er sein Werkzeug aus der Hand. »Es ist die Äbtissin, die ihn an der Kandare hält, ja?«

»Sicher. Aber niemand weiß, wie lange noch.« Alena

brach ihr eigenes Gesetz. Sie tat, was sie sich selbst in den drei Jahren ihres Stiftsaufenthalts streng verboten hatte. Sie sprach über die Kanonissen. »Es könnte sein, dass Bertrade ... das ist die Pröpstin, vielleicht habt Ihr von ihr gehört. Sie hatte einen schlimmen Unfall. Aber heute ist sie in ihr Zimmer zurückgekehrt, und ihre erste Handlung war, nach Graf Hoyer zu schicken. Ich glaube, dass sie Sophie von ihrem Stuhl verdrängen will. Aber wenn Bertrade Äbtissin würde, wären Caesarius' Tage gezählt, denn sie kann ihn nicht ausstehen, weil er sie von oben herab behandelt.«

»Wie schön für uns.«

»Kaum. Caesarius würde seine Waffen und seine Männer mit sich nehmen, wenn sie ihn hinauswürfe. Und wenn er dann dastünde, gedemütigt, ohne Einkommen und mit genügend Wut im Bauch, die Welt niederzubrennen... wünscht Euch das nicht.«

»Wie schätzt Ihr die Aussichten dieser Pröpstin ein?«

Wer konnte das sagen? Alena gestand sich ein, nicht allzu viel vom Machtgefüge im Stiftskapitel zu wissen. Und kaum etwas von den Intrigen, die in den Zimmern der Kanonissen gesponnen wurden.

Je länger sie darüber nachdachte, umso beklommener wurde ihr zumute. Unvergesslich: das Bild von Bertrade, wie sie mit dem Leuchter im Unterleib auf der Domtreppe lag. Von der Dekanin, die vermutlich etwas gesehen hatte und davongeschleppt wurde. Von den grässlichen Zeichnungen, deretwegen Osterlind über die Mauer gesprungen war. Deretwegen sie wahrscheinlich schon die Wochen vorher so verstört gewesen war.

»Wo seid Ihr mit Euren Gedanken? Ich rede mit Euch, und Ihr starrt Löcher in die Luft.« Maarten nahm die schlafende Lisabeth aus Alenas Armen und legte sie vorsichtig in den Staub zurück. Er zog sich einen zweiten Schemel heran und setzte sich Alena gegenüber. »Ich war bei Agnes.«

»Tatsächlich?«

»Ja. Ich halte sie für eine ungewöhnliche Frau. Eine ... großzügige Frau. Jemand, auf den man in Schwierigkeiten bauen kann und der einem nichts nachträgt. Es scheint, dass sie Euch leiden mag.«

»Darf ich fragen, warum Ihr mir das erzählt?«

»Ich habe mit ihr über Euch gesprochen.«

Alena verschränkte die Arme über der Brust.

»Sie führt einen großen Haushalt«, fuhr Maarten rasch fort. »Nach dem, was sie sagte, bin ich überzeugt, dass sie Euch Arbeit verschaffen würde, wenn Ihr die Burg verlassen wollt.«

»Oh!«

»Dann wärt Ihr in Sicherheit. Die Stadt ist der Gegenpol zum Stift. Ich denke, bald wird sie sogar mächtiger sein, wenn sie es nicht schon ist. In der Stadt würde man Euch beschützen. Sie geben Euch Arbeit, und Ihr könntet in Frieden leben.«

Fertig und alles in Ordnung. Ein guter Vorschlag. Ein ausgezeichneter Vorschlag. »Ich ... will aber keine Arbeit. Ich will *reich* werden.« Alena spürte, wie sie sich bei dem Wort entspannte. Sie hätte fast gelacht, als sie sah, wie Maarten die Augenbrauen hochzog. »So reich wie Salomon. Oder jedenfalls ganz dicht dran.«

Was sie sagte, stieß ihn ab. Er beugte sich vor, aber gleichzeitig runzelte er die Stirn. »Ihr wollt also reich werden?«

»Ich hab's gesagt.«

»Und das ist der Grund, warum Ihr Euch mit diesem ... Gesindel oben auf der Burg eingelassen habt? Oh, bitte. Hört auf zu sagen, das sei alles nur Caesarius. Caesarius führt das Schwert, aber er würde parieren, wenn sich nur jemand aufraffen könnte, ihm gehörig eins draufzugeben. Er hat Menschen umgebracht. Er ist ein Mörder. Und niemand zieht ihn zur Verantwortung. Die Frauen hätten die

Macht dazu. Sie haben die *Verantwortung*. Alles auf Caesarius zu schieben ist billig.«

»Genauso billig, wie für alles, was schief geht, den Domfrauen die Schuld zu geben. Wenn sie sich auf das beschränken würden, was sie gern tun und wofür sie eigentlich da sind – nämlich zu beten und für die Armen zu sorgen und kleine Mädchen zu braven Frauen zu erziehen –, dann müssten sie morgen an der nächsten Klosterpforte um Brot betteln. Sie werden nach Strich und Faden betrogen. Nicht zuletzt von Dittmar. Ich weiß das, ich kenne die Verträge und Zahlen. Warum wollt Ihr ihnen nicht zugestehen, dass sie sich in einer Notlage befinden?«

Maarten schüttelte den Kopf. Er stand auf, nahm seinen Meißel zur Hand, legte ihn aber sofort wieder beiseite. »Gut. In Ordnung. Ihr glaubt also, dass Caesarius etwas plant? Das könnte richtig sein. Jedenfalls scheint Susanna dasselbe zu befürchten.«

»Susanna?« Lisabeth schlief wie ein Engelchen im Staub der Bauhütte, die Finger im Mund, die Beine angezogen. Ihr Mund, die Hälfte, die nicht taub war, lächelte im Schlaf, als träume sie von Schmetterlingen.

»Sie war vorhin bei Agnes. Und sie meinte – sie hat es ganz vorsichtig angedeutet –, dass Ihr Eure Tochter besser für eine Weile fortbringen solltet.«

Alena fühlte sich, als hätte ihr jemand eine Eisenstange über den Schädel geschlagen – benommen und von einem Schmerz getroffen, der bis in die Füße zog. »Wie kommt sie darauf?«

»Ihr könntet Lisabeth zweifellos bei Agnes lassen. Falls Euch das nicht gefällt, solltet Ihr sie zu Verwandten oder Freunden bringen. An einen Ort, wo sie eine Weile unsichtbar ist.«

»Wie kommt Susanna darauf, dass Lisabeth in Gefahr ist?«

»Sie hat Caesarius beim Spitalbau herumstreichen sehen und meinte, dass er sich auffällig für das Mädchen interessierte. Alena …« Maarten nahm ihre Hände, und nur an seiner Wärme merkte Alena, wie kalt sie selbst geworden war. »Man müsste blind sein, um zu übersehen, wie sehr Ihr an Eurer Tochter hängt. Caesarius ist *nicht* blind. Er hasst Euch, und nach dem, was Ihr mir vorhin über seine gute Laune erzählt habt, könnte ich mir vorstellen, dass er glaubt, eine Möglichkeit gefunden zu haben … Schafft Lisabeth fort.«

Der Tag begann angemessen trübe mit Regen, und Alena packte zusammen, was sie für nötig hielt: Lisabeths Kleider und Geld. »Nur für ein Weilchen«, versprach sie ihrer Tochter, »und so oft ich kann, werde ich nach dir sehen. Ich werde *sehr* oft kommen. Und ich werde mir etwas einfallen lassen, damit du wieder zu mir zurückkannst. Ich weiß noch nicht, was, aber verlass dich drauf – ich hole dich.« Sie verschnürte das Bündel, befestigte es auf ihrem Rücken, dankte der Mutter Gottes für das schlechte Wetter, das ihr gestattete, einen Mantel zu tragen, ohne Argwohn zu erregen – und fühlte sich wie eine Verräterin an ihrem Kind.

»Wir könnten *natürlich* zu Agnes gehen.« Sie nahm Lisabeth hoch und schaute direkt in ihre runden, braunen Augen. »Maarten hat Recht. Sie ist großzügig und würde uns ernähren. Aber wenn ich alt bin und zum Arbeiten nicht mehr tauge, wären wir von ihrer Barmherzigkeit abhängig. Du und ich. Und am Ende du allein. Und wer weiß, ob Agnes dann überhaupt noch lebt. Und wer weiß, wer nach ihr das Haus regiert. Begreifst du, wie unsicher das ist?«

Lisabeth wischte sich argwöhnisch über die Nase. Sie mochte es nicht, wenn ihre Mutter in diesem Ton zu ihr sprach.

»Es ist klüger, möglichst viel Geld zu verdienen und jeden Pfennig zusammenzukratzen, solange man bei Kräften ist. Ich sage dir das, damit du verstehst, dass ich dich nicht aus Trotz oder Hochmut fortbringe. Mir würde sich der Magen umdrehen, wenn ich von Erasmus' Tochter Hilfe annehmen müsste, aber für dich täte ich es. Begreifst du das?« Und hoffentlich begreift es deine Großmutter, dachte Alena und spürte, wie ihr der Zorn wie etwas Halbverdautes aus dem Magen stieg. Es war noch nicht einmal sicher, ob Ragnhild die Enkeltochter überhaupt bei sich aufnehmen würde. Es war sogar höchst ungewiss. Aber Agnes …

»Caesarius würde rauskriegen, wenn ich dich bei Agnes unterbrächte. In Agnes' Haus geht jedermann aus und ein, es ließe sich nicht geheim halten. Und Agnes ist nicht der Mensch, der dich beschützen könnte. Deine Großmutter ist giftig wie ein Knollenblätterpilz, aber sie lässt sich von niemandem erschrecken, und außerdem wohnt sie weit fort und lebt einsam. Du musst versuchen …« Nun ja, Lisabeth konnte sich nicht höflich und unauffällig verhalten. Alena stellte sich vor, wie es ihre Mutter zur Weißglut treiben würde, wenn Lisabeth zu brüllen begann und nicht mehr aufhörte. Wie sie sie vielleicht schütteln würde oder noch Schlimmeres. Sie schwankte und spürte, wie ihr die Tränen in die Augen stiegen. Aber was Caesarius mit Lisabeth anstellte, wenn er sie in die Hände bekäme … »Nur für kurze Zeit, Lisabeth, bis mir etwas Besseres eingefallen ist.«

Kranken Herzens verließ Alena mit ihrer Tochter und dem Bündel auf dem Rücken die Stube. Eigentlich hatte sie vorgehabt, sich bei Wigburg abzumelden, denn wie Bertrade auf ihren Wunsch nach einem freien Tag reagieren würde, war kaum abzuschätzen. Dann fiel ihr ein, dass die Scholastika verreist war. Unentschlossen stand Alena mit Lisabeth im Hof, während der Regen ihr in den Ausschnitt nieselte. Die Tür zur Krankenkammer war angelehnt, und sie hörte gedämpfte Stimmen. Möglicherweise stattete die Dekanin ihrem Schützling einen Besuch ab. Jutta war ihr nicht wohlgesonnen, aber sie würde noch eher Verständnis zeigen als Bertrade. Kurz entschlossen wandte Alena sich zur Tür.

Aber das Mädchen war allein mit einer Frau, die gerade die Bettwäsche gewechselt hatte und schmutzige Leintücher in einen Bottich stopfte. Osterlind lag unter einer Federdecke, ihre Arme waren eingebunden und durch Kissen abgestützt. Ihre Miene erstaunlich fröhlich. Liebenswürdig begrüßte sie Alena und hatte sogar ein freundliches Wort für die Frau, die den Bottich hinausschleppte.

»Wie schön, dass es Euch wieder besser geht. Ihr habt mir einen mächtigen Schrecken eingejagt.« Alena trat mit Lisabeth näher. Zu ihrem Erstaunen schenkte Osterlind dem kleinen Mädchen keinen einzigen Blick.

»Ich darf bleiben«, erzählte sie stattdessen. »Sophie hat es befürwortet, und meine Eltern haben es erlaubt. Sie waren schrecklich besorgt um mich und Sophie auch. Ich brauche noch zwei Jahre bis zu meiner Emanzipation. Dann werde ich zur Kapitularin erhoben, und mein Vater sagt, dass ich der Familie auch in diesem Amt in würdiger Weise dienen kann. Ich werde im Stift bleiben und vielleicht einmal Äbtissin werden.«

»Euer Vater hat viel Verständnis für Euch«, sagte Alena, und das schien die richtige Antwort zu sein, denn über Osterlinds Gesicht ging ein Glänzen voller Genugtuung. »Und diese Schmierereien auf dem Pergament …« Sie unterbrach sich. »Ich meine, dieses hässliche Zeug, das man Euch …« Verblüfft verstummte sie vor dem verdrossenen Gesicht des Mädchens. »Es ist jetzt jedenfalls vorbei und Ihr braucht Euch keine Sorgen mehr zu machen«, endete sie lahm.

»Ich mache mir keine Sorgen. Ich bin gestolpert, als ich

auf die Mauer geklettert bin, um mir die Gegend anzusehen. Ich habe Sophie erklärt, wie Leid es mir tut, dass ich so unvorsichtig war. In Zukunft werde ich besser aufpassen. Sie freut sich, dass ich bleibe. Alle freuen sich. Es ist ein reineres Leben.«

Alena nickte betroffen. Ihr war mit einem Mal, als wanderten Gespenster durch den Raum. Osterlinds Augen glichen den Fischaugenperlen, die die Frau auf der Wiese getragen hatte – blind und ohne Leben. Wer auch immer ihr die Schmierereien zugesteckt hatte – er hatte es geschafft, etwas in ihr zu zerstören.

Alena konnte es nicht länger ertragen. Auf dem Weg zur Tür kam sie an dem Tisch vorbei, auf dem die Leinentücher für die Verbände lagen und außerdem eine Kanne Öl, Kuhbutter und verschiedene Kräuter. Ihr Blick fiel auf mehrere kräftig grüne, gefiederte Blätter, von denen ein unangenehmer Geruch nach Mäuseurin aufstieg. Alena blieb stehen. Die Blätter waren zur Hälfte von Tüchern bedeckt. Ohne den widerwärtigen Geruch wäre sie kaum auf sie aufmerksam geworden. Sie hob die Tücher an. »Ihr seid gut versorgt, Herrin. Bereitet der Medicus Euch die Verbände und Tränke?«

»Ach, der schaut nur immer und tut sich wichtig.« Osterlind wurde wieder fröhlich. »Agnethe sieht nach meinen Wunden. Sie gießt mir auch Tränke auf, damit ich gut schlafen kann, und mehr brauche ich nicht. Sie sagt, ich bin sehr tapfer. Ich kann die Zähne zusammenbeißen, wenn es sein muss …«

Alena hörte kaum noch zu. Sie verdeckte den Tisch mit ihrem Körper, nahm eines der Leinentücher und umhüllte damit die gefiederten Blätter. Der Mäusegestank hing ihr in der Nase und betäubte jeden anderen Geruch. Mit einem letzten Gruß verließ sie das kranke Mädchen.

Es gefiel Lisabeth, auf dem Pferderücken geschaukelt zu werden. Es gefiel ihr auch, die Zweige zu beobachten, die im Wind nickten, und die Regentropfen, die von den Blättern perlten. Alena hielt sich an das Tal, das die Selke in das Gebirge geschnitten hatte. Das war nicht der kürzeste Weg und auch nicht der bequemste, aber der sicherste, wenn man Angst vor Verfolgern hatte. Und sie hatte Angst, auch wenn es kein Anzeichen von Gefahr gab. Ihre Tochter lag glücklich in ihren Armen, und Alena bemühte sich, Caesarius zu vergessen und den Frieden des Augenblicks zu genießen.

Sie kam der Hütte näher. Das Pferd erklomm einen matschigen Pfad, der hinauf zur Lichtung führte, und die zahlreichen, jetzt mit Wasser gefüllten Fußspuren ließen darauf schließen, dass Ragnhild weiter in ihrem Geschäft verdiente.

Das kleine Haus hatte einmal frei auf einer Waldlichtung gestanden. Inzwischen war beides – Lichtung und Wohnstatt – von Gräsern, Büschen und Efeu so zugewuchert, dass man das Haus bei flüchtigem Hinsehen hätte übersehen können. Sein Dach war mit Gras bepflanzt, sodass es aussah wie eine kleine Wiese. Die Brettertür verschwand hinter bittersüßem Nachtschatten – einer Fülle von violetten Blüten. Wenn das niedergetrampelte Gras nicht gewesen wäre, das schnurgerade zur Haustür führte, hätte man meinen können, die Bewohner wären fort und das Haus vom Wald zurückerobert worden.

Der Garten, der früher eingezäunt an die Hütte grenzte, war verschwunden. Aber zwischen den harmlosen Wiesengräsern erkannte Alena Hahnenfuß, Schöllkraut, Poleiminze, Bocksdorn und die gelben Rispenblüten des Rainfarn. »Das ganze Teufelszeug. Sie macht's noch immer«, flüsterte sie Lisabeth zu. Der riesige Stinkwacholder, der die Rückwand des Hauses verdeckte, diente demselben Zweck wie die Haselwurz, die neben dem Weg kroch und deren Öl auf der Zunge brannte und zum Niesen reizte – sie befreiten unzufriedene Frauen von der Last ihrer angeschwollenen Bäuche. Ebenso die Faulbäume, die ein Stück entfernt an einem Tümpel wurzelten.

Der Tümpel war Alena besonders verhasst. Sie glaubte fest daran, dass in dem morastigen Boden verschwunden war, was ihre Mutter aus den Bäuchen der Frauen geholt hatte, und manchmal auch die Besucherinnen selbst, wenn nämlich die Behandlung fehlgeschlagen war. Ihre Mutter hatte nie ein Wort darüber verloren, aber das Haus hatte dünne Wände, und manches Mal war dem Gestöhne, dem sie von ihrem Strohlager unter dem Dach gelauscht hatte, kein Tuscheln gefolgt, sondern ein schlurfendes Geräusch, als wenn etwas über den Boden gezogen wurde. Am nächsten Tag hatte es dann immer eine besonders gründliche Reinigungsaktion gegeben, bei der der Tisch gescheuert wurde und dunkel gefärbtes Erdreich aus dem Fußboden gegraben und gegen frische Erde getauscht wurde.

Einmal war jemand aus dem Dorf gekommen, um nachzuforschen, ob sich in der Hütte wirklich das zutrug, was man überall tuschelte. Alena war gerade im Wald gewesen, um Maipilze zu sammeln. Bei ihrer Rückkehr hatte sie nur noch die Löcher im Erdreich rund ums Haus gesehen und dass jemand die beiden Tonkrüge, die immer auf dem Herd standen, zerschmettert hatte.

»Nichts ist«, hatte Ragnhild auf ihre Frage geantwortet. *Nichts* war die Antwort auf jede von Alenas Fragen gewesen, die sich mit Ragnhilds Broterwerb befasste, aber diesmal musste es ihre Mutter hart getroffen haben, denn sie holte sich einen Krug Wacholderwein und betrank sich, bis sie nicht mehr gehen konnte, und Eustachius, der Mann, der ihr Lager teilte, hatte auf der Bank vor dem Häuschen gesessen und Rotz und Wasser geheult.

Zwei Tage später begab Ragnhild sich auf eine Reise, und als sie wiederkam, hatte sie einen Psalter und eine Wachstafel im Sack. Beides war für Alena bestimmt. Der Unterricht, den ihre Mutter ihr von da an erteilt hatte, war unregelmäßig und von Wutanfällen unterbrochen gewesen. Aber Alena hatte schreiben und die lateinische Sprache lesen gelernt. Und sogar das Vaterunser, das auf dem Deckblatt des Psalters gestanden hatte.

Alena ging den Weg hinauf und hielt Lisabeths Hände fest, damit sie nicht nach dem giftigen Nachtschatten griff. Sie öffnete die Tür.

Drinnen im Haus war es dunkel und vollkommen still. Es roch nach Staub und Feuchtigkeit. Einen Moment lang dachte Alena, dass die Spuren im Matsch getrogen hatten. Erleichterung und Enttäuschung überfluteten sie gleichermaßen. Der rohe Eichentisch – Ort ihrer gemeinsamen Mahlzeiten, aber auch Stätte der Qual für die Besucherinnen ihrer Mutter – stand einsam in der Mitte des Raums, dort wo man einen Teil des Strohdachs herausheben konnte, um Licht hereinzulassen. Alena ging um ihn herum und stieß die Tür auf, die in den hinteren Raum führte. Gedämpftes Ziegenmeckern empfing sie, es stank nach Ziegenkot, und Lisabeth wurde unruhig und verzog die Nase. An die Ziegen hatte Alena nicht gedacht. Sie murmelte etwas Beruhigendes, damit ihre Tochter nicht zu weinen begann. Rechts vom Stall befand sich Ragnhilds Schlafkammer.

»Pssst«, flüsterte Alena.

Ihre Mutter lag zu Bett. Alena glaubte zumindest, dass die Frau, die unter den Decken lag, ihre Mutter sein musste. Wie lange … Sie rechnete kurz nach. Sieben Jahre war es her, dass sie die Hütte verlassen und in die Dörfer gelaufen war, um der verbitterten Mutter, dem greinenden Eustachius und dem unheimlichen, nächtlichen Stöhnen zu entkommen. Ragnhild war alt geworden. Und fett. Ihr Leib füllte den grauen Wollstoff wie ein aufgegangener Teig, und ihre Arme lagerten wie Würste auf den Kissen.

Ihr Lachen hatte sich allerdings nicht geändert. Es kroch wie ein ferner Donner aus ihrer Brust, und Alena verspürte den Drang sich zu ducken. Sie ging und stieß den Fensterladen gegenüber dem Bett weit auf, wobei er sich in Spinnweben und Staubflusen verfing.

»Jeden hätte ich erwartet, aber nicht dich. Willkommen, Tochter.« Ragnhilds Stimme troff vor Ironie und verscheuchte jede mögliche weiche Regung.

»Ich wäre auch nicht gekommen, wenn es eine andere Möglichkeit gegeben hätte.«

Lisabeth hatte Angst vor den Ziegen, die ihnen aus ihrem Verschlag im Stall nachmeckerten, und wollte von der Tür fort. Alena gab nach und setzte sie auf das Bett zwischen die breiten Füße ihrer Mutter, die unter der Decke hervorlugten.

»Deine Tochter. Das ist sie also.« Ragnhild machte keine Anstalten nach dem Mädchen zu greifen. Dazu hätte sie sich bewegen müssen, und sie sah aus, als würde sie jede Bewegung vermeiden, die nicht unbedingt nötig war. Alena glaubte auch nicht, dass sie sich für ihr Enkelkind interessierte. Sie hatte sich nicht einmal für ihre eigene Tochter interessiert.

»Wo ist Eustachius?«

Ragnhild zuckte die Achseln.

»Geht es dir gut?«

»Ich lebe im Paradies, mein Herz. Siehst du nicht, wie fett ich bin?«

Lisabeth hatte die Füße ihrer Großmutter als Spielzeug entdeckt und begann neugierig sie zu betasten. Die blaue Farbe der Zehen weckte ihr Interesse, und sie quetschte sie zwischen ihren Fingern. »Sie heißt Lisabeth«, sagte Alena.

»Warum spricht sie nicht?«

»Weil sie ohne Verstand geboren wurde.«

»Ich hatte gehört, dass du eine Tochter bekommen hast, aber nicht, dass sie blöde ist.«

Lisabeth hatte herausgefunden, dass an den Füßen Beine steckten, und sie versuchte, unter die Decken zu krabbeln.

»Bring sie mir hierher.«

Alena gehorchte. Sie setzte ihre Tochter auf den Hügel, den Ragnhilds Bauch bildete, bereit sie jederzeit fortzureißen, sollte ihr Gefahr drohen. Lisabeth langweilte sich unter den forschenden Blicken ihrer Großmutter. Sie versuchte, die breite Nase zu greifen, und ihr Geschick schien in den letzten Wochen gewachsen zu sein, denn er gelang ihr, die Fingerchen in die Nasenlöcher zu krallen. Ragnhild nahm das Händchen fort und lachte, weil Lisabeth sie böse anstarrte.

»Vielleicht ist sie blöd, aber sie hat einen Willen. Sie ist Cholerikerin, würde ich sagen. Habe ich dir das beigebracht? Die Temperamente? Ach was. Du hast immer nur gesessen und geguckt. Deine Tochter hat eine reizbare Galle. Ich glaube, sie will beißen. Gibt's das, sie beißt!« Ragnhilds riesiger Leib wurde von einem Lachen ergriffen, das das ganze Bett erschütterte. Hingerissen hockte Lisabeth auf dem bebenden Berg.

»Gib sie mir wieder.« Alena wollte ihre Tochter nehmen, aber Ragnhild schüttelte den Kopf. Sie hielt Lisabeths Hände.

»Du kannst mich nicht leiden, und ich kann dich nicht leiden. Warum bist du hier?«

»Weil Lisabeth da, wo sie bis jetzt war, nicht bleiben kann.«

Die spöttische Bemerkung, auf die Alena gewartet hatte, blieb aus. Ragnhild hob den Kopf und schaute sie an. »Hast du deine Arbeit verloren?«

»Nein.«

»Ist das Mädchen dir lästig? Nein ... nein, lass sie mir. Sie ist dir *nicht* lästig. Ich begreife. Hör auf zu heulen. Das hast du früher nicht getan, und du solltest damit auch nicht anfangen. In was für Schwierigkeiten steckst du?«

»Es ist nur vorübergehend.«

»Aha.« Ragnhild betrachtete das kleine Mädchen, das inzwischen an einem Zipfel der Decke kaute, und der Zweifel, wie sie sich verhalten solle, stand in ihrem fetten Gesicht. Wenigstens, dachte Alena, ist die Decke sauber. War das ein Zeichen, dass Eustachius noch lebte und in der Hütte für Ordnung sorgte?

»Warum spricht sie nicht?«

»Ich sage doch, sie ist ohne Verstand.«

»Du und ich haben Verstand bis zum Überdruss, und keine von uns tanzt auf den Tischen. Ich glaube nicht, dass sie ihren vermissen wird. Du kannst sie hier lassen. Für ein paar Tage.«

Ragnhild streichelte Lisabeths Wangen, und Alena fühlte einen harten Stich der Eifersucht.

»Und jetzt geh, Alena. Oder bleib. Aber dann lass diese Starrerei. Ich konnte das noch nie ausstehen.«

Alena ging neben dem Bett in die Hocke. »Lisabeth ist mein Leben. Ihr darf nichts geschehen. Wenn ich sie hier lasse, dann musst du für sie sorgen, und wenn du das nicht willst oder kannst, sag es gleich.«

Sie hasste ihre Mutter mitsamt ihrem unbegreiflichen Lachen. Alena erhob sich, küsste ihre Tochter und ging ohne Gruß hinaus. Als sie das Haus verließ, streifte sie mit dem Arm den Nachtschatten, der die Tür umrankte. Ihr fiel etwas ein. Sie ging zum Pferd und holte aus der Satteltasche das Leinentuch mit den stinkenden Blättern.

»Du kommst zurück?«, fragte Ragnhild, als sie noch einmal die Schlafkammer betrat. Lisabeth lag auf dem Bauch ihrer Großmutter. Sie war am Einschlafen. Das Atmen der

Brust musste für sie wie das Schaukeln der Wiege sein, die sie nie kennen gelernt hatte. Sie war so zutraulich wie ein Lämmlein vor dem Löwen.

Alena schlug das Leinentuch mit den Blättern auseinander. »Ich muss wissen, was das hier ist.« Trotz des dämmrigen Lichts, das durch das Fenster fiel, konnte man die zarte Fiederung der Blätter und einige Krümelchen von winzigen weißen Blüten deutlich unterscheiden.

Ragnhild zog die Braue hoch. »Übelkeit, Durchfälle und dann Lähmung, mein Kind. Erst in den Beinen, danach steigt sie den Leib hinauf. Ein übler Tod. Keine Gnade der Bewusstlosigkeit. Man erstickt.«

»Schierling?«

Ragnhild nickte.

»Zuerst Übelkeit?«

»Und dann Erbrechen und Durchfälle.«

»Wirkt das Gift auch durch die Haut?«

»Was du alles fragst, meine brave Tochter.«

Alena verabscheute das wissende Lächeln. »Würde das Gift Unheil anrichten, wenn es zum Beispiel mit einem Umschlag auf eine knapp verheilte Wunde käme?«

Das Lächeln verblasste. Ragnhilds Züge wurden hart. »Wirf's weg. Du stehst in einem schlechten Ruf, Tochter, auch wenn du weit gelaufen bist, um von mir fortzukommen. Ich warne dich, und das ist das letzte Gute, was ich für dich tue, außer dass ich auf dein Mädchen aufpasse, und das mache ich nicht für dich, sondern weil es mir Vergnügen bereitet. Lass also deine Finger von Giften. Und danke dem Herrgott und seinen Engeln, dass du dieses hier in Leinen eingeschlagen hattest.«

»Ihr habt mich erschreckt!«, fauchte Alena.

»Und Ihr mich erleichtert.« Maarten war so plötzlich hinter dem Busch hervorgetreten, dass Alenas Pferd auf die

Hinterbeine stieg. Der Weg war eine Ansammlung von Pfützen im Matsch. Es goss und pladderte, seit Alena den Harz verlassen hatte, und genau wie sie selbst war auch der Baumeister bis auf die Haut durchnässt. Mit begütigenden Worten brachte er ihr Pferd zur Ruhe.

Alena schaute zur Stiftsburg hinauf. Sie hasste diese Stelle, an der Caesarius sie überfallen hatte, und ärgerte sich über Maarten, der ihr gerade hier aufgelauert hatte. »Ist das Eure Beschäftigung bei Regen? Herumstehen und nass werden?«

»Habt Ihr Lisabeth fortgebracht?«, fragte er dagegen. Er forschte in ihrem Gesicht, als sie nicht antwortete. »Habt Ihr?«

»Ja doch.« Zu einer Frau, die weinende Mädchen hasste. Alena kämpfte erneut gegen die Tränen. »Und Ihr? Was sind Eure Neuigkeiten? Nichts Gutes, da bin ich sicher.«

»Romarus ist tot. Er ist vorgestern Nacht gestorben.«

Alena wischte das nasse Haar aus dem Gesicht und hielt es im Nacken zusammen. Ihre Augen irrten wieder zur Burg. »Hat Caesarius davon erfahren?«

»Ich glaube nicht. *Noch* nicht. Aber ...«

»Ja?«

»Romarus' Verwandte wollen eine Totenfeier. Es soll in kleinstem Kreis geschehen, wie Romarus gewünscht hat. Nur glaube ich nicht daran, dass etwas geheim bleibt, wovon mehr als einer weiß.«

Und ich glaube nicht, dass uns jetzt noch etwas retten wird, dachte Alena. Sie konnte sich nicht erinnern, wann sie das letzte Mal so gründlich entmutigt gewesen war. Es war, als flösse mit dem Regen die letzte Kraft aus ihren Knochen. Der arme Romarus. Die arme Lisabeth.

»Geht zu Agnes.«

»Was?«

»Zu Agnes«, sagte Maarten. »Ihr braucht jetzt Schutz.«

Alena beugte sich vor und nahm ihm umständlich die Zügel aus der Hand. »Ich habe Lisabeth zu meiner Mutter gebracht. Sie ist eine bösartige, alte Frau, und ich glaube nicht, dass sie gut zu ihr sein wird. Und jetzt werde ich schlafen gehen. Sorgt für Euren eigenen Schutz, Maarten. Ich fürchte, dass Eure Mauern nicht hoch genug sein werden.«

14. Kapitel

Ihr wart den ganzen Tag fort. Ihr seid immer fort, wenn es etwas zu erzählen gibt!«, beschwerte sich Gertrud, als sie am nächsten Morgen durch Alenas Zimmertür schlüpfte.

»Was gibt es?«

Gertrud setzte sich auf die Bettkante, die Füße ordentlich nebeneinander, in den lustigen Augen Eifer. »Bertrade hat den Verstand verloren.«

Alena starrte das Mädchen an. Sie hatte die ganze Nacht auf ihrem Bett gelegen und sich mit der Frage gequält, was Caesarius ihr oder den Bauleuten antun könnte. Nun war sie wie ausgelaugt. Sie fröstelte, weil es noch immer regnete, und sie spürte einen nagenden Schmerz im Magen, der bedeutete, dass sie wieder einmal zu wenig gegessen hatte. Sie hatte nicht die geringste Lust auf neue unliebsame Überraschungen.

»Natürlich nicht wirklich, aber man könnte es denken. Bertrade hat nämlich behauptet ...« Gertruds Augen leuchteten. »... dass Luitgard Zeugin von Hurerei wurde, und wenn sie nicht vorher gestorben wäre, hätte sie entsetzliche Dinge ans Licht gebracht.«

Also das war es gewesen?

»Luitgard. Die alte Dekanin. Erinnert Ihr Euch nicht? Sie hat doch am Abend vor ihrem Tod diese schreckliche Stelle aus Salomo zitiert. Und Bertrade behauptet nun, ihre Dienerin – nicht Bertrades, sondern die von Luitgard – hätte ihr anvertraut, dass die Dekanin vor ihrem Tod ganz Abscheuliches über Hurerei im Stift gesagt hätte.«

»Ach«, meinte Alena schwach.

»Über Osterlind ist sie auch hergezogen.«

»Warum denn über sie?« Alena dachte sich schon selbst die Antwort. Jutta musste mit der Pröpstin über die Zeichnungen gesprochen haben, die man auf den Felsen gefunden hatte. Sie hatte sich auf die andere Seite geschlagen.

»Keine Ahnung. Bertrade gefällt sich in Andeutungen. Aber es muss etwas ... *wirklich* Skandalöses sein. Jutta hat sich ständig die Augen getupft, und Agnethe wurde ganz wild und hat gerufen, hinter dem Rücken der Äbtissin dürfe man keine Schauergeschichten erzählen. Es war *grauenhaft*!«

»Das tut mir Leid.«

»Nein, Leid sollte Euch tun, was sie danach aufgetischt hat, denn da wurde sie wirklich gemein.« Die Glocke rief zum unendlichsten Mal die Kanonissen in den Dom. Aber Gertrud trug bereits die Chortracht, sie hatte also noch einen Moment Zeit. »Es ist alles nur Klatsch und Tratsch, und Ihr müsst mir versprechen, dass Ihr es Euch nicht zu Herzen nehmt.«

»*Was* zu Herzen nehme?«

»Jemand hat Bertrade gesteckt«, flüsterte Gertrud verschwörerisch, »dass Ihr gelegentlich mit dem Baumeister zusammen seid, und sofort hat sie das Gemeinste angenommen, wie sie überhaupt von jedermann das Gemeinste annimmt, als würde ihre eigene Welt strahlender, wenn um sie herum nur Schmutz ist. Es ging ihr auch gar nicht um Euch. Nicht *hauptsächlich*. Sie wollte verbieten, dass ich mich mit Euch zusammen um die Stiftsgeschäfte kümmere. Euer liederlicher Einfluss und so. Alena ... ich wollte Euch nicht traurig machen. Jetzt tut es mir schon Leid, dass ich es überhaupt erwähnt habe. Ich beschwere Euch das Herz, nur weil eine dumme ... Schon gut. Ich halte meinen Mund.«

»Und ist sie nun verboten?«

»Eure Gesellschaft?« Gertrud lachte über ihr ganzes hübsches Gesicht. »Zum Glück war Wigburg gerade heimgekehrt, und zum Glück ist sie gleich zur Kapitelsitzung gekommen, statt sich auszuruhen, wie die meisten das gemacht hätten. Jedenfalls, Wigburg hat gesagt, wenn die Pröpstin sich bequemte, einen Blick in die Rechnungsbücher des Stifts zu werfen, würde sie begreifen, dass der liederliche Einfluss wenigstens so lange erstrebenswert bleibt, bis jemand im Stift verstanden hat, wie man Forderungen eintreibt und sich gegen das Geschmeiß wehrt, das uns das Blut aussaugt. Offenbar wird diese Aufgabe mir zufallen, und darum – sagte Wigburg – sollten wir froh sein, dass wir Euch haben. Sie war ungeduldig, weil sie müde von der Reise war, und deshalb hat sie so deutlich gesprochen. Aber die meisten haben dazu genickt.«

»Dann ist es gut«, seufzte Alena. Sie wartete auf ein Gefühl der Erleichterung. Aber wie konnte es das geben? Caesarius kreiste über ihr wie der Habicht über der Henne. Und Lisabeth lebte in der Obhut einer Hexe, die kleine Mädchen verabscheute und von ihrem Totenlager direkt in das Feuer der Hölle marschieren würde.

Ihre Gedanken wiederholten sich mit der Monotonie des Chorgesangs. War es doch besser, Sophie aufzusuchen und ihr alles zu gestehen, was geschehen war, und sie um Hilfe zu bitten? War nicht alles besser als das Warten auf Caesarius' Rache? Sophie war die Äbtissin des Stifts und trotz ihres Alters eine aufrechte ... Aber war sie das wirklich?

»Ich muss gehen«, erklärte Gertrud. Als Alena zum Fenster trat, sah sie sie mit wehendem Chormantel über den Hof laufen, wo sie sich den Stiftsmädchen anschloss. Bertrade kam über den Hof. Die Pröpstin presste die Hand auf den Unterleib. Sie sah aus wie ein Krieger, der in den Kampf zieht. Zornig. Vielleicht war es aber auch kein Zorn, sondern Verzweiflung, was sie trieb. Alena sah ihr nach, wie sie im Domturm verschwand.

Sie legte den Kopf an den Fensterrahmen und schloss die Augen. Nein, Sophie war keineswegs eine aufrechte Frau. Bertrade wurde verletzt, während die Äbtissin sich ganz in ihrer Nähe – angeblich in der Krypta – aufgehalten hatte. Wer sonst hätte Zeit und Gelegenheit zu dem Mordanschlag gehabt? Schreckliche Gedanken. Sophie hatte Hilfe holen müssen. Sie war also wenigstens kurzzeitig aus dem Dom hinausgelaufen. Hätte diese Zeit jemand anderem für einen Mordversuch ausgereicht?

Ich *will*, dass es jemand anders war, dachte Alena. Aber als Osterlind sich von der Mauer gestürzt hatte und wider Erwarten nicht gestorben war ... Hatte nicht wiederum die *Äbtissin* auf die Zeichnungen aufmerksam gemacht, die auf den Felsen lagen? Das Mädchen war erledigt. Niemals würden die Kanonissen so jemanden noch auf den Äbtissinnenstuhl wählen. Mit viel Glück würde man ihr vielleicht das Amt der Küsterin anbieten.

Im Dom erhob sich wie ein Bote aus einer mystischen Welt der Frauengesang. Alena zog sich aus und kroch unter ihre Bettdecke, wo es ohne Lisabeth kalt und einsam war.

Osterlind hatte sonderbar auf die Zeichnungen reagiert, als sie sie darauf angesprochen hatte. Als wolle sie nichts mehr davon wissen. Oder wusste sie tatsächlich nichts davon? Sophie hatte auf die Fetzen aufmerksam gemacht. Vorher hatte niemand sie gesehen.

Ich werde verrückt, dachte Alena. Eine anständige, hoch geachtete Frau wie Sophie bringt keine Leute um. Nicht auf so eine widerwärtige Art. Das gibt's einfach nicht. Sie gähnte und klapperte mit den Zähnen und dachte: Es muss sich um Zufälle handeln. Unglückseliges Zusammentreffen. Von Bertrade aufgebauscht.

Plötzlich fiel ihr der Schierling wieder ein. Sie stöhnte und grub ihre Zähne in den Handballen. Schierling wuchs nicht im Kräutergarten. Den hatte jemand auf den Auen gepflückt und hinauf in die Burg getragen. Wenn man das Kraut auf Osterlinds oder Bertrades Wunden gelegt hätte ...

Alena fror immer heftiger. Mit angezogenen Beinen und eng um ihren Leib gewickelter Decke, die sie wie ein Kokon umhüllte, fiel sie endlich in einen unruhigen Schlaf.

Die beiden nächsten Tage vergingen mit banalen Beschäftigungen. Sophie kehrte zurück und verlangte sämtliche Aufzeichnungen über Liebstedt. Und Gertrud setzte sich mit Alena in die Bibliothek und übertrug in ihrer zierlichen Schrift Alenas Zahlen in ein eigenes Buch. Sie ließ sich erklären, welchen Wert eine Mark Freiberger Silber im Verhältnis zu einer Mark Querfurter Silber hatte, warum der Solidus nur eine Rechnungsmünze war und dass die Quedlinburger Brakteaten bedauerlicherweise mit Kupfer verunreinigt waren und das Stift sich deshalb besser stand, wenn es sich seine Einnahmen in Stendaler Mark auszahlen ließ.

»Unsere Pfennige taugen nichts?«, fragte Gertrud.

»Sie sind großartig, um damit einzukaufen, aber nicht, wenn wir selbst damit bezahlt werden sollen.«

»Und warum lassen wir nicht bessere Münzen prägen?«

»Weil wir es uns nicht leisten können.«

Alena erklärte ihr den Zusammenhang zwischen dem Silbergehalt und dem nominellen Wert einer Münze und dachte dabei an Lisabeth. Das Herz tat ihr weh, als würde es von einem Wurm benagt. Es war ein Fehler gewesen, die Kleine zu Ragnhild zu bringen. In die Burg konnte sie aber auch nicht zurück, also musste man sie bei Fremden unterbringen, bei Leuten, die mit Quedlinburg in keiner Verbindung standen. Doch wie sollte sie Lisabeth dann besuchen und überwachen, ob sie gut versorgt wurde? Und wem konnte man überhaupt trauen? Und wie, zur Hölle, sollte sie es aushalten, ohne Lisabeth zu leben?

»Ich habe etwas gefragt«, meinte Gertrud vorwurfsvoll.

»Verzeiht. Ich würde morgen gern jemanden besuchen. Denkt Ihr, das ließe sich einrichten?«

»Aber Alena, hat Sophie Euch das gar nicht gesagt? Sie will, dass wir Liebstedt kontrollieren. Darum drängt sie doch so auf den Bericht. Wir sind morgen Mittag in Aschersleben angemeldet. Ich dachte, Ihr wüsstet längst Bescheid. Wir sind wenigstens zwei Wochen fort.« In Gertruds klugem Köpfchen regten sich die Vermutungen. »Macht Ihr Euch Gedanken wegen Eurer Tochter? Sie könnte doch sicher bei der Frau schlafen, die auf sie Acht gibt.«

Alena nickte. Ihr Wunsch, sich jemandem anzuvertrauen, war überwältigend. Aber Gertrud war nur gelegentlich so erwachsen, wie sie jetzt tat. Und außerdem konnte sie das Problem mit Caesarius nicht lösen.

Lisabeth würde warten müssen.

Liebstedt entpuppte sich als leichte Beute. Gertrud und Alena hatten sich nicht angekündigt, aber der Verwalter schien den Besuch aus Quedlinburg wie eine Naturkatastrophe erwartet zu haben. Devot schwänzelte er um Gertrud und Alena herum und klagte über schlechte Verbindungen, guten Willen, unsichere Straßen, Missernten …

Sie inspizierten tagelang die Güter und Hufen, die zu Liebstedt gehörten, und untersuchten seine Scheunen, Ställe und Weiden. Pedantisch zählten sie Stiere, Sauen, Federvieh, Met- und Weinfässer, sie schritten Äcker ab und zum Entsetzen der beiden Damen, die Gertrud begleiteten, krochen sie in einen Heuschober, in dem sie in einem abgezäunten Eckchen einen Zuchteber fanden.

Der Untervogt hatte nicht mehr den Mut, sich gegen ihre Forderungen zu sträuben. Sie waren fast fertig, als eines Tages, kurz vor Mittag, ihr Tun durch die Ankunft mehrerer Reiter unterbrochen wurde.

Alena saß gerade in der Halle des Vogthauses, als sie die Rufe des Gesindes hörte, das im Hof Mist wendete. Das hohle Trappeln von Pferdehufen folgte den Rufen. Sie stand auf und schaute zum Fensterchen neben der Eingangstür hinaus. »Es ist Burchard.«

»Was will der hier?« Gertrud blickte von dem Buch hoch, in dem sie die Daten auflistete, nach denen Liebstedt in Zukunft seinen Fronzins schicken musste.

»Ich weiß nicht.« Alena sah Caesarius' Kumpan vom Pferd springen. Hochfahrend brüllte er nach Knechten und dem Hausherrn, als gäbe es zwischen beiden keinen Unterschied. Er wurde nicht nur von etlichen Rittern begleitet, sondern auch von einer Dame, der er elegant aus dem Sattel half.

»Jemand ist bei ihm. Ich glaube, die Dekanin.« Die Frau drehte sich um. Ja, es war Jutta. Sie sah ein wenig blass aus, aber ihre Miene war pflichtbewusst und sauer wie Essig. Die Art, wie sie die Schultern reckte, als sie vor Burchard den Weg hinaufschritt, flößte Alena Unbehagen ein. Lisabeth? Nein, niemand würde einen Boten auf die Reise schicken, weil dem schwachsinnigen Kind einer Bediensteten etwas zugestoßen war. Wenn etwas Schlimmes geschehen war, dann bezog es sich auf das Stift. Sie trat vom Fenster zurück.

Der Vogt war aus einem der Nebengebäude herbeigeeilt, und sie hörten ihn seine Entschuldigungen herunterbeten. Unter Bücklingen geleitete er die Gäste in die Halle.

Jutta trug ihr Gebinde stramm unters Kinn gezurrt, was

ihr das Sprechen erschwerte. Sie rauschte an Alena vorbei zu dem kleinen Tischchen. »Gertrud. Ich komme im Auftrag der Äbtissin. Sophie wünscht, dass Ihr nach Quedlinburg zurückkehrt. Sofort, ohne jeden Verzug!«

»Jutta, ich … freue mich.« Gertrud lächelte unsicher. »Aber warum? Ich meine, ich bin noch gar nicht fertig. Es … Ist etwas mit meinen Eltern?«

»Sorgt dafür, dass Eure persönlichen Dinge zusammengepackt werden. Wir brechen umgehend auf.«

»Aber warum …«

»Ich warte hier auf Euch.«

Jutta ließ sich auf dem freien Stuhl nieder, auf dem vorher Alena gesessen hatte. Ihr strenger Ton reichte aus, Gertrud wieder zur Domicella schrumpfen zu lassen. Das Mädchen huschte die Treppe zu den Schlafkammern hinauf, und ihre Frauen, die in einer Ecke Tücher bestickt hatten, folgten ihr. Einen kurzen Moment erwog Alena, nach dem Sinn der überstürzten Rückkehr zu fragen. Ein Blick in Juttas eisige Augen und Burchards offenkundig glänzende Laune hielten sie davon ab. Noch nicht einmal eine Stunde später saßen alle im Sattel.

Als sie den Gutshof über die Brücke verließen, trieb Caesarius' Ritter sein Pferd neben das von Alena. »Na, Schätzchen, mulmiges Gefühl?« Er griff in ihre Zügel und zwang sie, neben ihm zu bleiben, als sie langsamer wurde. »Kein Schlendrian, Mädchen. Wir haben den Hinweg in zwei Tagen zurückgelegt. Und wenn du denkst, die Eile hatte ihren Grund, und wenn du denkst, dass dich zu Hause nichts Gutes erwartet, dann liegst du goldrichtig. Mach dir den Spaß und rate. Ehrlich – wir hatten ein entzückendes Spektakel.«

Zwei Dinge waren während der Rückreise bemerkenswert, ohne allerdings den Grund für ihren überstürzten Aufbruch erklären zu können. Man verbot Alena, mit Gertrud zu sprechen, und das Mädchen wurde in seinem Zimmer bewacht.

»Warum?«, hatte Gertrud eingeschüchtert gefragt, und Jutta hatte geantwortet: »Zu Eurem Besten.« Von Alena nahm die Dekanin keine Notiz, aber es war offensichtlich der Zorn, der sie stumm machte.

Am Mittag des übernächsten Tages tauchten die Türme und Dächer und die Burg von Quedlinburg vor ihnen auf.

»Zu spät«, bemerkte Burchard bedauernd, als sie über Gernrode auf die Stadt zuritten. Alena verstand ihn nicht. Sie verstand überhaupt nichts mehr. Erst hatte er sie gehetzt wie der Teufel, dann war er plötzlich in einem Schlenker von der Straße abgewichen und hatte sie über die Felder auf die Ditfurter Straße gebracht, die zum Gröperntor führte, dem nördlichen Stadttor.

Es war warm, aber windig. Burchards Haar flatterte wie ein Schleier aus Gold auf seinem Rücken. Er war augenscheinlich bester Stimmung – anders als die meisten seiner Ritter. Anders auch als Jutta, die ihren Blick beharrlich auf die staubige Straße richtete.

»Ihr schaut in die falsche Richtung, Herzblatt. So bekommt Ihr ja gar nichts mit.« Wieder griff Burchard Alena ins Zaumzeug, sodass ihr Pferd scheute und den Kopf drehte.

Zu ihrer linken Hand ragten die Stadtmauern auf, die Quedlinburg vor wenigen Jahren als Schutz gegen den Norden errichten durfte. Vor den weißen Mauern erhob sich ein sanfter, mit Rasen und Maßliebchen bewachsener Hügel. Dort stand, gut sichtbar für jeden, der aus Ditfurt kam und möglicherweise böse Absichten hegte, der dreibeinige Galgen der Stadt. Quedlinburg war ein friedlicher Ort. Das Galgenrondell diente als Mahnung, und in den vergangenen Jahren hatte hier nur einmal ein Dieb gebaumelt, ein Streuner, der aus St. Ägidii Altargerät gestohlen hatte.

Jetzt allerdings hing ein Toter am Gebälk. Burchard hatte die Stelle, an der er die Reisegruppe auf die Straße zurückführte, gut gewählt. Als der Galgen sichtbar wurde, waren sie kaum hundert Fuß davon entfernt. Sie sahen nicht nur einen Schemen, der wie eine Puppe mit verrenktem Kopf am Querbalken baumelte, und den man durch Wegschauen hätte ignorieren können. Sie erkannten blutige Armstümpfe, die aus den Ärmeln eines roten Samtrocks schlenkerten, ein durch Qualen entstelltes Gesicht mit einem zungenlosen Mund und aus den Höhlen quellenden Augen und ein von verkrustetem Blut beschmiertes Kinn. Der Hingerichtete war kaum wieder zu erkennen, aber die schwarzen Locken und vor allem die Reste des roten Samtrocks ließen keinen Zweifel, um wen es sich handelte.

Alena drehte sich zu Gertrud um. Das Mädchen hatte keinen Tropfen Blut mehr unter der Haut. Es sah aus, als wolle es im nächsten Moment vom Pferd sinken.

»Genug«, bestimmte Jutta. Sie herrschte Burchard, der sich grinsend am Entsetzen der Frauen weidete, an, nun endlich den Weiterritt zu befehlen. Mitfühlend legte sie ihre Hand auf den Arm des Mädchens und bestand darauf, dass ihr Weg um die Stadt herumführte. Sie sorgte auch dafür, dass Agnethe Gertrud in Empfang nahm und vor den Augen der anderen Dombewohner in Sicherheit brachte, bevor jemand ihre Ankunft bemerkte.

»Es war ein verfluchter Tag, an dem Ihr das erste Mal Euren Fuß in dieses Stift gesetzt habt«, sagte sie erschöpft zu Alena, bevor sie sich zurückzog, um Sophie Bericht zu erstatten.

»Sie haben die Truhen der Mädchen durchsucht – ich weiß nicht, warum –, und dabei haben sie dieses Lied gefunden«, zischte Brigitta mit fast reglosen Lippen, während sie den Eimer aus dem Brunnen kurbelte, um Wasser für die Küche zu holen. Selbst an einem blutigen Tag wie diesem wollten die Stiftsdamen speisen. »Ein Minnelied, das mitsamt einer schwarzen Locke an eine Rose gebunden war. Bei dem Lied stand der Name des Jungen, und das galt als Beweis, dass er sich unverschämt an das Mädchen herangemacht hat. Die ganze Stadt musste zusehen, als er hingerichtet wurde, und die Bauleute in der ersten Reihe.«

»Die Hinrichtung war erst heute?«

Brigitta tauchte ihre Kanne in den Eimer. »Nach der Tertia. Sie haben den Henker aus Halberstadt geholt, und der hat ihn geschlachtet, als wär's ein Ferkel. Und ich glaube nicht, dass sie damit schon zufrieden sind.« Aus den Worten sprach der böse Triumph des Rechthabens. »Sagt denen unten, dass Caesarius seit dem Mittag säuft und sein Schwert mit einem Lappen aus weißer Wolle putzt.«

»Du glaubst, er wird die Baustelle überfallen?«

Brigitta zuckte die Achseln. »Sagt es ihnen einfach.«

Die Tür zu Sophies Wohnung war geschlossen. Alena hob die Hand, ließ sie wieder sinken und klopfte dann doch. Das barsche »Herein!« kam von Agnethe. Ein ungünstiger Augenblick. Nicht nur die Pförtnerin: Wigburg, Jutta, Bertrade, Adelheid … sämtliche Kanonissen, die ein Prälaturenamt versahen, hatten sich im Audienzraum der Äbtissin versammelt.

»Ich komme später wieder.«

»Ihr bleibt!« Sophie stützte sich mit der einen Hand auf ihren Stock und mit der anderen auf den Tisch. »Schließt die Tür und kommt herein. Was wollt Ihr von mir?«

»Der Italiener, der hingerichtet wurde …«

»Ihr sprecht es an. Gut! Das erspart mir die Einleitung. Ich habe gehört, dass Ihr mit ihm bekannt wart, ja, dass Gertrud ihn durch Euch erst kennen gelernt hat. Schweigt! Es ist … unglaublich. Ich hatte Euch *vertraut*, Alena. Nein,

Bertrade – jetzt spreche ich. Ihr seid alt genug, um zu begreifen, was Ihr angerichtet habt. Das Kind ist kompromittiert. Das Stift ist kompromittiert. Das gesamte Land zerreißt sich das Maul. Ich versuche, die Wogen zu glätten, die Osterlinds unglückseliger Sturz ausgelöst hat, und Ihr lasst zu, dass eines unserer Mädchen durch einen lausigen, nichtswürdigen Lümmel in Schande gebracht wird!«

»Ich habe immer gesagt, dass es ein Fehler ist, diesem Weib Verantwortung zu überlassen«, ergänzte Bertrade gehässig. Nein, sie ergänzte nicht. Sie stichelte gegen Sophie, und Jutta nickte.

»Durch einen Kastraten«, sagte Alena. »Er war kastriert.« Adelheid und Jutta konnten mit dem Ausdruck nichts anfangen. »Dem Jungen ... fehlte, was den Mann ausmacht. Deshalb konnte er für Frauen nichts empfinden. Er war stumpf wie ein Ochse. Und Gertrud wusste das. Sie hätte niemals ...«

»Niemals *was*? Sie wäre niemals mit ihm ins Heu gekrochen? Meint Ihr das?«, fauchte Sophie. »Ich glaube, Ihr begreift die Tragweite nicht. Gertrud ist eine Gräfin von Amford. Sie hätte dem ... Ochsen nicht den kleinsten Blick schenken dürfen. Ich habe erfahren, was auf dem Marktplatz geschehen ist. Jeder scheint davon zu wissen, und niemand scheint es für nötig befunden zu haben, mich zu unterrichten. Ihr hättet mir von ihrer Leichtfertigkeit erzählen müssen!«

»Aber er war ...«

Wigburg fiel ihr ins Wort. »Zumindest fähig, sich blumenreich ins Licht zu stellen.« Sie beugte sich vor und ergriff einen gerollten Pergamentbogen. »Nicht von ihm selbst gereimt, nur zitiert. Aber auch nicht die Worte eines Ochsen. *... dass deine Seele meiner Seele Herrin ist ...* Sie sagen Seele und meinen etwas ganz anderes.« Wigburg schob den Bogen auf den Tisch zurück, wobei sie ihn so legte, dass Alena die Worte, wenn auch über Kopf, lesen konnte.

»Ich glaube nicht … Ihr solltet bedenken, Wigburg, *worüber* Ihr Euch amüsiert!« Bertrades Augen funkelten in alter Kampfeslust.

»Ich amüsiere mich nicht. Wer sollte sich amüsieren, wenn eines unserer talentiertesten Mädchen in einer Kammer weggesperrt wird, um dort zu versauern. Ich kann nur nicht begreifen, welchen Vorteil es uns bringt, wenn wir uns in Hysterie hineinsteigern.«

Sie stritten weiter, und Alena versuchte, die schönen geschwungenen und verschnörkelten Buchstaben zu entziffern.

Du süße, sanfte Mörderin,
warum willst du mich töten,
wo ich dich doch von Herzen liebe,
wahrhaftig, Herrin, vor allen anderen Frauen?
Glaubst du, wenn du mich tötest,
dass ich dich dann nie mehr anschaue …

Du süße, sanfte Mörderin … Ja, dachte Alena bitter. Gertrud *hatte* Serafino getötet. Nicht willentlich. Aber sie hatte ihm erlaubt, ihr ein Liebesgedicht zu schenken, und damit hatte sie sein Todesurteil unterzeichnet. Wie hatte sie so leichtsinnig sein können.

»Ich hatte Euch *vertraut*, Alena«, wiederholte Sophie, was sie schon einmal gesagt hatte. Sie war um den Tisch herumgehumpelt und beugte sich vor, inzwischen von ihrem eigenen Zorn ermüdet, aber mit grenzenloser Enttäuschung in der Stimme. »Ich hatte sie Euch anvertraut und war mir sicher gewesen, Ihr würdet die Verantwortung einschätzen können.«

»Ich hätte es nie für möglich gehalten, dass Gertrud …«

Bertrade schnitt Alena das Wort ab. »Lasst das Weib auspeitschen und jagt es davon! Der Ruf unseres Stifts …«

»… wird nicht wiederhergestellt, indem wir uns wie die Barbaren am Blut berauschen.« Wigburg rollte das Pergament wieder zusammen und klopfte damit leicht auf den Tisch. »Sophie, Ihr könnt nicht im Ernst glauben, dass Alena uns wissentlich in diese Schwierigkeiten gebracht hätte. Warum sollen wir eine fähige Schreiberin vertreiben, nur weil wir ihr etwas aufgebürdet haben, dem sie nicht gewachsen war? Und außerdem …« Sie legte die Rolle auf die mürben Rosenblätter zurück. »Ganz Quedlinburg war Zeuge, mit welcher Strenge das Stift die Beleidigung seiner Bewohnerin geahndet hat. Das ganze Land kann sich davon überzeugen, wenn es vor das Gröperntor tritt. Man muss wissen, wann es genug ist.«

Agnethe nickte. Adelheid auch. Der jungen Frau stand die Erleichterung im Gesicht geschrieben. Außer Bertrade und vielleicht Jutta wollte niemand neue Grausamkeiten.

Aus den Augenwinkeln beobachtete Alena die Pröpstin. Bertrade war enttäuscht. Und wütend über ihre Ohnmacht. Sie begreift, dachte Alena, während ihr das Mageninnere sauer in den Hals stieg, dass niemand hier das Huhn schlachten will, das die goldenen Eier legt. Und ich begreife es auch. Man ist nicht gnädig zu Alena. Es geht ums Geld. Das Stift will sich seine Schreiberin erhalten. Meine Mutter würde sich totlachen, wenn sie mich jetzt hier sehen könnte, wie mir der Magen wehtut, weil ich so enttäuscht bin.

Sophie hob die Stimme. »Ich gehe davon aus, dass Ihr leichtfertig, aber nicht böswillig gehandelt habt, Alena. Und ich berücksichtige, dass Ihr keine Erziehung genossen habt, die Euch gewarnt hätte. Deshalb entscheide ich, dass Ihr bleiben und weiter hier arbeiten dürft.«

Einen Moment lang war es still. »Gebt ihr den Auftrag, zum Baumeister zu gehen«, forderte Bertrade dann eisig. »Der Sänger war einer von seinen Leuten. Sie soll von dem Mann die Kosten für die Hinrichtung zurückfordern.«

Der Infernushof war verschlossen. Alena benutzte den Türklopfer, aber sie musste lange warten, bis sich im Hof etwas tat. Jemand schob die Blende beiseite und schaute durch das Guckloch in der Tür.

»Wer ist da? Neklas? Lasst mich herein, Neklas. Ich muss mit Maarten sprechen.«

Rums! Das Guckloch wurde wieder verschlossen. Eine entmutigend lange Zeit wartete Alena vor dem Tor, während der Fisch, der als Klopfer diente, sie mit seinen Eisenaugen anglotzte. Endlich bewegte sich der Riegel. Neklas hatte seinen Freund Moriz zur Unterstützung geholt. Gemeinsam öffneten sie Alena.

»Ihr kommt zu einer schlechten Zeit, Mädchen.« Verlegen und traurig strich Neklas sich durch das schüttere Haar. »Haben *sie* Euch geschickt?«

Alena schüttelte den Kopf.

Moriz winkte sie in den Hof, spähte vorsichtig noch einmal die Straße hinab und verriegelte wieder die Tür. Sein ledriges Gesicht war eine einzige Grimasse der Verzweiflung. »Er will niemanden sehen. Er 'at sich eingesperrt. Er ist getroffen in seine 'erz. Serafino …« Neklas stieß den verzweifelten Parlier in die Seite, aber Moriz war nicht aufzuhalten. »Peste! Sie 'aben die Junge gequält, wie man ein Tier nicht darf. Sie 'aben seine Hände abge'auen, seine Zunge abgeschnitten. Sie 'aben es getan, weil es sind die Teile seines Körpers, die das Mädchen beleidigt 'aben. Lass mich sprechen, Neklas. Ich ersticke. Wer tut das einem Menschen an für nichts wie ein Lied? 'aben sie kein 'erz? 'aben sie kein Gefühl, für was Schmerzen sind?«

»Ist Maarten oben in seiner Kammer?«

»Ja. Aber Ihr könnt dort jetzt nicht hin. Er will niemanden sehen«, erklärte Neklas nüchtern.

»Sie 'aben ihn vor die Richtplatz gezerrt an die Tribün' und ihn festge'alten, dass er se'en muss, was sie den arme

Junge tun. Sie 'aben in seine 'aare gegriffen, dass er 'ochschauen muss, und das Blut ist auf seine Gesicht gespritzt. Er spricht nicht mehr. Mit niemand. Nicht einmal mit Père Victoire. Nicht mit mir. Nicht mit Neklas ...«

Alena nickte. Zwei Männer – einer von ihnen der bullige Schmied – waren in der Tür erschienen, um zu sehen, was es gab. Ihre Mienen sagten deutlich, was sie davon hielten, dass jemand vom Stift sich unter sie traute. »Ich muss trotzdem zu ihm.«

Der Raum mit den Zeichnungen und Schablonen lag verlassen. Die Männer hatten sich oben zusammengeschart. Manche hatten es sich auf dem Fußboden an den Wänden bequem gemacht, andere saßen an dem langen Tisch. Die Maschine mit dem Vogel und der Schlange war in eine Ecke gerückt worden, um einem Bierfass Platz zu machen. Neklas hob die Achseln, als er mit Alena auf der Treppe erschien.

Ich klopfe, und dann wird man sehen, dachte Alena. Aber das Klopfen erübrigte sich. Noch bevor sie an den Männern vorbei war, öffnete Maarten seine Kammertür. Er lehnte sich an den Türrahmen. Sein Haar war nass, sein Oberkörper nackt und sein Gesicht verwüstet von Zorn, Trauer und Erschöpfung.

»Werft Ihr mich raus?«

Er überlegte sich das. Schließlich schüttelte er den Kopf und gab den Weg zu seinem Zimmer frei.

Er musste wirklich erschöpft sein, denn er legte sich auf das Bett zurück, auf dem er anscheinend die letzten Stunden verbracht hatte. Betreten wartete Alena in der Tür. Als er stumm blieb, schloss sie sie und setzte sich an den Fußrand des Bettes. Sie würde ihn nicht wegen der Kosten für die Hinrichtung fragen. Die würde sie notfalls aus eigenem Beutel bezahlen. Sie war aus einem anderen Grund gekommen. Aber auch davon zu sprechen fiel ihr schwer. Verstohlen betrachtete sie Maartens schmales Gesicht, in dem eine Faust einen blutunterlaufenen Fleck hinterlassen hatte, und seine entzündeten Augen. Sie nahm an, dass der Baumeister geweint hatte, und sie nahm an, dass er sie zum Teufel jagen würde, wenn sie versuchte, ihn zu berühren oder zu trösten, wonach es sie drängte.

»Es tut mir Leid. Ich ... möchte, dass Ihr wisst, dass es mir unendlich Leid tut.«

»Warum seid Ihr hier? Ist etwas mit Eurer Tochter?«

Alena schüttelte den Kopf.

»Dann?« Die Kälte seiner Worte fand ihre Spiegelung in den Augen.

»Ich würde gern wissen, ob Serafino ...« Sie benutzte absichtlich den Namen. *Junge* wäre leichter gewesen, sie hatte ihn meist *Junge* genannt, aber nachdem er so schrecklich gestorben war, dachte sie, dass sie ihm wenigstens seinen Namen schuldete. »... ob Serafino tatsächlich dieses Minnelied an Gertrud geschickt hat.«

Eine Fliege summte um die Kanne mit dem Löwenreiter. Alena sah, dass das Wasser in der Messingschüssel rosig von Blut war. Die Fliege segelte darüber wie ein todessüchtiger Falter über das Feuer.

»Serafino war Italiener.« Maarten drehte ihr sein zerschundenes Gesicht zu. »Er hat kein einziges Wort Deutsch gesprochen. Und der Text des Liedes war in deutscher Sprache.«

»Ein Lied ist etwas anderes als ein Gespräch. Vielleicht hatte er es auswendig gelernt.«

»Wer sollte es ihm vorgesprochen haben?«

»Vielleicht kannte er es von früher.«

»Und hat es – unkundig des Schreibens – auf Pergament gebracht?«

»Er konnte lesen ...«

»Aber nicht schreiben.«

»Seid Ihr völlig sicher?«

»Wir leben auf einer Bauhütte. Hier gibt's nicht viele Hunde, die krähen können. Ich hätte das gewusst. Er hätte sich gedrängt, es mit zu erzählen. Jeder zweite seiner Gedanken kreiste darum, sich unentbehrlich zu machen. Er konnte Worte lesen, aber nicht schreiben.«

»Vielleicht hat er das Lied jemandem diktiert.«

»Dafür käme nur Victoire in Frage. Aber der ist so blind, dass er keine gerade Zeile mehr zu Stande bringt. Und außerdem hätte er dem Jungen in den Hintern getreten, wenn er ihm mit einem Minnelied gekommen wäre.«

»Ich verstehe.«

»Wunderbar. Das macht mich froh.«

Der Mann auf dem Bett war ein ebenso schrecklicher Anblick wie die Fliege über der rosa Brühe. Alena faltete die Hände über ihrem schmerzenden Magen und schloss die Augen. »Maarten, ich ... habe gesagt, dass es mir Leid tut.«

»Sie haben ihn nicht nur umgebracht, Alena. Sie haben ihm die Hölle bereitet.«

»Und Ihr musstet zusehen.«

»Und ich musste zusehen, und ich konnte ihm nicht helfen. Wisst Ihr, warum er bei mir war? Er hätte gehen können. In Syracus. Später in Florenz. Auf jeder Etappe meiner Reise hätte er gehen können. Er hatte eine schöne Stimme. Er hätte überall sein Auskommen gefunden. Wisst Ihr, warum er geblieben ist?«

Alena schüttelte den Kopf.

»Weil er vor Angst fast verrückt war. Seit sie ihn als Kind kastriert haben, seit Alaman da Kosta ihn als Lustknaben für seine widerwärtigen Leidenschaften gehalten hat, war er verrückt vor Angst. Er hat in seinen Träumen gebrüllt. Und mir die Schuhe hinterhergetragen und um freundliche Blicke gebettelt, wenn er wach war. Er hat sich auf mich verlassen. Ich war sein Schutzwall vor den Gefahren des Lebens. Als sie ihn geholt haben ...«

Maarten schüttelte den Kopf. Er wälzte sich aus dem Bett und stand einen Augenblick wie blind da. Dann tappte er zum Fenster und stützte sich auf das Sims.

»Was erwartet Ihr von Euch, Maarten? Dort oben im Stift, das sind Gräfinnen. Frauen aus den mächtigsten Familien des Landes. Die legen mit einem Fingerschnippen ganze Städte in Schutt und Asche. Dagegen kommt keiner von uns an. Ihr müsst froh sein, dass Ihr selbst noch am Leben seid.«

Alena konnte Maartens Gesicht nicht erkennen, aber sie sah, dass seine Nackenmuskeln gespannt wie Taue waren. »Gut. Danke, dass Ihr mir das erklärt habt. Ich weiß aber immer noch nicht, warum Ihr gekommen seid.«

»Weil ich sicher sein wollte, dass es nicht Serafino war, der ...«

Er lachte, und er hatte Recht zu lachen. Was spielte es für eine Rolle, nachdem der Junge tot war. Es spielte überhaupt keine Rolle, außer man machte sich klar, dass oben in der Burg ein Mädchen aus demselben Grund eingesperrt war, aus dem man Serafino hingerichtet hatte. Und man hatte Mitleid mit dem Mädchen.

»Wie wurde der Verdacht auf ihn gelenkt?«, fragte Alena hartnäckig.

Maarten drehte sich um. Einen Moment dachte sie, er würde die Waschschüssel vom Tisch fegen oder sonst etwas Gewalttätiges tun. Aber er riss sich zusammen. Er riss sich immer zusammen. Er war wie ein Schwamm, der jeden Zorn in sich aufsaugte und speicherte. Das konnte auf die Dauer nicht gut gehen.

»Haben sie Euch das Lied gezeigt? Gut. Es war von Blumen umrankt. In die Ranken war sein Name eingearbeitet. Ich habe darüber nachgedacht, ob Caesarius so etwas getan haben könnte. Aber ich glaube das nicht. Er prügelt und schlägt drein und ist perfide zum Erbrechen. Aber er denkt sich nicht so eine feinsinnige Grausamkeit aus. Ich habe das

Lied gesehen. Die Malerei. Diese Schurkerei war … weiblich. Alena, welche Frau im Dom kommt auf so eine Idee? Wer malt Blumen auf ein Liebesgedicht, damit ein Junge auf dem Richtplatz zu Tode gefoltert wird?«

»Es galt nicht Serafino. Es ging um Gertrud. Glaube ich.«

Maarten starrte sie an.

»Gertrud ist das Mädchen, an das das Lied gerichtet war. Man hat sie eingesperrt. Ich nehme an, man wird ihre Eltern benachrichtigen. Am Ende wird man sie wahrscheinlich im Stift wohnen lassen, aber ohne die Aussicht, je etwas anderes als singen und beten zu dürfen. Der Skandal hat sie ruiniert.«

»Und wer … *wünscht* so etwas?«

Sophie? dachte Alena verzagt. Wenn sie nicht bald etwas aß, würde ihr die Galle den Magen verätzen. Sie stand auf. Es kostete sie Überwindung, Maarten anzusehen. Jede Falte in seinem erschöpften Gesicht tat ihr Leid. Nun berührte sie doch kurz seine Wange mit der Hand.

»Was ich noch sagen wollte: Brigitta hat mit mir gesprochen. Sie glaubt, dass Caesarius und seine Männer einen Überfall planen. Im Moment sind sie zu betrunken, um eine Gefahr darzustellen. Das dauert vielleicht sogar noch Tage, denn sie haben Eure Demütigung genossen und feiern sie. Aber Brigitta meint, wenn sie ihren Rausch ausgeschlafen haben, werden sie die Baustelle angreifen.«

»Das Haus hier oder die Bauhütten?«

»Die Bauhütten. Ganz sicher. Euer Haus könnten sie nur belagern. Da würde Sophie ihnen einen Strich durch die Rechnung machen. Aber die Mauern um Eure Hütten sind kein wirkliches Hindernis, wenn es aufs Ganze geht.«

»Wisst Ihr, wer das Minnelied geschrieben hat, Alena?«

»Nein.«

»Werdet Ihr es mir verraten, wenn Ihr es herausfindet?«

Und dann? Und was dann? Alena lächelte wehmütig.

»Sprecht mit Dittmar. Spendet ihm das Geld von Erasmus für Seelenmessen, und dann nehmt Eure Männer und verschwindet von hier«, sagte sie.

Es sah aus, als hätte sie sich geirrt. Der nächste und der übernächste Tag vergingen, ohne dass etwas geschah. Die Ritter übten ihre Scheinkämpfe auf der Wiese hinter dem Westendorf und stellten Listen auf, wer wen wie oft besiegt hatte. Abends feierten sie, und morgens standen sie zum Kämpfen wieder auf.

»Du hast dich geirrt«, sagte Alena zu Brigitta, als sie sich einen Napf Haferschleim aus der Küche holte. Die Mahlzeiten im Refektorium hatten für sie ein Ende. Zumindest eines, was sie nicht bedauerte.

»Wartet's ab«, antwortete Brigitta.

Das Kapitel tagte. Alena war nicht eingeladen, aber sie hatte ihre Tür nur angelehnt und hörte durch den Flur Agnethes Schimpfen, als die Sitzung zu Ende war. Offenbar hatte der Bischof von Halberstadt die Pröpstin zu einem Essen zu Ehren der heiligen Felicitas und ihrer sieben Söhne eingeladen – und das hätte sie ablehnen müssen. Die Art, wie die Äbtissin übergangen wurde, war schändlich. Agnethe kochte. Dass sie ihre Zunge nicht beherrschte und sich vor mehreren Kanonissen lauthals Luft machte, war nur ein weiteres Zeichen, wie blank die Nerven im Stift lagen.

Alena bezweifelte, dass die Pröpstin sich von dem Besuch abhalten lassen würde. Bertrade erholte sich zusehends und stolzierte wie ein Pfau durch das Stift, umgeben von einer Handvoll Frauen, die ihren Äußerungen lauschten wie dem Evangelium. Sie sammelte ihre Anhängerschaft.

Gertrud bekam das Essen in ein abgelegenes Zimmer gebracht. Sie war nicht zu sprechen, und niemand verlor ein Wort über sie. Es schien, als sollte ihre Existenz totgeschwiegen werden. Nicht einmal Brigitta wusste etwas über sie zu berichten.

Auch Lisabeth zu besuchen erwies sich als unmöglich. Sophie war schlechter Laune, und als Alena sich dennoch ein Herz fasste und sie um Urlaub bitten wollte, hieß es, dass die Äbtissin sich kurzfristig zu einem Besuch in der Abtei Gernrode entschlossen hatte.

Es war ein schwüler Tag, als Alena diese Auskunft von der Pförtnerin bekam. Ein Tag, an dem sich Mücken und Gewitterfliegen in Schwärmen auf Mensch und Tier stürzten. Alena legte sich auf ihr Bett. Sie hatte versucht, in der Bibliothek zu arbeiten, aber ihre Gedanken kreisten fortwährend um Lisabeth. Sie war endgültig überzeugt, dass es ein Fehler gewesen war, das Mädchen fortzuschaffen. Lisabeth hatte keinen Verstand, der ihr erklärte, was ein paar Tage oder Wochen waren. Sie brauchte Zärtlichkeit so notwendig wie Essen und Kleidung. Die Hexe in der Hütte wusste aber nicht, wie man Zärtlichkeiten vergab, außer an Eustachius, den sie mit grünen Apfelspalten fütterte, wenn er sich zu ihr ins Bett legte. Alena versuchte zu schätzen, wie lange Sophie sich im Kloster Gernrode aufhalten würde. Aber das hing von Dingen ab, die sie nicht wusste.

Sie werden Wahlen ansetzen und Bertrade zur Äbtissin machen, dachte Alena. Unter Sophies Regentschaft waren zu viele Missgeschicke passiert. Dass Sophie dem sizilianischen Kaiser in seinem Kampf gegen die Welfen ihre Gefolgschaft verweigert hatte, hatte man unterstützt oder ihr nachgesehen. So etwas war Politik. Auch das mit Hoyer. Sogar Caesarius. Aber jetzt geriet der gute Ruf des Stifts in Gefahr. Schülerinnen waren in Skandale verwickelt. Das würden die Eltern nicht hinnehmen, und deshalb, zur Rettung ihres Stifts, würden die Kanonissen eine Wahl fordern.

Unruhig kaute Alena auf ihrer Lippe.

Sie hatte fünfhundertsechzig Pfennige gespart. Für das

Stift ein lächerlicher Betrag. Für sie selbst – kein Vermögen, aber die Möglichkeit, irgendwo ein Häuschen und ein Stück Acker zu kaufen. Und dann musste man sehen.

Draußen schienen Pferde gesattelt zu werden. Alena hörte ihr Wiehern und das Schimpfen der Jungen, die sie zäumten. Von Sorge getrieben legte sie den Schleier um und stieg die Treppe hinab. Am Tor, das die beiden Höfe verband, hatten sich Leute vom Gesinde gesammelt. Sie unterhielten sich nur flüsternd und gaben Acht, den Rittern, die die Pferde bestiegen, nicht im Weg zu stehen. Caesarius' Männer trugen Kettenhemden und waren mit Schwertern, Ästen und Streitkolben bewaffnet. Diesmal ging es um keinen Spaß. Sie waren für einen Kampf gerüstet. Gut gelaunt drehte Burchard sich im Sattel um.

»Was gibt's? Nichts mehr zu tun in der Küche? Wir erwarten was Gutes, wenn wir zurückkommen.« Der Koch scheuchte seine Leute lautstark an die Arbeit zurück, während Alena sich hinter den gemauerten Torpfosten verbarg.

Caesarius erschien in seinem leuchtend grünen Waffenrock. Die Geste, mit der er seine Kumpane begrüßte, war so großartig, als brächen sie zur Eroberung Jerusalems auf. Er war blendender Stimmung und stimmte in das Gelächter seiner Männer ein.

»Kaum zu glauben, dass sie sich für ein paar Bauleute so herausputzen«, murmelte Brigitta.

Alena setzte für einen Moment der Herzschlag aus. Dann fuhr sie herum. »Verdammt, wieso schleichst du …?« Den Rest der Frage verkniff sie sich. Das Küchenmädchen war wie die Katzen. Sie kam und verschwand und war zu stolz, um sich etwas sagen zu lassen. »Bist du sicher, dass sie zur Bauhütte wollen?«

Brigitta legte den Finger auf den Mund, und sie warteten, bis die Männer durchs Zwingertor geritten waren.

»Ich bin so sicher«, meinte Brigitta überlegen, »wie man sein kann, wenn man es mit eigenen Ohren gehört hat.«

»Mit den eigenen Ohren?«

»Jawohl.« Mit einer aufreizenden Bewegung zog das Mädchen ihren Kittel über die halb nackte Schulter. Alena begriff die Geste nicht. Bis sie sah, dass der Kittel an der Seite eingerissen und sie darunter völlig nackt war.

Brigitta begegnete ihrem Blick mit Ironie. »Ich werde gut bezahlt. Nicht in Geld oder Sachen oder so was. Aber mit ihrem Geschwätz. Er kann sein Maul dabei nicht halten, und wenn es geht, wie ich hoffe, redet er seine Seele eines Tages in die Hölle.«

Alena verschlug es vor ihrer Leidenschaft die Sprache, aber nur einen Moment. »Wenn die Männer zur Baustelle wollen, dann muss man ...«

»Es ist nicht nötig, dass Ihr etwas unternehmt«, erklärte Brigitta von oben herab. »Ihr seid nicht die Einzige, die ihn hasst. Ich habe dafür gesorgt, dass jemand sie warnt.«

»Weiß die Pröpstin, was sie vorhaben?«

»Ganz sicher nicht. Und wenn ...« Jetzt war Brigittas Verachtung deutlich wie ein Fanal. »... dann würde sie mit ihren Weibern herumflattern und gackern und sich ins Kleid pissen und sonst nichts. Caesarius hat mit Absicht gewartet, bis die Äbtissin fort ist. Außer ihr traut sich hier keiner was. Und übrigens ...« Sie raffte den Kittel enger. Ihr Blick war wieder ausdrucklos wie eh. »Er hat rausgekriegt, wo Eure Tochter steckt.«

Die Mücken waren die Vorboten eines Gewitters. Kurz nach dem Aufbruch der Ritter verschwand die Sonne, und der Nachmittag verging in einem Platzregen, der von Donner und zuckenden Blitzen begleitet wurde. Alena stand an ihrem Fenster und wartete. Sie wartete, seit Brigitta sie am Tor hatte stehen lassen. Die Ritter hatten sämtliche Pferde des Stifts mit sich genommen, bis auf die Schimmel der Kanonissen, die niemand außer ihnen reiten durfte, und ein paar kranke Mähren. Es gab kein Fortkommen von der Burg.

War Lisabeth in Gefahr? Kaum. Die Ritter lechzten nach Blut. Sie würden doch nicht einen der Ihren für ein kleines Kind abstellen, wenn es einen handfesten Kampf mit erwachsenen Männern auszufechten gab. Das war Alenas Hoffnung, und sie klammerte sich daran, während sie hörte, wie das Grollen des Donners nachließ und das Gewitter in einen deprimierenden Nieselregen überging.

Die Nonnen sammelten sich im Hof und sangen zur Vesper. Das Essen wurde aufgetragen und wieder weggeräumt, aber die Ritter blieben fort.

Müde setzte Alena sich auf ihr Bett. Sie war wie vor den Kopf geschlagen, unfähig, einen vernünftigen Gedanken zu fassen. Lisabeth war nicht in Gefahr, solange Caesarius sich mit den Bauleuten beschäftigte. Daran musste man sich festhalten. Es sei denn, er hatte sie bereits in den Klauen? Nein. So etwas durfte man nicht denken. Noch war das Mädchen sicher. Und wenn die Ritter ihr Zerstörungswerk beendet hatten? Wenn sie zurückkamen, würden sie sich betrinken und anschließend ihren Rausch ausschlafen. Dann konnte man an eines der Pferde kommen.

Und Maarten und Moriz und die anderen? Alena verdrängte den Gedanken, so gut es ging. Wahrscheinlich waren sie klug gewesen und hatten sich in den Infernushof zurückgezogen. Oder sie hatten Quedlinburg doch verlassen, wie sie ihnen geraten hatte. Maarten war kein Kind. Er musste auf sich selbst Acht geben. Moriz und Neklas würden sich um ihn kümmern, wenn er zu waghalsig wurde. Er hatte jede Menge Freunde um sich. Ihm würde nichts geschehen. Nur Lisabeth war ohne Schutz.

Lisabeth. Von Ängsten zerquält ging Alena zu den Ställen hinunter. Der alte Stallmeister schrubbte mit Körnersand und einem Lappen Rost von einem Geschirr. Gleichmütig sah er zu, wie sie in den Boxen die kranken Pferde musterte.

Alena suchte sich eine braune Stute aus, die nicht ganz so elend im Stroh stand. »Was hat sie?«

»Dämpfig.«

»Und was bedeutet das?«

»Hat keine Puste. Kriegt nicht richtig Luft.«

»Kann ich sie nehmen?«

Der Pferdemeister ließ das Geschirr zu Boden sinken. Er stand auf, ging um das Pferd herum und beklopfte seine Brust. »Ein bisschen Ausgang könnte sie schon brauchen. Hübsch langsam reiten. Draußen ist frische, feuchte Luft – das wär ihr wie Manna vom Himmel. War ein gutes Tier, bis sie diesen Husten bekam.«

Alena nickte. Sie sah zu, wie er der Stute einen Sattel auflegte. Dann führte sie sie den Zwinger hinab, inbrünstig hoffend, dass der Wächter am Außentor sich nicht wunderte und sich nichts merkte. Sie ritt um den Burgberg herum und band das Pferd mit den Zügeln zwischen einigen Sträuchern fest. Das Tier begann unverzüglich an den jungen Trieben zu zupfen. Es schien die laue Luft zu genießen und würde sich wohl ruhig verhalten.

Die Bauleute sind gewarnt, hatte Brigitta gesagt. Zu ihnen zu reiten würde den Männern nicht nutzen und sie selbst womöglich in Teufels Küche bringen. Wahrscheinlich war sowieso schon alles vorbei. Alena widerstand der Versuchung, in die Stadt zu gehen, und kehrte in die Burg zurück.

Als sie den Zwinger hinauflief, kam ihr Maia entgegen. Am liebsten wäre sie noch einmal umgekehrt, aber die Alte hatte sie schon entdeckt. Sie schien in den letzten Monaten noch krummer geworden zu sein. Ihr Gesicht hatte eine Farbe wie gelber Lehm bekommen, und Alena dachte schaudernd, dass sie vermutlich bald sterben würde und dies höchstwahrscheinlich einsam und verlassen zwischen ihren Schaufeln und Ziegen geschehen würde.

Maia lachte krächzend wie ein Vogel im Nebel. »Alena! Da passiert mal was, was dich freuen tät – und du bist weg.« Selbst erschrocken über den lauten Ausbruch drehte sie sich um, aber niemand schien sie gehört zu haben. Flüsternd sprach sie weiter. »Jedenfalls geschieht es ihnen recht.«

»Was? Was geschieht wem recht?«

»Hörst du sie nicht kreischen? Der Allmächtige hatte ein Einsehen, und der Leibhaftige holt sich seine Diener. Ich werde eine Kerze spenden in St. Blasii.« Die Gärtnerin kicherte so verhalten, wie sie vorher gesprochen hatte, und schlurfte weiter den Zwinger hinab.

Alena begann zu laufen. Niemand kreischte. Maia hatte übertrieben. Aber das Bild, das sich ihr bot, als sie durch das Zwingertor rannte, war auch so schaurig genug.

Die Ritter waren während ihrer Abwesenheit zurückgekehrt, jedoch nicht als Sieger. Sie knieten vor dem Rand der Pferdetränke, einige nackt, einige in Decken gehüllt, die vom Gesinde und den Kanonissen eilig herbeigeschleppt wurden, einige in ihren kurzen Hemden oder Bruochs, die aussahen, als hätten sie sich damit im Morast gewälzt. Es herrschte ein unglaubliches Durcheinander in dem dämmrigen Hof. Verwirrt versuchte Alena zu erkennen, was geschehen war, aber sie hörte nur das Wimmern und die Schmerzenslaute der Männer und sah Anna und Jutta, die mit leichenblassen Mienen Tücher in die Pferdetränke tauchten und sie über der Haut der Männer ausdrückten.

Bertrade kam durch das Zwischentor gelaufen, gefolgt von Agnethe, die höchstpersönlich den schweren Brunneneimer schleppte.

»Ihr kocht einen Sud aus Kamille …«, befahl die Pförtnerin einer der Mägde und ließ den Eimer zu Boden sinken.

Jutta eilte der Magd nach, und Bertrade fischte das Tuch aus dem Wasser, das die Dekanin hatte hineinfallen lassen. Agnethe beugte sich über einen der Männer, um ihn zu untersuchen. Es war Burchard. Sein Haar war schlammverkrustet und völlig grau, aber niemand in der Burg trug einen Zopf wie er. Es musste Burchard sein.

»Lasst! Lasst mich das machen.« Agnethe nahm seine Hände, die fortwährend Wasser aus dem Trog ins Gesicht schaufelten, und drückte ihren nassen Lappen über seinen Augen aus.

»Ich kann nichts sehen. Ich … nichts …« Burchard quiekte wie eine Sau unter dem Messer des Schlachters.

»Setzt sämtliche Kessel in der Küche auf«, brüllte Agnethe. »Und lasst Betten im Refektorium aufschlagen. Und Schlafmittelschwämme vorbereiten. Anna, sorgt dafür, dass Eisenkrautblätter zerstoßen und aufgeweicht werden. Ihr findet sie in meiner Kammer in einem braunen Gefäß ohne Deckel neben der Tür. Alena, holt Ringelblumen aus dem Garten …«

Alena starrte auf Burchards Gesicht. Die ganze Haut war rot und voller Blasen. Sie wirkte wie verbrannt, einschließlich der Augen, auf die Agnethe unablässig Wasser goss, während sie den Ritter ermahnte, dem Drang, sie zu schließen, zu widerstehen. Und doch ging es Burchard noch gut, verglichen mit einigen seiner Kumpane. Der Mann, der normalerweise die Wachen am Tor einteilte, lag nackt wie ein gekochter Krebs im Sand, während eine Küchenmagd kübelweise Wasser über ihm ausschüttete. Er sah aus, als hätte er auf einem brennenden Scheiterhaufen gestanden, und entsprechend brüllte er.

»Alena!«

Sie zuckte bei Agnethes scharfem Befehl zusammen und rannte in den Garten. Als sie mit den Blumen zurückkam, hatte Burchard sich aufgerichtet. Er hielt den Lappen auf die Augen gepresst. »Sind die Tore geschlossen?« Lallend taumelte er auf die Füße. Er kreiselte um sich selbst. Seine Stimme überschlug sich vor Hass.

Agnethe packte ihn am Arm und versuchte, lauter als er zu schreien. »Eure Kleider sind nicht verkohlt. Bei der heiligen Madonna – Ihr müsst mir sagen, wie diese Wunden entstanden sind, damit ich sie versorgen kann. Was ist mit Euch geschehen? Anna, gebt den Lappen!«

Sie träufelte ihm erneut Wasser in die Augen.

»Sie haben eine Grube mit brennendem Schlamm gefüllt«, heulte Burchard. »Brannte wie … mit der Hölle im Bund …« Seine Stimme kippte.

»Was redet Ihr für Unsinn. Siedendes Pech vielleicht. Aber das kann es auch nicht sein. Man würde es sehen. Pech habt Ihr auch nicht auf der Haut.«

»Nein«, sagte Alena. »Ätzkalk.«

Es dauerte fast bis zur Dunkelheit, ehe die Kanonissen die letzten Reste Ätzkalk von den Wunden geschrubbt hatten, und es war eine jämmerliche Arbeit. Von den sechzehn Rittern, die sich aufgemacht hatten, die Bauhütte zu zerstören, waren neun zurückgekehrt. Nach und nach konnte man sich zusammenreimen, wie sie sich ihre Verletzungen zugezogen hatten.

Sie waren zur Brücke hinabgeritten, aber wegen des Platzregens hatten die Bauleute in den Hütten Schutz gesucht, sodass die Ritter nicht erkennen konnten, wie viele Männer sich auf dem Gelände aufhielten. Also hatten sie sich versteckt und die Baustelle beobachtet, bis der Regen nachließ und die Versetzer und Zimmerleute nach und nach wieder ins Freie kamen. Als Caesarius sicher war, dass sich alle Bauleute zwischen den Mauern befanden, hatte er losgeschlagen.

Sein Plan war simpel gewesen. Ein Mann wie er verschwendete keine Geistesblitze an einen Haufen Volk, das wie stumpfes Vieh Steine schleppte. Er ließ Brandpfeile auf die Strohdächer der Bauhütten schießen, und als er glaubte, dass die Verwirrung ihm ein leichtes Spiel schenken würde, hatte er das Tor stürmen lassen, das seltsamerweise aus nichts als einem schlichten Gatter bestand. Es war noch nicht einmal verschlossen gewesen und hatte sofort nachgegeben. Die Ritter preschten hindurch – und im nächsten Moment brach der Boden unter ihnen ein.

Es musste wie ein Vorgeschmack der Hölle gewesen sein. Die Pferde gingen in die Knie, einige überschlugen sich, Panik brach aus, und etliche Männer wälzten sich unter Schreien am Boden. Sie waren in ein Grube von gewaltigen Ausmaßen gestürzt. Gewaltig in Länge und Breite, aber nicht tief. Dafür mit einer Pampe gefüllt, die sich wie Säure in ihre Haut brannte, sodass sie vor Schmerzen brüllten. Sie kamen wieder auf die Füße, gerieten aber unter die Hufe der entsetzten Tiere und hatten Mühe, ihnen auszuweichen. Die meisten wussten kaum, was sie taten. Instinktiv wandten sie sich zum Mühlengraben. Von dort entkamen sie auch. Jedenfalls die, die es bis zur Burg geschafft hatten.

»Lieber Himmel«, flüsterte Agnethe erschüttert. »Und wo ist Caesarius?«

Der Stiftshauptmann war nicht unter den Entkommenen. Sein Freund Burchard stand wie ein Schicksalsgott inmitten des Hofes und raste. Er hätte das Gesinde mit Mistforken bewaffnet und die Bauhütte gestürmt, wenn er nicht blind gewesen wäre. Oder fast blind. Nachdem seine Augen unablässig ausgespült worden waren, begann er undeutliche Schemen zu erkennen, was ihn noch mehr in Wut brachte. Sein Fluchen war gotteslästerlich, und die Kanonissen bekreuzigten sich, während sie weiterhin die Lappen ins Wasser tauchten und sich mühten, die Wunden zu kühlen.

Burchard hatte befohlen, die Tore zu schließen und die

Türme doppelt zu besetzen. Niemand hielt diese Anordnung für sinnvoll, denn die Steinmetzen würden kaum versuchen, die Stiftsburg zu stürmen. Aber die Kanonissen besaßen auch nicht den Mut, dem tobenden Mann zu widersprechen. Und plötzlich sah es so aus, als würde er mit seinem Misstrauen doch noch Recht behalten. Agnethe verband gerade die letzten Wunden, als einer der Knechte, die das Tor bewachten, den Zwinger hinaufgestürmt kam.

»Sie kommen«, sagte Burchard tonlos.

Der Wächter nickte. Er war ein wohlbeleibter Mann, den der kurze Lauf bergauf aus der Puste gebracht hatte. Als er die Aufmerksamkeit bemerkte, die ihm zuteil wurde, leckte er sich die Lippen. »Ich habe sie reingelassen.«

»Du hast sie …«

»Nein! Caesarius …« Der Mann duckte sich unter Burchards erstaunlich flinkem Hieb. »Caesarius hab ich reingelassen. Und noch zwei von uns. *Unsere* Leute! Und einen Gefangenen haben sie.« Er grinste fett. »Ich glaube, es wird dich freuen. Sie haben den Anführer. Den Rothaarigen.«

Totenstille legte sich über den Hof, als Caesarius auf seinem schwarzen Pferd in den Hof einritt. Maarten lief neben ihm, sein Hals steckte in einer Schlinge, deren Ende so knapp am Sattel befestigt war, dass er bei jedem Schritt mit dem Kopf an Caesarius' Stiefel stieß und sich fast erwürgte. Als Caesarius den Knoten löste, um vom Pferd zu springen, ging er halb betäubt in die Knie. Alena ließ die Hände sinken, in denen sie ein Tuch mit Kräuterbrei für Agnethe bereithielt.

»Wartet!« Die Stimme des Stiftshauptmanns hatte nichts von ihrer Kraft verloren. Er sprang vom Pferd und verschwand mit Riesenschritten im Stall. Er schien ohne Verwundungen davongekommen zu sein, und wenn er welche hatte, dann behinderten sie ihn nicht.

»Heilige Mutter Gottes!«, stieß Agnethe aus. Der Gefangene hatte den Kopf in den Nacken gelegt und rang nach Luft, und da ihm die Hände auf den Rücken gebunden waren, konnte er sich selbst nicht helfen. Resolut trat die Pförtnerin zu ihm und lockerte die Schlinge um seinen Hals. Sie wollte sie ihm gerade abnehmen, als Caesarius zurückkehrte. Grob stieß er die Pförtnerin zur Seite. Hass umsprühte ihn wie etwas Materielles. Er packte Maarten unter dem Arm, riss ihn auf die Füße und gab gleichzeitig eine Pferdepeitsche, die er aus dem Stall geholt hatte, an Burchard weiter.

»Ist er das? Der Flame?« Burchard grinste wölfisch. Er tat einige unsichere Schritte. Wahrscheinlich konnte er den Baumeister kaum erkennen, sonst hätte er sich zweifellos schon auf ihn gestürzt. Mit beiden Händen umklammerte er den Peitschenstiel, während Caesarius mit seinem Messer den Rock des Gefangenen zerschnitt und ihm die Fetzen vom Leib zerrte. Dass er ihm die Hose ließ, war sein letzter Tribut an die Anwesenheit der entsetzten Kanonissen.

»Und nun – zeig's dem Bastard!« Er trat zurück.

Burchard sehnte sich danach, der Aufforderung Folge zu leisten, aber er schlug nach einem Schatten, und wenn Maarten auch völlig erschöpft war, gelang es ihm doch, sich vor den meisten Schlägen zu ducken. Aber irgendwann stieß er mit dem Rücken an die Mauer zum Kanonissenhof und konnte nicht weiter. Ein Hieb riss ihm die Haut zwischen Ohr und Schulter auf.

Alena hielt sich bei seinem Schrei die Ohren zu. Sie sah, wie Agnethe aus ihrer Bestürzung erwachte. »Caesarius! Ich ... bitte Euch! Ihr seid der Vogt, aber nicht der Richter dieses Stifts. Bertrade, befehlt ihm ...« Sie stürzte vor und versuchte Burchard die Peitsche zu entreißen. »Befehlt ihnen aufzuhören, Bertrade.« Sie erstarrte erneut, als Caesarius sie kurzerhand wieder beiseite stieß. Der Ritter bebte. Einen Moment lang sah es aus, als wolle er die Kanonisse schlagen.

»Ihr habt nicht das Recht …«, stotterte Agnethe. Sie fuhr herum, als eine der Domfrauen schrill aufschrie und auf Burchard deutete. Fassungslos musste sie ansehen, wie der Ritter, der den Gefangenen endlich zu greifen bekommen hatte, seine Zähne in dessen Kehle schlug.

Maarten bäumte sich benommen auf und rammte Burchard das Knie zwischen die Beine.

Und nun bringen sie ihn um, dachte Alena. Sie stand wie festgewachsen neben dem Pferdetrog. Es war gespenstisch, Burchard am Boden zu sehen, wie er sich wälzte, den Zopf wie eine tanzende Schlange am Haupt. Sie sah fort und im nächsten Augenblick doch wieder hin.

Caesarius stürzte sich auf den Gefangenen. Er packte ihn von hinten an beiden Armen und drängte ihn gegen die Mauer zurück, wo er ihn gegen den Stein presste. Dann fuhr er mit der flachen Hand über den Hals seines Opfers, wo das Blut in Strömen floss, und schmierte es ihm mehrfach über das Gesicht. »Riech dein Blut, du Hurenbock. Sieh's dir an. Es wird nämlich das Letzte sein, was du siehst … du … du schweinisches …« Halb erstickt vor Wut fingerte er nach dem Messer in seinem Gürtel.

Alena stöhnte.

Sämtliche Kanonissen, die noch im Hof standen, blickten schockiert auf die beiden Männer. Und die wenigen, die begriffen hatten, was kommen sollte, auf das Messer, das Caesarius endlich aus dem Lederfutteral bekommen hatte.

»Ich … werde das nicht dulden!«, rief Bertrade. »Ich befehle, dass der Mann eingesperrt wird. Er muss von der Äbtissin verhört werden.« Ihre Stimme ging unter. Wenn der Stiftshauptmann sie gehört hatte, dann scherte er sich nicht darum.

Agnethe war tapferer. Sie fiel ihm in den Arm. »Habt Ihr nicht gehört? Ihr sollt den Mann in Ruhe lassen!«

»Einen Dreck …«

»Herrin, wenn Ihr es wünscht …« Alena hatte eine kräftige, tiefe Stimme, und sie sprach so laut, wie es ihr möglich war. Laut genug jedenfalls, um den Lärm zu übertönen. »Ich reite nach Gernrode und informiere die Äbtissin, dass die Burgritter sich gegen das Stift auflehnen und die Prälatinnen bedrohen.« Sie trat zu Caesarius' Pferd und schwang sich in den Sattel, so gut es mit dem langen Kleid und ohne Trittstein ging, und um des Effektes willen ließ sie das Tier sich einmal aufbäumen. Sie zitterte vor Angst und Aufregung so stark, dass sie sich kaum im Sattel halten konnte, aber sie erreichte, was sie wollte. Caesarius ließ seinen Gefangenen los.

Er musste quer über den Hof, um Alena zu erreichen. Als er neben ihr stand, packte er mit der Faust ihre Wade.

»Ihr lasst die Frau in Ruhe! Oder Ihr werdet Eures Lebens nicht mehr froh!«, befahl Agnethe mutig.

Alena sah, wie die Kanonissen sich zusammendrängten und wie Maarten sich mühsam von der Mauer abstieß. Auf seinem Gesicht und den Haaren klebte Blut. Er sah aus wie ein aus der Hölle gekrochener Dämon. Sein Mund bewegte sich, als wolle er etwas sagen, er konnte aber nichts als husten, und selbst unter dieser kümmerlichen Anstrengung krümmte er sich.

»Ihr wollt also zur Äbtissin? Die brave Schreiberin – immer und unermüdlich im Dienst des Stifts.« Caesarius sprach so sachlich, als wäre er plötzlich zur Vernunft gekommen. Aber das täuschte. Jeder, der ihm in die Raubtieraugen sah, konnte dort das Feuer tanzen sehen.

»Ich will nicht nur. Ich werde tatsächlich hinreiten. Die Gerichtsbarkeit über jedermann auf diesem Boden gehört der Äbtissin.«

Die Hand an ihrer Wade ekelte Alena. Es kam ihr vor, als ringele sich ein Wurm um ihr Bein. Maarten war mitten im Hof stehen geblieben. Er stierte durch die blutigen Haarsträhnen zu ihnen herüber.

»Ja. Ja, ich verstehe.« Caesarius nickte. Seine Stimme wurde noch leiser, bis nur ein Flüstern übrig blieb. »Jemand wie du ... Schlampe ... jemand, der von Hexen abstammt und mit Wechselbälgern schwanger wird ... der sein Herz an ein sabberndes Balg hängt ... und das Balg bei Hexen leben lässt ... ohne Schutz ... der sollte lieber keine Äbtissin belästigen wegen eines ... Drecks, der aus ihren Höfen gekehrt wird.« Seine Hand massierte ihre Wade. Caesarius war am hassenswertesten, wenn er lächelte. Als er sah, dass Alena seine Drohung begriffen hatte, begann er zu lächeln, bis seine Lippen das Gebiss vollständig entblößt hatten.

Die Kanonissen blickten zu Alena herüber wie die Kämpfer auf die Fahne.

Lisabeth. Alena suchte nach einem Ausweg. Aber ihr Verstand war gelähmt. Welch ein Fehler, sich in den Mittelpunkt zu stellen und zu glauben, dass jemand wie sie mehr erreichen könnte als die Gräfinnen, denen das Stift gehörte. Besiegt kletterte sie aus dem Sattel. Sie vermied den Blick in die Runde und wollte fort.

»Oh nein, Ihr bleibt.« Caesarius schob sie in Burchards Arme, der nicht recht begriff, was los war, aber sie bereitwillig festhielt. Alena drehte das Gesicht zur Seite. Es tut mir so Leid, Maarten, dachte sie elend. So Leid ...

»Ihr habt natürlich Recht, edle Herrin, Pröpstin. Entschuldigt. Ich habe mich hinreißen lassen.« Caesarius' Grinsen galt jetzt den Kanonissen. Er zwinkerte ein bisschen, als er sah, dass auch sie ein Stück zurückwichen. »Selbstverständlich entscheidet die Äbtissin über Leben und Tod. Dieser Mann hier hat die Ritter des Domstifts angegriffen und einige von ihnen verletzt. Dafür muss er bestraft werden.

Von der Äbtissin. Vorher werde ich allerdings Sorge tragen, dass er die Schwere seines Verbrechens begreift. Danach kann er in den Gewölben des Stifts auf sein Urteil warten.«

Caesarius nahm die Peitsche vom Boden auf und trat zurück. Alena zuckte, als das Leder die Luft zerschnitt. Es war inzwischen zu dunkel, um mehr zu sehen, als dass Maarten in die Knie ging und zu Boden fiel. Alena schloss die Augen. Sie hörte nichts als das Pfeifen des Leders. Sonst war es vollkommen still im Hof. Niemand wagte sich mehr zu mucksen.

Der flämische Baumeister war bis ins Mark verstockt. Es dauerte lange, ehe er ein Geräusch von sich gab. Caesarius gab sich nicht zufrieden, bis er den ersten richtigen Schrei hörte. Dann ließ er von ihm ab. Als Alena die Augen wieder öffnete, waren seine Männer gerade dabei den Gefangenen fortzuschleppen.

15. Kapitel

»Ich weiß nicht, warum ich es tue, aber der heilige Servatius sei mit Euch«, sagte Agnethe, als sie die eisernen Schlüssel vom Bund nahm und sie in Alenas Hand legte. »Es stimmt also, was sie sagen? Er ist Euer Buhle?«

»Er ist der Fluch, der auf meinem Haupt lastet«, sagte Alena müde.

»Das sind sie alle. Der große hier …«, Agnethe deutete auf einen Schlüssel mit verschlungenem Bart, »ist für die Außentür. Ihr müsst über die Kellertreppe in den Westpalas hinab. Haltet Euch nach der letzten Stufe links – dort ist eine zweite Treppe. Und dann wieder links in den Felsenkeller. Womit leuchtet Ihr?«

»Mit gar nichts. Ich habe meine Hände.«

»Das wird auch reichen. Vom Hof führt ein Luftschacht in den Keller. Nicht viel Licht, aber genügend, um sich zurechtzufinden. Die Äbtissin hält große Stücke auf Euch, Alena. Das ist der Grund, warum ich Euch die Schlüssel gebe. Dieser hier ist für den Turm und der letzte für das Törchen nach draußen. Das Törchen befindet sich in gerader Linie unterhalb des Turms, ist aber auf beiden Seiten durch Büsche versteckt. Ihr werdet ein wenig suchen müssen.«

»Ich danke Euch.« Alena kribbelte vor Nervosität die Haut. Sie wusste nicht, wie spät es war. Aber was auch immer in den nächsten Stunden geschehen sollte – es musste erledigt sein, ehe Caesarius erwachte.

Agnethe ließ sie aus ihrer Kammer, und als Alena in den Hof trat, merkte sie, dass die Pförtnerin ihr nachstarrte. Sie tut alles für Sophie, dachte Alena. Sie ist couragiert. Und erstaunlich kräftig, wenn man bedenkt, dass sie trotz ihres Alters Eimer trägt, mit denen sogar Brigitta Mühe hat. Hätte Agnethe einen schweren Leuchter über den Kopf heben und ihn Bertrade in den Leib rammen können, um dafür zu sorgen, dass ihre geliebte Äbtissin keinen Intrigen zum Opfer fiel? Es war unnütz, sich jetzt über solche Dinge Gedanken zu machen.

Der Schlüssel drehte sich im Schloss ohne zu quietschen, und die Tür schwang auf. Alena dankte den Heiligen, dass Caesarius' Männer keine Lust gehabt hatten, einen der Ihren als Wache für den Gefangenen abzustellen. Aus dem Ritterhaus drang kein Laut. Vermutlich die Folge der Betäubungsschwämme, mit denen Agnethe die Verwundeten für die Nacht versorgt hatte.

Alena traute sich nicht, die Tür offen stehen zu lassen. So tastete sie sich durch völliges Dunkel in den Keller hinab. Sie wusste, dass sich unter dem Kanonissentrakt ein Gewölbe befand, das als Grabstätte für zukünftige verstorbene Äbtissinnen oder Ähnliches geplant worden war. Im Krieg gegen den Kaiser hatte Caesarius die Grüfte zu einem Gefängnis umgewandelt, und angeblich hatte er Eisenringe in die Wände einzementieren lassen.

Unsicher fuhr Alena mit den Fußspitzen über die Stufenkanten. Das Gewicht des Hammers und des Meißels in ihrer Gürteltasche wog schwer, aber nicht so schwer wie der Druck auf ihrem Herzen. Sie nahm an, dass man sie ebenfalls einsperren würde, wenn man sie erwischte. Dann würde Lisabeth sterben. Wenn sie Lisabeth nicht aus der Hütte schaffen konnte, bevor Caesarius sich auf den Weg zu ihr machte, würde das Mädchen sterben. Sterben … sterben … Das Wort wurde zur monotonen Begleitmelodie ihres einsamen Tappens. Im Grunde hatte sie Lisabeth bereits verraten.

Alena erreichte das Ende der Treppe, hielt sich links, wie Agnethe geraten hatte, und tastete sich weitere Stufen herab. Dann noch mal links: Sie stand vor einer zweiten Tür. Endlos fingerte sie an Schloss und Schlüsseln, bis sie herausfand, dass das niedrige Törchen gar nicht abgeschlossen worden war. Wie sicher musste Caesarius sein, dass sich niemand seines Gefangenen annehmen würde.

Noch eine Treppe, die diesmal in so muffiges, uraltes Gemäuer führte, dass man sich wie im Grab fühlte. Alena tastete sich an der Wand entlang, die plötzlich einen Knick machte. Dann fasste sie ins Leere. Ein weiterer Durchgang? Oder war sie in Gängen gelandet, die sich teilten? Alena hatte keine Ahnung, wie weit sich die unterirdischen Gewölbe durch den Burgberg zogen. Sie verfluchte ihre Vorsicht, die sie ohne Kerze in das Labyrinth hatte eindringen lassen. Leise hauchte sie Maartens Namen. Ohne Erfolg.

Sie tat ein paar weitere Schritte. Ungeziefer huschte über ihre Hände, und ihre Fingerkuppen wurden feucht und schmierig. Plötzlich schien ein Schimmer die Dunkelheit zu erhellen. War da irgendwo der Luftschacht? Alena folgte dem Licht. Sie erreichte einen Raum und erkannte eine weiß getünchte Wand, von der sich ein Schatten abhob, ein Klumpen. Maarten. Das Licht aus dem Schacht reichte so weit, dass es einen Teil seines Körpers beleuchtete. Er lag völlig bewegungslos. Als hinge in den Ketten ein Toter. Das konnte nicht sein, denn nach dem Drama im Hof hätte Caesarius es nicht gewagt, ihn umzubringen. Er musste Sophie schließlich einen Gefangenen präsentieren. Nur –

einen Bewusstlosen würde Alena auch nicht fortschaffen können.

Sie näherte sich dem Gefangenen, kniete neben ihm nieder und berührte vorsichtig mit der Hand sein Gesicht. Sie war unendlich behutsam, aber er zuckte zusammen, als hätte sie ihn geschlagen. Ihr Knie lag an seinem Schenkel, und sie spürte, wie er sich verkrampfte und steif wurde. Sein Schlaf konnte nicht mehr als ein Dämmern gewesen sein. Er begann zu stöhnen.

»Psst. Ihr müsst *leise* sein, Maarten. Es führt von hier ein Schacht in den Hof. Ich bin es, Alena …«

Maarten entfuhr ein krächzender Laut, als er sich bewegte und versuchte, sich gerade zu setzen. Sie sah das Profil seines Gesichtes, genug davon, um zu erkennen, dass es sich vor Schmerzen spannte.

»Besser? Geht's Euch gut?«

»Ihr seid das? Alena – ver … verschwindet …«

Wie gern, wie gern doch. Alena betastete seine Handgelenke und deren Umgebung. Die Hände steckten in Eisenringen, die Ringe waren mit Ketten in die Wand eingelassen. Jede Kette hatte mehrere Glieder.

»Ihr … geht jetzt. Auf der Stelle.« Maartens Stimme hatte an Kraft gewonnen, er schien in die Wirklichkeit des lausigen Kellers zurückzufinden.

»Psst.«

»Glaubt Ihr … es wird schöner, wenn sie Euch ebenfalls …«

»Ich gehe schon. Gleich.« Sieben Glieder. Alena zählte an jeder Kette sieben Glieder, und alle waren von beachtlicher Dicke.

Sie hörte, wie Maarten auflachte, ein Geräusch, als würde die Brunnenkette über die Rolle rasseln. »Wollt Ihr … sie durchbeißen?«

Die Ringe waren nicht nur dick, sondern auch im Durchmesser viel zu groß, als dass man sie mit dem Meißel hätte auseinander sprengen können. Und genau das war Alenas Plan gewesen: Den Meißel mit dem Hammer in einen der Ringe treiben und dadurch die Kette sprengen. Sie hatte den größten Meißel genommen, den sie auftreiben konnte, unten dünn, oben dick. Aber auch das dicke Ende passte mühelos durch die Ringe hindurch. Sie konnte also nur versuchen, die Spitze des Meißels in das Schloss der Fessel zu bugsieren und es mit einem kräftigen Schlag zu zerstören.

»Alena …«

»Ja, ich höre Euch zu. Ihr wollt, dass ich gehe. Ich wäre froh, wenn Ihr den Mund hieltet.«

Er bewegte sich. Die sieben Glieder ließen ihm genug Bewegungsfreiheit, um nach ihrer Hand zu tasten, und er bekam ihr Handgelenk zu fassen, als sie herauszufinden versuchte, ob die Spitze des Meißels sich im Schlüsselloch festhaken ließ. »Das oben … war richtig. Ihr müsst an Lisabeth …«

Alena streifte seine Hand ab.

»Ihr würdet Euch nie verzeihen …«

Ja, aber das ging ihn nichts an. »In welcher Verfassung seid Ihr? Habt Ihr Fieber? Ihr werdet klettern müssen.«

»Ich kann nicht … klettern.«

»Das müsst Ihr aber. Heilige Madonna. Ein bisschen Prügel. Das bringt keinen um.«

»Ich kann nicht, und … Ihr tut mir weh. Mein Arm ist …«

»Was? Was ist mit Eurem Arm?« Entmutigt ließ Alena die Hände sinken. Wenn der Arm ernstlich verletzt war, womöglich gebrochen, dann musste sie aufgeben. »Was ist damit?«

»Caesarius … war hier …« Maarten versuchte sich anders zu setzen, und sie spürte, welche Mühe es ihn kostete, sich die Qual nicht anmerken zu lassen. Es war sein linker Arm, der ihn behinderte. Er drehte sich unendlich vorsichtig, um ihn nicht zu bewegen.

Hoffnungslos, mit gebrochenen oder ausgerenkten Gliedern zwischen den Mauern klettern zu wollen. Alena sackte gegen die Wand. Alles war hoffnungslos. Sophie würde wiederkommen und dem Baumeister den Prozess machen. Und dann? Die Ritter würden auf einer Verurteilung bestehen. Würde Sophie ihn ausliefern? Ja, das würde sie. Ihre Angst, von Caesarius verlassen zu werden, war grenzenlos.

Alena versuchte, nicht an Serafino zu denken, aber das Bild des Verstümmelten vor ihren Augen ließ sich nicht abschütteln. Was in ihrem Kopf nur ein Schemen war, musste sich Maarten, der die Hinrichtung aus nächster Nähe erlebt hatte, in jeder grausigen Einzelheit eingebrannt haben. Sie dachte an seine Furcht beim Aufwachen. Er hatte Recht, sich zu fürchten. Caesarius würde ihn keinesfalls besser davonkommen lassen.

Alena rappelte sich auf. Sie legte ihre Hand auf Maartens heiße, blutverkrustete Wange und ließ sie dort einen Moment liegen, bevor sie sprach. »Lisabeth ist mein Leben, das stimmt. Trotzdem werde ich Euch helfen. Wenn Ihr wegen Eures Armes abstürzen solltet – und das werdet Ihr wahrscheinlich –, dann hoffe ich, dass Ihr es so leise tut, dass nicht einmal ein Vogel aufflattert. Und ... betet, dass sie den Hammerschlag nicht hören.« Behutsam steckte sie die Meißelspitze ins Schloss.

Er griff nach ihrer Hand.

»Lasst Ihr mich jetzt das Schloss aufbrechen?«

»Mit dem Meißel. Diable!« Er stöhnte und stöhnte noch ärger, als er sich zu ihr drehte. »Gebt ... nein, haltet den Meißel, dass ich ihn sehen kann. Mehr ans Licht. Gut. Gut. Alena – man ... schlägt nicht einfach drauf. Wisst Ihr, warum die Karren, mit denen ... Steine transportiert werden, so lange Griffe haben?«

»Ihr wollt plaudern?«

Das Licht des Schachts fiel auf sein Lächeln. Es zeichnete seine Züge weich. Ein Lächeln auf aufgeplatzten Lippen – kein Grund, mit den Tränen zu kämpfen. Nicht der geringste Grund.

»Ich zeig Euch was. Nehmt den Meißel in die Linke.«

Es wurde eine Schinderei. Maarten befahl ihr, den Meißel durch den obersten Ring zu stecken, die Kette festzuhalten und den Ring gegen die anderen zu verdrehen. »Kraft …«, murmelte er. »Die Länge des Meißels … hängt zusammen.«

Ja, er hatte kluge Ideen. Er hatte sich das wunderbar schlau ausgedacht mit der Kraft und dem Meißel. Der obere Ring verdrehte und öffnete sich, wie er sollte, aber der Rest der Kette drehte sich leider mit, und Maartens Handgelenk drehte sich ebenfalls, und da wurde es eben eine Schinderei. Besonders am linken Arm.

Und es war eine weitere Schinderei, ihn aus dem Gewölbe zu schleppen und über die Höfe zu führen. Er fluchte auf Französisch und Italienisch, und als sie ihm das verbot, aus Angst, entdeckt zu werden, da biss er sich die Lippen blutig. Sie musste ihn die ganze Zeit stützen, bis sie dachte, dass sie unter der Last zusammenbrechen würde.

Endlich waren sie im Garten. Sie ließ ihn auf Osterlinds Steinbank sinken und öffnete den Eilikaturm.

»Warum …« Er blickte ihr entgegen, als sie zur Bank zurückkehrte. »Warum tut Ihr das?«

Sie schob ihre Schulter unter seinen gesunden Arm, half ihm auf und brachte ihn in den Turm. »Lehnt Euch an die Wand. Es dauert einen Augenblick.« Mit fliegenden Fingern suchte sie die Mauer ab. »Sagt, wenn sich draußen etwas rührt.«

»Warum tut Ihr das?«

»Was?« Sie hatte das Schloss gefunden. »Ihr müsst Euch

zu mir herunterbücken. Es tut mir Leid für Euren Arm, aber es muss irgendwie gehen. Hier unten ist eine Tür.«

»Ich werde nicht klug aus Euch. Maudit escalier ... Habe Neklas danach gefragt«, quetschte Maarten zwischen den Zähnen hervor, als er sich hinter sie kauerte. »Ist gescheit. Versteht was von ... Frauen.«

»Tut er, ja?« Alena stieß das Türchen auf. »Was ist Euch lieber? Wollt Ihr auf dem Rücken herabrutschen oder versuchen, Euch mit einer Hand zu hangeln?«

Die Nacht hatte ihre finsterste Zeit hinter sich gelassen. Alena konnte sehen, dass Maartens nackter Rücken von blutigen Furchen zerfleischt war. Er gab höllisch Acht, nicht damit an den Türsturz zu kommen, als er ins Freie kroch. Einen Moment drängten sie sich aneinander und schauten über die weißen Felsbuckel zur unteren Mauer.

»Würdet Ihr mir Euren Gürtel leihen?«

»Um den Arm festzubinden? Das ist gut. Ich freue mich, dass Ihr noch so vernünftig denken könnt.«

»Wer zuerst?«, fragte der Baumeister, als sie die Prozedur beendet und er den Ellbogen fest vor die Brust geschnürt hatte. Er lächelte, zum zweiten Mal in dieser Nacht. Sein Gesicht war noch immer von seinem eigenen Blut verschmiert, und an der Kehle klaffte eine offene Wunde. Er sah aus wie ein Wiedergänger. Trotzdem schmolz ihr Herz von seinem Lächeln.

»Geht Ihr.«

Er kletterte nicht. Sein Weg vom Törchen zur Mauer war ein einziges Gleiten und Stürzen, gebremst nur durch die Felsenbuckel. Alena beeilte sich, ihm zu folgen, und war froh, als sie ihn am Fuß der Mauer noch am Leben fand. Er hatte sich zusammengekrümmt, und die Neigung zum Lächeln war ihm endgültig vergangen. Alena kramte nach dem letzten Schlüssel, den sie noch nicht benutzt hatte. Die Flucht verschlang Zeit. Der Mond hatte einen beunruhigend weiten Weg zurückgelegt. Es zeigte sich bereits ein zarter Silberstreif am Horizont.

Sie fand das Törchen zwischen süß duftendem Holunder. »Geht es?«

»Alles geht. Helft mir auf. Malédic ...!«, keuchte Maarten, als sie ihm den Kopf niederdrückte, damit er durch die Ausfallpforte kam. Auch auf der anderen Seite wuchs Holunder. Maarten ließ sich zwischen die weißen Rispen fallen und atmete angestrengt. Er hielt sie fest. »Ich verstehe nichts von ... von Frauen. Habe nie begriffen ...«

»Das ist jetzt nicht Euer Problem.«

»Neklas' Frau ...«

»Psst.« Alena kniff ihn in den Arm. Sie waren aus der Burg entkommen, aber sie saßen direkt an der Mauer und waren eins, zwei, drei wieder eingefangen, wenn sie sich nicht schnell davonmachten.

»Sie war gütig. Sagt Neklas. Frauen müssen gütig ...«

»Güte wächst dort, wo die Sonne an jedem Tag des Jahres Blüten küsst. Es geht Euch schlecht. Ihr redet irre.« Behutsam machte Alena sich von ihm frei. Der Himmel war zerrissen. Es sah nach Regen aus. Sie nahm ihren Mantel ab und deckte ihn über den Verletzten, von dem sie sicher war, dass er zu fiebern begonnen hatte. »Schafft Ihr es von hier fort, Maarten? Dort drüben, das ist der Weg, den Ihr nehmen müsst, um in die Stadt zu kommen. Könnt Ihr das schaffen? Ihr müsst Euch beeilen. Caesarius ...«

»Ich weiß.«

»Ihr besinnt Euch, dass Ihr seine Leute mit Ätzkalk verbrannt habt?« Zweifelnd blickte Alena in das blutige Gesicht, in dem die Lippen das einzig Weiße waren.

»Alles, ja.«

»Auch an das, was er mit Serafino angestellt hat? Er hasst Euch mehr als Serafino. Er wird Euch nicht schonen.«

»Ja.«

»Dann ist es gut. Dann gehe ich.«

Das Pferd stand zum Glück noch dort, wo sie es angebunden hatte. Alena konnte die Silhouette erkennen. Aus dem Dom klang märchenhaft ferner Gesang, der über die schlafenden Felder wehte. Vigiliae oder Laudes? Egal. Es war höchste Zeit, dass sie zu Lisabeth kam.

Alena gab es auf, die Stute anzutreiben. Der Atem des Tiers ging pfeifend, und es hustete trocken. Der Morgen bleichte das Schwarz der Nacht, sie waren beide mit ihren Kräften am Ende. »Noch ein Stückchen.« Alena klopfte dem Tier ermutigend den Hals. Duldsam machte es sich daran, die ersten Steigungen des Harzes zu erklimmen.

Würde Caesarius ausschlafen? Oder würde ihn der Hass in den Keller treiben? Wenn er nachforschte, bekäme er zweifellos heraus, dass Alena ein Pferd aus dem Stall genommen hatte. Wie lange würde er brauchen, um sie zu verfolgen oder vielmehr, um zu Lisabeth zu gelangen, denn verfolgen musste er sie ja nicht? Wenn er galoppierte, auf seinem schnellen Pferd …

Heilige Mutter Gottes, lass ihn bis in den Mittag schlafen, betete Alena. Ihr Pferd trat fehl und blieb stehen, um ausgiebig zu husten. Wenn sie von hier aus zu Fuß ging, brauchte sie vielleicht drei oder vier Stunden. War es besser, das Tier zurückzulassen? Es presste die Bauchmuskeln zusammen, um leichter ausatmen zu können, und humpelte mühselig die nächsten Schritte. Man konnte sich kaum langsamer vorwärts bewegen.

Alena rutschte aus dem Sattel und lief den Pfad hinauf, der zwischen die Bäume führte.

Sie roch den Gestank schon von weitem. Beißend, stickig. Etwas brannte. Atemlos blieb Alena stehen und hielt sich die Seite. Sie hatte den Waldweg schon lange verlassen, um über Hänge und durch das Dickicht abzukürzen. Und nun war sie ganz dicht am Haus und – irgendetwas brannte.

»Lisabeth«, sagte sie tonlos. Mit trockenem Mund lief sie weiter. Sie fiel und riss sich die Hände an Dornen blutig, aber sie hetzte durch die Büsche, ohne die Wunden auch nur anzusehen. Und doch würde sie zu spät kommen.

Ihr Weg endete an der Rückseite des Hauses. In ihrer Vorstellung hatte sie einen riesigen Scheiterhaufen erwartet, der Flammen bis zum Himmel warf. Vielleicht auch Caesarius. Aber vor ihr lagen nur noch Trümmer von geborstenem Holz, aus denen wie aus vielen kleinen Küchenfeuern Rauchschwaden quollen. Das Dach war über den Wänden zusammengestürzt und hatte die Hütte unter sich begraben. Alena hielt sich die Nase zu und umkreiste die Brandstelle wie ein verstörtes Tier. Sie fasste in die glutheißen Scheite, riss Bretter auseinander und verbrannte sich die Hände an verkohlten Balkenstümpfen, obwohl sie wusste, dass sie damit nicht das Geringste bewirkte. Schließlich fiel sie auf die Knie.

Sie war zu spät gekommen. Caesarius hatte die Hütte angesteckt, wahrscheinlich schon am vergangenen Nachmittag. Das Feuer war beinahe erloschen. Vielleicht hatte er einen Zeitvertreib darin gesehen, das Haus anzuzünden, bevor er die Baustelle überfiel. Ein kleiner Vorgeschmack auf das Töten.

Vor Alena ragte die verkohlte Tür aus den Trümmern. Sie erhob sich, griff sie halb blind und zerrte sie heraus. Funken brannten Löcher in ihre Haut, aber sie fühlte davon nichts. Irgendwo unter der Ruine lag Lisabeth. Nachdem sie eine Zeitlang wahllos Holz aus dem Wirrwarr gezogen hatte, sackte sie erschöpft zusammen. Sie musste nachdenken. Klug handeln. Wenn sie etwas erreichen wollte, musste sie die Trümmer von oben abtragen. Ihre Fußsohlen wurden heiß, als sie sich aufrappelte und den glimmenden Haufen bestieg. Die Gräser, mit denen das Dach abgedichtet gewesen war, zerbröselten unter ihren Füßen, aber das Gerippe des Dachstuhls hatte dem Brand standgehalten. Balken um Balken und Brett um Brett zog Alena die angekohlten Überreste aus dem Stoß und schleppte sie zur Seite. Sie brach dabei mehrfach ein und zerkratzte und verbrannte sich die Beine, aber was tat das schon. Dort unten lag Lisabeth.

Es begann zu nieseln und hörte wieder auf. Wahrscheinlich war es auch der Regen der vergangenen Nacht gewesen, der verhindert hatte, dass das ganze Haus und womöglich noch der Wald zu Asche verbrannt waren. Alena hustete und rang nach Luft. Mit dem Nieselregen hatte der Trümmerhaufen zu qualmen begonnen. Der Rauch drohte sie fast zu ersticken. Sie legte etwas Breites frei, das unter ihren Füßen zu rutschen begann. Vielleicht die Platte des großen Tisches? Alena ließ sich auf die Knie nieder und hielt sich fest. Ihre Hände hinterließen blutige, rote Abdrücke auf dem Holz. Jemand rief ihr etwas zu.

Die Platte war zu schwer, um sie zu bewegen. Alles war zu schwer. Die Bretter, die sie packte, rutschen ihr durch die Finger.

»Runter. C'est bête! Non … Maarten, non, bleib weg. Es reicht, wenn sich einer verbrennt. Alena! 'erab dort.«

Sie blickte auf und sah direkt in das betrübte Gesicht des kleinen Steinmetzen. Er wollte sie packen, aber sie riss sich los.

»Alena, es tut mir so Leid. Mais – es ist nichts mehr zu 'elfen. Ihr seht doch.« Er stand vor ihr, die Augen vor Bedauern weit aufgerissen. Es ging ihm selbst nicht gut. Er trug einen dicken Verband um den Hinterkopf.

Alena wollte den Kampf gegen das verkohlte Holz wieder aufnehmen, aber die Männer ließen es nicht zu. Maarten und noch ein anderer Mann kamen Moriz zu Hilfe, und sie gaben nicht auf, bis sie Alena auf den Waldboden gehoben und an den Rand der Lichtung geschleppt hatten, in die Nähe des Tümpels, wo die Leichen der Ungeborenen vermoderten. Erst als sie aufhörte sich zu wehren, ließen sie von ihr ab.

Sie sprachen französisch miteinander. Moriz und der dritte Mann kühlten sich die Füße im Tümpel, tauschten ein paar Bemerkungen und bestiegen wieder den qualmenden Berg. Moriz rief etwas.

»Er fragt, ob Ihr wisst, an welcher Stelle des Hauses das Mädchen sich aufgehalten haben könnte?«, übersetzte Maarten.

»Nein.« Wahrscheinlich bei Ragnhild im Bett. Aber Lisabeth war tot. Caesarius wäre nicht fortgegangen, ohne sich dessen zu vergewissern. Alena vergrub das Gesicht in ihrem rauchstinkenden Kleid.

Die Zeit rann dahin. Irgendwann berührte Maarten ihre Schulter. »Es sieht so aus, als hätten sie etwas gefunden.«

Alena schüttelte den Kopf. Sie stand auf, sackte aber gleich wieder zusammen, weil sich alles um sie drehte. Sie musste sich an Maarten festhalten, um zum Trümmerhaufen zu gelangen, und er wankte selbst, weil es ihm so schlecht ging.

»Non, non, das ist kein Anblick. Lass sie unten, Maarten.« Bekümmert machte Moriz Alena Platz, als sie sich dennoch an ihm vorbeidrängelte. Ragnhild lag noch immer in ihrem Bett. Kissen und Federdecke waren versengt, hatten aber nicht wirklich Feuer gefangen. Ragnhild war an einem Schwerthieb gestorben, der ihr über die Schulter die Brust gespalten hatte. Ihr Haar war versengt und ihre Haut an einigen Stellen von der Hitze aufgeplatzt, aber sie glich noch immer sich selbst.

Alena zog an einem Brett, das auf den Kissen lag.

»Non, non, ma pauvre! Moriz wird das tun. Bring sie fort, Maarten. Je suis désolé. Sie ist nicht in die Verfassung.

Du auch nicht, übrigens!« Der Parlier packte Alena unter den Achseln. Aber diesmal setzte sie sich erfolgreich zur Wehr. Sie zerrte die Reste der Federdecke beiseite. Im ganzen Bett gab es keine Kinderleiche. Und das bedeutete?

Es bedeutete gar nichts. Vielleicht hatte Lisabeth sich in der Stube aufgehalten oder Caesarius hatte sie in den Tümpel geworfen. Aber ... es gab noch eine Möglichkeit.

Die Hoffnung erlöste sie aus der Lähmung. Als hätte man sie mit einem Stab berührt und damit wieder zum Leben erweckt, spürte Alena plötzlich jeden einzelnen Schmerz an den Händen und den versengten Fußsohlen. Es *gab* noch eine Möglichkeit.

»Hände weg!« Sie heulte auf, als der Mann, der mit Moriz auf den Trümmern stand, sie anfasste. Zornig trat sie nach ihm. »Lisabeth ist unter der Erde!«

»Sicher. Und wir werden sie finden«, versuchte Moriz sie zu beruhigen. »Aber Ihr geht brav ...«

»*Unter* der Erde, sag ich. An der Seite. Es muss ... dort drüben. Es müsste ... da sein.« Betäubt blickte Alena sich um. Sie hatte keine Orientierung. »Hier ist das Kopfteil vom Bett. Dort – neben dem eingekerbten Balken ...« Sie balancierte über schwankende Hölzer zu der Stelle, an der sie den Ziegenstall vermutete. Als sie die Bretter anhob, stieg ihr der Geruch verbrannten Fleisches in die Nase.

Moriz stand schon wieder neben ihr. Er hielt sie, als sie angesichts der verkohlten Leiber zu würgen begann. Aber das mussten die Ziegen sein. Zwei Ziegen, zwei Körper.

»Äh! Noch ein Toter. Non, Alena, dort. Aber es ist ein Erwachsener.«

Eustachius wohl. Er lag auf dem Gesicht, mit gespaltenem Schädel. Sie mussten ihn auf der Flucht niedergehauen haben. Seine weibischen Locken, die sie immer an ihm verabscheut hatte, waren mit Blut voll gesogen.

Alena stieg in das Loch, das sie freigelegt hatte, und schob mit dem Fuß die Ziegenleiber beiseite. »Lass sie, Moriz. Hilf ihr«, sagte Maarten. Er stand inzwischen ebenfalls bei ihnen auf der erloschenen Brandstätte.

Das Ziegenstroh war in der Hitze verschmort und die Erde unter der Asche noch warm. Alena räumte die Überreste eines Regals beiseite, und als sie genug Platz geschaffen hatte, ließ sie sich auf die Knie nieder. Sie fegte Sand, Schmutz und Ziegendreck fort. Oder wollte es tun, aber diesmal war es Maarten, der den Arm um sie schlang und sie an sich zog.

»Moriz macht das. Komm. Er kann das schneller. Lass ihn das tun. Siehst du? So geht es schneller.«

Alena setzte sich auf die Trümmer, schlang die Arme um die Brust und sah zu, wie Moriz die Ziegenkadaver fortschleuderte. Er rümpfte dabei die Nase, und sie selbst klapperte mit den Zähnen wie im Schüttelfrost. Sie versuchte, sich klein zu machen, damit er Platz hatte, sich zu bewegen. »Es muss da einen Eisenring geben.«

Der Eisenring an der Falltür, die das Loch bedeckte. Ragnhilds Rettungsanker. Wenn die Leute kommen würden, aus den Dörfern, weil sie argwöhnten, was sich hier oben abspielte, oder weil jemand unter den Händen der gottlosen Hexe verblutet war, dann gab es immer noch das Loch unter dem Ziegenstroh. So hatte Ragnhild sich das ausgedacht. Wer würde im Dreck des Ziegenstalls nach einer verschwundenen Hexe suchen? Aber als es ernst geworden war, hatte es ihr nicht geholfen.

Maarten kniete neben der Falltür. Sein Gesicht war inzwischen gewaschen, die Hand mit einem Brett versteift und mit Binden umwickelt, und er hatte sich ein weites Leinenhemd über den wund geschlagenen Oberkörper gezogen. Aber die Ähnlichkeit mit einem Wiedergänger hatte er noch immer nicht verloren. Seine Lippen waren silbern wie die Asche.

Moriz hatte den größten Teil der Falltür freigelegt. »Zurück, alle. Alena, nehmt die Füße 'och. Ihr solltet ganz fortge … Oh, oui, ja, Ihr bleibt. Vorsicht …« Er wartete, bis Alena ein Stück zurückgetreten war. Dann spannte er die Muskeln.

Die Tür splitterte und krachte.

»Barm'erziger 'immel!« Moriz fuhr zurück. »Viens vite, André! 'alte die Tür. Achtung! Sie rührt sich nicht. 'ast du sie? Komm, ma petite. 'abt Ihr sie?«

Alena nahm ihm den kleinen Körper ab und umschloss ihn mit den Armen. Sie wollte nicht, dass jemand das Mädchen anfasste. Behutsam trug sie sie zum Tümpel und setzte sich mit ihr ins Gras. Lisabeths Haar roch nach Qualm. Alles roch nach Qualm. Alena wiegte sie und rieb ihre kalte Wange. Dass Lisabeth unter Ziegen sterben musste. Unter dem Dreck der Ziegen, die sie doch so hasste.

Maarten beugte sich über sie. Er zog Alenas Arm vorsichtig zur Seite und legte zwei Finger auf die Ader an Lisabeths Hals.

»Eh?«, fragte Moriz.

»Nichts. Nein.«

»Au diable!« Der Parlier war erschöpft. Er ging und setzte sich ein Stück weit entfernt nieder, und die beiden anderen Männer folgten ihm.

Behutsam küsste Alena das rauchige Haar. Sie schaukelte sie in ihren Armen, strich die Locken beiseite und liebkoste das Gesicht mit den Rußflecken. Lisabeths Hand drückte gegen ihren Bauch, wie es früher gewesen war. Ein kleiner, harter Ball. Zart wollte Alena sie fortnehmen.

Es ging nicht.

Die Hand stemmte sich gegen den Versuch und verkrallte sich in Alenas Kleid.

Alena hörte auf zu atmen. Und brach im nächsten Moment in Tränen aus.

16. Kapitel

»Ihr werdet Euch erkälten«, sagte Alena.

Draußen goss es wie aus Kübeln. Die Tropfen prasselten ihr Klack-klack-klack wie einen Trommelwirbel auf Dittmars kostbare Dachschindeln, und weit entfernt grollte ein Gewitter. Maarten lehnte am Fenster und sah in den Hof hinaus. Sein weißes Leinenhemd war bei Lisabeths Rettung rußig und anschließend im Regen klatschnass geworden, und auf dem Rücken färbten sich die Fasern rot von dem Blut der Striemen, die wieder aufgesprungen waren. Er bot einen kläglichen Kontrast zu Agnes' blumenbemalten Wänden, die einen heiteren Sommertag vorgaukelten.

Sie gaben beide ein trauriges Bild ab. Agnes hatte Alena genötigt, sich mitsamt der schmutzigen Tochter und in ihren verdreckten, zerrissenen Kleidern auf das Kirschholzbett zu legen, und nun verdarben sie die Kissen, und wahrscheinlich würde Agnes die Schweinerei im Leben nicht wieder sauber bekommen.

»Wollt Ihr nicht zu Bett gehen?«, fragte Alena.

»Ich muss erst noch mit Dittmar sprechen.«

»Er ist ein freundlicher Mensch. Er würde Euch zu Hause besuchen. Ihr seid krank.«

Maarten nickte geistesabwesend und versank wieder ins

Grübeln. Er hatte Recht, nicht mit ihr reden zu wollen. Wer wollte sich mit einer Frau unterhalten, die so herzlos und verbittert war, dass sie sogar am Grab ihrer Mutter nur Vorwürfe herausbrachte.

Alena hatte aus der Ferne zugesehen, wie Moriz und der andere Mann, der André hieß, für Ragnhild eine Grube ausgehoben hatten. Und Maarten hatte sich ihr heulendes Elend anhören müssen. Eustachius und die grünen Apfelspalten. Eustachius, der alle Zärtlichkeit bekam. Erst als Lisabeth ebenfalls zu weinen begann, hatte sie sich zusammengenommen. Aber sie hatte nicht mit den anderen am Grab gebetet. Das ging nicht. Sie fühlte keinen Funken Zuneigung für den fetten Leib, den die Franzosen mit Erde bedeckten. »Wie immer: Sie hat sich davongemacht«, war ihr Kommentar gewesen, als Moriz einen blühenden Zweig auf die frische Erde legte, und Maarten, der erschöpft auf seinem Stein saß, hatte ihr einen erstaunten Blick zugeworfen.

Alena hörte Agnes' Stimme im Flur. Dittmars Schwester kam mit einem Schwarm Mägde, die Wasserschüsseln und saubere Tücher trugen. Sie brachte Wärme und Freundlichkeit ins Zimmer. Fröhlich räumte sie die Rosen von der Truhe und krempelte die Ärmel ihres Unterkleides hoch, um Lisabeth zu waschen. Lisabeth wollte nicht und biss sie in die Hand, aber Agnes ärgerte sich nicht. Sie bedauerte sie im Gegenteil und half Alena, der widerspenstigen Tochter zumindest das Gesicht zu reinigen. »Eine Nacht und einen ganzen Tag allein in einem dunklen Loch, das arme Häschen«, seufzte sie.

Alena dankte ihr für die Geduld und tauchte folgsam selbst die mit Blasen und Abschürfungen übersäten Hände in die Schüssel. Agnes wusste, wie man mit aufgesprungenen Wunden umging. Vorsichtig tupfte sie den Ruß aus den Schrunden, und es störte sie überhaupt nicht, dass der Ärmel ihres hübschen blauen Kleides in das trübe Wasser rutschte und einen Schmutzrand bekam.

»Wird es wieder?«, fragte Maarten. Er stand hinter ihr und beugte sich vor, um zu schauen.

Sie streifte mit ihrem schönen braunen Haar seinen Arm, als sie sich umdrehte. »Ja, ja sicher. Aber ich werde die Wunden nicht einbinden, sondern sie erst ein wenig an der Luft trocknen lassen. Ich halte viel von frischer Luft. Und von Ruhe. Vor *allem* von Ruhe. Alena kommt nicht aus dem Bett, bevor sie ganz wiederhergestellt ist. Egal, was die Kanonissen sagen. Gebt Ihr mir das Handtuch?«

Agnes war das Gute in der Welt. Es gab Menschen, die der eigenen Mutter nicht verziehen, und andere, die sogar die Größe besaßen, sich um Leute zu kümmern, die ihre Väter verleumdeten. Agnes trocknete sich die Hände ab, dann holte sie eine Schüssel mit frischem Wasser, wrang den Lappen aus und begann, sich um Maartens Striemen zu kümmern. Sie war das Sonnenlicht, das die Erde wärmte. Trotzdem war Alena wie erlöst, als sie mitsamt ihrer Mägdeschar endlich wieder ging.

»Tja.« Maarten setzte sich auf die Bettkante. »Ihr könnt nicht mehr zur Burg zurück. Das ist Euch doch klar?«

»Wenn es mir nicht klar wäre, hätte ich Agnes nicht die Kissen verdorben.«

Er lächelte sie an – so freundlich oder nicht ganz so freundlich wie Agnes? – und setzte sich, hübsch vorsichtig, wie es einem Menschen gebührte, dem die Knochen ins Fleisch pikten, bequemer. Sein Gesicht hatte wieder Farbe bekommen. Er schien Kräfte aus einem Reservoir zu schöpfen, das anderen verschlossen blieb.

»Eure Männer sind ohne Euch verloren«, sagte Alena. »Ihr seid einen Tag fort, und schon haben sie vergessen, was sie tun sollen. Sie mauern Eure Brücke jetzt hinter dem Grundstück, das Hoyer gehört.«

»Und ich dachte, Ihr wärt zu sehr mit Lisabeth beschäftigt, um das zu bemerken.« Doch, er lächelte mit aller Freundlichkeit, die man sich wünschen konnte. Nicht nur der Mund. Seine Augen strahlten, dass die grünen und blauen Einsprengsel in seinen Pupillen wie Sternschnuppen zu funkeln begannen. Die Fältchen in den Augenwinkeln vertieften sich. »Ihr solltet Euch darüber nicht den Kopf zerbrechen.«

Alena wandte den Blick von den Sternschnuppen und starrte auf Lisabeths Kraushaar. »Wie kann man so viel Prügel bekommen und trotzdem nichts dazulernen?«

»Ihr missbilligt die Mauer?«

»Sophie wird sie missbilligen. Das Recht, eine Stadtmauer zu bauen ...«

»Zu erweitern.«

»Zu bauen oder zu erweitern – liegt bei der Landesherrin.«

»Was taugt ein Netz, das einen Riss hat? Das Stift hat die West- und die Nordmauer genehmigt. Warum sollte sie etwas gegen den Rest einzuwenden haben?«

»Schon wieder Euer Warum. Dies ewige Warum geht der Äbtissin auf die Nerven. Sie begreift es nicht.«

»Und hat sie Recht damit?«

»So Recht wie jeder, der ein Schwert trägt. Sie wird Caesarius senden, und wenn er allein nicht gegen die Stadt ankommt, wird er sich Raufkumpane suchen, mit denen er über Quedlinburg herfällt. Was treibt Euch nur, immer weiter zu kämpfen?«

In Maartens Haar klebten schwarze Rußflocken, und Alena zuckte es in den Fingern, sie herauszusammeln, wie sie es bei Ämilius getan hätte. Sie versuchte sich an Ämilius zu erinnern. An sein Gesicht und die Geborgenheit seiner Arme. An den Geruch seiner Haut. Aber sie war zu müde.

»Gebt Ihr mir Lisabeth? Nein, ich nehme sie Euch nicht

fort. Wirklich nicht. Ich will sie nur bequemer legen. Seht Ihr, sie mag das. Sie kann ihre Nase nicht ewig in Euren Kleidern verstecken. Ich muss Euch etwas fragen, Alena.« Maarten rieb mit der gesunden Hand Lisabeths Rücken und das schien ihr zu gefallen. Die krummen Beinchen entspannten sich. »Wer regiert das Stift in Wirklichkeit?«

»Bitte?« Alena wandte den Blick von Lisabeths Beinen.

»Sophie oder Caesarius?«

»Das ist ... viel komplizierter.«

»Oder diese ... wie heißt sie gleich ... diese Pröpstin?«

Alena ließ sich in die Kissen zurücksinken. Ihr schmutziger Rücken würde die letzten weißen Spitzen beflecken. Wenn nicht Agnes, dann würde die Magd, die die Wäsche waschen musste, sie verfluchen. Sie schloss die Augen.

»Darf ich Euch etwas von mir erzählen?«

»Erzählt nur, Maarten. Bloß keine Ratschläge mehr. Die kann ich heute nicht ertragen.«

»Meine erste Brücke war ein Desaster.«

»Das glaube ich nicht. Im Ernst? Eingestürzt?«

»Zu teuer.«

Alena lachte. »Schande über Euch. Aber ich hätte gedacht, einen Maestro rührt der Mammon nicht.«

»Der Maestro hatte einen anbetungswürdigen Einfall, der mit der Form der Bögen zusammenhing. Ich wollte die Brücke statt mit halbrunden oder spitzen Bögen mit elliptischen Bögen versehen, deren Kurven zum Scheitel hin flacher werden. Dadurch können die Pfeiler schmaler gemauert und die Bögen höher gesetzt werden. Langweile ich Euch?«

»Keineswegs.«

»Die Brücke verliert ihre Schwerfälligkeit. Es ist großartig. Sie sieht aus, als würde sie schweben.«

»Und dadurch wird sie teuer?«

»Nein. Aber als ich die Brücke gebaut habe, war ich noch

Parlier. Ich arbeitete unter einem Baumeister, der sich mit Bluthusten und Läusen quälte. Mein Meister konnte sich für schwebende Brücken nicht begeistern, und so haben wir einen Kompromiss geschlossen. Elliptische Bögen, aber dafür Pfeiler, unter denen man eine Stadt begraben konnte. Teuer und hässlich.«

»Mein Beileid. Ja, das war dumm. Ich begreife auch die Lehre und fürchte, dass Ihr mir doch heimlich einen Ratschlag unterschieben wollt. Aber seid beruhigt. Ich weiß, dass die Zeit der Kompromisse vorbei ist. Das Stift wird sich eine neue Schreiberin suchen, und ich werde fortgehen.«

»Aber der Stadt helfen wollt Ihr trotzdem nicht? Warum? Ihr habt für die Frauen gearbeitet, und sie haben Euch bezahlt. Womit haben sie Eure Treue verdient?«

Maarten stand auf. Er zog eine Grimasse. Der Schmerz und die Müdigkeit waren plötzlich wieder da und machten ihn ungeduldig. »Ich baue die Mauer in Absprache mit der Stadt. Dittmar sucht die Konfrontation. Er braucht die Mauer, um sich zu schützen. Aber er hört auf das, was ich sage, und das macht mich mitverantwortlich. Nur: Wie kann ich ihm raten, wenn ich nicht weiß, was, zum Teufel, im Stift vor sich geht?«

Lisabeth vermisste die Hand, die sie massierte. Sie drehte sich um. Als sie sah, dass Maarten aufgestanden war, kugelte sie sich ein und steckte die Hand in den Mund. Aufmerksam blickte sie ihn an.

»Dort oben ist eine Mörderin«, sagte Alena.

Maarten fuhr sich mit der Hand ins Haar. »Was bitte?«

Alena war zu müde, um eine Entscheidung zu treffen. In ihrem Kopf ging es zu wie in einem Hühnerstall. Was würde aus dem Stift werden, wenn Dittmar aus einer Fehde siegreich hervorging? Er würde sich natürlich mit Hoyer zusammentun. Hoyer würde die Schutzvogtei zurückbekommen.

Und Gertrud, sollte sie jemals wieder etwas mit der Verwaltung zu tun haben, würde binnen weniger Jahre über Schuldenbergen rechnen, gegen die niemand ansparen konnte. Das war nicht gerecht. Es war so wenig gerecht wie das, was die Domfrauen der Stadt antaten. Aber warum, zur Hölle, sollte immer sie darüber entscheiden?

»Alena?« Maarten kam ans Bett zurück. »Ich bin … das dümmste Mannsbild … Es tut mir leid. Wenn Ihr weint … Ich kann das nicht haben. Hör auf, Alena. Es erschreckt Lisabeth. Schlaf, ja? Mach die Augen zu. Denk an gar nichts mehr …«

Es löste das Problem nicht, aber es war besser als alles andere. Alena hielt Lisabeth fest und schloss die Augen, bis niemand mehr im Zimmer war.

Vorerst blieb sie bei Agnes. Dass die Äbtissin zurückgekehrt war, erfuhr sie von einem Lederer, der zufällig dem Zug der Domfrau auf der Harzstraße begegnet war. Dass sie wegen der Mauer vor Wut schäumte, berichtete am Nachmittag desselben Tages die treue Brigitta. Ihre trüben Augen bekamen Glanz wie das morastige Sumpfwasser, wenn die Sonne darauf fiel, als sie erzählte, wie Sophie nach Caesarius gebrüllt hatte. »Die Domfrauen haben sich im Kapitelsaal versammelt und sich beraten und wer weiß was ausgebrütet«, erklärte Brigitta. Ihre Stimme klang, als wenn ein Krieg die Erfüllung all ihrer Wünsche wäre.

Dittmar befahl, dass sämtliche Männer, die nicht mauerten, sich bewaffnen und die noch offene Bresche der Stadt schützen sollten.

»Es wird in einem Unglück enden«, meinte Agnes bang. Maarten, der zufällig gerade neben ihr stand, legte rasch den Arm um sie und drückte sie an sich. Er war kribblig wie eine Laus. Es machte ihn verrückt, nicht zupacken zu können. Jedermann wurde verrückt. Draußen auf den Feldern stand das Korn und wartete darauf, gemäht zu werden, aber die Bauern hatten in Erinnerung an die Gemetzel der jüngsten Kriege Schutz in der Stadt gesucht. Dittmar ließ sie ihre Sensen schärfen und ebenfalls bei den Maurern Posten beziehen oder sogar mitmauern. Die Bauern hatten keine Wahl. Wenn es Krieg gab, wurden die Höfe, die der Stadt gehörten, niedergebrannt. Sie starrten auf ihre goldenen Felder, und wenn im Winter der Hunger kam, würde die Erinnerung daran sie wahrscheinlich martern.

Vier weitere Tage vergingen. Dann stob einer der Wächter auf seinem Pferd in Dittmars Hof und brüllte: »Besuch!«

Besuch hieß in diesem Fall, dass eine der Stiftsdamen in Begleitung einer Dienerin und eines Bewaffneten über das Westendorf zum Südtor geritten kam.

»Nur mit *einem* Mann?«, fragte Dittmar. »Kein Hinterhalt?«

»Mehr hab ich jedenfalls nicht sehen können.« Der Reiter kaute auf seiner Lippe. »Kann ich mir auch nicht vorstellen. Die Frauen würden ja nicht eine von ihnen selbst in Gefahr bringen, wenn sie was planen«, vermutete er ganz richtig.

»Geleite sie hierher. Aber lass eine verstärkte Wache zurück. Und behandle sie mit Höflichkeit! Sie soll nicht denken, dass sie es mit Bauernlümmeln zu tun hat.«

Agnes, die mit Alena im Saal Flachs gehechelt hatte, als der Bote kam, lief, um ihrem Bruder den seidenen Surcot zu holen, und Dittmar schickte seine Leute aus, um Maarten und die wichtigsten Kürschner zusammenzurufen.

Die Kürschner kamen schnell, aber Maarten erreichte den Hof erst, als die Stiftsfrau schon von ihrem Pferd stieg. Alena sah von der Treppe aus, wie er ihr und dem Ritter, der sie begleitete, die Tür aufhielt. Der Ritter drehte sich misstrauisch um, und Alena konnte dabei einen Blick auf sein

Gesicht werfen. Er war ihr fremd. Offenbar hatte das Stift die Stadt nicht mit einem von Caesarius' Leuten brüskieren wollen. Und das bedeutete? Dass die Domfrauen auf Frieden aus waren?

Sie ging in die Schlafkammer zurück zu Agnes, die auf der Bettkante saß und ihren kleinen Sohn an sich drückte. Lisabeth lag neben den beiden und schlief. »Vielleicht geht es ja doch noch gut aus«, versuchte Alena sie zu trösten.

»Wenn du willst, kannst du gern runtergehen. Ich könnte es nicht ertragen. Mir kommen jedesmal die Tränen, wenn sie zu streiten beginnen. Und Dittmar ist so ... wütend und entschlossen. Hast du gesehen, wer die Frau war?«

»Es ist die Scholastika.«

»Ist sie freundlich oder herrisch?«

»Beides. Sie ist vernünftig.« Alena blickte an sich herab. Da sie darauf bestanden hatte, wieder ihre eigenen Sachen zu tragen, war ihr Kleid geflickt. Auf ihren Händen spannte sich der Schorf über zahllose Wunden. Man sah ihr an, was sie durchgemacht hatte.

»Gehst du?«

Alena nickte.

»Das ist gut. Vielleicht ist die Stiftsdame froh, wenn jemand da ist, den sie kennt. Vielleicht kannst du etwas sagen, das sie milde stimmt. Vielleicht kannst du Dittmar auch davon abhalten, grob zu werden.«

Alena bezweifelte alles. Als sie zur Treppe kam, stand Wigburg in der Halle. In der Pose einer Herrscherin. Ihr Haar war völlig unter dem Gebinde verschwunden, der Surcot einfarbig und von unübertroffener Schlichtheit. Nur die Brosche mit dem Jadedrachen lockerte die Strenge ihrer Erscheinung. Sie hatte sich den Platz vor dem Mamorkamin ausgesucht und musterte unbeeindruckt ihre Umgebung.

»Ihr seid willkommen, Herrin«, tönte Dittmar steif.

»Davon bin ich überzeugt.«

»Die Äbtissin... sie hat Euch zweifellos mit einer Botschaft beauftragt?«

Wigburg schwieg. Sie nahm jede einzelne Gestalt im Saal in Augenschein. Dittmar, die Kürschner, die gekommen waren, ihm beizustehen, Maarten, die Dienerschaft. Brigitta stand mit einem Korb wilder Birnen, die sie wahrscheinlich Agnes hatte schenken wollen, in der Tür, aber sie flüchtete Hals über Kopf. Am Ende wanderte Wigburgs Blick die Treppe hinauf. Wie eine Fliege, die in jede Richtung sehen kann, hatte sie Alena in ihrem Rücken entdeckt. Ein Lächeln huschte über ihr Gesicht.

Als sie sprach, wandte sie sich nicht an Dittmar, sondern an Maarten. »Und nun baut Ihr also doch, Baumeister. Nur dass es anstelle einer Brücke eine Mauer wird, die die Stiftsherrin von ihrer Stadt trennt. Hatte ich nicht Recht mit meinem Misstrauen?«

»Im Garten Eden gab es keine Mauern, bis die Schlange kam, um Unfrieden zu stiften. Euer Caesarius hat zweimal meine Baustelle überfallen.«

»Und daran wart Ihr völlig unschuldig?«

»So schuldig wie der Löwe, der die Lämmlein frisst, statt Gras zu kauen. Eva hätte die Hände vom Apfel und das Stift die Finger von meiner Brücke lassen sollen.«

Wigburg lachte. Sie schien amüsiert. »Dittmar – Ihr seid noch immer Vorsteher der Stadt? Schön, zweifellos gehört auch Ihr zu den Löwen, die am liebsten auf der Weide grasten. Und Ihr habt Glück. Sophie sieht, dass die Ernten auf den Feldern verderben. Sie ist der Meinung, dass wir in den letzten Jahren genug Hunger hatten. Sie will keine neue Fehde, die die Äcker mit Blut tränkt. Und deshalb und trotz Eures störrischen Sinns lädt sie Euch zu einer Beratung auf die Burg. Quedlinburg hat eine geduldige Herrscherin. Begreift das endlich und dankt Eurem Schöpfer dafür. Die

Äbtissin erwartet Euch morgen Vormittag nach dem Tertialäuten. Wen wollt Ihr mitbringen?«

Überrumpelt nannte Dittmar einige Namen.

»Und den Baumeister.«

»Bitte?«

»Mit wem könnte man besser Brücken schlagen als mit einem Brückenbauer? Bringt ihn mit. Die Äbtissin wird die Schlange im Käfig halten und das Stift für Euer aller Wohlergehen einstehen. Ihr könnt unbesorgt sein.« Wigburgs Laune hatte sich urplötzlich gebessert. Sie wandte sich zur Treppe. »Kommt auch mit, Alena. Ihr seid noch immer in der Burg erwünscht.« Sie winkte ihrem Ritter, und so unvermittelt, wie sie erschienen war, entschwand sie auch wieder.

Brigitta hatte sich hinter den Handelskarren versteckt. Ihr Gesicht war noch farbloser als gewohnt – es war leichenblass.

»Warum bist du hierher zu Dittmar gekommen?«

»Wegen der Birnen.« Der Korb stand unter der Wagendeichsel.

»Und sonst?« Alena war ungeduldig. »Was soll das Friedensangebot des Stifts? Was bezwecken sie damit?«

Das Küchenmädchen scharrte mit dem nackten Fuß im Stroh.

»Ist es eine Falle?«

»Ich weiß nur, was jeder sagt.«

»Und was sagt jeder? Was sagt Caesarius?«

»Der will mich nicht mehr.«

»Und in der Küche? Irgendwo werden sie doch tratschen.« Das Scharren machte Alena verrückt. Sie packte Brigittas Handgelenk.

»Es heißt, dass ein Legat des Heiligen Vaters nach Quedlinburg kommt.«

Verblüfft ließ Alena sie los. »Was will er?«

»Wahrscheinlich Recht sprechen zwischen der Äbtissin und dem Bischof von Halberstadt. Und zwischen dem Stift und Graf Hoyer. Das sagt Irmingard, die das Essen im Refektorium aufträgt. Es soll schon mal ein Legat auf dem Weg gewesen sein, vor langer Zeit. Aber damals ist nichts draus geworden. Und jetzt freut sich die Äbtissin, dass wieder einer nach dem Stift sieht, weil sie meint, dass sie im Recht ist und sich dann alle Probleme lösen. Und sie will nicht, dass etwas Schlechtes über sie oder das Stift gesagt wird. Und deshalb will sie den Streit mit der Stadt weghaben.«

»Du bist gekommen, um Dittmar das alles zu sagen?«

»Sie war mal exkommuniziert.«

»Was?«

»Die Äbtissin. Das hat Irmingard erzählt. Der Halberstadtbischof hatte sie exkommuniziert, und es durften keine Sakramente mehr im Dom gespendet werden. Sie wird alles tun, meint Irmingard, dass sie den Legaten günstig stimmt. Die Stadt kann jetzt eine Menge für sich rausholen.«

Alena ließ das Mädchen stehen. Sie musste irgendwohin, wo sie mit ihren Gedanken allein war.

»Ich soll Euch von Moriz ausrichten, dass Ihr Vernunft annehmen und in die Stadt zurückkehren sollt und dass Ihr aufhören sollt, Leuten, die genügend anderes um die Ohren haben, Sorgen zu machen«, sagte Alena.

Es war vielleicht noch eine Stunde bis zur Dunkelheit. Der Himmel wälzte sich in glutroter Farbe. Frösche quakten und ein Goldammerpärchen jagte Mücken über dem Wasser. Vorsichtig stieg sie den Hang hinab und ließ sich am Bodeufer nieder, wo Maarten zu Moriz' Kummer schon seit Stunden saß und mit einem Stock in den Wasserlinsen rührte.

»Und dass *Ihr* Euch vor die Mauern wagt, dagegen hat er nichts?«

»Er war schlechter Laune. Ihm sprudelte lauter Französisches heraus, und das verstehe ich leider nicht, und da kann man nichts machen. Wie geht es Eurem Handgelenk?«

Das Handgelenk war ein empfindliches Thema. Der Mann, der es in Dittmars Stube untersucht und gerichtet hatte, hatte von mehreren Brüchen erzählt, die hoffentlich ohne Wundbrand zusammenheilen würden, da die Knochen das Fleisch nicht durchstoßen hatten. Aber ob Maarten die Hand anschließend noch würde benutzen können, darauf wollte er sich nicht festlegen.

»Es wäre übel, wenn sie steif bliebe«, sagte Alena.

»Wäre es wohl, ja.«

»Aber andererseits so schlimm auch wieder nicht. Wisst Ihr, wie sie über die Baumeister reden? Die laufen mit ihrer Messlatte herum, sagen: Hau mir das so und so, arbeiten nichts und erhalten trotzdem den größten Lohn. Es würde Euch niemals schlecht gehen, solange Ihr die Arithmetik und den anderen Kram im Kopf habt. Ihr würdet natürlich keine Kämpfer mehr schlagen können.«

»Und keine Statuen von Pelzmützenmännern.«

»Keine Statuen, richtig. Ich bin darüber nicht froh, aber ich bin auch nicht zum Streiten gekommen. Ist das Wasser kalt?«

Alena zog die Schuhe aus und balancierte über die Felsbrocken, die im Uferwasser lagen. Ämilius hatte die Bode geliebt. Sie hatten gemeinsam die Abende am Fluss verbracht, und nur der Gedanke, dass hier womöglich seine Leiche verfaulte, hatte Alena abgehalten, nach seinem Tod noch einmal zu kommen. Aber nun tat es gut, wieder auf einem der sonnengewärmten Steine zu sitzen und die Beine im Wasser baumeln zu lassen. Wäre sie allein gewesen, hätte sie in der Ausbuchtung, wo das Wasser niedrig stand, gebadet. Ämilius hatte über das Gerede vom Nickelmann mit den grün schillernden Haaren gelacht, der angeblich kam und die Badenden unter das Schilf zog. Er hatte allerdings auch über das Gerede vom Unglück gelacht, das einem Hexenbälger brachten.

»Was ist so traurig, dass Ihr den Kopf hängen lassen müsst?«

»Nichts ist traurig. Denkt Ihr, dass Ihr morgen noch leben werdet, Maarten?«

»Werde ich nicht?«

»Begleitet Ihr Dittmar in die Burg?«

Ein Stück von Alena entfernt befand sich ein zweiter Stein im Wasser. Maarten zog ebenfalls die Schuhe aus und watete ins Schilf, um neben sie zu gelangen. Sie lachte über sein verdrießliches Gesicht. »Wenn Ihr den Fluss nicht mögt, solltet Ihr ihm fernbleiben.«

»Ich mag ihn. Aber … verdoeme! Der Grund ist durchlöchert wie ein Käse. Alles ist umständlich mit einer eingebundenen Hand. Also. Warum sollte ich nicht zur Burg gehen?« Aufatmend ließ er sich auf dem Stein nieder.

»Was denkt Ihr, warum sie Euch eingeladen haben?«

»Tja.« Maarten starrte auf das perlende Wasser. »Ihr seid anstrengend. Eure Gedanken flitzen schneller als die Libellen. Warum haben sie mich also zur Burg geladen?«

»Ich weiß nicht.«

»Ah.«

»Ich weiß es nicht, aber ich wundere mich darüber. Dort oben hat Euch niemand gern. Außerdem wollen die Domfrauen den Streit mit der Stadt bereinigen. Ohne Euch würden sie schneller mit Dittmar fertig, und sie hätten auch weniger Ärger mit Caesarius. Warum also laden sie Euch ein?«

»Glaubt Ihr … Ihr glaubt, sie würden mich an Caesarius ausliefern?« Ungläubig schüttelte Maarten den Kopf.

»Die Scholastika hat versprochen, dass die Äbtissin Euch beschützt.«

»Also glaubt Ihr doch nicht … Ihr *wisst* möglicherweise gar nicht, was Ihr glaubt?«

Ein Fisch schnellte vor ihnen aus der Flut und schnappte nach einem Insekt. Alena sah zu, wie er sich mit seiner Beute durch das Wasser davonschlängelte. Sie rang mit sich. Aber schließlich war sie gekommen, um reinen Tisch zu machen.

»Jemand hat Gertrud dieses verhängnisvolle Minnelied in die Truhe geschmuggelt, und jemand hat dafür gesorgt, dass es dort gefunden wurde.« Das wusste Maarten. Wenn sie ihn warnen wollte, musste sie ihm auch den Rest erzählen. »Gertrud ist damit ruiniert, aber sie ist nicht die Einzige, die zu Schaden gekommen ist. Ein junges Mädchen, eine Gräfin von hohem Rang, ist mit Zeichnungen belästigt worden, schmutzige Bilder über … Männer und Frauen und so. Sie war darüber so entsetzt, dass sie versucht hat, sich umzubringen. Und genau das war geplant, meine ich. Oder vielleicht nicht, dass sie sich umbringt, aber dass ihr Ruf zu Schaden kommt. Und das ist auch gelungen. Jedermann hält sie jetzt für verdreht, und auch sie wird niemals mehr ein Amt bekleiden – vor allem nicht das der Äbtissin.«

Maarten lauschte aufmerksam.

»Als ich sie zufällig besuchte, habe ich zwischen den Heilkräutern Schierling gefunden.«

»Dieses Zeug, dieses giftige …«

»Ja.« Alena überstürzte sich jetzt in dem Bedürfnis, die schrecklichen Ereignisse mitzuteilen. »Die Blätter lagen direkt bei den Salben und Tüchern, und man hätte sie mit allem Möglichen verwechseln können. Wahrscheinlich wäre jemand tot, wenn ich sie nicht entdeckt und fortgenommen hätte. Und die Pröpstin …«

»Heiliger Pankratius – noch mehr davon?«

»Wurde von einem Leuchter durchbohrt. Habt Ihr davon gehört?«

»Ja. Und auch, dass es bei dem Sturz nicht mit rechten Dingen zugegangen sein soll.«

Aha, wahrscheinlich klatschte Brigitta, und wahrscheinlich wusste inzwischen die ganze Stadt um die Klagen der Pröpstin.

»Für mich sah es lange Zeit so aus ...« Alena nagte an ihrem Fingernagel und sah den Wellen nach, die ihr Zeh im Wasser schlug. »Ich meine, ich hatte darüber nachgedacht, wem daran liegen könnte, die Pröpstin aus dem Weg zu schaffen. Sie war vor allem Sophie im Weg. Ihr versteht? Und dann die Mädchen. Alle standen ihrer Herkunft wegen als Nachfolgerinnen der Äbtissin zur Verfügung. Ohne geeignete Nachfolgerin hätte man Sophie kaum so schnell abgesetzt. Und da dachte ich ...«

»Ein Sumpf.«

»Was? Ja, ein Sumpf. Voller schmieriger Gemeinheiten«, bestätigte Alena.

»Aber inzwischen glaubt Ihr nicht mehr, dass Sophie mit diesen ... unglückseligen Vorfällen etwas zu tun hat?«

»Nein. Es passt nicht zu ihr. Eigentlich hab ich's nie glauben wollen. Nun hat Brigitta erzählt, dass das Stift einen Legaten des Papstes erwartet. Sie meint, dass Sophie dem Legaten ein friedliches, wohl geordnetes Land zeigen will. Und dass sie sich deshalb mit Dittmar einigen muss. Wenn Sophie aber tatsächlich nicht die Anstifterin dieser Intrigen war ... Warum schaut Ihr mich so an, Maarten?«

»Tu ich das?«

»Fortwährend. Erzähle ich zu schnell?«

»Nein.«

»Wenn also jemand anders als die Äbtissin versucht hat, den Mädchen diese Dinge anzu ... was ...?« Alena stieß einen Schrei aus, den sie selbst sofort abwürgte.

Maarten hatte sie mit einem Ruck gepackt und ins Wasser gerissen. Er drückte sie an sich und zerrte sie zu einem

Baum, dessen tief hängende Zweige sich bis zum Fluss neigten. Sie gerieten dabei mehrmals unter Wasser, und Alena wischte sich atemlos die Augen frei, als sie endlich wieder standen. Sie schob einen der Zweige, die wie Schlangenschwänze vor ihr baumelten, beiseite. Jemand kam den Weg entlang.

»Die Schuhe!« Sie hatten ihre Schuhe ausgezogen, bevor sie ins Wasser gegangen waren. Sie lagen einigermaßen unauffällig im Gras, aber wenn jemand, wenn zum Beispiel Caesarius nach ihnen suchte ...

Alena begann plötzlich zu kichern. »Hört Ihr das? Hört Ihr das nicht?«

Schweinegrunzen. Ein behäbiges Nöff-nöff, in das sich das Fluchen eines Mannes mischte. Alena entspannte sich und richtete sich wieder auf. Einträchtig warteten sie nebeneinander im Schutz der Zweige, während der Schweinehirt seine Herde vorübertrieb. Einmal tauchte oben am Ufer ein schwarzer, borstiger Kopf auf, dann war der Spuk verschwunden.

Maarten legte wieder den Arm um sie und zog sie dichter an sich heran. »Wenn Sophie mit all den bösen Dingen, von denen Ihr gesprochen habt, nichts zu tun hat ... Ihr braucht nicht zu zappeln. Ich halte Euch nur warm. Wenn also jemand anders all die Verbrechen begangen hat ...«

»Um ihren Ruf zu schädigen, sodass sie nicht mehr Äbtissin sein könnte ... Es wäre übrigens auch am Ufer warm ...«

»Soll ich Euch hinaufbringen?«

»Wenn *ich* all diese Verbrechen aus ebendiesem Grund begangen hätte, nämlich um Sophie zu ruinieren«, sagte Alena, »und wenn ich wüsste, dass die Äbtissin Männer aus der Stadt empfangen will, die ihr grollen, und ich hätte einen skrupellosen Mann zur Hand, der bereit wäre, diese Männer in Schwierigkeiten zu bringen ...«

»Ihr wollt nicht ans Ufer. Ihr debattiert gern mit mir im Wasser.«

»Und dieser skrupellose Mann steckte mit mir unter einer Decke … Was wäre, wenn die Äbtissin bei diesem Treffen stürbe?«

Maarten seufzte. Seine Brust hob und senkte sich, während er nachdachte. Sie fühlte jeden Atemzug durch ihr nasses Kleid. »Wenn Sophie stürbe …«

»Wenn sie zum Beispiel durch den bösen Baumeister umgebracht würde, der ihr immer noch wegen seines Sängers grollt.«

»Ist das nicht zu weit hergeholt?«

»Warum haben sie Euch eingeladen?«

»Und wie sollte dieser Mord vor sich gehen – unter den Blicken dutzender Zeugen?«

»Das weiß ich nicht. Aber es würde für die Mörderin viele Probleme lösen.«

Er hielt beständig seinen Arm um sie, während er ihre Befürchtungen erwog, und möglicherweise, dachte Alena, stehen wir gerade jetzt auf den Knochen von Ämilius. Und der Fisch oder Aal oder was auch immer durch ihre Beine glitschte, hatte sich womöglich an Ämilius' Fleisch fett gefressen. Ihr wurde kalt, während sie wartete. Die kleine Halbinsel, die ins Wasser ragte und während der letzten beiden Jahre immer stärker den Fluten zum Opfer gefallen war, hatte ihr und Ämilius als Sitzplatz gedient, als sie gemeinsam die hervorragenden Möglichkeiten erörtert hatten, die der Bau der Brücke ihnen bieten würde. Hinter der Biegung, an einer Stelle, die sie nicht einsehen konnte, die aber doch lebendig vor ihren Augen stand, wuchs die Traubenkirsche, an der sie immer ihre Kleider aufgehängt hatten, wenn sie baden wollten.

Alenas Füße begannen wehzutun. Das Lichtspiel des Sonnenuntergangs verlor seinen Reiz. Die Frösche machten einen entsetzlichen Lärm. Es war eine schlechte Fügung gewesen, die sie gerade an diesen Platz geführt hatte.

»Maarten?«

»Ja?« Sie riss ihn aus seinen Gedanken.

»Wenn es Euch nichts ausmacht – ich würde jetzt doch gern ans Ufer zurück.«

17. Kapitel

»Die Äbtissin hat Besseres zu tun«, brüllte der Mann vom Torhaus herab. Er war einer von Caesarius' Leuten. Sie erkannte es an der vom Ätzkalk verbrannten linken Gesichtsseite. Es war ein Fehler gewesen zu sagen, dass sie die Äbtissin sprechen müsse. Sie hätte sagen sollen, dass Sophie sie zu sich befohlen hatte. Aber das war nun zu spät.

Entmutigt blickte Alena den Weg hinab, den sie gekommen war. Der Tag hatte gerade erst begonnen, aber am Himmel stand keine einzige Wolke, es würde brütend heiß werden. Ihre Schuhe und der Saum des Surcots waren staubig, und sie rang nach Luft, weil sie so schnell gelaufen war. Die Männer in Dittmars Hof würden sich gerade jetzt bereitmachen, und wahrscheinlich war Maarten froh, dass sie nicht zu ihnen gestoßen war. Es hatte ihm nicht gefallen, dass die Kanonissen sie ebenfalls in die Burg geladen hatten. Die Saat des Argwohns war auf fruchtbaren Boden gefallen.

»Mein Anliegen eilt aber. Sophie wird nicht erfreut sein, wenn sie hört, dass Ihr mich aufgehalten habt.« Alena versuchte fest zu sprechen, aber sie bekam nur Gelächter zur Antwort und wandte sich entmutigt ab. In ihrer Gürteltasche lagen die Schlüssel, die Agnethe ihr zur Flucht anvertraut hatte. Nun musste sie sie erneut benutzen. Und wenn man sie ertappte? Hatte Caesarius das Recht, sie als Eindringling zwischen den Felsen abzuschießen? Und wenn er sie beobachtete und unbemerkt von den Kanonissen im Eilikaturm in Empfang nahm und in das Ritterhaus verschleppte?

Das ist mein Risiko, dachte Alena. Sie ging den Weg zurück, den sie gekommen war, bog dann aber nicht zum Westendorf ab, sondern hielt sich nach links an den kleinen Pfad, der neben der Burgmauer entlangführte. Als sie die Brücke über den Mühlengraben passierte, war sie weithin sichtbar. Wer auch immer auf den Südtürmen der Burg Wache schob, er musste sie bemerken. Aber warum sollten die Türme besetzt sein? Man befand sich nicht im Krieg und nach dem Desaster des Überfalls waren Männer wahrscheinlich knapp geworden. Alena verließ den Weg und suchte nach dem Holunder an der Burgmauer, hinter dem sich das Ausfalltörchen versteckte. Zumindest stand sie jetzt so dicht an der Mauer, dass sie von den Türmen aus nicht mehr zu sehen war.

Sie fand auf Anhieb den richtigen Schlüssel und bückte sich durch das kleine Tor. Zum dritten Mal kletterte sie über die Felsbrocken des inneren Mauerrings. Schweiß sammelte sich auf ihrer Stirn und rann in ihre Augenbrauen. Aber niemand schoss auf sie, und es erwartete sie auch niemand im Turm, und niemand stand bereit, als sie die Tür nach draußen öffnete. Der Hof war wie leer gefegt.

Galt sie eigentlich noch als Bewohnerin der Burg? Hatte sie ein Recht, zu sein, wo sie war? Alena hielt sich ans Gebüsch, als sie zu dem Tor rannte, das die Höfe trennte. Es war eine Mär, dass das Böse heimliche Augen besaß. Auch der Innenhof lag völlig einsam. Aus gutem Grund: Der Dom hallte vom Horengesang der Kanonissen. Wie ein Kaninchen, das den Atem der Hunde spürt, versuchte Alena sich dorthin in Sicherheit zu bringen, wo sie bisher geborgen gewesen war: Sie stieg hinauf in ihre Kammer.

Die Kanonissen hatten ihr weniges Eigentum unberührt gelassen, vielleicht, weil sie noch keine Gelegenheit gehabt hatten, das Zimmer leer zu räumen, oder auch, weil sie noch schwankten, ob sie sich wirklich endgültig von der nützlichen Schreiberin trennen wollten. Wigburg hatte das ja angedeutet. Alena stellte sich so neben das Fenster, dass man sie von außen nicht sehen konnte.

Sie musste eine ganze Weile warten. Endlich verkündeten die Glocken das Ende des Gottesdienstes. Dittmar würde es unten in der Stadt hören und den Befehl zum Aufbruch geben. Alena sah zu, wie die Domicellae in den Hof strömten, wie sie ihre Schleier aus den Haaren rissen und miteinander kicherten. Erlöst von der Langeweile flatterten sie davon, hinauf ins Dormitorium, wo sie sich umziehen würden, um dann in den Schulraum zu gehen, wo man sie in Ovid und der Kirchengeschichte oder am Spinnrocken unterrichten würde. Alles wie immer. Alles unendlich harmlos.

Wigburg trat zwischen die wartenden Kanonissen. Sie erteilte Anweisungen, aber erst, nachdem jedes Gespräch verstummt war. Bis auf Hroswitha und Meregart, die sich um den Unterricht der Mädchen kümmern mussten, sollten alle erwachsenen Stiftsfrauen beim Empfang der Männer aus der Stadt anwesend sein. Die Äbtissin hatte beschlossen, dass sie vor den Verhandlungen im Kapitelsaal gemeinsam mit den Gästen am Sarg der heiligen Mathilde um Wohlwollen und Eintracht flehen wollte. Geduldig erklärte Wigburg, was man beim Einzug in den Dom singen, wo man warten und wie man den Dom wieder verlassen würde. Beim Gebet brauchten nur der Kaplan und die Prälatinnen anwesend zu sein, aber für die Verhandlungen würde sich wieder das gesamte Kapitel einfinden, und die

Stiftskanoniker von St. Wiperti waren ebenfalls geladen worden.

»Welch ein Segen, dass wir diese Prüfung nicht ohne den Beistand unserer geistlichen Brüder durchstehen müssen. Es wäre erschreckend«, verkündete die sanfte Adelheid, und Bertrade tuschelte mit Jutta, wahrscheinlich, weil sie sich ärgerte, dass die Äbtissin Wigburg und nicht sie selbst mit der Organisation der kurzen Feier betraut hatte.

Aus den Fenstern des Schulsaals klang das Gemurmel der Mädchen, deren Unterricht begonnen hatte und die gemeinsam einen Text vortrugen. Über die Küchentreppe drang ein Geräusch, als würde etwas auf einem Brett klein gehackt.

Jawohl, dachte Alena. Alles wie immer.

Die Männer aus der Stadt erreichten das Burgtor. Sie hörte, wie Dittmar um Einlass bat. Agnethe musste zum Tor hinabgeeilt sein, denn sie und nicht der Wächter gab Antwort – wohl die Einlösung des Versprechens, dass die Abgesandten nicht von den Rittern belästigt werden würden. Alena war sicher, dass Maarten sich bei Dittmar befand. War er tatsächlich in Gefahr?

Mit einem Mal kamen ihr die eigenen Befürchtungen wie Hirngespinste vor. Die Männer würden sich jeden Moment bis zum Verlassen der Burg in der Gesellschaft der Kanonissen befinden. Keine Gelegenheit zu Intrigen und Meuchelmord. Und wäre das nicht sowieso gegen die Eigenart der unheimlichen Mörderin gewesen, die stets aus dem Verborgenen agierte?

Sophie trat aus dem Dom. Mit einer herrischen Gebärde scheuchte sie eine der jüngeren Kanonissen, die so ungeschickt war, ihr den Arm als Stütze anbieten zu wollen, an die Seite. Dabei ging es ihr offensichtlich schlecht. Sie umklammerte den Äbtissinnenstab und beugte sich darüber. Sie schien auch nicht die Absicht zu haben, den Männer entgegenzugehen, wie die Höflichkeit es geboten hätte. Reglos verharrte sie im Eingang des Doms, während die Kanonissen sich in einer Reihe aufstellten.

Ungefähr vierzig Frauen befanden sich im Hof. Bertrade nutzte den Moment des Wartens, um die Erscheinung der Domfrauen zu überpüfen. Ihre Ziegenmeckerstimme übertönte die Geräusche, die die Ankunft der Männer verursachte. Die Domfrauen zupften an ihren Halskorallen und Praselletten. Ein Schwarm schwarzer Vögel, von denen einer dem anderen glich.

Nur Sophie hielt sich abseits. Geduldig stand sie in der Tür und wartete auf den Beginn der Zeremonie. Sie würde gemeinsam mit Dittmar und den anderen Männern den Mittelgang des Doms hinaufgehen und anschließend mit ihnen durch das kleine Türchen zwischen den beiden Treppen in die Gruft hinabsteigen.

Alena versuchte sich in den Kopf der Mörderin hineinzudenken. Sophie würde also mit den Männern zur Gruft gehen. Sie würde am Altar niederknien. Vor ihnen. Sie würde vor den Männern knien. Das geboten ihr Stand und ihre Stellung als geistliche Herrin des Stifts. Vor ihnen.

Plötzlich merkte sie, wie ihr Magen ins Flattern geriet. Ihr kam ein Verdacht. Nichts Konkretes. Eine vage Vorstellung, die sich aus dem Dunst ihrer Befürchtungen schälte. Wenn sie die Mörderin wäre ... Widerstrebend löste Alena sich vom Fenster. Wenn es stimmte, wenn sich ihre Vermutung bewahrheitete – dann musste sie unverzüglich handeln. Kein Grübeln und Abwägen mehr.

Sie verließ das Kapitelhaus über die Treppe des Torhauses. Dittmar, Maarten und die anderen Quedlinburger waren im Ritterhof angelangt und gerade dabei, von ihren Pferden zu steigen. Der Stallmeister und seine Jungen hielten die Tiere, Agnethe wartete mit verschränkten Armen daneben, die mütterliche Miene streng, als hätte sie besonders schwierige Zöglinge zu dirigieren.

Von den Rittern war niemand zu sehen. Nicht im Eingang ihres Hauses, nicht in den krummen Fensterchen, die zu ihren Schlafkammern und dem Saal gehörten. War das ebenfalls verdächtig? Zweifelnd stand Alena zwischen den Büschen, die den Garten vom Hof trennten. Die Männer unterhielten sich. Niemand nahm Notiz von ihr oder schien sie auch nur zu sehen. Was nun? Alarm schlagen? Mit der besten Aussicht, sich lächerlich zu machen? Und womöglich einen Friedensschluss zu untergraben?

Nein. Sie drückte sich durch die Büsche und eilte um die Apsis. Die Mauern des Doms bildeten mit denen des Südturms und der Burgbefestigung ein schattiges Quadrat. Die Tür, die von hier aus in die Gruft führte, war von Efeu überwuchert, der an etlichen Stellen abgerissen war. Das war geschehen, als die Kanonissen Dittmar vor den Bienen gerettet hatten. Es hatte also nichts zu bedeuten. Aber die Tür musste abgeschlossen sein. Schon deshalb, weil im oberen Stockwerk der Apsis der Zither lag, die Kammer, in der der Domschatz aufbewahrt wurde.

Widerstrebend drückte sie die angerostete Klinke nieder. Sie spürte einen kurzen Widerstand – dann gab die Tür nach. Alena ließ die Hand sinken. Ihr erster Impuls war, in den Hof zurückzulaufen. Aber der Zweifel zerriss sie. Was bewies ein geöffnetes Schloss? Höchstens, dass jemand nachlässig gewesen war. Ihr Mund war trocken, als sie die Tür ganz aufstieß und die Gruft betrat. Was nun?

Sie blickte sich um. Die Gruft war ein dämmriger, muffiger Raum, aufgeteilt durch zwei Säulenreihen, über die sich gewölbte Decken spannten, ein Ort voller Schatten, in dem man die Toten atmen hören konnte. Auf dem Altar, der das Grab der heiligen Mathilde bedeckte, standen mehrere faustdicke Kerzen, aber ihr gelbes Licht reichte nur wenige Schritt weit. Es beschien den roten Bart des Barbarossa, der grimmig von seinem Thron an der Decke herabblickte, und außerdem einen Halbkreis auf dem Fliesenboden.

Wo steckte der Kaplan? Hatte er sich über das Treppchen in die St.-Nikolai-Kapelle zurückgezogen, den kleinen Raum unterhalb der Gruft, um sich für die Andacht zu sammeln oder umzuziehen? Das war möglich.

Das Türchen, das die Krypta mit dem Kirchenschiff verband, stand offen. Alena hatte nie bemerkt, wie schmal es war. Es konnte immer nur von einer Person gleichzeitig durchschritten werden. Und diese Person wäre im Moment des Eintretens wehrlos. Stimmte also ihr Verdacht?

Von Unbehagen getrieben verkroch Alena sich hinter einer der Säulen. Sie beobachtete die Mauer, hinter der die Treppe ins St.-Nikolai-Kapellchen hinabführte. Versteckte sich dort unten jemand?

Wenn es so war, und sie schaute nach, dann war sie anschließend mit einiger Sicherheit tot. Mutig, aber tot. Barbarossa zwinkerte ihr von der Decke zu. Die Zeit verrann, und sie konnte sich nicht aufraffen, irgendetwas zu tun.

Draußen stimmten die Kanonissen ihren Gesang an. Sie zogen in den Dom ein, und ihre Hymne hallte durch das Kirchenschiff. Laut zu singen war eine der Fertigkeiten, die die Domicellae als Erstes lernen mussten. Die Kanonissen beherrschten sie perfekt. Ihr Gesang füllte das Gotteshaus bis zum letzten Nagel des Dachgebälks. Alena hörte nicht einmal das Klacken des Äbtissinnenstocks.

Ich laufe zu ihnen und brülle es heraus, sonst sterbe ich am Schlagen meines eigenen Herzens, dachte sie. Schlimmstenfalls würde man sie zum Teufel jagen. Sie machte einen Schritt, stolperte dabei fast über ihren Saum, hielt sich damit einen Moment auf – und dann war es zu spät.

Hinter der Mauer des Kapellentreppchens tauchten plötzlich Köpfe auf. Alena zog den Bauch ein und verschmolz mit der Säule. Wie versteinert starrte sie auf die Gestalten, die aus dem Keller kamen, das Mäuerchen umrundeten und auf die Tür zum Kirchenschiff zustrebten. Eine von ihnen hatte goldenes Haar. Und eine – nein, zwei – sahen aus, als würden sie von den anderen mitgeschleppt. Alena verfluchte das dürftige Licht und ihren trägen Verstand. Wer wurde dort gegen seinen Willen zur Tür gezerrt?

Wie vom Donner gerührt sah sie plötzlich einen der Widerspenstigen zusammenbrechen. Ein bleicher, tonsurierter Schädel mit einem dunklen Haarkranz plumpste auf die Fliesen.

Die Prozession der Kanonissen hatte das Türchen, das in die Krypta führte, beinahe erreicht. Die zweite Person, die von den Männern umklammert wurde, begann sich zu wehren. Alena starrte sie an wie ein Traumgespinst – und als sie endlich begriff, war es schon fast zu spät.

Die Äbtissin – nein, die Frau an der Spitze der Prozession, die sich als Äbtissin *ausgab* – verdunkelte den Eingang zur Gruft. Sie stand hoch aufgerichtet und füllte den ganzen Rahmen aus, sodass niemand von der Kirche hineinsehen konnte. Alena wischte ihre schwitzenden Hände am Surcot ab. Sie sah, wie ein Messer aufblitzte und wie die Männer gleichzeitig die Kehle der Gefangenen entblößten, als sie ihren Hals nach hinten bogen.

Mit einem heiseren, halb erstickten Schrei rannte Alena los. Es gab nichts mehr zu bedenken. Sie warf sich mit aller Kraft gegen die Gefangene und schlug gleichzeitig das Messer fort. Die Überraschung war auf ihrer Seite. Das Messer klapperte auf die Fliesen, die Gefangene stürzte, und Alena begrub sie unter sich.

Sie schrie weiter. Nicht mehr nur, um die Ahnungslosen im Dom zu warnen, sondern aus nackter Angst. Die Frau unter ihr – Sophie, es war ganz sicher Sophie – lag wie betäubt und hatte vielleicht wirklich die Besinnung verloren, aber wenn sie sterben würde, würden die Männer aus

Quedlinburg ebenfalls sterben. Und man würde ihre Leichen präsentieren als die Leichen der Männer, die die Äbtissin ermordet hatten. Der Hass des Baumeisters und des Stadtvorstehers, den die gutgläubigen Frauen leider unterschätzt hatten. Die misstrauischen Stiftsritter, die zur Stelle waren, aber leider nicht schnell genug, um den grässlichen Mord zu verhindern.

Alena hörte, wie der Kanonissengesang stockte und durcheinander geriet. Sie wartete darauf, dass sich ein Messer oder irgendeine Waffe in ihren Leib bohren würde, um die Bluttat doch noch zu vollenden oder um wenigstens Rache zu nehmen. Mit aller Kraft hielt sie Sophie umklammert, schützte sie mit ihrem Körper und brüllte gleichzeitig vor Furcht.

Und dann vor Schmerz. Ganz recht. Manche Dinge geschahen, wie man sie befürchtete. Und jenseits der braven Domgeschichten war das Böse dem Guten regelmäßig einen Schritt voraus. Der Schmerz zerriss ihren Hals und breitete sich rasend schnell aus. Alena hob den Kopf. Sie versuchte, das Gesicht der falschen Äbtissin zu erkennen, die immer noch in der Tür stand. Aber plötzlich geriet alles in Bewegung. Der Äbtissinnenstab wurde erhoben und donnerte auf sie nieder. Jemand fiel auf sie, und eine Männerstimme brüllte. Das Gebrüll tat fast so weh wie der Schmerz, weil es so nah war. Aber es ebbte ab, und Alena fühlte, wie sie sich selbst entglitt.

Das Dunkel verlor sich. Mit einem schmerzvollen Zucken nahm Alena zur Kenntnis, dass immer noch gebrüllt wurde. Ein Wechselgesang aus hohen und dunklen Stimmen, die überhaupt nicht miteinander harmonierten. Als sie die Lider hob, mit einer Kraft, als müsse sie aneinander geschweißtes Eisen trennen, sah sie über sich den weisen Salomo, der Barbarossa von seinem Platz vertrieben hatte und mit seinem Schwert das Kindlein teilen wollte. Und dann Maarten.

Er musste einer der Hauptverursacher des Lärms sein, denn als er den Mund schloss, wurde es merklich stiller. Alena seufzte erleichtert.

»Tücher! Schnell! Irgendwas. Meinen Mantel …« Diese Stimme gehörte zu Sophie. Sie musste sich in Alenas Rücken befinden, denn Alena lag auf der Seite und konnte sie nicht sehen. Sie versuchte sich umzudrehen, aber ein Schmerz brannte sich ihr vom Nacken bis ins Kreuz, und da ließ sie es sein.

»Hier rührt sich noch einer«, hörte sie eine gepresste Stimme. Maarten, der vor ihr kniete, drehte sich mit einem Fluch um. »Lass ihn leben!«

»Zu spät. Hat sowieso kaum noch geröchelt«, erklärte eine lakonische Männerstimme. Die des Kürschners aus der Bockstraße, Alena konnte sich auf seinen Namen nicht besinnen.

»Ihr seid ein zorniger Mann, Baumeister. Die meisten habt Ihr selbst umgebracht.« Das war wieder Sophie. »Agnethe, hierher …«

Das Dunkel in der Gruft verflüchtigte sich. Die unermüdliche Pförtnerin eilte mit Stapeln von Tüchern herbei, sie musste langsam Übung darin haben. Adelheid leuchtete mit einer Fackel. Sie rutschte aus und schrie, nicht weil sie fiel, sondern weil sie mit Grausen erkannte, dass die Bodenfliesen von Blut glitschig waren.

Das Licht ihrer Fackel beschien die linke Hälfte von Maartens Gesicht, und Alena sah, dass es die Farbe von trockenem Mörtel hatte. Blutspritzer verteilten sich von der Augenbraue bis zum Kinn.

»Alena?« Er beugte sich dicht über sie und strich die Haare aus ihrer Stirn. Seine gebrochene Hand hielt er in der Bauchbeuge, der Verband war leuchtend rot. »Ihr dürft

Euch nicht bewegen. Euer Rücken ist voller Blut. Was?« Das ging über ihren Kopf hinweg. »Ja, ich halte sie.«

Alena spürte, wie der Stoff ihres Surcots und dann ihres Kleides aufgerissen wurde, und ganz sicher war es unanständig, dass Maarten sich ihren nackten Rücken ansah.

»Euch geht es aber auch nicht gut.« Das Sprechen tat ihr weh, und im nächsten Moment schrie sie auf. Dankbar ergriff sie die Hand, die Maarten ihr überließ. Etwas Steifes, Kaltes wurde in ihre Rückenwunde eingeführt und wieder herausgezogen. Wahrscheinlich ein Messstab, um zu sehen, wie tief die Verletzung ging. Der Schmerz ebbte ab. »Maarten ...«

»Schon gut. Moment ...« Er hatte vor ihr gekniet. Jetzt entzog er ihr die Hand und setzte sich bequemer. Seine Seite blutete. Manche Leute verbluteten, ohne es zu bemerken.

»Jemand muss Euch verbinden. Agnethe.« Das war ein vernünftiger Hinweis. Kaum zu fassen, das niemand ihn beachtete. Wahrscheinlich hatte sie zu leise geflüstert.

Maarten streckte sein Bein aus und lehnte sich mit dem Rücken gegen eine Säule. Er hielt ihren Kopf, sodass ihre Wange an seiner Hüfte lehnte, und sprach über sie hinweg mit der Pförtnerin.

Alena knirschte mit den Zähnen, als jemand die Ränder ihrer Wunde auseinander zog. Seine Fingerspitzen streichelten ihren Hals, und dadurch wurde der Schmerz erträglicher. Sein Bein war wie ein Bollwerk gegen die Schwierigkeiten, die auf sie warteten und die einzuschätzen ihr Kopf nicht mehr klar genug war. Er gab auf sie Acht, und alles, sogar die Qualen der Wundbehandlung, konnte sie aushalten, solange er nur über sie wachte.

Sechs Männer waren tot. Unter ihnen Caesarius, der schöne Burchard, der Kanonikus und einer der städtischen Gesandten. Alena sah zu, wie ihre Leichen in Decken gehoben und aus der Krypta getragen wurden. Ihr war schwummrig im Kopf, aber der Schmerz zu einem erträglichen Pochen verblasst. Sie saß jetzt ebenfalls aufrecht auf dem Fliesenboden, ihre Wunde war versorgt, und die Stiftsfrauen hatten anderes zu tun.

Die meisten kümmerten sich um die Quedlinburger, die unter ihren Surcots Kettenhemden getragen hatten und dadurch nicht zu den Schlachtopfern geworden waren, auf die Caesarius eingestellt gewesen war. Agnethe versorgte die beiden Ritter, die noch am Leben waren. Einer der Verwundeten schrie auf. Die Pförtnerin ging grob mit ihnen um. Einen Anschlag auf ihre geliebte Äbtissin verzieh sie nicht so rasch.

»Wahrscheinlich ist das Schandweib mitten unter uns!«, hörte Alena Sophie grimmig sagen. Bertrade und Jutta nickten betreten.

»Es ist schade, dass Ihr sie nicht erkannt habt. Wirklich schade«, murmelte Maarten. Er saß neben Alena und war noch immer ungesund weiß im Gesicht, aber er konnte schon wieder lächeln.

»Ich habe nur gesagt, dass ich sie nicht *sicher* erkannt habe.«

»Nicht sicher? Alena, das ist das Anstrengende an Euch. Ihr wollt Euch nie festlegen. Ihr seid wie eine Gassenkatze.«

»Ich muss an Lisabeth denken.«

Maarten nickte zerstreut. Eine Frau erschien in dem Apsistürchen. Sie schleppte einen Eimer, wahrscheinlich sollte sie das Blut aufwischen. Caesarius musste jede Menge davon verloren haben. Dort wo er gelegen hatte, schwamm ein roter See.

Er war also an dem Mordkomplott beteiligt gewesen. Um unter einer neuen Äbtissin noch mehr Macht zu erlangen? Wegen Geld? Weil er befürchtete, von Sophie entlassen zu werden, oder weil sie ihn gekränkt hatte? Aber warum sein verbissener Kampf gegen die Bauhütte? Wirklich nur aus Abneigung gegen den Baumeister? Möglich wäre das, entschied Alena. Caesarius hatte aus nichtigeren Anlässen getötet.

»Wir werden den Kanonikus vorerst hier vor dem Altar aufbahren. Bevor etwas in die Öffentlichkeit dringt, müssen wir einige Entscheidungen treffen.« Sophies Stimme zitterte vor Schwäche. Sie hatte sich auf einem Stuhl niedergelassen. Agnethe eilte herbei und hielt ihr besorgt etwas unter die Nase.

»Warum wollte Caesarius die Sumpfbrücke verhindern?«

Maarten hob die Augenlider, als Alena sprach. »Was?«

»Die Brücke. Caesarius hat Himmel und Hölle in Bewegung gesetzt, damit die Brücke nicht gebaut wird.«

»Hört Ihr niemals auf zu denken?«

»Vielleicht hat er es bereits zum zweiten Mal versucht. Ämilius wurde ermordet und alle Skizzen für den Bau sind dabei verschwunden. Ich hatte gedacht, nur Erasmus hätte etwas gegen die Brücke gehabt, aber Erasmus ist tot. Und als Ihr gekommen seid, wurde der Kampf gegen die Brücke wieder aufgenommen. Ich war blind, Maarten.« Ein Poltern ertönte, der Ritter, den man hinaustragen wollte, kippte von der Bahre, aber er war entweder bewusstlos oder tot, denn er gab keinen Laut von sich, und bald darauf klappte die Tür.

Sophie stand auf. Sie stützte sich auf Agnethes Arm. Sicher brauchte die Arme Ruhe. Wann kam der päpstliche Legat? Jedenfalls zu früh, als dass die Platzwunde an ihrem Kinn abheilen konnte. Der Legat würde sich wundern. Er würde …

Sophie war schon fast an der Tür, als Alena sie anrief. »Herrin …«

»Ja?« Die Äbtissin ehrte ihre Retterin, indem sie ihren

bedauernswerten, geschwächten Körper noch einmal ganz herumdrehte.

»Mir ist etwas eingefallen. Ich glaube …« Alena zögerte. Sie konnte nicht nur Sophie und Agnethe sehen, auch zwei andere Kanonissen standen in ihrem Blickwinkel, und eine davon beobachtete sie genau. »Ich glaube, es könnte hilfreich sein, einen bestimmten Teil des Sumpfes trockenzulegen.«

Die Sonne schien. Der Sumpf brütete in grünen, gelben und weißen Farben. Die Hitze der vergangenen Wochen hatte die Wasserblänken schrumpfen und Blumeninseln sprießen lassen. Es war ein weiterer Tag voller Hitze und schwüler Gerüche. Alena saß am Ufer des Bodearms und beobachtete eine Seerose, die träge auf der Wasseroberfläche schaukelte. Es ging auf den späten Nachmittag zu.

Maarten, durch seine Verletzungen zur Untätigkeit verdammt, saß neben ihr und türmte aus Steinen kleine Wälle für Lisabeth, die das Mädchen unverzüglich wieder zerstörte. Es ging ihm nicht gut. Alena war überzeugt, dass er Wundfieber hatte, aber er ließ sich nicht fortschicken. Seine Hand war bis zum Ellbogen eingebunden und der Medicus hatte sie in eine Schlinge gehängt, um sie ruhig zu stellen. Er hatte gemeint, dass etliche Knochen gesplittert seien. Man konnte das nicht richten, sondern nur hoffen, dass alles irgendwie verheilte. Ämilius wäre mit solchen Verletzungen zu Bett gegangen, aber Maarten war sturer als ein Esel. Vielleicht vertrug er sich deshalb so gut mit Lisabeth. Ihre Augen blitzten vor Kampfeslust und ihre Ausdauer im Niederreißen war enorm.

Einen Steinwurf flussaufwärts trieb Moriz seine Franzosen zur Arbeit an. Sie hatten um den Pfahl, der von Ämilius' Widerlager übrig geblieben war, in großzügigem Radius eine Palisade in den Sumpf getrieben. Die Schläge mit der Ramme hatten die Rohrsänger und Reiher vertrieben, aber inzwischen waren die Vögel zurückgekehrt und beäugten aus sicherer Entfernung das unruhige Treiben.

»Ne fais pas la bête! Idiot!«, ärgerte sich Moriz und riss einem schwitzenden Kerl den Eimer aus der Hand. Er war nervös. Seine Männer auch. An einem Tag wurden sie von Rittergesindel bedroht, am nächsten bauten sie eine Mauer um eine Stadt, in der sie nur Besucher waren, am dritten rammten sie Pfähle für ein Widerlager ein, das frühestens in einem Jahr gebraucht werden würde.

»Ich weiß nicht, was ich hoffen soll.« Agnes war aus der Stadt gekommen und trat zu ihnen ans Ufer. Sie schob eine ihrer hübschen Haarlocken unter den Schleier zurück. Zweifellos litt sie ebenfalls unter der Hitze, aber die Sonne, die jedem anderen die Kleider an den Leib klatschte, zauberte ihr nur Rosen auf die Wangen. »Obwohl ich denke, es wäre ein Segen, wenn man den armen Ämilius fände«, sagte sie, während sie sich auf Alenas anderer Seite niederließ. »Das wäre gut für ihn und für alle, die ihn gern hatten. Man könnte an seinem Grab knien, und das ist ein großer Trost. Ich weiß, wovon ich rede.«

»Wir suchen nicht nach Ämilius«, sagte Alena.

Maarten rief Moriz etwas zu, und Moriz antwortete und zerwühlte dabei mit den Händen die Haare. Peste! Das war der Ausdruck, der sich in seinem Wortschwall ständig wiederholte. Peste! Peste! Erregt kam er herüber. »C'est pire que jamais! Pardon. Mais – wir ersaufen in die Brühe und in unsere eigene Schweiß. Der Teufel selbst 'at sich dies Loch gegraben. Es nimmt gar kein Ende. Wir sind schon acht Fuß tief und – nichts! Es ist der Eingang zur 'ölle.«

Maarten erhob sich und begleitete ihn zur Palisade. Er fragte etwas und einer seiner Leute, ein struppiger Kerl, der bis zu den Hüften im schlammigen Wasser stand, antwortete grinsend.

»Das begreife ich nicht«, nahm Agnes den Faden wieder auf. »Ich dachte, diese ganze Arbeit geschieht, weil ihr denkt, dass Ämilius …«

»Das Stift wundert sich, warum Caesarius mit aller Macht verhindern wollte, dass diese Brücke gebaut wird«, erklärte Alena müde. »Sie war ohne Bedeutung. Caesarius hatte keinen Grund für seine ständigen Angriffe auf die Bauhütte. Und es war auch seltsam, dass Ämilius umgebracht wurde. Du sagst ja selbst, dass dein Vater nichts damit zu tun hatte. Aber Ämilius ist gestorben, und zwar kurz bevor er die Palisade für sein Widerlager rammen lassen wollte, und deshalb lässt Maarten die Stelle dort trockenlegen.«

»Ach so«, meinte Agnes zweifelnd.

Die Sonnenhitze lähmte nicht nur die Glieder, sondern auch den Verstand. Alena fand ihre Vermutungen inzwischen so schwammig wie den Boden, den Moriz beklagte. Zerstreut erwiderte sie Agnes' Abschiedsgruß.

»Soll ich Lisabeth mitnehmen?«

»Nein, lass nur.« Sie sah, wie Agnes über die Wiese ging und mit Susanna sprach. Ihr war heiß und der Schweiß tränkte den Verband und brannte in der Wunde. Am liebsten hätte sie sich irgendwo verkrochen.

»Es dauert. Euer Ämilius hätte an diesem Loch keine Freude gehabt. Der Boden senkt sich nach Westen hin ab.«

»Oh, da seid Ihr wieder. Sind Euch alle gram, Maarten?«

»Sie arbeiten lieber, wenn sie wissen, wofür.« Er streckte sich neben ihr im Gras aus, und Alena schämte sich ihrer eigenen Wehleidigkeit. Maarten hatte die vergangenen beiden Tage vom ersten bis zum letzten Sonnenstrahl auf der Baustelle verbracht und sich trotzdem nicht beklagt. Sie beobachtete ihn, wie er mit halb geschlossenen Lidern begann, neue Wälle für Lisabeth zu bauen, und dabei oft genug selbst die Steine wieder umstieß.

»Neklas ist ein kluger Mann«, murmelte er.

»Tatsächlich? Warum?«

»Er hat sich viermal verheiratet, und jedesmal war er glücklich mit seiner Frau.«

Lisabeth verlor die Lust an den Wällen und kletterte über Maartens Beine. Sie krabbelte nicht wie andere Kinder, aber sie zog sich mit den Armen vorwärts, und das hatte sie zu Beginn des Sommers noch nicht gekonnt.

»Er hat ein Händchen dafür. Er versteht was von Frauen. Was sie wollen und weshalb sie manchmal Dinge tun, von denen man nicht begreift, warum sie es tun oder sagen oder so. Moriz auch. Ich meine, Moriz weiß vielleicht nicht so viel wie Neklas, aber er hat seine Frau glücklich gemacht. Er war mit einer Versetzerin verheiratet.«

»In Frankreich lassen sie Frauen mauern?«, fragte Alena verwundert.

»Gelegentlich. Rose hatte Hände wie Schaufeln. Sie mauerte so schnell wie ein Mann. Sie konnte auch zulangen wie ein Mann, wenn ihr etwas nicht passte, und ihr Eheleben war ... stürmisch. Aber Neklas meint, das hatte nichts zu bedeuten. Mit Moriz war auch wochenlang nichts anzufangen, als sie gestorben ist.«

»Ihr grübelt viel über diese Sachen.«

»Ja. Für mich ist das nämlich schwerer. Für mich sind Frauen wie Dombögen. Alles sieht gut aus. Und plötzlich bricht's zusammen. Und niemand weiß, warum.«

Alena lachte.

»Ich habe Neklas um Rat gefragt. Er meint, wenn man einer Frau etwas klarmachen will, ist es das Beste, geradeheraus zu sein.«

»Wie dumm von ihm, verzeiht. Aber da Euch die Sache so sehr beschäftigt, werde ich Euch ein paar Dinge erklären, von denen nicht einmal Neklas was versteht. Nehmen wir also an, ein Mann möchte heiraten. Was erwartet er von seiner Frau? Sie soll gütig sein. Sie soll ihn mit einem Lächeln empfangen, wenn er nach Hause kommt. Sie soll wissen, wie man das Bettzeug von Wanzen befreit und sparsam kocht und Kinder großzieht. Aber vor allem soll sie *gütig* sein. Ist das richtig?«

»Ich weiß nicht. Ihr seid am Erklären.«

Lisabeth hatte die Reise über Maartens Beine geschafft und schmiegte sich ermattet an ihre Mutter. Alena streichelte sacht die taube Stelle an ihrem Mund. »Mit gütigen Frauen hat man es leicht«, sagte sie. »Man geht hin und fragt, was sie von einer Heirat halten, und wenn man ein anständiger Kerl ist und alles einigermaßen passt, lautet die Antwort ja.«

»Mit gütig meint Ihr: So wie Agnes?«

»Selbst halb so gütig wäre noch ein Geschenk des Himmels. Wenn ich ein Mann wäre, würde ich nicht rechts noch links schauen, bis ich so eine Frau fest in den Händen hätte, das ist mein Ernst, und ich wundere mich über Euer Naserümpfen. Güte ist Sonnenschein im Sturm, ist ein weiches Lager auf harter Erde. Güte ist das Stück Silber im tauben Gestein. Irre ich mich, oder hat Moriz ein Anliegen?«

Der Parlier schwenkte die Arme. Widerwillig stand Maarten auf und begab sich zur Grube. Die Palisade schien zu lecken. Ein Balken wurde herangeschleppt, um die Stelle abzudichten. »Imbécile!«, fauchte Moriz den Unglücklichen an, der die Ramme brachte und über seine eigenen Füße stolperte. Er packte selbst einen der eisernen Griffe und begab sich mit einem zweiten Mann auf die Palisade. Wenn sein Weib sich tatsächlich handgreiflich mit ihm gestritten hatte, musste sie über beachtliche Kräfte verfügt haben, denn das Holz verschwand wie von selbst im Boden.

»Ihr seid schon wieder entbehrlich?«, fragte Alena, als Maarten zurückkehrte.

»Überflüssig wie ein dritter Daumen. Sie sind nur zu höflich, es mir zu zeigen. Darf ich noch mal auf die gütige Frau zurückkommen?«

»Bedeuten die vielen Eimer, dass Eure Leute jetzt das Loch auszuheben beginnen?«

»Ja, und sie brauchen mindestens bis zum Abend und wahrscheinlich noch länger.«

»Schön.« Lisabeth hatte die langen, schwarzen Wimpern über den Augen geschlossen. Wenn sie schlief, verschwand die Koboldsgrimasse, und ihre Züge ähnelten denen von Ämilius so sehr, dass es wehtat. Aber sie war schwer geworden. Alena ließ sie vorsichtig aus ihren Armen gleiten.

»Die gütigen Frauen«, erinnerte Maarten.

»Richtig. Außer den gütigen gibt es noch andere. Verbitterte, die berechnend und so kalt im Herzen sind, dass sie in ihrer eigenen Gegenwart frieren. Sie erpressen andere Leute und verspritzen Gift wie Nattern. Sie hassen ihre Mütter. Sie hassen sie so sehr, dass sie nicht einmal an ihrem Grab weinen können.«

»Das hört sich böse an.«

»Es *ist* böse. Aber glücklicherweise geraten Männer nur selten in die Fänge solcher Frauen. Denn diesen Frauen liegt nur an einem: Geld. *Geld*, Maarten. Und deshalb kommen die Männer davon.«

Moriz gefiel es nicht, wie seine Leute die Kette für die Eimer bildeten. Möglicherweise hatte er auch eine Idee, wie man das Loch schneller leer bekäme. Er warf einen Blick zu seinem Baumeister, zuckte resigniert die Schultern und brüllte nach Neklas und dem Imbécile.

»Und wenn man das nicht mag?«

»Was?«

»Davonkommen. Weil man sein Herz ...«

»Die Frauen, von denen wir reden, geben nichts auf Herzen.«

»Das glaube ich nicht. Nein.«

»Dann lauft Ihr mit verstopften Ohren durch die Stadt. Fragt Dittmar. Fragt jedermann in Quedlinburg. Sie wissen Bescheid.« Obwohl ihr Rücken jämmerlich schmerzte und sie sich am liebsten gar nicht bewegt hätte, sprang Alena auf. »Das Stift hat mir übrigens ein Angebot gemacht. Drei Mark Querfurter Silber im Jahr und freies Wohnen. Das macht, wenn ich noch dreißig Jahre lebe, neunzig …«

»Neunzig Mark Silber«, unterbrach er sie.

»Ja.« Ihr ging die Kraft aus. »Seht Ihr, wie Moriz starrt? Er traut sich nicht hierher, weil er denkt, wir reden über … weiß der Himmel. Ihr solltet Euch erbarmen und ihm endlich beistehen.«

»Neunzig Mark Silber? Das ist alles?«

Alena zuckte hilflos die Schultern.

»Ich biete Euch zweihundertdreiundachtzig.«

Sie wusste nichts zu antworten.

»Es tut mir Leid, dass Moriz uns anstarrt. Es tut mir Leid, dass anscheinend jedermann uns angafft, aber das hängt damit zusammen, dass Ihr wie ein verängstigtes Hühnchen den Hals reckt und ausseht, als wolltet Ihr im nächsten Moment davonlaufen.«

»Warum gerade zweihundertdreiundachtzig?«

»So viel kostet die Sumpfbrücke. Ich würde sie Euch schenken. Ich baue sie auf, und anschließend reiße ich sie wieder ab, wenn Euch noch daran liegt. Das Abreißen kostet auch, aber ich halte nichts von Geiz.«

»Moriz …«

»Was ist, verdammt, mit ihm? Ich fange an, ihn zu hassen.«

»Moriz scheint auf etwas gestoßen zu sein.«

Die Kanonissen wirkten wie Pfauen unter Krähen. Sie hatten ihren Schmuck zu Hause gelassen, wahrscheinlich auf Anordnung der Äbtissin, und ihre schlichtesten Kleider herausgesucht, aber zwischen den verdreckten Arbeitern in den schlammigen Wämsern glänzten ihre Seidensurcots dennoch, als hätte man Rubine unter getrocknete Erbsen geschüttet. Sie standen in kleinen Gruppen abseits der Männer und unterhielten sich. Viele hatten sich um Bertrade gesammelt, als wäre sie der Fels in der Brandung der Skandale. Das hatte etwas zu bedeuten. Und auch, dass Sophie für sich blieb. Sie hatte wieder einmal eine Entscheidung getroffen, mit der sie keinen Beifall fand. Aber diesmal wärmte es Alena das Herz.

Sie trat ans Wasser. Braune Strudel sprudelten um die Holzpflöcke. Die Bauleute hatten ein Loch von wenigstens zwanzig Fuß Radius ausgehoben. Alena blickte in die schlammige Brühe, aus der wie ein verdorrter Stock das hochgebogene Ende eines Metallstücks ragte. Neklas stand neben dem Metall, bis zur Brust im Schlamm, mit einem Strick um den Leib und versuchte, etwas zu ertasten.

»Ein Holzkasten. Und ein Rad. Ich fühle Speichen mit dem Fuß. Ein Karren ... ganz sicher.« Die Männer standen am Ufer und flüsterten. Ihr Unmut war verflogen. Jetzt, da sie wussten, dass ihre Mühe einen Zweck gehabt hatte, ging es ihnen wieder gut.

»Was da rausschaut, ist Metall. Es sieht aus wie die Verzierung eines Bogenstücks vom Verdeck eines Reisewagens«, meinte die Äbtissin. Auf ihrer Stirn war ein handtellergroßer blauer Fleck erblüht. Sie sah plötzlich müde und angreifbar aus. »Alena – ist es wahr, dass Ihr nicht wusstet, was dort unten gefunden werden würde?«

»Ich wusste es nicht, aber es wundert mich auch nicht. Alles fängt an, einen Sinn zu ergeben.«

Sophie fragte nicht weiter. Wahrscheinlich fing sie ebenfalls an, sich die Dinge zusammenzureimen. Das Bogenstück, das aus der Brühe ragte, war verschwenderisch verziert. Einige Flecken schimmerten, als klebten dort Reste von Blattgold. Der Reisewagen musste einem reichen Mann gehört haben. Reicher als Dittmar, reicher als jedermann in Quedlinburg und vielleicht sogar reicher als die Domfrauen. Vermutlich war er hier umgekommen und mitsamt seiner Ausrüstung im Sumpf versenkt worden. Es gab nicht viel Auswahl.

»Ich denke, wir werden die Überreste des Legaten finden, der Euch vor Jahren besuchen wollte«, sagte Alena.

Sophie nickte, schmerzvoll wie eine Geschlagene.

»Und ich denke«, sagte Alena, »dort unten ist etwas, das darauf hinweist, wer ihn umbrachte und hier versteckte, denn sonst hätte es keinen Grund gegeben, so viel Aufwand zu treiben, um den Fund des Wagens zu verhindern.« Sie wusste auch, wer diesen Aufwand veranlasst hatte. Inzwischen war es so offensichtlich, dass sie sich fragte, wie sie es so lange hatte übersehen können.

»Pardon!«, entschuldigte sich Moriz und umkurvte die beiden Frauen. Neklas und Maarten kamen mit einigen Männern zurück. Sie hatten von der gegenüberliegenden Baustelle einen Tretradkran geholt, den sie auf einem stabilen Pferdekarren, auf dem sonst Baumstämme befördert wurden, heranschafften. Das Holzrondell war zweimal so hoch wie ein Mann. Moriz pfiff seine Leute herbei, um den Kran zu entladen und sein Gestänge im Boden zu verankern. Sie gebärdeten sich wie Schatzgräber, die kurz vor dem Fund ihres Lebens standen. Aber man würde keinen Schatz aus dem Schlamm fischen. Nur die Überreste eines Wagens und die Leichen einiger Ermordeter.

Alena verließ das Ufer. Wigburg war die Einzige, die sich jetzt noch abseits hielt. Sie saß ein ganzes Stück von der Baustelle entfernt im Schatten einer wilden Birne, an deren Ästen die ersten reifen Früchte hingen.

»Da kommt Ihr endlich«, sagte sie und deutete einladend auf den Platz an ihrer Seite. Sie hielt in ihrer Hand große, nussartige Samen mit wellig gekerbten Rippen. Um ihren Mund spielte ein anerkennendes Lächeln, jenes Lächeln mit der Prise Spott, das Alena immer so an ihr gemocht hatte.

Alena räusperte sich den rauhen Hals frei. »So viel Unglück. Worum ging es Euch?«

Wigburg steckte eine der Früchte in den Mund, begann zu kauen und deutete erneut an ihre Seite, aber Alena blieb stehen.

»Hätte es Euch nicht gefallen?«, fragte die Scholastika. »Das Stift in fähigen Händen? Endlich wieder geordnete Verhältnisse. Ein glanzvoller Hof. Boten nach Sizilien. Demütige Häupter, die sich unter dem Äbtissinnenstab beugen. Reiche Städte. Blühende Dörfer. Ist das so unbegreifbar? Warum zuckt Ihr? Das wäre alles möglich. Mir dreht sich der Magen um, verzeiht, wenn ich zusehe, wie Sophie von einer Peinlichkeit in die nächste tappt. Und Bertrade ...« Wigburg schluckte an dem Brei in ihrem Mund. »So eitel ... dumm. Sie hätte es geschafft, uns binnen eines Jahres zu ruinieren mit ihrem ... ihrem albernen ... Das Zeug brennt im Mund.«

»Gertrud war aber *nicht* dumm.«

»Ein Schatz. Ich hätte sie nicht verkümmern lassen. Ich bin gerecht. Bei mir hätte sie ihren gebührenden Platz gefunden. Ich mag das nicht, Alena. Diesen Fischblick. *Alles* hätte ich gefügt. Ich hätte ... verzeiht ...« Sie hielt die Hand vor den Mund, merklich erblasst, und schluckte wieder. »Wer konnte wissen, dass das Häschen ... dass Osterlind sich umbringen ...«

Nein. Wahrscheinlich hatte die Scholastika irgendetwas weniger Drastisches geplant. Vielleicht wollte sie nur, dass die Zeichnungen bei Osterlind gefunden würden wie das Lied bei Gertrud. Und dann hätte sie das arme Mädchen geschützt und aufgepäppelt.

»Und die Dekanin?«

Wigburg nahm drei Samenkapseln auf einmal und schluckte sie sofort hinunter. »Hat etwas gesehen. Vermute ich. Wohl Caesarius und mich ... Klatschsüchtige Vettel ... Waren im Dom. Dann Bertrades Sturz ... so eine Versuchung ...« Aus ihrem Mund begann Speichel zu fließen. Alena stand ein paar Schritt von ihr entfernt, aber sie bildete sich ein, trotzdem den ekelhaften Geruch von Mäuseurin in die Nase zu bekommen. Unwillkürlich trat sie einen Schritt zurück.

»Ihr sterbt einen schlimmen Tod, Herrin. Die Lähmungen werden in den Beinen beginnen und höher wandern, bis sie Eure Lungen erreichen und Ihr erstickt. Ihr werdet Krämpfe bekommen und Euch übergeben.«

Wigburg lächelte. Sie zwinkerte ihr zu, als wären sie gemeinsam bei einem lustigen Spiel.

»Romarus musste sterben, weil Ihr Sophie in den Rücken fallen und sie stürzen wolltet?«

Wigburg antwortete, aber was sie sagte, war nicht zu verstehen. Sie versuchte zu schlucken, ihr Speichel floss in Bläschen über das weiße Kinnband. »Caesarius ... Dummkopf ...« So oder ähnlich lautete ihr Gestammel. Caesarius hatte Alena auf dem Weg nach Nordhausen aufhalten sollen, und als das nicht gelang, und da er keine Niederlagen ertrug, hatte er sie und Romarus auf dem Heimweg niedergemacht. Vermutlich war es so gewesen.

»Was liegt im Sumpf, vor dem Ihr Euch gefürchtet habt?«

Das Lächeln blieb, als wäre der Mund in einem Krampf erstarrt. Aber das war er nicht. Die Lähmungen begannen in den Beinen. Wigburg amüsierte sich.

»Ihr habt den Legaten getötet, weil Ihr hofftet, dass Sophie ohne seinen Beistand ihren Äbtissinnenstuhl verlieren würde. Und Ihr habt meinen Gatten getötet, weil er begann, den Sumpf auszuheben, und Gefahr bestand, dass er den Mord aufdeckte und auch Eure Schuld daran.«

»Wollt Ihr nicht bleiben ... sehen, wie es ... wirkt?«

Alena wurde schlecht von dem unentwegten Lächeln. Wem galt es? Einer Komplizin? Der verwandten Seele? Der zweiten berechnenden Frau im Dom?

Sie wandte der sabbernden Person den Rücken zu. Ihr Herz war leer wie eine hohle Nuss. Sie ging zum Ufer, nahm ihre schlafende Tochter auf die Arme und verließ den Bauplatz.

»Eine Brosche aus Jade. Ein Drache«, sagte Maarten. Er lag in seinem breiten Bett, die Decken nur knapp bis zum Bauch gezogen, weil das Fieber ihn schüttelte. »Man hat sie der Leiche über zwei Finger gequetscht. Und sie muss dieser Frau ... dieser ...«

»Wigburg.«

» ... gehört haben. Ja. Die Äbtissin sagte das.«

»Caesarius wird sie dem Legaten übergestülpt haben, bevor er ihn in das Loch warf. Um sich Wigburgs Schweigens zu versichern, denke ich.«

»Ich denke gar nicht. Ich verbrenne.«

Alena goss etwas aus der Kanne, die die fürsorgliche Agnes gebracht hatte, in einen Becher und nötigte Maarten, daraus zu trinken. Sie war eine unbegabte Pflegerin. Ein Teil der Flüssigkeit kleckerte über seine Brust, und die roten Haare verklebten mit der nackten Haut.

»Sie hat sich umgebracht, diese Frau. Man hat sie gefunden. In der Nähe von ...«

»Ich weiß«, sagte Alena. »Trinkt. Agnes hat gesagt, die ganze Kanne muss leer werden.«

»Ämilius ...«

»Ich weiß. Ich habe es von Agnes gehört.« Sie hatten Ämilius gefunden, ein Stück abseits von den anderen Toten, inmitten seiner Werkzeuge. Agnes hatte gesagt, dass Dittmar ihn beerdigen würde, wo auch immer Alena es wünschte. Am besten bei St. Nikolai, dann konnte er Zeuge sein, wie die neue Kirche ihrem Herrn entgegenwuchs.

Maarten begann mit den Zähnen zu klappern, und Alena zog ihm die Decke wieder bis zum Hals.

»Ich … es tut mir Leid wegen Ämilius.«

»Ja, psst. Seid bitte still. Wenn ich Euch aufrege, wirft Agnes mich hinaus.«

Er griff nach ihrer Hand und hielt sie fest. »Sie haben ihre Leute geholt und das tote Weib … zur Burg geschafft.« Er stotterte vor Erschöpfung. »Nicht die Äbtissin hat das befohlen. Die andere. Blonde. Klammheimlich. Wollte auch nicht, dass über den Drachen geredet wird. Wollte alles verschweigen …« Er verstummte. Sein Gesicht schwamm im Schweiß. Alena wischte ihm mit einem feuchten Lappen die Haut trocken. Moriz und Neklas und die anderen unterhielten sich in der Halle. Sie konnte ihre gedämpften Stimmen hören. Die Männer machten sich Sorgen. Sie hatten den Tod in Form von Knochen und Schädeln in den Händen gehalten, und nun fieberte ihr Baumeister.

»Die Blonde ist stärker als Sophie und … wird's vertuschen. Wird's wenigstens versuchen.«

»Soll sie.«

Er formte mit dem Mund ein erstauntes Oh. »Wir haben … Ämilius gefunden. Sie hat ihn … ich meine, nicht Erasmus, diese Frau hat Ämilius … Kein Tanz mehr auf Gräbern?«

Alena kam ihr eigenes Lächeln so verkrampft vor wie das der Scholastika unter dem Einfluss der Schierlingsfrüchte. »Auf Gräbern tanzt sich's wie auf Scherben. Mir tun die Füße weh, Maarten. Ich kann nicht mehr. Ich bin …« Wie ausgesogen. Leer. Geschlagen. »Ich werde Ämilius begraben und für Lisabeth ein Haus bauen. Sophie wird mir helfen.«

»Das könnt Ihr nicht.«

»Bitte?«

»Häuser bauen. Eure Fundamente taugen nichts.«

Die Kerzenflammen auf dem Tisch verschwammen und sprühten milchig weiße Sterne. Die schönen Frauen an den Wänden zerflossen zu einem Brei aus roten Farben. Ich sterbe vor Müdigkeit, dachte Alena. »Ich bin zu müde, Maarten«, murmelte sie. »Mir ist klar, dass Ihr meine Hand haltet und dass ich irgendetwas dazu sagen oder tun müsste. Aber ich bin noch müder als Ihr, wenn das möglich ist.«

Sie spürte den Druck seines Daumens auf ihrem Handrücken. »Ich bin froh ... kommt näher ...«

Alena brachte ihr Ohr vor seinen Mund.

» ... froh, dass Ihr nicht mehr auf Gräbern tanzt. Es hat mir Angst gemacht. Es hätte *Ämilius* Angst gemacht. Denkt Ihr ...« Er musste eine Pause machen, weil ihn das Sprechen so anstrengte. »Denkt Ihr, dass es jetzt gut ist? Dass Ihr ... vielleicht ... auch Ämilius gehen lassen könntet?«

Sie entzog dem Baumeister ihre Hand und gab sie ihm gleich wieder, als sie sein erschöpftes Blinzeln sah. »Sichere Fundamente, Maarten ...«

»Ja?«

»Ihr habt keine Ahnung, wie schwankend der Grund ist.«

»Ämilius hat sich getraut. Ich bin nicht furchtsamer.« Er lächelte. Ja, er war verwegen wie Siegfried vor dem Drachen. Bloß nicht so klar im Kopf.

»Wollt Ihr nicht erst wieder gesund werden?«

»Nur wenn Ihr mich darum bittet.«

»Ihr wollt nur gesund werden, wenn ich Euch darum bitte?«, fragte sie.

Er nickte ernsthaft. »Sonst sterbe ich. Das habe ich mir vorgenommen. Bittet! Aber es muss aufrichtig sein.«

Alena legte das Gesicht auf das Federbett. Sie schwitzte nun selbst, und ihr Herz holperte wie ein Karren auf einem Acker.

Sie fühlte, wie Maarten sich bewegte und sein Gewicht zu ihr verlagerte. »Ich habe das nicht gehört, Alena.«

»Ich will, dass Ihr gesund werdet. Natürlich will ich das.«

»Und dann?«

»Und noch etwas?«

Er lachte. Es klang wie ein Husten, aber er lag nicht im Sterben. Als sie den Kopf auf der Decke drehte, sah sie in seinen Augen die alte Tatkraft funkeln. Er brachte es sogar fertig, ihr mit der gesunden Hand die Haare zu zerzausen.

»Und wenn der Boden sich doch als zu schwammig erweisen sollte?«

»Ein Pfahlfundament. Trägt alles. Und hält bis einen Tag nach der Ewigkeit.«

»Und wenn ...«

»Jeder Pfahl ein Stück Liebe. Es hält.«

Alena seufzte. Ihre Augen fielen von allein zu. Sie dachte noch, dass ihr alle Glieder wehtun würden, wenn sie erwachte, aber die Hand in ihrem Haar war verlässlich. Und nur darauf kam es an.

Nachwort

Sophia Quedlinburgensis Abbatissa, filia Friderici comitis de Brene, ... magnorum et non paucorum excessuum rea deponitur. Sophie, die Äbtissin von Quedlinburg, Tochter des Grafen Friedrich von Brehna, wurde wegen großer und vieler Vergehen angeklagt und abgesetzt.

So steht es in der Chronik.

Wie meist, wenn es sich um Ereignisse des Mittelalters handelt, ist die Quellenlage dürftig, und das wenige, das aufgezeichnet wurde, muss mit Vorsicht genossen werden, denn viele Chronisten berichteten gefällig im Sinne ihrer Herren. Entsprechend weit ist das Feld für die Phantasie, und so ist der Roman um die wenigen überlieferten Anmerkungen gesponnen und die Handlung weitgehend erfunden.

Wer heute die Stiftsburg von Quedlinburg besucht, wird die Krypta und den Dom bis auf wenige Modernisierungen im Hohen Chor im Zustand von 1224 finden. Die Wohngebäude wurden allerdings im Lauf der Jahrhunderte mehrfach umgebaut und erweitert, und da ihr ursprünglicher Zustand nicht mehr festzustellen ist, habe ich mir aufgrund der Ausgrabungsfunde eine eigene Wohnanlage erdacht.

Der Kampf Sophies um das Stift und die Rolle, die Caesarius und Hoyer von Falkenstein dabei spielten, sind geschichtlich belegt. Die oben erwähnte Anklage gegen Sophie wurde von Hoyer von Falkenstein geführt. Einer seiner Hauptvorwürfe: Die Äbtissin habe einen unkeuschen Lebenswandel geführt und halte es mit Leuten wie Caesarius und Burchard, die Anführer räuberischer Scharen seien.

Sophie weigerte sich, vor dem Reichstag zu Eger, wo die Sache verhandelt werden sollte, zu erscheinen und wurde 1224 von König Heinrich für abgesetzt erklärt. Graf Hoyer nutzte die Gelegenheit, die Burg zu überfallen, Sophie zu vertreiben und die Befestigungen zu schleifen. Bertrade, die Pröpstin des Stifts, die Sophie hasste, wurde zur neuen Äbtissin gewählt. Sophie appellierte an den Papst und der hob die Absetzung ein Jahr später als unrechtmäßig wieder auf. Es kam unter Vermittlung des Legaten Kardinal Konrad zu einem Vergleich. Sophie musste die Maßnahmen, die Bertrade während ihrer Amtszeit getroffen hatte, akzeptieren, den Bau der Stadtmauer nachträglich genehmigen und ihren Widersachern verzeihen. Außerdem musste sie die leidige Palmsonntagsbewirtung wieder ausrichten, wenn auch mit kleinerer Gästezahl: Der Bischof durfte nur noch sechzig Reiter mitbringen.

Sophie beugte sich den Forderungen und wurde erneut in ihr Amt eingesetzt. Die Intrigen hielten allerdings an, und kurze Zeit später trat sie endgültig vom Äbtissinnenamt zurück. Nach ein oder zwei Jahren starb sie in Bitterkeit.

Ihre Nachfolgerin wurde wiederum Bertrade, und nun hatte Hoyer freie Hand. Er verschacherte das Stiftseigentum, verkaufte die gesamte Vogtei 1237 an die Blankenburger, und das Stift sank in Kürze auf die Bedeutungslosigkeit eines Kleinstaates herab. Die Zeit seines Glanzes war vorbei.

Eine sanfte Stiftsmörderin hat es in Quedlinburg nicht gegeben und wenn, dann wurde sie zumindest nie erwischt.

Die Schreiberin Alena ist ebenfalls ein Produkt der Phantasie.

Dafür wurde die Steinbrücke über den Bodesumpf tatsächlich gebaut. Vermutlich von Friesen oder Flamen. Mit ihrer Länge von über hundert Metern und mehr als sieben Metern Breite muss sie als Meisterwerk der Technik ihrer Zeit angesehen werden. Ihr Schicksal glich allerdings dem des Stifts: Sie senkte sich ab und wurde bereits hundert Jahre später durch eine Straße überbaut. Die Brückenbogen wurden als Kellergewölbe für die anliegenden Häuser genutzt, und langsam geriet sie in Vergessenheit. Nur der Straßenname *Steinbrücke* erinnerte noch an ihre Existenz. Erst beim Bau der städtischen Wasserleitung im Jahre 1980 wurden die Reste der Brücke wieder entdeckt.

Helga Glaesener